신이 오다

신이 오다
WALK IN THE LIGHT

김민 장편소설

그것은 자비의 白毫 光明이 아니라,

번득거리는 악마의 눈빛입니다.

그것은 면류관과 황금의 누리와 죽음과를 본 체도 아니하고,

몸과 마음을 돌돌 뭉쳐서 사랑의 바다에 풍덩 넣으려는

사랑의 여신이 아니라, 칼의 웃음입니다.

- 한용운

차 례

프롤로그 • 9

신이 오다 • 16

에필로그 • 566

주　　　• 571

일러두기
1. 성서 인용은 대한성서공회 개역개정을 따랐다.
2. 외국어는 되도록 현지 발음에 가깝게 표기했다.

프롤로그

 나는 처음으로 인간 세상을 살피게 됐습니다. 이전에는 시종으로서 주인 곁에 머물며 원하시는 일들을 도왔습니다. 명령에 따라 새로운 임무를 받는 것은 흔한 경우이고, 전임자가 떠난 부임지를 언제까지고 비워둘 수가 없어서 나는 아무 불만 없이 이곳으로 왔습니다. 전임자의 부름과 나의 부임 사이에 어떤 인과 관계가 있을지도 마음에 두지 않았습니다. 그런데, 그분을 가까이서 모시는 영광은 모두의 바람이었기에 일부러 의식하지 않았어도 조금은 아쉬운 마음이 생겼던 데다가, 갑작스러운 이동으로 인수인계도 없이 임무를 떠안자 나는 적잖이 당황했습니다. 더욱이 여기 말고도 다른 곳도 함께 살펴야 해서 솔직히 눈앞이 캄캄했습니다.

 나는 무척이나 궁금했습니다. 전임자는 도대체 무슨 생각으로 임지를 두 곳이나 맡았었는지, 왜 한쪽을 포기하지 못하고 과하다 싶은 욕심을 부렸는지를요. 내 생각에는 당장 그쪽이 중요하지, 여기는 크게 마음을 둘 이유가 없어 보였습니다. 중요도를 떠나서, 여하튼 시간과 의지를 나눔으로써 일에 효율이 너무 안 좋습니다. 나는 무슨 특별한 까닭이 있는지 확인해 보기로 했습니다. 이해가 가지 않으면 내가 무리해서 맡을 이유가 없기 때문입니다. 다른 후임자에게 이곳을 넘기더라도요.

상사와 만나기로 했습니다. 왜 이렇게 작고 외진 지역에 있는지 모르겠습니다만, 워낙 바쁘셔서 약속을 정하기가 힘들었습니다. 그는 이곳 G 시에서 군밤을 팔고 있습니다. 신분을 위장하면 활동하기가 수월하고 사람을 많이 상대하니 임무에도 도움이 되기 때문입니다. 저기 뒤칸에 화로를 실은 하얀 트럭이 보입니다. 중학생 정도로 보이는 소년과 얘기 중인데, 뭐 군밤을 사고파는 중이겠지요. 그런데, 저 애의 기운이 심상치 않습니다. 상사가 떠나는 아이에게 호통을 칩니다. 이놈, 이왕이 그리 가르치더냐고. 소년이 흠칫 놀라 돌아보는데 반가운 얼굴로 변했습니다. 그 애가 자기 선생님을 아냐고 묻는군요. 상사가 고개를 끄덕입니다. 그럼 알다마다 라면서…. 상사는 인자한 웃음을 지으며 손을 바삐 놀리고 있고, 소년은 왜 그런지 더 바짝 다가섭니다. 까만 더벅머리에 호기심이 많은 눈매지만, 꽤 평범한 얼굴인데요. 상사가 어찌나 살갑게 대하는지 저 소년이 문득 궁금해졌습니다.

"그럼, 할아버지도 천사예요?" 소년이 말했습니다.

"허, 이놈. 어떻게 알았느냐?"

"당연히 알죠. 사람이 어떻게 그렇게 순간 이동을 해요." 소년이 큰 소리로 대답했습니다.

이럴 수가 있나요. 게다가 저 소년이 우리 정체를 알기까지 합니다. 상사는 왜 또 순순히 인정하는지, 이 상황이 너무 터무니없습니다.

"허허…. 똑똑하구나. 그래. 어찌 지내느냐?"

너털웃음을 지으며 군밤을 종이봉투에 마구 넣습니다.

"잘 지내요. 고맙습니다."

"사장님! 군밤 좀 주세요." 나는 답답한 마음을 더는 참지 못하고 상사를 불렀습니다.

그가 영롱한 초록 눈을 들어서 나를 보고 고개를 한 번 끄덕였습니다.

'잠시 기다리시오.'

바로 옆에서 텔레파시로 내게 말했습니다. 머릿속에 또렷이 쓰였습니다. 난 소년 때문에 당황하기도 했고 약속하고 왔음에도 나 자신이 뭔가 어정쩡하단 느낌입니다. 그저 상사와 소년을 한 번씩 번갈아 보고는 군밤을 담는 모습을 지켜볼 수밖에 없었습니다. 그런데, 소년을 바라보는 눈빛이 너무 다정합니다. 난 이런 모습을 한 번도 본 적이 없습니다. 보좌에 앉으신 분 외에는 아무도 범접할 수 없는 가장 높은 천사이기 때문입니다. 난 잠자코 서 있습니다.

"신아, 신이 맞지?"

"네."

"그래. 이 할아버지랑 일 좀 안 해 보련?"

"네? 어떤 일요?"

"나쁜 놈들 혼내주는 일이지."

"네! 그럴게요."

"할아버지가 찾아갈 테니, 그리 알고. 이거 가져가서 친구들하고 먹거라."

"고맙습니다. 안녕히 계세요."

소년이 꾸벅 인사를 하고 뛰어갑니다. 도대체 무슨 일인지 모르겠습니다. 아무리 특별한 기운을 갖고 있어도 그렇지, 인간과 함께 일을 도모하다니요. 그리고, 인간에게 저 기운이 가당키나 합니까. 나는 이런 경우를 전에 들어 본 적이 없습니다.

"저, 저 애는 뭔가요? 왜 우리 같은 힘이 느껴지는 거죠?"

도저히 참지 못하고 내가 물었습니다.

"한 빛나는 이의 선택이자 염원이고 기도입니다."

"빛나는 이요?"

"네. 당신의 전임자입니다."

"아이가 말한 이왕 선생 말입니까?"

"네, 그렇습니다."

상사가 소년이 가는 모습을 흐뭇하게 지켜봅니다. "존재만으로도 적을 불안에 떨게 하는 아이. 저 애는 그분이 악에 보내는 경고랍니다. 암요, 그렇고말고요."

상사가 소년을 보고 웃습니다. 얼른 가 보라며 손짓합니다.

"저, 안 그래도 그 일로 뵙기를 청했습니다."

"네. 후임자께서는 당혹스럽겠지요. 충분히 이해합니다. 고민을 말씀해 보시지요."

제 속을 꿰뚫는 것 같은 깊은 눈빛에 나는 잠시 할 말을 잊었습니다. 무엇부터 먼저 물어야 할지 막상 생각이 나지 않습니다.

"그이는 무슨 연유로 이곳까지 관심을 두었습니까? 무리한 대응으로 맡은 임무를 그르칠지 걱정입니다. 말씀해 주실 수 있으신지요?"

"그럴 만한 사정이 있었습니다. 그는 살아생전 이 나라 출신이었고, 이번에 겪은 일련의 사건들은 그의 기억 속 상처를 헤집어 놓기에 충분했으니까요. 몹시도 심한 충격과 심리적 고통을 불러왔을 테지요."

"아무리 그래도 그렇지요. 기억과 감정에 휘둘려서 자기 임지에 쓸 시간을 떼어 내다니요. 그러다 자칫 높으신 분께 누를 끼치면 어떡하겠습니까. 그분의 영광을 가리면요. 인간도 아닌 천사가 말입니다. 선생이요? 선생으로서 도대체 무엇을 가르쳤습니까. 왜 그이가 독단으로 일을 저지르도록 가만두셨습니까?"

"진정하세요."

상사의 말과 거기 담긴 위엄에 놀라 나는 순간 멈칫하고 주변을 훑어봤습니다. 많은 사람이 오갔지만, 다행히 각자 길을 갈 뿐 누구 하나 관심을 두지 않았습니다. 어려운 상사와 마주한 나로서는 다행이었지요. 흥분을 드러내지 않으려고 끊임없이 노력했습니다.

"그는 자신이 한 일에 대해 깊은 회한을 느꼈습니다. 하지만, 결코 그분께 누가 되지 않았지요. 제가 보증합니다. 그는 고결

하고, 사랑이 깊은 이입니다. 그의 바람은 오직 하나였습니다. 분열된 백성들이 마음을 잇고 사악한 자들에게 맞설 수 있기를, 그런 힘을 키우길 바랐습니다. 그래서 그는 자신이 받은 축복 중 일부를 전하고 가르쳤습니다. 후임자께서도 조금은 듣지 않으셨습니까? 그자들이 무엇을 끌어들이고, 무슨 해악을 끼쳤는지, 어떤 간계로 백성들을 괴롭혔는지 말입니다. 참으로 사악한 자들이 아닐 수 없습니다." 상사가 천천히 말했습니다.

물론 나도 이번 사건에 관해서 들었습니다. 하지만, 워낙 간추린 얘기인 데다가 여러 부분을 나름대로 합쳐서 이해하는 수준이어서 자세한 내막은 알지 못합니다. 나는 점점 더 궁금증과 의혹이 커졌습니다.

"그렇다고 축복을 맘대로 전하고 가르치다니요. 그것이 진정 죄가 아닙니까? 말씀해 주십시오."

"모든 걸 아시고 지켜보시는 분이십니다. 그가 영원한 결박[1]에 묶여 어두운 구덩이[2]로 빠졌습니까? 아니요. 그이는 보좌로 부름을 받았습니다. 그이의 순결한 사랑을 보셨습니다. 사명에 충성하는 높은 희생을 기뻐하셨습니다."

"그럼, 왜 저 소년입니까? 그 많고 많은 인간 중에 말입니다."

"그것은 빛나는 이의 선택이지요. 높으신 분의 계획입니다. 누구도 알 수 없는 일이지요."

"저 애가 그 힘을 감당하겠습니까? 그럴 자격이 있습니까?"

"허허…. 그것이 앞으로 후임자와 내가 할 일입니다."

상사의 웃음과 숨은 뜻이 제 맘속에 닿아서 순종의 불꽃이 피어올랐습니다. 하지만, 아직 촛불처럼 작았기에 나는 계속 묻고 또 물었습니다. 참을 수 없는 목마름에 휘둘렸습니다.

"참으로 모르겠습니다. 말씀을 듣기 전보다 더 답답해졌습니다. 더 자세히 좀 말씀해 주십시오. 도대체 언제부터였습니까?"

"그러니까, 정확히 작년 이맘때지요. 인간의 시간으로 말입니다. 나는 그때 ···
··
··
··
··."

1

 악은 더 큰 악을 끌어들이고, 선은 더 큰 선을 요구받는다.
 이왕은 어떤 어려운 요구라도 기꺼이 헌신했지만, 고된 임무 끝엔 으레 걱정과 연민에 사로잡혀서 때맞춘 철새처럼 찾아들었다. 그가 창경궁 문정전 팔작지붕 위로 세찬 날갯짓을 하며 사뿐히 내려섰다. 경내는 늦은 시간인데도 관람객들이 분주히 오가고, 군데군데 바닥 조명을 받은 전당과 궁 담들, 소나무 군락이 고즈넉했다. 홍화문 근처에는 단체 관람객이 무리를 이뤄 기념사진을 찍고 있었다. 때로 플래시를 터트리느라 즐거운 얼굴들이 하얗게 바래져도 오히려 더 환하게 웃었다. 문정전에도 비석 모양 전구색 조명이 회백색 계단과 돌길을 은은하게 비추는데, 팔작지붕 처마만 홀로 알록달록 빛깔을 뿜내고 있었다.
 뜸한 발걸음이 제 탓인 듯 머쓱해진 이왕은 급히 옷차림을 살폈다. 은색 흉갑에 깊게 팬 자국이 여럿이고, 금색 격자무늬 견갑은 왼쪽만 남아서 오른쪽 어깻죽지를 한 뼘 정도 드러냈다. 상처가 날 정도로 이번 임무는 다소 거칠었지만, 무기는 큰 손상이 없어서 그나마 다행이었다. 오른손에 든 3미터 기창도, 벨트에 꽂힌 도검 ― 검은색 철갑상어 껍질로 만든 칼집에, 순금으로 '四寅劍(사인검)'이라고 새겨져 있는 ― 도 괜찮았다. 겨드랑이 아래, 거북 등껍질 칼집에 꽂아 둔 단검도 그대로다. 이왕은 눈을 들어 환경전을 흘긋 보고 종묘 방향으로 몸을 돌렸다. (불초한 신이 또 왔습니다.) 인사동 거리, 광화문 광장까지 눈길을 당겨 오가는 사람들 모습을 훑었다. 날개를 숨기고 군청색 정장 차림으로 바꾸자, 맨살이 드러난 어깻죽지가 천천히 가린다. 무기도 장신구로 바꿨다. 왼손과 팔은 금가락지와 팔찌로 채웠다. 순간 다가오는 기척에 놀라 급히 팔찌를 어루만졌다. 발 옆으로 건들바람이 일더니 웬 사내 한 명이 쪼그려 앉아 있었다.

"아이고, 삭신이야. 손님이 끝이 없구먼. 역시 한겨울엔 군고구마만 한 게 없지. 아무렴."

무릎을 짚으며 사내가 일어났다. 연한 노란색 비니를 눌러 쓰고 유록색 항공 점퍼를 입고 있는데, 점퍼 위로 검은색 앞치마를 두르고 돈가방을 어깨에 걸쳤다. 빨간색 반 코팅 목장갑을 겹쳐 낀 두툼한 손으로 군청색 기모 바지 엉덩이를 털었다. 흰색 마스크를 쓰고 이왕을 올려다보는데 주름이 깊었다. 눈썹과 비니 밑으로 흰머리가 칠십은 족히 돼 보였다.

"내 멕시코 고산지대에서 처음 먹어본 뒤로 이렇게 맛있는 고구마는 보질 못했어." 오른손 검지를 펴서 흔들어댔다. "이번에 해남에서 가져온 놈인데, 달기가 이루 말할 수 없구먼.

이름 그대로 꿀이야, 꿀. 자주색으로 영롱한 빛깔 하며, 캬…. 섬유질이 풍부해서 성인병 예방에 탁월하고, 변비에도 좋고. 아차차, 내 정신아. 자네는 못 먹어 봤겠구먼. 인간이었을 땐 이 나라엔 아직 없었겠네. 안타깝네, 안타까워."

윙크하듯이 한쪽 눈으로 곁눈질하는데, 이왕은 그 눈빛이 찬란하기 그지없다. 초록색으로 영롱하게 빛나며 고귀한 기품을 품고 있었다. 순간, 여섯 개 날개를 힘껏 펼치며 황금색 갑옷을 입고 호령하는 위엄 있는 모습이 겹쳐 보였다.

"스랍이시여!" 놀란 이왕은 급히 무릎을 꿇고 얼굴을 지붕 기와에 대고 외쳤다.

"됐소. 나도 그대처럼 그분의 종이니 그러지 말고. 빛나는 이여, 일어나시오." 노인이 급하게 말리며 손짓했다. 어느새 정중한 말투다. "보좌에 앉으신 분의 군사여, 바엘 군단을 상대하느라 고생이 많소. 높으신 분의 축복으로 강건하길 바라오."

노인이 이왕의 다친 오른쪽 어깨에 손을 얹었다.

"고맙습니다. 나베리우스 무리를 쫓다 보니 이곳에 홀로 남았습니다. 흑마술사, 특히나 시체를 다루는 강령술사 무리가 추종하는 악마라서 끝까지 쫓을 수밖에 없었습니다." 이왕이 고개를 숙이며 대답했다. 드러났던 피부가 어느새 말끔히 가려졌다.

"케르베로스 말이오? 하긴 머리 셋 달린 개가 까마귀 형상으로 돌아다니니 쫓기가 쉽지 않소. 그나저나 그놈은 '죽음과 같은 증오가 흐르는 끔찍한' 스틱스강[3]에나 처박혀 있다고 누군가 그러던데. 이상하군, 그런 기척은 아직 내 못 느꼈소만."

노인이 장갑 낀 손으로 턱을 만졌다. 이왕은 오른쪽 어깨를 어루만지며 말하려다 멈칫하기를 반복했다.

"스랍이시여, 옆 나라 주술사들이 모여들고 있습니다." 이내 결심을 굳힌 듯 입을 뗐다. 양손을 가슴 부근까지 흔들었다. "그들은 제 나라 백성뿐 아니라 남의 백성까지 해쳐서 평화를 위협할 게 분명합니다. 임진란까지 벌써 두 번째입니다. 국권 강탈 후 수십 년입니다."

"그분 아이들이지, 그대 백성이 아니오. 억울한 과거를 모르는 바는 아니오만, 사악한 주술사도 그저 모래알 같은 존재입니다."

"대천사장이시여, 이 나라 조선을 도와주십시오. 가엾은 백성들을 살펴주십시오. 미력한 종이지만 그들을 지킬 수 있게 허락해 주십시오." 이왕은 경외심을 담아 간절하게 애원했다.

노인은 허리춤에 손을 얹고 한참을 사색에 잠겼다. 처마 위 자황색 콩새 한 마리가 기다리다 지쳤는지 푸드덕 날아올랐다.

"그럼, 내 임무와도 관련이 있으니 그러면 한동안 지켜보시오. 직접 손쓰지는 말고. 그대 상관에게는 내가 얘기해 두겠소. 그리고…, 예전에 쓰던 손에 익은 무기겠소만 바꾸시오. 순양의 기운이라니…."

노인이 손에 낀 반지를 가리켰다. 곧, 바람이 일며 노인이 사라졌다. 이왕은 홀로 남아 애틋한 눈빛으로 서울 시내를 둘러보았다.

신이 오다

*

 G 시 어느 마을. 흑록색 아스팔트 싱글 지붕에 적토색, 흰색 벽돌집 앞에 자동차 두 대가 서로 맞대고 있다. 김신은 2층 방 창틀에 기대어 아빠 김상현과 이웃집 중년 사내 최 씨의 싸움을 조마조마한 마음으로 지켜보고 있다. 싸움의 이유를 다른 사람은 몰라도 본인은 잘 알기에, 뭔가 찔리는 듯 눈만 빼꼼 내다보고 있었다.

 "아빠! 그만하고 들어와요, 언제까지 그러고 있을 거야? 일찍 출근해야지. 야, 김신! 빨리 씻고 내려와 밥 먹어."

 이때, 아침나절 모든 소리를 삼켜 버릴 듯 단호한 외침이 울려 퍼졌다. 연회색 롱 패딩을 걸친 김상현이 허둥지둥 집으로 발걸음을 옮겼고, 대거리하던 최 씨의 검은색 승용차가 빠르게 주택가를 벗어났다. 신도 화들짝 내려섰다. 신의 방은 흰색 원목 바닥, 상아색 벽지, 하얀 책상과 침대가 깨끗한 느낌을 주었고, 북유럽풍 러그와 침대 위 전구색 구름 조명이 따뜻함을 더했다. 책상 옆으로 흰색 피아노는 닫혔고, 책상 위 벽면에 노란색 미니언즈 캐릭터 포스터가 보였다. 침대 위에 옷들이 어지럽게 펼쳐졌고, 그 맞은편 철제 장식장에도 수십 종류 모형 차들이 빼곡히 채워져 있었다. 빨간 소방차, 파란 스포츠카, 노란 트럭, 하얀 구급차….

 신은 가끔 자기네 집 앞에 차를 대고 가는 최 씨가 얄미웠다. 차에 액체 괴물이라도 붙여 놓을까, 뭐라도 던질까 싶다가도 혼날까 봐 애써 참았다. 그런데, 어제는 그러지 못하고 집 앞에 있는 그의 차에 낙서를 실컷 해줬다. 자기만 아는 신기한 붓으로 그랬다. 여름 방학 때 외할머니 집에 놀러 갔다가 벽장 속에서 찾은, 미처 말씀을 못 드리고 가져와서 서랍 안쪽 작은 상자 안에 넣어 뒀던 붓이다. 너무 낡아 보여서 버리려는데, 손에 쥐고 움직이는 대로 연한 핑크빛을 내다가 사라졌다. 신기했다. 신은 어제 붓 한 자루로 참 재밌게 놀았더랬다. 잠에서 깨어 연신 눈가를 비비면서도 아빠를 응원하다가 엄마, 이진 목소리에 다급히 창틀을 내려온 참이다.

"김신! 빨리 안 내려오고 뭐 하니? 더 늦으면 아빠랑 학교 간다. 어?"

다시 울려 퍼졌다.

"네, 지금 가요."

책상에 붓을 던져두고 방문을 나갔다가, 다시 들어와서 붓을 집어 식탁으로 향했다.

흰색 벽면 타일에 원목 수납장과 서랍을 정갈하게 배치한 부엌에서 이진이 준비용 테이블에서 반찬을 담고 있다. 짧은 단발머리, 눈에 띄게 흰 피부와 오똑한 콧날, 큰 눈을 갖고 있는데, 신과 엇비슷한 키에 흰 셔츠와 치색 앞치마를 걸치고 있다. 계단에서 보니, 김상현이 이웃집 최 씨의 횡포를 이진에게 토로하고 있었다. 발을 댈 때마다 마룻바닥 울림소리가 쿵쿵하고 울렸다.

"내 집 앞에 차 내는 것까지 핀잔을 들어야 하나, 참 나. 어떻게 차 네 대를 갖고 있어. 최 씨 내외에다가 애들 둘까지,

응? 남의 집 앞에 차를 버젓이 세우더니, 이제는 내가 자기 주차 콘을 치워 버렸다고 따지더라니까? 안 보이니까 물어내라며. 적반하장도 유분수지."

"크게 싫은 내색도 못 하면서 그만해요. 그런다고 양보하실 분도 아니고 당신 기분만 상하지. 하루이틀도 아니고…. 늦었으니까 얼른 드세요." 이진이 말했다.

"그래, 잘 먹을게. 고마워."

부엌에 들어온 신은 설거지하는 이진에게 달려가 안겼다.

"엄마랑 갈 거야."

"왜 아직도 옷을 안 갈아입었어?" 이진이 잠옷 바람인 신의 눈곱을 떼어주며 말했다.

"아이, 차가워. 아직 못 고르겠어요."

이진이 엉덩이를 토닥이고 싱크대와 가까운 의자를 빼주었다. 이내 밥과 국을 정성껏 담아 신의 앞에 놓았다. 신은 식탁 의자 가로 지지대에 양발을 걸치고 밥을 먹기 시작했다. 왼손에 붓을 들어야 하니까 오른손으로 수저를 한꺼번에 들었다. 이제는 한 손에 쥐고 밥을 먹는 습관도 점점 익숙하다고 느꼈다.

"나 김칫국 싫은데, 안 먹으면 안 돼요?"

"안 돼. 골고루 잘 먹어야 쑥쑥 크지." 이진이 등을 토닥이며 말했다.

신은 시큼하고 매운 김치가 당연히 싫다. 특히 멀건 김칫국은 식감이 이상했다. 왜 자꾸 식탁에 놓는지, 어른들은 왜 좋아하는지 잘 이해할 수 없었다.

"무슨 붓이니? 어디서 났어?"

"어? 외할머니 댁에…." 신은 국을 뜨던 숟가락을 내려놓으며 얼버무렸다.

"엄마가? 그래?" 이진이 다가오며 되물었다.

이진은 앞치마에 물기를 닦고 뒤 매듭을 풀었다. 신은 말없이 가져오고 서랍에 숨겨둔 것을 들킬까 봐 쭈뼛거렸다. 나중에라도 말씀드리려던 걸 깜빡했으니, 한참 꾸중을 듣게 되리라 생각했다. 그때 밥을 거의 다 먹은 상현이 의자를 삐걱거리며 일어섰다.

"아 참, 신이 엄마! 상현이 엄마가 얼마간 와 있어도 되겠냐고 물으시던데, 당신 생각은 어때?" 이진을 보며 말했다.

"응? 상현이…, 당신 엄마? 아니, 어머님께서? 갑자기?"

이진이 깜짝 놀라 상현의 뒤를 쫓았다.

"아니, 나도 당신도 바쁘니까 신이 봐주시겠다고…."

"진짜?"

이진이 바짝 다가섰다. 상현이 안방으로 향하며 신에게 손을 흔들더니 이진의 어깨를 덥석 안았다. 신도 양팔을 펴서 크게 흔들자, 상현이 씩 웃었다. (오, 아빠 최고!)

"아오, 진짜!" 이진이 상현의 등을 후려쳤다.

"하하…, 미안 미안."

신은 얼른 일어나려고 밥을 서둘러 먹는다. 왼손엔 아직 붓을 꼭 쥐었다.

한 초등학교 정문 앞, 아이 하교를 기다리는 엄마들이 두셋씩 그룹을 지어서 모여 있다. 대부분 체육복과 패딩을 걸친 가벼운 옷차림이고, 더러는 모자를 눌러쓴 이도 있다. 정문으로 아이들이 몰려나오자 각자 아이를 데리고 흩어졌다. 이들 옆으로 가방을 메고 더벅머리를 푹 숙인 채 신이 나타났다. 한 손에 정문에서 나눠주는 전단을 받아 들고 앞뒤로 휙휙 흔들며 걷고 있었다. 뒤로 검은색 패딩을 입은 여자아이 한 명이 손을 흔들면서 뛰어오더니 신을 멈춰 세웠다.

"야, 김신. 같이 가자니까 왜 먼저 가니?" 하고 가방끈을 툭 쳤다. "태권도 학원 차 금방 올 건데 같이 가."

하지만, 신은 대답 없이 도로 위 작은 돌멩이만 걷어찼다.

"왜 그렇게 저기압이야? 너희 엄마 또 외국 나가셨어?"

여자아이는 선물 많이 사 오셔서 좋겠다며, 자기라면 돌아오실 날만 손꼽아 기다리겠다며 호들갑이다.

"야, 정소연, 그게 아니고…."

신은 자기 속도 모르고 수다를 떤다고 생각했다. 솔직히 이진이 출장을 자주 갈 때면 엄청나게 힘들었기 때문에 뭐라 할 수는 없다. 분명 상현도 있고, 금방 돌아온다는 걸 아는데도 자기를 떼 놓고 가서 너무 미웠다. 요즘은 자주 안 나가서 참 다행이라고 안심했다. 하지만, 지금은 이진 때문이 아니었다.

"너 잘 다니던 피아노도 너희 엄마 출장 가시면서 그만뒀잖아." 정소연이 신나서 예전 얘기까지 자꾸 꺼냈다. "아니야? 난 네가 치는 피아노 소리 너무 좋았는데, 아쉬워."

"아, 아니라니까!" 소리를 버럭 질렀다.

신은 왜 갑자기 엄마 얘기를 꺼내서 속을 뒤집는지, 얘가 왜 자기가 다니는 학원마다 따라다니면서 간섭하는지 통 모르겠다.

"알았어, 알았어." 정소연이 신이 가슴께로 손을 대면서 웃었다. "아니, 그러면 왜 그렇게 뾰로통한 건데?"

큰 눈을 뜨고 다가섰다.

"글쎄, 주신형 그 자식들이 나보고 거짓말쟁이라 놀리잖아. 내가 신기한 걸 보여줬거든? 자기들 눈엔 아무것도 안 보인다고 나한테 미쳤다고 하잖아."

"뭔데 그래?"

"있어, 그런 게."

"뭔데?"

"아, 너만 알고 있어. 빛이 나는 붓인데…."

"뭐, 붓? 진짜 빛이 난다고? 나도 좀 봐." 정소연이 믿기지 않는다는 투로 되물었다.

신이 붓을 건넸다.

"음, 특이하네." 정소연이 잠시 머뭇거리며 말했다.

"그렇지? 내가 더 신기한 거 발견했는데 말해줄까? 너 이 붓끝에 그림 보이지? 무슨 글씨 같기도 한데. 내가 어제저녁에 집 앞에서 놀다가 찾았어."

정소연이 아무 말 없이 한참 동안 붓을 들여다봤다. 얼굴이 붉어지고, 침을 꼴깍 삼켰다. 그러고는 신의 입만 계속 쳐다봤다.

"내가 어떤 물건에 이 글씨를 쓰면 감쪽같이 사라진다니까?"

신이 오다

물론 없어진 물건이 주차 콘이고, 오늘 아침 그것 때문에 상현과 옆집 아저씨가 싸웠다는 얘기는 굳이 하지 않았다. 자기 때문에 상현이 기분 나빠했다고 생각하니 마음이 어수선했다. 문제를 일으키고 다니는 말썽꾸러기로 보이기 싫었다.

"에이 설마, 뭐가 진짜로 없어져?" 정소연이 소심하게 맞장구를 쳤다.

그새 학원 버스가 도착해서 문을 열고 정차해 있었다. 학원을 빼먹고 그냥 집에 가려고 했던 생각도 잊고 버스로 향했다. 언제 탔는지 주신형 무리가 맨 뒷자리에 앉아서 시시덕거리고 있다. 신은 못 본 체 뒤 출입문 근처에 자리를 잡았고, 정소연도 따라와서 앉았다.

"그렇다니까. 작아서 못 봤을 수도 있는데, 아무리 찾아도 안 보여. 없어진 게 분명해."

교차로에서 버스가 우회전하면서 앞자리에 앉은 아이들 몸도 비스듬히 기울었다. 의자 손잡이를 잡고 균형을 잡으려 애쓰면서도 정소연에게 몸을 숙여 속삭였다.

"내가 오늘 몇 군데 시험 삼아 그려 봤거든. 내일 되면 진짜인지 아닌지 너도 알게 될 거야. 특히, 주신형 쟤 말야."

"어? 어, 그래."

기분이 좋아져서 웃는 신을 보며 정소연이 옅은 웃음으로 답했다. 어느 아파트 단지 상가에 있는 태권도 학원 앞에 버스가 다다랐다. 문이 열리자, 아이들이 우르르 달려 나갔다.

*

새하얀 책상에 청색 체크무늬 순면 파자마를 위아래로 입은 신이 앉아 있다. 바지 양쪽을 무릎까지 걷어 올렸는데, 회초리에 맞은 종아리가 욱신욱신 쓰라렸다. 그간 사정을 안 이진이 매를 들었다. 이렇게 많이 혼낸 건 처음 있는 일이다. 그러고는 잘못한 게 뭔지 반성문을 써 오라고 했다. 그래서 신은 잘못한 걸 고민해서 적는 중인데, 이번이 다섯 번째니까 벌써 여덟 대나 맞았다.

 이진이 어떻게 알았는가는 모두 별개다 아저씨 때문이었다. 정소연네 식당을 찾은 그가 미주알고주알 얘기했다. 자동차 소동이며 차주들 괴롭힘까지 전부. 자기도 그 일로 경찰서를 다녀왔다고 하면서 구해준 생색을 엄청나게 부렸다고 했다. 엄마의 추궁에 정소연은 하는 수 없이 마법 붓과 친구들과 벌인 일까지 다 얘기했다고 했다. 정소연 엄마는 신기한 붓은 믿지 않았지만, 다 같이 다니면서 사고 치지 말라며 잔소리를 엄청나게 늘어놓았다. 그런데 이진은 달랐다. 신이 보기에 붓에 대해서 잘 알고, 마법에 대해서도 거리낌이 없어 보였다. 신은 반가웠지만 화난 이진에게 내색할 수 없었다. 저녁 준비하면서 정소연 엄마의 전화를 받은 후로 줄곧 웃지 않았다. 신은 그런 무서운 얼굴을 제대로 쳐다볼 수가 없었다.

 잘못한 부분을 고민해 봤지만 잘 떠오르지 않았다. '나쁜 사람들을 혼내줬을 뿐인데…' 반성문 내용이 부실할 때마다 두 대씩 맞았다. 신은 회초리 맞은 데가 너무 쓰라렸다. 종이에 반성문이라 크게 적고, 생각나는 대로 또 적었다. 종이를 잡고 다시 터벅터벅 내려갔다.

반성문

선생님을 놀래켰어요.
하지만 출석부로 자꾸 애들을 때리셨어요.
주신형 옆집 할아버지가 안 했는데 한 것처럼 만들었어요.
죄송합니다.

쓰레기를 두고 안 치우고 왔어요. 잘못했습니다.
그래도 쓰레기를 이제 안 버린다니 참 다행이에요.

별개다 아저씨 오토바이를 고장 내서 죄송합니다.
좋은 아저씬지 몰랐어요. 그리고 자동차 바퀴를 뽑았어요.
세 개요.
아저씨들에게 잘못했습니다.

앞으로 다신 안 그럴게요. 엄마.

1층에 내려가니 이진이 주방 식탁 의자에 팔로 머리를 괸 채 앉아 있었다. 머리가 아파 보였다. 가까이 다가가 반성문을 건네니 이진이 한참을 들여다봤다.

"정말 이게 다니? 잘못한 게?"

이진이 식탁 위 회초리를 집어 들었다. "더 맞아야지 알겠니? 이리 와."

팔을 잡힌 채 끌려가는데 회초리가 날아왔다.

"읍!"

한 번 맞자 몸이 들썩였다. 신은 종아리가 찢어졌는지 뒤통수로 소름이 끼쳐 왔다. 두 번째를 참을 수 있을까. 다시 소름이 돋고 속절없이 깨금발이 되더니 저절로 손이 갔다. 더 화가 나실까 가만히 있으려고 해도 어쩔 수 없이 종아리를 자꾸 문질러댔다. 진짜로 손이 자기 마음 같지 않았다.

"으아, 엄마! 잘못했어요, 다, 다시는 안 그럴게요. 네?" 신이 무릎 꿇고 두 손을 싹싹 빌며 말했다.

"먼저, 후…." 크게 한숨을 내쉬었다. "이 붓 할머니 집에서 가져왔다고 했는데 누가 써도 된다고 했니? 아무도 없지?"

이진이 식탁 테이블을 회초리로 탁탁 쳤다. 신이 울면서 고개를 끄덕였다.

"얘가 겁도 없지. 물건에 이상한 빛이 보이거나 잘 모르는 힘이면 쓰질 말아야지. 그걸 왜 쓴 거야, 겁도 없이? 그리고 그런 문제를 누구한테 얘길 했어, 친구들이지?"

손바닥으로 테이블을 두드렸다.

"네, 죄송해요."

"친구들에게 자랑하고 싶었니? 남들하곤 다른 힘이 있다고 으스대고 싶었어?"

"아, 아뇨. 아니에요."

신이 두 손을 흔들었다. 아직 무릎을 꿇고 있다. 다리가 접혀서 저린지, 맞은 종아리가 눌려선지 엉덩이를 들었다.

"그냥 애들한테 인정받는 것 같아서 기뻤어요. 같이 재밌는 일, 좋은 일을 하고 싶었어요. 그게 다예요, 엄마. 진짜예요."

"그래, 좋은 일? 그럼 얘기해 보자. 잘못한 사람은 맘대로 혼내도 된다고 누가 얘기해줬어? 그게 좋은 일이니?"

신은 말없이 고개를 숙였다.

"네가 생각해서 잘못했다고 생각하면 그대로 잘못한 거가 돼? 그러면 다 혼나야 하겠니? 그럼, 경찰관 아저씨며 판사 아저씨가 왜 필요해. 법은 왜 있는 거야? 남의 물건을 함부로 하고 말야. 다하면 수백만 원이 넘는데, 아니 돈이 문제가 아니고. 허락 없이 다른 사람 물건에 손을 대는 것 자체가 말이 안 돼. 절도나 강도랑 뭐가 다르니? 엄마가 절대 그러지 말랬잖아."

이진은 손바닥을 짝짝 서로 마주쳤다. "엄마랑 아빠가 걱정할 게 뻔한데, 위험한 사람들한테 접근했잖아. 게다가 친구들까지 위험에 빠뜨렸어. 걔들이 그러자고 해도 말려야 하지 않겠니? 그리고 무엇보다 문제는, 이 모든 걸 벌이면서 아빠와 엄마한테 한 번도 상의하지 않은 거야. 네 멋대로 결정하고…, 알겠니?"

"네, 엄마."

신이 고개를 끄떡였다. 잠시 침묵이 흘러 얼굴을 들었다. 이진과 눈이 마주쳤는데, 언제부터 그랬는지 모르지만 울고 있었다. 심장이 덜컥 내려앉는 기분이 들었다.

"어, 어… 엄마, 죄송해요. 다신 안 그럴게요. 잘못했어요. 울지 마세요."

두 손으로 싹싹 빌었다.

"후…." 휴지로 눈물을 닦아내며 이진이 한숨을 쉬었다. "하나씩 잘못한 걸 얘기할 테니까 따라서 해. 손가락 다 펴고, 얼른!"

회초리로 신의 손을 가리켰다.

"일. 허락 없이 할머니 집에서 붓을 가져왔습니다." 이진이 먼저 말했다.

"일. 허락 없이 할머니, 댁에서 붓을 가져왔습니다." 신이 따라 했다.

손가락 하나를 접었다.

"이. …."

"이. …."

신이 이진을 따라 한동안 크게 외쳤는데 까닭 없이 주방 조명이 깜빡거렸다.

"됐어. 이제 뭘 잘못했는지 알겠지? 남 잘못을 섣부르게 판단해서 행동하면 안 되는 거야." 차분한 목소리로 조곤조곤 말했다. "누군가 큰 잘못을 했다고 해도 드러내지 않고 뒤에서 일을 꾸미는 건 비겁하단다. 상대방을 속이고 기만하는 거야. 아직은 어려운 얘기겠지? 음…, 정정당당하지 못하다는 얘기야. 알겠니?"

"네…."

신은 이진 목소리에 화가 좀 누그러졌다는 걸 느꼈는지 고개를 크게 끄덕였다.

"네가 가진 재능을 함부로 자랑해서도 안 되고. 특별한 힘에는 그만한 책임이 따르는 법이야. 이제 곧 중학생이니까 엄마가 얘기한 거 잘 생각해 보고, 벌로 오늘 저녁은 없어. 알았지?"

"네."

고개를 숙였다. 코를 훌쩍이며 끄덕거렸다. 잘못에 대한 벌이 뒤따른다. 방으로 돌아가려고 꿇고 있던 무릎을 천천히 폈다. 다리가 저려서 제대로 펼 수가 없었다. 신은 힘들게 주방을 나와 2층 계단으로 올라가려는데 갑자기 어지럼증이 몰려왔다. 눈앞이 흐려지더니 제대로 보이지 않았다. 핑 도는 느낌에 덜컥 겁이 났다.

"엄마! 눈이 안 보여요. 어? 어 어엄…." 이진을 애타게 불렀다.

신은 계단 초입에서 그대로 주저앉았다.

*

얼마나 지났을까. 어딘가에 누웠는데 신은 마음대로 몸을 움직일 수가 없었다.

'엄마?'

손가락 하나 까딱하지 못하다니. 왈칵 겁이 나서 소리를 질렀지만 아무 울림이 없다. 눈을 뜨고 있는지도 캄캄해서 도무지 알 수가 없었다. '엄마, 여기가 어디예요?' 눈가로 온 힘을 집중해 봐도 눈꺼풀조차 움직이는지 모르겠다. '엄마, 나 보여요?' 신은 다리에도 감각이 없고 오로지 칠흑 같은 어둠과 희미한 잡음밖에 느낄 수 없었다.

'엄마…, 아빠?'

어둠에 붙들려 숨은 쉬고 있나 하는 불안이 몰아칠 때, 갑자기 온몸이 등 뒤로 쑥 꺼져 들었다. 멈춰 있던 엘리베이터가 급하강하듯이, 아니 난기류를 만난 비행기처럼. 그래, 그런 세기로. 그렇지만 일정하게, 땅속으로 끝없이 쑥 빨려 들어가는 듯했다. 빛이 주는 아무런 정보도 없어서 무감각한데도, 곤두박질치는 느낌만 살아서 종을 치듯 가슴을 울려댔다. 신은 멀미가 난 건지 어지럼증이 또 몰려왔다. 의식이 끊기고 어쩔 도리 없이 시간에 휩쓸려 갔다.

신은 갑자기 달걀 썩는 냄새가 코를 찔러서 정신이 번쩍 들었다. 주위가 열기로 후끈했다. 휑한 기운에 아주 넓은 공간에 있음을 짐작했다. 하지만, 집 안 창문이 열려 바깥 소음이 들어오듯 이내 알 수 없는 소리가 쏟아졌다. 웅성웅성하는 소리다. 몸은 아직 움직일 수 없고 눈도 아직 보이지 않는데, 소리는 자꾸 커졌다. 퀴퀴한 냄새가 정신을 쏙 빼놓고 열기 때문에 숨을 제대로 쉴 수가 없었다. 숨이 턱턱 막혔다. 숨이 가빠왔다.

'흑…, 엄마.' 갑자기 알 수 없던 소리가 분명하게 외쳐댔다.

'으아 으악!' 이건 비명이다. 고통에 몸부림치는 수백, 수천, 아니 수만 명의 부르짖음이다. 울부짖음이었다. '악! 어떡해, 엄마….'

끼익, 캬캬캬칵.

기괴한 소리를 내며 웃고 있는 존재들이 있었다. 마치 손톱으로 칠판을 긁을 때처럼 소름 끼치는 소리가 울려 퍼졌다. 무한한 공간에서 수만의 비명과 괴기한 비웃음 소리가 만들어 내는 관 속에 갇혀 버렸다. 머리 크기만 한 그 속에 박혔다. '악!' 소리를 내보지만 아무 일도 생기지 않았다. 내고 있는지도 신은 모르겠다.

"저리 가! 이 자식들아."

바로 옆에서 한 남자가 소리를 질렀다. 거친 욕설조차 소름 끼치는 불안 속에서는 반가움으로 다가왔다. '아저씨.'

"난 아냐. 아무 짓도 안 했어. 아니야, 제발. 아악!"

'아저씨! 도와주세요.'

살이 타는 냄새가 났다.

"이 새끼들 다 죽여버리겠어. 으아 억."

뿌드득 하고 뼈가 부러지는 소리가 들렸다.

"악! 제발, 제발 거긴 안 돼. 으악!"

으갸갸갹. 오옥, 오옥, 크크큭.

"제발… 죽여줘. 끝내줘, 이 개자식들아! 으아 악!"

갑자기 정적이 감돌고 짐승들의 웃음소리만 선명해졌다. 남자의 목소리가 사라지자, 짐승들이 자기에게 올지 신은 덜컥 겁이 났다. '윽!' 불안감에 속이 바짝 타들어 갔다.

"저리 가! 이 자식들아." 갑자기 남자의 목소리가 다시 들렸다.

'아….'

괴롭힘 상대가 자신이 아니라는 안도감이 갑자기 부끄러웠다. 남자의 애타는 음성이 안쓰러워서 제발 그의 고통이 멈추기를 함께 바랐다. 하지만, 욕설과 비명은 끝이 없고 잠깐의 정적도 끝없이 몰려왔다.

"저리…."

벌써 몇 번째인지 알 수가 없다. 남자의 부르짖음과 함께 신의 바람도 절망으로 바뀌었다. 누군가 생각이라도 훔쳐 읽을까 봐 아무 말이나 반복해서 되뇌었다. 도무지 벗어날 수가 없었다.

끼익.

괴상한 소리가 귓가를 때렸다. 바로 옆이다. 신을 발견했다. 한참을 저희끼리 웅성거렸다.

"쯧쯧…."

혀를 차는 소리가 들렸다.

"넌 어떻게 들어왔냐?"

제대로 들리는 우리말이라 신은 심장이 터질 것 같다. 온몸이 굳어 왔다. 덩달아 숨도 참았다. 아니 멈췄다.

"희한한 놈일세. 흐읍, 흡."

신은 너무나 무섭다. 바로 옆에서 숨소리가 났다. 냄새를 확인하는 것 같다. 숨이 턱밑까지 차올랐다.

"이제 넌 못 돌아가, 영원히. 크크크…."

'으악!'

신이 공포에 휩싸여 소리를 질렀다. 아니, 지르고 싶어 미칠 지경이다. 소름 끼치는 웃음과 함께 손목이 타들어 가는 통증이 찾아왔다. 오른쪽 손목을 짐승이 틀어쥐었다.

'어어-엄마!'

*

새해가 밝은 지 채 며칠 되지도 않았다. 연초에 세운 희망찬 계획들을 일소할 듯 거센 바람을 타고 싸라기눈이 사선으로 내리고 있다. 어느 종합병원 간판이 보이고 이따금 눈발이 날리다가 공중으로 치솟는다. 이왕은 텅 빈 지붕 위에 느닷없이 모습을 드러냈다. 검은색 코트가 모진 바람에 펄럭였다. 마법학교 교장의 연락을 받고 오는 길이다. 출입문을 통해 내려가 건물 7층으로 향했다.

정식 면회 시간이 아닌 늦은 저녁에 찾아와선지, 그가 풍기는 신비한 분위기 때문인지 병동 근무자들이 호기심 어린 눈길을 보냈다. 이왕은 거북스러워서 고개를 푹 숙였다. 무심히 걷다 보니 신경외과 중환자실 앞에 다다랐다. 유리 자동문 맞은편 긴 의자 앞에 이진이 등을 돌리고 서 있다. 의자에는 하얀 한복을 입고 하얀 머리를 쪽을 지은 노인 한 명이 앉아 있고, 그 옆에서 중년 남성이 팔을 잡고 부축하고 있었다. 가까이 다가가자, 병원인지 착각하게 할 정도로 큰 소리가 들렸다. 순간 멈칫했다.

2

 이진은 아이를 학교에 내려주고 어느새 자유로를 달리고 있다. 아침 준비로 일찍 일어나선지 나른한 정신을 깨우려고 보조석 뒤 창문을 살짝 열어 두었다. 까만 단발머리가 뒤에서 부는 바람에 살랑살랑 흔들렸다. 이진은 지금 아들 신을 생각 중이다. 수업 준비물은 잘 챙겼는지, 곧 졸업인데 중학교는 어디로 보내야 할지 걱정이다. 집에서 가까운 곳으로 배정받으면 좋겠다고, 그저 건강하게만 자라길 바라니까 학년 평가 점수도 크게 중요하지 않다고 생각했다. 제 아빠를 닮아서 몸 쓰는 데는 소질이 없는 것 같고, 예체능 학원도 금방 싫증을 내어도 괜찮았다. 피아노, 바이올린, 성악 등 교습을 여러 가지 시켜 보아도 재능이 없어 보이는 게 오히려 다행이다 싶었다. 자신과는 다르게 되도록 평범하게 살아가길 바랐다. 아프지 말고 씩씩하게 자라면 다 좋다고.
 "후후."
 룸미러로 화장을 확인했다. 이진은 내부 순환로를 통해 독립문 사거리에서 좌회전했다. 터널을 지나자 금세 왼편으로 광화문이 보였다. 신호 대기 중에 한 무리 아주머니들이 건너가자 문득 친정엄마 생각이 났다. 핸즈프리로 전화를 걸어 봤지만 받지 않았다. 이진은 아침에 본 붓이 자꾸 마음에 걸렸다. 아이가 꼭 쥐고 있던 그 붓이 외할아버지를 떠올려서 당황스럽다. 어릴 때 본, 집안에 내려오는 그 붓인지 확인해야 했다. 경복궁을 지나 주차장에 차를 세워 두고 잠시 걸으니 마법사회 건물이 보였다. 이진은 신영 마법사회 감찰원 소속 해외 협력반 도감이다. 본관 건물 위로 무지개다리에서 도깨비 서넛이 하얀색 금화 주머니를 들고 욱닥대고 있다. 도깨비들은 본관 재무원으로 금화를 나르고 있었다.

신영 마법사회 쪽으로 다가서자, 결계가 걷히며 담장과 행각이 나타났다. 남쪽 솟을대문 앞에 집행원 직원 한 명이 나무 비녀를 들고 서 있었다. 직원 뒤로 주작 돌상이 보였다. 올림머리에 안경 쓴 중년 여성으로, 겉깃과 섶을 금색[4] 비단과 하얀색 한글 무늬로 장식한 겨울용 감색 두루마기를 입고 있다. 터질 듯 팽팽한 고동색 치마가 체형을 얼핏 짐작하게 했다. 녹지로 생각하고 접근하는 일반인들을 감시하고 있었는데, 이진이 가까이 오자 결계를 풀어주었다. 나무 비녀로 써 둔 마법 글자가 여성의 가슴 근처에 하얗게 떠 있다.

"출근 시간이라 엄청 막히죠?" 이따금 점심을 함께하곤 했기에 알은체하며 반겼다. "그냥 순간 이동하시면 편할 텐데, 그렇게 적응이 안 되세요?"

본관 마당 안쪽 누각 터를 고개로 가리켰다.

"네 주솔 반장님, 안녕하세요. 전 사양할래요." 손사래를 쳐 보였다. "그런데 오늘은 사람들이 제법 되네요. 바쁘시겠어요?"

"웬만해선 넘어오지 못하니까 괜찮아요."

양팔을 들고 어깨를 으쓱했다. 가슴 앞에 있던 마법 글자가 사라지며 다시 결계가 생성됐다.

"그럼 수고하세요."

이진은 가볍게 묵례하고 자리를 떴다. 대문을 통해 마당으로 들어서자 본관 건물이 보였다. 기와와 나무로 지은 전통 한옥이 돌 기단 위에 올려져 있었다. 겹처마 지붕이 팔을 벌려 마중했다. 창호 정문에서 아까 본 그 도깨비 무리가 나왔다. 순간 진저리가 나며 고개를 숙였는데, 제일 왜소한 한 마리가 이진에게 다가왔다.

"오! 특별한 마법사 레이디 진, 잘 지내는가?"

키가 채 1미터도 안 돼 보이지만, 부릅뜬 눈과 송곳니, 덥수룩한 수염이 위압감을 줬다. "언제 막걸리 한잔해야 하는데? 오늘 시간 어떠신가?"

"안녕하세요, 갑수 님. 일은 잘 마치셨어요?"

이진은 뜨거운 눈길이 달려들자 조금 뒤로 물러섰다.

"아, 그럼. 근데 이번엔 저놈들 때문에 십 초나 지각을 했잖은가."

뒤에 떨어져서 눈치를 살피는 인간형 도깨비들을 가리켰다. "있을 수가 없는 일이지, 도깨비가 늦다니. 감투도 없어서 인간 모습으로 지내는 저런 팔푼이들하고 같이 다니니 원."

갑수가 혀를 차며 무리를 감찰원 안쪽 행각에 있는 부엌 쪽으로 먼저 보냈다. 이들은 금화로 막걸리를 사는 중인데, 작고하신 초대 회장 — 그 후로 영구 공석으로 두고 있다. — 과 감투를 돌려주는 대가로 계약을 맺고는 벌써 백 년이 넘게 거래하고 있었다. 물론 막걸리 제조법은 총감독에게만 비밀리에 전하는데, 이진은 술맛이 좋아서 어쩔 수 없이 계약에 묶여 있는 건지 포악질을 눈감아 달라는 청탁 의미인지 도무지 알 수가 없다. 술만큼 여자를 좋아하니 곳곳에서 문제를 일으킬 게 뻔했다.

"안에 처음 보는 친구가 있던데, 자네도 아나?" 본관 쪽을 턱으로 가리키며 물었다. "요상한 기운을 갖고 있던데 조심해야지 원."

"아뇨, 누구를 말씀하시는지…. 저도 이제 막 와서요."

"알겠네. 또 보세나."

도깨비는 퉁명스럽게 말한 후 무리를 쫓아 부엌으로 향했다. 이진은 인솔자 없이 도깨비들만 활보하게 두는 게 괜찮을지 걱정했지만, 급한 마음에 애써 도리질했다. 본관 맞은편, 사대부 한옥 안채 격인 감찰원을 살펴봤다. 아홉 시 정각. 위쪽 의사원 건물처럼 출근을 모두 마쳤는지 한산했다. 자리에 들러 두루마기라도 걸쳐야 하나 잠시 고민했지만, 총감독을 만나러 서둘러 본관으로 향했다.

돌계단을 올라 안으로 들어서자, 정면으로 응접실이 보였다. 조선 후기 서울 모습을 가늠해 볼 수 있는 성시전도 벽화가 걸렸고, 그 밑으로 낮은 평상과 의자들이 놓여 있다. 응접실 위

보개 천장에 그린 청룡 한 마리가 천천히 움직였다. 얼마 전까지 현무였는데, 어느새 바뀌었으니. 왜 그럴까 궁금해서 새삼 긴장이 되고 불안해졌다. 사신이 바뀔 때마다 뭔가 큰일이 터졌기 때문이다. 응접실 오른쪽에 있는 재무원 지하 금고로 금화 주머니를 옮기는 재무반원들과 가볍게 묵례를 주고받고, 반대편 집행원과 회의실 쪽으로 향했다. 회의실을 지나 총감독실 쪽으로 들어섰다. 원목 책상을 사이에 두고 총감독과 정장 입은 한 남자가 앉아 있었다. 손님이 있어 물러나려는데 총감독이 불러 세웠다.

"이 도감, 잠깐 인사 나누시게."

"네? 네." 이진이 다가서자, 남자들이 일어섰다.

"이쪽은 감찰원 해외 협력반 이진 도감이고, 이쪽은 신흥 마법 학교에 새로 부임하신 이왕 선생."

총감독이 양쪽을 번갈아 가리켰다.

"안녕하세요. 이진입니다."

"반갑습니다. 소개받은 이왕입니다."

서로 악수를 했다. 남자는 삼십 대 초반쯤으로 자신보다 한참 어리게 보였다. 그 나이대가 보이는 풋풋하면서도 경쾌한 느낌이 아니라 차분하고 지혜로운 느낌이 들었다. 짙은 눈썹, 무쌍꺼풀로 가늘면서 큰 눈, 오똑한 콧날과 날렵한 턱선. 날카로우면서도 포근함을 동시에 주는 묘한 매력을 가졌다고 이진은 생각했다.

"서로 자주 볼 테니까 자세한 얘기는 미뤄두고. 이 선생은 살펴 가시게."

총감독이 남자를 배웅했다.

"네, 또 뵙겠습니다."

인사를 하고 나가는 남자 손에 금가락지와 팔찌가 눈에 띄었다. '남자가 가락지를…. 늙은 도깨비가 말한 이상한 기운은 저 후광을 두고 하는 소린가?'

남자의 특이한 인상에 이진은 기분이 묘했다.

*

"얘, 왜 그렇게 어깃장이야? 신병이라니까…." 노인이 예민하게 굴며 말했다. "온몸이 아프고 환상도 보고 그런다고…. 얼른 허주굿이랑 내림굿해서 신령님을 받아들여야지. 그래야 말문도 빨리 트인다. 애 잡는다 그러다."

"엄마! 그게 무슨 소리예요? 흑흑 흑…." 울고 있다. "제대로 치료받고 정신 차리는 게 먼저지. 이상한 소리 하실 거면 그냥 가세요."

이진의 억양도 덩달아 높아지고 한쪽 팔을 계속 쓸어내렸다.

"우리 귀한 손주를 두고 내가 어딜 가? 그러게, 내 너 보고 신내림 받으라 몇 번을 얘기했니? 그렇게 무시하더니만. 네 신령님이 애한테로 옮겨간 거 아니겠어?"

노인이 이진을 손으로 가리켰다. "그때 불구덩이에서 멀쩡히 걸어 나오는 널 보고, 내가 얼마나 기함을 했는데, 어? 동네 창피해서…. 네 애비 없이 그 숱한 세월을 내가—"

"그 불을 내가 냈어요? 왜 또 한참 지난 옛일을 들먹거려요. 김 서방도 있는데?" 옷소매로 눈물을 닦고 말했다. "언제나 동네 체면이 중요하죠? 엄마 남자들한테 책잡히기 싫으니까. 그게 아픈 아이 둔 딸한테 할 소리예요, 지금? 무당집 딸로 얼마나 괄시를 당했는데, 아직 초등학생인 애한테 그걸 시켜요? 안 돼요, 절대!"

무릎에 얼굴을 얹고 팔로 다리를 감쌌다.

"그만하고 진정하세요, 장모님. 이 사람도 지금 신이가 걱정돼서 그러잖아요." 남자가 이진에게 다가가 등을 두드려주며 말했다.

"신병인지 마법인지 어떻게 알아, 어? 사람부터 살리고 봐야지."

노인이 벌떡 일어서서 이진을 찌르듯 손으로 가리켰다.

"결국은 제가 맞았잖아요. 엄마는 지금 할아버지한테 마법을 물려받은 게 엄마가 아니라 저라서, 엄마야말로 어깃장 놓고 있는 거 아니에요?"

이진도 맞서 일어섰다. 당황한 노인이 눈을 크게 뜨고 입을 벌린 채 할 말을 잃었다. 어떻게 그런 소리를 할 수 있냐는 듯. 의자에 털썩 주저앉았다. 이때, 시끄러운 소리에 놀란 간호사가 다가와 주의를 주었다.

"저기, 이진 도감님. 안녕하세요? 교장 선생님 연락 받고 왔습니다."

그 덕에 조용해진 틈을 타 인사를 건네는 이왕이다.

"네? 아 네, 고맙습니다."

급하게 눈물을 훔치고 손을 다리에 문질렀다. "안 그래도 기다리고 있었어요. 선생님, 도와주세요."

이진이 바짝 다가와서 손을 그러잡았다.

"아이는 좀 어떤가요? 이름이 신이죠?"

"네, 맞아요. 오늘 갑자기 쓰러졌어요. 응급실에서 열 때문에 잠깐 발작이 온 것 같다고 했어요. 음…. 영상 검사해 보니 다행히 출혈이나 뇌졸중이 있는 건 아닌데, 뇌파 검사에서 이상이 있다고…. 으음…. 항발작제 맞고 지켜보는 중이에요. 숨쉬기도 괜찮은데 증상이 나아지지 않으면 수술해야 한다고…."

이진은 울음을 참느라 말이 자주 끊기지만 차근차근 설명했다. "근데 제가 마법사라 뇌파가 이상한 게 어찌 보면 당연해서요. 제 아이도요. 그래서, 총감독께 급하게 연락드렸어요. 도와주세요, 선생님."

혹시나 하는 기대로 몸을 기울여 다가왔다.

"네. 신이를 한번 볼 수 있을까요?"

"그럼요. 병원장님께 얘기해 주셔서 될 거예요. 잠시만요."

3

 이진이 간호사를 부르러 데스크 쪽으로 향했다. 이왕은 자신감이 넘쳐 보였던 첫 만남과 지금 모습이 너무 달라서 이진의 아픔과 당혹스러움을 충분히 짐작할 수 있었다. 잠시 후 간호사와 돌아와서 함께 중환자실 문으로 들어섰다. 침상 위에 아이가 환자 감시장치를 차고 정맥 주사를 맞으며 창백한 얼굴로 누워있었다. 경련으로 짧게 뒤척이긴 했으나 산소 호흡기를 차서인지 숨은 다행히 일정했는데, 오른쪽 손목에 붕대가 감겨 있었다. 이왕은 침상을 돌아서 이마에 손을 얹었다. 눈을 감고 아이 의식과 연결하다가 참혹한 환상에 갑자기 얼굴을 찡그리며 침을 꿀꺽 삼켰다. 아이가 겪는 열기가 느껴져서 양쪽 뺨과 온몸이 후끈거렸다. 이마에 땀이 맺혔다.
 "음… 좋지 못한 곳을 떠올려요. 잠시만 조용히 해주세요."
이진에게 몸을 돌려 말했다.
 이왕은 다시 손을 들어 신의 머리에 올렸다.
 "베네디카무스 도미노(주님을 찬양하라)." 읊조리듯 낮은 톤으로, 라틴어로 빌기 시작했다. "도미네, 미제레(주여, 자비를 베푸소서)."

밤하늘에 뜬 별을 하나하나 훔치듯 아이의 환상을 좇으며 허망한 시간이 흘렀다.

*

모두가 바삐 움직이는 쌀쌀한 아침 여덟 시 반경. 아침 인사가 시작되기 전 초등학교 6학년 2반 교실 앞이 웅성웅성 소란스럽다. 책걸상이 끌리고 넘어지는 소리가 요란하게 퍼졌다. 아이들이 복도 창문과 출입문에 모여 안쪽을 지켜보고 있다. 남자아이 서넛은 까치발로 창틀에 기대어 교실 안을 보고 오오 탄성을 지르며 웃고, 여자아이들은 걱정스러운 듯 출입문에서 서성인다. 꽃 머리 밴드로 머리를 올린 한 아이가 가방을 놓자마자 아이들을 뚫고 교무실 쪽으로 뛰어갔다. 창가 쪽 가운데 자리에서 신이 남자아이 셋과 대치 중이고, 정소연이 뒤에서 지켜보고 있다. 신과 주신형의 옷매무새가 흐트러져서는 씩씩거리고 있었다.

"야! 너 이 새끼, 니가 그랬지?"

주신형이 신의 가슴팍을 한 손으로 툭툭 세게 밀쳤다. "그렇지? 물건 없앤다고 헛소리하더니…."

"아이 씨, 왜 밀어! 내가 아니라고 몇 번을 말해, 나 아니야."

신이 주신형 팔을 쳐냈다. 태권도 대련 시간엔 상대도 안 되는 애가 쪽수만 믿고 덤빈다고 생각했다.

"왜 밀치고 그래?" 정소연이 앞으로 나서며 말했다. "그리고 왜 욕하니? 너희 자꾸 그러면 선생님한테 이를 거야."

주신형과 엇비슷한 키에 운동 신경이 좋은 정소연이 거들자, 주신형 오른쪽 뒤 뚱뚱한 아이가 멈칫했다. 두 명 대 세 명이 마주 섰지만 제법 팽팽했다.

"정소연, 넌 빠져. 넌 왜 신이 편만 들고 그래?"

정소연 쪽은 쳐다보지 않고 쭈뼛거렸다. "나만 그런 거 아니고 이종혁도 실내화가 없어졌어. 박현만 얘는 자전거 헬멧이 없어져서 오늘 버스 타고 왔대. 그렇지?" 하며 덩치 큰 아이를 쳐다봤다. "어떻게 세 명이 동시에 물건이 없어지냐고! 이게 말이 돼?"

"너희가 괴롭히는 애들이 몇 명인데 왜 나한테만 그래?" 신은 자기는 모르는 일처럼 시치미를 뗐다. "그러니까 뭉쳐 다니면서 사고 좀 그만 쳐."

주신형 무리는 급식 새치기와 여자애들 학용품 빼앗기는 일 쑤고, 요즘 들어 이유 없이 놀려대기까지 했다. 신은 이들이 정신을 좀 차리게 혼내주고 싶었다. 왜 여자아이들을 못살게 구는지, 특히 왜 정소연을 자꾸 괴롭히는지 이유를 모르겠다. 얼마 전까진 주신형과도 꽤 친하게 지냈는데 말이다. 마침, 어제 수업 후 청소도 안 하고 나가길래 이들 물건에 붓을 칠했었다. 그게 오늘 아침 없어진 모양이다. 붓이 가진 신기함 때문인지 싸움을 걸어와선지 모르겠지만 가슴이 쿵쾅거리고 자꾸 땀이 났다.

"이럴 때 쓰는 말이 있지. 귀신이 곡할 노릇이라고, 어?"

주신형이 펄쩍 뛰면서 발을 굴러대다가 불현듯 신에게 손을 펼쳐서 내밀었다. "너 그 붓 내놔 봐. 아무리 생각해도 그거 말곤 설명이 안 돼."

"거짓말한다고 놀릴 때는 언제고, 어? 나보고 미쳤다고 그랬잖아. 이제 와서? 싫어."

"아, 한 번만 보자고."

"됐어, 안 보여줄 거야." 하면서 자리에 앉아 가방을 정리했다.

"이것 때문에 재수가 없어져서 그런 거야."

주신형이 갑자기 달려들어 신의 가방 안에서 붓 통을 집어 들었다. "에잇!"

몸을 숙여 붓을 집어 던지려고 하다가 우당탕 소리에 멈췄다.

"선생님 오신다, 선생님!"

반 아이들이 자리로 뛰어들며 책걸상을 정리하며 밀쳤다. 잠시 후, 최지희 담임 선생이 몸을 한껏 앞으로 기울이며 또각또각 걸어 들어왔다. 마른 체형을 가리려는 듯 긴 머리에 웨이브를 넣어 한껏 부풀렸고 굽이 높은 구두를 신었다.

쾅.

한 손에 든 검은색 출석부를 탁자에 내리쳤다. 아니 던졌다.

"조용, 조용! 아침에 오면 뭐 하랬지?"

눈을 크게 뜨고 두리번거렸다.

"책이요."

"책 읽기요." 반 아이들이 풀이 죽어서 조그맣게 말했다.

"뭐라고?" 만족스럽지 않은지 출석부를 내리치며 소리를 질렀다.

"독서요!"

"그래. 책들 읽으면서 수업 준비하라고 누누이 얘기했지?"

선생은 턱을 한껏 치켜세운 채 팔짱을 끼고 있다. "이제 곧 중학생인데 그렇게 떠들어 대기만 해서 어떡하려고 그러니? 지정해 준 책들 다 읽을 수나 있겠어? 너희들 나이 때는 책을 많이 읽어야 한다고, 그래야 커서 우아한 성품이 자연스럽게 드러난다고 몇 번을 얘기하니. 응?"

신은 '나처럼'이 뒤이어서 들린 것 같다. 주위를 둘러보니 아이들 모두 고개를 숙이고 있어서 신도 따라 숙였다. 숨 막힌 정적이 이어지고, 옆 반이 웅성거리는 소리와 1층에 차가 후진하는 소리까지 들렸다.

"주신형, 김신. 앞으로 나와. 나머진 조용히 책 읽고."

최지희 선생은 어느새 텔레비전 밑 본인 자리에 앉아 있었다. 신과 주신형이 탁자 앞에 나란히 섰다.

"너넨 왜 싸웠어? 얘기해 봐."

주신형이 신발과 헬멧이 없어진 얘기를 털어놓고, 신은 담임 선생이 어떻게 알았는지 궁금해서 둘러보다가 반장과 눈이 마주쳤다. 반장이 서둘러 고개를 숙였다. 그 애 머리 위를 가르는 꽃무늬 밴드가 유난히 울긋불긋하다고 생각했다.

탁.

출석부를 내리치는 소리가 또 들렸다. 좀 전보다 둔탁한 소리가 났다.

"그게 말이 되니?" 최지희 선생이 일어섰다. "김신이 가져갔다고, 그것도 붓을 써서?"

"아뇨, 가져간 게 아니고 없어졌다고…." 주신형이 기어들어 가는 목소리로 속삭였다.

"그게 그거지, 아니야?" 선생이 출석부로 주신형 배를 두음을 쫓아 콕콕 세 번 찍으면서 말했다. "없어졌으면 찾아보면 되지. 그럼, 왜 애한테 따졌니? 그게 가져갔다는 말 아니야? 김신, 말해봐. 네가 가져갔어?"

신은 아무 말도 할 수 없어서 고개를 숙였다. 주신형은 셋다 물건이 사라진 게 이상하다고, 분명히 김신 때문이라고 되풀이했다. 거의 울기 직전이다. 손을 올려 얼굴을 만지고 싶은데, 억지로 참느라 몸이 뻣뻣하게 굳었다.

"됐어. 아침부터 실없는 소리나 들어야겠니?" 말을 끊었다. "너는 옷이 그게 뭐니? 선생님이 항상 복장 주의하라고 하잖아. 아무리 아빠하고만…."

"선생님!" 신이 다급히 외쳤다.

아이들 침 넘기는 소리가 들릴 정도로 정적이 다시 감돌았다.

"으흠! 내 정신 좀 봐. 별 얘기를 다 하네. 얘가 아침부터 이상한 소리를 해서…. 미, 미안하구나."

어느새 주신형 어깨가 들썩였다. 무안한 최지희 선생이 출석부로 신의 머리를 치려는 찰나, 출석부가 선생 손에서 잽싸게 쏙 빠져나갔다. 누군가 낚아채 가듯이. 저 스스로 교실 천장 이쪽저쪽으로 획획 옮겨 다녔다. 둥둥 떠다녔다.

"어? 어?" 그때마다 아이들이 놀라 소리쳤다.

모두가 어안이 벙벙해서 놀란 눈으로 바라본다.

퍽.

퍽.

갑자기 출석부가 빠르게 천장 벽을 들이받았다. 점점 크게, 점점 빠르게. 마치 천장에 짜증을 부리듯이.

"꺅!"

아이들은 책상에 한껏 머리를 대고 두 손으로 머리를 감쌌다. 더러는 책상 밑으로 숨어 들었다. '촥' 하는 소리와 함께 출석부가 둘로 찢어졌다. 출석부 겉면이 바닥에 툭 떨어졌다. 안에 있던 종이가 펄럭이며 내려오다가 잠시 멈춘 듯했다. 입질하는 낚시찌를 바라보듯 모두가 숨죽여서 바라본다. 이내 파박 소리와 함께 산산이 조각나서 흩어졌다. 마치 바람에 눈송이가 날리듯, 민들레 씨앗 뭉치에서 새하얀 깃털이 떠가듯 교실에 한가득 내렸다.

"와!" 모두 탄성을 질렀다.

어느새 책상 밑에서 나와 황홀한 듯 종잇조각을 올려다봤다. 하지만 출석부를 빼앗긴 최지희 선생은 입을 다물지 못했다.

"꺅, 엄마!" 이내 소리를 지르며 교실 밖으로 뛰쳐나갔다.

이 모습을 지켜보던 주신형과 신은 서로 눈이 마주쳤다. 주신형과 말없이 엄지를 치켜세우며, 새하얀 이를 보였다.

*

오후 다섯 시경 이른 저녁 시간, 태권도 학원 옆 분식집에 아이들이 앉아 있다. 다섯 테이블만 있는 조그만 식당에 다른 손님은 없었다. 정소연, 주신형과 늘 붙어 다니는 이종혁과 박현만, 그리고 신까지 모두 다섯 명이다. 신은 운동을 마치고 집에 돌아가기 전 떡볶이를 먹으러 왔다. 저녁밥 먹기 전이라 이진에게 혼날지 모르지만, 오늘 같은 날은 참을 수 없었다.

"야, 너희 아까 최지희 선생님 놀래서 도망가는 거 봤냐?"

도복 위에 흰색 패딩을 입고 주신형이 테이블에 몸을 기댔다. "크크, 난 그렇게 잽싼 사람인 줄 처음 알았다니까."

"으하하 루뻥뽕[5], 나도 그 큰 뽀글이 머리가 순간 이동하는 줄?" 하며 손뼉을 치는 이종혁이다.

"내일 혼나는 거 아닐까?" 큰 덩치가 안 어울리게 겁이 많은 박현만이다.

"괜찮아. 마법 붓으로 한 걸 어떻게 알겠어? 꿈에도 모를 걸?"

주신형은 의자째 뒤로 넘어갈 것 같다.

신은 아이들이 즐거워해서 뿌듯했다. 물건을 없애서 혼내주려다가 도리어 서먹해질 수 있었는데, 출석부 사건을 계기로 화해해서 다행이었다. 게다가 난처한 상황이었을 주신형을 도와서 더 기분이 좋았다. 아무래도 그렇게 말씀하시는 건 아니니까.

"야, 그만해. 선생님 자꾸 놀리지 마." 정소연이 핀잔을 주며 아이들을 말렸다. "아아, 그나저나 그 종잇조각들 너무 예쁘더라. 꼭 눈 오는 줄 알았다니까? 첫눈."

얼굴에 두 손을 갖다 대고 눈을 한껏 크게 떴다.

"야 김신. 오늘 고마웠다." 주신형이 주먹 쥔 작은 손을 신 앞으로 내밀며 말했다. "네가 말리지 않았으면 어디까지 갔을지 몰라. 진짜로 깔미[6]야."

"아냐, 내가 뭘."

신이 마주 댔다.

"야 우리, 이참에 모임 하나 만들까?" 주신형이 금방 나온 떡볶이는 안중에도 없이 말했다. "김신과 마법사들, 그러니까 매지션즈. 어때?"

"그게 뭐야?"

정소연이 배를 부여잡고 크크큭 웃었다.

"난 김매즈. 김신과 매지션즈, 아님 신매즈?"

"하하하, 차라리 김마들이라 해라. 김신과 마법사들." 이종혁이다.

"김마들? 안 돼, 꼭 욕 같단 말이야." 신이 말했다.

너 나 할 것 없이 모두가 이름을 떠올렸고 신도 어떤 이름이 좋을까 생각했다. 그렇게 떡볶이를 먹으면서 한참을 오손도손 하자니 정말 모두 다 같이 마법사가 된 기분이 들었다. 결론은 마지로 정했다. 마법 지킴이를 줄여서. 마법으로 동네를 지킨다는 의미. 보호를 받는 사람들은 어감만 비슷하게 반지, 하고 부르기로 했다. 일반인의 반을 가져와서. 신과 친구들은 마지, 다른 사람들은 반지. 아이들은 만족한 듯이 낄낄거렸고 신도 무척 마음에 들었다.

"뭔가 규칙 같은 것도 정해볼까?" 정소연이 말했다.

"그래, 좋다."

"다른 사람은 붓을 써도 아무 일도 안 생기니까 신이가 중심이야. 잘 도와야 하는 거 다들 인정?"

"그래, 당연하지." 주신형이 거들었다. "그리고 지킴이니까 거기에 걸맞은 활동만 하자. 들켜서 아빠한테 혼나는 건 절대 안 돼. 나 죽어. 글씨를 써야 하니까 기회를 만들거나 시간을 버는 일도 필요할 거야. 그렇지?"

"그래. 길막[7]이 필요할 땐 니가 붙잡고 있기로 하자." 이종혁이 박현만 어깨에 손을 얹고 말했다.

"아 싫어. 왜 나한테 그래?"

"으음, 그럼 나는 신이 옆에서 도와주는 역할 할게. 위험한 상황이 생기면 안 되니까." 정소연이 포크를 어깨 위로 들고 말했다.

"넌 왜 신이 옆에만 붙어 있으려고 그래? 달리기도 제일 빠르면서?" 주신형이 물었다.

"그러니까 더 같이 있어야지. 지켜야 하니깐."

"그래 다들 고마워." 신이 끼어들었다. "뭘 하면 좋을지 하나씩 생각해 오기로 하고, 결정은 모두 함께 있을 때 하자. 한 명도 빠지면 안 돼. 알았지?"

"그래. 그러자."

"오케이."

뭘 할지 고민해 보고 얘기하다 보니 집에 가야 할 시간이다.

"가장 중요한 건, 이 모임에 대해서는 반지들한테는 절대 비밀로 하기. 말한 사람은 평생 잼민이[8]다. 알았지?" 다들 일어서는데 정소연이 마지막으로 당부했다.

  모두가 당연하다고 자기는 절대 그럴 일 없다고 다짐했다.
해가 지며 어두워지기 시작했다.

4

"휴우…." 숨을 깊게 내쉬었다. "곧 괜찮아질 겁니다. 한동안 잠이 들 테니 너무 걱정하지 마세요."

손수건을 꺼내 이마에 난 땀을 닦았다. "근데 어쩌다 이렇게 된 건가요? 물 속성인 아이에게 맞지 않는 힘이 옮아 있는데요."

"요즘 얘가 이걸 들고 다녔어요." 이진이 붓 통을 넘겨주며 말했다.

통을 열어 보니 계모필이 하나 들어 있는데, 붉은빛이 붓 주위를 감싸고 있다.

"마력이 담긴 붓이네요. 얼마 안 남은 마력에 불 속성 정령들이 들러붙어 있습니다. 워낙에 장난을 치기 좋아해서 말이죠."

"정령요?"

"음, 요기라 해야 하나…. 붓에 붉은빛이 도는 게 보이시죠?"

붓을 이진 얼굴 앞으로 들어주었다.

"네, 보긴 했는데…, 그게 뭐죠?" 눈을 크게 뜨며 말했다.

"마법사가 붓끝에 있는 글씨를 쓰도록 유혹해서 마력을 훔치는 거죠. 여기 '可(가)' 하고 중국 글자로 쓰여 있죠? 놀아줄 테니 마력을 다오. 뭐 그런 식입니다. 마력을 다 쓴 상태로 불 속성 마법을 계속 써서 생긴 열병 같습니다."

"아…."

이진이 손으로 얼굴을 가렸다.

"도감님, 괜찮으세요?"

"엄마가 돼서 아픈 애를 혼내기만 했으니…. 어쩌면 좋아요? 게다가 이렇게 위험한 물건을 그냥 들고 다니게 놔뒀으니…, 도대체 어디다 정신을 팔고 사는지 모르겠어요. 뭐가 중요한지도 모른 채 말이에요. 아… 너무 미안해요, 너무."

이진이 슬픔에 북받쳐서 아이 침대로 다가가 손을 얹었다.

"신아, 엄마가 미안해. 흑흑…."

"아이가 그래도 참을성이 많고 심지가 곧아서 다행입니다. 위험한 곳에서도 자신을 잘 지켜냈어요."

"진짜요, 선생님?"

이진이 숨을 크게 후 내뱉으며 진정하려고 노력했다.

이왕은 망설였다. 아이를 치료해 주고, 힘을 주고 싶었다. 아, 무엇이 관심을 끌었을까. 자신을 담대히 지켜낸 아이가 대견해서일까, 엄마의 애달픔 때문일까. 인간사에 간섭할 수 없는 비통함일까 아니면, 그저 같은 마법 속성이기 때문일까. 들고 있던 손수건을 계속 만지작거렸다. 마른침을 삼켜서 울대가 힘겹게 움직였다.

"저…, 어머님이 괜찮으시다면 제가 치료를 해도 되겠습니까?"

"네, 오히려 제가 부탁드려야지요." 이진이 손을 모으며 말했다.

*

마지의 첫 미션은 쓰레기를 아무 데나 버리는 얌체 할아버지를 혼내주는 일로 정했다. 주신형은 학교 근처 다가구 주택 단지에 살고 있는데, 옆집 할아버지가 자기네 건물에 자꾸 쓰레기를 버린다고 하소연했다. 모두 처음에는 별일 아니라 생각해서 무시하려고 했었다. 그런데 건물에 함께 사는 사람들이 그 할아버지 때문에 서로 의심하고 다퉈서 절대 사소하지 않다고 주신형이 강력히 주장했다. 신은 층간 소음으로도 큰 사건이 벌어졌다는 뉴스를 봐서 공감했다. 미션 당일 주신형네 건물에 다 같이 모였다. 아침 인사 시간 약 한 시간 전쯤이다. 아침 일찍, 다들 부모들에게 안 들키고 요령껏 잘 나와서 신은 다행스럽다. 동네에는 3층 콘크리트 건물들이 1차선 도로를 사이에 두고 다닥다닥 붙어 있고, 주신형과 그 할아버지 건물은 도로 옆 더 작은 길을 두고 마주하고 있었다.

"저기 봐, 자기네 건물 앞은 깨끗하게 청소해 놓고 화분이랑 파라솔로 꾸며 놓았잖아." 주신형이 양손을 왔다 갔다 하면서 흥분했다. "그러면서 쓰레기는 남 집 앞에 갖다 버린다니까, 참 나."

"자, 모두 얘기했던 자리로 가서 지켜보자."

신은 정소연과 1층, 주신형은 3층 지붕 위에서 맞은편 건물을 지켜보기로 했다. 그 건물 1층 정문엔 이종혁이 계단으로 내려오는지 확인하고, 박현만은 두 건물이 모두 보이는 곳에서 지켜보고 있다. 머지않아 그 할아버지가 나오겠지. 추운 날씨인데도 이십 분째 밖에서 떨고 있다. 신은 잘할 수 있을지 고민이다. 혼내준다고는 하지만 뜻한 대로 되는 것도 아니고, 쓰레기가 없어진 후엔 어디로 가는지 알 수 없었다. 신은 단지 누구든 다치지 않기를, 최소한 할아버지가 버릇을 고쳤으면 좋겠다고 바랐다. 이때 박현만이 갑자기 손을 흔들며 뛰었고, 주신형이 1층으로 쿵쿵 뛰어 내려왔다. 그 소리에 신은 덜컥 긴장했다. 맞은편에 있던 이종혁이 양손을 크게 흔들고 박현만에게 갔다. 잠시 후 정문을 통해 계단을 내려오는 빼빼 마른 대머리 할아버지가 보였다. 양손에 쓰레기를 꽉 채운 하얀 봉투들을 들고 있었다. 문을 밀고 나와서 곧장 이쪽 건물로 다가왔는데, 정문 앞 보도블록에 쓰레기봉투를 툭 던져 놓고 갔다. 그냥 돌아갔다.

"어떻게 저러실 수 있지? 아무렇지 않게 배달하고 가시네."

신은 당황스럽다. 눈치를 좀 본다거나 미안해하는 느낌은 전혀 찾아볼 수 없었기 때문이다.

"그렇지? 진짜 킹받는다[9]니까."

주신형도 화가 나서 발로 벽을 찼다.

"얼른 쓰고 가자."

신은 붓을 들고 문 앞으로 갔다. 아무렇게나 던져져 있는

봉투를 보니 더욱 어이가 없었다. 쓰레기봉투 위에 글씨를 휘갈겼다.

"이제 가자. 학교 늦겠다, 얘들아."

"좀 지켜봐야 할까?" 정소연이다. "어쩌지? 너무 춥다."

"어쩔 수 없지. 그냥 가자. 나중에 돌아와서 어떻게 됐는지 볼게."

주신형이 학교 쪽으로 앞서 걸었다. 합류한 마지들이 큰길가로 접어들었다.

퍽!

퍽!

이때, 뒤쪽에서 큰 소리가 났다. 당황한 마지들이 서로를 쳐다보다가 누가 먼저랄 것 없이 학교로 뛰었다. 신의 귓가에 윙 하는 이명이 울려 퍼졌다.

다음 날 점심을 먹은 마지들은 5층 음악실 앞에 모였다. 교실 앞은 밥을 먹고 나오는 애들 때문에 소란스럽다. 최대한 가까이 모여서 얘기를 나눴다. 어제 주신형은 집 앞 편의점 아주머니로부터 얘기를 들었는데 아침에 길가에서 갑자기 큰 소리가 나서 봤더니 쓰레기가 널브러져 있었다고 했다. 차가 지나다니는 걸 방해할 정도로 넓게 퍼져 있었고, 자꾸 바람에 날려서 몇 사람이 나와서 함께 치웠다고 했다. 다행인지 우편물과 고지서 쪼가리에서 쓰레기 주인을 찾았고 마을 통장한테 얘기해서 주의를 줬다고 했다.

"어때? 잘 된 거 맞지?"

정소연이 모두를 번갈아 보았다.

"글쎄…."

박현만이 팔짱을 끼고 있었다.

"일단 오늘은 안 오던데, 며칠 두고 봐야지." 주신형이 소리를 높였다. "맨날 우리 집 앞에 버리던 걸 주의 한 번 줬다고 바뀔까? 퍽이나."

"그러게, 눈치 젬병인 듯…. 크크크." 이종혁이 놀렸다.

신은 고민하느라 아무 말도 할 수 없었다.

"왜 그래?" 그런 신을 보고 정소연이 물었다.

"응? 잘 모르겠어서…. 괜히 나 때문에 다른 분들이 고생한 것 같아서. 그 할아버지가 청소했더라면 기분이 좀 나을까? 이상하네. 마음대로 안 돼서…."

모두가 알겠다는 듯이 고개를 끄덕였다. 다들 위로의 말을 찾는 듯했다.

"그럼, 그냥 네 생각대로 해봐." 조용히 듣고 있던 박현만이 말했다.

"응? 어떻게?"

"물건이 이렇게 됐으면 좋겠다고 생각하며 쓰는 거지."

"그래. 어디로 어떻게 옮겨 줘 하면서…." 정소연이 거들었다.

"잘 될까?"

"야. 중꺾마[10]야, 알지?"

주신형이 신을 와락 끌어당겨 어깨동무했다. 신은 여전히 자신 없지만, 친구들 응원에 한번 해 봐야겠다고 다짐했다. 애써 웃어 보였.

*

 마지막 겨울방학이 시작하기 며칠 전, 마지들은 정소연 부모가 운영하는 음식점에 모였다. 정소연 엄마가 불러서 학원을 마치고 다 같이 왔다. 해장국을 전문으로 하는 가맹점인데 이 년 전 회사에서 퇴직하고 차렸다고, 처음 하는 일이라 걱정이 많았는데 다행히 손님도 많고 장사가 잘된다고 했다. 신은 별로 좋아하진 않지만 아빠 상현과 몇 번 먹은 적이 있는 순댓국을, 다른 아이들은 뼈다귀해장국을 부탁했다. 아직 저녁시간 전이라 그런지 생각보다는 손님이 적었다.

 오늘 이곳에 모인 이유는 밥도 밥이지만 미션 대상을 확인하기 위해서다. 그동안 마지 활동은 좀 뜸했었다. 여러 번 모여서 얘기를 나눴지만, 마땅한 미션을 찾기 어려웠기 때문이다. 길가에 아무렇게나 놓인 길고양이 집을 없애자는 얘기도 했다. 나무판자와 종이상자로 대충 지어져서 지저분하다고. 그렇지만 고양이들이 불쌍해서 통과. 다음으로는 건널목 근처에 쓰러져 있는 킥보드나 자전거다. 사람이 지나다니는 걸 방해해서 위험하다고. 하지만 누군가 주인이 있고, 쓰고 아무 데나 놓아둔 사람 잘못이기에 제외했다. 그 밖에도 스티커 없이 버려진 책상과 책장(너무 컸다.) 그리고 방치한 주차 콘, 자전거 따위는 대부분 환경미화원이 치워 줄 만한 물건이었다.

 그러다가 마지니까 말 그대로 나쁜 사람들을 혼내주고 동네를 지키자는 얘기가 나왔다. 모두가 동의했다. 교통 법규를 지키지 않는 배달부, 거리에 실례하는 술 취한 사람, 학교 근처에서도 과속하며 경적을 울려대는 폭주족, 아무 데서나 담배 피우고 침 뱉는 할아버지, 슈퍼 직원에게 막말하는 아줌마처럼— 평범하지만 배려심 없는 사람들이다. 동네 스토커와 성범죄자, 가족을 때리는 가정 폭력범, 싸움질하는 동네 불량배처럼 모두가 위험한 사람들이다.

쓰레기를 버리던 주신형 옆집 할아버지는 편의점 아주머니를 여러 번 찾아갔다고 했다. 자기가 버린 게 아니고 길바닥에 왜 팽개쳐져 있는지도 모른다고 핑계를 댔고, 그 뒤로는 눈치가 보였는지 집 앞에 쓰레기를 버리지 않는다고 했다. 신은 누명을 씌운 거 같아서 좀 께름칙했지만, 버릇을 고쳐서 다행이라고 생각했다. 혼내준다고 하지만 물건을 없애서 당황하게 하는 게 전부다. 신은 나쁜 사람일수록 더 위험하니까 신중히 해야 한다고 마음먹었다.

오늘 주인공은 오토바이로 배달 일을 하는 사람이다. 오후 네다섯 시쯤 혼자 와서 늘 뼈다귀해장국을 먹었다. 배달 일로 바빠지기 전에 밥을 먹기 위해서 찾는 것 같았다. 오늘도 혼자 와서 옆옆 테이블에 앉아 밥이 나오길 기다렸다. 짧은 스포츠머리를 하고 한껏 부은 얼굴에 턱수염을 까슬까슬하게 길렀다. 아마도 며칠 면도를 하지 않은 것 같았다. 살이 쪄서 뚱뚱한데도 검은 색 조거 바지와 맨투맨 셔츠 — 앞쪽에 크게 미키마우스 캐릭터가 붙여져 있는 — 를 입어서인지 날랜 인상을 줬다. 특히 발목까지 올라오는 하얀색 양말 부분이 몸과 비교해서 말도 안 되게 가늘었다. 신은 운동선수 출신인가 하는 생각마저 들었다.

마지들이 관심을 가진 이유는 다 먹은 뼈나 코 푼 휴지를 아무렇게나 식탁에 버려두었기 때문이 아니었다. 어디에나 있는 평범한 수준이야, 당연히 그럴 수 있다고 동의했다. 그런데 걸핏하면 손님이 많은데도 맛없다고 핀잔을 줘서 정소연 부모를 무안하게 했고, 셀프서비스인 추가 반찬을 부탁하면서도 홀 직원들에게 반말을 해대었기 때문이다. 맛없으면 딴 곳으로 가든지…, 굳이 매번 똑같은 걸 먹으면서 사람들을 괴롭히는지 모르겠다고, 정소연이 부모를 돕다가 얼마나 당황했을까 마지들은 걱정했다. 뭐 이 정도도 봐줄 만하다고 모두 생각했다. 마지들은 정소연과 부모님 모두 착한 사람들이니까 괜찮다고 하겠지, 하고 넘어가려고 했다. 그런데, 놀라운 짓 하나가 더 관심을 끌었으니, 바로 저녁 배달 일로 운전하면서 소주 한 병씩 꼭 마셔댔다.

"어, 나 한길이. 오늘 밤에 보는 거냐? 어 한 열 시쯤? 어. 밥 먹지 뭐해, 새꺄. 아 거기? 알았다."

뼈다귀를 게걸스럽게 잡고는 쩝쩝대며 통화했다, 버즈인지 에어팟을 끼고서. 쪽쪽 뼈를 빨고는 유리잔에 담긴 술을 삼켰다. "크으, 근데 오늘 그 여자애들도 오냐? 오케이, 알았어. 으하하. 너나 잘해 새꺄. 끊어."

목소리가 어찌나 큰지 옆에 있던 신은 자기가 다 무안했다. 결심했다. "야, 지금 바로 하는 게 좋겠다. 어때?"

마지들이 테이블 중앙으로 모였다. 옆 테이블로 소리가 새지 않도록 조심했다. 신이 조곤조곤 작은 목소리로 작전 계획을 설명했다.

"두 번 글씨를 쓸 테니까 나눠서 숨겨줬으면 좋겠어."

몇 번 글씨를 쓸지, 그러기 위해서 어떻게 도와주면 좋을지에 대해서 얘기했다. 전보다 앞장서서 작전을 진행하는 신이다. 이제부터 의지를 담아 글씨를 써보리라 마음먹었다.

"신형이랑 소연이는 저 아저씨 테이블 옆에서, 종혁이랑 현만이는 밖에 새워 놓은 오토바이 옆에서 기다려줘."

"언제? 지금?" 물어오는 주신형이다.

"어, 저 아저씨가 밥을 다 먹기 전에 시작하자."

"알았어." 주신형과 박현만이 대답했다.

"나 아직 다 안 먹었는데…."

"지금 밥이 넘어가? 빨리 와."

주신형이 이종혁 어깨를 쳤다.

작전 개시다. 모두 가방을 메고 일어섰다. 정소연과 주신형은 문 앞에 있는 남자 자리를 뒤로 돌아서 그 옆에 섰고, 이종혁과 박현만은 밖으로 나갔다. 신도 일어서서 팔 안쪽에 넣어둔 붓을 꺼냈다.

"야! 저쪽 가서 놀아." 옆에서 얘기하는 소리가 거슬렸는지 짜증을 냈다.

신은 이때를 놓치지 않고 옆자리에 놓아둔 검은색 오토바이 헬멧 ― 정수리 부분에 미키마우스 스티커가 붙어 있는 ― 에 글씨를 썼다. 서두르다가 그가 앉아 있는 의자를 걷어찼다.

"이 자식들이! 나갈 거면 빨리 나가." 놀란 그가 뒤를 돌아보고 벌떡 일어나며 소리쳤다.

신은 깜짝 놀라서는 정소연 부모에게 인사도 못 하고 주신형과 도망치듯 밖으로 향했고, 정소연은 주방으로 갔다. 밖으로 나와서 재빨리 오토바이 옆에 꿇어앉았다. 주신형까지 가세해서 셋이 신을 에워쌌다. 정소연이 나오고 다 같이 식당에서 멀어졌다. 옆 건물 사이로 몸을 숨기고 함께 상황을 지켜봤다. 그가 마침내 식당을 나왔다. 보라색 패딩을 걸치고 손에 헬멧과 전화기를 들고 있었다. 몇 걸음 걸었을까? 헬멧을 놓쳤다. 아니, 손에서 낚아채였다. 헬멧이 예상보다 멀찍이 데굴데굴 굴러갔다.

"아이, 진짜 별개 다 속을 썩이네. 뭐 하는 거야?" 남자가 짜증을 냈다.

씩씩대며 걸어가 헬멧을 주워 들고는 핸드폰을 확인하는데 호출 메시지가 정신없이 오는 것 같았다. 정신을 차리려는 듯 헬멧을 잡고 자기 머리를 쥐어박았다. 그가 뒤로 돌아서서 걸으려는 찰나, 왼쪽에 오토바이를 고정하던 받침대가 쏙 빠졌다.

"어? 어어."

남자의 손이 허망하게 오토바이를 가리켰다. 퍽 하고 쓰러지면서 빠직 하고 큰 소리가 났다.

"이런, 젠장!" 남자가 욕을 퍼부으며 오토바이를 걷어찼다.

정문에서 떨어져 있던 마지들은 이 모습을 보고 서로 낄낄대며 웃었다.

"술 마시더니 취했나 봐!" 이종혁이 눈치 없이 소리쳤다.

그가 휙 돌아보더니 한참을 쳐다봤다. 고개를 갸웃하더니 오토바이를 세워서 몸으로 지탱했다. 신이 보니 안장 앞에 플라스틱 보디가 깨져서 금이 갔다.

"아놔, 재수가 없으려니까. 별게 다 속을 썩이네."

열쇠를 찾는 듯 바지 주머니를 뒤적거렸다. 그러나 재수 없음은 이게 끝이 아니었다.

"충성! 잠시 실례하겠습니다. 혹시 술 드셨습니까? 운전하시려는 거 아니죠?"

순경 한 명이 남자를 붙잡아 세웠다. 때마침 이른 저녁을 먹으러 오던 지구대 경찰들이 이종혁 얘기를 듣고는 술 마셨다는 걸 안 모양이었다.

"아, 당연히 아니죠." 놀란 눈으로 잡아뗐다. "지금 받침대가 빠져서요. 아하하…. 정비소까지 끌고 가려고, 지금. 예."

"네, 지켜보겠습니다."

식당 앞에 한 사람이 서 있고, 나머지 경찰은 식당으로 들어갔다. 마지못해서일까? 남자가 오토바이를 끌고 나갔다. 두리번거리다가 경사진 언덕 위로 끙끙거리며 올라갔다. 이 광경을 바라보며 통쾌하게 웃는 마지들이다. 서로 손뼉을 마주치며 웃었다.

"좋았어!"

주신형과 이종혁이 하이 파이브를 했다.

"잘했어, 신아." 정소연이 신을 돌아봤다. "어? 신아, 피!"

정소연이 코를 가리켰다.

"어?"

신은 코를 닦듯 손으로 훔쳤다. 손등에 피가 묻었다. 피다.

5

 새해 들어 처음 맞는 수요일. 내일이면 초등학교 졸업식인데, 마지들은 수업이 모두 끝나고 5층 교실에 모였다. 남학생들은 책걸상에 걸터앉았고 정소연은 칠판에 그림을 그리고 있었다.

"신아, 몸은 좀 어때?" 정소연이 낙서를 멈추고 신에게 물어봤다.

"좋아. 걱정하지 마."

"눈도 퀭한 게 엄청 피곤해 보여."

 남자들 옆으로 왔다.

"괜찮아."

"다행이다."

 주신형이 신의 어깨를 짚었다. "야 근데, 우리 이대로 졸업해도 되냐? 뭐든 해야 하는 거 아니야?"

"응? 뭔 소리야?" 정소연이다.

"야, 이 소리 안 들려? 시끄러워 죽겠다. 이거 후배들 때문에라도 어떻게든 해야지."

학교 정문 쪽에서 파바박, 하는 자동차 소리가 또 들렸다. 과속 카메라를 앞두고 속도를 급하게 줄일 때 내는 소리다. 흔히 말하는 팝콘 튀기는 소리[1]. 학교 주변을 가끔 오갔는데, 이 사람들이 오늘은 작정하고 왔다고 신은 생각했다. 학교 주변을 여러 대가 빙빙 돌면서 정문 근처에서 급정거하기를 반복했다. 졸업을 앞두고 가뜩이나 싱숭생숭한 속을 막대기로 개미집 헤집듯 긁어댄다고 생각했다.

"졸업식은 내일인데 벌써 난린지 모르겠네."

이종혁이 정문 쪽 창가로 가 두리번거렸다.

"신아, 무슨 방법이 없을까?" 주신형이 물었다.

"글쎄… 차 바퀴라도 뽑아? 크크 농담이야, 농담." 오른손으로 손짓하며 말했다.

"그거 좋은데?"

주신형이 연신 고개를 끄덕였다. 모두 눈빛이 반짝였다. 이종혁과 박현만은 눈을 크게 뜨고 서로 손가락질을 했다.

정소연은 입을 틀어막았다. "내가 저 사람들 자주 가는 커피숍 알아. 안으로 들어가는 거 몇 번 봤어."

"어딘데?" 주신형이 물었다.

"어, 우리 가게 근처."

"그래? 오늘 한번 가 보자."

이종혁이 신의 어깨를 흔들었다.

"신아, 피곤할 텐데 괜찮아?" 정소연이 걱정스레 물었다.

"어 괜찮아."

신은 졸업식을 앞두고 어쩌면 이번이 마지막 미션일 수 있겠다고, 몸에 기운이 좀 없긴 하지만 참을 수 있다고 생각했다. 친구들과 커피숍으로 향했다.

점토 기와로 만든 짧은 처마와 현관 지붕, 하얀색 유럽풍 2층 건물 앞에 붉은색, 검은색, 흰색 자동차가 서 있다. 흰색 차는 유럽 B사 고급 스포츠카, 나머지는 국내 H사와 K사 양산형 스포츠카를 개조했다. 세 차 바퀴, 정확하게는 운전석 뒷바퀴가 빠져서 차 바로 옆에 놓여 있다. 커피숍인 듯한 그 건물 안쪽에서 사람들이 밖을 내다보고 있었다.

"아, 이거 놔요. 내가 안 그랬어요. 왜 그래요?"

주신형과 박현만이 목덜미를 붙잡혀 꼼짝 못 하고 끌려가고 있다.

"이거 놔요. 제발요."

정소연이 아이들을 붙잡고 있는 남자 팔을 때리며 매달렸다. "왜 우리한테 그래요. 조용히 차만 봤단 말이에요."

이종혁이 달려들어 주신형 왼팔을 그러잡고 뒤로 몸을 한껏 젖혔다.

"이리 와. 이 자식들아. 내가 다 봤어."

하얀색 청바지와 검은색 라이더 가죽 재킷을 입은 희멀끔한 남자가 선글라스를 끼고 있다. 이 사람이 주신형과 박현만을 우악스럽게 붙잡고 있다.

"어디야? 이놈들이야?"

"이놈의 자식들."

노란색, 검은색 모자를 비틀어 쓰고 선글라스를 낀 덩치 두 사람이 커피숍에서 나와서 각각 신과 박현만을 붙잡았다.

"어, 어…."

신은 허리춤을 잡혔다. 도망가려고 발버둥 쳐 보지만 당해 낼 수 없다. 당황스럽다. 마지들이 둘러싼 자동차 바퀴에 글씨를 쓰고 피하려고 했었다. 숨거나 피할 수 있는 충분한 시간을 두고 바퀴가 빠지게 했다. 아니, 그렇게 했다고 생각했다. 그런데 미처 피할 새도 없이 바퀴가 큰 굉음과 함께 빠져버렸다. 마침, 담배를 피우러 나온 차주가 이 광경을 봤다.

"갑자기 바퀴가 빠지는 걸 왜 우리한테 그래요? 아무것도 안 했다고 몇 번을 말해요." 신이 큰 소리로 외쳤다.

신은 태어나 처음으로 너무 놀라서 주저앉을 것 같고, 간이 콩알만 해지는 느낌이 너무 또렷해서 오히려 꿈인 것 같다.

"맞아요. 이게 우리 힘으로 가능하겠어요? 생각해 보세요. 억지 부리지 마세요." 하고 정소연이 따졌다. 계속해서 주변 사람들에게 도와달라 외쳤다.

"이 녀석이 막대기 같은 걸로 차 바퀴를 툭툭 치더라니까요." 가죽 재킷이 때마침 나온 커피숍 사장에게 신을 가리키며 설명했다.

"아니, 그래도 놓고 얘기해요. 애들인데…."

급하게 나오느라 목 폴라티에 노란색 버버리 숄만 두르고 있다.

"비키세요. 이놈들이 무슨 짓을 한 게 틀림없어요."

두 덩치가 신과 박현만을 억세게 끌어당겨서 꿇어앉혔다.

어떻게 해야 할지 신은 막막했다. 엄마 아빠 얼굴도 떠올랐다. 무엇보다 너무 미안했다. 자기 때문에 괜히 친구들까지 곤란에 빠졌다고 자책했다. 왜 이렇게 됐지? 아무리 생각해도 모르겠다. 어차피 불확실한 힘이니까 뜻대로 할 수 없는 걸까. 두 눈이 시려 왔다. 눈앞을 자꾸 가려서 닦아보지만, 소용이 없다. 아이들이 우는 소리, 차주들이 욕하는 소리에 신은 어지럽다.

"야! 너 소연이 아니냐?"

이때, 갑자기 익숙한 목소리가 들렸다. "너 왜 여기서 그러고 있어?"

걸걸한 목소리에 돌아보니, 오토바이를 타고 다니던 그 사람이다. 오토바이를 끌고 가던 그 배달부다.

"별개다 아저씨다." 이종혁이 말했다.

말끝마다 '별개다'를 외쳐댄다고 이종혁이 붙인 별명이다.

"아저씨, 살려주세요. 제발요!"

"아저씨, 도와주세요. 도와주세요. 우리가 안 그랬어요." 신과 박현만 누구랄 것 없이 애원했다.

"야 거기 등치들." 보라색 패딩을 입은 한길이 아이들을 붙잡고 있는 세 사람을 보며 말했다. "그 손 놓고 조용히 가라, 좋은 말로 할 때. 왜 착한 애들 괴롭히고 있냐?"

"넌 뭐야?"

가죽 재킷이 선글라스를 벗으며 한길 쪽으로 다가갔다.

"나 얘네 집 단골손님."

패딩 주머니에서 손을 뺐다.

"하! 이 자식이, 저리 꺼져."

한길이 다가오는 가죽 재킷의 다리 정강이를 오른발로 걷어 찼다. 오른발을 반발 옆으로 다시 딛고 앞으로 기우는 상대 얼굴에 양손으로 원투 훅을 쳤다. 원에 오른쪽 턱, 투에 왼쪽 광대뼈를 가격했다. 클린 히트다. 가죽 재킷은 억 소리도 하지 못하고, 그대로 앞으로 고꾸라졌다.

"뭐, 뭐야!"

이때, 한길에게 달려드는 노란색 모자가 보였다. 한길이 왼쪽으로 위빙 후 오른손 잽으로 코를 가격했다. 멈춰선 상대에게 왼손 훅으로 오른쪽 관자놀이를 가격했다. 옆으로 고목처럼 반듯이 쓰러지는 노란색 모자. 모자가 날아가 나뒹굴었다.

"어… 너 이 새끼, …죽고 싶어? 어?"

두 명 일행이 속절없이 쓰러지자, 뒷걸음질 치는 검은색 모자다. 두고 보자며 쓰러진 친구들을 두고 도망쳤다. 너무 순식간에 벌어져서 신은 제대로 봤는지도 모를 정도다. 퍽퍽 소리만 바닥을 울린 것 같았다. 신과 마지들은 어느새 함께 모여서는 입을 다물지 못했다.

"와! 아저씨 멋져요. 짱이에요!"

"진짜 끝내줘요."

마지들이 한길에게 달려가 손을 만져보고 신기한 듯 몸 이리저리를 살폈다. 그러고는 꾸벅 인사했다.

"어 어, 아저씨! 덕분에 살았어요."

"정말 고맙습니다."

"도와주셔서 고맙습니다." 신은 모깃소리만큼 작게 말했다. 이 와중에도 오토바이를 망가뜨린 게 생각나서 친구들처럼

신이 오다 73

가까이 갈 수 없었다. 고개를 숙였다. 부끄럽다고 해야 할까, 미안하다고 해야 할까. 이 상황이 너무 혼란스럽다.

"흥, 별것도 아닌 것들이 까불기는…."

옷매무시하며 목뼈를 맞추는 소리가 났다. "근데, 니들 주변엔 왜 그렇게 이상한 일들이 자꾸 생기냐? 몰려다니면서 사고 치지 마라."

한길이 큰길 쪽으로 패딩 주머니에 손을 찔러 넣고 걸어갔다. 신은 뒤뚱뒤뚱 걸어가는 한길의 뒷모습을 바라봤다. '오토바이를 망가뜨려 걸어 다닐 텐데….'

어쩔 줄 몰라 답답한 상황에서 뜻밖의 사람이 구해 주다니 그저 놀랍다. 나쁘게만 생각했던 사람에 대한 고마움, 이제 안전하다는 나른함, 엄마 아빠에 대한 그리움, 친구들에 대한 미안함. 참으로 많은 감정이 몰려왔다. 신은 고개를 묻고 엉엉 소리 내 울었다.

*

이왕은 손을 들어 신의 머리 위에 다시 댔다.

"인 노미네 빠트리스, 에 필리, 에 스삐리투스 쌍티(성부와 성자와 성신의 이름을 인하여 하나이다), 아멘."

낮은 목소리로 읊조림을 시작했다. 단호하고 확고한 어투로 빌었다. 이왕에게서 빛이 옮겨가 아이의 온몸을 감싸더니 이마에 글씨를 새겼다. 이내, 그 글자들이 더하기인지 십자가인지 모를 모양으로 뭉쳐서는 찬란한 녹색 빛을 발했다. 한참을 밝히던 빛이 천천히 사라졌다. 드디어 창백했던 얼굴이 혈색을 되찾으며 편안해진 느낌이다. 이왕은 기도를 마치고도 한참 고개를 숙였다. 얼굴에서 땀인지 눈물인지 모를 방울이 손 위로 떨어졌다. 한 손은 병상을 짚고 다른 손은 가슴을 움켜쥐었다.

"데오, 그라티아스(주여, 감사합니다)." 느리고 부드러운 음성으로 말했다. "이제 괜찮을 겁니다. 저는 이만 가볼게요."

이왕은 서둘러 유리문을 나섰다. 등 뒤에서 이진이 우는 소리가 들렸다. 문 앞 중년 남성에게 고개를 숙이고 서둘러 출구로 향했다. 발걸음이 흔들흔들 위태롭다. 이왕의 손가락에 끼고 있던 반지 하나가 사라졌다.

6

"자, 얘기 좀 나누세. 녹차 괜찮은가?"

총감독이 회의용 탁자로 안내하고 찻물이 끓는 동안 생각에 잠기자, 이진은 총감독의 뒷모습을 지켜보며 생각했다. 아흔 살이란 나이가 믿기지 않을 풍채다. 동물 변환 마법이 주는 특권인가. 스무 살 무렵 대학교 교정으로 자신을 찾아왔던 게 엊그제 같았다. 그 후로 쭉 마법사회를 함께 다니고 있으니 벌써 이십오 년이 흘렀다. 세월의 풍파를 빗나가는 게 전혀 이상하지 않은 건강한 노년이라서 안도감이 들면서도 놀라웠다.

"음, 일단 내가 마법 학교 교장을 겸하고 있으니 인사차 들렀다고 하는구먼."

탁자에 서류철을 두고 이진 쪽으로 밀었다. "아는 분과 연이 있어서 믿을 만하네만, 한번 살펴봐 주게."

"어떻게 아는 분이세요?"

이진은 이름과 주소, 연락처에 핸드폰 번호, 특기사항에 적힌 능력 분야를 쓱 살펴보고는 서둘러 서류철을 덮었다.

"전에 함께했던 동료 마법사 손자라네. 전문 분야가 구마, 물 원소, 치유 마법과 공간 마법이라니 실력은 충분하겠지. 그게 인간으로서 가능한 수준이긴 한가. 더군다나 물 원소 마법이라니…. 언제든 도움받을 수 있다면 큰 힘이 되겠지. 암."

"네, 알겠습니다."

이진은 지그시 내려다보는 눈매에 걱정하지 말게, 다 잘될 거야 하는 무언의 위로가 담겨있는 듯했다. 순간, 교정에 찾아와서 나눴던 얘기가 들려왔다. "자네도 훌륭한 마법사라네. 나라를 위해서 희생하신 자네 할아버지들처럼. 그만큼 훌륭한 사람이야." 하고. 그때 자신은 사회에 온전히 섞일 수 없었으니, 특별한 힘 탓에 물 위에 뜬 기름처럼 남들과 동떨어진 삶을 살았다. 그의 위로는 외로운 그늘에 찾아온 한 줄기 빛이자 뙤약볕에 타들어 가는 식물에 내리는 단비 같았다.

"그건 그렇고. 자네, 응접실 천장에 청룡 보았나?" 총감독이 말했다.

이진은 좀 전에 본 청룡 그림을 떠올렸다. 사신은 신영 마법사회의 네 방향 출입문 동상과 연결되어서 보개 천장에 모습을 드러냈다. 마법사회와 나라에 끼치는 위험 요인을 미리 알기 위한 조치였으니, 동쪽은 청룡, 서쪽은 백호, 남쪽은 주작, 그리고 북쪽은 현무다.

"뜸한 남쪽 주작을 제외하고 다른 신수들만 불규칙하게 드나들었지. 한데 요즘 부쩍 청룡이 자주 보이니 말이야. 아무래도 그쪽에 무슨 움직임이 있는 거야, 암." 안경을 고쳐 쓰며 습관처럼 옛이야기를 꺼냈다. "자네도 알지만 우리 신영이 어떻게 생겼나? 일제 강점기에 우리 백성, 우리 독립군 지키자고 피땀으로 세운 조직이야. 임시정부 따라서 만주나 상해 등지로 옮겨 다니다가 해방 후에야 겨우 이곳에 자리를 잡았어. 그때 이후로 이렇게 자주 보이는 건 처음 있는 일이네. 큰일이 생길까 걱정이야. 특히나 해매[12] 놈들이면 큰 사달이 벌어질 게 뻔하니…."

"네, 아직 일상 보고 외 특이점은 없습니다. 그쪽은 특별히 주시하고 있으니 너무 걱정하지 마세요. 철매[13]나 온라인 세력들도 계속 주의하겠습니다."

해매 흑마법사가 일본 군과 정계를 지원해서 한반도 침략과 태평양 전쟁에 깊이 관여했음을 자연스레 떠올렸다. 이진은 급체한 듯 명치가 뻐근했다. 답답하고 언짢은 기분이 목뒤로 뻗쳐올랐다. 그 세력들이 아직도 남아서 끝없이 해코지를 해대니 참으로 열불이 났다.

총감독실을 나오면서 이진은 일본에 있는 감찰반원들을 생각했다. 감시해야 할 자들은 너무 많은데 사람이 부족했다. 학계를 잠식한 철매뿐 아니라 최근 들어 온라인으로 활동하는 흑마법사들은 너무 많고, 여기저기 흩어져 있었다. 상관으로서 충분한 인력을 지원하지 못해서 미안하고, 그들의 노고가 새삼 고맙고 또한 안타깝다. 이진은 습관적으로 왼손 합곡혈을 꾹 눌렀다.

본관을 나와 감찰원 사무실로 향했다. 감찰원은 회원 비위를 감시하는 규찰, 적 내부에 침투하여 정보를 캐는 첩보, 반대로 그것을 막는 방첩, 이를 위해 작전을 수립하고 수행하는 공작 업무를 담당하는 부서이다. 복도 각을 통해 출입문 앞에 다다랐을 때 사무실에서 나오던 한 남자와 마주쳤다. 검은색 정장 위로 겉깃과 섶을 어두운 갈조색 비단으로 장식한 감색 두루마기를 걸쳤다. 큰 키에 깡마른 몸과 잔뜩 찌푸린 얼굴, 상관인 감찰위원 강민이다.

"복장이 그게 뭐야?" 그가 실눈을 뜨고 흘겼다.

"네? 총감독을 뵙고 오느라 아직…."

"그래? 나한텐 아무 말씀도 없으셨는데, 당신만 부르셨다고?"

믿기지 않는다는 듯 입을 삐죽 내밀었다. 금방이라도 혀를 찰 듯이.

"네, 일본 쪽 일을 부탁하셔서요."

"쳇." 강민은 얕은 한숨을 내쉬며 돌아서 갔다.

그의 뒤로 강한 사향이 따라갔고 불쾌한 감정이 코를 찔렀다. 이진은 어안이 벙벙했지만 그러려니 생각했다. 도감으로 승진한 뒤로, 저런 무시는 너무 흔해서 피할 수조차 없었다. 이진이 생각하는 세 가지 이유가 있다.

하나는 해외 협력반이 소수 정예로 움직이는 작은 부서이기 때문이다. 지방이라면 한 도를 관할하는 책임자 격이지만, 마법사회 여건상 충분한 인력이 없었다. 해외 파견 인력도 열 명이 채 되지 않았다. 인접한 아시아 국가만 한 명씩 배치했을 뿐 대륙별로 한 명씩도 버거운 실정이었으니, 일제 강점기와 한국전쟁을 겪으면서 마법사 수가 급감했기 때문이다. 백 년도 안 됐으니, 삼대가 채 지나지도 않았다. 너무 많은 마법사가 죽었고, 남은 가족 중에 마법사가 나오기도 쉽지 않았다. 전쟁의 상흔은 아직도 회복하지 못했다. 둘째는, 이진이 탐지와 방어가 전문인 지원계 마법사이기 때문이다. 지원계 마법은 공격력이 낮기 때문에, 첩보나 감시 업무 수행이 어렵다는 편견이 있었다. 힘도 약해서 반원들을 이끌 카리스마가 없다고 오해하기 일쑤다. 물론 잠시 대화를 해보면 쏙 들어갈 소리다. 끝으로, 이진 할아버지들 — 외증조부와 외조부 — 때문이다. 그분들이 신영 마법사회 창립과 그 후에 펼친 독립운동에 큰 공을 세웠다. 그 업적 덕분에 실력도 없는 사람이 초고속 승진했다고, 두 사람과 친분이 있던 총감독이 뒤를 봐준다는 소문에 시달렸다.

"후." 이진은 짧게 숨을 내쉬고 목을 살짝 돌렸다.

천천히 안으로 향했다. 머리 위를 가로지르는 두꺼운 나무 들보들을 보면서 편안함을 느꼈다. 국내 감찰반원 사무실과 대청을 지나자, 반원들과 함께 쓰는 사무실이 나왔다. 두루마기를 걸치고 컴퓨터를 켜니 바탕화면에 신이 활짝 웃고 있었다. 덩달아 기분이 풀렸다. 커다란 신의 얼굴과 달리, 모니터 아래 작은 액자에서 긴 머리 조윤희가 보였다. 작고 까만 얼굴에 큰 눈망울, 오밀조밀한 코와 입술이 웃고 있다. 눈에 선함과 강인함이 동시에 서려 있다고 이진은 느꼈다.

조윤희는 해외 협력반 반장으로 이천 년대 초 해외 비밀 작전에 함께 참여했던 부하직원이자 친구다. 일본인 남편과 열 살 무렵 초등학생 딸을 두었고, 현재 주일 대한민국 대사관 직원으로 위장해서 도쿄에 살고 있다. 총감독의 당부도 있고, 이진은 급히 연락을 해본다. 보안 메일과 암호 힌트를 담은 카카오톡 메시지를 전송했다. 마법사회 보안 시스템으로 충분할 테지만, 일종의 은어처럼 둘만 아는 비밀 대화라도 해야 안심했다.

당시 임무는 해매 흑마법사들이 노리던 뉴욕 메트로폴리탄 박물관 유물 — 이집트 태양신을 상징하는 사트하토르이우네트 펜던트 — 을 회수하는 일이었다. 감찰원 첩보팀에서 작전 계획을 미리 알아냈다. 그들은 마력 확보나 유물 연구를 위해서는 우방국 자산도 개의치 않고 훔쳤다. 감찰반원이던 이진도 작전 지원을 위해서 참가했는데, 남편과 결혼하기도 전이다. 신영 마법사회에서 보낸 감찰원 첩보팀 두 명과 공작팀 세 명, 미국에 머물던 해외 협력반원 한 명까지. 이진을 포함해서 모두 일곱 명이 투입됐다. 당시 총감독이 있었음에도 신영과 미국 마법사회의 사이를 도탑게 하고, 한국-미국 정부 간 협상력을 높이기 위해서 꼭 필요하다는 요구가 관철했다.

이진은 펜던트를 훔쳐서 JFK 국제공항으로 빠져나가는 흑마법사들을 급습한 때까지는 좋았다고 기억했다. 큰 어려움 없이 중간에서 가로챘으니. 하지만 그들의 화력과 후방 지원이 월등했기 때문에 곧바로 수세에 몰렸다. 공작팀과 해외 협력반 넷이 모두 현장에서 숨졌고, 남은 첩보팀 둘도 크게 다쳤다. 어둡고 스산한 할렘 강변 공원에서, 다친 동료들을 지키며 버티던 순간을 이진은 잊을 수 없다. 몸서리쳐지는 고통의 시간을, 그 안타까움과 허망함을. 탈취 사건을 인지한 미국 측이 오는 데까지 한 시간이 넘게 걸렸으니, 그때까지 저주 주술과 불 원소 마법뿐 아니라 총탄까지 모두 혼자 막아냈다. 그전에는 그렇게 긴 시간을 막아낸 적이 없었다. 방어막과 결계까지 동시에 써야 할 정도로 절체절명의 순간이었다. 그때 다친 첩보 팀원 중 하나가 조윤희다.

이제 와서 돌이켜보면, 그들 주신도 태양신이니 이집트 태양신을 상징하는 물건을 욕심낼 만했겠다고 이진은 생각했다. 하지만, 어디까지나 범죄다. 야욕을 저지했음에도 남은 건 허울뿐인 상처니, 작전을 강하게 요구했던 해외 협력반원도 죽어서 누구에게 따질 수도 없는 노릇이었다. 뭐, 미국 마법사회와 사이가 돈독해지긴 했다고 위안했다. 정부 간 협상은 글쎄다.

7

 상현의 늦은 저녁밥을 챙겨주고 설거지를 마친 이진이 앞치마를 풀어서 싱크대 걸이에 걸었다. 현관 등과 거실 샹들리에 조명도 끄고 부엌과 2층 계단 등만 밝혀 두고 있다. 평소라면 일찍 퇴근해서 아들과 밥을 같이 먹고 놀아주기도 했을 텐데, 이진은 상현이 몹시 바쁜 것 같아서 마음이 쓰였다. 늦은 저녁도 다 먹지 못하고 일어선 참이다. 냉장고에서 사과를 하나 꺼냈다. 2층 서재로 올라간 남편에게 가져다주기 위해서다. 과도를 왼손에 쥐고 사과를 쥐어 반시계 방향으로 깎기 시작했다. 도마에 올려두고 먹기 좋은 크기로 자른 후 하얀 디저트 접시에 담았다. 사과 접시와 마실 물을 쟁반에 담고 2층 계단으로 오르는데, 실내화와 나무 계단이 내는 통통 소리가 울려 퍼졌다. 서재 방문 밑으로 형광등 불빛과 전화 통화 음성이 새어 나왔다.
 "아, 그러면 어떻게 하라는 거야? 일정 조율을 안 해주면 그 많은 조사를 다 어떻게 받아?" 상현이 평소답지 않게 짜증을 내며 말했다. "경찰서, 노동청, 검찰청에서 다 나오래. 국세청에서도 나와서 자료 협조하라는 통에 죽겠는데 말야. 아니 중소기업에 무슨 비정기 조사를 나오냐고 어? 일주일 새에 어떻게 이럴 수가 있어?"

이진이 노크를 해도 듣지 못했는지 대답이 없었다. 문을 천천히 밀고 들어가니 상현이 돌아보며 왼손으로 전화를 가리켰다. 큰 몸이 책상 앞 창문을 다 가리고 서 있고, 머리가 어지럽게 헝클어졌다. 책상 한쪽에 접시를 두고 나오려는데 통화가 끝났다.

"후…." 상현이 입안을 한껏 부풀렸다가 긴 숨을 내쉬었다. "들었어?" 옆으로 다가온 이진을 보며 말했다.

"어 조금. 무슨 일이에요?"

"그게 좀 골치 아픈 일들이 생겨서…."

애써서 그런지 얼굴이 초췌했다. 그가 이진에게 자초지종을 설명한다. 다정다감한 성격으로 항상 솔직한 그다.

"처음엔 일주일 전에 노동청에서 출석 통지서가 왔어. 아르바이트 학생이 진정서를 넣었다고. 뭐 그래서 통지서에 적힌 날짜에 가면 되겠다 생각하고 자료 준비하고 있었거든? 근데 갑자기 경찰서랑 검찰에서도 연락이 왔다니까. 국세청에서는 사무실을 뒤집어 놓질 않나. 아주 미치겠어! 그냥."

"무슨 일인데요?"

이진은 책장 앞에 있던 의자를 가져와 앉았다.

"몰라. 나보고 무슨 참고인 조사를 받으라는데…. 국세청에선 탈세 제보가 있다고 그러고, 검찰에선 무슨 기술 유출 운운하질 않나. 아니, 근데 다들 작당한 듯 일정 조율을 안 해주니까. 미치겠어, 정말! 이거 완전 표적 수사야."

'출석 통지서, 진정서, 참고인, 기술 유출, ….' 귀에 낯선 단어들이 박혔다. 일부러 찾지 않는 이상 듣기도 어려운 말들이다. 이진 생각에도 여러 사정 기관이 한꺼번에 조사하는 건 부자연스럽다. 특히 '표적 수사'란 단어가 유난히 귀에 거슬렸다. 회사 일은 자체 개발한 기술이니, 수요와 공급에 따라 돈을 버는 정직한 사업이고 남편 또한 정직한 사람이다. 표적이라면 자신밖에 없었다. 통화를 마친 변호사 친구와 상의해서 잘 대응하겠다는 말을 듣고는 서재를 나왔다. 영문도 모르고 시달리는 상현을 더 지켜볼 수 없었다. 이진은 문에 등을 기대고 서서 연신 마른침을 삼켰다.

*

갑자기 아침 기온이 영하 10도 아래로 내려가며 날씨가 추워졌다. 추위에도 일찍 출근한 이진은 간부 회의를 위해서 본관으로 향했다. 복도 각을 통해 걷다 보니 신영 마법사회 직원들이 두루마기 안에 경량 패딩을 입고 있었다. 한옥 특성상 건물 내부는 따뜻하지만, 마당이 넓고 복도가 많다 보니 어쩔 수 없으리라 생각했다. 펑퍼짐한 외양에 답답함을 느낄 새도 없이 집행원 사무실을 지나 회의실로 갔다.

문 앞에 강민 감찰위원과 윤결 의사위원이 얘기하고 있다. 강민 위원이 10센티미터 정도 작은 윤결 위원 쪽으로 몸을 한껏 기울였다. 윤결 위원의 넓은 이마, 굵은 입술과 좁은 어깨, 트레이드마크인 까만 안경테가 고집스러움을 말해 주었다. 회의실로 들어서자, 총감독이 굳은 표정으로 원목 테이블 중앙에 앉아서 서류를 보고 있었다. 맞은편에는 집행반원 몇 명이 각 지역 도감과 화상회의를 준비하고 있다. 서열대로 배정한 총감독 왼쪽 두 번째 자리에 앉았는데, 첫 번째는 감찰위원 자리다. 감찰위원 앞엔 의사위원이, 그 옆에는 이범 재무위원이 앉았다. 포마드로 깨끗이 머리를 넘긴 반질반질한 얼굴에 반무테안경을 꼈다. 이진 자리에 앉던 김원 집행위원은 이번 사태로 인한 검찰 출석을 위해서 휴가 중이다.

오늘 안건은 최근 발생한 신영 마법사회 회원과 회원 가족에 대한 사정기관 수사다. 무거운 주제인 만큼 참석자들 낯빛이 어둡고, 침울한 공기가 가득 찼다. 강민 위원이 현황 보고와 모두발언을 시작했다.

"최근 검경과 국세청, 노동청 등 정부 기관으로부터 신영 회원과 그 가족에 대한 제한 없는 조사와 수사를 진행하고 있습니다."

자리에서 일어나 테이블에 앉아 있는 간부진과 모니터 속 각 지방 도감을 차례로 살폈다. "현재 도감 급 간부 대부분이 해당하고, 군감 급까지 포함하면 간부진 절반인 50명 이상이 대상에 올라와 있습니다. 전국으로 수사가 진행되므로 정부 고위급 관료가 지시했겠다고 생각합니다."

발표에 따르면 불특정인의 투서나 진정이 있었고, 그에 따라 사정기관들이 끼워 맞추기식, 흠집 내기 수사를 진행 중이었다. 작게는 음식점 위생 조사부터 형사사건 대상인 사업장 횡령과 기술 유출까지 회원 가족의 터전이 전부 위협받고 있었다. 이진은 간밤에 본 상현의 초췌한 얼굴이 떠올랐다. 투서와 진정을 넣은 불특정인은 누구인지, 그 요청을 받고 수사를 지시하는 자가 누구인지, 게다가 그들이 어떻게 간부진 정보를 소상히 알고 있는지 궁금해서 미칠 지경이다.

"우리 감찰원 조사에 따르면, 검경 쪽에서 해매 흑마법사를— 청와대 쪽에서 철매 인사를 만났습니다. 자세한 사항은 임혁 방첩 팀장이 설명하겠습니다."

발언을 마친 그가 이진 오른쪽 자리로 돌아와서 앉았다. 왼쪽에 앉아 있던 직원이 자리에서 일어섰다.

"사진을 봐주십시오." 임 팀장이 말했다.

모니터에 사진을 띄웠다. 얼굴이 유난히 길고 창백한 얼굴의 남자가 건물로 들어가고 있었다.

"나이 오십 대 중반으로 일본인 네즈미야입니다. 해매 흑마법사인 와가타의 제자이며, 현재 한국인과 결혼해서 이십 년째 국내에 체류 중입니다. 몇 건의 강력 사건 용의자였으나 아직 혐의가 드러나서 붙잡힌 적은 없습니다. 그가 들어가고 잠시 후 대검 쪽 인사가 모습을 보였습니다. 약 한 시간 후 함께 나오는 장면입니다."

강력 사건에 대한 질문과 답변이 이어졌다. 이진은 사진 속 인물이 어쩐지 낯이 익다. 어딘가에서 꼭 봤거나 마주친 적이 있는 얼굴이다.

"여러분께서도 잘 아시는 인물로 청와대 관계자입니다. 서

울의 한 일식집에 들어갔고, 잠시 후 철매 흑마법사인 마루야마가 들어갔습니다. 둘은 학계에서 서로 인연이 깊은 사이로서 동문임이 확인됐습니다. 이상입니다."

대강 윤곽이 드러났다. 일본 흑마법사들이 신영 마법사회를 겨냥하고 있었다. 그자들은 또 어떻게 알고 있단 말인가. 해묵은 상처를 건드렸는지 각 지방 도감이 술렁거렸다. 그들 대부분이 일제 강점기에 가족을 잃은 유족들이고 긴 세월을 고통받아 왔기 때문이다. 각자 상처와 두려움을 하소연하며 불만을 토로할 화살받이를 필요로 했다. 본부에서는 도대체 무엇을 했는지, 총감독은 왜 잠자코 있는지 따져 물었다. 하지만, 총감독은 아무 말없이 생각에 잠겨 있었다.

"자자, 여러분. 진정하십시오. 제가 한 말씀드리겠습니다."

옆자리 강민 감찰위원이 웃으며 일어섰다. "저는 흑마법사들 사주가 있다고 하지만, 정부로부터 핍박을 받는 현 상황은 우리 마법사회가 자초한 면이 크다고 생각합니다."

강민이 총감독을 한번 내려보더니 말을 이어갔다. "그것은 우리 신영 마법사회가 은둔해 왔기 때문입니다. 국민들에게 철저히 우리 존재를 숨겼고, 그로 인해서 노력에 대한 어떠한 보상도 얻지 못했습니다."

그가 의자를 돌아 등받이를 짚으며 섰다. 각 지방 도감은 여전히 웅성거렸다.

"정부와 연결고리가 없으니, 독립운동은 물론이고 근현대사에 있었던 국가 위기 상황의 활약들도 인정받지 못했습니다. 개인이 어쩌다 받은 분을 제외하고는 독립 유공자나 국가유공자로 대우받지도 못했습니다. 여러분 선친이나 조부 중에 훈포장을 받으신 분들이 계십니까?"

모니터를 보고 강민 위원이 손을 내밀었다. 도감 중 누구도 손을 들지 않았다.

"그러니 유가족은 말할 것도 없지요. 정부 보상금도, 보훈 급여도 받지 못하고 마법사회가 그 부담을 고스란히 떠안았습니다."

"그거야 당연한 거 아닙니까. 나 마법사요 하고 광고할 일 있습니까?" 한 지방 도감이 넋두리했다.

"네, 그렇게 스스로 피하고 숨어 지내왔습니다. 무엇이 두려워서인가요. 우리가 힘이 없습니까? 돈이 없어선가요? 아닙니다. 그저 스스로를 드러낼 용기가 없었고, 우리를 알릴 의지가 없었기 때문입니다." 강민이 말했다.

"강 위원, 말이야 간단하지. 그럼 알려져서 받는 괴롭힘은 어쩔 겁니까? 일반 국민들이 보내는 따가운 눈길을 어떻게 견딥니까? 하나 마나 한 소리를 참 나…." 이현 도감이 혀를 끌끌 찼다.

"그렇다고 언제까지 숨어만 있을 겁니까. 그렇게 살아왔기 때문에 외부 인지도와 세력이 거의 전무하다시피 합니다. 그러니 정부에서도 쉽게 위협할 수 있고요. 아닙니까? 마법사임을 내세우기 어렵다면 이익단체로라도 활동했어야죠. 늦었지만 앞으로라도 우리 공적을 적극 홍보해서 인정받고 국민 지지를 모아야 합니다. 더 많은 회원을 모집해서 힘도 키우고 그것을 바탕으로 국회에도 진출해야 합니다. 그래야 우리 신영 마법사회가 살아남을 수 있습니다."

"어떻게 회원을 모집한다는 거죠?" 김혁 도감이다.

"심사를 거쳐 신영에서 제명한 마법사 후손과 무속인 가입을 추진해야 합니다."

"아니, 왜놈과 밀정에게 회원들을 팔아먹은 놈들 후손을 말입니까? 그게 말이 되는 소립니까?" 지방 도감 중 유일한 여성인 고은 도감이다.

"점이나 보고 병 고쳐 준다고 사기 치는 인간들을 말입니까? 지금 장난해요? 해매에서 지원받은 흑마법사들이 무속인으로 위장하는 걸 정녕 몰라서 하는 소립니까?" 누구인지 모를 정도로 빠르게 외쳤다.

"누구십니까? 절차를 지켜주세요. 수호부나 벽사부는 우리 보호마법 체계에도 들어와 있는 겁니다. 그들을 완전히 무시할 수도 없는 거지요." 윤결 위원이 처음으로 입을 열었다.

강민 감찰위원 말에 도감들 각자 의견을 토로하면서 큰 소란이 일었다. 본부 간부진들만 말이 없이 고개를 숙였는데, 윤결 위원도 팔을 포개어 가슴에 끌어안았고 총감독도 침묵했다. 발표를 마친 방첩 팀장은 진작 자리를 비웠다.

"저는 우리 신영 마법사회 조직이 위축되고, 정부와 반목하고 있는 현 상황을 책임지고 총감독께서 자리에서 물러나셔야 한다고 생각합니다." 강민 위원이 자리로 돌아와 서서 말했다.

"아니, 그게 무슨 말씀입니까?"

이진이 놀라 테이블을 치며 일어섰다. "총감독이 계셨기에 마법사회가 존속할 수 있다는 걸 다들 아시잖아요?"

총감독이 손을 들어 이진을 만류하니 이진은 더 당황스럽다. 해방과 한국전쟁 이후 신영을 위한 총감독의 공헌은 이루 말할 수 없이 컸기 때문이다. 작고하신 부회장과 함께 회원들을 규합해서 무너지기 직전인 마법사회를 재건했고, 피해자 치료와 유족 자금 지원, 마법사 육성과 교육 따위 조직의 틀과 테두리 전반을 이끌었다. 신영에서 그의 카리스마는 필수라 해도 지나치지 않았다. 이진은 노력과 헌신에 대한 내부 도전이라고 생각했다. 이진이 강민 위원을 노려봤다. 끝이 뭉툭한 짙은 눈썹, 깊은 눈과 부은 눈두덩이가 더없이 음흉하게 느껴졌다.

"저는 총감독 재신임에 대한 회원 투표를 요청합니다." 강민 위원이 말했다.

"동의합니다. 연로하신 만큼 후학 양성을 위한 마법 학교 교장직에 전념하시는 게 좋을 것 같습니다. 그리고 변절자 문제도 후손들에게 연좌할 순 없는 노릇이고요." 윤결 위원이다.

강민 위원이 웃음으로 화답했다. '이자들이 이래서 회의 전에 소곤거렸구나' 하고 이진은 개탄했다.

"으흠." 총감독이 일어서며 말문을 열었다. "인정합니다. 반역자들 후손, 자생 흑마법사나 무속인 회원 가입에 대해서 지나치게 엄격했음은 사실이지요, 암요."

굳은 얼굴이 모니터를 바라봤다. "으흠 흠. 투표 결과에 따라서 거취를 결정하겠습니다."

"총감독님! 안 됩니다." 이진이 격하게 소리쳤지만 묵묵부답이다.

자리에 앉은 총감독은 회의 탁자 위에서 양손을 꽉 움켜쥐고 있었다.

"재무위원께서도 뭐라 말씀 좀 해주세요." 이진이 말했다.

이범 재무위원은 말없이 고개를 돌렸다. 이미 계산이 끝났는지 아무런 감정이 느껴지지 않았다. 아니, 매몰찼다. 총감독을 제외한 나머지 간부들이 거수투표를 진행했다. 과반이 찬성해서 재신임에 대한 회원 투표가 통과했다.

"그럼, 동의하신 걸로 알고 투표 일정과 방법에 대해서는 따로 안내해 드리겠습니다. 오늘 수고 많으셨습니다." 강민 위원이 말했다.

도감들이 하나둘 사라지고 화면에 까만 칸들이 늘어 갔다. 배은망덕한 사람들. 대부분 그의 제자들이었다. 어떻게 찬성표를 던질 수가 있단 말인가. 그들을 신영으로 이끌고 지금까지 보살펴 준 사람을 어떻게 내칠 수 있단 말인가. 총감독이 아니라면 도대체 누가 나서서 이 험난한 풍파를 헤쳐 나갈 수 있단 말인가. 왼쪽 가슴이 쑤시고 답답했다. 이진은 강민 위원의 농간에 속수무책으로 당했다고 생각했다. 안일했던 자신이 원망스럽다. 괜찮다고 웃으며 방으로 돌아가는 총감독을 보니 더없이 마음이 아팠다. 이진은 회의장에 홀로 남아 한참을 테이블에 앉아 고개를 숙였다.

*

간부회의를 마친 총감독이 회의실 옆 사무실 창문 앞에 서 있다. 큰 키와 몸은 세월이 무색할 정도로 강인했지만, 아무 움직임 없이 밖을 주시하는 모습에서 깊은 회한이 담겨 있다. 눈길이 마법사회 서쪽 돌담에 머물렀다. 비슷한 크기 사각 돌을 차곡차곡 쌓고 흰색 회반죽으로 고정한 정갈한 모양에서 총감독은 조금이나마 편안함과 위안을 느꼈다. 돌에 비친 추억들이 생각나서 하나하나를 오랫동안 바라봤다. 돌담 아래에는 활엽수 낙엽들이 수북이 쌓였고, 사무실 쪽으로 서 있는 소나무 서너 그루 아래에는 두록색 솔잎들이 어지럽게 흩어져 있다. 가슴에 쌓인 추억과 머리에서 흩어진 기억들이 착잡함을 몰고 왔다. '어디서부터 잘못되었나.' 현재 마법사회 상황은 지금까지 끌고 온 자신의 책임임을 통감했다. 갑자기 머릿속에 조지아 행진곡 멜로디가 떠올랐다. 그리고 무관학교 출신 어느 감찰반원이 목놓아 부르던 노래[14]가 들려왔다.

  장백산 밑 비단 같은 만리낙원은
  반만년래 피로 지킨 옛집이어늘
  남의 자식 놀이터로 내어맡기고
  종 설움 받는 이 뉘뇨
  우리우리 배달나라에
  우리우리 자손들이라
  가슴 치고 눈물 뿌려 통곡하여라
  지옥의 쇳문이 운다

해방과 함께, 총감독은 당시 신영사 부단장이던 이영 선생과 함께 귀국했다. 신영사는 상해 임시정부 비밀조직으로 흡수됐던 신영 마법사회 전신인데, 주요 임무는 임정 요원 경호, 무장투쟁 작전 시 공작, 첩보 담당 감찰반원의 결사대 지원과 광복군 참여 등이었다. 중경에서 어릴 때 거두어 주고 마법을 가르쳐 준 사람이 신영사 교관이던 이진 외증조부, 박찬 선생이다.

귀국 2년 만에 이영 선생이 마법사회를 다시 세울 때가 그의 나이 열다섯이다. 초급 변환 마법을 익힌 햇병아리 마법사였고, 이제 막 신체를 반달가슴곰으로 변신할 수 있는 수준이었다. 또 다른 힘인 불 원소 마법은 발현하지도 않았다. 당시 참여했던 신영사 동지는 중국에서 함께 귀국한 마법사 열 명 — 이영 선생을 포함해서다. — 과 신흥무관학교 졸업생 예닐곱 — 이진 외조부 박준 선생과 같이 감찰반원으로서 무관학교에서 훈련받은 이들이다. — 이 전부다.

많은 동지가 임무 중에 조국을 위해서 기꺼이 목숨을 바쳤고, 태어나던 해 회장님도 반역자의 밀고로 붙잡혀서 감옥에서 돌아가셨다. 어렵게 살아남더라도 고국에 돌아오지 않고 가족과 함께 중국과 러시아에 남기도 했다. 돌이켜 보건대, 임시정부 요인들도 정부 수립 과정에서 이념 노선과 통일 방식에 대한 견해차로 뿔뿔이 흩어졌는데— 한뜻으로 숨지 않고 마법만으로 살아남기는 불가능에 가까웠다.

조금씩 자리를 잡은 건 늦게라도 국내에 남아 있던 마법사들이 합류하면서부터다. 인원이 늘면서 유가족 지원과 마법학교 설립도 준비할 수가 있었다. 그 무렵 반민족행위처벌법이 통과했다. 평소 반민족 행위자들에 대한 처형을 강력히 주장했던 터라 붙잡은 자가 일반인이면 반민특위 특경대에 넘겼고, 마법사는 마법사회 감찰원으로 보내거나 반항하는 경우 현장에서 즉결 처분하기도 했다. 그때 나이가 고작 열일곱이다. 미성년이었지만 당시 그는 전사였다.

그해 봄, 박찬 선생께서 숙환으로 세상을 떠났다. 평생 은인인 선생의 죽음은 이루 말할 수 없는 슬픔을 가져왔다. 더욱 성숙하게 했고 단단하게 했다. 정부의 친일 청산은 반민특위 해체와 함께 흐지부지되었지만, 반역자 처단을 멈출 수 없었다. 그자들은 동료 마법사와 독립 투사를 일제에 팔아넘기고도 떵떵거리고 살았고, 해방 후에도 반성은커녕 반공을 핑계로 국민들을 모함하고 신영 마법으로 살인 청부를 일삼았다.

또 전쟁이 터졌고 분단이 되던 해 이영 부회장마저 운명했다. 부회장의 부재로 더욱 어려워진 마법사회를 챙기면서도 포기하지 않았다. 비단 반역자들뿐만이 아니었다. 그자들 자손과 제자 그리고 일본 흑마법사 지원과 교육으로 스스로 생겨난 흑마법사들이 곳곳에서 맹위를 떨쳤다. 주살을 일삼으며 제 이익을 챙겼고, 의뢰자들을 겁박해서 자신과 그자들의 지배 아래에 두었다. 총감독은 손에 피가 마를 날이 없었다.

총감독은 자문했다. 일반 국민들에게 인정받는다고? 반공 단체 아니면 살아남지 못했던 세상에서 공산당이나 빨치산으로 몰려 죽거나 해산당하지 않으면 다행이었다. 하나의 정견을 갖고 독재자 정권에 협조해야 했을까? 제주 4.3과 여수·순천 사건, 국민방위군 사건과 광주 민중항쟁을 보라. 제 국민조차 수도 없이 죽인 자들을 따를 수 있었겠는가. 창가에 서서 찬 바람을 오래 쐬었던지 그는 오른쪽 어깻죽지가 결려왔다. 불편함이 어깨를 강하게 압박하자 한 전투 장면이 떠올라 깊이 빠져들었다.

휴전 협상이 끝난 8월 어느 늦은 밤, P 시에 있는 요정 집 담장을 뛰어넘었다. 반역자와 흑마법사 처단에 혁혁한 공을 세우고 감찰위원으로 승진한 이십 대 초반 무렵이었다. 반달가슴곰 변신뿐만 아니라 운용 기술로써 땅의 기운을 활용한 신체 강화, 우수리 불곰 크기로 키울 수도 있었다. 잠입 목적은 일제 강점기에 신영 마법사들을 대거 살상한 일본인 흑마법사가 잠입했다는 첩보를 받고 그자를 잡기 위해서다.

담을 넘으니, 복도 곳곳에 전구 등이 매달려서 어둠을 밝혔다. 유리 창문으로 기모노를 차려입은 여자와 직원들이 바쁘게 다니고 있었다. 그들을 피해서 1층 건물 안으로 들어갔다. 엔카 노래와 악기 소리가 구슬프게 울렸고, 그와 반대로 시끄러운 웃음소리가 들렸다. 전체를 한꺼번에 빌린 듯 다른 손님 없이 2층에서만 큰 소리가 이어졌다. 내부 계단으로, 2층 손님용 중복도를 지나 가운데 다다미 방문 앞에 다다랐다. 문틈 사이로 낮은 주안상 위에 음식이 차려져 있다. 문 앞에 가수와 연주자가 꿇어앉아 있었다. 상 바깥쪽 가까운 곳에 사십 대로 보이는 하늘색 여름 정복을 입은 경찰이 무릎을 꿇고 있다. 깡마른 몸에 미간 주름이 깊게 패 찡그린 표정이다. 안쪽에는 검은색 전통 옷을 입은 작은 몸집에 긴 얼굴, 넓은 이마와 눈썹 짙은 괴이한 인상을 주는 역시 사십 대 같은 일본인이 정좌하고 있다. 문이 열린 옆방에는 무사 복장의 남자 둘이 그자를 경호하는 듯했다.

"와가타 선생님, 잘 좀 부탁드리겠습니다." 경찰이 찡그린 표정으로 말했다.

"여부가 있나요. 걱정하지 마세요, 강 군. 조선 유물을 싸게 가져갈 기회인데 나쁠 게 있나요?"

그자가 술잔을 들이켰다. "내가 조선 덕분에 돈을 많이 벌었어요. 아, 이제는 한국인가요? 탄광도 있고 조선소도 있고요. 전쟁이 좀 더 길었으면 좋았을 것을…, 하하하. 그리고 이제 위협이 되는 조선 마법사들도 많이 없을 테고요. 조선 놈들이 워낙 개인 능력이 출중해서 그동안 불안했는데 말이지요. 이제는 탄탄대로지요. 다 강 군 덕분이에요, 하하하."

"아닙니다. 저는 선생님이 바라시는 건 뭐든 할 수 있습니다. 시켜만 주십시오."

머리로 상을 칠 기세다. 호탕한 웃음소리가 이어지고 옆 호위무사들도 기분 좋게 술을 마시고 있었다.

쾅.

세로로 긴 일본풍 나무 창살 창호 문을 걷어차고 들어갔다. "누구 맘대로 탄탄대로야? 꿈도 꾸지 마, 이놈들아!"

"뭐야? 넌 뭐 하는 놈이야?"

경찰이 총을 빼어 들며 일어섰다.

가수와 연주자가 소리를 지르며 허겁지겁 도망갔다. 그때 건너편 상 안쪽 호위무사가 삼지창을 들고 저주 주술 인계를 맺었다. 재빠르게 200kg 정도 검은색 반달가슴곰으로 변신했다. 총을 든 경찰을 뛰어넘어 등을 보이고 앉아 있는 호위 어깨를 밟아 찍어 눌렀다. 억, 하는 소리와 함께 뼈가 부러지는 소리가 들렸다. 곧바로 마주 보이는 호위무사가 수인을 맺던 손과 얼굴을 함께 가격했다. 무사의 팔이 부러지며 목이 꺾였다.

짧게 숨을 가다듬고 몸을 뒤로 돌리려는데, 경찰관이 총을 쐈다. 곰으로 변한 상태에서 신체 강화 중인 몸에 총알이 맞고 튕겨 나갔다. 경찰에게 다가가 양팔을 뽑았다. 피와 고함이 터져 나왔다. 고통에 몸부림치며 바닥을 굴렀다. 그때, 일본인이 1층 복도로 내달리는 소리가 났다. 다급한 마음에 부서진 방문으로 쫓아 나가는 찰나, 그자가 문 옆에서 불쑥 튀어나오더니 오른쪽 어깨를 짚었다. 복도로 뛰던 저 소리는 누구란 말인가.

"헉."

외마디 숨소리와 함께 온몸에 힘이 빠져나갔다. 저주 주술에 걸렸다. 주술이 직접 피부에 접촉해선지 신체 강화는 이미 풀렸고, 변신도 풀리고 있었다. 의식도 흐려져 당황했지만 미처 풀리지 않은 왼팔로 일본인 복부를 갈랐다.

"헉 으악! 타스케테(사람 살려)!"

피가 튀었고 배를 끌어안은 그자가 출입구 쪽으로 벽에 기댄 채 기어갔다.

"헉헉…."

힘이 계속 빠져나가고 있다. 얼른 피해야 했다. 저주술이 걸린 어깨에 감각이 없어졌다. 억지로 정신을 차려 2층 창문으로 담장을 밟고 뛰어넘었다.

총감독은 창문 앞에서 여전히 어깨를 주무르고 있다. 조지아 행진곡에 맞춰 신흥무관학교 교가[15]를 읊조렸다. 근대사 격류는 일반 국민이나 마법사들이나 매한가지였다고 기억을 되짚었다. 그런 상황에서 마법사회를 열고 일반 국민들과 공존할 수 있었을까. 독재정권과 군사정권에서 조직을 유지하면서 살아남을 수 있었을까. 수많은 마법사 유족을 도울 수나 있었을까. 총감독은 가당찮다고 느꼈다. 문을 닫고 내실을 다짐 ― 마법 학교 개교를 포함해서다. ― 은 필수였다고 자신했다. 그런데 이제 와서 교류가 없었기 때문에 정부 핍박이 있다고 하는 말은 너무 결과에 맞춘 해석이었다.

칼춤 추며 말을 달려 몸을 단련코
새론 지식 높은 인격 정신을 길러
썩어지는 우리 민족 이끌어 내어
새나라 세울 이 뉘뇨
우리우리 배달나라에
우리우리 청년들이라
두 팔 들고 소리질러 노래하여라
자유의 깃발이 떳다

총감독은 결심을 굳히고 자리로 돌아가 수화기를 들었다.

번호를 누르고 신호가 멈추기를 기다렸다. 긴 신호음이 멈추고 전혀 반갑지 않은 상대가 응답했다. 무, 무슨 일이냐고 버벅거렸다. 난처함과 어색함을 허튼 웃음으로 얼버무렸다. 당황한 눈치다. 자신이 아직 살아있어서 놀랐냐고, 이제는 원로가 되었겠다고 조롱하듯 물었다. 대답하기 곤란해하며 말끝을 흐렸다. 나이에 맞게 현명해져야 한다고, 싸울 상대를 잘 골라야 하지 않겠냐고도 물었다. 무슨 뜻인지 모르겠다며 발뺌했다. 순간, 하복부와 오금, 아니 더 아래 발바닥에서부터 참을 수 없는 분노가 끓어올랐다. 어금니를 악물며 가까스로 화를 가라앉혔다. 총감독은 딱딱하고 사무적인 어조로 크고 무겁게 말했다. 이번 일에 가장 가까이에 있을 그자에게. 초년 시절 동료 마법사를 밀고한 변절자를 찾아 헤매던 절박함으로, 변명도 부끄러움도 없이 반항하는 그들을 응징하던 단호함으로. 총이라도 쥐었다면, 방아쇠를 당기는 심정으로.

"신영, 건드리지 마세요. 내가 아직 여기 있습니다."

말문이 막힌 상대를 내버려두었다. 총감독은 눈을 질끈 감고 잠시 생각을 정리하느라 미동도 하지 않았다. 양손을 풀었다가 세게 움켜쥐었다.

8

 해넘이가 막 끝난 시각, 서울의 회색 하늘에 붉은 노을이 펼쳐졌다. 스모그 안개는 걷혔지만, 붉은빛이 잦아들며 점점 어두워진다. 사람 왕래도 없어서 건물 외곽이 한산하다. 마법사회 동쪽 출입문이 보이고 행각이 길게 늘어섰는데, 부연 없이 홑처마 지붕 밑으로 나무 서까래가 땅을 찌를 듯이 길게 뻗었다. 출입문 밖 낮게 솟은 작은 둔덕 위에 성인 팔뚝만 한 회색 쥐가 짧은 앞다리를 들고 서 있다. 쥐 앞으로 한 중년 여성이 구부정하게 서 있었다. 감색 두루마기를 입고 한 손에 나무 비녀를 늘어뜨렸다. 자세히 보니 몸을 앞뒤로 살짝살짝 흔들었다. 고개도 덩달아 흔들렸는데 땅 아래 쥐를 바라보며 붉은빛을 내쏘고 있었다.

 "2022년 12월 도깨비 금화 수입 108만 달러," 낮고 일정한 톤으로 떠듬떠듬 말했다. "23일 마법사 유가족 협의회 간담회, 30일 감찰반원 육성과 지원에 관한 규칙 상성, 총원 112명 중 70명 내근 중…."

신영 마법사회 중요 정보를 줄줄 읊었다.

"총감독 지방 도총감 출장, 이진 도감 아들 마법 학교 입학 예정, 물 원소 마법 추정."

중요 인물 움직임과 마법 학교 정보까지 보고했다. 잠시 말하기를 멈추고 몸도 멈추었다.

"2022년 12월 도깨비 …, …, 이진 도감 …, 물 원소 마법 추정." 다시 몸을 흔들며 말하고 쉬기를 반복했다. "2022년 …, …, 물 원소 마법 추정…."

"2022년 …, …, … 추정."

대략 이십 분 정도 후 앞뒤로 흔들리던 몸이 멈췄고 눈도 본디 색을 찾아 돌아왔다.

"훗." 입술 양쪽이 올라가며 짧은 비웃음이 새어 나왔다.

쥐가 마법사회 부지를 벗어나 도심으로 내달린다. 함께 있던 중년 여성은 나무 비녀를 휘둘러 열려 있던 결계를 다시 치고는 동쪽 출입문 안으로 들어갔다. 잠시 후 청룡 돌상 눈에 파란 불빛이 들어왔다가 사라졌다. 여자의 정보는 다음 쥐로 차질 없이 전달했다. 쥐에서 쥐로, 그리고 마침내 그에게로.

같은 시각 P 시 'O' 구에 있는 산 둘레길의 어느 지점, 들머리 약수터로 사람들이 하나둘씩 모습을 보였다. 산행을 마치고 일렬로 늘어선 아파트 단지 사이로 내려갔다. 집으로 돌아가는 발걸음들이 가볍다. 더러 약수를 받아 가느라 하산이 늦기도 했지만, 어느새 인적이 드물었다. 간간이 설치한 조명으로는 밤이 찾아오는 속도를 늦추지 못했다. 어두운 약수터 위쪽 편백 숲 아래에 작은 정방형 나무 정자가 하나 있다. 세 평

남짓한 크기에 굵은 나무 기둥을 네 모퉁이에 깊이 박았고, 그 위로 홑처마 지붕이 올려져 있다. 정자로 내려오는 산바람을 막을 요량인지 숲 쪽 축대 벽면에 철판 임시 벽이 둘러쳐 있었다.

지면과 한 뼘 정도 떨어진 정자 마루 한가운데에 네즈미야가 큰대자로 누웠다. 형광색 무늬가 들어간 파란색 겉옷에 진회색 팬츠를 입고, 귀마개가 달린 검은색 등산 모자를 얼굴 위에 올렸다. 바로 옆에 배낭이 놓여 있다. 네즈미야와 철판 임시 벽 사이, 바람이 들지 않는 그곳에 한 무더기 회색 쥐가 우글거렸다. 더러는 그를 보고 있고, 더러는 임시 벽을 오르며 긁어댔다. 더러는 죽은 듯 꼼짝하지 않고, 더러는 펄쩍펄쩍 뛰면서 자리를 차지하려 비벼댔다. 쇠 긁는 소리와 쥐 소리가 온통 주위를 울린다. 갑자기 네즈미야가 장갑을 벗어 배낭 위로 집어 던졌다. 핸드폰 번호를 누르고 얼굴로 가져갔다. 신호가 울리자, 쥐들도 죽은 듯 숨을 죽였다.

"모시모시(여보세요). 센세(선생님), 네즈미야입니다. 하잇." 고개를 끄덕거리며 말했다. "일상 보고 외 특이 사항은 없습니다."

전화기 너머에서 고함을 치자 핸드폰을 든 손이 덜덜 떨렸다.

"금화 108만 달러로 지난달과 비슷하고, 하잇. 지난달보다 3만 달러 많습니다. 하잇."

자신도 모르게 앞뒤로 몸을 하나둘 세 박자로 흔들었다. "총감독이 지방 도총감으로 출장 중인데, 목적은 불명입니다.

…. 하잇."

그러고는 다리를 떨었다. 따다닥 한 박자. "이진 도감 아이가 마법 학교에 입학 예정입니다. 하잇, 하잇. 물 원소 마법으로 추정됩니다."

4분의 4박자로 세 박자를 몸을 흔들고, 셋잇단음표로 다리를 떨었다. 갑자기 몸짓을 멈췄다. 수화기 너머에서 무언가를 던지는 소리가 나더니 긴장한 나머지 다시 움직임을 시작했다. 앞뒤로 몸을 하나, 둘 셋, 다리를 타다닥타다닥. 하나, 둘, 셋 타다닥타다닥.

"하잇, 말씀하신 자의 조부와 부친 행적도 추적하고 있습니다. 하잇, 하잇, 하잇. 시츠레이시마시타(실례했습니다)."

전화를 마치니 이마에 땀이 송골송골 맺혔다. 떨어뜨리지 않으려고 얼마나 안간힘을 썼는지 손이 부들부들 떨렸다.

"후 우우." 크게 한숨을 내쉰 후 모자를 찾아 눌러썼다.

와가타 선생은 언제나 간담을 서늘케 했다. 네즈미야는 자신도 모르게 다리를 심하게 떨었음을 느꼈다. 물 원소 마법에 크게 동요하는 선생을 이해할 수가 없다. 불 마법과 저주 주술에 비해 쓰는 사람도 많지 않고, 파괴력과 살상력도 낮은데…. 마치 금방이라도 큰일이 날 것처럼, 그 소년이 엄청난 걸림돌이 될 것처럼 고함쳐대는 이유가 무엇일까 궁금했다.

"쉽게 길들일 수 없고, 아무나 가질 수 없는 힘이라…." 길고 가는 입술을 벌려 말했다.

얼마나 순수하기에 쉽게 다룰 수 없나. 얼마나 강력하기에 그리 화를 내나 모르겠다. 답답한 그가 벌떡 일어나 팔을 한

번 크게 휘저었다. 그러자 모여 있던 쥐 무리가 빠르게 흩어져 산 아래로 향했다. 불빛이 찬연한 주택단지 속으로 몰려갔다.

'ㄷ' 구 한 부촌에 고급 단독주택 담장이 높게 둘러쳐 있다. 백 평이 넘는 넓은 땅에 2층 건물과 마당 정원에 소나무들과 꽃 화분들이 어우러져 고즈넉했다. 네즈미야는 주황색 원목 정문 옆에 등산화와 배낭을 가지런히 놓아두었다. 정오 무렵이라 겨울임에도 햇살이 환하게 비쳤는데, 거실 창에 달린 암막 커튼을 쳐서 방 안은 어두웠다. 벽 한쪽에 대형 텔레비전이 걸렸고, 맞은편에 6인용 가죽 소파가 놓여 있다. 소파에 앉아 있는 노부인 목이 뒤로 젖혀졌는데 새까만 얼굴이 고통에 일그러졌다. 그 옆에 긴 머리 젊은 여성이 소파 팔걸이에 엎어져 있었다. 소파 앞 테이블에서 물병이 엎어져서 러그가 축축하게 젖었다. 거실 중앙에는 흰머리 노인이 꼼짝 못 하고 버둥거리고 있다. 공포에 질려 소리를 지르려고 하나 그럴 수 없었다. 마치 재갈을 문 것 같이. 네즈미야는 노인을 한참 바라보고는 오른손 검지와 중지를 세운 검인을 맺었다.

"**린표토샤카이진레츠…**(전쟁을 마주한 투사들이여, 진을 이뤄 나가라)."

주문을 중얼거리며 허공에 아홉 번 선을 그어 격자를 그었다. 저주술을 날리자, 노인 얼굴이 시커멓게 변하며 일그러졌다.

"음음…."

비명조차 지르지 못해 고통스러운 신음이 울려 퍼졌다. 이내 옆으로 픽 쓰러지며 숨이 멎었다. 네즈미야는 별일 아닌 듯 노인을 발로 툭툭 차고 주방 쪽으로 향했다.

"이건 아니고, 이것도 아니고. 어? 찾았다."

장식장 한편에 낡은 사진액자가 있다. 흑백 사진에 남자 둘, 기모노를 입은 여자와 남자아이 모두 네 명이 담겨 있다. 오른쪽 끝에 검은색 몬츠키하카마를 입은 익숙하면서도, 앳된 얼굴이 서 있고— 그 옆으로 안경을 쓴 검은 양복과 하이도[16]를 찬 남자, 여성과 어린아이가 늘어서 있다.

"그자 조부모와 부친이구먼. 흐흐흐."

액자를 챙겨서 겉옷 주머니에 넣었다. 그자가 부친이 죽고 가족들과 의절했다는 걸 알았을 때 이렇게까지 온 가족을 죽일 생각은 아니었다. 그저 혼자만 깨끗한 척 살아간다는 놈의 상판대기에 던져줄 증거만 있으면 충분했다.

"흐흐, 그놈은 제 형 일가가 죽었는지 꿈에도 모르겠지."

생각대로 일이 풀리지 않은 찜찜함 때문인지 갑자기 구역질이 몰려왔다. "욱, 지긋지긋한 이놈의 나라. 돈이면 다 되는 이 천박한 데서 얼마나 더 이 짓거리를 해야 하는 거야?"

침을 가까스로 삼키며 네즈미야는 한 사건을 떠올렸다. 미국에서 그걸 빼앗기지만 않았어도 와가타 선생에게 밉보이지도, 이리로 내쫓겨 수십 년 타국 생활을 하지도 않았다.

"그년만 아니었어도… 칙쇼(젠장)."

역 맞은편 한 식당 안에 네즈미야가 앉아 있다. 일을 마치고, 서울로 올라가는 KTX를 타기 전 돼지국밥을 먹으러 왔다. 차림표에는 없지만 고기 반 내장 반으로 주문했다. 한쪽 벽면을 가득 채운 유명인들의 서명을 보다 보니 음식이 곧 나왔다. 반찬 그릇을 정갈하게 줄 세우고 김치 겉절이 접시에 양념이 덕지덕지 묻지 않도록 주의해서 먹기 좋은 크기로 잘랐다. 가위를 물티슈로 닦고 휴지 위에 올려 두었다. 뚝배기 그릇에 밥을 말고 새우젓과 부추무침을 넣었다. 숟가락으로 살살 저은 뒤 뜨거운 국물과 밥알을 한술 들이켰다.

"아으으으… 좋다."

네즈미야는 생각했다. 지긋지긋한 나라에도 지독히 당기는 것은 있는 법이라고. 겉절이김치가 입맛을 더욱 자극했다. 고개를 숙이고 숟가락질에 몰두했다. 이때, 전화기가 흔들렸다. 물로 입안을 헹구고 전화를 받았다.

"여보세요? 네 여보. 네, KTX 타기 전이에요. 네." 상체를 곧게 세우고 네즈미야가 말했다. 앞뒤로 몸을 흔들고 다리를 떨었다. "네, 당신 좋아하는 거 사서 갈게요. 네? 케키요? 네, 이따 봐요. 네."

전화 통화를 마치고 꼼짝 안 하고 돼지국밥을 내려다본다. 다시 고개를 숙여 먹기에 열중했다. 허겁지겁 정신없이 수저질하고 국물을 들이켰다. 뚝배기에 물을 붓고 수저까지 헹군 후 물을 마셨다. 밥을 다 먹고 수저를 휴지로 닦아서 가지런히 정리했다. 입과 코를 닦고 수저 닦은 휴지와 함께 훔쳐서 휴지통에 넣었다. 계산대에서 아주머니와 실없는 농담을 주고받고는 식당을 나가 역으로 향했다. 네즈미야가 서울로 가고 있다.

*

일본 Y 현 해매 신사 앞 주차장. 신영 마법사회 해외 협력반 반장이자 주일본국 대한민국 대사관 직원인 조윤희가 자동차 창문을 열고 신사 어귀를 지켜보고 있다. 긴 머리가 바닷바람에 세차게 흩날려 이따금 시야를 가렸다. 오늘 하루, 지역 유지들을 만난 와가타를 미행하고 돌아오는 길이다. 차가 부지 안으로 들어간 지 십 분 정도 흘렀다.

윤희는 그자를 보고 적잖이 놀랐다. 특이한 외양과 의외의 행동 때문이다. 그자는 희고 짧은 머리털을 잘 빗어 넘겼고, 짧고 좁은 턱을 가진 긴 얼굴에 주름 깊은 이마, 짙은 눈썹과 긴 코, 뾰족한 귀와 두툼한 입술이 오밀조밀하게 붙어 있었다. 활동이 편한 약식 정장이 아니라 늘 격식을 차린 정장용 몬츠키하카마를 입고, 호적상 나이가 분명 백 살이 넘었는데도 칠팔십 대 노인만큼 정정한 모습이었다. 걸을 때 상체를 앞으로 숙이고 자주 배에 손을 갖다 대긴 했으나, 지팡이를 써서 걷는데도 큰 어려움이 없는 듯했다. '겉만 멀쩡한 건가? 무슨 특별한 주술을 쓰지 않는 한 어떻게 저럴 수 있지?…' 그뿐만 아니라, 현민이나 외부 사람들을 항상 웃는 얼굴로 대해서 늘 환영을 받았으니, 달려와서 정중히 인사를 건네는 사람들도 많았다. 탐욕스럽다고 들었는데 격의 없는 모습이 어쩐지 부자연스럽고 의아했다. 특이한 인상, 나이를 의심케 만드는 건강, 좋은 평판. 하는 짓과 판판이라 모든 게 괴이했다. 좀처럼 어울리지 않게 말없이 환하게 짓는 웃음 또한 더욱 괴기스럽다. 윤희는 잘 차려 입은 의복과 친절함으로 사악한 본심을 가리는 의도한 연출이라 느꼈다.

신사는 Y 현의 산지 서쪽 끝, 축구장 세 배 정도 크기에 달하는 부지에 정방형으로 조성되어 있다. 낮은 담장인데도 큰 나무들이 얽혀서 경내를 볼 수 없게 가렸는데, 망원경으로 살펴보니 석등과 대리석 도리이[17] 사이로 사무에[18]를 입은 짧은 머리 수행승이나 수습생들이 보였다. 그들의 상관으로 보이는 검은색 장삼과 노란색 가사로 된 지키토쓰[19]를 걸친 승려들, 검은색 카리기누[20]를 입은 신관들도 더러 오가고 있었다. 분명 메이지 정부가 신불 분리령을 내세운 이후로 신사에서 불교 색채는 지워야 했다. 그런데도 신관 복장에 승복까지 보였으니, 이곳이 해매 흑마법사 본거지이기 때문이리라. 그들의 흑마법[21] 체계에는 밀교 주술뿐만 아니라 수많은 가미[22]를 모시는 토착 종교인 신도, 인형을 괴롭히는 염매나 동물 혼백을 부리는 고독 따위 주금도, 헤이안 시대부터 성행했던 음양도, 수행을 통해 깨달음을 얻는 산악신앙인 수험도[23] 등 다양한 술법을 망라했다. 당연히 부지에는 신사와 사원을 포함해서 교습소, 훈련장, 사무소와 숙소 따위의 다양한 시설들을 갖췄다.

윤희가 바라보고 있는 남쪽 어귀에 교습소와 음양도 신사가, 부지 중앙은 사무소와 기숙사, 사원이— 북쪽에는 훈련장과 와가타 가문 신사가 있다. 음양도 신사와 사원은 중앙 도로 오른쪽에 있는데, 몇 겹 울타리와 나무들로 가려서 주의 깊게 보지 않으면 인접해 있는지도 모를 정도다. 일종의 큰 사교 집단인데도 일반인들은 신사로만 알고 있었는데, 남쪽 교습소와 음양도 신사까지만 출입할 수 있기 때문일 터. 부지 중앙 위로는 일반인의 출입을 엄격히 금했다. 와가타 개인 집 또한 부지 전체에서 북쪽으로 100여 미터 이상 떨어져 있었다. 집 앞은 누군가 접근하면 금방 알아볼 수 있게 잔디밭을 두었고, 주변을 나무로 빼곡히 둘러서 쉽게 찾을 수 없게 했다. 윤희도 드론으로 겨우 확인했다.

와가타 가문 신사는 그자의 고조부를 주신으로 삼고 조상들 묘지가 있어서 특히 윤희의 주의를 끌었다. 고조부는 당시 술사로서 유신 지사들과 친분이 두터웠는데, 그들과 교류하며 술법을 지원한 일화는 유명했다. 밀교 파계승이던 증조부가 양자로 가독을 물려받은 후로, 기존 신도와 주금도 주술에 밀교 주술을 섞어서 더욱 강력한 흑마법 체계를 마련했으니— 그 증조부가 바로 조선총독부와 내통해서 우리 마법사 체포와 조직 해산을 주도한 인물이었다. 게다가 조부와 부친도 후임 총독들에게 술법을 제공하며 군 수뇌부를 도왔으니, 일본의 근대 군국주의와 제국주의에 끼친 와가타 가문의 영향력에 윤희는 경악했다. 군부 실력자들 뒤에서 그들을 조종하고 지원하면서 우리 민족을 핍박했다고 생각하니 화가 치밀어 견딜 수 없었다.

윤희는 일주일 출장 동안 해매 흑마법사 움직임을 파악하고 있다. 특히 신사 최고 책임자인 궁사[24] 와가타의 동선과 활동 내용 파악에 온 힘을 기울였다. 와가타는 신사 참배와 주술 의뢰를 위한 일반인부터, 저주 조복을 부탁하는 지역 유지와 문화예술계, 정·재계 고위 인사들까지 부지 내에서 다양한 사람들을 만났다. 직접 강연하지 않더라도 교습소에도 자주 모습을 보였고, 외부 의뢰자들을 만나기 위해 활발히 돌아다녔다. 윤희는 잠입을 통해 좀 더 많은 것을 확인해야겠다고 생각했다. 특히나 북쪽에 따로 떨어져 있는 그 집은 반드시. 하지만, 접근이 어렵고 경비가 삼엄할 테니 더욱 조심해야 할 터. 자동차 창문을 닫고 주차장을 빠르게 벗어났다.

다음 날 아침 윤희는 부지 내 강습소에 들어와 있는데, 1층 건물 정문과 지붕을 일본식 궁궐 형식으로 장식한 조용한 공간이다. 일반인을 위한 강연도 있지만 내부 출입은 쉽지 않기 때문에 미리 파악해 둔 한국인 초청자 ─ 물론 신영 마법사회에는 등록되어 있지 않고 혼자 활동하는 흑마법사다. ─ 가묵는 숙소를 기습해서 신분증과 무녀복 ─ 하얀 코소데[25]에 붉은 하카마[26](히바카마) ─ 을 훔쳐냈다. 내부 적이 더 무섭다 했던가. 변절자 후손뿐 아니라 흑마법 각성자 상당수가 해매 신사 무리의 지원과 교육을 암암리에 받았다. 그들은 선조가 나라와 동포를 팔아서 얻은 부귀영화를 대대로 누리면서도, 애국심과 반성은커녕 일말의 부끄러움도 갖고 있지 않았다. 윤희는 '뭐 이미 삼대가 흘렀으니 당연한 권리가 됐겠지.' 하는 생각에 씁쓸했다.

강습소 앞쪽에는 연단과 강연자가 앉을 수 있는 좌식 테이블이 있고, 그 아래에 수강생들이 앉는 긴 테이블이 세 열로 줄지어 놓여 있다. 뒤쪽에 자리를 잡고 앉았다. 강연 시작 십 분 전쯤 검은색 하오리[27]에 검은 줄무늬 하카마를 입은 그자가 들어왔다. 좌식 테이블에 지팡이를 짚고 앉았고 뒤따르던 콧수염을 기른 자가 앞으로 나왔다.

"오하요(안녕하세요)." 콧수염이 인사했다. "오늘은 음양도 식신[28]에 대해서 강연할 예정이었지만, 특별히 와가타 선생님 말씀을 듣고 시작하겠습니다. 그럼 큰 박수 부탁드립니다. 선생님, 부탁드립니다."

콧수염이 뒤편을 향해 박수를 보냈다.

"으흠." 느린 걸음으로 나와서 마이크가 높은지 뽑아 들고 말하기 시작했다. "요즈음 법사들, 특히 새로 들어온 수습생들 사이에 파벌 싸움이 있다고 들었어요. 하나만 얘기해 두겠어요. 신도든 밀교든 수험이든 어디에 속해 있고는 하나도 중요하지 않아요. 우리에게 중요한 것은 단 하나, 야마토다마시이[29]예요."

탁한 목소리로 침을 자주 넘겼다. 거북한 목소리에도 청중을 압도하는 묵직함이 있었다.

"어떤 주술이 더 강력한지, 임무에 더 적합한지도 중요하지 않아요. 우리는 단순히 술법을 제공하는 게 아니라 일본 정신을 심는 거예요. 우리 힘과 우월함을 드러내는 거예요. 의뢰자가 아무 방해 없이 올곧게 야마토다마시이를 펼칠 수 있게 하는 것, 그 외는 모두 사족이에요. 우리 위대한 선조들이 그렇게 했기에 동아시아를 제패하고 미국을 위협할 수 있었어요. 우리 해매인들이 추구하는 것은 더 강한 일본을 위해서 적을 섬멸하는 강력한 힘과 위대한 일본 정신뿐이에요. 명심하세요. 으흠."

크게 기침하고 마이크를 강연대 위에 던지자, 투둥 소리와 함께 길게 윙 소리가 울려 퍼졌다.

"우와!"

강습소 수습생들이 일어나 힘찬 박수와 함성을 보냈다.

"그럼, 잠시 후 강연을 시작하겠습니다." 콧수염의 마이크 음성이 들려왔다.

고개를 숙이고 있던 윤희가 밖으로 나가는 그자를 노려보았다. 아전인수식 연설이 신경을 거슬렀다. '우월함을 아무 방해 없이? 무서운 말을 아무렇지 않게 해대는구나.' 하고 생각했다. 와가타가 경내에 있음을 확인했으니 조용히 뒤로 빠져나왔다.

교습소를 나와 음양도 신사 앞 주차장에 세워둔 차를 탔다. 차 핸들에 고개를 묻었다. 좋게 얘기해서 일본 정신이지, 그것이 주변 국가에 얼마나 큰 피해를 주었는지 생각조차 하지 않았다. 그자 선조들은 흑마법을 통해서 정적들을 쉽게 제거해주고 그걸 빌미로 의뢰자를 마음대로 주물렀다. 군 수뇌부에 죄의 씨앗을 심고 남의 나라를 침략하게 했으며, 온 나라가 침략의 광기를 갖도록 방조했다. 착취와 살육의 광란을 미화하고 면죄부를 줌으로써 피해자에게조차 뻔뻔하고 부끄러움이 없었다. 인간 존엄, 자유, 평등과 같은 보편 가치를 훼손하고도 자신들만의 혼으로 포장했다. 윤희는 온몸이 부들부들 떨려왔다.

'오늘 밤 그자 집을 잠입해야 한다. 그래야만 임무를 마치고 도쿄로 돌아갈 수 있다.' 울음을 그치고 시동을 걸었다. 부지를 돌아보니 사람들이 바쁘게 돌아다녔다.

그날 밤, 윤희가 산속에 모습을 보였다. 검은색 옷과 검은색 비니를 써서 주변 어둠에 녹아들었다. 해 질 녘 남은 빛에 의지해서 산 아래로 조심스럽게 접근했다. 시내를 내려보니 붉은 노을 밑으로 주광색 조명을 단 다리와 불을 밝힌 녹지가 보이고, 그 사이로 형광색 불빛들이 점점이 찍혀 있었다. 낮에 들은 그자 말이 아직 귓가를 맴돌았다. 무자비한 냉혹함을 마주했던 탓일까? 불빛을 보니 더욱 외로움에 사무쳤다. 홀로 떨어져 있으니, 도쿄에 있는 가족에게로 빨리 돌아가고 싶다. '서두르자.' 어둠을 뚫고 산 아래로 내달렸다. 집을 둘러싼 울타리에 다다른 후 나무에 몸을 숨겼다.

윤희는 더 어두워지기를 기다렸다. 10여 미터 앞에 오래된 2층 목조주택이 보였다. 울타리 안으로 풀밭이 있고 집 뒤편 창문은 커튼이 드리워 어두운데, 건물 앞 조명만 희미하게 번졌다. 생각보다 쉽게 접근했다는 생각이 들자, 혹시 하는 마음에 벽사부를 한 장 꺼내 작은 돌을 감싸 던졌다. 집 뒤편 풀밭에 툭 떨어졌는데 아무 반응이 없었다. 그 흔한 CCTV 하나 없는 게 이상했다. 덫에 제 발로 뛰어드는 격이 아니길 빌었다.

"후후."

귀신을 탐지하는 힘이 순간 부러워서 자조 섞인 웃음이 새어 나왔다. '진이처럼 눈으로 볼 수 있으면 좋을 텐데….' 울타리를 넘고 몸을 숙인 채 건물로 뛰었다. 1층 외벽에 기대어 좀 전에 던진 부적을 챙겼다. 난간 바닥을 잡고 벽을 타고 2층 난간으로 올라섰다. 창틀 옆으로 접근해서 창문을 살짝 밀어보았다. 스르륵 창문이 밀리자, 안으로 들어갔다. 건물 안 천장 밑으로 기둥을 가로지르는 나무 들보가 있다. 들보 위를 기어서 불빛이 새어 나오는 다다미방으로 향했다. 창호 문 가까이 다가가자, 안에서 소리가 들렸다. 거슬리는 그 목소리다.

"그래요. 중요한 것은 한국을 고립시키세요." 와가타가 말했다. "그들은 당연하게도 미국 말을 따르지요. 국민들이 원하고, 정부는 아무 생각이 없으니까요."

전화 통화인지 상대방 말은 들리지 않았다.

"중국을 견제하기 위해서 미국은 꼭 우리 일본 협조가 필요해요. …. 맞아요. 그러니 우리의 '자유롭고 열린 인도·태평양 비전' 속에 한국을 끌어들이세요. 일본, 미국 동맹의 중요성을 강조해서 우리에게 동조하도록 하세요. …. 그렇죠."

"…."

"뭐 알아도 상관없어요. 이미 제 발로 우리 밑으로 들어오고 있으니까요. 붙잡은 손은 언제든 놓을 수 있어요. 정신 똑바로 차리고 삼국 회담을 잘 준비하세요. 하이."

통화를 마쳤는데 한참 동안 조용했다.

"카미야." 와가타가 소리쳤다.

그자가 가장 신뢰한다는 젊은 흑마법사다. 뛰어난 실력을 갖춘 요주의 인물이다.

"하이." 바로 옆에 있는 듯 소리가 이어졌다.

"마루야마에게 연락하세요. 내가 꼭 보잔다고 하세요. 그리고,"

갑자기 소리가 잦아들었다. "H 현 건이 무엇보다 중요하니까 책임지고 잘 준비하세요. 알겠어요?"

"하잇."

검은색 카리기누를 입은 카미야가 다다미방을 나와 계단으로 내려갔다. 스치듯 보인 짙은 눈썹과 큰 눈, 긴 코와 인중을 가진 얼굴에서 선 굵은 투박함이 보였다. 현관문 열리는 소리가 들렸다. 다다미방에선 아무 소리도 들리지 않았다. '마루야마라면 철매 인사일 텐데…' 윤희는 그들이 무슨 작당을 모의하는지 걱정스럽다. 'H 현은 또 무슨 일일까.' 궁금한 게 많지만, 더 지체하고 있을 수 없었다.

다시 들보를 통해 2층 창문으로 나갔다. 난간을 잡고 몸을 뒤집어 내려갔다. 바닥에 소리 없이 착지해서 주위를 둘러봤다. 아무 기척이 없는 걸 확인하고, 뒤편 산 쪽으로 뛰기 시작했다. 울타리가 바로 앞에 보였는데, 당연히 쉽게 뛰어넘을 수 있는 높이다.

"으악!"

순간, 하얀색 종이로 만든 손바닥 크기의 키리가미[30] 한 무더기가 등 뒤로 달려들었다. 마치 곰에게 꿀을 도둑맞은 벌떼처럼, 먹잇감에 떼로 달려드는 일개미같이. 가까이 붙자마자 파바박 하며 불이 옮겨붙고 이내 재가 되었다. 저주 주술을 담은 종이 식신이다. 키리가미에 정신이 팔려서 낮은 높이에도 울타리에 턱 걸려서 넘어졌다. '으…, 카미야 그자인가?' 하고 문득 의문이 들었지만, 다시 생각해 봐도 어이가 없고 당황스럽다. 주술에 씐다면 시름시름 앓다가 죽는다. 윤희는 벌떡 일어나서 죽기 살기로 산속으로 뛰었다. 더 이상 키리가미도 들러붙지 않아서 안심하는 찰나, 갑자기 허벅지에 타들어 가는 열기가 밀려왔다. 앞주머니를 뒤져 보니 까만 종이재가 가득 찼다. 혹시나 하는 마음으로 뒷주머니에 손을 넣었다. 다행히 부적 한 장이 남았는데 돌에 감싸 던졌던 그것이다.

"휴!" 안도의 한숨을 내쉬었다. "큰일 날 뻔했어. 열 장이 사라졌어."

만약 모든 벽사부와 수호부가 사라지고 키리가미 주술에 걸렸다면 어땠을지 상상하기도 싫었다. 다행히 주술에 걸리진 않았지만, 술사는 침입 사실과 그 경로도 알아챘으리라. 서둘러 이곳을 벗어나야 했다. 윤희는 어두운 숲속으로 맹렬한 기세로 내달렸다.

9

 전날 내린 비로 구름 한 점 없는 푸른 하늘에 해가 쨍하게 떠 있다. 공기도 맑아져서 누구라도 밖에 나가고 싶은 청명한 오전이다. 하지만 어림도 없다는 듯 싸늘한 겨울바람이 불어 쳐서 코끝을 아렸다. 초등학교 근처 한 편의점 앞에 세워 둔 홍보 배너가 미친 듯이 흔들리는데, 안에서는 신과 친구들이 과자를 고르느라 여기저기를 들쑤시고 있었다. 신의 퇴원을 축하하기 위해서 이종혁이 그동안 모아온 띠부씰[31]을 나눠준 다고 해서 오랜만에 모였다. 아팠던 후 처음이니까 근 열흘만이다. 신은 '뭐 겹치는 걸로 생색내는 거겠지.' 하고 생각하면서도 성의가 고맙다. 신의 퇴원도 있지만 아마 다른 중학교로 가기 때문이겠지. 점심 후 군것질거리로 띠부씰이 하나씩 들어있는 빵과 우유, 과자 따위를 잔뜩 산 마지들은 계산을 마치고 쓰레기통 근처에 몰려 있었다.
 "야, 너는 맨날 꼬부기[32]만 사냐? 곰보빵 지겹지도 않아?" 신이 물었다.

"모르는 소리 마." 이종혁이 봉지를 뜯으면서 말했다. "2세대 꺼는 여기서만 나온대. 세레비[33]를 모아야 하거든. 맛 더럽게 없어서 씰만 챙기고 버렸다가 엄마한테 엄청 혼났어. 흐흐…."

"야, 애들도 아니고 뭐 그런 걸 사 모으냐. 난 포켓몬 싫어."

주신형이 어른인 체했다.

"왜 귀여운 건 엄청 귀엽다고. 난 짱구네 흰둥이[34]를 붙였어."

정소영이 핸드폰 뒷면을 보여 주는데 하얀 강아지 한 마리가 웃고 있었다.

"오 귀엽다. 나도 짱구가 더 좋아." 박현만이다.

"쳇, 또 치코리타[35]네. 몇 번째야. 야 정소연, 이거 너 해라. 똑 닮았다. 크크크."

이종혁이 띠부씰을 확인한 후 맘에 들지 않았는지 정소연에게 넘겼다.

"어디 봐."

"오, 진짜네. 똑같다. 크크큭."

"와…."

신도 할 말을 잃었다. 정말 닮았다.

"뭐야. 내가 이렇게 생겼다고? 꼭 청경채 같잖아. 이 자식들이…."

정소연이 남자애들을 곧 칠 듯이 달려들었다.

"쉿. 시끄럽다고 혼나겠다. 네가 참아." 신이 계산대를 살피며 정소연을 말렸다.

"장난이야! 장난. 진짜 주고 싶었던 건 이거야, 푸크린[36]."

"오오, 진짜 귀엽다. 정말 고마워."

이종혁이 띠부씰 앨범 바인더를 꺼내어 그중에 하나를 빼서 건넸고, 정소연이 이번엔 마음에 든 눈치다. 이종혁이 나머지 마지들에게 띠부씰을 하나씩 나누어 주었다. 주신형에겐 파이리[37], 신에겐 미뇽[38]을 주었고, 끝으로 자기 캐릭터 쏘드라[39]를 보여줬다. 모두 서로서로 누가 더 똑같다며 놀려댈 만큼 정말 특징을 잘 포착한 탁월한 선택이라고 신은 생각했다. (인생 네 컷만큼 마음이 찌릿찌릿, 간질간질한 기분이야.)

인근에 있는 시립 도서관 지하 쉼터. 마지들은 점심을 먹고 편의점에서 샀던 군것질거리를 먹으러 왔다. 긴 테이블과 의자들, 벽을 보며 앉을 수 있는 2인용 원목 책상이 여러 개 놓여 있었다. 흰색 테이블과 빨간 의자에 앉아서 주신형이 정소연에게 무언가를 열심히 설명하고, 이종혁과 박현만은 가져온 과자를 입속에 욱여넣고 있다. 신은 주신형과 정소연 맞은편, 먹성 좋은 두 친구와 함께 앉아 잠시 딴생각 중이다.

일반 병실에서 깨어난 후 자신에게 이상한 일들이 많이 생겼기 때문인데, 긴 꿈을 꾸었을 때처럼 후련한 기분이 들었다. 이따금 기괴한 소리에 놀라기도 했지만, 금방 아름다운 노랫소리가 들려와서 마음을 진정시켜 주었다. 한 가지 좋은 점은 그 후로 몸이 아주 가뿐했다. 몸에 힘이 넘쳐서 완전히 충전한 건전지 같은 기분이랄까. 그 덕에 새 힘이 생겨서 더 기분이 좋았다. 마법 붓 ─ 지금은 이진에게 압수당했다. ─ 이 없는 데도 주위를 둘러보면 어느새 작고 파란 불빛들이 다가왔다.

마치 반딧불이처럼 손과 어깨를 감싸고 돌며 자기가 가리키는 대로 따라다녔다. 신기했다. 병실 침대에 앉아서 함께 놀다 보니 붓에 쓰여 있던 글씨도 쓸 수가 있었다. 매번 그리기 불편해서 우리말 이응(ㅇ) — '응'을 'ㅇ'으로 줄였다. — 으로 바꿨는데 바로바로 생각대로 움직였다. 공중에 휴지 한 장을 띄우고 이리저리 옮기기도 했다. 빨간 붓보다 말을 더 잘 들어서 신은 정말 신났다. 팅커벨 같은 요정 친구가 생겼다. 오!

신은 마법이 궁금했다. 제대로 배우고 싶었다. 자신을 치료해 준 사람이 마법 학교 선생이란 얘기를 듣고는 참을 수 없었다. 며칠 동안 이진을 졸라서 겨우 허락받았다. 뛸 듯이 기뻤지만, 또 한편으로는 두렵기도 했다. 부모와 떨어져서 낯선 곳에서 혼자 지내야 하고. 친구들과도 멀어져서 너무 무섭기 때문이다. 아니다. 솔직히 설렘이 걱정을 쉽게 무찔렀다. 단지, "친구들처럼 평범하게 살고 싶어도 그러지 못할 수도 있어. 엄마는 그게 너무 안타까워. 다시 한번 생각해 봐…."라는 이진의 말이 가슴을 콕콕 찔렀다. 신은 친구들의 해맑은 얼굴, 특히 복스럽고 순박한 정소연의 얼굴이 아련해진다는 느낌에 순간 당황해서 고갯짓했다.

"신아, 무슨 생각해?"

정소연이 팔을 잡고 흔들었다.

"어? 어 아-아냐."

"이거 얼른 마셔." 포켓몬 우유를 까서 주었다.

"고마워. 근데 무슨 얘기했어?"

"어 학원 얘기. 지금 다니는 영어, 태권도 학원에다가 수학,

논리 속독학원까지 다니라며 엄마가 성화셔. 중학교 가는데 뒤처지지 말라고. 주신형도 수학학원 다니기 시작했대."

정소연이 입을 삐쭉 내밀었다.

"넌 학원 안 다녀도 돼서 좋겠다, 야." 주신형이다.

"좋기는 뭐가 좋아. 혼자 다른 데 가는데, 넌 걱정도 안 돼?"

정소연이 주신형 머리를 한 대 쥐어박았다. 뒤늦게 팔을 올려 막는 척하는 주신형인데 싫은 내색은 없었다.

"싸우지 마. 공부 열심히 하는구나. 난 걱정 반 기대 반이야." 신이 말했다.

"뭘 걱정을 해. 이제 마법만 공부하면 되는데." 이종혁이 눈은 마주치지 않고 주스 병을 들고 퉁명스럽게 말했다.

"맨날 집에 처박혀서 게임만 하는 니가 뭘 알겠냐, 인마. 혼자 지내야 한다잖아." 주신형이 이종혁에게 과자 부스러기를 던지며 한 소리했다.

"너무 걱정하지 마. 그냥 국제중학교나 자율학교 같은 데로 전학 간다고 생각하자." 박현만이 말했다.

가끔 속 깊은 소리를 하는 그가 신기하고 미덥다.

"그럼, 이제 우리 당분간 못 보는 건가?"

정소연이 벌써 울상이 됐다.

"뭐 마지 활동은 그렇겠지. 그래도 되도록 자주 올게."

"그래. 힘내라. 잘할 수 있을 거야. 화이팅!"

다들 응원해 주었다. 이종혁도 마지못해 손을 들었는데 눈물이 삐쭉 흐른 것 같았다.

"야, 근데 신이 너. 키가 좀 큰 것 같지?" 주신형이 무거운 분위기를 돌리려는지 딴소리를 했다. "목소리도 굵어진 것 같고 그것도 엄청나게 커졌겠지, 아냐?"

"오 그래? 크큭…."

남자애들이 신을 놀리고 정소연은 혼자 얼굴이 빨개졌다. 손사래를 치며 어쩔 줄 몰라 하는 신. 친구들 웃음소리가 쉼터를 가득 채웠다. 도서관이지만 여기는 그래도 괜찮았다.

도서관 앞 큰길가. 바람이 잦아들어서 아직 쌀쌀했지만, 햇볕이 든 곳은 따뜻하기까지 했다. 마지들이 조그맣게 볕이 든 보도 가에 모였는데, 주신형은 발로 경계석을 툭툭 찼고— 이종혁과 박현만도 고개를 숙인 채 말이 없다. 정소연은 신의 겉옷을 살짝 잡고 흔들고 있었다. 누구도 먼저 가겠다고 말하며 헤어지기를 망설였다. 신은 왜 그런지 모를 먹먹함을 느꼈다. 이때다. 갑자기 자동차 엔진소리가 크게 울리더니 파바박, 하는 팝콘 소리가 모두의 귀를 때렸다. 깜짝 놀라서 돌아봤는데 그때 그 차 주인들이다.

"야, 그 양아치들이다. 얼른 피해!" 신이 마지들에게 소리쳤다.

다 같이 도서관 쪽으로 다시 뛰었다. 이종혁과 주신형이 앞서고 나머지가 뒤를 따랐다. 그런데, 박현만이 자꾸 뒤처졌다. 신이 보니 그 가죽 재킷에게 붙들릴 것 같았다. 갑자기 결심한 듯 발걸음을 멈췄다.

"이 자식들 거기 안 서. 어?" 가죽 재킷이 말했다. "너 뚱땡이 이 자식! 내가 얼마나 찾았는지 알아? 아주 버릇을 고쳐놔야지, 응?" 바로 앞에서 뛰어가는 박현만을 보고 소리 질렀다.

"아, 이거 놔요. 왜 그래요. 진짜?"

박현만이 붙잡혔다. 팔을 휘저으며 떨쳐내려고 안간힘을 쓰지만 뜻대로 되지 않고 털퍼덕 주저앉았다. 체중이 좀 나가서 쉽게 끌려가지 않아 다행이라면 다행이었다.

"아저씨, 내, 내 친구 놓아줘요. 아님, 크…큰코 다칠 줄 알아요." 신이 용기 내서 하지만 더듬더듬 말했다.

"아하하, 저 자식 말하는 거 보소. 까불고 있네."

모자 쓴 덩치 둘도 어느새 따라왔다.

"진짜 장난 아니에요. 어-얼른 놓아주세요. 빨리요!" 조금 더 단호하게 소리쳤다.

"하, 이 자식이 사람을 뭘로 보고."

가죽 재킷이 팔을 높이 치켜들고 박현만 뺨을 후려친다. 박현만이 눈을 질끈 감고 팔로 얼굴을 감싸며 숙였다. 신은 박현만을 구할 작정이다. 이들을 혼내줄 테다. 파란색 반딧불이들을 불러서 양손과 팔에 둘렀다. 키만 멀대같이 큰 가죽 재킷과 모자 쓴 덩치 두 사람에게 불빛을 날렸다. 그들의 겉옷과 바지에 'o' 표시를 그렸다. 그러자 그 남자들이 우뚝 멈춰 섰다. 옷이 잡아당겨져 제자리에 얼어붙었다. 가죽 재킷의 팔이 공중에 들린 채로 꼼짝 못 했고, 덩치들은 양팔을 흔들면서 벗어나려 안간힘을 썼다.

"어? 어 어어."

세 사람이 붙들린 채로 버둥거렸다. 신이 파란 팔을 들어 방향을 가리켰다. 가리키는 곳으로 남자들 옷이 쓱쓱 벗겨졌다. 겉옷이 들려서 날아갔고, 티셔츠는 목에 걸려 얼굴을 가렸다. 체육복을 입은 모자 쓴 남자들 바지가 발목까지 내려가 노란색, 검은색 팬티를 드러냈다. 허우적대다가 앞뒤로 퍽 하고 쓰러졌다. 가죽 재킷은 청바지를 입고 있다가 벨트와 단추가 터져 나갔다. 청바지 역시 무릎께에 걸쳐졌다. 그 남자도 팬티만 남겨진 채 꼼짝 못 하고 서 있다.

"어 어어. 사람 살려. 야 도와줘, 뭣들 하는 거야?"

"내가 놓아주라 했죠?" 신이 다가가며 말했다.

마지들도 이 광경을 보고 놀라서 달려왔다.

"살려줘. 그만해!"

"제 친구를 때리려고 했잖아요. 더 혼나봐야 하겠어요?"

"아니야. 잘못했어, 잘못했다고!"

"지금부터 백까지 세세요, 큰 소리로. 안 그러면 진짜 큰일 나요. 얼른요!"

"그래! 아-알았어. 하나, 둘…."

숫자를 세기 시작하자 신과 마지들은 함께 박현만을 부축해서 일어섰다. 이자들이 눈앞이 가려져서 정신을 못 차릴 때 피해야 했다. 숫자를 다 채우기 전에 최대한 멀리 도망쳐야 했다. 도서관 뒤쪽을 돌아 뛰었다. 어느 정도 거리를 두자, 신은 박현만을 둘러보았다.

"헉헉… 야, 괜찮아?" 신은 숨을 몰아쉬며 물었다.

어디 다친 곳은 없는 것 같아서 정말 다행이었다.

"어? 어 고마워."

"우하하하. 그 덩치들 봤어. 벌거숭이들, 크크크."

주신형을 시작으로 모두 함박웃음을 지었다. 신도 따라서 웃었는데, 차가운 공기가 한껏 폐로 들어와서 정신이 맑아지고 그만큼 즐거움도 더해졌다.

저녁 무렵, 신은 파자마 차림으로 침대 옆에 등을 기댄 채 러그에 앉아 있다. 고개를 푹 숙이고 손에 든 종이 피스 여러 개를 액자에 맞춰 본다. 천 피스짜리 퍼즐인데 책상이 비좁아서 바닥에 내려왔다. 요즘 '스타워즈'에 푹 빠졌는데, 무엇을 하든 꼭 끝에는 '포스가 함께 하길' 하고 주문처럼 읊조렸다. 나온 지 꽤 지난 엄마 세대 영화지만 전혀 낯설지 않았는데, 생각해 보니 자신도 비슷한 힘을 쓰기 때문이다. 디즈니 플러스 드라마 시리즈도 열심히 시청했고, 벽에 미니언즈 포스터를 떼고 가장 좋아하는 요다 포스터를 붙였다. 구백 살 먹은 작은 녹색 제다이 마스터가 조막만 한 손에 녹색 광선 검을 쥐고 있었다. 신은 결연한 눈빛에서 깊은 지혜와 예지를 봤다. 퍼즐을 다 완성하면 유리 액자에 넣어 걸어두어야지. 오리지널 캐릭터들이 무리를 지어 서 있고 우주선들이 떠 있었다. 맞추기 시작한 지 일주일이 됐지만 아직 반도 다 못했다. 테두리 부분부터 밖에서 안으로 맞춰 들어가고, 드라마도 봐야 하기에 하루가 너무 짧다고 느꼈다. 마법 학교 입학할 때까지는 아직 여유가 있으니 다행이었다.

신은 스타워즈 시리즈에서 손짓만으로 물건을 움직이고 광선검을 쓰는 모습이 너무 좋았다. 게다가 엄청나게 큰 우주선도 옮길 수 있다니…. 자신도 반딧불이 힘으로 종이나 옷을 옮기거나 던질 수 있고, 검 모양으로 모을 수는 있었다. 하지만 너무 큰 물건은 힘에 부쳤고 줄 세운 검으로는 막거나 찌를 수도 없었다. 생각해 보면, 제다이 기사들이 쓰는 포스는 자신의 마법과는 달랐다. 포스는 자연계를 흐르는 에너지인데, 자신은 직접 힘을 쓰지 않고 반딧불이를 불러 맡겼다. 게다가 마음대로 다루기도 어려웠다. 특히, 예전에 썼던 빨간 애들은 쓰고 나면 몸도 안 좋아졌으니, 이진 말로는 맞지 않는 힘이라서 발작을 일으켰다고 했다. 그렇지만, 파란 애들은 말도 잘 듣고 맘껏 써도 피곤해지지 않았다. 더군다나 제다이 중에는 앞날을 내다보고 번개도 쏠 수 있다니 힘으로는 따라갈 엄두가 나지 않았다. 신은 생각했다. 늘 그렇듯 영화와 실제는 차이가 있나 보다고, 자신도 얼른 자연계에 흐르는 에너지를 써보고 싶다고. 반딧불이에 맡기는 게 아니라 직접 마법을 부리는 모습을 상상해 보면 너무 짜릿했다.

"신아! 얼른 내려와서 밥 먹자!"

신은 들고 있던 피스들을 던져 놓고 아래로 향했다.

"엄마, 그냥 김치는 없어요?"

"어? 볶은 김치 있잖아. 웬일이니? 그냥 김치는 손도 안 대더니…."

"저도 잘 모르겠어요."

"크게 아프고 나서는 그럴 수 있다더라. 뭐, 골고루 잘 먹으면 엄마야 좋지."

이진이 냉장고에서 김치를 꺼내어 접시에 담는다.

"엄마, 저 물 좀요. 어? 제가 할게요."

파란빛을 두른 팔로 싱크대에 놓인 물컵에 글자('ㅇ')를 썼다. 그러자 빛에 컵이 딸려 와 공중으로 날아왔다. 손바닥에 쏙 들어왔다. 뿌듯한 신은 테이블에 있던 물통을 집어 컵에 물을 따랐다.

"뭐 하니?" 접시를 들고 돌아서던 이진이 큰 소리로 나무랐다. "밥 먹을 때 그러면 못써! 예절이란 게 있는데…."

신 앞에 김치를 놓았다.

"네, 죄송해요. 안 그럴게요."

"아빠가 보셨으면 어쩌려고 그래? 항상 조심해! 다른 중학교도 얼마나 어렵게 말씀드렸는데? 마법 학교인지는 꿈에도 모르신다고."

신의 머리를 콕 쥐어박았다.

"근데 아빠아하안테, 으에 으이얘기 아나셔어어써어요?" 음식을 입에 넣고 열심히 씹으면서 말했다.

"다 씹고 얘기해야지. 진짜 왜 그러니? 아빠한테 뭐?"

"헤헤." 신이 배시시 웃었다. "아빠한테 왜 마법사인지 얘기 안 하셨어요?"

"글쎄, 어쩌다 보니 때를 놓쳤지. 엄마는 보호 마법사니까 평소에는 마법을 쓸 일도 없었으니까. 처음 만났을 때는 엄마도 마법사가 아니었어. 그저 갓 대학 입학한 신입생이었지. 그러니까 벌써 이십 년도 더 됐네."

신은 밥 먹을 때 가끔 엄마가 옛날얘기를 해 주어서 너무 좋다. 여러 번 들어도 매번 좋았다. 이진은 좋지 않은 얘기는 최대한 덤덤하게, 좋은 얘기는 최대한 즐겁고 자세하게 설명했다. 자신은 모르는 옛날 엄마의 모습을 상상하니 너무 기뻤다. '어린 엄마라니, 크크….'

"소연이랑 다른 애들하고도 잘 얘기했지?"

"네? 그럼요…?"

신은 이진이 무언가 기대에 찬 눈빛을 보내서 어리둥절했다. 밥을 다 먹고 물을 마시는데 마지 친구들이 떠올랐다. 지난번 퇴원 축하 때 보고는 못 만났다. 정소연은 가끔 집 근처에 찾아와서 밥을 먹고는 했는데, 자주 올 텐데 너무 걱정해서 조금 미안한 마음이 들었다. 이번 달이 지나면 마법 학교에 입학할 수 있다. 신은 너무 기다려졌다. 빨리, 얼른 시간이 흘렀으면 좋겠다고 바랐다.

*

하얀 원목 바닥에서 신이 무언가를 열심히 바르고 있다. 천 조각 퍼즐이 마침내 완성돼 보관용 유액을 바르고 있었다. 함께 들어 있는 종이 카드로 가운데에서 밖으로 천천히 긁어주면서 펴 발랐다. 이제 마르기만 하면 유리 액자에 끼워서 걸 수 있다. 장장 보름이 넘게 걸렸다. 신은 예상보다 오래 걸렸다고 생각했지만, 유액을 바르고 보니 대만족이다.

"헤헤." 저절로 웃음이 새어 나왔다.

설명서대로 삼십 분 정도를 기다리면 되겠다. 마법 학교 가는 게 며칠 안 남았는데, 그 전에 완성해서 정말 다행이었다. 까톡. 액자 유리에 묻은 먼지를 닦고 있는데, 핸드폰 메시지 알림이 울렸다.

"저기 미안한데, 집 앞에 잠시 나올래?" 정소연이다.

"어 금방 나갈게."

신은 파자마 위에 패딩만 걸친 후 슬리퍼를 신고 나갔다. 자정 무렵이라 어두운 집 앞에 긴 머리에 하얀색 롱 패딩을 입은 정소연이 서 있었다. 착한 눈매에 큰 눈, 복스럽게 생긴 코로 수줍게 웃으며 손을 흔든다.

"소연아, 어쩐 일이야?"

"어, 학원 끝나고 오느라…."

등 뒤로 무언가를 감추는 듯했다.

"무슨 일 있는 건 아니지?"

"그럼. 저기…." 고개를 숙이고 잠시 머뭇거렸다. "어… 이거 주고 싶어서 들렀어."

작은 종이상자에 리본이 붙어 있다. 정소연이 상자를 건네주고는 손모아장갑 낀 손을 얼굴로 가져가 입가를 가렸다.

"이, 이게 뭐야?"

"별거 아닌데 꼭 필요할 것 같아서. 멀리 가니까 이것저것 넣어 봤어."

"그래? 고맙다. 열어봐도 돼?"

상자를 열자 작은 편지가 올려져 있고, 밑으로 여러 종류 약상자와 밴드들, 립밤과 작은 핸드크림, 치실과 반짇고리, 사탕과 초콜릿, 껌 따위가 소복이 담겨 있었다. 학교나 기숙사에서 꼭 필요한 물건들이라 신은 정성이 가득 담긴 선물에 어안이 벙벙했다.

"와! 정말 고마워. 잘 쓸게."

"정말? 쓸 때마다 내 생각해야 해. 알았지?"

"어 그럼."

신이 무심히 대답하며 고개를 들었다. 정소연이 잔뜩 굽은 어깨로 신의 손만 보고 있었다. 눈이 빨갛게 충혈됐다.

"잠깐 기다려줄래? 바래다줄게. 신발만 갈아 신고…." 신이 무안한 마음에 집으로 달려가며 말했다.

"아니, 안 그래도 되는데…."

"아냐. 기다려."

다시 나와 정소연과 큰길가로 향했다. 나란히 선 신은 자기 키가 정소연보다 좀 더 커졌음을 알고 놀랐다. 손모아장갑 낀 손을 맞잡은 정소연이 머리를 숙여서 그런가 하는 생각이 들기도 했다. 길가엔 사람이 별로 없었다. 이따금 배달 오토바이와 승용차들이 지나가며 바람을 일으켰다. 이십 분 정도 가로수 길을 걷다 보니 어느새 정소연네 아파트 단지가 나왔다. 표정이 어두워 걱정했는데, 조금씩 얘기하다 보니 어느새 환하게 웃었다. 정소연은 집에 다다라서도 한참을 머뭇거렸는데, 매일 카톡 하겠다는 대답을 받고 나서야 들어갔다. 바래다주고 다시 큰길가로 나온 신은 이상하게도 하나도 춥지 않다. 빨갛게 부어오른 정소연의 눈가와 볼이 떠올랐다. 괜히 웃음이 나고 가슴이 따뜻해져서 패딩 지퍼를 조금 내렸다. 길가에 가로등 불 위로 좀 전까지 보이지 않던 별들이 찬란하게 웃고 있었다.

*

"신아, 그러다 늦는다. 차로 빨리 나와!" 이진이 먼저 나가며 말했다.

"네, 나가요."

신이 2층 자기 방에서 배낭을 들어 멨다. 아침 일곱 시, 신은 오늘 마법 학교에 가는 날이라 평소보다 일찍 일어나 서둘렀는데도 늦고 말았다. 어젯 밤부터 거실에 꺼내 놓은 여행용 가방과 배낭에 짐을 쌌다. 학교에서 지정한 준비물은 별로 없었는데, 세수용품, 공책과 필기도구, 여분 옷가지가 전부였다. 학교에서 필요한 것들 — 교복과 체육복, 교과서와 마법 도구들 일체 — 은 모두 지급하기로 되어 있다. 신발에 관한 얘기는 딱히 없어서 아끼던 조던 신발과 슬리퍼를 하나씩 챙겼고, 정소연이 준 종이 상자는 배낭 맨 위에 잘 넣어 두었다. 신은 어젯밤에 잠을 설쳐서 조금 피곤했다. 정소연이 자꾸 생각나선지, 마법 학교에 대한 설렘 때문인지 확실하지는 않다. 오랜만에 상현과도 이야기했다. 상현은 요즘 바빠서 항상 늦게 퇴근했는데, 어제는 함께 밥도 먹고 제다이 퍼즐 액자도 보여 주었다. 상현도 스타워즈를 아주 좋아한다고 해서 신은 기분이 매우 좋았다.

"신아, 자기 전에 할 말이 있어." 침대에 누운 신에게 상현이 말했다.

"뭔데요?"

"너무 공부만 하지 말고. 알았지? 친구랑 다른 중요한 게 많으니까. 나무와 숲 전체를 함께 봐야 해. 그래야 내가 어디에 있는지 알 수 있고, 길을 잃지 않을 수 있거든. 잘할 수 있을 거야. 그렇지?"

"네! 노력할게요, 아빠. 포스가 함께 하길." 신이 상현과 눈을 맞추며 말했다.

"그래, 늦었으니까 푹 쉬렴. 포스가 함께 하길."

상현이 머리를 쓰다듬었다.

"자, 이제 신이 차례. 엄마가 하시는 거 잘 봤지?" 마법사회 감색 두루마기를 입은 여성 마법사가 말했다.

신은 신영 마법사회 본부 마당에 있는 누각 터에서 순간 이동을 준비 중이다. 좀 전에 누각 터 돌단 위 마법진에 온갖 색깔 빛들이 둘러싸더니 거기 서 있던 이진이 사라졌다.

"무지개 위를 걷는다고 생각하면 좀 진정이 될 거야." 가기 전에 누각 터를 함께 보며 이진이 말했다.

"근데 그거 강아지들이 죽었을 때 하는 말 아니에요? '어제 우리 집 똘이가 무지개다리를 건넜어.' 이렇게요." 신이 자기 반 여자 애를 흉내 내며 말했다.

"어머 얘! 그건 아니고. 그래, '걷는다'가 아니고 '서 있다'로 바꾸자. 무지개 위에 선 기분으로…."

"근데 엄마도 엄청 긴장하시는 거 같은데요. 아니에요?"

"아, 아냐 얘, 긴장은 무슨… 음!"

이진이 헛기침을 크게 했는데, 이마에 땀이 송골송골 맺혔다.

'흥, 거짓말쟁이. 그렇게 얘기하면서 엄청 떠시잖아요.' 하고 신은 생각했다. "네, 여기요?"

"그래 거기. 움직이지 말고."

신이 오다

마법사가 나무 막대로 돌단 위를 가리켰다. "잠깐 눈 감고 셋만 세면 끝날 거야. 너무 긴장하지 말고, 알았지?"

"네, 감사합니다."

신은 돌단 위로 올라섰다. 돌단에는 지름 2미터 정도 되는 원형 마법진이 오목하게 새겨져 있었다. 큰 동그라미 세 개와 그사이에 알아볼 수 없는 글씨들이 빼곡하게 들어찼다. 정 가운데에는 태극기에 있는 물결무늬가 있어서 반가웠다. '하나!' 마법사가 공중에 글씨를 쓰자 흰색 글자가 둥둥 떠다녔다. 그러고는 무언가 주문을 말하자 그 글자가 바닥에 있던 마법진으로 쑥 빨려 들어갔다. 금세 푸르스름한 빛이 돌더니 주위가 온통 영롱한 빛으로 둘러싸였다. '둘!' 신은 이진 말대로 무지개 위에 서 있다고 상상했다. '일곱 빛깔 길 위에서…. 아냐 아냐. 전혀 진정이 안 돼. 눈을 뜰까?' 몸이 사라졌다가 나타나는 순간을 기억해 두고 싶어서 눈을 뜨고 싶은 걸 억지로 참았다.

"얘가 왜 안 오지? 잘 돼야 하는데…."

멀리서 이진 목소리가 들려오는 것 같았다. '어? 엄마다.' 하고 생각한 순간 온몸에 소름이 쫙 끼쳤다. 마치 화장실에서 일을 본 후에 느껴지는 그런 기분이었다. 기분 좋은 전율이 들면서 어딘가로 순간 이동했음을 저절로 알았다. '어? 셋은 아직인데….'

"어떠니? 괜찮아?"

이진 목소리에 눈을 떴다. 신은 어디 멀리라도 다녀온 것처럼 반가웠다. "네, 그럼요. 아주 좋아요. 헤헤."

신이 마법진을 내려섰다

"그래, 다행이구나."

이진이 엉덩이를 토닥였는데, 주위를 둘러보니 마당 주위에 건물이 들어서 있다. 좀 전에 있던 마법사회 본부보다는 작았다.

"여기도 마법사회예요?"

"어 그래. 마법사회 지부란다."

"네가 신이구나?"

신이 돌아보니 이진 동료 세 명이 서 있다. 신은 '엄마는 여기서도 인기 만점인가 보다.' 하고 우쭐했다.

"뭐 하니, 인사드려야지?" 이진이 말했다.

"안녕하세요. 안녕하세요. 안녕하세요."

신은 넙죽넙죽 인사했다.

"아이구 그놈 씩씩한 거 봐라."

"하하하. 마법 학교 입학 축하한다, 신아."

"안녕. 반가워."

"헤헤."

쑥스러워서 머리를 긁적이는데 이진이 머리를 헝클어트렸다.

이진이 동료들과 인사를 나누는 동안 신은 마법사회 지부 주차장 앞에 큰 가방을 앞에 두고 서 있다. 마법사회 지부는 산속에 있는데도 도로가 잘 닦여져 있었다. 산 중턱에 옅은 안개가 하얗게 걸렸는데도 주변 공원 산책로에는 오가는 사람들이 많았다. 신은 소나무 숲이 산뜻하게 정돈돼서 기분이 좋

신이 오다

다. 물론 용돈을 두둑이 주셔서 더 좋았다. 정소연이 준 캔디를 입에 넣고 노래를 흥얼거렸다. 신은 생각했다. '순간 이동 덕에 이렇게 먼 거리를 금방 올 수 있다니…. 참 편리해.'라고.

"택시 불렀으니까 금방 올 거야. 조금만 기다리렴." 배낭을 멘 이진이 말했다.

"네."

택시를 타고 산길을 내려오다 보니 축구장이 있었다. 연못인지 저수지인지가 보이고 바로 큰 도시가 나왔다. 택시 안이 따뜻해서 금방 잠들었는데, 목적지에 다다를 때쯤에야 이진이 깨워서 일어났다. 신은 꿈을 꾸지도 않고 잠깐 딴생각을 한 것 같은데, 한 시간 반이나 지나서 얼떨떨했다.

택시에서 내리니 마을회관이 바로 옆에 있었다. 바닥을 드러낸 논들이 아래위로 길게 펼쳐졌고, 볏짚단들이 군데군데 놓여 있었다. 마을회관은 빨간색 벽돌로 지은 2층 건물인데, 파란 지붕에 태양광 패널이 붙어 있다. 깃발 세 개가 나란히 펄럭이고 현판에는 '내홍리 회관'이라고 쓰여 있었다.

"여기가 어디예요, 엄마?"

"신영에서 지원하는 마법사 유가족 마을들이란다."

이진이 마을회관 앞 계단에 걸터앉았다. "마법 학교는 산에 있으니 오늘 여기서 자고 내일 일찍 갈 거야."

"마법 학교가 산속에 있어요? 왜요?"

"일제 강점기 때 방치한 사찰 부지를 기부받아서 지었거든. 그래서 산에 있지. 왜 실망했니?"

"네. 산에 아무것도 없을 텐데 어떻게 살아요. 근데 유가족요?"

"기숙사도 있으니 걱정하지 마."

이진이 다리에 묻은 먼지를 털어내고 여행 가방을 가까이 옮겼다. "전쟁 때 돌아가신 마법사들이 많거든. 당연히 남은 가족들 생계가 어려웠지. 그래서 서로 돕고 살 수 있도록 마을들을 만들었단다. 함께 농사도 짓고 공장도 운영하고 있지."

"마을들요?"

"시골에선 작은 마을을 '리'라고 하는데, 다섯 리가 있단다."

"와! 작은 집들이 멀리 떨어져 있어요. 이런 곳이 다섯 개면 엄청 넓겠네요."

"그렇지. 여기 애 중에 함께 공부하는 애들도 있단다."

"진짜요?"

"잠깐 기다리렴. 왔다고 전화하고 올게."

이진이 마을 회관 안으로 들어갔다. 마을 회관 앞을 서성이던 신에게 건물 뒤쪽에서 소란스러운 소리가 들려왔다. 회관 앞 마을 풍경을 둘러보느라 알아채지 못했지만, 아이들이 놀고 있는 듯했다. 호기심에 회관을 돌아 소리가 나는 곳으로 다가갔다. 크고 작은 나무들에 둘러싸여 잘 보이지 않지만, 작은 공터가 있었다. 그곳에 예닐곱 아이들이 열을 맞춰 서 있는데, 목소리와 키로 보아 초등학교 저학년 애들이다. 더러 대여섯 살 먹은 꼬마들도 이리저리로 뛰어다녔다. 서 있는 애들 모두 하얀 한복 바지에 행전을 차고 있는데, 윗옷은 다들 제각각이다. 춥지도 않은지 티셔츠만 걸친 남자애도 있었다. 신은 자신보다 어리다는 친근함에 다가갔다가 우렁찬 목소리에 놀라 주춤했다.

"익!" 아이들이 한목소리로 외쳤다.

"중심을 더 실어서!" 아이들 앞에 또래로 보이는 여자애가 큰 소리로 말했다.

군청색 한복 바지에 행전을 차고 서 있는데, 상아색 패딩 밑으로 흰색 한복 상의가 보였다. 갸름한 얼굴과 도도한 눈빛을 가진 여자아이가 도톰한 입술로 애들을 지휘하고 있었다. 짧은 단발머리를 가운데 가르마를 타서 깔끔하게 뒤로 묶었다. 신은 어쩐지 덩달아 산뜻해지는 기분을 느꼈다. 때 이른 봄꽃 향기가 나는 것 같아 주변 나무들을 괜히 두리번거렸다.

"품 밟기는 모든 공격과 수비의 기본이야. 정확하게 밟고 돌아와야지. 다시, 하나!" 또랑또랑한 목소리로 말했다.

"을."

아이들이 두 손을 내리고 양발로 삼각형을 그렸다. 왼발을 몸 앞 한 점에 찍고 다시 돌아오고, 오른발을 찍고 다시 돌아왔다. 같은 몸짓을 양팔을 펴서 밖에서 안으로 휘젓고는 몸에 힘을 주며 소리를 냈다. 무슨 무술을 수련하는 것 같은데, 처음 보는 모습이라 신기했다.

"신아! 신아 어딨니?"

넋을 놓고 구경하는데 이진 목소리가 들렸다. 그 소리에 여자애가 신이 있는 쪽을 돌아봤다.

"네! 여깄어요."

신도 얼굴을 마주치지 않으려 돌아봤다.

"어디 갔었어? 아…, 택견 수련하는 거 봤구나?"

어느새 이진이 가까이 다가왔다.

"저게 택견이구나."

"알고 있었니?"

"아뇨. 태권도 학원에서 사범님이 얘기하시는 거 들었어요."

"그래. 엄마 친구분이 이쪽으로 오신대. 얼른 가자."

"네."

신은 마을 회관으로 향하면서 뒤를 돌아봤다. 여전히 열심히 아이들을 가르치고 있었다.

"은아, 어서 와서 인사드려." 앞에 앉아 있던 조재영 이장이 말했다.

신과 이진은 이장 집에 들어와 거실에 점심상을 두고 앉았다. 조재영 이장은 마법사회 감찰원에서 은퇴하고, 여기 내홍리 마을과 마법사 유가족 협의회를 맡고 있었다. 이진과 함께 작전 수행하다가 다리를 다쳤다고 했다. 갸름한 얼굴에 짧은 머리를 한 이장이 착한 눈매로 딸을 보며 웃고 있다.

"네 아빠, 얼른 씻고 올게요."

신은 두 눈을 의심했다. 좀 전에 회관 뒤 공터에서 봤던 여자아이가 문을 열고 들어왔는데, 꽃향기도 따라 들어오는 것 같았다. 이진과 조재영 이장이 마법사회와 유가족 공동체에 대한 말씀을 나눴지만, 신은 아무 소리도 들리지 않았다. 씻고 돌아오는 십 분도 채 안 되는 동안 좀이 쑤셨다.

"어서 인사드리렴." 조재영 이장이 이진을 가리키며 말했다.

"아빠가 얘기했지? 마법사회 이진 도감님. 아빠랑 고모 생명

신이 오다 139

의 은인이셔."

"안녕하세요. 성재중고등학교 중등부 3학년 무예 반 조정은입니다."

선 채로 고개를 깊이 숙여서 인사했다. "꼭 뵙고 싶었어요. 아빠와 고모를 구해주셔서 정말 감사드려요."

조재영 옆으로 다가와 앉으며, 이진을 향해 말했다. 무릎을 꿇었는데 말하면서 몸이 들썩들썩했다.

"그리고, 여기는 도감님 아들 김신. 이번에 마법 학교에 입학하니까 네가 많이 도와줘야 한다. 알았지?"

"에이 아빠, 제가 어떻게 도와요." 하며 손을 저었다. "안녕? 3학년 조정은이야. 반가워."

그 손을 다시 신을 향해 흔들었다.

"어… 안녕?" 신은 얼굴이 뜨거워졌다. "김신이야. 잘 부탁해."

"엄마를 닮아서 너도 엄청 미인이구나. 반가워. 어머 얘, 뭘 그렇게 부끄러워하니? 얼굴이 홍당무가 다 됐네."

"부끄럽긴 누가요."

"하하하…. 자, 얼른 먹읍시다. 은이 엄마! 당신도 얼른 와." 부엌 쪽을 향해 말했다.

"제가 가 볼게요." 정은이 일어섰다.

부엌으로 향하는 정은에게 신의 눈길이 저절로 따라갔다. 그런 자기 모습에 흠칫 놀라서는 방을 괜스레 두리번거리다가 조재영 이장에 가려진 텔레비전 위로 벽에 걸린 영정사진에 붙들렸다. 책받침 크기의 하얗게 바랜 사진에 할아버지 한 분이 내려다보고 있었다. 신은 이장님과 비슷한 생김새라 선뜻 정감이 들었다가, 진지하면서 언뜻 슬픔이 어린 눈빛에 이내 숙연해졌다. 신에게 자꾸 말을 거는 기분이 들었다. 신은 궁금했다. '왜 자꾸 울컥울컥한 기분이 들지?'

"네! 가요." 부엌에서 고운 목소리가 들렸다. "찬이 마땅치 않아도 많이 드세요. 신이도 많이 먹어."

국을 담은 쟁반을 들고 와서 상에 놓아주며 말했다. 작은 눈에 오똑한 콧날과 도톰한 입술로 함박웃음을 지었다. 그 웃음이 옮아서 언제 우울했던가 싶게 금방 명랑해지는 신이다.

"네, 잘 먹겠습니다아."

"성연 언니도 참, 그리 어려워하지 마세요." 이진이 국그릇을 받아두며 말했다. "정은이도 많이 먹어. 그러고 보니 얼굴형이랑 피부색이 윤희 고모도 좀 닮은 것 같구나. 그렇죠?"

"어머, 그래요? 고맙습니다."

"으흠. 제 딸이니까요." 정은 뺨을 톡톡 치며 말했다. "얘가지 고모를 너무 좋아해요. 자주 보지도 못하는데도."

"정말요? 제가 송구하네요. 여러 가지로⋯."

이진이 고개를 숙였다. 신은 여러 가지 중에 자기도 포함되는지 문득 궁금해서 얼굴이 달아올랐다.

"얼른 드세요. 다 식겠네."

"이장님, 언니. 정말 고마워요." 과일과 음료를 먹을 때, 이진이 말했다. "애를 혼자 두려니 맘이 안 놓였는데, 이제 안심할 수 있겠어요. 신이 잘 부탁드려요."

"아이고, 그럼요." 김성연이다.

"엄마, 걱정하지 마세요. 저도 이제 다 컸다고요." 신은 씩씩하게 보이려고 부러 우렁차게 말했다.

"신이가 씩씩하구나. 그래, 다 컸다. 다 컸어. 하하하…."

다들 함께 한참을 웃는데, 신은 조재영 이장 뒤에 있는 영정사진에 또 눈길이 갔다. 아까는 미처 보지 못했는데, 사진을 덮은 유리면 밑으로 작은 증명사진이 액자 틀에 끼워져 있었다. 주인공인 할아버지보다 훨씬 오래돼 보이는, 너덜너덜한 증명사진을 투명 테이프로 고정한 작고 낡은 사진이다. 두 젊은 부부가 할아버지와 똑같은 눈빛으로 신을 쳐다보고 있었다. 가족들이 주는 편안함에도 신은 다시 숙연해졌다. 왜 그런지 먹먹한 슬픔과 함께, 앞날에 대한 기대와 걱정이 파고들어서 가슴이 두근두근 울렸다.

10

 잠을 설치고 이진과 함께 산길을 오른다. 큰 가방을 신이 끌고, 배낭을 멘 이진이 아래에서 도왔다. 오랜만에 하는 등산에 신은 죽을 맛이다. 숨이 턱까지 차서 연신 헐떡였다. 땀은 왜 이리 나는지, 닦아도 닦아도 그칠 줄 몰랐다. 얼마 가지 않아 돌부리에 엉덩이를 대고 숨을 몰아쉬었다.
 "학교에 오면 내가 안내해 줄게. 먼저 간다." 아침 먹을 때, 훈련으로 먼저 나가는 정은이 말했다.
 '쳇, 누나 흉내를 내겠다는 거야? 누구 맘대로?' 자신을 애처럼 생각하는 건 아닌가 지레짐작했다. 격의 없는 환한 웃음보다 차라리 도도한 눈빛으로 보는 게 더 낫겠다고 생각했다.
 "어머, 괜찮니?" 걱정스럽게 쳐다본다. 이진은 아무렇지 않아 보였다.
 "그럼요. 할 만해요." 애써 힘을 주어 말했다.
 신은 그러면서도 이진이 건네주는 물병의 물을 벌컥벌컥 들이켰다. 아직 초반인데 이렇게 먹어도 되나 싶다가 '에라 모르겠다.' 하며 마셔버렸다. 기숙사가 차라리 산이기 망정이라고 생각했다. 매일 여기를 오르내리는 건 미친 짓이니까. 가방을 집어 던지고 싶은 걸 애써 참았다. 꾸역꾸역 200~300미터 정도 올라오니, 기와지붕에 녹색 단청으로 칠한 문이 나왔다.

"아, 여기가 일주문이구나." 손수건으로 땀을 닦으며 이진이 말했다.

"일주문이요? 그게 뭐예요?"

"잠깐 쉬었다 갈까?"

배낭을 계단 위에 내려놓았다. "사찰에 있는 첫 번째 문이야. 이곳을 경계로 바깥세상과 구분한다고 하지. 진짜로 이런 게 남아 있구나."

"많이 낡아 보이는데 왜 허물지 않아요?"

"이것도 귀한 문화재이니까. 전문가들은 딱 보기만 해도 어느 시대 유물인지, 지역은 어딘지 여러 가지를 볼 수 있단다. 후대에 전할 만한 유산은 허투루 할 수 없는 거야."

"네…."

신은 솔직히 아무 생각이 없다. 뒤를 돌아보니 올라가야 할 길이 가파르게 뻗어가고 있었다.

"으아 아아!"

무서운 문이 갑자기 나타났다. 큰 가방을 둘러메고 큰 소리를 지르며 큰 문으로 달려갔다. 고개는 앞에 두고 애써 옆은 보지 않았다. 문 양쪽 벽에 상의를 벗은 거인들이 그려져 있는데, 한 명은 창과 칼을 들고 한 명은 맨손으로 서 있었다. 문으로 들어가자, 그림 속 거인 동상이 무서운 얼굴로 양옆에서 내려다봤다. 신은 저도 모르게 봐 버리고는 흠칫 놀랐다.

"어머, 얘!" 그 모습을 보고 이진이 크게 웃었다. "가방 떨어트릴라 천천히 가!"

"엄마! 무서운 동상이에요. 빨리 오세요."

문을 통과한 신이 손짓했다. 이진이 웃음을 참으며 건너오고 있다.

"헉!"

똑같이 생긴 문이 또 나왔다.

"더 무서운 문이에요. 이번엔 동상이 네 개예요."

"천왕문이야. 이곳을 지키는 동상이니까 겁낼 거 없단다."

"에이, 말도 안 돼. 이렇게 무서운 얼굴을 하고요?"

"그래야 악귀들이 얼씬거리지 못하지. 아까 금강문도 그렇고, 무서워하지 말고 경건한 마음으로 지나면 돼."

"근데 이제 더 없는 거죠? 이런 문?"

"이제 없을 거야, 아마도?"

이진이 활짝 웃으며 볼을 꼬집었다. 신은 산에 적응한 건지 무서운 문들 때문에 정신이 없는 건지, 처음만큼 힘들지 않아서 신기했다.

천왕문을 지나니 곧 학교가 보였다. 제일 바깥에 큰 마당이 있고, 돌로 된 탑과 등들이 곳곳에 놓여 있다. 오래됐지만 말끔해 보였다. 마당 중앙에 3층 석탑이 있고 양쪽 끝에 작은 단층 건물이 한 채씩 있었다. 석탑 주변에서 산 아래를 내려다보니, 동네가 훤히 보였다. 마법 학교 부지 왼쪽 — 동네를 내려다보며 부지 오른쪽 — 으로 작은 길도 보였는데, 눈으로 따라가니 2층 건물이 있는 다른 부지가 있었다. 그 건물 중앙 위쪽에 '성재중고등학교'라는 큰 글씨가 걸려 있다. 시원한 바람이 몰고 온 상쾌함에 눈을 지그시 감았다.

"오, 잘 찾아왔네?"

앳되지만 경쾌한 목소리가 들렸다. 상아색 패딩을 걸치고 군청색 한복 바지를 입은 정은이 환하게 웃고 있었다. 뒤로 신흥마법 학교가 웅장하게 서 있다.

"신아, 그럼 성재중고등학교부터 볼래?" 정은이 말했다.

"아니, 마법 학교부터."

"얼른 보고 싶구나? 알았어. 이쪽으로 와. 저기가 마법 학교 선생님들이 계신 사무실이야."

아까 본 서쪽 단층 건물을 가리키며 말했다. 동쪽 건물은 교무행정반이다.

3층 석탑을 지나쳐 돌계단을 올랐다. 건물에 가려서 안쪽이 잘 보이지 않았다. 가까운 건물 사이로 들어서니, 그제야 계단 아래처럼 큰 마당이 나왔다.

"저기가 건(乾) 반 애들이 쓰는 곳이야. 처음엔 저기서 다 함께 공부했나 봐." 정은이 산 아래 건물을 가리키며 말했다. "그리고, 저기 아래가 곤(坤) 반, 오른쪽이 감(坎) 반, 왼쪽이 리(離) 반 건물이야."

처음 가리킨 곳이 가장 허름했다. 큰 기와지붕과 나무 기둥 여러 개로 만든 건물인데, 처마 밑에 '新興魔法學校(신흥마법학교)'라고 쓰인 낡은 나무 현판이 걸려 있다. 세 칸에 세 개씩 모두 아홉 개 창호 문이 정면에 나 있다. 다른 건물들도 밑에 있던 사무실처럼 나무 기둥 여덟 개가 받치는 일자형 단층 건물이다. 하지만, 이곳이 훨씬 크고 단청도 좀 더 화려하다고 느꼈다.

"무슨 무슨 반? 천천히 다시 한번 얘기해 줘." 신이 다급히 되물었다.

"나도 무예 반이라 정확히 모르는데, 마법 종류에 따라서 나누나 봐."

"엄마가 얘기해 줄게." 흥분한 신의 팔을 잡고 말했다. "태극기에 있는 건곤감리 들어봤지? 각각이 하늘, 땅, 물, 불을 상징한단다. 네 개 반에서 각각 원소 특성에 맞는 마법을 배우고 있는 거지."

"아…. 그럼, 저는 감 반이겠네요?"

"그렇지. 이왕 선생님도 네가 물 속성이라고 했으니까."

신은 마음이 복잡했다. 넓은 부지에 건물 개수도 많고 모르는 것투성이라 당황스럽다.

"너무 조급하게 생각할 필요 없어. 오늘 첫날이잖아."

안절부절못했는지 이진이 등을 토닥였다.

"네…."

"그래. 힘내. 마법 학교는 다 보셨는데, 성재학교로 가세요."

"응, 그래."

성재중고등학교 강당 로비, 가운데 출입구 양쪽에 테이블이 길게 옆으로 놓여 있다. 그 앞에 긴 줄이 늘어서 있는데, 왼쪽은 무예 반, 오른쪽은 마법 반이다. 마법 반 줄에 신과 이진도 서 있었다. 탁자 옆에서 선생 둘이 열심히 교복을 나눠준다.

남자 선생이 치수를 재서 불러 주면, 여자 선생이 치수에 맞는 교복을 찾아 주었다. 사람이 많아 허겁지겁 서두르는지 얼굴이 벌겋고, 땀을 뚝뚝 흘렸다. 김이 나는 그들 뒤로 종이 상자가 겹겹이 벽에 붙은 채 쌓여 있었다.

신은 말이 없었다. 입학식에서 일반 학과 공부와 마법 교육을 병행해야 한다는 말을 듣고 맥이 풀렸다. 마법 공부만 할 걸로 기대했기 때문이다. 의무교육 대상이기 때문에 어쩔 수 없었다. 시간표를 봐야겠지만, 오전에는 주로 학과 공부를 해야 했다. 이진도 고민이 많은지 표정이 어둡다. 신은 고개를 푹 숙인 채 남자 선생에게 다가가 치수를 쟀다.

"가슴둘레 80.7센티미터, 허리둘레 67센티미터."

"잠시만." 김향기 선생이 말했다. (가슴에 명찰을 달고 있다.)

마른 체형에 긴 머리를 묶었는데, 작은 얼굴과 짙은 눈썹이 뚜렷한 아주 귀여운 인상이었다. "여기요. 다 함께 마법 학교로 이동할 거니까, 강당 앞에서 기다려 주세요."

박스에서 꺼낸 교복을 종이 가방에 담아 주었다. 교복은 연한 노란색 재킷과 검정 바지, 회색 니트 조끼와 넥타이로 구성된 겨울 옷과 여름용 바지와 반팔, 흰색 저고리와 군청색 바지, 행전으로 된 한복이다. 정은의 택견 수련복과 똑같았다. 나중에 마법 학교 학생은 두루마기를, 무예 반 학생에겐 조선 시대 무관 옷인 철릭을 준다고 했다.

이진과 함께 강당을 나왔다. 앞에 천연 잔디 운동장이 누런 빛을 띠고 바람에 흩날렸다. 운동장 트랙 옆으로 성재중고등학교 본관 건물이 있고, 학교 뒤로 남녀 기숙사 건물 윗부분이 보였다. 모든 건물이 한옥이다. 신은 무엇보다 운동장이 마음에 들었는데, 제대로 된 천연 잔디 운동장을 처음 봤기 때문이다. 도시의 많은 학교가 인조 잔디나 맨땅이었고 신이 다녔던 초등학교도 인조 잔디다. 발바닥에 밟힌 잔디 때문에 둥실둥실 떠다니는 느낌이 좋았다.

"엄마, 잠깐 갔다 올게요."

잔디 운동장 가운데로 있는 힘껏 내달렸다.

"넘어지지 않게 조심해!"

어느새 목소리가 멀어졌다. 달리기는 느리지만 꼭 한번 밟아보고 싶어서 참을 수 없었다. 신은 몸을 잠깐 기우뚱했다가 얼른 바로잡았다. 미끄러질까 봐 더 빨리 못 뛰겠는지, 아니면 금방 지쳐선지 신이 허벅지에 손을 받치고 허리를 숙였다. 헉헉.

"자, 다들 모여주세요. 마법 학교로 이동할게요."

*

인솔자를 따라서 간 곳은 아까 본 허름한 건 반 건물이다. 건물 뒤쪽으로 오색 찬란한 빛줄기가 하늘로부터 내려왔다가 사라지기를 반복했다. '저쪽에서도 순간 이동을 할 수 있나 봐. 엄마도 저기로 가시면 되겠다.' 하고 신은 생각했다. 열린 창호 문 안으로 들어섰다. 대여섯 명은 충분히 앉을 수 있는 긴 의자가 줄지어 있는데, 자리에 앉다가 벽화가 보여서 흠칫 놀랐다. 양쪽 벽과 전면 강단 벽에 수천수만 명이 모여서 태극기를 흔들고 있었다. 모두 흰색 고의적삼과 두루마기를 걸쳤고, 흰색 저고리와 검정 치마를 입었다. 저마다 손에 든 태극기를 높이 들고, 입을 크게 벌려 외치고 있다. 더러는 태극기를 옷으로 삼아 몸에 둘러서 온통 태극기 물결이다. 순간, 함성이 울려 퍼지는 것 같아서 입을 틀어막고 등받이에 몸을 기댔다. 신은 벅차오르는 감동에 할 말을 잃었다.

"잠시 후 마법 학교 신입생 예비 교육을 시작하겠습니다. 의자에 착석해 주세요." 행사 시작을 알리는 마이크 음성이 들려왔다.

"안녕하세요. 예비교육 사회를 맡은 교무행정반 김향기입니다. 신입생과 학부모 여러분, 신흥 마법 학교에 오신 것을 환영합니다."

강단 오른쪽에 있는 사회자용 강의대에서 고개를 숙였는데, 뒤로 묶은 머리가 덩달아 펄럭였다. "행사는 마법 학교 소개, 교과목과 담당 선생님 소개, 학교장 훈화와 학사 안내 순으로 진행하겠습니다. 먼저 행사에 앞서 순국선열과 호국영령에 대한 묵념이 있겠습니다. 자리에서 일어서 주십시오…, 일동 묵념!"

사회자 말이 끝나자, 어디선가 음악이 들려왔다. 금관악기의 애잔하면서 웅장한 4분의 4박자 연주 위에 투두두 투두두 드럼 소리가 셋잇단음표 박자로 이어지며 엄숙한 분위기를 자아냈다. 참석자 모두가 고개를 숙였다. 짧지만 가슴 뭉클한 시간이라고 신은 생각했다.

"바로. 모두 자리에 앉아 주십시오. 다음으로 마법 학교를 소개해 주실 이재용 선생님입니다. 박수로 환영해 주세요."

손뼉을 치면서 김향기 선생이 뒤로 물러났다. 이어서 날씬한데 어깨가 좁아서 머리가 커 보이는 남자가 강의대 마이크로 다가섰다.

"안녕하세요. 교무행정반을 맡고 있는 이재용 반장입니다. 반갑습니다."

옆으로 물러나 고개를 깊이 숙여 인사했다. "우리 신흥 마법 학교는 우리나라의 기둥인 여러분들을 실력 있고 정의로운 마법사로 키워 내기 위해서 설립했습니다. 이것은 후손들에게 나라 잃은 설움을 겪게 할 수 없다는 절박함과 잔혹한 적들을 상대하기 위해서는 역량 강화가 절실하다는 성찰에서 비롯되었습니다…."

"엄마, 저 선생님 엄청 지루한 것 같아요." 신이 하품하며 말했다.

"좀 고지식한 면이 있지만 집중해야지. 그럼 못써요."

"네, 알겠어요."

신은 찔끔 흘러나온 눈물을 소매로 훔쳤다.

"… 해방과 더불어 용지 확보를 위해서 큰 노력을 기울이셨습니다. 1960년에 폐허가 된 사찰 부지를 기부받아서, 1963년에 지금 계신 건물을 시작으로 개교했습니다. 올해로 개교 60주년을 맞이했습니다." 객석에서 큰 박수 소리가 이어졌다. 발표자가 잠시 숨을 골랐다. "개교 당시부터 많은 어려움이 있었지만, 신영 마법사회의 아낌없는 지원과 유가족 협의회의 노력으로 헤쳐 나갈 수 있었습니다…."

발표자는 수건을 꺼내 이마에 난 땀을 닦아내며 집중했지만, 주변을 둘러보니 꾸벅꾸벅 조는 아이들이 생겨났다. 이때 가운데 맨 앞자리에 — 유독 열심히 듣고 있는 — 안경 쓴 아이가 눈에 들어왔다. 조금의 흔들림도 없이 발표자에게 집중하고 있었다. 혼자 앉아 있는데, 언제 입었는지 나눠준 교복을 벌써 입었다. 신은 '참 부지런하네.' 하고 생각했다.

"그럼, 교과목을 설명해 드리겠습니다. 저희 신흥 마법 학교는 신영 마법사회처럼 독립을 쟁취하고 국민들을 제대로 보호하기 위해서, 공격과 방어에 적합한 마법교육을 시행하고 있습니다. 따라서 오래전에는 마법 학문으로 인식했지만, 과학 기술이 발전하면서 사장되거나 필요 없는 경우에는 교과목에서 제외했습니다. 저희 신흥에서는 연금술, 천문학, 점성술, 마법 약, 약초학 등은 가르치지 않습니다. 연금술은 과학 발전에 기여한 바가 크지만, 실제로는 허구에 가깝고— 인간 정신의 잠재력을 끌어내는 철학 체계도 각 교과목에서 이미 흡수했습니다. 천문학도 이제 우주여행이 가능한 수준이므로 우주과학에 포함됐습니다. 점성술은 천문 현상으로 길흉화복을 점치는 마법이기 때문에, 학교 설립 취지와 맞지 않습니다. 인간 생명을 지키려는 마법 약과 약초학도 의학과 약학 분야에 비해 뒤처졌다고 판단됩니다…."

뭔가 어려운 얘기가 나오면서 신은 점점 집중력을 잃었다. 발표자 얼굴에만 집중하니, 큰 눈에 좁은 턱, 작은 입을 가진 겁 많은 토끼가 생각났다. 혼자서 킥킥대다 보니 정신이 좀 차려지는 듯했다.

"우리 학교는 중등부 3년, 고등부 3년씩 총 6년으로 이루어져 있습니다. 중등부에서는 일반 마법과 선택한 과목의 초급 마법을 배우며, 고등부에서는 중등 마법과 개인 진도에 따라 고급 마법 일부를 수련합니다…."

"잘 들으렴. 아까 궁금해했던 얘기를 해주실 것 같구나." 이진이 귓속말로 말했다.

"네."

신은 애써 집중하려고 또 뚫어져라 바라봤다.

"신입생들께서는 탐지 마법을 가르치시는 류범 선생님과 일대일 면담을 갖게 됩니다. 마법 시연과 대화를 통해서 적성 마법을 선택하고, 이후 한 달간 유예 기간을 거쳐 전공 반을 확정합니다. 건 반은 하늘 속성으로서 보호 마법을, 곤 반은 땅 속성으로서 변환 마법을, 감 반은 물 속성으로 물 원소 마법, 리 반은 불 원소 마법을 배웁니다. 각 반의 건물은 유인물을 참고하시기 바랍니다. 과목은 뒤에 이어질 교과목, 선생님 소개 시간에 더 자세히 설명해 드리도록 하겠습니다…."

신은 이미 속성을 알아서인지, 다른 과목보다 물 원소 마법에서는 무엇을 배울지가 더 궁금했다. 발표자 콧등에도 땀이 맺힌 것 같았다.

"… 끝으로, 신영 마법사회 총감독을 겸임하시며, 물심양면으로 지원해 주신 우리 신흥 마법 학교 교장 선생님께 깊은 감사를 올려 드립니다. 고맙습니다." 기나긴 소개를 마치고 강의대 앞으로 나와 허리를 굽혀 인사했다.

"후후, 아부도 엄청 잘하시는데?" 이진이 귀에 대고 속삭였다.

신이 이진과 함께 머리를 맞대고 킥킥킥 웃었다.

"그럼, 교과목과 담당 선생님들을 소개하겠습니다. 선생님들께서는 단상 위로 올라가 주세요."

사회자 요청으로 하나둘씩 단상 위로 향했다.

"엄마 엄마, 이왕 선생님이 어느 분이세요?"

"저기 파란색 글씨를 새긴 두루마기를 입으신 분이야."

단상 위에 좌측 끝에서 두 번째 사람을 가리켰다. 큰 키에 어깨가 넓다. 인상이 차가워 보였지만, 자신을 치료해 줘선지 왠지 친근하게 다가갈 수 있을 것 같았다.

"와 진짜 잘생기셨어요. 근데 저 글씨는 뭐예요? 너무 멋져요."

"그건 신영 마법사회 창립 취지가 담긴 글인데 자음, 모음과 받침을 붙여서 쓴 글씨야. 이렇게 자음 옆에 모음을 쓰고 받침을 그 옆에…." 이진이 의자 앞 받침대에 검지로 글을 쓰며 설명했다. "내용은 '그러므로 오늘 나라를 위하는 길은 역시 오직 새로워지는 길뿐이다.[40]'가 되지. 마법사회와 마법 학교에서 입는 모든 두루마기에 쓰여 있단다. 네 것도 그렇고."

"제 거에도요? 오 예에! 근데 새로워지는 길이 뭐예요?"

"자신(自新). 스스로 '자'에 새로울 '신'을 합친 건데, 새로운 정신을 깨우친다는 의미야. 국민들이 올바른 도리를 지키며 윤택한 삶을 살 수 있도록, 상처를 치유하고 가르쳐서 약한 마음과 어리석음을 깨우친다. 어렵지?"

"네, 잘 모르겠어요. 근데 글씨는 진짜 멋있어요."

"그래. 엄마도 좋아한단다."

이진이 신의 코를 콕 찍었다.

"일반 마법을 가르치시는 박훈 선생님입니다." 김향기 선생의 마이크 목소리가 들렸다.

흰머리에 까무잡잡한 피부를 가진 할아버지가 앞으로 나와서 고개를 숙였다. 회색 글씨를 새긴 감색 두루마기를 입고 있었다.

"일반 마법은 마법 역사와 바람 마법을 배웁니다. 마법 역사 과목에서는 고조선 시대부터 지금까지 우리나라의 토속 신앙과 외국 종교에 대한 마법 역사를 살펴봅니다. 바람 마법은 물, 불 원소 이동과 보호 마법 전개에 필요하고, 다른 마법 시행의 바탕이 되기 때문에 바람 생성과 운용 방법에 대해서 수련합니다."

박훈 선생이 다시 인사를 하고 도열해 있던 자리로 돌아갔다.

"다음으로 건 반에서 수행하는 보호 마법 담당이십니다. 류범 선생님을 소개합니다."

장발 머리에 수염을 멋지게 기른 남자가 한 발 앞으로 나와 인사했다. 흰색 글씨를 새긴 두루마기를 걸쳤고, 검은색 뿔테 안경과 크고 길쭉한 코가 코주부 안경이 떠오르게 했다.

"보호 마법은 탐지 마법, 방어 마법과 흑마법 방어술로 구성합니다. 탐지 마법은 영적 존재 확인과 마력을 쓴 흔적을 알아냅니다. 방어 마법은 공격 방어를 위해서 넓은 구역에 걸쳐

물리 벽을 전개하는 방어막과 결계 — 금줄 같은 이동 차단과 수호신 전개를 위한 — 를 생성하고, 수호부와 벽사부 따위 부적을 만드는 부여 마법을 다룹니다. 흑마법 방어술은 개인에게 가해지는 저주 주술, 상태 이상 마법의 방어와 파훼법을 배웁니다. 선생님, 고맙습니다."

이때, 류범 선생이 장난기 가득한 얼굴로 팔 안쪽에서 작은 나무막대를 꺼냈다. 막대로 허공에 줄을 세 번 그어 뭔가를 쓰니 하얀 글씨가 떠다녔다.

"어루 듣보기[41]야 어허루 듣보기야 어허루 볼만장만[42]이로구나."

짧게 주문을 외우자, 글씨가 머리 위로 솟더니 하얀 송골매로 변했다.

끄에액.

지붕 가까이에서 사람들이 있는 밑으로 활강하며 울부짖었다. 송골매 몸에서 나온 하얀 가루가 온 회장을 덮고는 반짝이다 사라졌다.

"와!" 청중들이 마법 시연에 놀라 환호성을 질렀다.

"아니, 무슨 짓이에요. 경박스럽게!" 박훈 선생이 눈을 흘기며 소리쳤다.

앉아서도 들릴 정도다. 류범 선생이 연신 고개를 숙이며, 자리로 돌아갔다. 청중에게 손을 들어 보이자, 환호성과 웃음소리가 곳곳에서 들렸다.

"와! 엄마! 저게 뭐예요, 네?"

"탐지 마법 중 하나야. 근데 쇼맨십이 대단하시구나."

"여러분, 조용히 해 주세요. 여러분!"

김향기 선생이 한참 동안 안절부절 어쩔 줄 몰라 했다. 소란스러운 분위기가 진정되지 않자, 류범 선생이 계속해서 미안하다는 듯 고개를 숙였다.

"여러분! 행사 진행에 협조를 부탁드립니다. 조금만 진정해 주세요. 네네… 고맙습니다." 이재용 반장이 사회자 옆으로 치고 나와서 말했다.

장내가 조금씩 조용해지자, 김향기 선생이 다시 마이크를 고쳐 잡았는데, 곧 울어버릴 것 같았다.

"계속 진행하겠습니다. 곤 반을 지도하시는 유진 선생님입니다. 선생님 앞으로 나와 주세요."

튀어나온 광대뼈와 큰 입술을 가진 수더분한 사람이 앞으로 나왔다. 노란색 글씨로 된 두루마기를 걸치고 있다.

"곤 반에서는 변환 마법을 수련하는데, 땅의 기운을 쓰는 신체 강화 마법과 늑대, 곰, 호랑이 따위의 동물 변신 마법이 해당합니다." 김향기 선생이 말했다.

박수가 터져 나오자, 두루마기를 벗으며 금방이라도 변신할 듯 몸짓을 취했다. 그러자 박훈 선생이 귀찮은 얼굴로 뛰쳐나와서 제지했다. 장내에 또 한 번 웃음소리가 들리며, 두 사람이 함께 자리로 향했다.

"두 분 고맙습니다. 감 반은 물 원소 마법을 배웁니다. 감 반을 가르치시는 이왕 선생님입니다."

소개가 되자 이왕 선생이 앞으로 나와 가볍게 묵례했다.

"와!"

신이 크게 소리치며 박수쳤다. 신은 일어설까 말까 망설이다가 뻘쭘해져서는 엄마 손을 붙잡았다.

"물 원소 마법에서는 자연에 존재하는 물이나 공기 중 수분을 모아서 마력을 담아 발사하는 마법입니다. 운용 방법에 따라 공격과 방어를 수행할 수 있습니다. 선생님 고맙습니다."

이왕 선생이 인사하는데 순간 신과 눈이 마주쳤다.

"어? 선생님이 절 보셨어요, 엄마. 절 알아보시는 게 틀림없어요."

"그럼, 널 치료해 주셨는걸."

"빨리 뵙고 싶어요. 언제 끝나요?"

큰 눈으로 이진의 시계를 당겨서 보았다.

"아직 남았어. 진정해."

이진이 신의 손을 꼭 쥐었다.

"리 반을 맡으신 정찬 선생님입니다. 선생님 부탁드려요."

붉은색 글씨를 새긴 두루마기를 걸친 사람이 앞으로 나왔다. 흰머리를 하고 수염을 짧게 길렀는데, 찡그린 미간과 넓은 콧볼, 얇은 입술을 갖고 있었다. 신은 저 찡그린 표정이 웬일인지 무섭게 느껴졌다. 되도록 마주치지 않도록 조심해야지 하고, 불 속성이 아닌 게 왠지 다행이라고 생각했다.

"리 반은 불 원소 마법을 다룹니다. 물 원소 마법과 마찬가지로 불을 다루어 공격과 방어를 수행합니다. 불을 붙이는 점화와 마력을 담아서 불을 쏘는 발화로 구성됩니다. 선생님 감사합니다."

 인사를 마친 교과목 선생들이 나란히 서 있다.

 "이상으로 교과목 담당 선생님들을 소개해 드렸습니다. 더 궁금하신 사항은 행사 후에 문의해 주시고, 선생님들께 큰 박수 부탁드립니다."

 박수가 이어지며, 다시 한번 인사하고 단상을 내려갔다. 류범 선생이 다시 손을 들자, 함성과 웃음소리가 퍼졌다. 잡담하는 소리까지 더해져서 장내가 웅성웅성 소란스럽다.

*

 주한 일본 대사관 근처 유명 커피숍 안에 유난히 얼굴이 길고 옆머리를 하얗게 민 네즈미야가 돌기둥 옆에 앉아 있다. 해가 넘어간 지 한 시간가량이 흘러서 밖은 어두웠고 버스와 차들이 바쁘게 지나갔다. 마감 시간이 가까운데도 아직 손님들이 제법 있었다. 전화를 하는 사람, 일행과 대화하는 사람들, 줄을 서거나 음료를 나르는 사람들 모두 수선스럽다. 오직 네즈미야만 조약돌로 장식한 큰 원형 돌기둥처럼 굳은 자세로 벽에 걸린 경복궁 배치도를 보고 있었다. 작은 4인용 원목 탁자 위에는 아무것도 놓여 있지 않다.

 "꼼짝 마! 네즈미야."

 낮고 엄중한 남자 목소리가 들렸고 등을 찌르는 감촉과 향수 냄새가 강하게 퍼졌다.

 "사람이 많은데 뭐를 어쩌려고요?"

네즈미야가 양손을 들고 돌아봤다. 짙은 눈썹 남자가 짧은 나무 막대로 찌르고 서 있는데 얼굴만큼 긴 코와 귀를 가졌다. "연락을 받고 나왔을 땐 대화를 할 생각을 해야지 않겠습니까?"

"난 너 따위와 얘기할 게 없어."

"사모님은 그렇게 생각하지 않을 텐데요."

일어서려고 하자 남자가 더욱 힘을 주어 막대를 찔러댔다. "제가 메이루로 말씀드리지 않았습니까. 그동안 사모님이 얼마나 친절하게 신연 정보를 넘겨주었나를요. 그것도 아주 소상하게 말입니다."

몸을 앞으로 숙였다가 확 일어섰다. 뒤를 돌아보니 자신보다 키가 큰 깡마른 남자가 당황하지 않고 거리를 벌려 섰다.

"이 자식 메일 주소는 어떻게 알았어?"

"뭐, 그야 다 방법이 있습니다. 앉으시죠. 보는 눈도 많은데?"

"전처를 볼모로 날 협박할 수 있다고 생각하면 오산이야. 대사관으로 도망칠 궁리나 하는 너 따위에게 흔들릴 사람이 아니야, 나는!"

"아이고, 그러시겠죠. 아주 뛰어난 마법사시니까. 알아보니까 촌감독 말고는 신연에서 최고라던데, 그런데 전처가 맞습니까?"

"닥쳐! 오늘 넌 끝이니까 쓸데없는 소리 집어치워!" 남자가 소리쳤다.

"하, 코노 야로우(이 자식), 고분고분 들어주니 끄치가 없네." 왼손으로 이마를 짚으며 말했다. 오른손 검지와 중지를 모아 얼굴 쪽으로 가져다 댔다. "여기 있는 사람들 다 죽여야 앉을래? 어? 곤갈 같아?"

키 큰 남자가 아무 말없이 고개를 돌려 주변을 살폈다. 제법 많은 사람들이 있어 놀라는 눈치다. 음료 주문도 없이 큰 소리가 들려서인지 출입구 계산대에서 이쪽을 보고 있었다. 그가 탁자를 돌아 벽 쪽 의자를 빼서 앉았다.

"참, 현님 가조쿠는 모두 안녕하십니까?" 잠바에 묻은 먼지를 털어내며 무심하게 말했다.

"어린 연주까지 죽인 게 니 놈이었구나. 이런 쳐죽일 놈."

남자의 두 눈이 휘둥그레졌다. 입을 벌려 무언가를 말하려다가 울듯 눈이 충혈됐다. 꽉 다문 입가가 불룩해졌다.

"가조쿠와 의절하고 독야천천 산 사람이 할 소리는 아니지. 긴말하지 않을게." 네즈미야가 테이블에 묻은 먼지를 문지르며 말했다. "이제 곧 재신임 투표잖아? 앞으로 내 부탁을 몇 가지만 도와주면 돼. 그럼 조용히 있을 테니까."

"싫다면 어쩔 건데?"

"하아, 왜 자꾸 이러실까?" 네즈미야가 잠바 안쪽으로 손을 넣으며 말했다. 사진 한 장을 꺼내 탁자에 던졌다. "이 사진 알아보겠습니까?"

"이런 낡아 빠진 사진을 내가 어떻게 알아?"

짙은 눈썹이 한껏 치켜 올라갔다.

"잘 봐. 많이 닮있던데."

네즈미야가 사진과 그를 번갈아 가리켰다. "천하의 간민 감찰위원이 마법사들을 팔아 넘긴 밀고자 간산 손자라면 누가 믿겠습니까? 그 덕에 대일본국 순사도 됐고 말이야. 아무도 아니 믿겠지?"

"웃기지 마. 그럴 리 없어."

"정 못 믿겠으면 그 사진을 촌감독에게 보여 봐. 아주 좋아할 거야. 본인이 놓친 일본인을 어디서 찾았냐고 하면서. 하하하…. 그럼 또 연락할 테니까 그렇게 알고 있으라고."

네즈미야는 사진을 보는 강민을 향해 혀를 찼다. 사진을 움켜쥔 손이 부들부들 떨렸다.

11

"신입생과 학부모 여러분, 행사가 계속되니 조금만 조용히 해 주시길 부탁드립니다." 사회자가 장내 어수선한 분위기를 바꾸려고 말했다. "그럼, 교장 선생님 훈화 말씀이 있겠습니다. 큰 박수로 환영해 주세요."

열렬한 박수 소리가 울려 퍼졌다. 건장한 체격의 교장 선생이 단상 위를 걸어 나오는 동안 박수 소리가 끊이지 않았다. 무늬와 글씨가 없는 하얀 두루마기를 걸쳤다.

"고맙습니다. 오늘 입학한 학생들과 함께 찾아 주신 학부모 여러분을 진심으로 환영합니다."

다부진 모습에 걸맞게 울림이 큰 근엄한 목소리가 청중을 몰입시켰다. "앞서 설명한 대로 우리 신흥에서는 학생 여러분께 큰 기대를 걸고 있습니다. 물론 어떤 분들은 전쟁과 같은 참상은 먼 과거 일처럼 생각할 수 있습니다. 하지만 우리는 여전히 수많은 내우외환을 겪고 있고, 여전히 우리를 위협하는 적들이 있습니다. 그들은 우리 주변에 함께 살아갈 수도, 먼

이웃 나라에 있기도 합니다. 자기 욕심을 위해서, 또는 자국의 이익을 위해서 아무런 가책 없이 우리를 괴롭힙니다. 반면에 우리는 악한 그들을 물리치고 국민을 안전하게 보호하기 위해서 많은 희생을 감내해야 합니다. 자신을 드러낼 수도 없습니다. 우리는 국민 한 사람으로서 사회 속에서 함께 살아가야 하고, 그 속에서 위기에 빠진 사람들을 위해서 구원의 손길을 내밀어야 합니다. 어떠한 보상도 없이 그저 착한 세상을 만들어 간다는 사명과 그것을 완성해 간다는 작은 보람이 있을 뿐입니다. 때로는 우리 힘이 미치지 못해서 안타깝고 스스로 자책할 수도 있습니다. 악한 자들에게 덧없이 희생되는 사람들을 보며, 온몸을 찌르는 허탈함에 무너지기도 합니다. 왜 우리는 그렇게 외롭고 힘든 삶을 살아야 할까요? 왜 우리는 편한 방관자로 살아선 안 될까요?"

교장 선생이 물을 한 모금 마시고 장내를 살펴보았다. 진중한 눈빛으로 인해 엄숙한 분위기가 더해졌다.

"그것은 우리에게 맡긴 선열들의 의로운 정신과 물려받은 유산 때문입니다. 우리는 선을 추구하고 악을 멸시하는 전통과 그것을 가능케 하는 힘을 물려받았습니다. '남을 불쌍히 여길 줄 알고 의롭지 못함을 부끄러워하며, 남에게 겸손하여 사양할 줄 알며 옳고 그름을 가릴 줄 아는 마음'. 이것은 고루한 유교 가치만이 아니라 우리 조상들이 추구해 온 성품이며, 사회를 살아가는 구성원으로서 도리입니다. 우리에겐 백성을 위해서 목숨으로 간언하던 충신, 자유와 평등을 쟁취하던 농군, 독립과 평화를 위해 희생한 열사, 민주와 정의를 위해 싸운 투사 피가 흐르고 있습니다. 우리 몸과 마음을 흐르는 그 피가 우리 의지이자 신념이며, 힘입니다. 우리는 그 힘으로 악을 처단하고 선을 추구할 사명이 있습니다."

참석자들이 모두 집중하는 모습에서 덩달아 고양함을 느꼈다.

"저는 오늘 신입생 여러분께 세 가지 당부를 드리고 싶습니다. 첫째, 자신을 믿고 스스로 독려하기를 바랍니다. 배움을 시작하는 단계이므로 부족한 게 당연합니다. 차근차근 정진하다 보면, 자신만의 길을 찾을 수 있습니다. 둘째, 어려움이 닥쳤을 때 낙심해서 중도에 포기하지 않기를 바랍니다. 일반 교과목을 함께 들어야 하므로 아주 힘들 수 있습니다. 이것은 단순히 여러분이 의무교육 대상이기 때문이 아닙니다. 마법사인 여러분도 사회 구성원이며, 누군가는 마법사가 아닌 사회인이 될 수 있습니다. 여러분은 혼자가 아닙니다. 학우가 있고 먼저 배운 선배가 있으며, 길을 안내하는 선생님이 있습니다. 서로 의지하며 함께 합시다. 셋째, 배움에 이르러 정의로움을 잃지 않길 바랍니다. 자신이 갈고닦은 힘에 도취해서 교만하면 안 됩니다. 옳고 그름은 힘 크기와 상관없이 변하지 않는 진리이기 때문입니다. 약자를 돕고 악을 멸하는 정의로운 마법사가 됩시다. 노파심에 잔소리를 늘어놓았습니다. 경청해 주셔서 고맙습니다."

긴 훈화를 마치자 큰 박수와 함성이 쏟아졌다. 교장 선생이 뒤로 물러나 인사를 했다. 신은 알 듯 모를 듯 잔잔한 감동에 가슴이 뜨거워졌다.

"교장 선생님께 큰 박수 부탁드립니다." 김향기 선생도 손뼉을 쳤다. "고맙습니다, 여러분. 그럼, 학사 소개를 진행하겠습니다. 리 반 정찬 선생님을 환영해 주세요."

김향기 선생이 인사하고 물러났다.

"여러분 안녕하세요. 학사 안내를 맡은 정찬입니다."

사회자 강의대 앞으로 나와 고개를 숙였다. 긴장했는지 손바닥으로 턱을 쓸며 수염을 어루만졌다. "궁금해하시는 전공 반 선택, 올해 계획 중인 학사일정, 기숙사 배정과 학교 내 주의 사항을 설명해 드리겠습니다. 오늘 여러분은 류범 선생님과 면담을 통해서 임시 반을 배정받습니다. 행사가 끝난 후 이곳에서 진행합니다. 호명하는 순서에 따라 한 명씩 진행하니, 대기해 주시기를 바랍니다. 오늘 배정받은 반은 한 달 유예를 두고 확정합니다."

이때, 반 배정을 위해서 순번을 기다려야 한다는 말에 가족끼리 상의를 하느라 잠시 웅성거렸다.

"음! 긴 시간 앉아 계시느라 힘드시겠지만 조금만 더 집중해 주시길 부탁드립니다. 그럼, 학사일정을 설명해 드리겠습니다. 나누어 드린 유인물을 보시면, 올해 주요 일정은 다음과 같습니다. 2월 입학식과 전공 반 배정, 3월 전공 마법 수련과 마법 도구 선택, 4월 춘계 체육행사, 5월 공통 현장학습(농촌활동), 6월 전공별 현장학습, 7월 하계 방학식, 8월 개학, 9월 현장 지원 모의훈련, 10월 추계 체육행사, 11월 전공 마법 수행평가, 12월 동계 방학식이 예정되어 있습니다. 그럼 질의응답 시간을 짧게 갖도록 하겠습니다. 궁금한 사항이 있으시면 손을 들어 주십시오."

 말이 끝나기 무섭게 곳곳에서 손을 들었다. 앞에 앉은 한 사람을 지목했다. 전공 반 선택을 유예기간 이후에도 할 수 있는지, 마법 도구는 왜 3월에 정하는지, 현장 학습과 모의 훈련은 어떤 수업인지에 대해서 학부모들이 물으면서 장내는 다시 웅성웅성 소란하다. 신은 얇은 입술로 또박또박 대답하는 정찬 선생을 보면서 턱수염을 손바닥으로 살살 문지르는 그의 움직임에도 왠지 마음을 졸였다.

 "그럼, 다음으로 기숙사 배정에 대해 안내해 드리겠습니다. 오늘부터 신입생 여러분은 기숙사 생활을 합니다. 성재중고등학교 뒤에 있는 남자, 여자 기숙사에서 무예 반 학생들과 기숙사 2층을 함께 씁니다. 인원이 많은 남자는 4인 1실, 여자는 3인 1실이고, 당연히 비용 일체는 무상입니다. 행사를 모두 마친 후 방을 배정해 드리니, 행정반 선생님 지시에 잘 따라 주시기를 바랍니다."

 '한 방에 네 명이나?' 신은 한 번도 다른 사람과 방을 같이 써본 적이 없어서 묘한 설렘과 걱정이 교차했다. 온통 재밌고, 때론 불편한 상상이 떠올랐다. (가슴아 진정해!)

 "마지막으로 학교생활 시 주의 사항을 안내해 드리겠습니다. 첫째, 학내에서 핸드폰은 불허합니다. 가족과 연락을 위해서 기숙사에서만 쓸 수 있습니다. 학교 위치 등 기밀 사항을 노출하지 않도록 주의하시기를 바라며, 기숙사 밖에서 핸드폰을 갖고 있거나 쓰다가 걸리는 경우 징계를 받을 수 있습니다. 둘째, 안전을 위해서 학교 안에서는 대인 공격 마법을 엄격히

신이 오다

금지합니다. 위반 시 징계위원회를 통해 퇴교 조처할 수 있습니다. 셋째, 학교 뒷산은 야생동물이 출몰하는 위험지역이니 출입을 금지합니다. 역시 안전을 위한 조치이니 꼭 협조해 주시기를 바랍니다. 넷째, 학생들은 집을 떠나 타지에서 기숙사 생활을 합니다. 외로움을 많이 느낄 수 있기 때문에 친구들과 원만한 관계가 무엇보다 중요합니다. 따라서 학우 간에 모든 폭력을 금지합니다. 모든 신체, 언어 폭력은 물론이고, 금품 갈취, 강요와 따돌림, 성폭력과 사이버 폭력 등이 해당합니다. 위반 시에는 징계위원회를 통해 처벌받으며, 심하면 퇴교 처리와 함께 외부 경찰서로 인계할 수 있습니다."

'핸드폰, 공격 마법, 폭력과 뒷산 출입 금지….' 신은 반복해서 되뇌었다.

"학교가 산속에 있고 단체 생활을 하므로 신입생들께서는 디프테리아, 파상풍, 일본뇌염 등 예방접종 현황을 꼭 내 주시기를 바랍니다. 이상으로 학사 내용을 설명해 드렸습니다. 긴 시간 협조해 주셔서 고맙습니다."

다시 한번 수염을 쓸고서 인사했다.

"정찬 선생님 수고하셨습니다. 이상으로 신흥 마법 학교 신입생 예비 교육을 마칩니다. 십 분 정도 쉬는 시간을 갖고, 임시 반 배정을 진행할 예정이니 호명할 때까지 기다려주세요. 이후 기숙사로 이동해서 방 배정을 합니다. 여자는 저를 따라와 주시고, 남자는 이재용 반장님을 따라 이동해주세요. 또 말씀드리겠습니다. 고맙습니다."

김향기 선생 인사를 마지막으로 행사가 끝났다. 어수선한 장내를 환기하기 위해서 음악 소리가 은은하게 울려 퍼졌다.

"엄마는 교장 선생님을 만나고 올 테니까 선생님 말씀 잘 듣고 있어. 알았지?"

"네, 그럼요."

"이따가 기숙사로 갈게. 침착해야 한다."

"당연하죠."

"그래."

이진이 정문 쪽으로 향했다. 신은 화장실에 다녀올 생각으로 따라 일어섰다. 건물 앞 마당을 햇살이 따스하게 비추고 있다. 점심시간이 가까운지 배가 조금 고파 왔다. 이왕 선생을 빨리 만나보고 싶은데, 반 배정을 받아야 한다는 게 안타깝다.

*

커피숍을 나온 네즈미야가 큰길을 따라 걷는다. 지하철을 타고 집으로 가기 위해서 이동하고 있다. 신영 감찰위원과 만남에서 목적한 바를 이루었다. 네즈미야는 그자의 벌벌 떨던 손을 생각하니 웃음이 절로 새어 나왔다. 그나저나 와가타 선생은 어떻게 사진 소재까지 알고 있던 것일까 궁금했다. 자신을 괴롭힐 때처럼 아무리 멀리 있는 적이라도 주살할 수 있다는 것만큼 신기하고 두려운 능력이었다. 종로경찰서를 지나 역이 가까워질 무렵 핸드폰 진동이 울렸다. 네즈미야는 화면을 힐끗 보고는 편의점과 옆 건물 사이로 내달렸다. 왜 뛰는지 채

느끼지도 못할 만큼 급박하고 자연스러운 움직임이었다.

"모시모시. 하잇 센세. 네즈미야입니다."

양손을 가지런히 모아 전화기를 붙잡고 있다.

"왜 며칠째 보고가 없는 거지요?" 상대방이 말했다.

"이제 연락을 드리려고 했습니다. 방금 신영의 그자를 만났습니다. 하잇."

"그럼, 어제는요? 어제도 누군가를 만났나요?"

"네? 하잇…."

"그제도요?"

무슨 말을 해야 할지 종잡을 수가 없다.

"왜 거기에 있는지를 잊은 건가요?"

상대방이 자리를 옮기는 소리가 들렸다. "한동안 자유롭게 해줘서 그런가 봐요. 다시 생각나게 해 줄까요? 제게 당신 씨명과 인형이 있습니다. 제가 무엇을 할 수 있는지 알잖아요?"

"네 센세. 제발 그것만은…, 제발." 네즈미야는 무릎을 꿇고 애원했다.

"온 손바 니손바운…."

상대방이 주문을 읊기 시작했다. 한참을 반복해서 같은 주문을 낮은 목소리로 외웠다. 그리고 무언가 불타는 소리가 들렸다.

"으악!"

상대 주문을 듣던 네즈미야가 양손으로 머리를 쥐어 잡고 고통에 몸부림치며 비명을 질렀다. 무릎을 꿇었던 몸이 어느새 땅바닥을 데굴데굴 굴렀다. 온몸의 뼈마디가 부러지는 통증이 밀려왔다. 숨소리까지 잦아들며 꼴딱꼴딱하는 지경이 되어서야 고통이 멈췄다. 가까스로 정신을 차렸고, 핸드폰을 찾아 다시 들었다. 자연스레 건물 사이 돌담을 보고 무릎을 꿇었다.

"제발 살려주십시오. 제발…."

"예전처럼 하루에 한 번씩 인사를 할까요? 내가?"

가래를 뱉는 소리가 들렸다.

"아, 아닙니다. 제가 연락을 올리겠습니다. 믿어 주십시오."

네즈미야가 애원했다.

"내게 당신 가족 것도 있어요. 잊지 말아요."

"하잇."

"마지막으로 확실히 얘기해요. 한국에서 당신 임무는 그 세 사람을 죽이는 거예요. 단순하지요? 누구누구인지 얘기해 줄까요?"

"아, 아닙니다. 센세."

"그래요. 그럼, 얘기를 해 보세요."

"하잇. 그자에게 사진을 주었고, 몇 가지 임무를 하달하기로…."

무릎을 꿇고 전화를 받던 몸이 앞뒤로 계속 흔들리고 있다. 어두운 골목 안으로는 아무도 오지 않는다.

12

"아니 그러니까, 재신임 투표를 가능한 한 빨리 하자는 거죠. 네?" 이진이 김원 집행위원에게 말했다.

그가 어두운 갈조색 비단에 흰색 글씨가 쓰인 두루마기를 걸치고 자기 사무실 책상에 앉아 잡동사니를 정리하고 있다. 큰 머리에 팔자 주름이 눈에 띄는 큰 얼굴로 짐짓 못 들은 채 딴청을 피웠다. 이진은 조금 전까지 마법사회 본관 앞에서 이야기하다가 확답을 피하는 그를 따라 들어왔다.

"이 도감, 안 될 말씀이에요. 내가 지난 회의 때 참석을 못한 건 정말 아쉬운데요. 한 달 안으로 진행하면 되는데 윤결 대행이 동의할 리가 없잖아요. 강민 위원이나 이범 위원도 마찬가지고요. 그렇지 않더라도 이게 무리해서 빨리 할 일인가요?"

귀찮은 듯 얼굴을 찡그렸다.

"회원 수를 늘리려고 자꾸 수작을 부리니까 드리는 말씀이죠. 변절자 후손들이나 무속인들 가입이 엄청 늘고 있다잖아요. 그게 다 투표 때문 아니에요?"

"신규 회원은 어차피 이번 투표에 참여할 수 없어요. 간부회의 통과일 전에 회원 자격을 유지해야 가능한 겁니다."

그만하자는 투로 손바닥을 내밀었다.

"신규 회원을 기존 회원으로 둔갑시키면요?"

이진은 무슨 짓을 해서든 재신임을 부결시키려고 혈안이 됐기에 불안했다.

"아이고, 큰일 날 소리를…. 회원가입 날짜를 조작할 수도 없거니와 박별, 오헌 도감 도총감을 중심으로 이미 백오십 명 정도가 신규 가입했어요. 그래봤자 전체 회원의 오 퍼센트도 안 되는 인원입니다."

"백오십이 적다는 데 동의할 수 없어요. 도총감 열 곳 중 하나로 치면 기존 회원 절반이 새로 늘어났다는 말씀이잖아요. 그나저나 투표 회원 명부는 확인하신 거죠? 집행원 말고 다른 데서는 손댈 수 없고요. 맞죠?"

"그렇다니까요." 김원 위원이 어쩔 수 없다는 듯 고개를 까딱였다.

"하아, 무슨 수를 썼길래 회원 수를 그렇게 빨리 늘린 거지?"

"모르시는 말씀이에요. 무속인으로 위장해서 숨어든 해매 출신자들이 얼마나 많은데요. 밥벌이에 도움되니까 받아준다면야 냉큼 달려들죠. 변절자 꼬리표를 뗄 수 있는 후손들은 뭐 당연하고요."

"그럼, 투표소를 군감 단위로 내리는 건요?"

신이 오다

"인원이 너무 적은 곳을 빼도 대상이 되는 군감만 백오십 개소예요. 개소당 삼십 명도 안 되는 회원을 위해서 군감 투표소를 운영할 만큼 인력이 많지 않다는 거 잘 아시잖아요?"

"그럼, 회원이 많은 군감만이라도요."

"이 도감, 총감독을 지지하는 기존 회원 표를 많이 받고 싶은 마음은 잘 알겠어요. 차라리 도총감 투표소에서 투표율을 올리는 방법을 고민하셔야지. 선례가 없는 일을 윤결 대행이나 다른 위원들이 동의할 리가 없잖아요. 특히 그 깐깐한 이범 위원이요? 아이고, 아니요. 안타깝지만 그게 순리예요."

"마법사회를 위해서 그렇게 헌신한 분을 끌어내리는 게 무슨 순리예욧?"

이진이 화를 주체하지 못하고 소리를 버럭 질렀다. 얼굴이 후끈 달아오르는 느낌이다. 갑작스러운 고함에 놀란 집행위원이 큰 눈으로 쳐다봤다.

"아, 죄송해요. 제가 너무 흥분했습니다. 김원 위원께 하는 소리가 아니에요."

"으흠, 뭐 이해합니다. 저도 총감독님 일은 안타깝습니다." 그가 헛기침하고 말했다.

"네. 또 의논드릴 일이 있으면 찾아뵐게요. 가 보겠습니다."

인사를 하고 자리를 벗어났다. 감찰원 사무실로 이동하며, 아무래도 께름칙한 수작에 마음이 착잡했다. 재신임 투표 때문이 아니라면 뭔가 다른 일을 꾸밀지도 모를 일이다. 총감독 사무실에 들러서 방 정리를 할까도 생각했지만, 이진은 차마 빈 사무실을 마주할 용기가 없었다. 마법 학교에서 총감독과 만났을 때를 생각하니 마음이 더 무거워졌다.

"총감독님!"

이진이 예비 교육식에서 훈화를 마치고 건물을 나서는 총감독을 불렀다.

"이 도감, 밖에 있을 땐 편하게 할아버지라 부르라니까 그러네."

흰색 두루마기를 입은 그가 환한 웃음을 지어 보였다.

"학교잖아요. 여긴 언제 내려오셨어요?"

이진도 웃으며 대답했다. 하지만 비장한 연설이었기에 어디 불편한 곳은 없는지 살폈다. 너무도 환한 웃음이 왜 그런지 이진은 자꾸 불안했다.

"계속 이곳 사무실에 있었지. 신영 쪽 업무를 볼 수 없으니 여기가 더 편하구먼."

그가 마법 학교와 성재중고등학교 사이를 가리켰다. 기둥 네 개가 노출된 세 칸짜리 작은 집인데, 돌담 주변에 큰 나무들이 둘러싸서 안락한 느낌을 주었다.

"어때, 차 한잔하려는가?"

"네, 그럼요."

"신이와 같이 있는 거 봤네. 참 씩씩하게 잘 자라주었어." 앞서 걷던 총감독이 뒤를 돌아보며 말했다.

그의 눈에서 따뜻함이 흘러나왔다. "자네 외증조부를 처음 뵀을 때가 딱 그 나이였으니 옛날 생각이 절로 나는구먼."

"살펴주신 덕분이죠. 이왕 선생을 제때 보내주셔서 살았는

신이 오다

걸요. 평생 다 갚지도 못할 거예요. 정말 고맙습니다."

"됐네. 우리가 보통 인연인가."

총감독을 따라 겹처마 한옥에 다다랐다. 단청 없이 무채색이어서 주변 나무들이 주는 아늑함에 수수함이 더해졌다. 작은 툇마루를 지나 다실로 들어가니 원목 좌탁과 다기들이 방 가운데 놓여 있다. 방석에 앉으니, 뒤에 작은 미닫이 창호 문이 달려 있어서 늦겨울 웃풍에 서늘했다.

"아직 겨울인데 춥지는 않으세요?" 이진이 걱정스럽다는 듯이 물었다.

"괜찮네. 내가 추위에 떨 사람으로 보이나?"

팔에 힘을 주어 내보이는데 괜한 걱정이 무색해졌다. 유백색 벽지에 작은 나무 책상과 액자가 전부인 참으로 소박한 방이다.

"들게."

총감독이 하얀 다기 찻잔에 연하게 우려 낸 녹차를 내놓았다.

"고맙습니다."

잔을 들어 혀끝을 적시니 쌉싸름함에 머리가 맑아졌다. "훈화 잘 들었어요. 저에게도 큰 울림으로 다가왔어요."

"부끄럽네. 배움이 짧아 생각을 제대로 전달하지 못해서 아쉬울 따름이지."

"아니에요. 마법사로 살아오신 각오와 신념을 느꼈어요."

"아이들이 잘 자라주면 더 바랄 게 없지."

총감독이 찻잔을 내려놓고 건너편에 앉은 이진 머리 위 창호 문을 바라본다. 평소에도 차를 마시다 밖을 내다보는 습관이 무심코 흘러나왔다고 이진은 생각했다.

"어디 실력이 좋아야 마법사인가. 조상들을 보시게. 선을 위해 아낌없이 헌신할 수 있는 의연함만 있으면 그게 바로 마법일세." 총감독이 무심코 넋두리하듯 말했다.

"네, 그럼요."

이진은 숙연한 분위기에 빠져들며 조용히 찻잔을 어루만졌다. "요즘 마법사회 일로 생각이 많으신 건 아닌지 걱정했어요. 어떠세요?"

"잘 해결될 게야. 자네한테 괜한 걱정을 끼치는구먼."

"꼭 그랬으면 좋겠어요."

이진은 자신에게 베풀어 준 은혜에도 지켜 주지 못해서 면목이 없다. 부디 이곳에서라도 편히 지내길 바라지만, 학교도 아랫마을 일도 그를 쉬게 두지 않을 걸 알기에 안타깝다. 일과와 학교의 크고 작은 일에 관해서 얘기를 나누다 보니 시간이 훌쩍 흘렀다. 벌써 차를 두 잔이나 마셨다.

"참, 내 물어보고 싶은 게 있네." 다관을 들어 세 번째 잔을 채워 주며 말했다. "전에 어깨를 다쳤던 일본인과 전투를 얘기한 적 있지?"

"네, 한국전쟁이 막 끝났을 때죠?"

"그렇지. 그때 분명 신체 강화 마법을 뚫고 들어온 저주 주술이었단 말이지. 그게 어떤 건지 혹시 알고 있나?"

"네, 어느 정도는요."

이진이 들고 있던 잔을 내려놓았다. "신체 강화를 뚫는 무력화 주술일 거고요. 남은 상처를 봐서는 착란 같은 상태 이상 마법에, 물리 공격을 조합한 모양이에요."

"음, 혹시 막을 방법이 있나?"

"수호부 같은 부적으로는 역부족일 것 같고요. 직접 방어막을 전개해서 막는 방법이 제일 좋을 겁니다."

"만약 그럴 사정이 아니라면?"

"그럼, 주술을 상쇄할 수 있는 강력한 마력 도구가 있으면 가능할 거 같은데요."

"혹시 그런 마력 도구 좀 찾아봐 줄 수 있겠나?"

"무슨 일 있으세요?" 이진은 걱정돼서 넌지시 물었다.

"아니야. 괜한 조바심이지. 요즘 어깨가 자꾸 쑤셔와서 말일세."

"네, 그렇게 할게요."

총감독이 눈길을 거두며 어깨를 어루만졌다. 이진은 아직 건강한데도 아흔이 넘은 나이가 계속 걱정됐다. 멈출 수 없었다.

'투표율을 올리는 방법이라…' 감찰원 사무실에 들어온 이진은 컴퓨터를 켜면서도 총감독을 도울 방법을 계속 고민했다. 투표소 버스 이동 지원같이 마법사회 차원에서 회원 투표를 유도하는 방향으로 윤결 대행을 설득해야겠다고 다짐했다. '뭐 어쨌든 투표율 50%는 넘겨야 할 테니 반대하진 않겠지.'

이때, 모니터 화면 아래 메일 아이콘에 붙은 빨간 숫자가 이진의 주의를 끌었다.

'중학교 입학 축하한다.'는 제목의 보안 메일 메시지다. 보낸 사람은 윤희다. 메일 제목을 초성, 중성, 종성 단위로 풀어서 더한 후 메일 암호를 해독했다. 암호를 입력하니 메일 쪽지창이 나타났다. 이진 도감이라며 사무적으로 시작했다.

잘 지내고 있지? 걱정해 줘서 고마워. 현장 작전 때는 최대한 안전을 먼저 생각할게. 그자의 지나치게 친절한 태도와 왕성한 활동은 나도 의심스러워. 무언가를 감추기 위한 연기처럼 느껴졌으니까. 그리고 삼국 회담 같은 외교 문제는 애쓰지 않을게. 지금 신영에서 직접 관여하기엔 어려운 게 맞아. 그래도 시민사회에 경고 메시지를 전달하기로 했다니 다행이야. 부탁한 대로 와가타와 마루야마의 움직임, H 현 조사에 힘을 집중할게. 난 도쿄에 있으니까 이것을 도와줄 전담 요원을 좀 부탁해. 단서가 나오면 또 연락할게. 항상 고맙고 사랑해. 일본에서 윤희 씀.

*

마법사회를 나온 이진의 차가 내부 순환로에 접어들었다. 활짝 열린 운전석 창문에 왼쪽 팔을 걸치고 바람을 쐬고 있다. 마법사회 일도 태산인데 신이 때문에 마음이 조급했다. 오후 다섯 시 반 평소보다 일찍 나섰는데도 교통 체증이 더욱 가슴을 조여 왔다. 여기까지 오는 데만 삼십 분 넘게 걸렸다.

이진은 요즘 신이 저녁마다 전화하는 통에 어르고 달래느라

진땀을 빼고 있었다. 마치 산후조리원에서 막 데려온 신생아 무렵으로 돌아간 느낌이었다. 돌보는 수고야 비할 바는 아니지만 마음 쓰임이 그랬으니, 막히는 길 한가운데서 통화를 했다가는 사고가 날 수도 있겠다. 잠깐 본 기숙사 방은 화장실과 샤워실 하나씩에 작은 개인 원목 책상 2개와 2층 침대가 한쪽 벽에 있고, 맞은편에 똑같은 가구들이 놓여 있었다. 방 배정을 받고 활짝 웃는 아들을 두고 올 때는 이제 다 컸다고 느껴서 시원섭섭했던 이진이다. 혼자 KTX를 타고 올라오면서 울기도 했다. 하지만, 그런 감정은 바로 그날 저녁부터 사치였다. 자기 방에서 혼자만 살아왔으니 당연히 낯설고 힘들겠지만, 너무 많은 요구와 푸념에 피로감을 느꼈다. 샤워실에 샴푸도 없고 비누만 있다. 2층 침대가 좁고 높아서 불안하다. 천장이랑 너무 가까워서 잠이 안 온다. 챙겨 온 양말이 짝이 안 맞는다. 소등 후에는 너무 어둡다. 책상 의자가 너무 딱딱하다. 따위가 통화 횟수로 쌓였다. 이진은 어찌해 줄 수 없는 상황은 잘 적응해야 한다고 열심히 타일렀고, 필요한 물품은 소포로 부쳐 주었다. 주소는 마법 학교가 아닌 성재중고등학교 기숙사로 잊지 않고 보냈다. 그래도 착한 아이들과 룸메이트가 되어 다행이었다. 무예 반 두 명과 건 반 아이인데, 이진은 공동생활에서 무엇보다 고마운 일이라 여겼다. 무예 반 애들은 3학년인 정은이 배려해 줘서 친하게 지내자며 먼저 다가왔다고, 장현이란 건 반 아이도 조용하고 다정하다고 했다. 옆 차선에서 오는 차에 손을 들어 양보를 부탁하며 어렵게 강변북로로 끼어들었다.

"엄마아 보고 싶어. 어엉…." 며칠 전 신이 전화 중에 대성통곡했다.

"어 그래 아들, 착하지. 왜 그러니?"

"어엉…."

"얘기해야 알지. 뚝!"

"한 달이 넘었는데에엑…. 선생님을 한 번바께에… 못 봤어요. 흐읔…."

"선생님이 바쁘신가 봐. 진정하렴."

"감 반에 애들도 없는데 선생님까지 안 계시니까아아…. 흐읔…."

"안 계시니까?"

"공부하기도 싫어요. 엉엉…."

"아들, 그게 무슨 소리야?" 이진이 버럭 소리를 질렀다.

갑자기 화가 나서 애를 달래야 하는 걸 깜빡했다. "그래? 그만두고 싶어? 이제는 마법 배우기 싫은 거야? 그렇게 할래? 며칠 전에 소환 마법 잘한다고, 소질 있다고 칭찬도 받았다면서. 선생님 좀 잠깐 못 본 걸로 다 포기할래?"

"아, 아니에요. 그게 아니고…." 신이 자초지종을 설명하며 울먹였다.

얘기를 들어보니 물 속성에 적성을 보이는 학생이 워낙 적어서 고등부까지 감 반 학생이 전부 일곱 명밖에 되지 않는다고 했다. 학생이 적으니 건물 대부분을 마법 서적을 보관하는 서고와 비품실, 책을 보는 열람실로 썼다. 반 학생들이 쓰는 공간은 작은 강의실과 휴게실이 전부다. 이를 두고 인원이 많은

리 반 아이들이 놀려 댔다고 하니, 무시도 속상한데 의지할 수 있는 이왕 선생이 없어서 설움이 북받친 모양이었다.

"그래, 그래. 그럼 지금 감 반 신입생은 너 혼자니?"

"네, 흑흑… 3학년 형들은 두 명이에요."

"다행이구나. 선생님이 가시면서 뭐라고 말씀하셨어?"

"'일반 마법 잘 배우고 있어.' 하셨어요."

"그래. 아들, 잘 들어."

이진은 조금 진정했으니 조금 엄하게 얘기할 필요가 있다고 생각했다.

"네."

"죽을 뻔한 널 고쳐주신 분이야. 흔들리지 말고 선생님 말씀 잘 따라야 한다. 알았지? 다른 건 생각하지 말고 일반 마법 공부 열심히 하렴."

"네, 알겠어요."

"일반 마법 뭐 배우니 요즘?"

"부유 마법요."

"그래. 재밌겠구나. 항상 씩씩하게 힘내야 한다. 알았지?"

"네…"

"김신! 누구 아들?"

"엄마 아들요."

"그래. 굿 나잇." 이진이 말했다.

전화를 먼저 끊고는 참았던 울음을 터트렸다. 아이 성장통이 온전히 가슴에 와서 박히는 느낌이다. 이진은 지금 아이가 느끼는 외로움도, 서러움도, 두려움도 얼른 떨칠 수 있기를, 배움의 설렘과 사람들 온기와 앞날에 대한 기대가 빨리 무르익기를 바랐다.

자유로를 통해 이십 분 정도 걸려서 집에 다다랐다. 신의 전화는 아직이다. 멍한 기분에 한동안 핸들을 잡고 아무 생각 없이 가만히 앉아 있는데, 이윽고 전화벨이 울렸다.

"어 그래, 아들?"

일부러 환한 웃음으로 전화를 받았다. 아이에게 힘이 전해지도록.

"엄마! 선생님이 오셨어요. 아주 좋아요. 신나!"

"그래, 좋겠구나."

"선생님이 저한테 포도나무 가지를 주셨어요."

"그래? 마법 도구로?"

"네. 도구는 중요하지 않다고 필요 없다고 하셨거든요. 그래도 없어서 어렵다고 하니까 써보라며 주셨어요."

"그래, 잘했다."

"엄마, 소등한대요. 끊을게요. 안녕히 주무세요."

"어-어 그래. 잘 자렴."

"네!"

아이의 높은 톤 음성이 전달되어 이진의 가슴 두근거리는 소리가 덩달아 올라가고 있었다.

*

"맛있었다. 그치?"

흑홍색 두루마기를 걸친 신은 학교 식당 정문을 나섰다. 오랜만에 밥을 맛있게 먹어서 기분이 좋았고, 마른 체형인데도 얼굴만 포동포동한 룸메이트 장현을 보고는 살이 왜 거기만 찌는지 문득 궁금해서 피식 웃음이 났다.

"한동안 잘 못 먹어서 걱정했잖아." 장현이 말했다.

"그래? 고마워."

"드디어 너도 마법 도구를 받아서 기분이 좋아진 거 아냐?"

"당연하지. 선생님 안 계셔서 얼마나 기다렸나 몰라."

신은 두루마기 왼팔 소매에서 나무 막대를 꺼내어 오른손에 쥐었다. 27센티미터로, 휘두르거나 글씨를 쓰기 적당한 길이가 맘에 들었다. 군데군데 순이 났던 자리가 밋밋하지 않아서 더 좋았다. 기지개를 켜듯 양팔을 뻗고 눈은 막대에 고정한 채 몸을 그대로 한 바퀴 휙 돌았다.

"도구 필요 없다고 그냥 손으로 하라실 땐 깜짝 놀랐어. 꼭 갖고 싶었는데 말야. 넌 장구 열채지?" 신이 말했다.

"어. 줄기가 까만 오죽 대나무야."

"무슨 차이가 있는지 모르겠어. 네 건 더 길지?"

"어 42센티미터. 나무 특징이나 쓰임새에 따라 다를까? 오죽은 방풍림으로 많이 쓴다던데…."

"방풍? 바람 막아주는 거?"

신이 맨손으로 바람을 일으키려 휘둘렀다.

"맞아. 그게 보호 마법이랑 연관이 있을까?"

"글쎄…."

"아 몰라 몰라. 늦겠다 빨리 가자."

장현이 어깨동무했다. 둘은 일반 마법 수업이 있는 곤 반 건물로 향하는 길이다.

"야! 거기 둘! 가느다란 꼬챙이 들고 어디 가냐? 어묵이라도 먹고 왔어?"

리 반 패거리다. 예비교육 때 신이 주의 깊게 보던 안경 쓴 그 애, 강준이다. 신은 자기 아버지가 마법사회 높은 사람이라 으스댄다고, 저도 똑같이 우두머리 행세한다고 강준을 보며 혀를 찼다. 무리가 신과 장현을 비웃고 있었다.

"뭐야?" 신이 뒤를 돌아보며 말했다.

"그냥 가자. 신아."

장현이 보채듯 팔을 잡아당겼다.

"와, 저 자식 봐라. 뭘 째려봐?" 패거리 중 덩치 큰 애가 나섰다. "강준이가 묻잖아, 인마!"

"꼬챙이 들고 뭐 하러 가냐니까? 그 가느다란 걸로 마법이 제대로 발동되겠어? 적어도 내꺼 정도는 돼야지. 무려 박달나무야. 흐흐."

강준이 자기 북채를 꺼내 휘둘러 보였다.

"흥, 두꺼우면 마법도 니 머리처럼 강력해지냐? 딴딴하게?" 신이 말했다.

"이 자식이 겁도 없이…."

아까 그 덩치 큰 애가 앞을 가로막고 멱살을 잡았다.

"이거 놔."

"야. 그냥 둬라. 아직 전공 마법도 못 배운 애가 뭘 하겠어." 강준이 말했다.

"그래? 시험해 볼래?"

"야, 김신. 너네 선생님 학생이 없어서 다른 학교 알아보러 다닌다고 하던데, 맞냐?"

"키키킥." 옆에서 또 비웃었다.

"따로 업무가 있으셔서 그런 거야. 알지도 못하면서 그런 말 하지 마. 경고야."

신이 강준에게 삿대질하며 화를 냈다.

"오 무서운데?"

"그만하고 가자. 신아."

"어 그래." 만류하는 장현을 달래며 말했다. "야! 너네 패거리 끌고 가서 축구나 해라. 아, 한 명이 부족한가?"

장현과 급하게 걸음을 재촉하며 뒤에다 대고 소리를 질렀다. 등 뒤에서 욕하는 소리가 들리며, 둘 주변으로 돌멩이가 날아와서 굴렀다.

"자 이상과 같이 우리나라는 중국으로부터 도교가 전파되기 전에 단군신화와 같은 선도 사상이 토착문화로서 생겨났다. 오늘 마법 역사는 여기까지 하고, 질문 있는 사람?"

박훈 선생이 이동식 녹색 칠판에 쓴 글씨를 설명했다. 빔 프로젝터가 있지만 이론 수업 때 꼭 칠판을 고집했다. 신은 곤 반 건물에서 일반 마법 수업을 듣고 있었다. 학생이 많은 리 반만 따로 수업하고 나머지 반들은 함께 수업을 받았다. 신입생 열 명이 띄엄띄엄 앉았는데, 맨 오른쪽 열 앞에 신과 장현이 있다. 곤 반 건물에는 큰 강의실 하나와, 신체 단련과 공격 마법을 수련할 수 있는 실습장, 그리고 학생 휴게실이 있다. 강의실 좌측 벽화에 군복을 입은 신흥무관학교 학생들이 총과 태극기를 들고 모두 한곳을 바라보고 있었다.

"선생님, 환웅이 신선이 돼서 천상으로 올라간 게 사실인가요?" 장현이 손을 들고 물었다.

"알 수 없는 일이지. 더러는 선을 돕고 악을 멸함으로써 본성에 통달하여 큰 공을 세우면 가능하다고 생각했다. 조선시대 때 설화처럼 내려오는 역사 이야기[43]니 믿을지 말지는 어쩔 수 없구나."

"신선은 어떤 힘이 있어요?" 좌측 열 학생 중 한 명이 물었다.

"선계에 살면서 젊음을 유지한 채 오래도록 살고 죽지 않는다지. 누구[44]는 바람을 제어해서 비를 부르고, 짐승을 쫓으며 하늘을 오갈 수 있다고도 했다."

"선생님, 신선 보셨어요?"

신이 손을 들었다.

"선생님이 뭐라 했지?"

선생이 버릇처럼 눈 흘기는 표정으로 바라봐서 위축됐다.

"바람을 제어해서 비를 부르고…." 모기만 한 소리로 말하는 신이다.

"그러면?"

"으아, 선생님, 신선이세요?" 놀란 얼굴로 크게 되물었다.

"그래. 나를 따르면 바람 마법에 통달할 수 있다."

별일 아니라는 듯 분필을 칠판 밑에다 던지고 손을 털었다.

"진짜요? 거짓말 아니에요?"

강의실 왼쪽 뒤쪽에서 소리가 들렸다. 아이가 몇 명 앉아 있는데 모두 잽싸게 고개를 숙여서 누군지 알 수 없다.

"누구냐? 농담하는 것 같나?"

"아뇨."

"아니에요."

"선생님은 오랫동안 이 마법 학교에서 학생들을 지도해 왔다. 바람 마법이 미숙한 채 졸업한 사람은 단 한 명도 없었어. 그러니 다들 나를 신선이라 생각하고 배우도록. 알겠지?"

"네에."

"우우…."

"그럼, 다음 시간에 고구려 도교사상에 대해서 살펴보기로 하고, 이제부터 부유 마법 실습으로 진도를 확인하겠다. 모두 준비하거라."

"아아…." 모두 한목소리로 탄성을 질렀다.

긴 이론 수업 뒤에 바로 실습한다고 볼멘소리를 냈다. 그러면서도 각자 마법 도구를 꺼냈으니, 신도 마법 막대를 꺼내 책상 위에서 살포시 잡았다. 왼쪽 열 앞에서부터 차례대로 자신이 띄울 물건도 꺼냈다. 선생이 다가가면 한 명씩 물건을 들기 위해서 마법 글자를 썼다. 물건은 깃털, 색종이, 나뭇잎 등 종류가 다양했다. 하지만 대부분이 마력이 적어서 글자를 써도 잘 보이지 않았다.

"해 보렴."

신에게 왔다.

"네."

신은 책상 위에 나뭇잎을 올려 두고 막대에 마력을 보내며 공중에 썼다. 두 줄을 긋고 세 번째로 두 칸 줄[45]을 긋자, 파란색 글자가 떠다녔다.

"어얼싸 아랫바람[46] 분다. 에헤라 실바람[47]이로구나."

짧게 주문을 외자 글씨가 책상 위로 쏙 빨려 가더니 나뭇잎을 위로 한 자 정도 들어 올렸다. 어느 정도 시간이 지나자 천천히 다시 내려왔다.

"합격."

박훈 선생이 손뼉을 치며 웃었다. "잘하는구나. 더 무거운 것도 할 수 있겠니?"

"네? 아직 자신이…."

"그래, 오늘은 이 정도로 하자. 열심히 하렴."이라며 신의 어깨를 다독였다.

"고맙습니다."

"다음?"

"네."

마지막으로 장현 차례다. 대답하고 장구 열채로 썼는데 하얀색 글자가 흐렸고, 꺼내 놓은 나뭇잎은 미동도 하지 않았다. 입으로 불어도 날아갈 정도로 바싹 마른 잎이다.

"그래, 좋다. 글자가 희미하게라도 보이니 곧 할 수 있겠구나."

강단으로 돌아가며 말했다. "아직은 한 사람밖에 없지만 다들 가능성이 보이는구나. 실망하지 말고 선생님을 믿고 정진하도록. 알겠지?"

"네."

"선생님 주문이 너무 구려요." 뒷자리에서 또 날아왔다.

"누구야? 뭐 영어 주문처럼 FANCY 하지 않다는 거냐? 제 나라말로도 안 되는데 남의 말로 되겠느냐? 쓸데없는 생각 말고 계속 해 봐. 그럼, 이상."

어깨를 으쓱하고 양팔을 들어 보였다.

"감사합니다."

박훈 선생이 나가자, 아이들이 몰려들었다.

"와, 어떻게 한 거야?"

"정말 대단하다."

"그냥 나뭇가진데 이게 되네?"

신의 나무 막대를 모두가 신기한 듯 바라봤다.

"고마워. 먼저 갈게."

아이들을 피해 먼저 나간 장현을 따라 나섰다. 건물 밖에 장현이 고개를 푹 숙이고는 가방을 든 채 멍하니 가고 있었다. 신은 급하게 뒤를 쫓았다.

"야! 뭘 그렇게 실망하냐? 곧 된다고 하셨잖아." 장현의 가방을 낚아채며 말했다.

"아니야. 실망은 무슨…. 넌 좋겠다. 재능을 타고나서…."

장현이 신은 쳐다보지 않고 눈가를 재빨리 훔쳤다.

"뭘 재능까지, 어쩌다 되는 거지."

"아니야. 다른 애들은 아직 글씨도 못 쓰잖아. 엄청 대단한 거야. 그렇다고 너무 우쭐대지는 말고."

"내가? 그래 그래. 알겠습니다-아."

둘이 나란히 기숙사로 향했다. 가방을 서로 메려고 잡아당기면서 어느새 사이좋게 웃고 있었다.

13

 봄비가 후두두 지붕을 때리는데, 이왕은 마법 학교 사무실에 가만히 앉아서 그 소리를 듣고 있다. 가죽 의자에 몸을 기댄 채 눈을 지그시 감고 팔걸이에 걸친 두 손을 맞잡았다. 눈가가 환해져서 볕이 들 무렵 같았다. 비를 반기는 나무와 풀들 웃음소리도, 생명을 전달하며 땅속으로 스며드는 물살의 조잘거림도 함께 귓가에 퍼졌다. 이때, 자연의 기지개 소리에 묻어 두려던 피할 수 없는 음성이 들려왔다.

 "다른 곳 임무가 많아졌소." 초록 눈빛을 반짝이며 천사장이 말했다.
 유록색 점퍼 위로 하얀색 업소용 방수 앞치마를 걸치고 붕어빵을 고리로 찔러 틀에서 꺼냈다. 이왕은 노점상으로 위장하면서 눈빛은 왜 안 바꾸는지 의문이 들었다가 이내 수긍했다. 인간들은 자신들이 보고 싶은 대로 보니까. 노점 매대 앞에 구청에서 발급한 도로점용 허가증이 붙어 있었다.

"어디로 말입니까?"

이왕이 앞으로 가까이 다가섰다.

"윗나라가 전쟁 중이지 않소?"

눈썹으로 흘러내린 하얀 위생모를 장갑 낀 손등으로 끌어 올렸다. "당신 욕심이 힘 안배를 흩트렸는데 어찌하오. 지켜야 할 곳은 여기만이 아니니 그대라도 움직여야지. 본시 관찰만 하기로 했으니 애석해하지 마시오. 알량한 힘겨루기와 욕심 때문에 그분의 소중한 아이들이 고통받고 있어요. 민들레 꽃 줄기 꺾듯 허망하고 애타는 노릇을 아무렇지 않게 해대고 있으니…. 쯧쯧."

"잠깐씩은 들러도 되겠습니까?"

"당연하지요."

고리를 붕어빵 틀 옆으로 던졌다. "그대 덕에 아이 삶도 기구해졌으니 결자해지해야지. 쓰일 곳은 그분이 예비하시니 몸과 마음 모두 강건케 하시오."

"네, 당연하지요." 이왕은 확신을 담아 힘주어 말했다.

"오천 원어치 싸 주세요."

"저도요."

"삼천 원요."

손님들이 몰려들어 앞다투어 포장을 주문했다.

"가 보겠습니다."

이왕은 떠밀리듯이 빠져나오며 매대 안쪽으로 인사했다. 터벅터벅 걸음을 옮기다가 노점상 옆 빌딩 골목으로 접어들자마자 순간 이동했다.

신이 오다   193

'강건케 하시오.'

천사장 목소리가 메아리처럼 머릿속을 반복해서 울렸다. 이왕은 수업 시간이 가까워져 사무실을 나왔다. 우산도 없이 걷는데 빗방울이 몸에 닿지 않았다. 방어막도 없는데 몸 형상을 따라 빗줄기가 기다랬다가 그가 지나가면 내렸다. 복잡한 심경과 달리 초목들은 비를 맞아 활기차게 피어나고 있었다.

"마법이란 뭐지?" 감 반 강의실에서 중등부 학생 세 명에게 말했다.

서고 열람실과 강의실을 가르는 왼쪽 벽면에 두 갈래로 갈라진 바다 물길을 그린 벽화가 있다. 아래쪽에 한 남자가 지팡이를 들고 양손을 높이 들었고, 뭇사람들이 그를 에워쌌다. 이왕은 지금 모습과 비교하면 벽화 속 남자 모습이 낯설게 느껴졌지만 크게 개의치 않았다. 작은 나무 책상이 두 열로 놓였는데, 아직은 앳되지만 차차 성년 모습을 찾아가는 진지한 눈빛들이 이왕을 바라보고 있었다. 여리고 순수한 호기심을 마주하니 덩달아 설렜다.

"놀라운 힘이요." 신이 말했다.

"일반인은 알 수 없는 특별함이요."

"모두를 지키는 방패요." 제일 어른스러워 보이는 임명이다.

"그래. 마법은 보통 알 수 없고 신비롭지." 교탁 옆으로 의자를 가져와 앉으며 말했다. "'과학에 의지하거나 신에게 호소하지 않고 무언가를 이루려는 시도'라 하기도 한다. 여기서 중요한 단어 두 개가 있어. 그게 뭐지?"

"과학이요." 신이 말했다.

"신이요."

"호소와 시도요." 제일 큰 그 아이다.

"그래. 과학과 신이지?"

민망해할 큰 아이 머리를 쓰다듬었다. "보통은 마법을 과학이나 종교와 구분 지어 설명한다. 그것들과는 관계없다는 식이지. 하지만 이것은 너무 도구에 치중한 관점이라 자칫하면 편협한 태도를 취할 수 있단다. '이것은 과학도, 신의 덕도 아니고 누구도 재현해 낼 수 없는 우리만의 힘이다.' 하고 말이다. 아까 명이가 얘기한 단어가 있는데, 그게 뭐였지?"

"호소와 시도요."

"그래, 고맙다, 명아. 하소연하거나 직접 꾀한다는 뜻이지. 둘 다 어떤 일을 이루려는 적극적인 마음이다. 자 여기에 사진 두 개가 있는데, 어딘지 알겠니?"

이왕은 책 속에 끼워두었던 사진 두 장을 꺼내 아이들에게 보여 주었다.

"한 곳은 서울인 것 같아요. 광화문요."

"둘 다 같은 곳이니 광화문이겠지? 잘 살펴보렴."

사진을 가리켰다. "하나는 1974년이고, 다른 하나는 2018년에 찍은 사진이다. 뭐가 다르지? 앞쪽에 건물들이 많이 바뀌었다. 그리고?"

"경복궁이 보여요. 선생님."

"그래. 일제 강점기에 우리나라를 수탈하던 조선총독부 건물을 없애고 경복궁을 복원했다. 그럼, 두 사진이 다른 건 무엇 때문이지? 단순히 시간이 지나서였을까?"

아이들은 아무도 대답이 없었다.

"그것은 식민 지배를 당한 치욕을 지우고 우리 역사와 전통을 바로 세우려는 적극적인 마음, 바로 의지가 담겼느냐 아니냐. 물론 많은 물자와 노동력이 들어갔지만, 그 또한 투입하려는 의지를 이루는 수단이지. 1974년도 당시 사람들이 지금 모습을 보면 마법 같다고 생각하지 않을까?"

"해요."

"맞아요."

"할 것 같아요."

"그렇지? 선생님은 이 적극적인 마음이 중요하다고 생각한다. 평범하지 않은 일을 가능하게 하는 신념과 의지. 그것이 마법이라 나는 생각한다. 사람들은 자신의 지혜와 지식, 성품과 육체 힘을 동원해서, 또는 신의 권능에 의지해서 그 신념과 의지를 실현한단다. 일례로 신이가 오랫동안 엄마가 주신 용돈을 차곡차곡 모아서 아프리카와 중동 난민 어린이에게 기부했다고 생각해 보자. 그래서 아프던 아이가 음식과 약을 먹고 살아났단다. 이것은 돕고자 하는 의지를 좋은 성품으로 표현했다. 마법 같은 일이지 않니?"

"네, 맞아요."

"네, 선생님." 아이들이 고개를 끄덕이며 답했다.

"그래서 과학이냐 종교냐 마법이냐를 따지기보다 그것이 착한 의지냐 악한 의지냐를 먼저 물어야 한단다. 놀라운 일을 하는 방식보다는 그 일을 올바르게 실행하는 의지가 더 중요하기 때문이지. 하지만 마법사 중에는 자기나 자기가 속한 집단의 이익을 위해서 다른 사람들을 괴롭히는 자, 악마에게 영혼을 팔아 대가를 구걸하는 자들이 있단다. 우리는 그들을 흑마법사라 부르는데, 악한 의지를 가진 마법사들이지. 이해하겠니?"

"네, 선생님."

"네."

"그래. 그들을 상대로 사람들을 보호하고, 자신과 공동체 선을 지킨다. 이것이 우리 신흥 마법 학교 학생들의 역할과 사명임을 잊지 않기를 바란다. 알겠니?"

"네, 선생님."

"네."

"그래. 잘했다."

이왕이 아이들 환한 웃음과 동화되어 흐뭇한 눈길을 보냈다.

"물노릇[48]에 군물[49]이 물숨[50]으로 별물[51]되네. 둥당에덩 둥당에덩 덩기둥당에 둥당에덩."

이왕이 주문을 외우자 파란 글자가 그릇 안으로 들어가 물줄기가 솟구쳐 오르더니 두 주먹만 한 물방울로 맺혔다. 마력을 거두자, 물방울이 흩어져 그릇 안으로 다시 들어가는데 한 방울도 튀지 않았다.

"자 해 보겠니?" 신에게 말했다.

3학년 아이 둘은 강의실 뒤편에서 실습하고 있었다. 이왕이 오기 전까지 물 원소 미법 담당이 없었기 때문에 이들도 진도가 느렸다. 실패는 많았지만 그래도 가끔 작은 물방울을 만들기도 했으니, 일반 마법과 다른 마법을 수련한 정도나 경험이 신과는 차이가 있었다.

"선생님, 잘 안 되는데 주문이 너무 긴 것 같아요."

물 표면에 약한 물살만 생겨서 고개를 갸웃거렸다.

"주문은 크게 상관없어. 자 보렴."

두루마기 소매를 쓸어올렸다.

"덩기둥당에 둥당에덩."

짧게 주문을 외우자, 물방울이 맺혔다가 다시 그릇으로 돌아갔다.

"둥당덩."

더 짧게 외워도 그랬다. 손엔 아무 마법 도구도 들려 있지 않았다.

"꼭 주문을 외우지 않아도, 글자를 쓰지 않아도 된단다. 얼마나 확실하게 너의 마력과 의지를 구현하느냐가 중요하지. 주문에 대한 이해를 돕기 위해서 긴 마법 주문을 알려준 거니까 천천히 포기하지 말고 해 보렴. 알았지?" 이왕이 말했다.

"네, 알겠어요. 고맙습니다."

신이 꾸벅 인사를 했다. 미간을 찌푸린 채 입술을 앙다물었는데, 이왕은 그런 모습이 대견스럽다. 밖에는 이제 비가 그쳤다.

*

"왜 그러나. 안색이 좋지 않구먼?" 총감독이 물었다.

그는 간부회의를 통해 대행 체제로 넘어간 후 사무실에서는 처음으로 이진 도감과 마주 앉았다. 여전히 마법사회 감색 두루마기가 아닌 하얀색 두루마기를 입었는데, 재신임 투표일이라 어쩔 수 없이 나오긴 했지만 눈치를 보는 직원들을 보니 마음이 불편했다. 꼼짝없이 자리를 지키고 있으니, 투표를 마친 회원들이 안부 인사를 부탁해도 정중히 말렸다. 이진은 아침 투표 때 만난 후 이곳저곳을 바쁘게 다녔던 눈치다. 금방이라도 울 듯한 얼굴을 애써 참고 있는데, 총감독이 내준 찻잔을 말없이 내려다보고 있었다.

"얘기를 해 보아."

"아니 너무 어이가 없어요. 막무가내도 정도가 있죠." 분을 못 이겨 성토를 시작했다. "순간 이동으로 도총감 여러 곳을 다녀왔는데 가는 곳마다 강 위원 사람들이 확성기로 비방하잖아요. 경쟁자도 없는 재신임 투표에서 그래도 되냐고 따졌더니, 그러지 말란 법도 없잖냐고 되묻는 거 있죠? 참 나."

"자네가 그러리라 짐작은 했네. 순간 이동을 싫어하면서도 마음을 써 주었네. 고맙구먼. 어쩌겠나, 그네들도 생각하는 바가 있으니…"

"그 생각하는 바가 너무 뻔해서 그렇죠."

"뻔하다니?"

"자기들 잇속 챙기기에 강 위원이 더 쉽겠다고 생각한 거죠. 자신들 뒷배가 돼줄지 착각들을 하는데, 흥! 헛꿈을 꾸는 거죠. 그렇게 호락호락한 사람이 아닌 걸 몰라요. 투표가 끝나면 언제 그랬냐는 듯이 무시할 텐데…"

총감독은 강민 위원에 대해서 아무 말도 하고 싶지 않았다.

"총감독께서는 화가 나지 않으세요?" 이진이 물었다.

"물론 화가 나지. 그렇더라도 자네가 있고, 원칙에 충실한 윤결 위원이 있고, 줏대는 없어도 성실하게 일하는 김원 위원이 있으니 크게 걱정하지 않네. 이범 위원이야 제 밥벌이 할 테고. 자네가 이리저리 휩쓸리지 않도록 김 위원을 잘 챙겨주게."

"그럴 일 없을 거예요. 안 좋은 생각은 하지 마세요."

"자네는 일 보러 가지 않구?"

"아뇨. 투표 날이라 일도 없고요. 할아버지 괴롭혀 드려야죠. 헤헤."

이진이 총감독 팔을 잡고 흔들었다. 어쩐 일로 아양을 부렸는데, 혼자 심란할지 걱정해서 그러리라 짐작했다.

"그럼, 둘이 함께 옛날얘기나 해 보려나?" 총감독이 찻잔을 들며 물었다.

"여부가 있나요. 짠!"

이진도 찻잔을 들어 마주 댔다.

"하하, 내 자네 외증조부 얘기를 했던가?"

"또 듣고 싶어요."

눈을 크게 뜨고 다가왔다.

"그래? 아니 글쎄, 그분도 매번 하얀 두루마기를 즐겨 입으셨지. 계모 필로 불 원소 마법을 하실 땐 어찌나 멋지던지…. 그만 반해 버렸지 뭔가. 그립구먼."

"어머 그러셨어요? 반하셨다니 의외인걸요?"

"그래도 끔찍이 싫었던 적도 있었어. 어느 정도 내가 마법을 하게 되니까 험한 데로 끌고 가서는 몇 달을 산속에서 혼자 살게 내버려뒀다구. 티베트 근방이었던 걸로 기억하네만. 어디서 잡아 왔는지 흑곰 새끼 한 마리를 던져주고 말이지. 변환 마법사로서 숨겨진 본능을 일깨우기 위한 배려임을 어린 나는 몰랐었지. 어찌나 야속하던지…."

"진짜요? 너무 하셨다-아." 이진이 맞장구를 쳤다.

"그렇지? 허허."

이진과 함께 웃으며 지난한 기다림의 시간을 보내는데 창호문으로 해가 기울고 있었다.

"그럼, 그때가 가장 안타까우셨어요? 마법사회를 이끌어오시면서요?"

"그렇지. 벌써 이십 년이 넘었구먼. 자네 외할아버지가 떠나신 지도."

벽에 걸린 달력을 무심코 쳐다봤다. "무관학교 졸업 후에 광복군으로 활동하면서 고생을 참 많이 하셨다고 했지. 그땐 내가 어릴 때라 한참 후에 들은 얘기지만서도. 그분만이라도 해방 조국에서 국민들에게 환영을 받을 수 있었던 건 천만다행이었지. 본인은 마법사도 아니면서 내가 신영을 잘 이끌 수 있도록 격려와 위안을 아낌없이 주셨고. 칠십이 다 되어서도 어찌나 눈물이 나던지 말일세. 열 살이 넘게 터울이 났어도 내 지음이자 의형제셨으니…. 그래서 신이가 더 특별하게 다가오는지도 모르겠구먼."

"좋아해 주셔서 감사하죠. 또 어떤 일이 힘드셨어요? 말씀해 주세요."

"왜 그렇게 안 좋은 얘기를 자꾸 묻나? 다른 얘기도 많은데."

"그런 얘기일수록 더 가슴에 새겨야죠."

"허허, 힘든 얘기라…. 아, 그렇게 나라를 위해서 헌신하신 독립운동가들이 고국에서 정치 놀음 때문에 허망하게 돌아가셨지. 고하 선생, 몽양 선생, 그리고 백범 선생 같은 분들 말이야. 특히 백범 선생 당시에는 나도 치기 어린 나이였으니 더 했지. 지켜드릴 힘이 있다고 자신만만했지만 그럴 수 없어서 가슴에 한으로 남더구먼. 그야말로 결사보국의 삶이셨지. 임시정부가 있던 중경에선 어린 날 자주 귀엽다고 해 주셨는데, 꼭 한번 찾아오라는 당부를 못 이뤄 드렸지. 내가 반역자들 잡으러 다니느라 미쳐 있었으니…."

"우리 국민 모두에게 불행한 일이죠." 이진이 마주 보며 말했다.

"와-아!"

이때, 마당에서 함성이 들렸다. 안 쓰던 확성기까지 틀어서 크게 소란을 부렸다. 총감독과 눈이 마주친 이진이 당황해서 눈물을 흘리며 고개를 묻었다. 애써 눈길을 거두고 책상 서랍을 열어 열쇠 꾸러미와 장부를 챙겼다.

"괜찮네. 들어오게." 인기척을 느껴서 문밖을 향해 외쳤다.

"총감독님, 면목이 없습니다."

김원 집행위원이다. 큰 얼굴에 숨겨둔 눈을 한사코 마주치지 않고 꾸벅 인사를 했다. 두루마기 자락을 비비 꼬고, 좌불안석이다. "개표 결과 절반을 넘지 못했습니다."

"그래 알겠네. 소식 전해주어 고맙구먼. 책상에 윤결 대행께 드릴 물건을 꺼내 두었네. 자네가 대신 전해줬으면 좋겠군."

"네 그렇게 하겠습니다."

"그래. 잠시 혼자 있고 싶은데, 이진 도감을 좀 부탁해도 되겠나?"

"할아버지, 제가…."

"잠시 생각을 좀 정리하고 싶어서 그러니 마음 쓰지 말고. 알겠지?" 눈물범벅인 이진에게 다가가 말했다.

총감독은 창문을 열어 돌담을 다시 홀로 마주했다. 돌들은 그대로인데 나무들은 아직 푸른 빛을 머금지 못했다. 팔과 목에 핏줄이 두드러지며, 얼굴까지 붉으락푸르락해지는 느낌이었다. 목 안쪽부터 우수리 불곰 포효소리가 울려 퍼지는 듯했다.

14

 새 불을 기다리느라 찬밥을 먹는다는 한식날 오후에 신은 감 반 강의실에서 마법 수련을 하고 있다. 일반 수업을 마치자마자 맹물에 찬밥 말아먹듯 점심밥을 부리나케 해결했다. 작은 강의실 오른쪽 열 맨 앞에 앉아서 나무 막대를 쥐고 물그릇을 노려봤다. 요즘 신은 지난번에 실패한 물방울 마법을 연습 중이다. 이왕 선생의 마법 시연을 보고 따라 해 봤지만 잘 안 됐다. 연이은 실패로 책상 위는 물론이고 바닥에도 물이 떨어져 고였는데, 마룻바닥이라 그릇을 떨어뜨려도 다행히 깨지지는 않았다.

"둥당에덩 둥당에덩 덩기둥당에 둥당에덩."

 신이 주문을 외우자, 물그릇이 달그락달그락 소리를 내며 흔들렸다. 물이 찰랑대다가 조금씩 밖으로 흘러나왔지만, 공중으로 솟아오를 기미가 보이지 않았다. 그릇 소리에 짜증이 난 듯 마력을 좀 더 흘려보냈다. 그러자 주먹으로 물 표면을 내려친 것처럼 푸악 소리를 내며 파편들이 흩어졌다. 얼굴과 머리, 옷에도 물이 튀었다.

"왜 안 되는 거지? 미치겠네." 눈앞으로 뚝뚝 떨어지는 물을 닦으며 말했다. "아, 선생님도 안 계셔서 여쭤볼 수도 없고, 어쩌지…. 으아!"

머리를 쥐어뜯을 듯 헝클어뜨렸다. 신은 한참을 책상에 엎드렸다. 아무 생각하지 않으려는 듯 가만히 있었지만, 온몸에 기운이 완전히 다 빠졌다.

"후우…."

크게 숨을 내쉬며 다시 한번 의지를 불태웠다. 바닥에 뒤집혀 있는 물그릇을 들고 물을 담기 위해서 화장실로 향했다. 오는 길에 휴게실에서 수건을 찾아와 머리와 얼굴도 닦고 책상과 걸상도 훔쳤다.

"둥당에덩…."

연습이 계속되고 등 뒤로 물 날리는 소리와 파편이 자꾸 흩어졌다. 한참을 연습하던 중 갑자기 졸음이 또 몰려왔다. 신이 책상 위로 철퍼덕 엎어져서 잠이 들었다.

"야! 신아, 김신. 일어나 봐. 야!"

신은 등 뒤에 손을 대는 느낌이 들더니 몸이 흔들리며 정신을 차렸다. 눈을 떠 보니 강의실 조명이 켜져서 환했다. 다급히 일어났는데, 얼마 동안 잔 건지 책상 위에 침이 고여 있었다.

"어? 아, 현이구나. 왜 그래. 무슨 일이야?" 손바닥으로 입술을 닦으며 물었다.

"야, 정신 차려 봐." 장현이 걱정스러운 눈으로 말했다. "무슨 일은 너한테 있지. 저녁 시간이 다 됐는데 방에도 안 들어오고. 왜 여기서 자? 수련하고 있던 거야?"

"어? 어. 아 목말라."

"일어나. 그만하고 가자."

"그래. 후우…." 이제 습관이 되려는지 한숨을 내쉬었다.

"뭐가 잘 안 돼? 야, 그럴 때도 있지. 너는 맨날 성공하라는 법 있냐. 이제 좀 사람답고 좋네."

신은 뭐가 좋은지 킥킥거리는 장현이 얄밉다. 강의실을 정리하고 나오니 맑은 하늘에 별들이 반짝였다. 나뭇잎이 사르륵거리는 바람에 풀냄새가 섞여 들어와 코끝을 간지럽혔다.

"야, 쟤야 쟤."

"그래? 멀쩡하게 생겼는데, 어쩌다가 그랬대?"

"어머!"

"쟤가 그 애야?"

신은 자기를 두고 수군거리는 소리를 들었다. 오전 교과 수업을 듣기 위해서 성재학교 교실로 가는 복도인데, 유리 창밖이 안개 때문인지 뿌옇다. 어젯밤 기숙사에서 있던 일 때문이리라. 요즘 물을 뜨러 다니기 귀찮아서 기숙사 방 화장실에서 수련했다. 화장실 세면대 앞에 의자를 갖다 놓고 물을 채웠다. 실패를 거듭해도 바로 물을 틀 수 있고, 옷은 벗으면 되니까 젖을 염려가 없어서 아주 제격이었다. 어제 드디어 세면대에 채운 물을 띄워서 큰 물방울로 뭉치는 데 성공했다. 신은 너무 기분이 좋았다. 신기하고 짜릿했다. 드디어 자연의 힘인 포스를 쓰는 스타워즈 제다이 마스터가 된 기분이었다.

"음음음 우우우우 우…."

신은 기쁜 마음에 콧노래를 부르며 샤워기를 틀었다. 몸을 적시고 바디 워시를 손에 덜어 몸에 문질렀다. 다시 물을 뿌리고 거품을 씻어 내며 허밍을 할 때. 몸에서 튀긴 물방울과 샤워기에서 뿜어져 나온 물들이 방울져서는 온 화장실을 가득 채우고 꼼짝하지 않았다.

"으아악!"

신은 샤워 중인 데도 놀라 소리를 질렀다. 그때 방 안에 있던 무예 반 애들이 무슨 일이 난 줄 알고 화장실 문을 벌컥 열었다. '문 잠그는 걸 깜빡했구나.' 아차 싶었지만 늦었다.

"으아악!" 이들이 그 광경을 보고 기겁해서 비명을 질렀다.

화장실을 가득 채운 물방울과 그 속에 발가벗은 친구 모습, 하얀 김 서림 효과까지. 이를 보고 충격받지 않았다면 그게 더 놀라울 지경이라 되짚었다. 그들이 소문을 퍼트린 게 분명했으니, 신은 교실로 부리나케 뛰어갔다. 지나친 관심은 사양이다.

"사정이 그렇다고 하니 그냥 넘어가도록 하겠습니다." 왜소한 체격의 성재중고등학교 교장 선생이 말했다.

큰 눈과 넓은 이마가 두드러져서 친근하다고 느꼈다. 머리 앞쪽에는 남은 머리카락이 거의 없다. 신은 어제 일로 교장실에 와 있다. 이왕 선생이 없어서 특별히 마법 학교 교장 선생에게 참석을 부탁했다고 했다. 두 분 교장 선생과 성재학교 담임, 그리고 신이 교장실 소파에 앉아 있었다.

"잘 아시지만 학내에서 마법을 쓸 때는 더 조심해야 합니다. 학생들이 다칠 수 있으니까요. 무예 반 애들도 그냥 놀라기만 해서 다행입니다. 마법 수련 후에 자연스레 생긴 일도 기숙사에서는 특별히 주의하도록 해주시면 좋을 거 같습니다. 총감, 아니 교장 선생님. 죄송합니다."

"괜찮습니다." 소파 한 칸이 부족할 만큼 덩치가 큰 교장 선생이 말했다.

험상궂은 느낌은 아닌데 진짜 거대하다고 신은 느꼈다. 아마 2미터는 돼 보였다. 어릴 때 자주 만났다고 했는데 신은 잘 기억나지 않았다. 하지만, 이진이 "많이 의지하는 분"이라고 말했던 게 생각나서 고맙고 반가웠다. 그런데 첫 만남이 다른 교장 선생 방에서라니 신은 쥐구멍에라도 숨고 싶을 만큼 창피했다.

"그래요. 위험한 마법은 아니었어도 조심해야지요. 더군다나 무예 반과 함께 쓰는 기숙사 방이었으니 말이죠." 팔걸이를 짚고 자세를 고쳐 앉으며 말했다. "신이는 뭘 잘못했는지 알겠느냐? 생각 없이 발동한 마법이라 더 문제가 되는 게야. 네 성품이나 수련 정도로 봐서는 그럴 일은 없을 테지만, 떠 있던 물방울이 아이들에게 발사됐으면 어떻게 됐을 것 같으냐. 큰 위험이 닥쳤겠지? 제어할 수 없는 마법은 그렇게 위험하단다. 명심할 수 있겠느냐?"

"네, 선생님. 잘못했습니다."

"그래. 착하구나. 누구나 실수할 수 있단다. 의도치 않게 남에게 피해를 줄 수도 있고. 하지만, 제대로 사과하고 다시는 그러지 않도록 노력해야 한다. 일어서서 선생님들께도 인사드려라. 심려 끼쳐 죄송하다고."

"네. 심려 끼쳐 죄송합니다. 다시는 그러지 않겠습니다."

신이 허리 숙여 인사했다.

"그래. 조심하렴." 성재학교 교장 선생이 말했다.

"착하고 똑똑한 애예요, 선생님. 앞으로 잘할 겁니다." 담임 선생이 등을 토닥이며 말했다.

"그래, 잘했다. 세상에는 잘못하고도 제대로 사과할 줄 모르는 인간들이 참으로 많으니…"

마법 학교 교장 선생이 벽 쪽을 돌아보고 말했다. 어딘가 먼 곳을 향한 눈길이 아득했다.

"이왕 선생에게 치료받은 곳은 이제 괜찮으냐?" 마법 학교 교장이다.

신은 교장 선생과 함께 성재학교 교장실을 나와서 마법 학교로 향하고 있었다. 두 학교 사잇길로 함께 걸었다. 황사가 껴서 하늘이 뿌옇다.

"네, 선생님. 이상할 정도로 더 건강해졌어요."

신이 펄쩍펄쩍 뛰어 보였다.

"그래. 다행이구나. 아주 유능한 사람이니 그렇겠지."

그가 신의 머리를 쓰다듬었다. "신이는 마법 학교에 반이 왜 네 곳이나 되는지 알고 있니?" 잠시 말없이 걷다가 멈춰 서서 물었다.

"네, 태극기에 있는 건곤감리를 따라서 그렇게 했다고 들었어요."

"그것도 틀린 말은 아니지만, 반을 나눈 이후에 상징성을 위해서지. 그게 전부는 아니란다."

교장이 뒷짐을 지고 다시 앞서갔다. 신이 잰걸음으로 따랐다.

"일제 강점기 전, 놈들이 침략 야욕을 숨김없이 드러낼 때였지. 여러 사람들이 한데 모여 마법사회를 만들었단다. 각기 가치관도, 목적도, 소신도, 종교도 다 달랐더랬다. 누구는 국민 교육이 먼저고, 누구는 치유와 문화 부흥이 중요하다고, 누구는 무력 항쟁밖에 없다고 제각각이었지. 누구는 기독교를, 누구는 대종교를, 누구는 민족주의를, 누구는 힘과 지식을 믿었지. 그래도 결국엔 의견 통일을 이뤘다. 무엇을 위해서? 오직 나라 독립과 번영, 국민 행복을 위해서. 이를 위해서 헌신하겠다는 각오가 모두의 공통 분모였다. 어려우냐?"

"네, 조금요."

"그래. 그렇지만 중요한 얘기란다."

멈추고 신을 돌아봤다. "너에게도 마법 실력 향상이 더디고 한계에 부딪히는 때가 온단다. 그렇게 되면 자신이 가진 힘의 근원을 알고 그 심연에 뛰어들어야 비로소 벽을 뛰어넘을 수 있단다. 너에겐 이왕 선생이 있으니, 걱정은 안 한다만. 언젠가 특별한 언질이 있을 게야. 알겠느냐?"

"네, 선생님." 뒤따르던 신이 크게 대답했다.

한참을 종종걸음으로 따라가다 보니 마법 학교에 다다랐다. 일반 마법 수업을 마친 학생들이 저마다 전공 반을 향해 바쁘게 이동하고 있었다.

"내 얘기해둘 테니 이왕 선생이 없을 때는 류범 선생에게 의논하거라. 언젠가 흑마법 방어술도 배워야 할 거고."

"네, 선생님."

"그래, 열심히 하렴. 어려운 일이 있으면 이 할애비를 찾으면 될 게야."

교장 선생은 이번에는 돌아보지 않고 걸음을 옮겼다.

"네 선생님, 오늘 도와주셔서 감사했습니다." 신이 허리 숙여 인사하고 크게 외쳤다. "근데 엄마한테는 언제나 제가 일순위라는 거 아시죠? 그냥 그렇다고요. 헤헤."

신이 감 반 건물로 뛰어갔다. 뒤를 돌아보니 교장 선생이 호탕하게 웃고 있었다.

"두 달 지나 보니까 어때? 너무 힘들지 않아?" 뒷자리 무예반 애가 옆에 앉은 애에게 물었다.

신은 오전 수업을 듣기 위해서 성재학교 교실에 와 있다. 무예 반과 합쳐서 한 반에 스무 명 정도가 수업을 받는다. 수업 전에 책상에 엎드려 쉬는데 푸념하는 걸 자연스럽게 듣게 됐다.

"어 죽을 것 같아. 그냥 수업 널널하게 하고 검정고시를 봤으면 차라리 좋겠다. 그치?"

"시험 볼 때 되면 그 소리가 쏙 들어갈걸?"

"하긴, 으갸갹…." 에라 모르겠다는 느낌으로 괴성을 질렀다.

신도 공감하고 있던 터라 시끄러운 잡담도 꺼려지지 않았다.

솔직히 오전 학과 수업이 빠듯한 건 사실이니까, 체험 활동을 빼면 주요 과목들을 오전 네 시간에 나눠서 듣는 중이었으니까 하고 신은 푸념했다. 그래도 수업 시간이 부족하면 토요일도 서너 시간 수업을 받아야 했는데, 그나마 음악/미술, 체육, 선택과목을 오후 시간에 자유롭게 배분해서 들을 수 있었다. 일주일에 과목당 두 시간씩 아무 때나 마법훈련이 없을 때 찾아가서 들을 수 있으니, 신은 힘들어도 검정고시보다는 낫단 생각이다.

'아 그건 그거고, 근데 왜 안 되지?'

벌떡 등을 세웠다. 학과 수업이야 몸이 힘들면 되니까 괜찮은데, 마법 수련 때문에 신은 지금 미칠 지경이다. 며칠 전 세면대에서 분명히 성공했는데, 물그릇으로 옮기면 번번이 물벼락을 맞기 일쑤였다. 뭔가 잘 조절이 안 되는 느낌이다. '아아, 선생님….' 다시 책상으로 엎어졌다.

수업을 시작했지만, 꾸벅꾸벅 졸고 있다. 창가 쪽에 앉아 있으니 봄 햇살이 따스하게 비췄다. 온몸 구석구석에서 잠을 달라 속삭이니 쉽게 유혹에 넘어갈 수밖에…. 신은 어떻든, 수업에 집중하려고 눈을 크게 뜨기도 뺨을 꼬집어도 봤지만 소용이 없었다. 팔로 괸 고개가 까딱까딱 흔들렸다.

"야, 김신. '힘'이 뭐야?" 과학 선생이 호통쳤다.

뿔테 안경 속으로 작은 눈이 휘둥그레졌다.

"네?"

신은 외치는 소리에 화들짝 놀랐다. 고개를 얼른 숙여서 책을 살펴봤지만, 어디를 말하는지 찾지 못했다.

"졸지 말고 정신 똑바로 차리고 들어."

"네…."

죄송하고 창피한 생각에 잠이 확 달아났다.

"자 여러분, 힘이 뭐?"

"'물체 모양, 운동 방향, 빠르기를 변하게 하는 원인'이요." 반 모두가 한목소리로 답했다.

"그래. 힘은 물체 상태를 변하게 한다. 우리가 어떤 물체를 들어 올릴 때 무거울수록 더 큰 힘을 주어야 한다. 그렇지? 반대로 생각하면 힘이 더 드는 이유는 지구가 더 크게 당기고 있다고 볼 수 있겠지? 이것이 중력이다. 중력은 '지구가 물체를 당기는 힘'으로 정의하고, 중력 크기가 곧 물체의 무게이다. 쉽지?"

"네에."

'무거울수록 더 큰 힘을 주어야 한다고? 그럼 작을수록 더 작은 힘을 주면 되는 거 아닌가? 중력 크기가 무게니까 물체 무게보다 힘을 주면 되고….' 이 말을 떠올리고 신은 머리가 갑자기 환해졌다. '어떻게 생긴 물방울이든지 들어 올리려면 그 무게만큼만 힘을 쓰면 되는 거구나. 이 바보, 이 단순한 걸….' 신은 자신도 모르게 이마를 '탁' 쳤다.

"선생님! 감사합니다!"

돌파구를 찾은 신은 벌떡 일어나 인사했다. 그러고는 짐도 챙기지 않고 자리를 박차고 마법 학교로 향했다. 몰입을 통해 깨닫는 순간을 처음 경험하고는 수업 중임도 잊었다. 과학 선생과 급우들이 어안이 벙벙해서 바라봄도 미처 몰랐다. 한 달여 숱한 마법 연습과 고민이 우연히 찾아온 발견으로 결실을 보는 환희의 순간이었다.

"야야, 김신! 어디 가, 인마?" 아까보다 더 크게 소리쳤다.

"네? 마법 연습하러…."

"지금 수업 중인데 어디 가?"

"헉! 죄송합니다!"

정신을 차리고 허리 숙여 인사를 한 후 자리로 들어간다. 아이들이 놀리느라 크게 소리 내며 웃었다. 신은 너무 창피해서 얼굴이 벌겋게 화끈거리는 기분이다.

"야 야! 어딜 들어가? 뒤에 가서 손들어. 수업 시간에 정신없게…."

"죄송합니다!"

고개를 숙이고 뒤에 가서 손을 들었다. 벌을 서고 있는데 신은 자꾸 웃음이 났다. 빨리 시험해 보고 싶은 조바심에 발을 동동 굴렀다. 이것을 자신도, 반 아무도 몰랐다.

15

"야! 조정은, 어디 가?" 장현과 함께 체육 수업을 듣고 나오던 신이 물었다.

정은이 교복이나 수련복이 아닌 하얗게 세 줄이 그어진 체육복을 입고 어딘가로 향하고 있었다.

"야라니? 누나한테."

정은이 눈을 흘겼다. 겉으론 가늘고 연약해 보였지만, 무술 수련으로 다진 강인함이 공존하는 게 신은 늘 신기했다.

"집에 좀 가 보려고, 일이 있어." 정은이 말했다.

"무슨 일인데?"

장현이 먼발치에서 정은에게 꾸벅 인사했다.

"마을 어른들께 생필품을 전달하는데 아빠 도와드려야 해."

"그래?"

신은 조재영 이장의 불편한 다리가 떠올랐다. "나도 가. 누구한테 얘기하면 돼?"

"됐어. 자고 내일 와야 해."

"그러니까, 같이 가야지. 못 본 지 벌써 두 달이 넘었어."

"음…. 무예 반 선생님이랑 기숙사 선생님." 정은이 망설이는 듯싶다가 말했다.

"그래? 알았어. 잠깐만 기다려 줘."

신은 기숙사로 냅다 뛰었다. '이왕 선생님이 안 계시니 기숙사 선생님에게만 얘기하면 되겠지?' 하고는 1층 숙직실에 들러 자초지종을 설명했다. 마법 학교와 유가족 마을 관계를 생각해서라도 꼭 필요하다는 말도 잊지 않았다. '내가 이렇게 조리 있게 말하다니….' 자신도 놀랍다.

마을로 향하는 길에서 정은이 핑크색 가방을 메고 앉아 있었다. 부드러운 색깔은 안 어울릴 것 같은데, 의외로 잘 어울렸다. 자신에 대한 고정 관념을 의식하든 안 하든 쉽게 허무는 특별한 재능이라고 신은 생각했다.

"왔어? 빠르네." 정은이 거친 숨소리에 뒤를 돌아보며 말했다.

"어? 헉헉, 당연하지."

신은 숨 고르기도 바쁘다.

"가자."

정은이 신의 등을 툭 쳤다. 막으려 했으나 소용없었다. 정은과 마을로 향했는데, 해가 기우려면 아직 멀었다.

"아이, 중간에 버려두고 혼자 가면 어떡해?"

숨을 헐떡이며 정은 집 마당에 혼자 다다랐다. 자신을 두고 먼저 내려가서 화가 머리끝까지 올랐다.

"어이구, 이제 오셨어요?"

정은이 손을 들어 뺨으로 내밀었다. "그 거리를 삼십 분 넘게 걸리는데 그러면 어떡해. 뭔 땀을 이렇게 흘려?"

"됐어. 치워."

"신이도 왔구나."

조재영 이장이 활짝 웃으며 반겼다. 불편한 다리도 큰 내색 없이 짐을 화물차에 싣고 있었다. "그동안 잘 지냈니?"

"네 그럼요. 정은이가 '도와줘!' 해서 같이 왔어요."

"내가 언제? 아-아니에요. 오다가 만났어요."

"됐다. 도와주면 더 좋지."

신에게 눈을 찡그렸다. "얼른 끝내고 삼겹살 먹자. 신아."

"오, 예에. 감사합니다."

펄쩍 뛰어올랐다. 신은 정은에게 혀를 내미는 걸 잊지 않았다.

"왜 나왔어?"

마루에서 쉬고 있던 신에게 정은이 다가왔다. 화장실을 가려는 모양이라고 넘겨짚었다. 이장과 생필품을 나눠 준 후 저녁을 먹고 잠시 눈을 붙였는데, 자다 깨서 마루에 나왔다. 신은 편하게 체육복을 입고 있었다.

"어? 깼는데, 또 자려니까 잠이 안 와."

신은 오늘 마을을 다니면서 적잖이 충격을 받는데, 아무렇지 않은 듯 밤하늘을 올려다봤다. 도시에 비해 열악한 생활환경 때문만은 아니고, 혼자 사는 어른들이 꽤 많았기 때문이었다.

"그분들 외롭지 않으실까?" 신이 정은에게 물었다.

"누구?" 정은이 놀란 눈치로 되물었다. "아… 할아버지, 할머니들 얘기구나? 안 그래도 아까 좀 놀란 것 같더라."

"그랬어?"

"그랬어."

정은이 옆에 나란히 앉았다. 둘 다 다리를 마루 밖으로 내놓고 돌계단에 걸쳤다.

"이 누나에게 고민을 털어놓으렴. 아이야."

정은이 해맑게 웃었다.

"제길, 아이는 누가?"

신은 삐진 척 노려봤지만 금세 표정을 풀었다. 정은에게 화가 난 게 아니니까. "유가족 마을이어서 그렇겠지?"

"솔직히 전쟁을 겪으신 분들은 몇 분 안 계셔서, 이제 유가족 마을이라 말하기도 그래. 이제는 마법사회를 은퇴하신 마법사나 감찰반원이셨던 전투원들이 훨씬 더 많지. 은퇴자 마을은 어감이 좀 그렇지? 뭐 그분들이 전쟁 당시 유가족 후손이긴 하지."

"그렇구나…."

마루에 묻은 먼지를 손가락으로 가르며 의미 없는 글씨를 끄적였다. "그럼, 아저씨도?"

"아빠?" 눈을 맞추며 되물었다. "그렇지. 아빠도 유가족 후손이지. 일제 강점기 때 증조할아버지께서 독립군이셨는데, 중국에서 전투 중 돌아가셨어. 해방 후에 증조할머니랑 할아버지가 이곳으로 오셔서 터를 잡으셨대. 근데 6.25 때 피난 중에 돌아가시면서 어린 할아버지만 홀로 남으셨지. 전쟁이 끝나고 다시 이곳으로 오셔서 결혼도 했는데, 아주 힘들게 사셨나 봐. 돌아가신 부모님 생각을 그렇게 하셨다고 들었어. 그걸 아빠와 고모는 고스란히 지켜보며 자라셨고. 그렇게 그리움이 사무쳐서 대물림이 되나 봐."

"거실에 있는 영정 사진이 너희 할아버지셔? 그럼, 증명사진은?"

"어? 할아버지 부모님 사진이지."

신이 아무 말없이 고개를 끄덕였다. 왜 그때 먹먹한 슬픔이 느껴졌는지 이제야 이해했다.

"흐, 흡." 신은 자신도 모르게 코를 훌쩍였다.

"왜 그래?"

놀란 정은이 신의 어깨를 짚었다.

"너무 슬퍼."

눈물, 콧물 범벅이 창피해서 신은 한사코 고개를 숙였다. 정은이 말없이 등을 토닥였다.

아침부터 구름이 끼더니 보슬비가 내렸다가 그쳤다. 신은 비가 많이 올까 봐 걱정했는데 참 다행이라고 생각했다. 잔디에 빗방울이 초롱초롱 맺혔다. 오늘은 성재중고등학교 중등부 체육대회 날이다. 반 대항 축구 경기를 하는데, 여섯 반 전체가 토너먼트로 치른다. 학년에 따라 실력 차가 클 테지만, 무예 반 아이들이 부족한 실력을 메꾸리라 모두 기대했다. 신은 평소에 택견을 수련하는 애들이니, 뛰어난 운동 신경은 어찌 보면 당연하겠다고 이해했다. 1회전 승자 중 한 팀이 부전승으로 올라가고, 모두 여섯 경기를 치른다.

이날을 고대했다. 누가 신에게 '운동엔 젬병'이라 했던가, 정소연이다. 누가 'X발' 하고 말했나, 이종혁이다. '그나저나 얘들은 잘 지내고 있겠지?' 오늘 드디어 그간의 오명을 씻고 말겠다는 각오다. 진짜 축구 실력은 천연 잔디 구장에서 드러나는 법이니까 하며 의기양양했다. 미끄럽지 않게 축구화도 빌려 신었다.

"혼자 아주 생쇼를 하는구나?" 강준 목소리가 들렸다.

신이 장현과 함께 운동장에서 공을 갖고 몸을 풀고 있었는데, 주변에 어느새 패거리들이 몰려들었다.

"어머, 몸친가 봐. 왜 저렇게 움직이니?"

심청이 계모 같은 여자애도 같이 있었다. 양 갈래머리를 한 빼빼 마른 아이가 요즘 같이 다녔는데, 신은 저런 놈이 뭐가 좋다고 어울리는지 문득 궁금했다.

"뭐야? 괜히 약 올리지 말고 그냥 가. 경기에서 보여줄 테니까."

피하는 게 상책이었다. 패거리들에게 일일이 대응하기 싫다. 요즘 만나기만 하면 시비를 걸어와서 귀찮은 신이다.

"오호, 어련하시겠어." 강준이다.

"이게 아주 마법 좀 한다고 보이는 게 없나 봐?"

"어머, 웃긴다. 쟤."

패거리가 킥킥거리며 비웃음을 빼놓지 않고는 저희 반이 모인 곳으로 갔다.

"나도 가 볼게." 장현이 눈치를 보듯 주춤거리며 말했다.

"그럴래? 그만할까?"

첫 경기니까 얼마 남지 않았다. "현아, 쟤들이 괴롭히진 않지?"

"어? 그럼. 경기 화이팅!"

장현이 어색하게 손을 들어 보이고는 자기 반으로 뛰어갔다. 신은 뭔가 께름칙하지만 괜한 걱정일까 싶다.

삑. 호각 소리가 크게 울렸다. 팀 수비수가 또 쓰러졌다. 벌써 세 번째다. 경기 시작한 지 십 분도 지나지 않았다. 신은 시작 전에 인원 구성에 대해서 합의할 걸 그랬다고 후회했다. 신의 팀은 초등학교 때 선수였던 주장이 중심이 돼서 팀을 짰다. 반 전원이 잠깐이라도 한 번씩은 시합에 참여하기로 정했다. 공격, 중앙, 수비를 무예 반 두 명씩 들어가서 팀의 중심을 잡고, 나머지를 마법 반이 채우는 4-4-2 전법이다. 무예 반 선수들 활동력으로 약한 곳을 커버하는 식이다. 그런데 상대편은 열 명이 무예 반이고 강준 혼자 마법 반이었다. 그 혼자 있는 마법 반 놈이 경기를 망치고 있었으니, 이곳저곳을 다니며 반칙을 일삼는데 아무런 제재도 받지 않았다. 레드카드는 고사하고 옐로카드도 안 줬다. 심판을 고등부 선배들이 보고 있었는데, 신은 졸업이 얼마 남지 않은 선배들이 강준에게 잘 보이려 한다는 생각마저 들었다. (젠장….)

"심판, 교체!"

경기가 멈춘 사이 중앙에 있던 주장이 양손을 교차하며 심판에게 신호를 보냈다. "신아, 들어와서 공격해."

"응? 공격?"

당초 왼쪽 수비수를 보기로 했다. 경기 전에 주력 테스트를 했었다.

"어… 그래. 알았어."

공격하던 무예 반 아이가 수비로 내려가고 신이 그 자리에 들어갔다. 이제 세 곳에 무예 반 한 명씩밖에 남지 않았다. 신은 실점이라도 했다가는 끝이라고 생각했다. 쫓아갈 수 있는 경기력 차이가 아니니까.

삑. (맙소사!) 심판이 호각을 불며 중앙선을 가리켰다. "0 : 1" 역시나 무예 반 수비수 한 명을 중심으로 막기는 역시 역부족이었다. 신이 보기에 분명 오프사이드 같은데, 부심을 보는 고등부 선배가 깃발을 들지 않았다. '이게 기운 운동장인가? 젠장!' 신은 몇 번 전력 질주를 했는지 기억도 나지 않았다. 수비, 공격을 가리지 않고 열심히 뛰어다녔고, 공을 오래 갖고 있지 않고 차고 또 찼다. 하늘이 노래지고 가슴이 터지기 직전이다.

삑, 삑. 전반전이 끝났다. 신은 그대로 털썩 주저앉았다. 팀 자리로 가야 하는데 몸이 말을 듣지 않았다. 고작 십 분 정도 뛰었을 뿐인데, 목은 타들어 가고 물을 먹으면 바로 토할 낌새다. 힘을 내서 자리로 갔더니 주장을 중심으로 열심히 상의하고 있었다. 다들 얼굴이 벌겋다. 땀범벅이다. 그래도 포기하지 않았다. 전반에 한 점이면 선방했다고 그런다. 신도 동의하는 바다. (이제 푹 쉬어야지. 죽을 것 같다.)

"힘드냐?"

얼굴을 젖은 수건으로 덮고 누웠는데 주장이 다가왔다. "신아, 후반에는 수비 좀 봐라. 처음에 승부를 좀 걸어 봐야겠어."

"어?"

수건을 내리고 주장을 보는 데 진지한 얼굴이다. 신은 힘들어서 그만하겠다는 말이 턱까지 올라왔지만 차마 입 밖으로 꺼낼 수 없었다. "어-어 알았어."

삐-익. "1 : 1"

주심이 호각을 길게 불며 중앙선을 가리켰다. 드디어 신의 팀 득점이다. 후반 시작과 동시에 주장과 무예 반 두 명이 볼을 주고받으며 적진까지 가더니 깔끔한 중거리 골을 따냈다.

"와!" 선수들이 서로를 부둥켜안고 덩실덩실 뛰었다.

"야호!" 팀 응원석에서도 난리가 났다.

전후반 이십 분씩, 연장전이 없는 토너먼트이므로 이후 신의 팀 작전은 명백했다. 전원 수비다. 중앙선 아래에서 상대를 밀착 방어했는데, 그럴수록 강준이 더 악랄해졌다. 반칙이 끊이지 않았고, 결국 무예 반 여자들도 경기에 투입했다. 창과 방패의 숨 막히는 대결이다. 호각과 함께 주심이 신의 팀 골대 앞을 가리켰다. 주장이 수비하면서 강준에게 손을 살짝 댔는데 골 에어리어 안에서 넘어졌다. 누가 봐도 할리우드 액션인데, 페널티 킥이라니 말도 안 된다고 신은 소리쳤다.

경기가 끝이 났다. 사십 분 사투가 그렇게 마무리됐다. 팀 선수들의 노력이 오심과 편파 판정으로 더럽혀졌다고 느꼈다. 신이 그 자리에서 주저앉았다. 땀에 젖은 얼굴을 두 팔로 가리고 숨을 몰아쉬었다. 자꾸만 눈물이 났다.

"잘했어. 내가 복수해 줄게." 언제 왔는지 몰라도 정은이다.

"이야. 우리 신이 멋지던데? 나도 투지가 샘 솟더라."

"투지는 무슨, 졌구만."

"이긴 경기야. 실망할 필요 없어."

신의 몸이 들썩였다.

"울지 마. 이긴 거라니까?"

좀 전 경기 여파인지 심판을 전원 교체했다. 체육 선생이 주심을 보고, 경기를 뛰지 않는 중등부 3학년이 부심을 봤다. 경기당 무예 반 인원도 다섯 명을 넘지 못하게 바꿨다. 경기력 차이가 너무 심했기 때문이다. 2회전은 2학년 승자팀이 부전승으로 올라갔다.

신은 오늘 정은을 다시 봤다. 잘할 건 어느 정도 예상했는데, 남자들도 쉽게 막지 못했으니 말이다. 강준 반도, 결승의 2학년 반도 어쩔 수 없었다. 정은의 활약으로 3학년 2반이 우승했다고 봐도 무방했다. 신이 본 2회전 이후로만 혼자서 다섯 골을 넣었다.

"오늘 모두 수고했다. 최선을 다하고 결과에 승복하는 스포츠 미덕을 잘 보여줬다. 누구누구 다쳤니? 아이고, 저런…. 오늘 이만할 테니까 잘 치료하고. 선수들과 응원하던 학생들 모두 고생했다. 오늘은 푹 쉬길 바란다. 이상."

성재학교 교장 선생이다. 큰 눈과 넓은 이마를 훤히 보이며 꾸밈없는 웃음을 지었다.

"와!" 모두 환호성을 보냈다.

"감사합니다."

"교장 선생님, 최고!"

1회전 탈락이지만, 신은 기분 좋은 마무리라 여겼다.

"자, 주목!" 체육 선생님이다. "1회전에서 탈락한 세 반은 날짜를 정해서 아랫마을 내홍리 봉사 활동이 있다. 쓰레기 줍기나 마을 시설 청소 같은 가벼운 활동이니까 그렇게 알도록. 이장님과 상의해서 각 반 반장에게 날짜를 전달하겠다. 이상."

"감사합니다." 모두 인사했다.

(윽!) 역시나 상벌이 있었다. 그래도 취지가 좋으니 좋다고, 강준 패거리만 아니면 더없이 좋은 날이었다. 그러고 보니 장현은 오늘 한 경기도 안 뛴 것 같아서 신은 마음에 걸렸다.

"신아, 우승 반에 피자랑 치킨 나눠 준대. 몇 개 가져가서 친구들이랑 먹어." 정은이다.

"진짜?"

신의 눈이 휘둥그레졌다. 얼마 만의 패스트푸드인지 모르겠다. "야, 1학년 1반. 피자랑 치킨 가지러 가자."

"우와!"

급우들과 얼싸안고 성재학교 정문으로 들어갔다. 바람이 거세지며 바람 따라 비구름이 휩쓸려 가고 있었다.

16

 일본 도쿄도 'ㅅ' 구 어느 맨션 승강기식 주차장에 윤희가 차를 세웠다. 뒷좌석에서 식료품이 담긴 에코 백을 꺼내고, 관리인이 기계를 조작하는 사이 양손에 짐을 들고 우편물 보관소로 향했다. 먼저 내린 딸 아즈미가 비밀번호를 누르고 철제 우편함에서 내용물을 확인하고 있었다. 이제 열한 살인 아즈미는 소학교 5학년인데, 작은 얼굴에 눈코입이 오밀조밀 귀여운 인상이다. 옅은 쌍꺼풀 눈을 반짝이며 우편물 앞뒤를 뒤집어 본다. 긴 머리를 동여매고 앞머리가 눈썹을 덮도록 풀뱅으로 잘랐다. 노란색 캐릭터 원피스에 군청색 카디건을 입고, 몇 년 지난 갈색 란도셀 가방을 메고 있었다. 윤희는 동아리 활동을 마치고 하교하는 딸과 함께 역 근처 마트에 다녀오는 길이다.
 "아즈미, 뭐가 왔어?" 윤희가 딸에게 물었다.
 "응, 이거. 근데 주소가 없어요."
 유황색 서류봉투에 주소는 없이 작고 동그란 빨간색 도장이 찍혀 있다.

"어? 마마[52] 팔에 끼워 주겠니?" 문양을 보고 당황해서 얘기했다.

 서류봉투를 겨드랑이 사이에 끼워주자 에코 백과 함께 들고 집으로 향했다. 3층으로 된 맨션 건물은 외벽을 상아색 페인트로 칠해서 깔끔한 느낌이다. 중앙 긴 복도로 각 집 문이 늘어서 있는데, 모두 서른 가구 정도가 모여 살고 있다. 관리동 옆을 통해 맨션 정문을 지나는데, CCTV가 어제보다 오른쪽으로 약간 틀어져 있었다. 주차를 해 주고 자리로 돌아온 관리인에게 고개를 숙였다. 벨트를 하지 않아 제복 바지가 평소보다 내려갔고, 오른쪽 허벅지에 간장 양념이 묻었다. 건물로 다가가며 전면 유리창을 통해 옆집들을 살폈다. 며칠째 19호실 창문 블라인드가 닫혀 있었고, 건물 안 복도 조명이 아직 켜지지 않았다. 윤희는 타이머로 정시에 켜지지 않는지 의문이 들었다. 어제와 달리 복도 벽에 까맣게 고무로 긁힌 자국이 나 있고, 옆집 9호실 출입문 아래로 얇고 흰 종이 책자가 보였다. 평소와 별다를 게 없었지만, 뭔가 톱니바퀴 이가 살짝씩 어긋나는 느낌이라 윤희에게 옅은 조바심이 찾아왔다. 집은 7호실, 건물 출입구에서 오른쪽으로 네 번째 집이다. 집 앞에서 다시 주변을 돌아보고 아즈미가 열어 둔 문 안으로 들어갔다.

 내부는 협소주택처럼 층별 면적은 작지만, 지하 1층부터 지상 3층 모두를 합하면 24평 정도다. 지하는 창고로, 1층은 거실과 부엌, 2층은 아이 방과 화장실 겸 샤워실, 3층에는 부부 침실과 욕실이 있다. 바닥은 원목 마루가 깔렸고 계단 발판 역시 원목으로 마무리가 되어 있다. 집안에 유백색 벽지와 원목이 주는 따뜻함이 가득 채워져 있었다.

 밥을 먹고 윤희는 3층 욕조에 누워 사진을 보고 있다. 아이는 자기 방에, 남편은 아직 퇴근 전이다. 도장이 찍힌 서류봉투엔 사진 세 장이 들었다. 한 장은 일본으로 파견 전에 본 적 있는 신영 마법사회 감찰위원이 커피숍으로 들어가고, 다른 한 장엔 긴 말상 얼굴이 그곳을 나오고 있다. 마지막은 내부에서 멀리 찍은 사진인데, 옷차림으로 봐서 앞에 두 사람이 마주 보고 앉아 있었다. 얼굴 긴 남자는 분명 미국에서 작전 중에 싸웠던 자가 틀림없었으니 감찰위원이나 되는 인물이 해매 흑마법사를 만났다. 간판 대로라면, 그것도 신영 마법사회 근처에서 말이다.

 "이자가 겁이 없구나. 거기가 어디라고…."

 윤희가 욕조에서 일어나 물을 틀었다. 잠시 후 욕조에서 물이 흘러 나가자, 수도꼭지를 잠갔다. 거울로 근육질 몸에 군데군데 베이고 덴 자국이 선명했다. 해묵은 상처엔 눈길도 두지 않고 샤워 가운만 입은 채 욕실을 나갔다. 여전히 손에 사진을 들고 있었다. '그런데 한국 일을 세만[53] 사람이 어떻게 알고 나에게 사진을 보낸 거지?' 일본 마법사회는 그간 해매 쪽 위세에 눌려 은둔해 왔다. 그러던 사람들이 한국에까지 사람을 파견했다. 도장만 찍어서 사진을 보내온 사람도 이번에 Y 현에서 만났다. 와가타를 미행하던 중 동선이 겹치면서 짧은 소동이 있었는데, 가라테를 훈련한 실력자였다.

 Y 현 어느 시청과 시민문화회관 사이에서 윤희가 한 남자와 대치 중이다. 차 안에서 시청으로 들어간 와가타를 따라 내

렸는데, 백팔십이 넘는 큰 키에 검은 양복을 입은 남자가 다가와 윤희를 집어 던졌다. 뜻밖의 공격에 아스팔트 위를 굴렀다. 재빨리 몸을 일으키자, 남자가 다가왔다. 활개 긁기[54]로 손등으로 상대 눈을 가려 주의를 끌고, 오른발 촛대 차기[55]로 정강이를 가격한 후 활개 뿌리기[56]로 코를 가격했다. 체격이 월등한 상대 움직임을 막기 위해서다. 가격당한 코에서 피가 났는데도 경계 태세를 무너뜨리지 못했다. 그가 다가와 정권을 두 번, 명치 쪽으로 찔렀다. 바로 뒤이어 하단 차기가 들어왔다.

'억!'

품밟기를 하며 정권을 모두 흘려 냈지만, 발차기에 왼쪽 허벅지를 가격당했다. 체중 차이만큼 가공할 위력이었다. 큰 대미지로 인해서 단번에 움직임이 불편해졌다. 머릿속도 복잡해졌다. 섣불리 공격했다가는 바로 역습에 무너질 게 뻔했는데 위력이 비교도 안 됐다. 그가 큰 덩치로 조금씩 다가왔다. 다시 한번 정권 찌르기가 들어오고 연속 공격으로 왼발 중단차기가 들어왔다. 윤희는 앞으로 숙이며 오른손으로 상대 다리를 잡았다. 이어서 왼발을 내며 왼손 칼잽이[57]를 냈다. 손아귀로 상대 목을 가격하며 밀었다.

"컥!" 상대가 신음을 내며 넘어졌다.

여유가 생겨서 차로 뛰었다. 더 싸우는 건 아니다. 사람이 더 몰려올 수 있었다.

"촛도맛테 쿠다사이(잠깐 기다리시오). 나 일본 마법사회 사람이오." 이때, 등 뒤로 남자가 다급하게 말했다. "싸우는 방식이 해매 놈들이 아닌데 실수를 한 것 같소. 사람을 잘못 봐

신이 오다

서 미안합니다. 으흠."

그가 대뜸 고개를 숙였다. 맞은 곳이 불편한지 목을 움켜쥐며 헛기침했다.

"저도 미행을 들켰다고 생각했습니다. 목은, 미안합니다."

윤희가 자기 목을 가리키며 인사했다. "일본 마법사회라고요? 협회가 존속하고 있나요? 거의 활동이 없어서 몰랐어요. 아! 죄송합니다."

"뭐, 그렇게 생각하실 수 있습니다. 흑마법사들 때문에 숨어지냈던 게 사실이니까요."

"위협이 되는 건 자국이나 타국이나 매한가지네요. 나쁜 놈들…." 윤희가 푸념했다.

"제가 술사였다면 어쩌시려고 그랬습니까? 여성 혼자서 말입니다."

"네? 원거리 공격 말씀인가요? 총으로 쏘죠."

"아, 그렇습니까? 하하하…. 반갑습니다. 히가시데입니다."

그가 넉살 좋게 웃었다. 강한 남성미 속에 어딘가 소년 같은 위태위태한 느낌이 드는 특이한 사람이다.

그때 이후로 연락은 처음이다. 정보를 공유하자는 약속을 지켰다. 사진은 보통 일이 아니어서 윤희는 샤워 후 로션 바르기도 잊고 핸드폰부터 찾았다.

"거긴 결계가 쳐져서 접근할 수가 없습니다." 전화 통화 중인 첩보 담당 감찰반원 김민준이 말했다.

그는 윤희 요청으로 Y 현 해매 신사를 감시 중이다. 와가타 집과 부지 사이에 있는 잔디 녹지에 대해서 말하고 있었다. 당시에는 몰랐지만, 드론으로 찍은 항공사진에서 환풍구 덮개로 예상되는 물체가 일정한 간격으로 드러났다. 녹지 밑으로 지하실이 조성돼 있을 가능성이 높았다.

"거기 말고 다른 곳도 경비가 삼엄해요. 와가타 집도 CCTV는 물론이고 결계가 쳐져 있습니다. 식신도 있는 것 같고요. 신사와 교습소도 신원 확인으로 통제합니다. 어떻게 들어가셨던 거예요?"

"네?"

경계를 더 강화했다. 아니면, 그때만 느슨했었나. 마치 상관없으니 맘껏 보라 했던 듯 허망했다. '그 얘기도 새어 나가고 있단 걸 알고 있었단 말인가?' 아니다. 누구 들으라며 일부러 얘기한 느낌이 아니었다.

"알겠어요. 와가타는요?"

"요즘 두문불출이에요. 부지 밖으로는 나오지 않습니다. 미행이 필요 없을 지경이에요."

"신사와 강습소에도요?"

"네. 주에 한 번 정도 잠깐 모습을 비출까 말까입니다. 어떻게 할까요?"

"알겠습니다. 계속 상주하지 말고 일정 간격을 두고 확인해 보세요."

"네, 작은 도시라 오래 있다 보면 정체가 탄로 날지 걱정이었습니다."

"고맙습니다. 또 연락하죠." 윤희가 말했다.

전화를 끊고 핸드폰을 침대 위로 던졌다. 그렇게나 활발하게 외부 활동을 하던 자가 갑자기 움츠러들었다. 나이가 많지만, 건강 때문은 아니다. 무언가 일을 꾸미는 게 분명한데 그 실체가 묘연했다. 지하실도 그렇다. 어떻게 확인해야 할지 방도가 떠오르지 않았다. '직접 부딪혀야 하는가….'

윤희는 이진에게 경고하는 게 먼저라고 정했다. 총감독도 안 계시는데 그자가 변절한다면 진짜 큰일이었다. 3층 중앙에 있는 책상으로 향했다.

*

이진 도감이 해외 협력반 사무실에서 의자에 기댄 채 조금은 창백한 얼굴로 부하 직원을 기다리고 있다. 총감독 재신임 부결 이후 마법사회에 생긴 크고 작은 일들을 수습하러 다니느라 정신이 없었으니, 좀 전에도 본관 건물에 다녀오는 길이다. 총감독의 부재는 도깨비들도 불안했던 모양이라 자기들하고 계약도 총감독 사퇴와 함께 끝났다고 우기는 통에 큰 재원이 없어질 지경이었다. 집행원, 재무원 반원들과 도깨비들 간에 큰 소동이 벌어졌다.

"이런 덜떨어진 인간들이…." 도깨비 대장 갑수가 시퍼런 불을 손에 쥐고 송곳니를 번뜩이며 윽박지르고 있었다.
"아…, 왜-왜 이러십니까?"
김원 집행위원이 겁에 질려 떨고 있는데, 금화 담당으로서 함께 있을 법한 이범 위원은 보이지 않았다. 두 부서 직원이 김원 위원 등 뒤로 숨어서 역시 쩔쩔맸고, 김원 위원은 겁이 많은데도 직책 때문인지 마지막 정신 줄을 간신히 부여잡고 있었다. 몸을 한껏 웅크려서 슬슬 뒷걸음질 치는데 목덜미가 땀에 젖어 번쩍였다.

"좀 봐주십시오. 불 좀 끄세요. 네?"

"몇 번을 얘기해야 되는가. 총감독도 없는데 계약은 무슨 얼어 죽을…. 그동안 거기에 묶여서 다른 술은 구경도 못 했어. 오늘로 모두 무효야. 그런 줄 알라고, 엉?"

"아 좀, 그 불 좀 끄시고 천천히 얘기하자니까요. 제발요."

김원 위원이 양손을 벌리고 구부정한 몸을 위아래로 사정없이 흔들었다.

"됐고. 얘기 다 끝났으니까, 빨리 그 계약 증표나 가져와."

"증표라니요? 전 모르는 일이에요." 김원 위원이 손사래를 치며 말했다.

"이 인간이…."

"으악!"

갑수가 펄쩍 뛰어오르며 손을 내리치자, 김원 위원은 양손을 머리 위로 들고 막는 자세를 취했다. 바닥에 바짝 엎드릴 태세다. 그래도 겁만 줄 요량인지 갑수 손에 불은 들려 있지 않았다.

"어허루 꺼풀막[58]이로구나."

복도 각에서 지켜보던 이진이 주문을 크게 외쳤다. 김원 집행위원 주위로 방어막이 펴지고 갑수의 팔을 튕겨냈는데, 공격이 막혀서 화가 났는지 텅텅 소리를 내며 몇 차례 더 내리쳤다. 그 소리에 맞춰서 공포와 안도를 오가던 직원들이 몸을 주억대다가 땅바닥에 털썩 주저앉았다. 함께 포박된 듯 끌려 내려간 김원 위원도 무릎을 꿇은 채 부들거렸다.

"갑수 님, 왜 몽니를 부리세요?"

어느새 이진이 다가가 방어막을 걷으며 말했다. 손에 노간주나무로 된 작은 원형 코뚜레가 들려 있다.

"몽니라니? 내가 무슨 소리를 했다고 그러나? 에헴."

언제 그랬냐는 듯 발뺌이다.

"저도 들었어요. 이제 와서 왜 계약을 문제 삼고 그러세요?"

"아 당연히, 총감독이 없으니까 그러지."

뒷짐을 지며 눈을 피했다.

"뭐가 마음에 안 드시는 게 있으셨어요?" 이진이 갑수를 달래듯 나지막이 물었다.

갑수의 어물쩍대는 모습을 보니 이진은 대충 속내를 알 것 같다. 총감독이 없으니, 자신과 대거리할 만한지 떠봤을 터. 얕보였다. "총감독하고 계약이 아니고 마법사회와 계약이잖아요. 뭐 필요한 게 있으면 언제든 저한테 말씀하세요."

"알겠네. 내 레이디 진을 보고 참지. 에헴!"

갑수가 뒤도 돌아보지 않고 무지개다리 위로 훌쩍 뛰어올랐다. 덩치 큰 인간형 도깨비들도 뒤를 따랐다. 곧바로 부하 도깨비 하나의 어깨로 올라앉았다.

"괜찮으세요?"

이진이 돌아보니 김원 위원과 부하 직원들이 먼지를 뒤집어쓰고 한숨을 내쉬고 있었다. 십년감수했다는 듯이 맥 빠진 얼굴로 서로 손을 맞잡았다.

"왜 저러는 겁니까?" 김원 위원이 물었다.

"그냥 심술부리는 거예요. 다친 덴 없으시죠?"

"아이고, 덕분에 살았어요. 고맙습니다."

반복해서 허리를 숙였다. "이진 도감, 근데 그… 계약 증표가 도대체 뭡니까?"

"아 그거요? 창고 어딘가 있을 건데 튼튼한 싸리 빗자루 하나 있어요."

"빗자루요? 고작 빗자루 하나 때문에 그 난리를…, 어? 어어…."

김원 위원이 어지러운 듯 쓰러지려 하자 직원들이 부축했다. 이진은 피식 웃음이 나면서도 도깨비들이 괘씸했다. 총감독이 없다는 걸 다시 한번 실감했다. 사무실 자리로 돌아오는데 뭔가 꺼림직한 위기감에 조마조마한 느낌이었다.

"김현 군감, 잠깐 봅시다." 해외 협력반 사무실에서 부하 직원 책상을 지나며 말했다.

"네! 알겠습니다."

"중국에선 뭐래?"

이진은 기다리던 김현 군감이 오자 그에게 물었다. 훤칠한 키, 작은 얼굴에 뚜렷한 이목구비를 가진 미남 상이다. 아예 배우를 했어도 대성했겠다고 생각했다.

"확답은 하지 않지만, 원하는 눈치입니다." 김현이 의자를 끌고 와 앉으며 말했다.

신이 오다

그는 중국 마법사회와 인력 파견에 대해서 협의 중이다. 서로 원하는 인력 한두 명을 장기 교환할 예정인데, 신영은 선술이나 기공법 전문가를, 그쪽에선 물이나 불 원소 마법사를 원하고 있었다. 중국에도 원소 마법사가 있었지만, 나라마다 중점 육성하는 분야가 달랐다. 일본의 음양도와 밀교 마법처럼 말이다.

"그쪽도 공산당 눈치를 봐야 하는 상황이라 꽤 조심스럽습니다. 저희 쪽 인원이 장기 체류하면 아무래도 공안 눈을 피할 수 없으니까요."

"그렇겠지. 계속 얘기 나눠 보고 알려 줘." 이진이 그를 보며 말했다.

갈조색 비단에 새겨진 한글 두루마기가 참 잘 어울렸다. 서른 중반에 군감 — 마법사회 지방 군 단위를 통솔할 수 있다. — 에 오를 정도로 마법 실력과 조직 생활 모두에서 두각을 보였다. 믿음직하고 잘만 하면 신영의 대들보가 될 인재라고 기대했다.

"총감독도 안 계시고 내가 자리를 오래 비울 수 없어서 그러는데, 김현 군감이 박별 도감, 오헌 도감들 관할 지역을 좀 다녀올 수 있겠어?"

"네? 무슨 일 있습니까?"

"군감도 알겠지만, 재신임 투표 전부터 그 사람들이 신규 회원을 무리하게 받고 있어. 그때 백오십 명이었으니 지금은 더 늘었을 테고. 가입 회원 내력이야 서류로 확인할 수 있겠지만, 실제 도총감 내에서 무슨 일이 벌어지나 불분명해."

"국내 감찰반원이 있지 않습니까? 규찰 담당 말입니다."

"반원들이 강민 위원 눈치 보느라 제대로 조사를 하지 못할 게 분명하니까. 우리 반도 인원이 부족한 건 알지만, 그렇다고 외부 인력을 쓸 일도 아니고…."

"그들이 도총감 내에서 무슨 짓을 하는지만 확인하면 되겠습니까?" 김현이 두루마기 매무새를 고치며 말했다. 결심을 굳힌 눈치다.

"그렇지. 그리고 세력을 왜 그렇게까지 급하게 늘리는 건지 확인할 수 있으면 더 좋고."

"알겠습니다. 제가 다녀오겠습니다."

"그럴래? 경비는 내가 지원할 테니 휴가로 처리하자고. 강민 위원이 알 수 있으니까."

"네, 그렇게 하겠습니다."

"워낙 많은 인원이 엮였으니 특별히 안전에 주의하고. 군감이 잘못되면 여기 여직원들한테 집단 린치를 당할지도 모르니까."

"에이, 별말씀을 다 하십니다."

손사래를 치며 겸연쩍어했다.

"아이고, 농담이 아니라니까. 당신 인기 많은 거 몰라?"

"설마요." 김현 군감이 뒷머리를 쓰다듬으며 말했다.

"허, 은근히 헛똑똑이란 말이야."

이진은 계속 놀리고 싶은 걸 애써 참았다.

퇴근 시간, 종로구 한 호텔 정문 앞 계단 층어귀에서 이진이 아래를 내려다보고 있다. 약 오 분 전 강민 위원과 윤결 대행이 지하로 내려갔다. 그들이 지하 1층에 있는 유명 한정식집으로 향했다. 일본에서 연락을 받고 이진은 며칠째 그들을 주시했었다. 윤결 대행은 의사원이 아닌 총감독 사무실을 쓰면서 행동 패턴이 드러났는데, 대부분 자기 방을 떠나지 않았고 다른 직원들과도 밥과 다과 등 사적인 자리를 피했다. 그런 사람을 강민 위원이 계속 따라다녔는데, 어찌나 간곡히 부탁했던지 사람들 이목 때문에라도 체면을 생각해서 수락한 모양이었다.

윤희가 그자를 알아봐서 천만다행이었다. 정부의 회원 압박을 사주한 혐의가 있는 흑마법사와 감찰 위원이 만났다. 간부진 정보를 흘린 게 강 위원이란 말인가. 언제부터였을까, 그 어두운 손길이 마법사회 깊숙이 들어온 게. 총감독 퇴진과 두 도총감의 수상한 움직임도 그들이 사주했을까. 도대체 그들 목적이 무엇이란 말인가. 이진은 윤희의 연락을 받은 후로 줄곧 이런 궁금증과 위기감에 조바심이 났다. 그들이 자리를 잡았을 시간이 되자 한정식집으로 향했다. 이때, 유리 자동문 바로 앞에서 윤결 대행이 갑자기 나타났다. 급히 건물 중앙 화장실로 몸을 숨겼다. 그는 화가 났는지 엄청난 빠르기로 출구로 향했다.

"윤결 대행님, 잠시만요. 윤결 대행!" 강민 위원이 쫓아 나오며 외쳤다.

"이거 놓으세요."

윤결 대행이 뿌리쳤다. "제가 왜 저런 자를 만나야 합니까.

도대체 날 어떻게 본 거예요? 정신 차리세요. 강 위원!"

"제 말 좀 들어보세요. 그냥 인사만 하는 겁니다. 오해하지 마세요."

강민 위원이 붙잡은 옷을 꼭 쥐고 있었다.

"흑마법사를 말입니까? 네즈미야라구요. 제가 왜 저런 자를 만나 인사를 해야 합니까? 그들이 무슨 짓을 저질렀는지 잊은 거예요? 저승에 계신 조상님께서 무덤을 깨고 나올까 두렵습니다. 에이 칵, 퉤!"

윤결 대행이 바닥에 침을 뱉고는 뿌리치고 나갔다. 이진은 감정 표현이 없는 점잖은 사람이어서 더 놀랍다. 역시나 흑마법사를 만나러 왔다. 그것도 윤결 대행을 끌어들이려고 했으니, 대행이지만 현재 신영 총감독인 사람을 말이다. 그들 뜻대로 마법사회를 쥐락펴락하려던 속셈이 분명했다.

"코노 야로우. 뭘 그렇게 꽁지 빼놓고 도망을 가나? 쯧쯧."

뒤이어 네즈미야가 나타났다. 하얀 옆머리가 눈에 띄는 얼굴로 두리번거렸다. 난처해하는 표정으로 강민 위원이 옆에서 쭈뼛대고 있다. 그들이 함께 밖으로 나갔지만, 이진은 어찌할 바를 몰라 그대로 주저앉았다.

"이진 도감님, 괜찮으세요?"

고개를 묻고 있다가 갑자기 들린 목소리에 놀라서 벌떡 일어났다. 여성 감찰반원 한 명이 안쓰럽게 바라보고 있었다. 두루마기가 아닌 활동이 편한 어두운 색 잠바 복장인데, 방첩팀 박연 반원이다. 다부진 몸이 우뚝 서 있다. 박연은 신영에 근무하기 전에 유도 선수 생활을 했을 정도로 운동 신경이 좋기로 유명했다.

"어? 어쩐 일로…." 이진이 말했다.

"말씀드리기 민망한데, 강민 위원님 때문에요."

고민이 많아 보이는 어두운 얼굴을 피했다.

"뭔가 알고 추적하셨나 봐요?"

이진이 한쪽 팔등을 쓸어내리며 물었다. "그쪽 상관인데 괜찮겠어요?"

"네. 저도 직접 봐 버려서요. 네즈미야와 함께 있는 걸요."

"그럼, 그쪽이 더 필요하겠네요."

이진이 네즈미야와 강민 위원 사진을 내밀었다. "도움이 필요하면 언제든 연락해요. 같이 고민해 봅시다."

"네. 고맙습니다."

박연과 함께 화장실을 나가 지상으로 향했다. 어느덧 날이 어둡다.

17

  요즘 낮에 삼십 도 가까이 온도가 치솟는다. 이제 여름이구나 싶다가도 아침저녁으로는 또 급격히 쌀쌀해지는 변덕스러운 날씨라 느꼈다. 신도 감기에 걸려서 끙끙 앓았다. 이진에게 전화하고 싶지만 걱정할까 봐 꾹꾹 참았는데, 좀 나아졌어도 아직 천근만근이다. 오늘은 농촌활동(줄여서 농활)이 있는 날이어서 수련복 — 하얀 저고리, 군청색 바지와 행전 — 을 꺼내 입었다. 며칠째 비가 내렸는데 무슨 농활이냐고 했더니, 마을 토박이인 무예 반 룸메이트가 "때마침 안성맞춤으로 내린 비"라고 말해서 신은 참 어이가 없었다. 아랫마을 신흥리 외에도 네 마을이 더 있기에 성재중고등학교 학생 전체가 함께한다고 했다. 대신 마법 반은 담당 선생과 같이 다닐 수 있었는데, 농활이 힘들 게 뻔한데도 이왕 선생이 함께한다고 하니 신은 더할 나위 없이 기분이 좋았다.

  "현아, 가자." 저고리를 입고 있는 장현에게 말했다.

  "어? 난 우리 반 애들 하고…."

장현이 가방을 둘러멨다.

"어? 건 반도 같이 갈 텐데?"

"아니. 성재학교 반 애들이 같이 가자고 해서…. 이따 보자."

장현이 먼저 나갔다. 그 반에 다수 있는 리 반 애들이겠지. 그중에 강준이 있었다. 그나저나 농활 가는데 가방은 왜 들고 가는지 모르겠는 신이다.

"윽!"

머리가 지끈지끈 울렸다. 신도 서둘러 1층으로 내려가 마법 학교로 향했다.

"저런, 교장 선생님께 신세를 졌구나." 이왕 선생이 말했다.

신은 마법 학교 학생들과 아랫마을로 내려가고 있다. 이왕 선생 곁에 꼭 붙어서 그간 있었던 얘기를 털어놓았다.

"네. '마법 실력 향상이 더디면 특별한 언질이 있을 게다.' 하고 말씀하셨어요."

신은 교장 선생처럼 몸을 한껏 부풀리며 흉내를 냈다.

"그래야지."

이왕 선생이 먼 하늘을 올려다본다.

"선생님, 선생님도 화장실에 가득 찬 물방울을 보셨으면 진짜 깜짝 놀라셨을 거예요. 그게 꽉 들어차서…."

키가 큰 이왕 선생을 따라가기 힘들면서도 신나서 폴짝폴짝 뛰었다.

"선생님도 물 마법을 쓰는데도?"

"아 맞다. 하하…. 죄송해요."

신이 머리를 긁적였다. "근데 선생님은 무슨 음식 좋아하세요? 며칠 전에 진짜 오랜만에 피자랑 치킨을 먹었거든요? 세상에 그렇게 맛있는 거였는지 처음 알았다니까요. 언제 같이 먹어 보고 싶어요."

"그래."

이왕 선생은 또 먼 하늘만 바라보고 있었다.

"선생님, 무슨 일 있으세요? 표정이 어두우세요."

이왕 선생은 심각한 얼굴로 한참을 묵묵히 걷기만 했다. "어느 때든 인간들 욕심으로 빚어낸 광경은 실로 참혹하구나."

순간 불쑥 낮고 묵직한 넋두리가 들려왔다.

"네?"

신은 무슨 뜻인지 몰라 멈칫했다.

"어? 이런, 괜한 소리를…." 뒤로 처진 신을 돌아보며 말했다. "미안하구나. 네게 한 말이 아니야. 출장 갔던 일이 생각났구나."

"아…. 저희 엄마도 외국 출장 다녀오면 자주 힘들다고 하셨어요. 힘내세요. 헤헤."

"고맙다."

이왕 선생이 머리를 쓰다듬었다. "신아, 앞에 좀 봐봐라. 장관이지 않니?"

"네?"

푸르른 나무들과 풀숲 사잇길로 하얀색과 군청색 한복 물결이 펼쳐졌다. 신이 보기에 산 아래까지 닿을 듯했다. 삼삼오오 짝을 이뤄 내려가는 학생들 모습이 이렇게 멋있을 수 있다니 놀라웠다. 며칠째 비가 와서 해는 구름 속에 숨었는데도 신은 문득 찬란한 보석을 내려다보는 느낌이었다.
"우와! 선생님, 눈이 부셔요."

"자, 여기가 오늘 너희들 놀이터다. 마음껏 뛰어놀거라." 박훈 선생이다. 회색 글씨 두루마기를 걸치고 학생들 앞에 펼쳐진 논을 가리켰다.

산 아래 다섯 마을 사이로 광활한 논이 펼쳐졌다. 학교 쪽으로 셋, 길 건너편에 두 마을인데, 작은 하천과 시멘트 길을 빼고는 빼곡히 논뿐이다. 대부분 물만 잠겼고 마을 가까운 논은 모가 이미 심겨 있었다. 큰 이앙기가 모판을 업고 이장을 태우고는 지나는 곳마다 모를 여섯 줄로 맞춰서 뿌렸다. 논둑 위로 푸른 모판들이 듬성듬성 놓여 있다. 더 넓은 건너편을 고등부 무예 반과 인원이 많은 리 반 아이들이 맡았는데, 장현이 강준 무리를 따라 나섰다. 장현이 양 갈래머리 여자애에게 가방 속 물건을 꺼내 보여 주는데, 신이 그 모습을 주의 깊게 보고 있었다.

"오늘 여러분은 이앙기가 들어가지 못하는 논 구석과 끝부분에 손으로 모를 심는 겁니다. 반별로 한 칸씩 들어가서 이미 심은 모를 따라서 작업하면 됩니다. 자세한 방법은 마을 분들 지도를 따르세요. 알겠어요?"

정찬 선생 얘기에 정신을 차렸다.

"네에."

"네, 선생님." 학생들이 목청껏 외쳤다.

"자, 시작!"

정찬 선생 구령으로 오늘 일과를 시작했다. 학생들이 주저앉아 양말을 벗고, 행전을 풀어 바지를 걷어 올렸다. 무리 지어 논 밑으로 우르르 내려갔다. 신도 따라 내려갔는데, 발가락 사이로 진흙이 비집고 들어왔다. '으악!' 논을 가로질러 주황색 못줄이 꽂혀 있었다.

"으악! 선생님, 땅이 물컹물컹거려요."

"꺅, 바닥이 왜 이래?"

"물이 뜨거워요. 선생님."

"난 못 해. 안 들어갈 거야."

"나도 나갈래."

"조용, 조용! 시끄럽고. 한 명도 빠짐없이 모두 다 내려가, 얼른!"

정찬 선생이 호통을 치자 질색하던 아이들이 쭐레쭐레 내려갔다.

"자, 일렬횡대로 서거라. 모를 한 줌씩 쥐고, 그렇지. 요정도 두께로 조금씩. 그걸 한 손에 잡고, 다른 손으로 서너 개씩 뜯어서, 그렇지. 앞에 심어진 모를 따라서 줄 밑에 꾹 눌러 심는다. 손가락 두 마디 정도 깊이로. 이렇게…. 쉽지?" 마을 할아버지가 시범을 보이며 설명했다. 녹색 새마을 모자를 꾹 눌러썼다.

"네에."

"아니요."

푸념하던 아이들도 성화에 못 이겨서 입을 삐죽 내밀었지만, 시키는 대로 잘 따랐다. 한 줄을 다 심자, 못줄이 움직였다. 신도 손에 모를 쥐었다. 구름 사이로 햇볕이 빼꼼 얼굴을 비쳤다 들어갔다. 허리가 끊어질 것 같은 느낌이 들어 가까스로 몸을 폈다. 아이들 얼굴과 하얀 저고리에 펄이 범벅이다. 그래도 다들 더없이 환하게 웃고 있는데, 구름이 건넛마을 쪽으로 떠내려가고 있었다.

"얘들아, 새참 먹고 좀 쉬어라." 이때, 반가운 목소리가 들렸다.

정은 엄마, 김성연이 논둑에서 손짓하고 있었다.

"와!"

드디어 쉴 수 있단 생각에 환호성이 여기저기서 튀어나왔다. 앞다투어 논 밖으로 나갔다. 먼저 올라선 아이들이 손을 뻗어 끌어내고, 신도 도움을 받아서 나왔다.

"아줌마, 언제 오셨어요? 헤헤."

"좀 전에…. 신이 주려고 새참을 좀 해왔지. 잘 지내고 있지?" 하며 김성연이 머리에 쓰고 있던 수건으로 얼굴을 닦아주었다.

"감사합니다. 근데 이 많은 사람들 밥을 다하셨어요? 힘드셨죠?"

"괜찮아. 맛있게 먹으렴."

"네, 잘 먹겠습니다." 신이 넙죽 인사를 했다.

마을 쪽으로 걸어오니, 아이들이 물통에서 물을 받아서 손을 씻었다. 그 옆에 대나무 돗자리가 펴져 있고 음식이 차려져 있었다. 큰 팽나무 아래 평상에서 선생들이 새참을 먹고 있었는데, 박훈 선생 얼굴이 유독 새빨갛다. 일은 안 하고 막걸리를 엄청나게 마신 모양이었다. '흥이다.' 아이들도 신과 똑같이 느꼈는지 저희끼리 소곤거렸다.

"뭐라? 이놈들!" 때마침 화장실을 가던 박훈 선생이 아이들 푸념 소리를 듣고 나무랐다.

아이들이 고개를 숙이고 허겁지겁 밥을 먹는다. 마땅히 지목할 사람을 정하지 못하자 말없이 화장실로 향했다. 잠시 뒤 새참을 다 먹은 아이들이 바닥에 누웠다.

"이놈들, 그거 좀 일했다고 다 죽어 가는구나. 이렇게 약골들이라니…. 쯧쯧!" 화장실에서 돌아온 박훈 선생이 혀를 찼다.

"선생님은 일도 안 하셨잖아요."

"맞아요. 술만 드시고…."

"선생님도 해 보세요."

"그래요. 얼마나 힘든 줄 아세요?"

"우우…." 아이들이 한목소리로 야유를 보냈다.

"뭐라? 이놈들이 사람을 뭘로 보고…."

아이들이 있는 돗자리로 성큼성큼 다가오는데, 신은 선생 몸에서 김이 몰몰 피어나는 것 같았다.

"으악!"

아이들 몇몇이 도망쳤다.

"선생님, 참으세요. 아이들이 장난친 걸 겁니다." 이왕 선생이 다가와 말렸다.

"장난 같은 소리를…. 비켜요. 마법사란 놈들이 흙으로 칠갑하고는. 에잇!"

신이 오다

박훈 선생이 팔을 걷어붙였다. "자고로 마법사가 마법을 써야지, 무슨. 잘 봐라! 이놈들아."

큰 소리로 외치며 논둑으로 향했다. 품속에서 작은 막대를 꺼냈다. 애들이 수군대기로는 탱자나무로 만든 33센티미터 소리 북채였다.

"… 에헤라 실바람이로구나."

박훈 선생이 외치자, 모판에서 모가 하늘로 치솟으며 갈라졌다.

"어얼싸 재넘이[59]분다. 에헤라 남실바람이로구나."

두 번째 주문으로 모들이 논바닥으로 팍팍 꽂혔다.

"우와! 저게 뭐야?"

"와!"

아이들이 탄성을 지으며, 논으로 달려 나갔다. 믿기 힘들다는 듯 두 눈을 비비고 두리번거렸다.

"잘 봤느냐. 이놈들아? 에헴."

박훈 선생은 두루마기를 펄럭이며 뒷짐을 지고는 평상으로 돌아갔다.

"신아, 우리 반 애들 좀 불러주렴. 저쪽으로 같이 좀 가자."

이왕 선생이 말했다.

밥을 다 먹고 잠시 자유 시간을 가질 때다.

"네, 선생님."

신은 돗자리에 누워서 쉬고 있다가 급히 일어났다. 함께 밥을 먹은 감 반 학생들은 논둑에서 모내기를 끝낸 논을 보며 수다를 떨고 있었다. 신발을 구겨 신고는 논둑으로 달렸다.

"명이 형! 선생님이 오라셔!" 그들에게 이왕을 가리키며 설명하고, 쏜살같이 자리로 돌아왔다.

"에이, 언제부터 우리나라에서 물 마법을 썼다고. 윽! 저 좋은 인재가 하필이면…, 끅!" 이때, 평상에서 이 모습을 지켜보고 있던 박훈 선생이 말했다.

새빨간 얼굴은 어느새 하얗게 변했고, 말끝마다 심하게 딸꾹질했다. 주변에 다른 사람은 없이 혼자 앉아 있었는데 모두 다 도망간 눈치다.

"네?"

영문을 모르는 신이 평상 쪽을 바라봤다.

"이왕 선생, 저 애를 꼭 감 반에 데리고 있어야 해? 윽." 밥도 안 먹고 묵묵히 있던 이왕 선생을 향해 외쳤다. "조선 후기나 돼서야 쓰기 시작한 마법을 말이야. 끅. 우리나라는 자고로 불 마법하고 바람 마법을 썼지. 어디 근본도 없이…. 윽!"

막걸리잔을 들다가 바지에 꽤 많은 양을 흘리면서도 무시했다.

"선생님, 취하셨습니다. 아이들도 있는데 약주는 그만하시죠."

이왕 선생이 조용히 다가갔다. 기우뚱하는 몸을 부축하려 손을 가져갔다.

"저리 가, 이 사람아. 어딜…. 윽!"

막걸리잔을 든 손으로 뿌리쳤다. 막걸리가 쏟아져 이왕 선생 쪽으로 날아간다.

"선생님!"

이왕 선생이 짧고 강하게 부르자 잔을 떠난 막걸리가 공중에 떠서 그대로 멈췄다. 박훈 선생의 빈 술잔을 빼앗아 평상 위로 올려두니, 막걸리가 잔 속으로 스르륵 빨려 들어갔다.

"헙!" 놀란 박훈 선생이 급하게 탄성을 내질렀다.

쏟으려고 의도한 건 아니라지만, 멈췄다가 돌아온 막걸리를 보며 입이 딱 벌어져서 고개를 떨궜다. 아무 말없이 술잔을 보고 있었다. 그 짧은 순간에 자신은 구사하기 힘든 마법임을 직감한 듯했다. 신은 기가 죽었나 하는 의문이 들었다. 가만 보니 박훈 선생의 딸꾹질이 멈췄다.

"인제 그만 드세요. 저는 아이들과 가 보겠습니다." 이왕 선생이 타이르듯 말하고 일어섰다. "저쪽으로 같이 가자. 신아."

"네, 선생님."

신은 선생을 따라 나섰다. 이왕 선생 곁을 꿋꿋이 지킨다.
"형들! 여기야."

논두렁을 따라 이왕 선생과 일곱 제자가 줄줄이 걷고 있다. 한참을 그렇게 걷다가 산과 인접한 곳에서 멈춰 섰다.

"여기가 좋겠구나. 자 봐라. 저기는 이쪽 건너편보다 물이 적지? 왜 그런지 아는 사람?"

이왕 선생이 논두렁을 경계로 이곳저곳을 가리켰다.

"저요, 선생님. 저쪽이 높아서 그래요." 키가 큰 임명이다.

"그래. 명이가 잘 알고 있구나." 등을 토닥였다. "물은 높은 곳에서 낮은 곳으로 흐른다. 누구나 다 아는 얘기지? 그런데, 물이 자연계 어디에나 있다는 것도 알고 있니?"

"강이요."

"바다요."

"산에도요." 아이들이 앞다투어 말했다.

"그렇지. 그리고 땅속에도, 구름 속에도, 공기 중에도, 심지어 우리 몸에도 있단다. 그건 왜 그렇지?"

다들 꿀 먹은 것처럼 대답이 없었다.

"그냥 원래 그런 거 아니에요?" 고등부 학생 하나가 답했다.

"물론이다. 그렇지만, 선생님은 물이 순환한다는 걸 알려 주고 싶구나. 하늘에서 비로 내린 물이 땅속으로 들어가서 지하수가 되고, 지하수가 강과 만나 바다로 향하고, 바다와 지표면에서 증발한 물이 하늘로 올라가서는 다시 비와 눈이 되어 땅으로 돌아오는 현상. 우리는 이것을 익히 알고 있다. 어떻게? 살아오면서 수없이 체험해 왔기 때문이지. 그저 말로 표현하자니 막연한 거지. 그렇지?"

"네."

"네, 선생님." 아이들이 답했다.

"물은 이렇게 순환하면서 지구 동식물을 포함한 자연계 생명을 유지하고 지킨단다. 우리 물 마법사들은 이것을 누구보다 잘 인지해야 하지. 어떤 조건에서도 물을 불러내기 위해서 말이다. 수련을 계속하다 보면 자연스럽게 이 흐름이 느껴지는 순간이 온단다. 알겠니?"

"네, 선생님." 한목소리로 아이들이 외쳤다.

"자, 오늘은 물을 이동하는 마법을 배우도록 하겠다. 잘 보렴."

이왕 선생 손이 물이 많은 아래쪽 논을 가리켰다.

신이 오다

"덩기둥당에 둥당에덩."

주문을 외우자, 논에 있던 물이 치솟아 공중에서 큰 물방울로 뭉쳤다. 기구에서 쓰는 큰 풍선 크기인데, 속이 훤히 보였다. 속에서 소용돌이를 따라 물이 끊임없이 회전하고 있었다.

"에헤라 산들바람[60]이로구나."

주문과 함께 이왕의 손이 움직이자, 아래쪽에서 산 쪽 높은 논으로 큰 물방울이 움직였다. 손을 천천히 거두니까 논 가운데 놓인 물방울이 쏟아져서는 바깥으로 싹 퍼졌다. 신이 있는 곳까지 물살이 천천히 다가왔다. 그 흐름을 따라 신의 목덜미로 소름이 쫙 뻗쳤다.

"우와!"

"선생님, 최고예요!"

"와하하…." 아이들이 일제히 환호를 질렀다.

"잘 봤니? 물 원소 마법과 바람 마법을 조합하면 이렇게 할 수 있다. 바람 마법은 일반마법 시간을 통해 모두 익숙하겠지? 자 흩어져서 연습이다. 신이는 아직 1학년이니까 여기서 하고. 자, 시작!"

"네!"

힘찬 대답과 함께 여기저기로 옮겼다.

"덩기둥당에…."

신도 쭈그리고 앉아 주문을 외웠다. 손에는 마법 막대를 쥐고 주문을 읊자, 물방울이 생겼다가 그대로 쏟아지기를 수없이 반복했다. 금방 이마에 땀이 맺힐 정도로 몰두했다.

"선생님, 물을 옮기려고 하니까, 자꾸 물방울이 깨져요."

"집중력이 흐트러져서 그런데…. 신이는 소환 마법 할 수 있잖니?"

"네, 선생님. 파란 애들이요."

"그래. 물의 정령이지. 그것들에 의지를 전달해서 물속으로 보내 보렴. 그러면 좀 더 자유자재로 옮길 수 있을 거야."

"진짜요? 고맙습니다."

신이 막대를 휘저어 정령들을 불러내자 팔 주위를 싸고돌며 인사했다. 주문을 외치려다 순간 멈칫했다. "그런데요, 선생님. 근본이 없다는 게 무슨 말이에요?"

"어? 박훈 선생님 말씀을 들었나 보구나."

이왕이 신 옆으로 와서 앉았다. 자신이 어떻게 태어났냐는 물음에 아빠 상현이 그랬던 것처럼 겸연쩍고 난처한 빛이 어렸다고 생각했다.

"음… 마법 힘의 근원에 대한 얘기란다. 물 마법이 태초부터 창조의 말씀으로 시작한 걸 모르시더구나. 우리나라에 들어온 짧은 시간이 전부인 줄 착각하는 거지. 불은 소멸하고 쫓아낸다면, 물은 머금고 정화한다. 그래서 악을 이기는 최상, 아니 가장 확실한 방법이지. 지금은 아직 이르니까 마음 쓰지 말거라."

"네." 신이 다시 몸을 돌렸다.

"덩기둥당에…."

주문으로 머리 크기만 한 물방울을 만들고 파란 정령들을 보냈다. 천천히 집중해서 정령과 교감하니 조금씩 움직였다. 낑낑대며 논두렁을 한두 걸음 지나 마력을 거두자, 물이 철퍼덕 하고 이내 쏟아졌다.

"그렇지. 꾸준히 연습하면 익숙해지겠다. 선생님 좀 보겠니?"

"네."

신이 대답하고 급히 일어섰다. 좁은 논두렁 위에서 주춤거리자 이왕 선생이 잡아주었다.

"마법도 학과 공부와 똑같단다. 잘 보고, 듣고, 꾸준히 복습해서 마음에 새겨야 한다. 마법 시연을 잘 봐서 인식하고, 그 마법을 쓰고, 그 결과를 인지하는 전체가 마법을 내 것으로 만드는 일이지. 일반인들은 볼 수가 없기 때문에 처음부터 마법을 인식하지 못한다. 인식하지 못하니까 쓸 수도, 결과 인지도 먼 얘기가 된다. 알겠니?"

"네."

"무슨 뜻으로 하는 얘긴지 알겠어?"

"네. 꾸준히 연습하라는 말씀 같아요."

"그래, 똑똑하구나."

이왕이 머리를 쓰다듬었다. 햇볕이 구름에서 완전히 빠져나와 찬란히 비추고 있다. 저쪽 팽나무 근처에서 사람들이 손짓했다. 얼른 일하자고 재촉하는 것 같았다. 저기 등에 누군가 업혀 가는데 박훈 선생이 틀림없었다.

*

'불은 소멸하고 쫓아낸다면, 물은 머금고 정화한다.' 신은 잠들지 못하고, 낮에 이왕 선생이 한 얘기가 자꾸 떠올랐다. 뭔가 의미심장한 얘기 같은데 이해하기 어려워서 답답했다. '물로 깨끗이 씻어낸다는 얘긴가?' 이리저리 몸을 뒤집으며 뒤척였다. 천장에 붙여 둔 별 모양 야광 스티커도 빛을 잃고 원래 색으로 희미하게 잠자고 있었다. 별들을 멀뚱히 바라보다가 스르륵 잠이 들었다.

"흑흑…."

잠결에 어딘가 소리가 들렸다. '누구니?' 비몽사몽간에 신이 물었다. '왜 그렇게 서럽게 우니? 무슨 일이야?' 곁으로 다가가도 조금씩 뒤로 멀어졌다. 그러다 잠들려 하면 다시 다가왔다. 달래주고 싶은 마음에 정신을 차리려고 노력해 보지만, 아직 남아 있는 열과 고단한 몸이 자꾸만 꿈속으로 잡아끌었다.

"흑흑…."

속절없이 잠에 빠져드는데도 애처로운 생각이 떠오르다 잠겼다. 반복해서…. '그만 울어. 다 잘될 거야.'

좌악. 창문 커튼이 큰 소리를 내며 움직였다. 햇볕이 얼굴로 쏟아져서 신은 정신이 번쩍 들었다.

"으…."

몸을 창문 반대편으로 뒤집었다. "아… 왜 그래?"

"뭐 왜 그래?" 무예 반 아이 하나가 따지듯 물었다. "어젯밤에 서럽게 울어대는 통에 한숨도 못 잤어. 누구야 증말…?"

"어?"

신은 꿈이 아니라는 생각에 벌떡 일어났다. 침대 아래 칸을 서둘러 봤는데, 잠자리가 말끔히 정리되어 있었다. 장현은 언제 나갔는지 보이지 않았다. '현이가? 진짜 무슨 일 있는 거 아니야?' 헐레벌떡 일어서서 화장실로 향했다. 양치하고 머리를 감았다. 세수도 하고, 수건으로 간단히 닦았다. 드라이기를 찾는데…, 없다. 장현이 아끼던 고가의 외국 제품이다. 신은 불쑥 양 갈래머리에게 뭔가 꺼내 보이던 모습이 떠올랐다. '이것들이…' 허겁지겁 화장실을 나가서 옷을 주워 입고 두루마기를 손에 쥐었다. 신이 기숙사 방문을 나섰다.

오전 수업을 마친 신이 마법 학교로 성큼성큼 걷는다. 아침 일찍 성재학교에 온 후로 반나절을 장현과 강준 패거리를 찾았지만 보이지 않았다. 수업 중간중간 쉬는 시간마다 가 봤지만, 어디로 갔는지 코빼기도 안 보였다. 2반 애들이 무슨 일 있냐고 되물을 정도였다. 이놈들이 장현을 괴롭히는 게 분명하다고 신은 생각했다. 체육대회 날부터 낌새가 수상쩍었다. 마당 왼쪽으로 리 반 건물이 보였다.

건물 안으로 들어서니, 중앙에 넓은 휴게실과 그 양옆에 중등부와 고등부로 나눈 큰 강의실이 두 개 있다. 아직 수업 전이라 휴게실에 학생들이 모여 있었다. 강준 패거리는 여기 없었다. 혹시 몰라서 왼편 강의실을 보니 거기에도 없다. 한쪽 벽에 잎이 무성한 큰 나무가 그려져 있고, 반대편에 산 정상에서 제사를 지내는 흰옷 입은 사람들이 서 있을 뿐이었다. 오른편 강의실도 마찬가지다. 이곳에는 농군들이 밭 가는 모습과 소 두 마리가 그려져 있고, 다른 쪽에는 쇠를 두들기고 낫을 가는 대장간 풍경이 그려져 있었다. 모두 당연하게도 하얀 고의

적삼 차림이다. '도대체 어디로 사라진 거지?'

퍽 퍽. 강의실을 돌아서 나오려는데 건물 뒤쪽에서 소리가 들렸다. 서둘러 건물 밖으로 돌아가 보니 거기 패거리가 있었다. 그런데, 벽 앞에 장현을 세워 두고 돌멩이를 던지고 있었다. 장현이 몸만 겨우 가릴 정도의 방어막으로 힘겹게 막아 내고 있었다. 갓 배웠는지 금방이라도 소멸할 듯 얇은 막이 위태롭다. 한옥 건물 벽에 돌 자국이 선명했고, 방어막 앞으로 돌들이 수북이 쌓여 있었다.

"이 자식들아! 뭐 하는 짓이야?" 신이 크게 소리를 지르며 패거리에게 달려갔다.

"야! 김신이다."

"장현, 대장이 구해주러 왔네."

"어머! 별꼴이야." 여자애가 말했다.

"왔냐?" 강준이 돌아보며 말했다. "니 부하 마법훈련 시켜 주는데, 고마운 줄 알아야지. 소리는 왜 질러?"

"누가 부하야, 이 자식아. 현이를 왜 괴롭혀?"

"괴롭히긴 누가 괴롭혀."

손을 허리춤에 대고 눈 하나 깜짝하지 않고, 거짓말이다. "저기 봐. 어떻게든 막아 보려고 기를 쓰고 방어막을 펴잖아. 다 우리 덕이야."

"멈춰!" 신이 소리쳤다.

고함에 놀라 무리가 언짢은 표정으로 눈을 흘겼다.

"야, 장현! 우리가 괴롭히는 거야?" 강준이 장현에게 물었다.

장현은 아무 말이 없었다. 그저 힘겨운 얼굴.

"말해 봐. 우리가 너 괴롭혔어?"

"아, 아니야. 신아, 그냥 가."

장현이 양손을 움켜쥐고 떨었다. 그러면서도 방어막은 걷지 않았다.

"뭐?"

신은 주먹을 꽉 쥐어 부르르 떨었다.

"그치?" 강준이 다시 한번 확인하더니 신에게 돌아섰다. "아니라잖아. 그냥 가."

저리 가라는 듯이 손짓했다. 강준이 두꺼운 북채를 꺼내 허공에 글씨를 썼다. 글자가 떠올랐다.

"여여어루 불더미[61]야. 어럴럴럴 불망울[62]야."

주문을 외우자, 글자가 작은 불꽃으로 바뀌었다. 그것으로 장현을 위협하려는지 천천히 돌아섰다.

"그만 해! 이 자식들아!" 신이 외쳤다.

"둥당덩."

나무 막대를 꺼내 무리 머리 위를 가리키며 주문을 외웠다. 그들 머리 위로 욕조 크기만 한 큰 물방울이 생겼다. 막대를 몸쪽으로 휙 젖었다. 공중에 있던 물방울이 쏴 하고 쏟아져 내렸다.

"왁!"

"우악, 푸…."

"으아, 차가워."

"꺄아-악!"

패거리들이 물을 맞고 엎어져서 소리를 질러 댔다. 물에 빠진 생쥐처럼 흠뻑 젖었다.

"가자! 현아."

장현에게 다가가 손목을 잡았다. 자리를 벗어나려고 걸음을 옮겼다.

"이거 놔!"

장현이 뿌리쳤다. 놀란 신은 어안이 벙벙했다.

"너가 언제부터 챙겨 줬다고 이러는 거야? 나 좀 그냥 내버려둬!"

장현이 머리를 움켜쥐고 주저앉았다.

"이놈들! 거기서 뭐 하는 거야?"

멍해진 신이 돌아보니 건물 옆에서 정찬 선생이 소리를 지르고 있었다. 미간이 깊게 팼고, 콧볼이 터질 듯이 부풀어 올랐다. 등 뒤로 학생들이 몰려와 수군거리는데, 신은 가슴팍을 얻어맞은 듯 뻐근했다. 쿵쾅쿵쾅 심장 소리가 울려 댔다.

*

"으응… 응."

네즈미야가 LED 조명을 떼어내느라 안간힘을 쓰고 있다. 그는 서울특별시 한 고층 아파트 안방에 들어와 있다. 온통 하얀색 벽지와 페인트로 칠한 방에 붙박이장과 큰 침대가, 침대 맞은편에 작은 화장대가 있다. 그 위에 빨간 보자기로 싼 둥그런 물체가 놓여 있다. 대낮이라 그런지 집에는 아무도 없었다. 노란색 등산화를 신은 채 조명 아래에 놓아둔 식탁 의자 위에 올라섰는데, 경비원 제복 — 까만 바지에 회색 셔츠 — 을 입었다. 어깨 견장에 걸린 은색 줄 끝에 호루라기가 매달렸고, 가슴 주머니 위로 한글로 세 글자 이름, 김 아무개가 새겨져 있다. 손에 큰 드라이버를 들고 한참을 씨름하더니 LED 조명을 침대 위로 털썩 던져 놓았다. 쇠톱 날을 꺼내 전선 주위를 벌리려 십자 모양으로 천장을 쓱쓱 톱질했다. 충분한 크기가 되자 쇠톱 날도 침대 위로 던져 놓았다. 옷에 묻은 먼지를 툴툴 털어내고, 의자에서 내려와 주방으로 향했다. 원목 무늬 장판 위를 걷는데 저벅저벅 소리가 났다. 물티슈를 여러 장 뽑아내서 바닥에 떨어진 톱밥을 훔쳐냈다. 신발을 신고 온 집안을 헤집고 다녀도 상관없지만, 작업 흔적을 알아채면 곤란하기 때문이다. 화장대로 다가가 빨간 보자기를 풀자, 누렇게 바랜 머리뼈가 드러났다. 두부가 작고 주둥이가 긴 개 머리뼈다. 주둥이에 송곳니가 길게 삐져나왔다.

짝. 네즈미야가 손뼉을 마주쳐서 소리 내 합장하고, 화장대에 놓인 개 뼈에 절을 했다. 고독법의 일종으로 개 혼령으로 저주하는 이누가미[63] 법을 준비했다. 개 뼈를 들어 의자 위로 올라가 천장 안으로 넣고, 침대 머리맡에 가도록 밀었다. 뼈가 이 집에 없어도, 꼭 머리맡이 아니어도 상관없었다. 하지만 자신을 무시하고 소리쳐대던 그자 상판대기를 생각하니 화가 치밀어 올랐다. 잠을 자는 얼굴 위로 개 머리뼈가 있는지는 상상도 못 하리라. LED 조명을 들어 전선을 잇고, 원래 자리에 고정했다. 조명 스위치를 켰다가 껐다. 톱날과 보자기를 챙겨 의자를 들고 안방을 나와서 의자를 식탁 아래로 밀어 넣었다. 널찍한 거실을 둘러보니 소파 위로 가족사진 액자가 걸려 있는데, 그자가 의자에 앉아 인자한 웃음을 띠고 있었다.

"흐흐흐, 고매하신 윤결 대행님. 언제까지 버티는지 한번 보자고…. 후후."

실소를 머금은 네즈미야가 현관 출입문으로 향했다. 철문을 나가서 닫고 손뼉을 치며 합장했다.

"사아, 와타시노 우라미오 하라시테쿠레(자, 나의 원한을 풀어다오)."

주문을 나지막이 읊었다. 일을 마치고 엘리베이터 버튼을 눌렀다. 아파트 동 건물을 나서니 비가 오려는지 하늘이 우중충했다. 그가 단지 내 큰 도로로 막 접어들었다.

"꺅!"

여자의 단말마 같은 비명이 들렸다.

"여기 사람이 쓰러졌어요. 도와주세요!" 일행인 듯한 남자 소리다.

"어이쿠!" 네즈미야가 얼굴에 웃음을 띠며 탄성을 질렀다. "벌써 찾았어? 서둘러야겠어. 흐흐…."

잰걸음으로 CCTV가 녹화됐을 통합 관제실로 향했다.

갑자기 내리기 시작한 소나기를 맞으며 등산복 차림의 네즈미야가 아파트 단지 밖 인도를 걷고 있다. 비가 제법 거세게 내리는데도 피할 생각도, 우산을 구해서 쓸 생각도 없이 대수롭지 않게 여기는 듯했다. 경찰차 서너 대가 요란하게 경고음을 울리며 아파트 단지 안으로 들어갔다. 인도를 천천히 걷던 그가 앞에 있는 버스 정류장 안으로 들어갔다. 메고 있던 배낭을 벗어 빨간색 보자기를 꺼내고는 얼굴과 머리를 닦았다. 한참을 말없이 떨어지는 비를 바라보다가 핸드폰을 꺼내 들었다. 도로에 내린 비로 차들이 촤악 촤악 소리를 내며 지나가고 있다.

"여보세요. 간민 촌감독님?" 네즈미야가 말했다.

"총감독이라뇨. 당치 않습니다."

"이제 곧 바라던 대로 될 텐데 전색을 하십니까."

"무슨 일입니까?"

"윤결 대행 일은 잘 처리했습니다. 그자가 어떻게 될지 모르지만 그래도 계속 포섭해 보세요."

"그냥 끝내 버리는 게 낫지 않겠습니까? 곧 총감독 투표도 있을 테고, 간부회의만 통과돼도 제가 대행 일을 볼 수 있습니다."

"만일이라는 게 있습니다. 일단 살려두고 포섭하는 게 더 확실합니다. 알겠습니까?"

"뭐 그렇게 생각하신다면 기다리겠습니다."

"그리고, 마법 학교 위치를 메이루로 보내세요."

"학교는 왜…?"

"단신이 산관할 일이 아닙니다. 단신은 신연을 접수할 샌각이나 하란 말이오. 알겠소?"

"으음…. 알겠습니다. 문자로 보내 두겠습니다. 그럼 끊겠습니다."

전화가 끊겼다.

"코노 야로우, 먼저 끊고 지랄이야."

핸드폰을 쥔 손을 의자에 쾅쾅 내리찍었다. 처마 안으로 빗발이 들이쳤다.

"쿠소(제기랄)."

비에 다 젖은 등산화를 뒤늦게 발을 들어 털어냈다. 금방 그칠 듯하던 비가 계속되자, 일을 마치고 산에 갈 생각을 접었다. 집으로 가기 위해서 인근에 있는 지하철역으로 비를 맞으며 걸었다.

어느 빌라 단지 인근 마트에서 네즈미야가 배낭을 메고 냉장고에서 콜라를 꺼냈다. 계산을 마치고 보라색 종량제 봉투에 담아서 들고 나왔다. 대용량 우유와 시리얼까지 담겨서 무게가 제법 나갔는데, 자신에게 끊임없이 하악질을 해대는 고양이 세 마리 간식까지 챙겨야 하는 상황이 못마땅했다.

단지 앞 버스정류장에 들러 잠시 짐을 내려놓았다. 비를 흠뻑 머금은 아스팔트가 새카만 피부를 드러내고 있었다. 배낭은 그대로 메고 의자에 앉아 다리를 떨며 활짝 웃다가 표정 풀기를 반복했다. 마지막으로 최대한 활짝 웃으며 봉투를 쥐고 집으로 향했다. 빌라와 고층 아파트 단지 사잇길로 접어들자 단지 정문이 보였다. 네즈미야는 정문 양쪽으로 깔끔하게 다듬은 향나무와 푸른 잎 감나무가 두 팔 벌려 맞이하는 느낌이다. 하얀색 2층 건물인 관리 사무소에 다다라서 건물 안 화장실로 향했다. 좌변기에 휴지를 깔고 앉아서 소변을 보고 물을 내렸다. 세면대 위에 짐을 올려 두고 손을 씻고, 바로 옆 핸드드라이어에 손을 비벼서 말린 후 짐을 들고 화장실을 나갔다.

"네즈미야, 꼼짝 마!"

이때다. 짐을 들고 있는 네즈미야 오른손에 수갑이 채워졌다. 날카로운 목소리와 함께 검은 옷을 입은 여자가 팔을 꺾었다. 오른무릎으로 복부를 가격하고 짐을 들어 여자 등을 후려쳤다. 안에 들어 있던 우유와 콜라 페트병, 고양이 간식들이 와르르 쏟아졌다. 관리 사무소 왼쪽으로 돌아 공터로 향했다. 문을 따는 용도로 썼던 쇠꼬챙이로 수갑을 끌러 집어 던졌다. 단지 구석에 있는 건물과 울타리로 둘러싸인 공터에서 들어온 곳을 향해 섰다. 가방을 벗어 옆으로 던졌다. 잠시 후 검은색 잠바와 검은 청바지를 입은 여자가 까만 비녀를 손에 쥐고 다가왔다. 짧은 머리에 비장한 얼굴을 하고 있었다.

"어럴럴럴 불망울야."

여자가 주문을 외며 비녀로 가리키자, 붉은색 불꽃이 휭 소리를 내며 날아왔다. 몸을 한껏 숙여 바닥을 굴렀다. 거리를 점점 좁히며 다가설수록, 여자가 끊임없이 불덩이를 날렸다. 펑펑. 바닥과 등 뒤로 날아간 불이 비에 젖은 수풀을 헤치고 땅에 박혔다. 치칙 소리를 냈다. 돌아보니, 마치 돌이 박힌 것처럼 깊게 파였다.

"린표토— 헉!"

오른손 검지와 중지를 모아 검인을 맺고 격자를 그리려는 찰나였다. 여자가 쏜살같이 품속으로 파고들었다. 오른팔을 잡힌 네즈미야가 여자의 어깨와 등에 부딪치는 충격으로 몸이 붕 떠올랐다. 뻑 하고 소리가 울리며 잔디 섞인 풀밭에 패대기쳐졌다. 큰 충격에 정신이 혼미해졌다. 얼굴로 발길질이 이어졌고 죽을 각오로 가드를 올려 방어하기에 급급했다. 순간 웅크린 배를 걷어차여서 충격으로 구토가 치밀었다. 바닥으로 물을 토해 냈다. 이대로 있다가는 꼼짝없이 붙잡히겠다는 생각에 네즈미야는 있는 힘껏 도움닫기로 발을 내질렀다.

퍽.

얼굴을 걷어차인 네즈미야는 의식이 끊어질 것 같다. 몸이 축 늘어지고 움직이려고 해봤지만, 꼼짝할 수가 없었다. 여자가 양손을 등 뒤로 꺾고 케이블 타이를 조여 맸다. 한 번 더 배를 걷어차였다.

"붓코로(쳐죽일)—"

네즈미야가 악에 받쳐 욕했다. 아니, 욕을 하는데 한 번 더 얼굴을 걷어차였다. 숨이 가빠와 큰 숨을 몰아쉬었다. 갈비뼈가 나갔는지 숨을 쉴 때마다 끊어질 듯한 통증이 몰려왔다.

"이 자식이…, 경비원들을 무참히 죽여 놓고 너는 무사할 줄 알았어?"

여자가 네즈미야 뺨을 손바닥으로 후려갈겼다. "인두겁을 쓴 악마 새끼!"

"즌거 있어?" 여자 눈을 노려봤다.

"뭐야? 이 악마 새끼가."

발길질이 이어졌다.

"그만! 살려줘…." 고개를 들어 상대에게 애원하며 소리쳤다.

"지랄하지 마! 악마 새꺄."

신이 오다

발길질이 무참히 계속됐다.

"으아 억!"

네즈미야가 이를 악물었다. 머리로 피가 쏠리며 순간 정신이 맑아졌다. 실성한 듯 너털웃음을 터뜨리자, 여자가 당황한 듯 멈칫했다.

"휘익! 휘익! 휘익! 휘―"

마지막 힘을 끌어모아 휘파람을 크게 불었다. 여지없이 발길질에 얼굴을 또 가격당했다. 정신이 끊어지려는 순간, 공터 출입구와 관리 사무소 지붕 위, 빌라 건물에서 팔뚝만 한 반가운 회색 쥐 무리가 튀어나왔다. 여자에게 수십, 수백 마리가 일제히 달려들었다.

"으악!" 쥐들이 달려들어 물어뜯자, 여자가 비명을 질러 댔다.

하지만, 한낮 단지 구석 공터로 아무도 오지 않았다. 한참이 지나고, 무덤처럼 뒤덮인 쥐들을 흐트러뜨렸다. 여자가 짧게 신음을 내쉬며 부르르 떨고 있었다.

"도칸논!"

줄을 끊어 낸 네즈미야가 여자 얼굴을 등산화 발로 가격했다.

"린표토샤카이진레츠…"

검인을 맺어 주문을 외며 허공에 격자를 그었다. 여자가 고통에 몸부림치다가 툭 하고 쓰러졌다.

"윽!"

여자에게 몸을 숙이는데, 갈비뼈에 통증이 오며 숨이 안 쉬어졌다. 화가 치밀어 여자 배를 걷어찼다. 네즈미야는 받은 대로 돌려줬다. 시체를 끌어서 나무 울타리 속에 쑤셔 넣었다. 검은색 옷이라 쉽게 발견 못 할 테지 하고 생각했다.

"퉤!"

바닥에 침을 뱉었다. 화장실 앞에 널브러져 있을 식료품이 생각나 급히 가방을 챙겨 관리사무소로 향했다. 네즈미야가 갈비뼈에 손을 얹고 뒤뚱뒤뚱 걸었다.

18

 며칠째 자욱한 안개로 하늘이 얼굴을 숨기더니, 오늘은 아침부터 짙은 황사가 뒤덮었다. 신흥 마법 학교를 둘러싼 수풀들도 숨쉬기가 곤란해서 아우성을 지르는 듯했다. 이들의 푸념을 윽박지르는지, 사무실 밖으로 고성이 새 나가고 있었다. 탕비실을 겸하는 중앙 회의실 탁자에 창문 쪽에 교장이, 탁자 다른 면에 선생들이 앉아 있다. 교무행정반 이재용 반장이 교장 뒤에 말없이 서 있었다. 문 쪽으로 생수통과 차 재료들, 전기포트 따위가 놓였고, 하얀 주전자에 물이 보글보글 끓고 있다.

 "무슨 말씀입니까? 퇴교시켜야 합니다."

 오른편에 앉은 리 반 정찬 선생이다. 한껏 인상을 쓰며 얇은 입술로 속사포를 쏘고 있다. "벌써 두 번째입니다. 기숙사 방에서 의도치 않은 상황이었다고 해도 충분히 위험할 수 있었습니다. 게다가 이번에는 직접 공격 마법을 시전했습니다. 아이들 머리 위에 말입니다."

"그냥 물 한번 맞은 정도로 퇴교까지 운운하는 건 좀 지나치세요."

교장 맞은편, 문 쪽에 앉은 건 반 류범 선생이다. 모든 일에 유쾌하게 임하는 그의 성격이 표정에서 묻어 나왔다.

"지나치긴 뭐가 지나칩니까? 두 번째라고 말씀드리지 않았습니까?"

흥분한 정찬 선생이 탁자를 쳤다. "이왕 선생은 왜 아무 말씀이 없습니까? 선생이 담당하는 아이잖습니까? 말씀을 해보세요."

"신이는 공격성을 보이는 위험한 아이가 아닙니다. 왜 그런 일이 생겼는지 들으셨지 않습니까? 괴롭힘을 당하는 친구를 보호하기 위해서였습니다." 왼편에 앉아 있던 이왕 선생이 말했다.

"그건 그 애 주장이지요. 괴롭힘을 당했다던 장현이 아무 말도 하지 않고 있잖습니까?"

"그 아이 곁에 떨어져 있던 무수한 돌덩이들은 어떻게 설명하실 겁니까? 벽에 남은 돌 자국은요? 다른 아이 서넛이 괴롭히던 상황임을 충분히 유추해 볼 수 있습니다. 그리고 신이 혼자만 공격 마법을 쓰지도 않았고요."

이왕 선생이 침착하게 상황을 설명했다. 신에 대한 흔들림 없는 확신을 굽히지 않았다. 교장은 신을 생각하는 마음에서 어쩐지 고마움을 느꼈다.

"뭐라고요? 무슨 말도 안 되는 트집입니까."

정찬 선생이 탁자를 치며 일어섰다.

"아니죠. 충분히 가능성 있는 얘기예요." 류범 선생이 이왕 선생을 거들었다.

"제삼자는 빠지세요. 증거도 없는데 누굴 모함하려고 그럽니까?"

"말씀 조심하세요. 모함이라니요."

류범 선생 역시 벌떡 일어섰다. "피해자가 우리 반 아입니다. 제삼자가 아니고요. 반 아이 두둔도 적당히 하셔야죠."

나이는 어려도 담당 학생 일이라 더 흥분한 모양이다.

"뭐요?"

"제가 탐지 마법으로 확인했어요. 우리 반 아이가 아무 말도 하지 않아서 가만있었습니다. 리 반 아이들이 물에 맞고 쓰러진 자리에 분명히 불 원소 마법을 행한 흔적이 있어요, 예?"

"으음. 그럴수록 학부모들도 불러서 시시비비를 제대로 가려보잔 말입니다."

"오 라라, 무슨 그런 억지예요?"

"뭐가 억집니까?"

"자자, 흥분들 가라앉히세요. 점잖은 사람들이 체통을 지켜야지요. 으흠."

교장이 끼어들어 험한 분위기를 가라앉혔다. 일어서 있던 두 선생이 자리에 앉았다.

"공교롭게도 양쪽 부모 모두 신영 사람들입니다. 나 때문에 모두 바빠져서 통보하지 않았으니 양해를 바랍니다."

"아니, 그래도…."

정찬 선생이 무언가 말을 하려는 걸 제지했다.

"괴롭힘을 당한 아이가 피해 사실을 털어놓지 않으니, 학교 폭력으로 처벌하기는 쉽지 않습니다. 그렇더라도 그런 정황이 있는 걸 부인할 수도 없는 노릇이지요. 흠…, 아이들 처분은 이렇게 했으면 합니다. 맘에 들지 않아도 학교장인 내 결정이니 따라주세요."

"말씀하시지요."

"으음. 그렇게 하겠습니다."

"네, 교장 선생님." 류범 선생이 말했다.

"관련 있는 학생은 1주일 동안 교내 봉사 활동을 명령합니다. 뒷간 청소 등 마법 학교 내 시설 관리에 참여하도록 하세요. 이 부분은 이재용 반장이 형평성 있게 활동 내용을 배분하세요. 아셨죠?" 교장이 뒤를 돌아보며 말했다.

"네, 교장 선생님. 그렇게 하겠습니다." 이재용 반장이 고개를 숙였다.

"공격 마법을 쓴 두 명 중 강준 학생은 2주간, 두 번째인 김신 학생은 4주간 마법 쓰기를 금지합니다. 적발 시에는 추가 징계하도록 하겠습니다. 단, 이론 수업 참여는 허락합니다. 그동안 스스로를 절제하고 인내하는 마음가짐을 갖도록 선생님들께서 잘 지도해 주시길 바랍니다."

"으음. 네."

"예, 잘 알겠습니다." 이왕 선생이 말했다.

"그럼, 그렇게 하기로 하고 나가들 보세요."

자리에서 일어섰다. 선생들이 인사를 하고 회의실을 나간다.

"류범 선생. 잠깐 보세." 교장이 마지막에 나가던 류범 선생을 불러 세웠다.

"네, 교장 선생님."

"아이가 두 친구를 다 보호하려는구먼. 건 반에 어울리는 훌륭한 인잴세, 암. 잘 가르쳐 보게."

"당연하죠, 선생님."

얼굴에 화색이 돌며 꾸벅 인사를 하고 나갔다.

신이 걱정된 교장이 회의실 문을 나섰다. 마당 중앙 3층 석탑 뒤에 그들이 보였다. 이왕 선생이 신에게 자초지종을 설명하는 듯했다. 아이는 풀이 죽어 있었다. 등을 토닥이며 계단으로 올라섰는데, 감 반 건물로 가겠지 싶었다. '억울하겠지, 신아. 하지만 그럴수록 자신에 대한 신념을, 남을 돕고자 하는 의지를 꺾으면 안 된다. 강해지거라, 애야.'

교장은 낙심한 모습을 보니, 울컥하는 마음이 생겨서 서둘러 자리를 떴다. 아이의 두 할아버지가 미치도록 그리운 그다.

반포 나들목을 나온 택시 한 대가 봉은사 방면으로 향하고 있다. 택시 안에 마법 학교 교장이 흰 두루마기 차림으로 앉아 있는데, 아무 말없이 창문을 내다보는 얼굴이 어둡다. 윤결 대행이 위독해서 그 집으로 향하고 있기 때문이다. 그의 부인이 다급하게 연락해 왔다. 몸져누워 일주일 넘게 마법사회 일도 보지 못한 상황임에도, 남편이 한사코 연락하기를 만류했다고 했다. 자기 모습을 보여주기 싫었겠지. '강직하고 반듯한 성격이니, 정신을 자주 잃고 쇠약해지는 스스로를 이해하기 어려웠을 테니.' 하고 교장은 생각했다.

"이이가 정신 줄을 놓고는 네 발로 기어 다녀요. 어쩌면 좋아요. 총감독님, 도와주세요. 저를 보고 짖기까지 해요. 흑흑…" 부인 말이다.

한시바삐 가봐야 했지만, 학교에서 신영까지 순간 이동을 할 수는 없는 노릇이었다. 난처해할 직원들은 그만두더라도, 갑자기 나타난 이유에 대해서 수많은 억측과 소문이 무성할 터였다. 조직 수장이 공석인 상황에서 이런저런 입방아는 좋을 게 없었다. 가까운 도총감으로 순간 이동을 하고, 택시를 타고 가는 이유다. 한 시간이 족히 걸리는 거리여서 답답함에 보조석 뒷문 손잡이를 움켜쥐었다. 자동차 플라스틱 내장재와 강판이 지르는 비명도, 보조석 쪽으로 차체가 기욺도 의식하지 못했다. 택시가 한 아파트 단지 정문을 지나서 인도 경계석 가까이에 정차했다. 좁은 문을 통해 힘겹게 몸을 빠져나오는데, 어느새 택시 기사가 돌아와서 그를 거들어 주었다.

"어르신, 살펴 가십시오." 깍듯이 허리 숙여 인사를 했다.

택시가 인도 옆을 벗어나 차도로 들어섰다. 평소 그라면 사소한 친절에도 기쁘게 인사를 주고받았을 터였다. 하지만, 머리에 택시 기사가 들어올 자리는 없었다. 족히 이십 층은 넘어 보이는 아파트 건물들을 한번 올려다보았다. 단지 정문 옆 오른쪽 경비실 주위로 노란색 경찰 통제선이 쳐져 있었다. 가까이 다가가니 담당자가 나와 방문지와 목적에 대해서 일일이 따져 물었다. 무슨 일인지 얘기하지는 않지만, 강력 사건이 발생했겠다고 짐작했다. 안내를 받아 단지 안으로 들어서니 가운데 도로 양옆으로 고층 건물이 위용을 뽐냈다. 길쭉한 소나무들이 깔끔하게 다듬어져 있고, 보도를 걷다 보니 어느새 목적지인 아파트 동에 가까워졌다.

"학생 윤주결 공, 복 복 복!"

이때, 윤결의 지인일 법한 남자가 복도에 있는 작은 창을 열고 소리를 질렀다. 울먹이는 목소리다. "돌아보고 옷이나 가지고 가시오."

마법사회 두루마기를 들고 거세게 흔들고 있었다.

'윤주결.' 외부에는 알리지 않는 성명이다. 그가 죽었다. 아픈 그를 돌보긴커녕 임종도 함께 하지 못했다. 보도를 걷던 교장이 우뚝 멈춰 섰다. 머릿속으로 흑홍색 두루마기를 입은 까만 안경테 소년이 보였다. 마법보다 공부에서 두각을 보이던 아이. 독립운동을 했던 조부 영향인지 적당히 타협할 줄 모르던 뚝심 있던 그 소년이, 군사 정권 엄혹한 시기에도 법전 공부에만 몰두하던 청년이, 결혼식 주례를 부탁하며 수줍게 웃던 사내가, 수많은 일터를 마다하고 유가족을 위해서 기꺼이 신영으로 오겠다던 남자가 빠르게 지나갔다. 언제나 오른편에 앉아 보여주던 재기 넘치던 눈빛도, 여유롭고 지적인 제스처도, 올곧은 걸음걸이도 떠올랐다. 교장 양손이 부들부들 떨렸다.

'그냥 학생이 아니고, 신영 마법사회 총감독 대행이오. 수많은 사람을 살린 의사원 위원이오!' 그가 갑자기 보도 옆에 놓인 아름드리 수석을 내리쳤다. 엄청난 굉음과 함께 산산조각이 났다. '그게 누구든 용서치 않겠다.'

온몸이 흔들렸다. 울음을 억지로 삭인 그가 건물 안으로 향했다. 엘리베이터를 내리기도 전에 가족들 곡소리가 들려왔다. 집 현관으로 들어서니 친척일 법한 사람들이 거실을 서성였는데, 그들에게 가린 까만 가죽 소파 끝에 이진이 흐느끼며 울고 있었다. 가까이 다가가 등을 토닥였다.

"할아버지!"

와락 안겨 왔다. 이진이 뿜어내는 슬픔과 전율이 하얀 화선지에 떨어진 먹물처럼 번져갔다. 한참을 안겨 울고는 토해내듯 사건 정황을 속삭였다. 천장 머리맡에서 찾아낸 흉측한 물건도 보여주었다. 얼마나 시간이 흘렀을까. 부인이 다가와 인사를 하고, 그 자리에 주저앉아 하염없이 울었다. 양손을 힘주어 잡는데, 교장도 참았던 눈물이 터져 나왔다.

"나는 장례를 봐 줄 테니, 자네는 마저 일을 보시게." 이진에게 말했다.

윤결 대행도 이제 없으니, 이진의 역할이 더 무거워졌다고 걱정했다. "조금만 참으면 곧 해결할 게야. 그렇게 만들고 말고, 암…."

"네, 그럴게요."

이진이 눈물을 훔치고 현관으로 향했다. "너무 무리하지 마세요. 곧 연락드릴게요."

돌아서서 웃음을 지어 보였다. 터져 나오는 울음도 애써 삼켰다. 이진에게 어서 가라며 손짓을 보냈다. 고독법, 흑마법술이다. '반드시 뉘우치게 만들어 주겠다. 이놈들!'

가족들이 놀랄까 화를 삭이는 가슴속에 불덩이가 이글거렸다.

*

 퇴근 시간이 가까운 늦은 오후, 서울 하늘에 옅은 안개와 함께 가늘게 비가 내린다. 흐린 노란색 트렌치코트를 입고 깃을 세운 이진이 빌라 단지 공터 앞에 서 있다. 많이 운 탓인지 눈이 붓고, 눈가와 코가 벌겋다. 주변에 친 경찰 통제선을 들추고 밑으로 들어갔다. 경찰 현장 조사는 모두 끝이 났고, 시신도 이미 운반한 후다. 사망 추정 시간으로부터 만 하루가 지나서야 순찰하던 경비원이 발견했다. 공터 끝 잔디밭에 여러 곳이 깊게 패어 있고, 시신이 있던 울타리까지 쓸린 자국이 희미하게 나 있었다.

 이진은 궁금했다. 적을 혼자 상대해야 할 정도로 다급한 상황이었던가. 왜 앞뒤 상황을 따져 보고 지원을 요청하지 않았는가. 직속 부하직원은 아니었지만, 불 원소 마법에 격투 실력까지 갖추었다. 자기 실력을 과신했을까. 호텔 지하 화장실에서 만난 지 불과 한 달 정도밖에 지나지 않았는데, 왜 자신에게 연락하지 않았단 말인가. 이진은 안타깝기 그지없었다.

 "어허루 듣보기야 어허루 이르집기[64]로구나."

 코트 안쪽에서 노간주나무 코뚜레를 꺼내 들고 주문을 외웠다. 이진 머리 위로 하얀 마력 덩어리가 치솟아 머리 꼭대기에 귓깃이 솟은 수리부엉이 형상으로 변했.

 우우 훙!

 수리부엉이가 울음소리를 내며 땅 아래로 처박힐 듯 내질렀다. 부엉이 몸에서 하얀 가루가 반짝이며 공터를 뒤덮고 사라졌다. 출입구 잔디 주위로 연붉은색 연기가 피어올랐다. 이곳에서 불 원소 마법을 시전했다. 앞쪽 공터 끝에 팬 곳을 보니 중앙에 있던 목표물을 겨냥했을 터. 가운데에 검붉은 핏자국이 있고, 그 주위에 작은 짐승의 피 묻은 발자국이 빼곡했다. 발가락이 넷인 설치류인데, 이상하리만치 컸다. 그 핏자국 바로 옆으로 시커먼 타르 덩어리 같은 마력 잔재가 뒤덮었다. 잔디도 곧 말라비틀어지겠지 싶었다. 마력 잔재 위로 스멀스멀 검은 연기가 안개비가 내리는 중에도 수직으로 곧게 피어올랐다. 흑마법술이다. '이자가 윤결 대행도 죽였다.'

 윤결 대행 집 앞에 있던 고독 저주 주술 잔재와 동일했다. 일주일 전 윤결 대행의 아파트 경비원 세 명도 동시에 사망했다. 한 명은 심장 마비, 다른 두 명은 목이 졸리고 칼에 찔렸다. 사망 원인은 제각각이었지만, 윤결 위원이 병석에 든 때와 일치했다. 고독법 시전을 위한 가택침입과 증거인멸을 위해서 경비원들을 죽였을 가능성이 짙다. 사망 추정 시간이 정확하다면, 여기 싸움이 나중에 벌어졌다. 경비원을 죽이고 고독법을 시전한 후 이곳에서 박연을 격투 끝에 죽였다고 봐도 큰 무리가 없다. 분명 네즈미야를 뒤쫓고 있었으니, 박연의 죽음은 이 연쇄 살인 사건 범인이 네즈미야인 강력한 단서였다. 게다가 이곳에 그자의 가족까지 살고 있었으니, 서울 한복판에서 살인 그것도 연쇄 살인을 저지르고도 제 집에 버젓이 드나든다는 말이었다. 이진은 간이 배 밖으로 나왔거나 추적자를 우습게 여기는 행태라고 느꼈다. 울화가 치밀어 견딜 수 없었다. 핸드폰을 꺼내 신경질을 부리듯 버튼을 눌렀다. 콜택시를 부르고 단지 정문으로 향하며 전화를 걸었다.

"할아버지, 해매 놈들이에요. 네즈미야예요."

총감독에게 털어놓으며 울먹였다. 수십 년 이어져 온 원한의 사슬에 몸을 휘감긴 듯 고통스러운 설움이 북받쳤다.

"으음…." 총감독도 주위 사람들 때문인지 아무 말이 없었다. 그저 화를 참는 낮은 신음이 들렸다. "그래, 욕봤다."

"또 연락드릴게요. 끊어요."

총감독 말에 울음이 터져 나와 서둘러 끊었다. 이진은 사진을 건넨 게 잘못이었나 하는 생각이 불현듯 스쳤다. 그저 강민 위원 비리에 대한 증인을 서준다면 족했다. 사진이 상관의 배신에 대한 의심을 강한 확신으로 바꿔 놓진 않았을까. 그 감정의 진폭과 불쾌함만큼 접선한 흑마법사의 위험함도 커졌으리라. 목숨을 걸고 흑마법사를 상대하는 감찰반원이었지만, 자신의 안일한 기대가 망설임 없이 죽음 앞에 서도록 등을 떠민 듯했다.

"미안해요. 송구합니다. 삼가 명복을 빕니다." 이진은 박연을 위해 속삭였다. 빌었다.

도대체 네즈미야가 활개를 치고 다니는데 다른 감찰반원들은 뭘 하고 있단 말인가. 정문에 다다라서 택시를 기다리며 다시 전화를 걸었다. 안면이 있는 방첩 팀장이다.

"임 팀장!" 통화 연결이 되자마자 버럭 소리를 질렀다. "네즈미야가 서울 한복판에서 연쇄 살인을 저지를 동안 방첩 팀은 도대체 뭐했습니까?"

"죄송합니다. 네즈미야 건은 증거 부족으로 감찰위원 승인을 받지 못했…."

"그 증거. 내가 책임지니까 당장 잡아들이세요!" 이진 목소리가 한층 더 높아졌다. "우리 신영 총감독 대행이 저주술로 비참하게 돌아가셨어요. 그놈 손에 말이에요. 범인 검거를 막은 강민 위원도, 부당한 지시를 따른 당신도 이 일에서 벗어나지 못합니다. 당신 팀원, 박연 씨도 네즈미야 손에 죽었단 말이에요. 아시겠어요?"

상대 답변도 기대치 않고 미련 없이 끊었다. '강민. 이자가 어디까지 망가질 작정인가.' 그날 분명히 네즈미야의 윤결 대행 포섭을 도와주었다. 일이 뜻대로 되지 않으니 네즈미야가 손을 썼으리라. 그러도록 방관했나, 도왔던가. 세세한 내용을 떠나서 이대로 그를 그 자리에 내버려둘 수 없는 노릇이었다. 이진은 때마침 나타난 택시를 타고 신영 마법사회로 향했다.

19

 주광색 스탠드가 노란 불빛을 발하는 어두운 방 안에서 윤희가 침대에 누워 꿈을 꾸고 있는지 이따금 고개가 이리저리 흔들렸다. 꿈속에서 아즈미가 무언가에 쫓기고 있었다. 지금보다 좀 더 성숙한 모습으로 하얗고 빨간 무녀복을 입고 거친 숨을 몰아쉬었다. 어두운 숲 한가운데 편백 군락 사이를 뛰어가는 아즈미 뒤로 사무에를 입은 남자 십수 명이 쫓고 있었다.
 '안 돼!'
 아즈미가 미끄러져 넘어졌다. 남자들이 점점 가까워지는데도 엎드린 채로 도망치려 발버둥 쳤다.
 '도망가, 아즈미. 일어서!'
 서슬 퍼런 카타나를 든 사내가 칼을 높이 치켜들었다. 아즈미의 안타까운 손이 허공을 더듬었다. 이때, 거대한 물방울이 아즈미를 감싸며 칼을 튕겨냈다. 아즈미가 그 속에서 편히 숨을 쉬고 있다. 안심하고 그 물방울을 유심히 내려다보는데, 흑홍색 두루마기를 걸친 낯익은 얼굴의 아이가 표면에 나타났다. 반가움과 그리움이 울컥하고 머릿속을 헤집었다.

'아즈미오(아즈미를)….' 다가오는 아이에게 말했다.

드르륵, 드르륵….

침대 옆 스탠드 선반 위에 올려둔 핸드폰이 흔들렸다. 꿈에서 깬 윤희가 상체를 일으켜 세웠다. 이마에 땀이 흥건했고, 입고 있는 흰 면티도 축축이 젖었다. 몸에 난 상처를 보이기 싫어서 큰 옷을 주로 입는데, 남편은 다행히 깨지 않고 등을 세우고 잠들었다. 핸드폰을 들어 액정을 확인하고는 방문을 나섰다. 3층 계단 벽에 켜둔 핀 조명이 어두운 실내를 은은하게 비췄다. 아직 새벽 시간이다. 계단으로 아래층 기척을 살펴보니 조용했다.

"여보세요?" 책상 의자에 앉으며 말했다.

"반장님, 김상혁입니다. 통화 괜찮으세요?" H 현으로 카미야 행방을 쫓는 감찰반원이다.

"네, 말씀하세요. 지금 어디세요?"

"지금 A 시에 있습니다."

"두루미 성이 있는 곳이요? 카미야는요?"

"예, 지하 갱도 안으로 들어갔습니다."

"지하 갱도요?"

"네, 트럭을 타고 인근 산속 지하로 들어갔습니다. 터널은 아닌 것 같고, 지하 시설물을 만들기 위한 갱도 같습니다."

"아니, 무슨 지하 시설물인데 거기까지 가서 짓는 거예요?"

"이제 확인하려고 합니다."

"네, 알겠어요. 부디 몸조심하세요."

"네, 고맙스—" 산 속이라 통화 음질이 좋지 않다. "… 아니라, 카미야가 이따금 A 시나 H 현내 도시들을 다니면서 물건을 확보해서 외부로 보내고 있습니다. 여기가 아직 공사 중이어서 그럴 텐데, 카미야 때문에 제가 움직일 수 없어서 말입니다. 어디로 가는지 확인하려면 지원이 필요합니다. 무슨 물건인지도요."

"얼마나 자주 그럽니까?"

"드나들기도 빈번하고, 일정치가 않습니다."

"알겠어요. 지원은 확인해서 연락할게요."

"네, 고맙습니다. 그럼 끊겠습니다."

"네! 수고하세요."

전화를 끊고 책상 위에 올려 두었다. 양팔을 책상 위로 올려 머리를 괴고 윤희는 생각했다. 재앙을 물리쳐 몰아내는 불제를 빌미로 저주나 일삼는 무리가 지하 시설물이 왜 필요한가. 의식을 치르는 호마단[65]이면 충분할 텐데…. 지하에는 보통 자주 쓰지 않는데도 공간을 크게 차지하는 물건을 주로 보관한다. 윤희는 안 보는 책이나 안 쓰는 운동기구를 넣어두었다. 제기나 주술에 대한 유물이라고 해도 면적이 지나치게 컸다. 해매 신사는 상부 녹지 면적만 해도 축구장 크기와 비슷했다. 더군다나 유물이라면 지하 습기는 어떻게 한단 말인가. 환풍구가 있는 이유는 설명할 수 있겠지만, 그것만으로는 확신하긴 어렵다. 지폐나 금괴 같은 값나가는 물건일 수도 있다. 하지만 이자들은 일반인이 아니지 않은가. 그렇다면 사람들 눈을 피해서 무언가 감추고 싶거나, 그런 행위일 가능성이 더 높다. 고문과 구류, 마약 제조 시설 등과 같은 범죄와 관련이 있을 수 있고, 내 집 마당에 두고 싶지 않을 만큼 꺼려지면서도 위험한 무엇이다. 일본인 특유의 부정한 물건 — 게가레(더러움, 부정) — 을 외부로 버리는 습성인가. 그렇다면 굳이 먼 H현에다가 설치하는 이유는 무엇인가. 게가레를 통해 괴롭히려는 목적인가. 아무리 오래전부터 Y현과 사이가 나쁘다고 해도 그렇게까지 할 수 있단 말인가. 전쟁을 아무렇지 않게 일삼는 무리이니 가능성을 부인할 수는 없었다. 윤희는 이런저런 생각에 머리가 터질 지경이다. 물건을 외부로 보낸다면 Y현으로 갈 수도 있다는 생각에 핸드폰을 들었다.

"여보세요?" 통화 연결음이 이어지고 상대방이 전화를 받았다.

"네, 김민준입니다."

"너무 일찍 미안해요."

"아뇨. 괜찮습니다. 일어났습니다." 부스럭거리는 소리가 들렸다.

"혹시 요즘 해매로 트럭이나 봉고차가 자주 드나드나요?"

"안 그래도 말씀드리려고 했습니다."

슬리퍼 끄는 소리와 냉장고 문을 여는 소리가 들렸다. "H현 도시 번호판을 단 차들이 자주 보입니다. 영업용은 아니고 흰색 바탕에 녹색 글자인 개인 차입니다."

"자주요?"

"네. 제가 상주하고 있지 않아서 확실히 말씀드리기 어렵지만 자주 보입니다."

"그래요? 알겠습니다."

"무슨 일입니까?"

"김상혁 씨 말로는 H 현에서…." 반원에게 자초지종을 설명했다.

H 현의 물건이 어디로 간다는 말인가. Y 현으로 가는지도 불확실한 상황이다. 물건일 수도, 약품이나 제품일 수도, 동식물이나 사람일 수도 있다. 어떤 지하 시설물인지도 밝혀야 대응 방법도 자연스럽게 드러나리라. 머리가 무거워지는 느낌이었다. 통화를 마치고 핸드밀로 원두를 갈아서 커피 추출기에 넣었다. 생수를 채우고는 버튼을 누르고 욕실로 향하는데, 보글보글 커피 내리는 소리가 들렸다. 욕실로 들어와 샤워기를 틀자 세밀한 물방울들이 쏴 하고 쏟아져 내렸다.

*

날마다 계속되는 안개와 비로 초목들은 쭉쭉 자라는데, 마법 학교 아이들은 우중충한 분위기 탓에 눈에 띄게 활동이 줄었다. 비는 그쳤지만, 교정에는 오가는 사람도 별로 없어서 휑한 느낌마저 들었다. 건 반 건물 앞에 신이 쪼그려 앉았다. 옆 바닥에는 둘레를 붉게 칠한 까만 가죽 책과 마법 막대가 놓여 있다. 신은 목조 건물 앞에 놓인 무쇠 드므[66]에 고인 빗물을 유심히 보고 있었다. 신은 요즘 말 상대가 없어서 부쩍 말수가 적어졌다. 교내 봉사활동을 함께 한 리 반 아이들은 물론이고, 룸메이트이자 침대 위아래 칸을 나눠 쓰는 장현과도 데

면데면했다. 봉사활동이 끝난 지 며칠이 지나서도 누가 먼저인지도 모르게 둘만 있는 상황을 일부러 피했다. 도우려는 마음을 부정당한 서운함일까, 우정을 독차지하고 싶은 아집 때문일까. 통 모르겠다. 눈길을 피할 때마다 얼굴이 화끈거렸고, 매일 아침 먼저 나가기를 침대 위에서 기다리기도 차츰 피곤해졌다.

'덩기둥당에 둥당에덩.'

신은 수백수천 번 주문을 되뇌고 있었다. 드므에 고인 물을 들었다 놨다, 이리저리 휘두르기를 머릿속으로 그렸다. 일종의 상상 훈련인데, 금지 명령으로 직접 마법을 쓸 순 없으니 이렇게라도 해야지 얼른 시간이 간다고 여겼다. 어찌나 몰두했는지 다리가 저리고 허리가 뻐근해져도 몰랐다.

"저기…."

무슨 소리가 들리는 것 같은데 착각이겠지 하며, 신은 계속해서 드므 안을 바라본다. 표면에 비친 얼굴이 일렁거렸다. 화마도 제 얼굴을 보고 놀라서 도망친다고 했다. 처음 보는 얼굴이어서 다른 존재로 착각했을까. 거울에 비친 자기 모습을 공격하는 동물같이 말이다. 아니면, 진짜로 흉포하게 생긴 모습 때문일까. 신은 자신도 모르게 피식 웃음이 났다. (무슨 생각을 하는 거야, 지금?)

"저기, 신아…."

누군가 부르는 소리가 선명하게 들렸다. 신이 힐끔 고개를 돌렸다. 장현이다. 또 얼굴이 화끈거려 얼른 제자리로 돌렸다. 드므 안을 보는지, 땅바닥을 보는지 갈팡질팡했다. 무슨 말을 해야 좋을지도 모르겠다.

"저기…."

"왜? 언제는 내버려두라며?"

"어? 미안…. 뭐 해?"

"아 왜?" 버럭 소리를 지르며 돌아섰다. "어? 야! 너 얼굴이 왜 그래?"

장현의 왼쪽 눈이 부풀어 올랐고 입술이 터졌다.

"헤헤…." 뭐가 좋은지 실실거렸다. "이거."

헤어드라이어다. 양 갈래머리 여자애한테 찾아오면서 패거리에게 얻어맞았나 보다.

"참 나, 너도 대단하다. 그걸 또 찾아왔어?"

"헤헤…."

신은 저 답답한 친구가 왜 자꾸 웃는지 모르겠다. 그러는데 가만두고 보자니 열불이 치솟았다. "내 이 자식들을 진짜."

신이 팔을 걷어붙이고 리 반 건물 쪽으로 향했다.

"신아, 아니야." 장현이 허리춤을 끌어안고 외쳤다. "내가 달려들었어. 내가 달랬어."

"어?"

'네가 왜?' 하는 말이 목까지 치밀다가 사그라졌다.

"나 때문에 마법도 못 쓰게 됐는데, 가만히 당하고 있으면 너한테 미안하잖아, 그래서. 히히…."

"하! 좋냐?"

포동포동한 얼굴이 더 부풀어 올랐다. 그간 눈치를 살피며 미안함을 느꼈다고 생각하니 마음이 짠했고, 그래도 얼굴을 보니 눈 녹듯 화가 풀리는 게 신기했다. 어느새 아무 일도 없던 듯 친밀하게 다가왔다. 신이 활짝 웃음 지으며, 장현의 배를 툭 하고 쳤다. 가죽 책과 마법 막대도 얼른 챙겨 안았다. 장현과 어깨동무하고 기숙사로 향했다. 더없이 기분이 화창했다, 희뿌연 안개를 비웃듯이.

식당에서 점심을 먹고 나온 신이 마법 학교로 향했다. 요즘 습관처럼 길에 고인 웅덩이만 보면 쭈그려 앉아 마법 주문을 되새겼다. 잊을 만하면 내리는 비도 이만하면 다행스러운 점이다. 마법 금지가 풀리려면 아직 일주일도 더 남았다. 오늘은 비가 오지 않아서 드므로 향하던 길인데, 성재학교 앞 잔디 운동장에 학생들이 큰 원형으로 둘러싸고 있었다. 왁자지껄 소란스러워 그냥 지나치려는데 연신 탄성 소리가 들려서 호기심에 그쪽으로 향했다.

"와!" 무리가 큰 소리로 소리쳤다.

잰걸음으로 바깥에 서 있는 사람들 옆으로 다가서니, 반대편에 같은 반 아이들이 바닥에 궁둥이를 붙이고 앉아 있었다. 두 룸메이트도 알아보고 손을 흔들었다. 그들 뒤로 키가 큰 고등부 형들이 서 있다.

'아, 오늘 정기전이구나.'

무예 반 중등부와 고등부 대표 선수들이 한 달에 한 번씩 시합하는 날이다. 양 팀 다섯 명씩 출전해서 총 다섯 판을 치르는데, 상대 얼굴을 가격하거나 넘어뜨리면 한 판을 딴다. 승자가 계속 상대 선수와 대결해서 전부 이기면 경기에서 이기는 방식이다. 가운데 마당에 수련복 차림의 정은이 덩치 큰 남자 선배와 대결하고 있었다. 벌겋게 달아오른 얼굴에 송골송골 땀이 맺혔고, 가쁜 숨을 몰아쉬었다. 축구할 때와는 차원이 다른 진지함이라서 처음 마주하는 결연한 모습에 신은 덩달아 긴장했다.

"와, 저 여자애 진짜 잘한다."

"장난 아님."

"쟤도 마지막이지?"

"어."

"야… 대단하다. 혼자서 네 명을 이겼어. 와우!" 고등부 선배들이 서로 감탄하고 있다.

'네 명?' 경기를 다섯 번이나 치르고 있었다. 신은 놀랍기도 했지만, 역시 무리할까 봐 걱정이 앞섰다. 이전 경기로 움직임이 느려져선지 허벅지를 계속 맞고 있었다. 체격 차가 큰 상대이니 한 방에 나가떨어져도 이상하지 않으니. 이런 뻔한 경기를 왜 기를 쓰고 이기려 드는지 모르겠다. 차마 볼 수가 없어 등을 돌렸다.

"어어…." 옆에 있던 선배가 감탄사를 연발했다.

급히 뒤돌아보니 정은이 상대 다리를 잡아 태질로 밀쳤다. 하지만 이내 체격 차를 이기지 못하고 반격을 당했으니, 큰 상대를 넘기기엔 너무 지쳐 보였다. 도리어 땅에 메쳐져서 손바닥으로 바닥을 치며 일어섰다. 아깝다, 아쉽겠다 싶었는데 표정은 한없이 밝았다. 후련해 보였다. 신은 처음 만났을 때 맡은 꽃향기가 방금 스쳐 간 듯했다.

"와!" 호각 소리와 함께 둘러싼 무리가 환호성을 질렀다.

"아냐, 지는 줄 알았네. 그렇지?" 선배가 옆 친구들에게 물었다.

"진짜 깜놀."

"졌으면 무슨 망신이냐. 여자애한테 내리 다섯 명이…."

"그러게. 이겼으니 망정이지, 상상만 해도 끔찍하다. 흐흐흐…."

"쳐 웃기는…. 넌 쟤한테 잽도 안 돼, 인마."

"넌 아닐까 봐?" 선배끼리 시시덕거렸다.

정은은 선수들과 웃으며 악수하고, 손뼉을 마주쳤다. 유쾌한 얼굴에 기분이 덩달아 좋아진 신은 마법 학교로 발걸음을 옮겼다. 신발이 어느새 잔디 물기에 흠뻑 젖어 있었다.

"야!" 익숙한 목소리가 등을 쳤다. "왜 그냥 가?"

언제 봤는지 정은이 와서 아는 체했다. "어때? 이 누나의 활약상이. 짱이지?"

땀 범벅인 얼굴이 환하게 웃었다. 신은 키도 체격도 비슷한데, 어디서 그런 깡이 나오는지 신기하기만 했다.

"누나는 무슨…."

돌아서 다시 길을 가는데, 정은이 나란히 붙어 섰다.

"잘하긴 하더라. 근데 체격 차가 그렇게 나는데, 악착같이 덤비냐?"

"어머, 얘 좀 봐. '연습을 실전같이', 몰라?"

신의 어깨를 다시 쳤다. "실전에서 몇 명인지, 체격이 얼마나 큰지 따질 수 있을 줄 알아? 닥치면 모두 상대해야 한다고."

신이 오다

"실전?"

"그래, 실전. 실전 몰라?"

"아는데, 그게 왜?"

"나도 고모처럼 신영 감찰반원이 될 거니까."

당연하다는 듯 신의 얼굴을 쳐다봤다. 놀란 신이 멈춰 섰다. 서로 바라보다가 겸연쩍어 다시 걸었다.

"이제 3학년이야. 졸업하려면 한참 남았고…."

"아주 어렸을 적부터 꿈인데?"

신은 문득 정은 집 마루에서 나눈 얘기가 떠올랐다. 왜 그러는지 수긍이 가면서도 연약한 모습과 대조되는 결연한 의지가 쉽게 적응되지 않는다. 이진에게 이따금 느꼈던 경외심과 비슷한 듯 다른 느낌이다.

"고등부에선 뭐할 건데?" 신이 물었다.

무예 반 고등부에서는 택견과 함께 검술, 사격술, 탐정술을 추가로 선택해서 배웠다.

"나? 당연히 사격술이지."

"사격술? 왜?"

"널 지켜줘야지. 걱정하지 마. 이 누나가 있으니까."

"또 고모가 그러셨던 건 아니고?"

"어? 어떻게 알았지?"

깔깔거리며 웃는다. 아무래도 놀리는 게 틀림없었다.

"학교에서 소문난 마법사라도 한 명 정도는 있어야지. 내가 할게, 그거."

"그거?"

"경호원."

"홍이다, 홍!"

약이 올라 혀를 쑥 내밀고 성큼성큼 앞서 걸었다.

"어어…, 농담 아니야."

정은이 바짝 쫓아왔다. 이따금 절뚝거려서 자꾸 돌아보게 했다. 어딜 가려고 그러는지 모르겠는데도 신은 웬일인지 즐겁다.

20

"총감독님, 여기에서 기다려 주세요."
"그냥, 교장이라 부르게. 민망하구먼."
"아니에요. 그렇게 불러 드리고 싶은걸요. 잠시만 계세요."
이진의 부하 직원인 해외협력반 반원이 본관 집행원 사무실로 안내해 주었다.
"고맙네."
간부회의 참석을 위해서 대기하기 위함이다. 오늘 참석한 간부들과 함께 윤결 대행의 장지에서 오는 길이었다. 머릿속으로 빼곡히 들려 있던 하얀 만장들이 나부꼈다.
'원통할세. 원통할세.'
교장은 윤결 대행 생전 모습도, 장례 상황도 주마등처럼 두서없이 떠올랐다. 아무리 그의 선영이었어도 초라한 봉분에 모셔서 너무 안쓰러웠다. 문중 요청으로 비문을 쓰면서 그의 생애에 대해서 많이 남길 수 없었으니, 곧은 양심으로 헌신해 온 삶을 그대로 적을 수 없었다. 직업도, 직위도, 업적도…. 그

저 유가족이 원하는 약력을 짧게 적었을 뿐이다. '이 원을 어찌 풀꼬.'

이진의 수고로 범인을 찾았다. 그자를 쫓기 위해서는 부득불, 신영으로 돌아와야 했다.

"총감독님, 이제 이쪽으로 오세요." 직원이 와서 청했다.

집행원을 나가 응접실로 향했다. 문을 들어서자, 큰 원탁에 각 지역 도감과 신영 간부진들이 둘러앉았다. 원탁을 지나 서기용 탁자 옆에 있는 의자에 앉았다. 응접실 보개 천장에 여전히 청룡이 빙빙 돌고 있었다.

"아니, 학교로 가셔야 할 분을 왜 모신 겁니까? 내보내세요." 강민 위원이 갑작스러운 방문에 당황했는지 소리쳤다.

"예의를 갖추세요. 내보내다니요? 직전 총감독이셨고, 오늘은 도감 세 분의 사전 승인을 받아 특별히 모신 겁니다." 이진이 나섰다.

도감들 세 명이 말없이 손을 들었다. 고은 도감, 이현 도감, 최담 도감들이다. 강민 위원이 그들을 보고 끙 하고 소리를 내며 자리에 앉았다.

"안녕하십니까? 집행위원 김원입니다. 오늘 운결 대행께서 마지막 가시는 길에 함께해 주셔서 정말 고맙습니다." 허리 숙여 인사했다. "총감독과 대행 모두 공석인 상황에서 제가 오늘 위원장을 맡게 됩니다. 하지만, 저를 비롯한 신영 도감들이 전부 실무진이기 때문에, 재적 회원 수가 가장 많은 김건 도감께 부탁드리려고 합니다. 어떠십니까? 동의하시는 분은 손을 들어 주십시오."

김원 위원이 간부회의 위원장 건에 대하여 거수를 요청했다. 일부를 빼고 대부분이 손을 들었다.

"고맙습니다. 그럼, 김건 도감께 마이크를 넘기겠습니다. 위원장님, 부탁드립니다."

"네, 김건입니다. 다들 오랜만에 뵙습니다. 오늘 맘고생이 심하셨는데, 거두절미하고 본론으로 들어가겠습니다." 큰 귀와 활꼴 눈썹을 가진 성격 좋아 보이는 인상을 가진 그가 말했다. "김원 위원 말대로 총감독과 대행 모두 공석인 비상 상황입니다. 각자 위기를 타개할 만한 총감독 대행을 추천해 주십시오. 오늘 결정해서 회원들 승인 투표를 받도록 하겠습니다."

"강민 감찰위원을 추천합니다. 마법 실력도 실력인데, 그간 업무 실적만 봐도 충분히 자질이 있다고 생각합니다." 박별 도감이다.

"전임 총감독을 추천합니다." 고은 도감이 일어나 말했다.

"회원들에게 불신임받은 지 얼마 지나지 않았습니다. 반대합니다." 강민 위원이 고은 도감의 말이 끝나기 무섭게 일어나 말했다.

"뭐라고요?" 고은 도감이 당황해서 소리쳤다.

"그만큼 비상 상황이에요. 수십 년을 잘 이끌어 오셨습니다. 이보다 더 적임자가 있나요?"

"그래도 절차라는 게 있습니다."

"무슨 절차요? 연임 금지에 대한 규정도 없잖아요?"

"하…, 재신임 투표지에 잉크도 아직 안 말랐습니다. 생각이란 걸 좀 하세요."

"석 달이 넘었는데 마르지 않는 잉크도 있나요? 억지 부리지 마시죠."

이진 도감과 강민 위원이 계속해서 옥신각신이다.

"자자, 그만하세요." 위원장이 끼어들었다. "다른 도감님들 생각은 어떠…."

교장은 김건 위원장의 말을 들으니, 며칠 전 통화가 떠올랐다. 다른 도감들은 잠잠한데 이진과 강민 위원 간에 설전이 계속 오가고 있다.

"통화 괜찮소?" 김건 도감에게 물었다.

"네, 총감독님. 말씀하세요."

"윤결 대행, 해매 놈들 소행이에요. 내가 신영으로 돌아가야겠소만."

"정말입니까?"

"확인했습니다."

"이런 쳐죽일 놈들 같으니…."

노년의 도감들은 누구나 그자들에 대한 울분을 감추며 살았다. 김건 도감 반응도 지극히 자연스럽다. 지역 유지였던 조부가 해외 독립운동 자금을 지원했다가 발각이 되어서 고문 끝에 옥사했다. 밀고자가 접촉했던 자가 바로 해매 흑마법사였으니, 직접 저주 주술로 손을 쓰지 않더라도 군부 도움으로 대한 마법사회를 얼마든지 핍박했다. 장례 절차를 지켜보면서 연락했던 도감들도 대개 그랬다. 윤결 대행의 죽음은 그 울분을 터뜨리는 도화선이 되기에 충분했다. 그들 조상도 모자라,

이제는 자신과 가족들까지 위험해질 수 있다는 가능성. 그것이 애써 감춰 놓았던 상처를 다시 헤집었다.

"이상과 같이 전임 총감독님을 대행으로 모시기로 했습니다." 김건 위원장이 거수투표 결과를 정리했다. "조속히 회원투표를 시행할 수 있도록 집행원에서 잘 준비하길 바랍니다. 그럼, 총감독 대행님을 자리로 모시겠습니다. 대행님, 이쪽으로…."
"네, 고맙습니다."
서기 옆자리에서 일어나서 빈자리로 이동했다. 총감독 대행이 도감들을 둘러보니 소감을 기대하는 눈치다. 강민 위원은 의자 등받이에 몸을 기댄 채 고개를 돌리고 있었다.
"한참 전에 뒷방으로 물러나야 했을 늙은이가 다시 찾아와서 송구합니다. 하지만, 때가 때이니만큼 양해를 부탁드리겠습니다. 작금의 위협을 잘 수습하라는 뜻으로 알겠습니다. 구구절절한 소감보다 시급히 처리해야 할 문제가 있습니다. 이진 도감!"
총감독 대행은 짧게 소감을 마무리하고 이진 도감을 불렀다. 신영으로 복귀하면 서둘러 처리하기로 한 사안이 있었다.
"네! 대행님, 다시 모실 수 있어서 영광입니다." 이진이 고개를 숙였다. "여러 선배님께 고견을 여쭙고자 이 자리에 섰습니다. 잠시 양해를 부탁드립니다. 모두 알고 계시겠지만, 고 윤결 대행의 죽음은 해매 흑마법사인 네즈미야의 소행으로 밝혀졌습니다. 얼마 전, 일본 마법사회로부터 네즈미야와 접촉한 우리 신영 사람에 관한 첩보가 있었습니다. 윤결 대행 사망에 관여했는가는 명확하지 않습니다만, 매우 심각한 일입니다. 네즈미야와 접촉한 자가 바로, 강민 감찰위원이기 때…."

"아닙니다! 그건 사실이 아니에요." 강민이 자리를 박차고 일어나 소리쳤다. "당신, 뭐 하는 짓이야? 상관인 나에게 보고도 없이?"

강민이 이진 도감을 향해 삿대질하며 핏대를 세웠다.

"잠자코 있으세요. 상관 비위 사항을 어떻게 당사자에게 보고합니까?" 이진이 맞대응을 자제하며 조용히 말했다. "계속 말씀드리겠습니다. 모두 화면을 봐 주십시오. 일본 측에서 보내온 사진입니다. 강민 위원이 들어가고, 좀 있다가 네즈미야가…, 함께 있는…."

"조작입니다. 이건 모함이에요, 모함!" 강민 위원이 계속 소리쳤다.

"자꾸 회의 진행을 방해할 겁니까. 쫓아내야 하겠어요?" 이진이 말했다.

"진정하세요. 강민 위원. 들어봐야겠습니다." 김건 도감이 타이르듯 말했다.

"도감님, 억울합니다. 믿어주십…."

"그냥 끌어내세요. 딱 봐도 내통한 거 아닙니까?"

이산 도감이다. 동물 변환 마법사인 그가 호통을 치자, 강민 위원도 순간 멈칫하며 수그러들었다. 그 정도의 위압감이었다.

"일본 마법사회가 있었습니까? 그런 소식을 접하지 못했는데요." 고은 도감이다.

"네! 자세한 상황까진 알 수 없으나, 우리 쪽 요원에게 접촉해 왔습니다." 이진이 고은 도감에게 설명했다.

"일본 마법사회는 뭐 다르겠습니까? 해매 놈들하고 똑같은 놈들 아니에요?" 이산 도감이다.

"그래도 '적의 적은 친구'라고 말하지 않습니까. 들어본다고 손해는 아닐 겁니다." 김혁 도감이다.

"자자, 조용히 해 주세요. 더 들어봅시다." 김건 도감이 나섰다.

"네, 고맙습니다. 사진에 찍힌 당일뿐만이 아닙니다. 강민 위원은 윤결 대행과 네즈미야의 만남을 주선하기도 했습니다. 첩보를 입수한 제가 직접 미행해서 확인했으며, 증인도…."

"이진 도감, 헛소리 말아. 당신, 증거 있어?"

"함께 본 증인이 있었습니다."

"'있었습니다'라니 무슨 뜻입니까?" 김건 도감이다.

"윤결 대행께서 만남을 뿌리치고 나오자, 쫓아온 강민 위원과 네즈미야를 본 목격자가 있었습니다. 하지만 그도 역시, 네즈미야 손에 죽었습니다."

"뭐요?"

"아니, 말이 됩니까?"

"연이어서 무슨 일이에요. 이게?"

"도대체, 그놈에게 몇 명이 당한 겁니까? 에잇."

이산 도감이 회의자료를 탁자 위로 내던졌다. 도감들이 저마다 놀라움을 표현하며 웅성거렸다.

"자자, 진정들 하세요. 계속 들어봅시다." 김건 도감이 좌중을 달래며 말했다.

"목격자 죽음도 네즈미야 짓임을 확인하고, 해당 음식점과 호텔 증거 영상을 찾았지만 확보하지 못했습니다."

"거 보세요. 증거도 없으면서 누구를 모함하는 겁니까?"

강민 위원이 연신 삿대질을 해댔다.

"강민 위원이 윤결 대행을 모시고 네즈미야를 만난 건 확실합니까?" 정선 도감이다.

"네, 그렇습니다. 보여드릴 수 있는 증거는 없지만, 제가 직접 똑똑히 봤습니다."

"하하하…. 이진 도감이 제 자리가 탐이 난 모양이에요. 여러분, 저를 쫓아내려는 음모입니다. 속지 마십시오."

"네즈미야와 접선뿐 아닙니다. 국내에서 벌어진 강력 사건 용의자인 네즈미야 검거를 방해한 혐의도 있습니다. 부하 직원들이 감찰 결과를 토대로 검거를 요청했지만, 그때마다 증거 불충분을 이유로 묵살했습니다. 제때 네즈미야를 잡아들였다면 무고한 희생은 막을 수 있었습니다."

"하, 이제 별 트집을 다 잡는군. 이진 도감, 당신 책임질 수 있어?"

"네즈미야를 만난 사실보다 이게 더 문제 아닙니까?" 정선 도감이다.

"맞습니다. 배임 아닙니까? 이 정도면?"

"맞아요."

도감들이 수군거렸다.

"네즈미야 체포를 막았다면, 이를 추진한 직원이 있지 않습니까?" 김건 도감이 말했다.

"네, 그렇습니다. 이를 증언해 줄 직원이 있습니다."

"이진 도감, 그럼 그 직원을 불러주세요. 여러 도감과 함께 들어보겠습니다."

"네, 대행님."

이진이 문 앞에 서 있던 직원을 불러 귓속말했다. 문 앞에 대기 중인 직원이 밖으로 나가고, 잠시 후 임혁 방첩 팀장이 들어왔다.

그가 네즈미야 혐의, 수사 내용과 강민 위원의 수사 방해에 관해서 설명했다. 증거 불충분에 대한 강민 위원의 반발 또한 계속됐다. 여러 도감도 옆 사람과 거침없이 의견을 주고받았다. 회의장이 소란스러운 건 당연했다. 잠시 그들이 자기 의견을 털어놓도록 두었다. 이진 도감은 혼자 고개를 숙이고 있었다. 무슨 생각을 하는지 슬퍼 보였으니, 아마도 네즈미야에게 죽임을 당했다는 그 직원을 생각하리라 대행은 짐작했다. 이진은 그런 성품을 가졌다고.

"자자, 조용히 해 주세요." 총감독 대행이 좌중에 주의를 주었다. "이진 도감과 강민 위원은 각자 입장을 짧게 정리해 주길 바랍니다."

"네, 대행님."

이진 도감이 먼저 발언했다. "첫째, 강민 위원은 네즈미야와 접선했고 그 사실을 숨겼습니다. 둘째, 네즈미야와 고 윤결 대행의 만남을 주선한 사실이 있습니다. 고인의 업무를 방해할 의도가 있었는지 의심스럽습니다. 셋째, 부하 직원 수사를 증거 불충분을 이유로 들어 방해했습니다. 이상입니다. 여러 도감들께서 현명하게 판단해 주시기를 바랍니다."

이진이 고개를 숙이고 자리에 앉았다.

"음! 강민 위원입니다. 저는 결단코 윤결 대행과 네즈미야를 만나게 한 사실이 없습니다. 증거도 없고, 모두 이진 도감의 모함입니다. 네즈미야가 가족을 위협하기에 딱 한 번 만났을 뿐…"

"그러면 왜 그 사실을 숨겼습니까?"

이산 도감이 화를 참지 못하고 발언 도중에 끼어들었다. 다른 도감들이 만류하며 잠시 소란이 일었다.

"죄송합니다. 협박에 못 이겨 숨길 수밖에 없었습니다. 네즈미야에 대한 수사 결과도 정황 증거이지, 확실한 물증이 없었습니다. 방첩 팀장과도 따로 몇 마디 나눴을 뿐입니다. 제대로 된 보고는 받은 적도 없습니다. 이건 분명히 제 부하 직원까지 끌어들인 모략입니다…"

강민 위원이 눈물을 흘리며 말을 잇지 못했다. 웅크린 몸이 들썩거렸다.

"이상으로 양쪽 입장을 들어 보았습니다. 오늘 큰일을 치르고 오셨는데 피곤하게 해 드려서 송구합니다." 총감독 대행이 말했다.

원탁을 둘러앉은 도감들을 살펴보니, 그들 낯빛이 어두웠다. 고인에게까지 생각이 미치자 더 측은한 마음이 들었다.

"오늘 이 자리에서 모든 시시비비를 가릴 순 없으니, 강민 위원에 대한 징계 위원회를 조속히 갖도록 하겠습니다. 하지만,

그때까지 적과 내통한 혐의가 있는 채로 그냥 둘 수 없습니다. 더군다나 회원들 비위를 감시하는 감찰위원이란 직책은 더욱 그렇습니다. 해서, 징계 위원회 결정 때까지 강민 감찰위원 직무를 정지하고자 합니다. 여러 도감님들 생각은 어떠십니까?"

"찬성합니다."

"동의합니다."

대다수 도감이 말로, 또는 손을 들어 긍정 표현을 했다.

"말도 안 됩니다. 그럴 수는 없습니…." 강민 위원이 반발하며 소리를 질렀다.

총감독 대행은 문 앞에 선 감찰 반원들에게 손짓하여, 그를 끌어내도록 지시했다. 더 참아 주다가는 회의가 끝나지 않을 듯했다.

"이진 도감, 당신 각오해! 내 가만두지 않겠어. 당신…."

강민은 끌려 나가면서도 이진 도감에 대한 협박을 멈추지 않았는데, 다행히 크게 마음 쓰지 않는 눈치였다. 그저 이 어수선한 상황에 대해 만감이 교차하는 듯한 표정이었다.

"그럼, 결정하겠습니다. 지금부터 강민 위원 징계 내용을 결정할 때까지 직무 정지를 명합니다. 그동안 이진 도감을 감찰위원 직무대리로 지정합니다. 김원 위원께서는 이에 대한 처리를 부탁드립니다. 이상으로 회의를 마칩니다. 고맙습니다."

총감독 대행이 회의를 갈무리하고, 오늘 장지에서부터 긴급 간부회의까지 고생한 도감들을 다독였다. 그들이 순간 이동으로 각자 근무지로 출발했고, 총감독 대행은 자신을 따라오려는 이진을 말렸다. 그의 자리였던, 그리고 죽은 제자의 자리였던 곳으로 향했다. 그러다 잠시 바람을 쐬고 싶어져 본관 정문으로 발길을 옮겼다.

'정문이 이리 멀었던가?' 눈물이 앞을 가렸다.

21

"신아, 가자. 얼른 내려오라셔." 옆에 있던 장현이 말했다.

계곡 아래로 먼저 내려간 류범 선생이 밑에서 학생들을 재촉하고 있었다.

"에이, 산속에 살면서 무슨 또 계곡으로 놀러 와. 이게 말이 돼?" 털썩 주저앉으며 말했다.

신은 지금 건 반 중등부 아이들과 B 도에 있는 어느 사찰 근처에 와 있다. 좀 더 자세히는 계곡 위 야산에 있었다. 감 반 3학년 선배 둘도 함께 전공별 현장학습을 위해서다. 학교에서 신영 마법사회까지 순간 이동을 한 후, 버스를 타고 두세 시간 정도를 이동했다. 다시 주차장에서 야트막한 산길로 이십 분 정도를 걸어서 막 다다른 참이다. 드디어 마법 중지가 풀려서 마법 수련을 하겠구나 한껏 기대했는데, 현장학습이 고작 계곡에서 노는 거라니 신은 믿을 수 없었다. 이왕 선생도 없고 류범 선생과 함께라니 더 당혹스럽다. '우리 선생님이 **특별히** 부탁하셨다나 뭐라나…' 그나마 다행인 건 자율 복장, 그것

하나였다.

"그러면 어떡해. 류 선생님이 그렇게 정하신 걸…."

장현이 옆에 놓인 수박을 가리키고 어깨를 흔들었다. "그래도 리 반 애들보다는 낫잖아. 빨리, 이거 들고 내려가야 해."

"으아 아아…."

신은 머리를 긁적거리며 짜증을 냈지만, 어쩔 도리가 없었다. 리 반은 'ㄱ' 군의 어느 산에 있는 유적지를 방문한다니, '그래, 산보다는 낫지.' 하는 생각으로 마지못해 일어섰다. 사찰 옆 공터에서 2, 3학년 선배들이 파란색 천막을 치고 있었는데, 얼굴들이 수박 속처럼 벌겋게 달아올랐다. 1학년도 계곡물에 물병과 과일을 담가 두고 얼른 거들어야 했다. 길옆에 놓인 수박 한 덩이를 들고 장현을 쫓아갔다. 먼저 출발한 아이들이 짐을 들고 산비탈을 내려가는데, 무더위에 걷고 힘을 쓰느라 다들 지쳐 보였다. 계곡을 둘러싼 울창한 나무들만 태양빛을 받아 반짝거렸다.

"네?"

수박을 흐르는 물에 담근 후, 신은 믿기지 않는 소리에 놀라서 류범 선생을 빤히 쳐다봤다. "무, 무슨 말씀이세요?"

"얼른 뛰어!"

선생이 가리키는 손끝에 아이들이 물속에서 어깨동무하고 있었다. 무릎까지 제법 거친 물살이 흐르는데도.

"신아, 얼른 와!"

"야! 빨리, 너무 차갑단 말이야."

"으아…." 친구들이 얼른 들어오라 성화다.

신은 할 수 없이 옷을 걷어붙이고 뛰어 들어갔다. '헉, 말도 안 돼.' 7월 뙤약볕에도 물이 얼음장처럼 찼다. 종아리가 찌릿찌릿해서 정신이 번쩍 들었다. 재촉하는 친구들에게 다가가 장현 옆으로 끼어들었다.

"자, 더운데 고생했다. 선생님이 특별히 생각해서 너희부터 물에 들어가게 해 줬어. 어때, 좋지?"

"으아…." 아이들이 푸르르 떨면서 아무 말 못 했다.

"오 라라, 좀 더 있을래?"

"아뇨! 좋아요."

"그래."

류범 선생은 혼자 뭐가 그리 즐거운지 함박웃음을 지었다.
"자, 선생님 구령에 맞춰 셋을 세고, 뒤로 눕는다. 하나!"

"하나!" 누군가 한 명이 외쳤다.

나머지 친구들은 농담처럼 실없는 장난으로 받아들였고, 신도 마찬가지다. '장난치지 마세요.'

"소리가 작다! 둘!"

"둘!" 서너 명이 소리쳤다.

'에이, 설마….'

"그래도 작다. 셋!"

"셋!" 아이들 모두가 소리쳤다.

'아, 진짜, 하지 마!'

"누워!"

"누워!"

한두 명이 뒤로 넘어가자, 도미노처럼 어깨동무한 줄이 쓰러졌다.

"억 푸…." 신이다.

물을 삼킬 뻔했다. 벌떡 일어서서 양손으로 가슴과 팔을 쓸어내렸다. 심장이 미친 듯이 쿵쾅대고, 숨이 턱턱 차올랐다. 신은 몸이 뻣뻣해지고 뒷골까지 시린 느낌이 들었다. 계속 어어 소리가 무심코 튀어나왔다. "아…, 이건 아냐."

"으아!" 친구들도 아우성친다. 머리끝까지 홀딱 젖어서 함께 소리쳤다.

온몸이 따끔따끔했다. 이내 후끈 몸이 달아올랐다. 어깨동무가 풀려서 안 빠진 애들이 있었는지 별안간 물싸움이 벌어졌다. 순식간에 괴성과 웃음소리가 뒤죽박죽이다.

'이 생뚱맞은 통쾌함은 뭐지?'

조금 전까지만 해도 물속으로 뛰어들라는 꿈같은 소리에 짜증이 났었고, 난데없는 계곡행에 어이가 없었다. 하지만 서로 놀려대며 웃는 친구들을 보며, 신은 어느새 자신도 그러고 있음을 알아챘다. 신기했다. 짜증 하나 없이 머릿속이 맑아졌다. 태양 빛에 친구들이 나뭇잎처럼 반짝거렸다.

"그래, 음식물은 여기다 버려 주렴."

인솔자로 함께 온 김향기 선생이 음식물 쓰레기 봉투를 내밀었다.

"네, 선생님."

신은 파란색 천막 아래 놓인 도시락들을 잔반과 쓰레기를 구분해서 쓰레기봉투에 담고 있다. 천막 치기에 늦은 벌로 다 함께 먹은 도시락 뒤처리를 1학년이 맡았다. 이곳이 상수원

신이 오다 307

보호구역이라 취사도 안 되지만, 쓰레기를 다시 가져가야 하기 때문이다. 2, 3학년 선배들은 벌써 계곡 아래로 내려갔다. 선배들 천막에서 정리하던 아이들도 내려갔다. '괜히 물에 빠뜨려서….' 이것도 다 류범 선생 때문이다. 고등부 학생이라 해도 믿을 만큼 앳돼 보이는 김향기 선생이 물티슈로 돗자리를 닦고 있었다.

"선생님, 뭐 하나 여쭤봐도 돼요?"

"야, 하지 마!" 장현이 말렸다.

"어? 그래. 뭔데?"

"진짜요? 음 …."

"야…." 장현이 또 말렸다.

신의 입을 막으려고 안간힘을 썼다.

"저기 류범 선생님이랑 사귄다는 거 진짜예요?" 만류를 뿌리치고 신이 물었다. "저 막무가내인 분이 어디가 좋아요? 아무리 봐도 매력을 모르겠는데…."

신은 학교에 두 분이 사귄다는 소문이 진짜인지 확인하고 싶었다. 돗자리를 훔쳐내던 김향기 선생의 손이 멈췄다. 잠시 정적이 흘렀다.

"그런 소리 하지 마. 아주 재밌고 유쾌하신 분이야, 심성도 여리고. 너희 징계받을 때도 엄청 애쓰셨다고…."

다시 돗자리를 닦기 시작하는데 얼굴이 붉다. "그리고 나 혼자 좋아하는 거야. 류 선생님은 모르셔."

너무 뜻밖의 솔직한 대답에 신은 할 말을 잃었다. "아-아, 뭐 이렇게 많이 남겼어? 다 버려야 하잖아."

난처한 분위기를 모면하려 짐짓 딴소리를 해댔다.

"거 봐! 하지 말랬잖아." 장현이 눈을 흘기며 낮은 소리로 속삭였다.

"아하하…, 이제 다 됐네. 선생님, 저희도 내려가 봐도 되죠?"

신이 쓰레기봉투를 묶어 들었다. 허튼소리로 불편해진 자리를 얼른 피하고 싶다.

"어, 그래. 고마워."

김향기 선생이 봉투를 받으려고 다가왔다. "방금 얘긴 비밀이다. '꼭'이야. 알았지?"

"네 그럼요, 선생님." 장현이 서둘러 말했다.

신의 팔을 툭툭 쳤다. 빨리 말하라는 듯이.

"네, 선생님." 신도 따라 했다. "가 보겠습니다."

꾸벅 인사를 하고 돌아섰다. 신은 괜한 호기심으로 선생님을 난처하게 해서 민망했다. 장현의 핀잔을 들으며 계곡 아래로 향했다. 돌아보니 김향기 선생이 쓰레기봉투를 땅에 두고 쪼그려 앉아 있었다. '진짜로 많이 좋아하시나 보네. 죄송해요, 선생님.'

학생들은 그늘진 바위 위에 걸터앉아서 계곡물에 발을 담갔고, 류범 선생은 계곡 한가운데 서서 신이 내려가는 쪽을 향해 말하고 있었다. '저 코주부가 뭐가 좋다고…. 에잇.'

괜한 트집을 잡았다. 물가에 도착했는데 학생들이 무슨 얘기를 들었는지 배를 부여잡고 웃고 있다. 불쑥 '재밌고 유쾌한 분이야.' 하던 김향기 선생 얘기가 생각나며 신은 또 미안해졌다.

"자, 1학년들도 이제 다 왔지?" 방금 물가에 앉은 신과 장현을 보고, 류범 선생이 말했다. "마냥 놀 수만은 없으니까, 잠깐 공부 좀 하자. 좋지?"

"네."

"우우…."

"음…, 뭐가 좋을까? 그래. 감 반에서도 왔으니 저주술 같은 흑마법이나 상태 이상 마법 방어술에 대해서 잠시 얘기해 보자."

"네, 좋아요." 학생들이 크게 소리쳤다.

"좀 전에 말한 마법들은 마법에 당한 피해자를 상태 이상에 빠뜨린다. 육체와 감각을 제어하고, 이성과 기억을 조작할 수 있다. 그래서 피해자를 공황에 빠뜨리거나 기절시키고, 심하면 사망에 이르게 할 수 있는 위험한 마법이지. 특별한 몇몇 주문을 제외하고는 이런 상태 이상은 우리 몸의 뇌에 직접 작용한다. 우리 뇌는 전두엽, 두정엽, 후두엽, 측두엽 같은 대뇌, 그리고 간뇌, 중뇌, 소뇌 등으로 구성되어 있는데— 흑마법은 목적에 따라 각각 뇌 기능을 마비하고 조작하려고 한다…." 류범 선생이 한참을 설명했다.

'오, 제가 공황에 빠질 것 같아요. 제발….'

너무 어려운 단어들이 나와서 어안이 벙벙했다. 뇌에 작용해서 신체와 정신을 조작한다는데, 나머지는 너무 어려웠다. 신이 보기에, 건 반 아이들은 익숙한 듯 똘망똘망하게 듣고 있었다.

"어렵지? 오늘은 그냥 대강 내용만 기억해도 좋다. 나머진 학교에서 자세히 알아보자."

"네!"

"우리 반에서 가장 많이 쓰는 마법이 뭐가 있지? 음…, 장현이가 얘기해 보겠니?"

"네, 방어막과 결계 방어술이요."

"그래. 맞았다. 고맙구나."

"오오…."

신이 장현을 어깨로 슬쩍 밀쳤다.

"다 그런 건 아니지만, 이런 마법들은 꾸준한 방어 효과를 기대할 때 유용하다. 그럼, 흑마법 시전자에게 직접 대응할 수 있는 주문들이 있다. 그게 뭔지 아는 사람?"

"저요. 선생님." 건 반 3학년 선배다. "매기는 소리와 받는 소리요."

"그래, 잘했다. 박수."

다 함께 손뼉을 쳤다.

"매기는 소리는 시전자의 흑마법을 직접 방어할 때 쓴다. 시전자가 흑마법을 쏘면, 동시에 매기는 소리로 상쇄하지. 받는 소리는 피해자에게 미리 방어술을 걸어둔다. 흑마법을 상쇄하는 건 같지만, 피해자가 풀리기 전까지 고통을 느끼게 되는 차이점이 있다. 음…."

류범 선생이 무언가 생각하며 뜸을 들였다. "모처럼 왔으니, 명이가 나와 보겠니?"

"네, 선생님."

훤칠한 임명이 가운데 류범 선생 옆으로 향했다. 참 어디서나 눈에 띄는 사람이라 신기했다.

"어허루 액이로구나."

류범 선생이 조릿대 나무로 만든 거문고 술대로 주문을 외웠다. 임명 주위로 하얀 막이 뒤덮이더니 이내 몸에 빨려 들어간 듯 사라졌다.

"자, 명이에게 흑마법을 상쇄할 수 있는 받는 소리를 걸어두었다. 다음으로 상태 이상 마법을 걸어볼게. 너무 긴장하지 말고." 임명에게 다정한 목소리로 말했다.

"에뚜흐디으(정신을 어지럽히다)."

큰 소리로 외치며 술대를 임명의 가슴께로 향했다. 거문고 술대에서 전기 충격파 같은 게 튀어 나갔다. 임명의 가슴을 팍 하고 때렸는데, 그다지 충격이 크지 않나 보다. (오, 힘 조절도 가능한가?)

"선생님. 머리 쪽으로 뭔가 치밀어 올라요. 어어⋯." 임명이 당황해서 눈을 크게 뜨며 말했다. "오, 사라졌어요. 휴⋯."

두 손을 가슴에 대며 긴 숨을 내쉬었다.

"하하하, 많이 놀랐지? 괜찮을 거야. 고맙구나."

임명의 어깨를 두드렸다. "너희들도 봤지만 받는 소리는 피해자 몸에 이렇게 불편한 느낌이 남는다. 위험하진 않지만, 기분이 과히 좋지는 않지. 그래서 되도록 직접 매기는 소리로 대응하기를 바란다. 알았지?"

"네, 선생님."

"근데, 매기는 소리는 뭐예요?" 신이 물었다.

"그건 '어루액이야.' 주문이다. 상대가 흑마법을 시전하면 매기는 소리로 맞대응한다. 알았지?"

"네, 선생님."

"그럼, 신이가 나와 보겠니?"

"네?"

신은 놀라 두리번거렸다.

"선생님이 상태 이상 마법을 걸어볼 테니 막아 보렴."

"에이, 농담하지 마세요."

"진짜로…."

류범 선생이 계속 손짓했다.

"네…."

신이 기어들어 가는 목소리로 말하며 앞으로 나갔다. 손에 막대를 꺼내 들었다.

"자, 간다."

"에뚜흐디으."

류범 선생이 전기 충격파를 쐈다. (진짜다.)

"어루액이야!"

당황해서 주문을 큰 소리로 외쳤다. 그러자 파란 마력 줄기가 막대에서 쭉 나갔다. 이내 류범 선생이 쏜 전기 충격파와 푸악 소리를 내며 부딪치고는 사라졌다. 치리리…, 작은 소리와 함께. '오오…. 이게 뭐지?'

신은 놀라움에 입이 다물어지지 않았다. "와, 선생님. 성공했어요."

"오 라라, 역시…. 다들 박수."

신이 오다

"와!"

박수 소리가 이어졌다.

"감사합니다."

신이 인사를 꾸벅하고 들어갔다. 색다른 경험은 어느새 류범 선생에 대한 평가도 좋은 쪽으로 바꾸고 있었다. 장발과 잘 다듬은 콧수염도, 새까만 안경테도 멋스럽게 느껴졌다. 거짓말처럼.

*

"예-에? 프랑스요?"

버스 안에 신의 놀란 목소리가 퍼졌다. 현장 수업을 마치고 마법사회 본부로 돌아가는 길인데, 다른 학생들은 곤히 자고 있었다. 어디서 튜브를 구했는지 모르겠지만, 수업 후 물놀이를 원 없이 즐겼기에 피곤했던 모양이다. 류범 선생이 검지 손가락을 입에 대며 주의를 주었고, 저도 모르게 입을 틀어막은 신이 당황해서 뒤를 급히 돌아봤다. 다행히 깬 사람은 없었다. 같이 타고 왔던 장현도 서너 칸 뒤에서 혼자 앉아 눈을 감고 있었다. 신은 지금 승차 문 쪽 첫 줄에 류범 선생과 앉았고, 버스 기사 뒤칸에는 김향기 선생이 차창 밖을 내다보고 있었다. 류범 선생이 프랑스 교포다.

"그럼, 아까 마법 주문도 프랑스어예요? '에'로 시작하던 그거요."

"그렇지."

"진짜요? 그걸 어떻게 배우신 거예요?"

"뭘 그렇게 놀라니? 마법 학교는 우리나라에만 있는 건 아니란다."

"와, 상상도 못 해봤어요. 다른 나라에서도 마법을 배우는구나. 선생님, 그럼 어디 어디 가 보셨어요. 프랑스 말고요?"

류범 선생이 말없이 고개를 저었다.

"다른 나라는 안 가셨다고요? 왜요? 아, 프랑스에서 사셨다고 했지. 헤헤." 자기 머리를 콕 쥐어박았다. "그럼, 한국엔 왜 오신 거예요?"

류범이 기가 찬다는 눈빛으로 바라봤다. 뭐 이런 애가 다 있지 하고. (그런 애가 여기 있다고요.)

"음… 마법이란 게 나라마다 참 다르더구나." 사뭇 진지한 표정으로 답했다. 조용히 가기는 힘들겠다는 체념일 수도 있겠다. "문화도, 사고방식과 생각도 다르니까 당연했겠지. 날 때부터 살았어도 내가 한국인임은 변하지 않으니까. 좀 더 괜찮은 마법사가 되기 위해서는 여기서 마법을 배워야 하겠다고 생각했지. 정신을 차려보니, 한국에 와 있더구나."

"와, 쩐다[67]."

"흡, 음."

김향기 선생이다. 웃음을 참으며 안 듣고 있는 척 창밖만 주시하고 있다.

"그럼, 프랑스와 한국에서 둘 다 마법 학교에 다니셨어요?"

"한국에선 고등부만 다녔지만…."

"오, 대박!"

흥분한 신은 한참 전부터 등받이에서 떨어져 있었다. "그럼, 지금은요? 귀화하신 거예요?

"그래. 쑥스럽구나. 그 얘긴 그만하자."

"저도 프랑스 마법 배우고 싶어요. 선생님."

"글쎄다. 상태 이상 마법이 주여서 네 마법과 맞지 않을 수 있겠구나. 지금은 무엇보다 전공 마법에 충실해야 할 때야. 그래야 다른 마법도 더 빠르고, 안전하게 배울 수 있으니까. 알겠니?"

"네, 선생님." 신이 대답했다.

신은 류범 선생이 엄청 대단한 사람이구나 생각했다. 자기는 물 마법 하나도 제대로 못 하고 있는데, 다양한 마법을 배우고 구사할 수 있다니 새로운 세계를 만난 기분이다. (물론 이왕 선생님만큼은 아니다.)

편도 2차선 도로를 따라온 지 삼십 분 정도 지났다. 신은 류범 선생과 프랑스 마법 학교에 관해서 얘기 중이다. 귀찮아하지 않고 손짓발짓해 가며 열심히 설명해 주었다. 중간중간 재치 있는 유머를 듣다 보니 자신도 모르게 해맑게 웃었다. 신은 생각했다. 김향기 선생 말이 맞다고, 참 재밌는 사람이라고.

"어어? 허 참!" 버스 기사가 갑자기 탄성을 질렀다. "저 차가 자꾸 왜 저러지?"

"왜요? 기사님?" 김향기 선생이 물었다.

"아예. 앞에 트럭이 자꾸 귀찮게 하네요. 속도를 늦췄다 말았다 하는데요. 그것도 계속."

"졸음운전인가? 위험하니까 피해서 가시죠." 류범 선생이 말했다.

"안 그래도 추월해 봤는데, 어느 순간 뒤따라와요. 앞으로 보내면 또 속도를 줄이고요. 마치 우리 차 속도를 조절하려는 것 같습니다."

"급한 거 없으니 천천히 가셔도 됩니다. 가능한 한 멀리 떨어지시죠."

"그래요. 기사님." 김향기 선생이다.

"네, 선생님."

속도를 줄이자, 간격이 벌어졌다. 이윽고 긴 커브 길이 이어졌다. 곧은 길로 접어들며 교량 구간에 막 들어갔다. 길 오른쪽으로 큰 강이 흐르고, 왼편에 작은 강이 합류하고 있었다. 큰 강 오른쪽 제방에 하얀색 가건물이 보였다. 방 한 칸짜리 크기인데 왜 저러고 있는지 신은 문득 궁금했다.

빠-앙.

이때, 자동차 경적이 앞쪽에서 다급하게 울렸다. 버스가 갑자기 속도를 줄이며 비상 깜빡이를 켰다. 신의 몸이 앞으로 쏠리면서 안전벨트가 아랫배를 조였다. 딸깍딸깍 소리가 이어졌다. 바로 앞에, 교통사고가 났다. 버스가 도로와 끼익 마찰음을 냈고, 사고 차들과 충분한 거리를 두고 멈춰 섰다.

"사고가 났습니다. 아까 그 차네요. 허 참!" 기사가 한숨을 쉬며 넋두리했다.

"어머, 이를 어째."

김향기 선생이 양손으로 입을 틀어막았다.

"아…." 신도 차창 앞 광경에 할 말을 잃었다.

신이 오다

흙투성이 덤프트럭이 도로 중앙에 걸쳐져 편도 2차선 도로 두 곳을 막고 있었다. 한쪽 면에 바퀴가 넷인 대형 트럭인데, 승용차 한 대가 트럭 앞뒤 바퀴 사이로 박혔다. 그 승용차 윗부분이 사라졌다. 다른 승용차 한 대도 트럭 뒷바퀴를 부딪쳐 멈췄다. 앞 차체가 심하게 찌그러졌는데, 다행히 사람들이 빠져나와 있었다. 그 차 뒤로 서너 대의 차들이 얼기설기 엉켰다. 비상 깜빡이가 여기저기서 켜졌는데, 트럭 밑 승용차는 브레이크 등만 들어와 있었다.

"선생님, 저 차에 아직 사람이 있으면 어떡해요? 아…."

"그러게 말이다. 크게 다치지 않았으면 좋으련만…, 오 라." 류범 선생이 말했다. "내가 좀 내려가 봐야겠다. 기사님, 문 좀." 하고는 안전벨트를 풀고 일어섰다.

"네, 어어…?" 버스 기사가 갑자기 소리를 질렀다. "선생님, 뒤차가 들이닥칩니다. 선생님!"

"응?"

신도 돌아봤다. 앞에 사고 난 트럭과 같은 종류가 무서운 속도로 다가왔다. 브레이크를 밟는 소리도 나지 않았다.

"모두! 조심해!"

신은 손을 머리에 대고 한껏 몸을 숙였다. 양손으로 무릎을 감싸안으며 소리쳤다. '으아… 부딪힌다.'

"이런!"

류범 선생이 버스 중앙 통로로 내달렸다.

"어허루 맞잡이[68]로구나."

술대를 뽑아 들고 외쳤다. 하얀 마력 덩어리가 버스 뒷부분을 에둘렀다.

빠악.

뒤에서 요란한 충격음이 들렸다.

"뭐, 뭐-야?"

"무슨 일이야?"

충격음과 놀란 목소리를 듣고 아이들이 서둘러 잠에서 깨어났다. 버스 뒤쪽에는 당황해서 소란을 떠는 아이들 말고는 순간 정적이 흘렀다. 하지만 곧 빠지직 소리가 이어졌다. 방어막과 충돌한 트럭 차체가 뒤틀리는 소리였다. 버스가 점점 크게 비명을 질렀다.

"꽉 잡아라!" 류범 선생이 외쳤다.

"어어…."

아이들이 두려움에 떨며 서둘러 손잡이를 잡거나 머리를 감싸고 고개를 숙였다. 갑자기 차체 소리가 끊기고 쾅 소리와 동시에 충돌했다. 그 여파로 버스가 앞으로 왈칵 기울었다.

"우-우 왁!"

통로 가운데에 있던 류범 선생이 날아와 버스 앞 대시보드 중앙에 등을 쾅 부딪쳤다. 버스 차체가 앞으로 쏠려서 앞 사고차들과 거리가 순식간에 좁혀졌다. 아이들은 놀라움과 통증으로 계속 소리를 질러 댔다. 다행히 대부분 의식을 차리고 있었다. 신은 약간 어지럽고 정신이 없었다. 하지만, 맨 뒷자리 3학년 선배들이 벨트에 매달려 의식을 잃고 있었다.

"억…."

"엄마! …."

이마가 찢어지고 더러 코피를 흘리는 아이들이 문으로 몰려들었다.

"얘들아, 빨리빨리!"

버스 기사가 출입문을 열었다. 다들 소리를 지르며 류범 선생 옆을 지나쳐 계단으로 뛰어내렸다. 김향기 선생과 아이들이 버스 옆 갓길로 대피했다. 출입문으로 내려간 김향기 선생이 류범 선생을 잠시 안쓰럽게 쳐다봤다. 신은 3학년 선배들이 걱정돼 자리에서 일어섰다. 버스 중앙쯤 왔을 때다.

"꺅!"

"얘들아, 피해!" 버스 밖에서 아이들이 소리를 질렀다.

버스 전면 차창으로 보니, 앞쪽에서 불덩이가 날아들었다. 사고 차들 사이로 남자 서너 명이 버스를 향해 다가왔는데, 그들이 불 마법으로 공격했다. '뭐지? 왜 공격하는 거지?' 신은 순간 멍해졌다.

퉁.

버스 뒤에서 뭔가 떨어지는 소리가 작게 들렸다. 깨진 버스 뒷유리창으로 말처럼 얼굴이 긴 남자가 들어왔다. 순간 무표정한 얼굴과 눈이 마주쳤다. 입꼬리가 씩 올라가며 소름 끼치는 웃음을 띠는데, 그자가 중얼거리며 삿대질로 허공에 손짓했다. 몸에서 금방 새까맣고 사악한 기운이 뿜어져 나왔다. 시커먼 팔이 옆에 있는 3학년 선배에게 향했다.

"어허루 액이로구나."

신은 마법 막대를 꺼내 얼른 주문을 외웠다. 좀 전에 배운 '받는 소리'로 선배 몸에 파란색 막이 스며들었다.

"에에?"

그자가 손을 가져다 대도 아무 일도 생기지 않자 놀란 듯 소리를 냈다. 반대쪽으로 몸을 돌려 손을 다시 뻗었다. 신이 반대편 선배에게도 똑같이 주문을 걸었다.

"에에? 코노 야로우!"

효과가 없으니 고함을 지르며 걸어왔다. 그가 다시 삿대질하며 허공에 선을 그었다.

"둥당덩."

당황해서 물 폭탄을 생각하며 주문을 외웠다. 축구공만 한 물방울이 빠른 속도로 뿜어져 나가 그자 가슴을 쳤다.

"헉."

몸이 튕겨 나가 뒷자리 난간에 쾅 부딪혔다. 쿨럭쿨럭 기침을 해댔다. 하지만 위력이 약했던지 금세 정신을 차리고 일어섰다. 다시 소름 끼치는 웃음을 띠며 입을 열었다.

"너구나?"

갑자기 쏜살같이 달려들었다.

'뭐가 나라는 거지?' 신은 총알을 생각하며 다급히 주문을 외쳤다.

핑.

작은 물방울이 발사되어 그자 옆에 있는 의자에 꽂혔다. 당황해서 빗나갔는데, 그 상황이 신을 더 당황스럽게 했다.

"끌끌…." 멈춰 선 그자가 이상한 소리를 냈다.

신은 기분 나쁜 웃음소리에 진저리 쳐졌다.

"꺅!"

그가 뒷자리 좌석 사이에 꿇어앉아 있던 학생의 머리채를 움켜잡자, 2학년 여자 선배가 비명을 지르며 끌려 나왔다.

"다마레(닥쳐)!"

그자가 선배 뺨을 후려치고는 방패 삼아 앞세웠다. 선배는 아무 소리도 내지 못하고 사색이 된 얼굴로 울먹였다. 신은 어찌할 바를 몰라 뒷걸음질 쳤다. 버스 왼쪽 창문으로 삼단봉을 꺼내 든 김향기 선생이 버스 뒤에서 나타난 괴한들과 싸우고 있었다. 그자 팔에서 또 사악한 기운이 뿜어져 나왔다.

"어허루 액이로구나."

신은 여자 선배에게 '받는 소리'를 걸어 주었다.

"선생님! 류범 선생님!" 버스 앞에 쓰러져 있는 류범 선생에게 소리쳤다. "도와주세요. 빨리 정신 차리세요!"

류범 선생은 미동도 없었다. 그자가 기분 나쁘게 웃으며 계속 다가왔다. 계속 뒷걸음을 칠 수밖에. 큰 걸음으로 한 걸음 앞까지 왔는데, 이때 뒤에 쓰러진 류범 선생의 다리가 툭 걸렸다. (아…!) 그자와 얼굴을 마주 보며 대치했는데, 눈이 마주쳤다. 그자의 긴 눈 위로 사선으로 내려진 눈썹을 보자 신은 소름이 쫙 끼쳤다. 갑자기 그자가 선배를 냅다 집어 던졌다. 선배를 받아 안는데, 그자가 발로 신의 배를 걷어찼다.

"흐-윽."

입으로 침이 쏟아지며 고통이 몰려왔다. 바닥에 엎드려 기침하는데, 발길질이 멈추지 않았다.

"악!" 선배가 버스를 나가면서 소리를 질렀다.

"너 때문에 이 고생을 하잖니?" 그자가 꿇어앉은 신의 멱살을 잡고 말했다. "잘 가고, 또 보지 말자."

 검은 팔이 다가오는데 막을 수가 없었다. 신은 기진맥진이다. 질끈 눈을 감을 수밖에 할 수 있는 게 없었다. '어-엄마, 아빠!'

 신은 주마등처럼 시간이 흘러감을 느꼈다. 영화 필름처럼 지나가는 수많은 사람들이 떠올랐다. '아! 보고 싶은 얼굴들….' 뺨을 타고 뜨끈한 눈물이 흘러내렸다.

 "으악!"

 이때, 각오를 마친 신에게 꿈결 같은 비명이 들렸다. 그자가 얼굴을 감싸고 뒷걸음질 쳤다. 손을 휘저으며 버스 좌석을 치고 잡고를 반복했다. '뭐지?' 신은 어안이 벙벙했다. 그자 팔에 둘렀던 사악한 기운도 어느새 사라졌다. 마치 발가벗겨진 아이처럼 어찌할 바를 몰라 바둥거렸다. 신은 좀 전까지 기운 없던 몸도 가뿐하다고 느꼈다.

 "호라(이봐), 너 뭐야?"

 그자가 당황한 얼굴로 삿대질했다. "거 거, 이마가 왜 그래?"

 신이 이마를 만졌는데 아무런 느낌이 없었다. 하지만, 버스 창문으로 자신을 비춰 보고는 기겁했다. 얼굴이 온통 녹색 빛에 둘러싸였다. 한낮인데도 그 빛을 무엇도 삼키지 못했다.

 "칙쇼."

 그자가 바지 허리춤으로 손을 가져가 무언가를 꺼냈다. 칼이다. 칼을 움켜쥔 손을 늘어뜨리고 빠르게 신에게 달려들었다.

 "둥—"

막대를 움켜쥔 팔을 들어 주문을 외운다. 이때, 등 뒤에서 쉭 하는 바람 소리가 들려왔다. 점점 가까워지더니 슝 하고 뭔가 지나쳤다. 얼핏 허연 마력 덩어리 같았다.

"히익!"

그 마력 덩어리가 그자 몸에 꽂히더니 버스 뒤로 대굴대굴 굴렀다. 뜻밖의 도움에 넋이 나가서 고개를 돌렸다. 버스 앞으로 멀찍이, 이 순간 가장 보고 싶은 얼굴이 달려왔다. 신은 울컥하며 설움이 북받쳤다. 눈물이 앞을 가렸다. 오랜만에 엉엉 소리를 내며 울다가 긴장이 풀려 주저앉았다. 바로 옆에 류범 선생은 여전히 쓰러져 있었다. 뒤를 들어보니 그자는 버스 안에 없었다. 사라졌다.

"타이갸쿠(퇴각)!"

밖에서 외치는 소리가 들렸다. 그자들 — 버스 뒤 트럭으로 올라타는 자, 난간을 넘어 강으로 뛰어드는 자 — 이 도망간다.

"엄마!"

*

"뭐요?" 이진이 소리쳤다.

직무 대리로서, 국내 감찰반 업무 보고를 받기 위해서 해외 협력반과 국내 감찰반 사이에 있는 대청에 임시 회의실을 마련했다. 이진이 앉은 책상 양 끝에 같은 크기의 책상을 이어 붙였다. 왼쪽은 규찰 팀이 강민 위원 감찰 내용을 준비 중이고, 오른쪽에서 공작 팀과 방첩 팀이 네즈미야 체포 작전에 관해 먼저 보고했다.

"아니, 어떻게 네즈미야를 놓칠 수 있어요?"

"죄, 죄송합니다. 광수대 형사들과 함께 급습했는데, 이미 도주를 한 뒤였습니다." 공작팀 한찬 반장이 말했다.

"그래서요?"

"박연 반원을 살해한 날부터 집에 들어오지 않았답니다. 그 인간을 왜 자기한테 묻냐고 따지는데 부인 성격이 보통이 아닙니다. 인테리어 업자라 자주 집을 비워도 그러려니 했다고 합니다."

"그 여자에 대해선 알고 싶지 않고요. 경찰에선요?" 이진이 임혁 방첩 팀장에게 물었다.

스스로 생각해도 짜증 섞인 목소리라 여겼다. 빌라 단지까지 다녀온 사람으로서, 이진은 체포하지 못한 상황을 이해하기 힘들었다. 어떻게 그 오랜 기간을 국내에 살았는데 꼬리를 잡지 못하는지도 답답했다.

"CCTV로 도주 경로를 추적 중입니다만, 수사상 비밀이라 공개 수배는 어렵다고 합니다."

"수사상 비밀요?"

"네, 자세히 밝히진 않는데 극도로 위험한 인물이라 민간인 접촉을 피하려는 것 같습니다. 근데…."

"또 뭔데요?"

"경비원 사건은 네즈미야 범행으로 보지 않습니다. 사건이 눈덩이처럼 불어나는 걸 원치 않는 눈치입니다."

"경찰도 참 답답하네요. 경비원들이 같은 날 동시에 살해당할 이유가 뭐가 있답니까? 그것도 세 명이나 말이에요."

"맞는 말씀이지만 그쪽 입장도 이해는 갑니다. 둘과 다섯은 엄연히 여파가 다르니까 말입니다."

"아파트 단지 내 CCTV 자료가 훼손됐으면 외부 수사용은 있을 거잖아요. 단지 밖 그자 동선은 확인했답니까?"

"수사 중이라며 역시 확인해 주지 않습니다."

"하⋯." 이진이 보고 서류를 덮으며 한숨을 쉬었다.

현장에서 체포하지도, 목격자나 뚜렷한 증거를 확보하지도 못했으니 범죄 사실을 입증하기 어려울 터. 경찰에게는 범행 동기조차 오리무중이라. 미스터리 사건에 대해서 마법사 개인이 협조는 해도, 마법사회를 경찰에 노출하면서까지 흑마법사들과 원한 관계를 밝힐 수도 없었다. 용의선상에 두고 비공개로라도 추적해서 옭아맬 수 있으니 그나마 다행이라고 여길 수밖에.

"그럼, 우리 쪽에서는요?"

"반원들을 풀어서 수색 중입니다. 목격 장소와 해매 관련 인물들을 중심으로 수색하고 있습니다."

"네, 어렵겠지만 계속 수고해 주세요. 강민 위원은요?" 신철 규찰 팀장에게 물었다.

"아시다시피 철두철미한 사람이잖아요. 근데 무슨 약점이라도 잡힌 건지 네즈미야 건은 왜 그런 건지 모르겠습니다."

"약점요?"

"강민 위원 고향이 P 시인데요. 올 초 거기 살던 형님 가족이 자택에서 피살된 채 발견됐습니다. 간부회의 때 협박을 당했다는 게 그 건과 관련 있는 듯합니다."

"나는 강 위원이 협박당했다고는 도저히 상상이 안 됩니다. 네즈미야가 가족이라도 위협했답니까? 그랬다고 해도 그렇지, 적과 내통하다니요."

이진은 윤결 대행이 호텔 음식점을 나선 후 난처해하던 강민 위원의 모습이 떠올랐다. 그때 분명히 쭈뼛거리긴 했었다. 하지만, 특출한 실력과 높은 자존감을 가진 그이기에 네즈미야 요구에 곧이곧대로 따랐을 리 만무했다. 더욱이 권력과 권위를 탐하는 성향상, 지위가 위태로울 수 있는데도 가족을 위해 어쩔 수 없이 협조했다는 변명을 납득하기도 어려웠다.

"음식점과 호텔 CCTV는요?"

"제가 말씀드리겠습니다." 임혁 팀장이다.

"하드째 도난당했다고 합니다. 혹시 강민 위원 지시를 받은 감찰반원이 있는지 확인했지만, 아니었습니다. 아마도 네즈미야가 따로 손을 쓰지 않았나 의심됩니다."

"계속 확인해 주세요. 협박이든 아니든 네즈미야에게 협조한 건 변함없는 사실이니까요. 참, 간부회의 때는 고마웠어요. 결심하기가 쉽지 않았을 텐데…."

"아닙니다. 제가 당연히 해야 할 일입니다."

"그 당연한 걸 하기가 어려운 거죠. 아무튼 징계 위원회 준비도 잘 해주세요."

"네, 알겠습니다. 그런데, 전처는 어떻게 합니까? 워낙 오래전에 이혼했어도 여기 근무 중이니 말입니다."

"음…. 뭔가 나오지 않는 이상 무턱대고 의심할 순 없는데… 그래도 잘 지켜보세요."

"네. 잘 알겠습니다."

"세 분 다 힘드시겠지만, 중요한 때이니 고생해 주세요. 그리고 팀원들에게는 무엇보다 안전에 힘쓰라 당부해 주시고요."

"네, 당연하지요."

"알겠습니다. 고맙습니다."

"이상으로 마칩니다. 수고하셨습니다." 국내 감찰 팀들이 일어섰다.

이진은 네즈미야가 증거 인멸까지 시도하다니 생각보다 주도면밀해서 놀랍다. 하지만 이제 그것도 곧 끝이라고, 정체가 드러났으니 체포도 시간문제라고 기대했다. 국내 감찰반원이 아니라면, 다른 협조자가 있을 가능성도 있었다. '혹시…?'

핸드폰으로 통화를 연결했지만 받지 않는다. 김현 군감이다. 휴가로 위장해서 보낸 지 한 달이 다 돼 가는데 좀처럼 연락이 닿지 않았다. 근태 처리도 한계에 이르렀다. 통화를 포기하고 자리를 정리하는데 핸드폰이 울렸다.

"여보세요?" 잡음과 함께 낮은 목소리가 들렸다. 외부에 나와 있는 모양이다. "이진 도감님, 김현입니다."

"아니, 왜 이렇게 연락이 안 돼요? 무슨 일 있습니까?"

이진이 자리에서 벌떡 일어났다.

"아닙니다. 박별 도감이 있는 도총감에 잠입해서 연락드리기가 어려웠습니다."

"뭐요? 아니 정찰하라니까 왜 잠입하고 그래요?"

"방문 형식으로 접근하면 알아낼 수 있는 게 별로 없어서 말입니다. 참, 감찰위원이라 불러 드려야 하나요?"

"그냥 직무 대리예요. 그건 또 어떻게 알아요?"

"여기도 지부니까요. 본부 소식이 들려옵니다."

"참 나…."

이진은 기가 막혔다. 힘과 요령이 좋았어도 이렇게까지 무모할 줄은 몰랐다. 그런 만큼 상황을 더 정확하게 파악할 수는 있겠지만, 자기 욕심으로 아까운 인재를 또 잃는 상황은 피하고 싶었다.

"괜찮아요? 위험하다거나 다쳤거나 한 건 아니죠?" 이진이 걱정스러워 물었다.

"네! 침투 시기가 조금만 늦었어도 잠입이 어려웠겠지만. 뭐 잘 있습니다."

"다행이네요. 거기 상황은 어때요?"

"재신임 투표까지 서둘러 회원 수를 늘렸다고 하셨잖습니까?"

"네, 그랬죠."

"지금은 옥석 가리기에 들어간 상태입니다. 실력과 사상을 검증해서 자기 편이 확실하다고 생각하는 마법사만 끌어들입니다. 나머진 그냥 방치하다시피 하고요."

"옥석 가리기요? 왜요?"

"참 애매한 상황이라서요. 완전히 변절자 후손이나 해매 출신 무속인 같은 신규 세력이 주도권을 잡진 못하고 있습니다. 도총감 내에서 자리를 잡고 확실하게 포진하고는 있지만, 주요 직책은 역시 박별 도감 쪽에서 맡고 있습니다. 신입 회원 중에 도감 쪽 사람도 물론 있고요. 묘하게 균형을 이룬 상황이다 보니 그쪽에서도 쓸 만한 사람을 좋아합니다. 그 덕에 제가 잘 숨어든 거고요."

"해매 쪽으로 위장했단 거예요? 아니, 왜요?"

"호랑이를 잡으려면 굴로 들어가야죠, 하하하. 걱정 마십시오. 정신 잘 차리고 있습니다."

"진짜 괜찮은 거 맞아요?"

"네! 너무 걱정하지 마십시오."

"방치한다는 신입 회원들은요? 불만이 터져 나올 텐데…."

"그들이야 어차피 명목상 회원이기만 해도 되니까요. 마법사라기보다 이익에 따라 움직이는 장사치들이라 별 불만 없습니다."

"하…."

이진은 어이가 없었다. 대부분이 재신임 투표를 위한 인원 부풀리기였다는 소리다. 지부 전체가 넘어간 건 아니라지만 그들이 세를 불리고 실력을 키운다는 게 우려되는 상황이었다.

"그러면 반대쪽은요?" 이진이 물었다.

"적당히 받아주고 밀어내는 중입니다. 박별 도감이 그들과 친하게 지내는 게 좀 불안하긴 합니다."

"이해관계에 따라서 서로 협조하고 견제한다는 소리네요. 참 나, 우리 신영 마법사회 지부에서 가당키나 한 짓입니까, 그게?"

"하지만 엄연한 사실입니다." 김현 군감이 힘주어 대답했다.

"그럼, 배후가 누구인지도 분명하지 않다는 소리잖아요?"

"네! 그렇습니다. 박별 도감은 강민 전 감찰위원과 협력하고 있고, 신규 세력들은 해매 쪽 인사들이 중심입니다."

"그럼, 오헌 도감 쪽은요?"

"거기도 뭐 비슷한 상황입니다."

"하…. 너무 충격이라 말이 안 나오네요."

두 도총감이 다 난감한 상황이라고 생각했다. 왜 그렇게 해매 흑마법사들에게 협력하지 못해서 안달인가. 그자들이 줄 수 있는 건 파멸로 이끄는 저주일 뿐인데…. 왜 스스로 손발을 묶어 대는가. 왜 그렇게 본부 권한을 탐하는가. 자신들 입지와 기득권이 신영이 그동안 지켜온 가치보다 중요하다는 말인가. '어리석다. 진짜 어리석어.' 이진은 속으로 비웃었다.

"상황을 정리할 때까지 그러면 계속 잠입해 있을 건가요?"

"네! 그러고 싶습니다."

"알겠어요. 그러면 여기는 국내 감찰반으로 이동해 두겠습니다. 거기 신분은 확실한 거겠죠?" 이진이 재차 물었다.

"네. 정체가 드러날 걱정은 안 하셔도 됩니다."

"알겠어요. 그럼 또 연락합시다."

"네!"

김현 도감이 대답하고는 전화를 끊었다. 통화를 마친 이진은 악어와 악어새가 떠올랐다. 서로 공생관계가 분명했다. 서로 몸집을 불려서 도총감을 나눠 먹고 있고, 재신임 투표 때를 돌이켜 보면 명백히 신영 본부를 노리고 있었다. 그것이 악어의 목적일까, 악어새의 욕심일까. 악어인 흑마법사만 조심하면 될 줄 알았는데, 누가 악어인지 헷갈리는 이 상황이 이진은 혼란스럽다.

'아니다. 이제는 악어새가 악어가 된 지경이다. 악어와 악어다.'

사무실 책상 위에 핸드폰이 거세게 흔들려서 한낮 무더위만큼 불쾌지수를 높였다. 점심시간이라 자리에는 아무도 없었다. 이따금 직원이 지나다녔겠지만, 누구도 손댈 엄두를 내지 못한 듯했다. 이진이 자리를 비우며 핸드폰을 두고 나갔는데, 밥을 먹고 돌아와서는 진동 소리에 놀라 다급히 전화를 집어 들었다.

"여보세요?" 이진이 물었다.

"아니, 왜 이렇게 전화를 안 받으십니까?" 김현 군감이다.

"왜요? 무슨 일이에요?"

"네즈미야요."

"네즈미야가 왜요?"

이름을 듣자마자 가슴이 덜컥 내려앉았다. 큰일이 생긴 듯 불길한 예감이다.

"마법사들을 불러들였습니다. 어떤 소년을 잡는다고."

"소년요?"

"네! 물 원소 마법을 쓴다고 했는데, 도감님 아들도 그렇지 않습니까?"

순간 너무 놀라서 멍해졌다. 신은 오늘 현장 수업을 다녀온다고 했다. 계곡을 다녀온다고 투덜거렸는데, 정확히 어디인지는 말하지 않았다. 낭패였다. 왜 가는 곳을 캐묻지 않았던가. 도대체 어디다 정신을 팔고 있냐고 스스로에게 따져 물었다.

"도감님!"

"네?" 부르는 소리에 정신이 번쩍 들었다. "어디로 말인가요?"

"H 시에서 모인다는데, 정확한 작전 장소는 공유하지 않아서 모릅니다."

"고마워요." 전화를 급히 끊었다.

현장 수업을 어디로 갔는지 빨리 확인해야 했다. 마법 학교 교무 행정반으로 급히 연락했다. 전화를 받지 않았다. '점심시간이라 통화가 안 되나? 아니야, 끝났어. 그럼, 어디로 가셨지? 두 분 다? 학생들과 함께 갔다면 자리를 오래 비울 건데…. 다른 방법을 빨리 찾아야 해. 총감독께선 한동안 여기 계셨기 때문에 모르실 거야. 그럼 이왕 선생은? 연락처조차 모른다. 어쩌지? 아, 총감독이 보여주실 때 적어둘걸.'

수많은 생각들이 빠르게 스쳤다. '성재학교!'

다급히 전화를 걸었다.

"네! 행정실 김바울입니다."

"여보세요? 중등부 1학년 1반 김신 엄마예요." 이진이 말했다. "애가 오늘 현장 수업을 갔는데, 어디로 갔는지 알 수 있을까요?"

"네, 어머니. 안녕하세요? 행사 내용은 신홍에서 이미 안내해 드렸을 겁니다."

"받긴 했는데, 제가 외부예요. 혹시 어딘지 알려 주실 수 있나요? 급한 일이에요."

"죄송합니다. 저희 쪽에서는 따로 알려드릴 수 없습니다." 그가 단호한 어투로 말했다. "그게, 아시다시피 신흥 관련해서는 비공개잖아요." 미안했는지 공손하게 변했다.

"네, 알죠. 근데 너무 급해서요."

이진은 울화가 치밀다가 공손한 태도에 다시 정신을 차렸다.

"죄송해요. 저도 지시를 따르는 처지라 도움이 못 돼 죄송합니다."

"네, 알겠어요. 끊겠습니다."

"네." 하는 말이 채 끝나기 전에 전화를 끊었다.

문득 주솔 반장이 떠올랐다. 그의 아들도 마법 학교에 다니니까 부리나케 집행원으로 향했다. '아, 복도 각들은 도대체 왜 만들어 놓은 거야?'

급한 마음에 짜증이 치밀었다. 본관 정문을 들어서자, 집행원 사무실 앞에 반장이 있었다.

"주솔 반장님!" 금색 섶을 단 익숙한 두루마기가 보이자 다급히 불렀다.

"네?"

뒤를 돌아보는데, 입에 칫솔을 물고 있었다. 입 밖으로 거품이 삐져나왔다.

"미안해요. 혹시 아드님이 무슨 반이죠?"

"음…." 입을 가리고 화장실을 가리켰다.

"아!"

이진은 자신도 모르게 탄성이 나왔다. 화장실로 뛰어가는 반장을 급히 쫓았다.

"캬, 퉤." 세면대에 고개를 숙이고 치약을 헹궈 뱉어냈다. "리 반인데요. 왜요?"

"오늘 현장 수업 어디로 갔는지 아세요. 혹시?"

"네, 'ㄱ' 군요."

"그럼 감 반은요?"

"오늘 무슨 날인가, 다들 왜 묻지?"

"예?"

"아… 아니에요. 제가 착각했나 봐요." 급하게 말을 얼버무렸다. "통지문에 'ㅇ' 군에 있는 사찰 근처 계곡에 간다고 쓰여 있던데요."

"사찰 이름은요?"

"음…."

"빨리요!"

"아! ○○사요." 주솔 반장이 말했다.

"고마워요. 급해서 실례할게요."

짧은 인사를 하고 돌아서서 차를 세워둔 주차장으로 내달렸다. 전화기를 꺼냈다.

"지금 당장 반원들과 저를 쫓아오세요. 빨리요!"

임혁 팀장에게 출동을 지시했다. 네즈미야가 신흥 마법학교 학생을 노린다고.

"하느님, 부처님, 천지신명님, 알라신이여…, 공자님, 맹자님…, 제발!"

무신론자인 이진이 모든 종교의 신들에게 빌고 또 빈다. 한

신이 오다 335

시간가량 차를 몰아 서울을 벗어나면서 미치기 일보 직전이다. 길에 있는 차들을 다 치워 버리고 싶은 충동을 모든 의지를 동원해서 억눌렀다. 차가 드디어 지방도로 접어들었다. 패달 위로 올린 발에 온 힘을 실었다.

"신령님, 제발!"

평생을 도망쳐 온, 무당인 엄마가 모신다는 그 끔찍한 신에게도 빌었다. 수많은 자책이 몰려왔다. 왜 아이 가는 곳을 제대로 확인하지 않았나, 왜 통신문을 자세히 보지 않았는지를 말이다.

빠-앙.

앞 차가 늑장을 부려 경적을 크게 울렸다. 이진은 자신도 놀랍다. 평소엔 그것이 차에 달린 줄도 모를 만큼 쓸 일이 없었다. 편도 2차선 이쪽저쪽을 오가며 추월했다. 과속 카메라는 안중에 없었다. 주행 소음이 어디까지 커지는지를 시험하며 한참을 이동했는데, 교량 구간을 앞두고 반대 차선이 꽉 막혀 있었다. 혹시나 하는 마음에 속도를 줄였는데 익숙한 버스가 서 있었다. 서둘러 비상 깜빡이를 켜고 갓길에 차를 댔다. 버스 앞으로 트럭과 사고 차들이 뒤엉키고 있었다. 갑자기 복통이 찾아오고 다리가 후들거렸다. 이를 악물고 차들을 피해 달렸다. 중앙 가드레일을 뛰어넘으니, 트럭에서 나온 자들이 불덩이를 쐈다. 버스 옆에서 학생들이 방어막으로 힘겹게 막아내고 있었다.

"어허루 모탕[69]이로구나."

코뚜레를 꺼내 외치며 마력 덩어리를 그자들에게 냅다 던졌다. 버스로 뛰는데 차창으로 녹색 불빛이 한 아이 얼굴을 뒤덮고 있었다. 더없이 찬란한 그 불빛이 익숙했다. '어디서 봤을까?' 불현듯 병원에 누워 있던 아이 얼굴이 스쳤다. 이왕 선생이 치료할 때 이마에서 빛나던 그 빛이다.

"신이구나!"

반가움에 뛰어가는데, 추악하게 생긴 긴 얼굴이 아이와 대치하고 있었다. '안 돼!'

"어허라…."

이진은 온 힘을 다해 주문을 외쳤다.

*

이왕이 침대 옆 작은 원목 책상에 앉아 있다. 불 꺼진 방 안에 스탠드 전등만 밝혀 있고 어두운 코트를 그대로 걸치고 있었다. 머리 위에 토황색 나무 십자가가 전구색 빛을 받아 처연했다. 팔꿈치를 책상에 대고 손을 맞잡았다. 두 눈을 지그시 감았는데, 기도하는 중에 갑자기 동공이 빠르게 움직였다. 가슴을 후벼파는 목소리 때문이다.

"시끄럽다!" 붉은 옷을 입은 부왕이 격노한 얼굴로 소리쳤다.

한밤중, 어두운 침전을 밝히는 촛불들이 방 안에서도 세차게 흔들렸다. 새카만 그림자가 부왕의 얼굴과 그 뒤에 숨어 있는 조 귀인의 하얀 이빨에 드리웠다.

"네놈이 청에서 한 짓거리를 다 알고 있느니라. 천한 것들과 어울려 둔전을 경작한 것도 모자라서 양인들과 거래했다니. 이 무슨 해괴망측한 짓이더냐?"

"아바마마, 그들도 조선의 백성이옵니다. 타국에 볼모로 끌려온 어리석은 백성이 의지할 데가 어디 있었겠사옵니까? 저뿐이었습니다. 세자인 제가 어찌 그들의 살길을 외면한단 말입니까?"

"시끄럽다!"

"전하, 결코 가볍게 넘어가셔서는 아니 되옵니다. 어디 그뿐이겠습니까? 양인 신부에게서 천주학을 배웠답니다. 그것으로 주상의 마음을 속이고 현혹하려는 게지요. 왕실의 안녕과 강상을 어지럽히려는 속셈이옵니다. 천주만 중히 여기고 더 이상 부모도 존경할 리가 없지요. 전하, 통촉하여 주시옵소서."

"여봐라! 이 고얀 놈을 썩 끌어내거라."

부왕의 서책이 날아와 얼굴을 때렸다. 이마가 뜨거워지는데, 어느새 나타난 호위들에게 붙잡혀 끌려 나간다.

"아바마마! 아바마마…."

"오호호…."

안타까운 자신의 목소리를 뒤덮는 잔인한 웃음이 있다. 그 소리를 수백 년이 흐른 지금에도 잊을 수 없었다. 하지만, 그분의 뜻에 따라 용서해야 한다. 자기 죽음 따윈 수백 년간 흘려온 백성들의 피눈물에 비하면 아무것도 아니며, 여자의 사특한 저주 따윈 비할 수 없는 잔혹한 악인들이 너무도 많기 때문이다. 이왕은 기도를 멈추지 않았다. 맞잡은 두 손을 깍지

껴서 거세게 움켜쥐었다.

달의 환상으로 아이를 옮겨 주었다. 차갑고 습한 기운이 열을 내려줄 터. 돌무더기 산과 모래 언덕이 약한 태양 빛을 받아 잿빛을 띠고, 작은 암석들이 잿빛으로 물든 그 바닥 위에 어지럽게 널려 있었다. 큰 물방울이 하나 띄워져 있고, 그 속에 벌거벗은 아이가 엄지손가락을 물고 한껏 웅크리고 있었다. 아이는 엄마 배 속에 담겼을 때처럼 포근하고 편안해 보였다. 아이 환상 속 열기가 식어 따스함으로 바뀌고, 시끄러운 비명이 잦아들어 은은한 자장가로 변한 듯했다. 일정하게 반복되는 엄마 심장 소리와 손 두드리는 울림으로.

환상 속 별 무리를 떠올렸다. 하늘에 박힌 별 알갱이가 은은하게 반짝였다. 별 하나하나가 너무도 아름다워 경이롭다. 두려움과 환희에 찬 떨림이 느껴지던 때에 찬란한 불빛이 찾아들어 별빛들을 삼켰다. 눈앞이 환해지고 귓가로 보좌에 앉으신 분을 찬양하는 노랫소리가 울려 퍼졌다. 어찌할 도리 없이 사로잡혔다. 얼마나 시간이 흘렀을까. 그분에 대한 죄스러움이 느껴졌다. 의식을 돌려 환상을 거두자 쉴 새 없이 움직이던 동공이 차분해지고 이왕은 눈을 떴다.

"메아 쿨파, 메아 쿨파, 메아 막시마 쿨파(제 탓이오, 제 탓이오, 저의 큰 탓입니다)." 입에서 나지막이 흘러나왔다.

스스로에게 물었다. 왜 아이를 고쳐 주었는가, 왜 아이에게 그분의 인(印)을 치었는가, 왜 아이에게 힘을 나눠 주었는가. 관찰자로서 지켜볼 뿐임을 왜 그렇게 하지 못했는가. 왜 이제 와서 손을 썼는가. 임무를 받은 후 수백 년 동안 그렇게 해왔던 일이다. 임지에서 짬을 내 들르기로 족했다. 잘 참고 견디어 왔다. 촌부의 죽음도, 위인의 죽음도, 침략의 억울함도, 나라 잃은 설움도, 약탈의 애통함도, 반민족의 몰염치도, 동족의 비극도, 분단의 고통도, 독재자의 우매함도, 오리의 몰지각도, 빈부의 당연시도, 부정의 향연도 수없이 보고 듣기만 했다. 삐걱거리는 역사의 수레바퀴가 묵묵히 이어짐이 대견하기도 했지만, 수백 년 혼란의 생채기 또한 너무 고통스럽다.

이왕은 자신의 물음에 답했다. 왜 아이를 고쳐 주었는가? 아이가 희망이기 때문이다. 왜 아이에게 인을 치었는가? 아이가 그분께 보호받기를 원해서다. 왜 아이에게 힘을 나눠 주었는가? 아이가 백성을 지킬 수 있는 지혜를 얻을 수 있기를 바람이다. 왜 지켜만 보지 못했는가? 앞으로 닥칠 어둠을 경고하기 위함이다. 왜 이제 와서 손을 썼는가? 그것을 거둘 수 있길 소망하기 때문이다. 이왕은 기도했다. 이 작은 힘도, 미련도, 교만도, 뉘우침도 모두 그분의 예비임을 믿습니다.

"수쁠리컹피 빠르스, 데우스(바라옵건대 용서하소서, 주님). 아멘."

22

 K시 한 모텔 방 안에서 네즈미야가 무릎을 꿇고 바닥에 엎드려 있다. 머리가 암막 커튼이 드리운 동쪽 창가를 향해 있다. 어두운 방 안에는 침대 두 개가 덩그러니 놓여 있고, 조명이 침대를 아슴푸레 비추는데도 그 앞 바닥에서 미동도 하지 않았다. 방금 통화를 마친 와가타의 고문 저주에다가 납치 실패 때 얻은 부상까지 겹쳐서 온몸이 만신창이다. 더군다나 아무리 진통제를 먹어도 잠시도 잠을 이룰 수 없었으니, 그럴 때면 어김없이 녹색 빛을 머리에 두른 소년이 쫓아왔다. 처음 느끼는 무력함이다. 와가타의 고문도 두렵기는 했지만, 곧 끝날 걸 알고 있었다. 하지만 어쩔 도리 없이 쪼여진 그 빛은 마음을 꺾었다. 모든 적의와 살의가 눈 녹듯이 사라졌다.
 '안 돼. 이래선 살 수가 없다.'
 누군가를 해치거나 죽이지 못하는 건 내가 아니야 하는 듯이. 모든 존재 이유가 부정당하는 기분이 들었다. 쿵, 쿵, 쿵…. 네즈미야가 머리를 바닥에 계속 찍어 댔다. 그러다가 갑자기 옆으로 픽 쓰러졌다.

"옳지, 히요시마루." 누군가 조막만 한 손으로 젖가슴을 누르는 자신에게 말했다.

네즈미야는 가슴을 토닥이는 감촉은 느껴지는데, 작은 손을 아무리 세게 쥐려고 해도 힘이 들어가지 않는다. 다만 입으로는 따듯한 물이 쪽쪽 빨려 들어와서 배가 찼다. 만족스러움에 다시 눈이 스르륵 감겼다.

"맘마 먹자." 아까 그 음성이다.

입속으로 걸쭉하고 부드러운 게 밀려들었다. 처음 느끼는 달콤함이다. 그 여성과 인파 속을 걷는다. 다 헤진 옷자락에 투박한 손을 가진 여성이 부드럽게 어딘가로 이끄는데, 올려다보니 햇빛에 눈이 부셔서 알아볼 수 없는 새카만 얼굴이 따뜻하지만 아득하다. 별안간 묵직한 통증과 함께 의식을 잃고, 또다시 어둠으로 빠져들었다.

"빨리 해!" 짜증 섞인 남자의 외침이다.

퍽퍽 소리로 등에 끔찍한 고통이 가해지고 의지가 달아났다. 시키는 대로 빠릿빠릿하게 움직이는데 어김없이 몽둥이가 날아온다. 고통 속에 물동이를 들고 있다. 대걸레를 들고 있다. 식탁을 들고 있다. 오물통을 옮기고 있다. 분명 말하는 대로 했을 뿐인데도 어김없이 매질이 또 찾아왔다. 어느새 손에 칼이 들려 있다. 닭 한 마리, 고양이 한 마리, 개 한 마리. 순결하고 애처로운 눈동자가 생기를 잃는다. 돼지 한 마리, 돼지 두 마리…. 쓱쓱 익숙한 감촉으로 살을 헤쳤다. 물 묻은 피는 더없이 선명했다.

"빨리 죽여!" 그 남자다. 그 남자도 칼을 들고 있다. "안 그러면 니가 죽는다."

"으윽…."

네즈미야는 눈물을 삼키다 죽을 것 같다. 칼을 쥔 손이 주체할 수 없이 떨렸다.

"빨리 끝내라고 했지?" 그 남자 칼이 붙잡힌 팔을 그었다.

"악!" 고통에 비명을 질렀다.

"시끄러워!" 외침과 함께 남자 손이 뺨으로 날아들었다. "하나!" 그 남자가 외쳤다.

쇠창살이 달린 차가운 시멘트 바닥에 엎드렸다. 익숙한 어둠 속에서 번뜩이는 두 눈이 지켜보고 있다. 회색 쥐 한 마리. 억울함에 찾아온 죽음의 모습인가.

"죽여!" 또 들렸다.

죽음이란 무엇인가. 고통을 상쇄하는 외침이다. 생기가 달아나는 감각이다. 몸을 가누지 못하는 묵직함이다. 뜨끈하고 역한 끈적임이다. 치워야 할 게거레다. 회색 쥐 열 마리, 회색 쥐 스무 마리, 회색 쥐 백 마리….

"열여섯!" 남자가 무미건조하게 외쳤다. "잘했다."

핏빛 사과 사탕을 내밀었는데, 처음 느껴보는 달콤함이다.

모텔 1층 관리 사무실 문이 활짝 열려 있다. 두 평도 안 되는 작은 공간에 낮은 조명과 안 어울리게 텔레비전 소리가 요란했다. 잠에서 깬 속옷 차림의 네즈미야가 유리 덮개가 놓인 책상 옆에 서 있었다. 손에 피 묻은 칼이 들려 있는데, 어릴 때부터 갖고 있는 익숙한 칼이다. 책상 옆 뒤로 젖혀진 컴퓨터용 의자에 젊은 남자가 누워 있는데, 가슴부터 다리까지 검붉은 피를 뒤집어썼다. 책상 위와 사무실 벽 곳곳에 피가 튀었고, 바닥에도 피가 흥건했다. 불시에 당했는지 책상 위 피 묻은 소지품들은 가지런했다. 의자에 누운 참혹한 남자 얼굴과는 다르게 네즈미야가 희열에 젖어 웃음을 참지 못하고 있었다.

"린표토샤카이진레츠…."

네즈미야가 격자를 그리며 주문을 외웠다. 그의 팔로 칠흑 같은 어둠이 드리웠다.

"휴…." 안도의 숨을 내쉬었다.

텔레비전을 끄고 나와 사무실 문을 잠갔다. 그가 모텔 복도를 거닐다가 가장 가까운 객실 문 앞에 멈추어 섰다. 문 위에 달린 호수 지시등이 꺼져 있었다. 마스터키로 문을 열었다.

"꺅!"

"누, 누구야, 당신?"

남녀의 다급한 목소리가 들렸고, 포식자를 맞닥뜨려 목이 꺾여 버린 초식동물처럼 참담한 외마디가 퍼지더니 순식간에 사그라들었다.

공업단지를 벗어난 M사 고급 세단이 강변로를 따라 내려가고 있다. 네즈미야는 모텔 투숙객 차를 빼앗아 어느 미군기지로 가는 중이다. 서울 사건이 시끄럽기 때문에 와가타 선생 주선으로 잠시 피신하기 위해서다. 물론 좀 전 일도 사건 목록에

추가되리라. 빼앗긴 살의를 양껏 충전한 네즈미야는 한결 기분이 가뿐했다. 다친 몸도 아주 좋아졌다. 고가의 S 클래스 차를 일부러 선택했는데, 화려한 디스플레이와 조명의 쾌적함과 주행 시 편안함도 만끽하고 있었다. 돈이 참 좋다는 생각이 들다가 불쑥 언짢은 느낌이 찾아 들었다. 친절한 차주 커플이 생각나서다. 돈은 물론이고, 핸드폰이며 자동차까지 선뜻 내어주었다. 그렇지만 살려둘 순 없었다. 왜냐하면 그들이 나쁘니까. 뭘 해도 바람은 피우지 않는다. 빼앗은 핸드폰으로 집에 전화할까 하다가 그만두었다. 혹시라도 뒤를 잡힐 수 있으니까. 네즈미야는 끔찍하게 난폭한데도 불쑥불쑥 처가 생각이 났다. 떠올리기만 해도 가벼운 전율과 기분 좋은 흥분이 샘솟았다.

일이 뜻대로 되고 있지 않지만, 네즈미야는 참으로 자유롭다. 이십 년간 억누르며 참고 살아왔기 때문이다. 가정의 굴레도, 건실한 사회인의 허울도 벗어 던졌다. 뒷일은 생각하지 않았다. 모든 일은 그분 뜻대로 되리라.

"피해 전도는?" 네즈미야가 통화 상대에게 물었다.

박별 도감 밑에서 군감 한 곳을 맡은 자다. 이름이 마쓰우라 였던가. 해매 출신이 아닌데도 스스로 찾아와 충성을 맹세했다.

"다들 부상이 심하지만, 다행히 붙잡힌 사람은 없습니다." 마쓰우라가 조심스럽게 말했다.

"다행? 애들하고 여자 둘을 어쩌지 못해서 일을 만쳐 놓고 말이오?"

"핫, 죄송합니다!"

급히 움직이는지 시끄러운 소리가 함께 들렸다.

"좀 쓸 만한 인원들을 확보하시오. 더 이상 실수는 용납할 수 없습니다."

"하잇, 명심하겠습니다."

"곧 연락할 테니까 준비 만전을 바랍니다."

"하잇, 어디로 가십니까?"

"알 필요 없습니다. 내가 왜 얘기할 거로 생각합니까?"

"아, 아닙니다. 몸을 숨기실 곳이 필요하실까 싶어서 여쭈었습니다."

"단신 일이나 똑바로 하란 말입니다."

"하잇. 죄송합니다."

"참, 의뢰는 어떻습니까?"

한국인들 저주 조복 의뢰. 어찌나 원한들을 쌓아 놓고 사는지 문전성시를 이룰 정도다.

"차질 없이 충실히 수행 중입니다."

"신연에서 눈치 못 채도록 단속 잘하고, 본국에 늦지 않게 손금하시오."

"하잇, 여부가 있겠습니까."

"알겠습니다."

네즈미야가 전화를 끊었다. 강을 건너 읍내로 접어들었다. 군감과 통화하면서 숨어 있던 현실 감각이 돌아왔다. 뻑 하면 방어막을 둘러대는 그 여자는 고사하고, 소년도 죽이기 어렵겠다고 느꼈다. 무력도, 저주도 통하지 않아서 갑갑하고 막

연했다. '그래도 준비해야 한다. 실행해야 한다. 그분의 명령이다.'

 붉은 사각 건물들 사이로 바리케이드가 쳐져 있다. 네즈미야는 묵묵히 차를 그곳으로 향했다.

23

"엄마, 집에 가고 싶어요." 신이 말했다.

신영 마법사회 본부 응접실에 현장 수업을 다녀온 학생들이 모였다. 류범 선생은 다행히 곧 깨어났지만, 타박상이 심해서 버스 뒷좌석 3학년들, 화상을 입은 아이들과 인근 병원으로 옮겨졌다. 마법사회 직원들이 간호와 병실 경비를 위해서 함께 갔다. 그자들의 습격으로 인해서 이곳도 발칵 뒤집혔다.

아이들이 응접실에 모여서 마음을 추스르는 동안 긴 시간 회의가 열렸다. 교장 선생과 김향기 선생, 이진도 함께다. 이따금 이진의 부하직원이 나와서 신에게 이것저것을 조심스럽게 물었다. 범인이 어떻게 생겼는지, 무슨 짓을 했는지, 그리고 무슨 말을 했는지에 대해서. 신은 이야기를 하면서 그자 얼굴이 생각나서 더욱 소름이 끼쳤다. '너구나?' 하고 부르던 모습과 작별을 고하던 비웃음 소리, 사악한 기운과 시퍼런 칼, 무엇보다 인질을 삼고 거칠게 다루던 잔인함이 떠올라서 진저리가 났다. 회의를 마치고 나온 이진이 신을 안았다.

"집에 가고 싶어?" 이진이 얼굴과 머리를 쓰다듬으며 말했다. "그렇게 해 주고 싶지만, 학교가 더 안전하다고 모두가 생각해. 엄마도 그렇고. 곧 방학이니까 조금만 참아 볼래? 할 수 있겠어?"

"싫어. 혼자 무섭단 말이야."

신이 엄마 품을 파고들며 어리광을 피웠다.

"뭐가 혼자야? 친구들도 있고, 선생님들도 계시잖아."

"엄마가 없잖아!"

"김신! 잘 들어." 이진이 품에서 떨어뜨려 양팔을 붙잡고 말했다. "엄마도 같이 있고 싶은데, 그럴 수 없어. 마법사회 일도 해야 하고, 무엇보다 빨리 범인을 잡아야지. 집에 가도 너 혼자 있을 텐데 더 위험해질 뿐이야. 알겠니?"

"아빠가 계시잖아."

"아빠가 어떻게 할 수 있는 자들이 아닌 거 너도 알잖아. 아니야?"

"내가 지켜줄 거야. 그러니까 으응?"

어쩔 도리가 없어 울음을 터트렸다. 신도 잘 알고 있었다. 위험한 사람들이라 상현도, 보고 싶은 마지 친구들도 위험해진다. 그래서 더 안타깝고, 나약한 자신이 원망스럽다.

"신아, 선생님 좀 보거라."

교장 선생이 다정하면서도 위엄 있는 목소리로 말했다. 언제부터인가 가까이 다가와 있었다. "선생님은 신이가 무척 자랑스럽구나. 버스에 남은 류범 선생님과 2, 3학년 선배들을 사악한 자한테서 구해냈다. 누가? 신이 네가 말이다. 누구도 하기 어려운 일이지. 암… 정말 고맙고 장하구나."

등을 토닥여 줬는데 신은 신기하게도 마음이 차분해졌다. 엄청나게 큰 손이 등을 받쳐주는 느낌이 들었다.

"알겠어요. 학교로 갈게요."

신은 훌쩍거리며 눈물, 콧물을 훔쳤다. 이진도 다정하게 머리를 쓰다듬었다. 눈을 맞추는데 울고 있었다.

"괜찮아. 잘할 수 있어요." 품에 안기며 말했다.

"그래. 우리 신이 대견하다."

이진이 꼭 안아주었다. 잠시 후 신이 돌아보니, 응접실에 앉아 있던 아이들도 이 모습을 지켜보고 있었다.

"김신, 최고!" 누군가 소리를 질렀다.

"잘했다."

"고마워!"

사람들 환호가 부끄러워서 신은 고개를 돌렸다. 휘파람까지 불자 더 쑥스러워져서는 두리번거리다가 움직이는 천장 그림이 눈에 들었다. 파란 용, 그 용과 눈이 마주쳤다. 무언가 할 말이 있어 보였다. 마치 도와달라는 듯이. (헛것이 다 보이네. 정신 차려!)

신이 마법 학교 어귀 산 아래로 내려가는 계단 초입에 앉아 있다. 햇볕에 아침 안개도 사라졌고, 열심히 자라는 푸른 논들과 울긋불긋 마을 지붕들이 선명히 보였다. 쨍쨍한 태양은 올려다보지 않았다. 마을에서부터 선선하게 바람이 불어오며 심란한 마음을 달래 주었고, 분명 더운데도 언제까지고 계속 앉아 있고 싶은 기분이었다. 몸을 젖혀서 두 손으로 땅을 짚으며 지그시 눈을 감았다. 성재학교 무예 반 아이들 훈련 소리도, 수업을 위해서 바삐 오가는 마법 반 아이들 대화 소리도 더없이 정겹다. 사건 이후로 줄곧 괴롭히던 두려움과 나약함도 누그러졌다. 팔이 저렸지만, 참을 만큼 참아볼 테다. 순간 누군가 옆에 나란히 앉는 느낌이 들었다. 눈을 떠보니 큰 몸집에 흠칫 놀라 얼른 자세를 고쳐 앉았다.

"여기서 뭐 하고 있니?" 이왕 선생이다.

"선생님, 안녕하세요?" 벌떡 일어나 인사했다. "저기, 바람을 쐬고 있어요."

"괜찮다. 앉아라."

팔을 잡아당겨 이끌었다. "참 시원하구나. 선생님이 같이 있어도 되겠니?"

"네, 그럼요." 애써 씩씩한 목소리로 말했다.

벌써 이왕 선생도 팔을 뒤로 받치고 눈을 감았다. 신도 다시 눈을 감았다. 한참을 말없이 있는데도 조용함이 어색하지 않았다.

"신아, 두렵니?" 이왕 선생이 다정한 목소리로 불쑥 물었다.

"네?"

"그자가 무섭니?"

신은 선뜻 말할 수 없다. 사건에 대해서 이왕 선생이 알았다. 자신의 속마음을 들켜서 부끄럽고 거북스럽다. 그렇다고 하면 어떻게 생각하실지 걱정했다.

"두려운 게 당연하단다. 위축되거나 창피해할 필요 없어."

"진짜요?"

이왕 선생을 올려다보는데 환하게 웃고 있었다.

"그럼. 누구나 큰 사건을 겪으면 후유증을 겪을 수 있단다. 두려워서 회피하고 싶고, 수치심에 사람들을 멀리하고 혼자 있고 싶어 하지. 지극히 자연스러운 일이니 네 잘못이 아니란다."

"그자가 저를 죽이러 왔어요, 선생님. 거의 죽을 뻔했고, 저 때문에 친구들도 선배들도 위험에 빠졌어요. 그래도 제 잘못이 아니에요? 제가 더 강했다면 모두 위험에 빠지지 않았을 거라는 생각도 들어요."

"그자 잘못이지, 네 잘못이 아니란다. 두려움을 먹이로 삼는 자를 상대로 최선을 다해 지키지 않았니? 결국 지켜냈고. 넌 절대 약하지 않단다."

"약해요, 선생님. 제 공격에 끄떡도 하지 않고 일어나서 달려들었어요. 엄마가 구해주지 않으셨으면 전 여기 없을 거예요."

"신아, 누구도 모든 문제를 혼자서 해결할 순 없단다. 너를 도와주는 사람도 네 힘인 거야. 엄마는 언제나 널 지켜주시지 않겠니?"

"제 곁에 안 계실 때는요?"

"그런 때를 대비해서 더 강해져야겠지. 부족한 것은 채우자꾸나. 선생님이 확실히 말할게. 넌 지지 않았다. 도망친 건 그자야. 그렇지 않니?"

"…"

"힘들겠지만 멈춰 서거나 도망가면 안 돼. 두려움을 딛고 악에 맞서야 해. 그것이 진정한 용기란다. 선생님은 자신 있게 말할 수 있어. 넌 이미 그것을 갖고 있고, 넌 아주 강하단다."

"진짜요?"

"그래." 이왕 선생이 주먹을 불끈 쥐어 보였다. "선생님이 있잖아. 부족한 실력은 늘리면 돼."

"진짜죠?"

"그럼."

이왕 선생이 웃고 있다.

"아야!"

선생이 손을 뻗어 볼을 꼬집었다. 신은 아픈데도 웃음이 났다.

"그어 참, 불편하구먼!"

갑자기 큰 목소리가 주의를 끌었다. 류범 선생이다.

"남은 아파 죽겠는데 말야. **특별히** 부탁해 놓고 코빼기도 안 보이더니, 이제 와서 혼자만 웃고 떠들고 있나?"

신이 돌아보니 류범 선생이 눈을 흘겨 뜨며 이왕 선생에게 핀잔을 주었다. 허리가 불편한지 뒤뚱거리며 다가와서는 계단에 어정쩡하게 걸터앉았다. 두세 사람은 더 앉을 수 있을 정도로 멀찍이 떨어졌다.

"왔나. 류 선생?" 이왕 선생이 웃는 얼굴로 물었다.

"왔네. 이 선생." 퉁명한 얼굴로 되받으며 말했다. "출장은 잘 다녀오셨나? 어디를 그렇게 자주 가는지 모르겠지만 말이야."

"덕분에…"

"암, 덕분이지." 류범 선생이 목소리를 높여 말했다. "자네가 없는 동안 제자들을 잘 지켜내지 않았나? 이 내가 말일세."

잠시 정적이 흘렀다.

"아, 그렇지? 죽을 뻔한 걸 내 제자 덕분에 살았다는 건 잘 들었네."

"내 제자?"

"그래. 내 제자."

이왕 선생이 신의 머리를 쓰다듬었다.

"누가 자네 제자야?" 류범 선생이 삿대질했다. "나한테도 흑마법 방어술을 배워서 써먹지 않았니, 신아?"

"어? 네…."

갑자기 말을 걸어서 신은 깜짝 놀랐다.

"거 봐. 내 제자이기도 하다고. 그리고 죽을 뻔하다니 무슨 그런 망발을 하나? 덤프트럭이 달려든 충격으로 잠시 쉬고 있었는데 말이야. 자네는 상상할 수도 없는 방어력으로 말이지."

"아, 그 방어력으로 그자를 때려잡기라도 했나?"

"어허, 잠시 쉬고 있었다니까. 그렇지, 신아?"

"네? 네…."

신은 난처한 질문에 어떻게 빠져나갈지 고민했다.

"상태 이상 마법이 아니면 공격 수단도 없으면서 할 소린가, 그게?"

"아니, 그게 뭐 어때서? 물이나 쏘아대는 물 선생 주제에…."

"물 선생? 참 나." 이왕 선생이 벌떡 일어났다. "신아, 잘 들어. 우리 마법이 총이나 폭탄이라면, 저 선생 마법은 생화학 무기야. 그 자체로 기피 대상이야."

"네? 저기 선생님…."

"뭐 이 사람아? 그게 학생한테 할 소리야?" 류범 선생도 따라 일어섰다. "오 라라, 엄연한 마법일뿐더러 방어술이 주력인 사람한테 생화학 무기라니?"

"어허, 자네가 먼저 시작했잖은가? 물 마법도 방어 수단으로…."

신은 두 사람 사이에 끼여 어쩔 줄 몰랐다. 그런데 정말 이상했다. 험한 말들이 오가는데 두 분 다 웃고 있었다. (어떻게 이럴 수 있지?) 두 분이 이렇게 가까운 사이였나 의아했다. 자꾸 웃음이 나오려고 해서 무릎 사이에 고개를 묻었다. 자꾸 몸이 들썩거려서 혼났다. 너무 웃어서 눈물이 날 지경이다.

내홍리 마을과 옆 마을 남영리 사이에 작은 저수지가 있다. 산에서 내려오는 물을 저장해서 농사에 쓰거나, 비 피해를 줄이기 위한 목적으로 만들었다고 했다. 양 끝에 서서 대화가 가능할 정도로 작은 그곳을 마을 사람들은 덕흥 저수지라 불렀다. 마법 학교 전에 있던 옛 사찰 이름이다. 휴일 오전, 안개가 자욱한 그곳에서 휙, 휙 소리와 물 첨벙대는 소리가 울려 퍼졌다. 두루마기를 입은 신은 이왕 선생과 저수지 중심을 바라보며 서 있었다.

"으으… 선생님, 꼭 고등어 같아요." 신이 침울해져서 말했다.

"하하하…. 좀 작긴 하다만, 소리를 들어보니 돌고래구나.

새끼 돌고래 같은데?"

"진짜요? 헤헤…." 그제야 신이 웃는다. "종류는 달라도 선생님처럼 고래라서 다행이에요. 작은 건 괜찮지만 다른 동물은 싫어요."

"그러니?" 이왕 선생이 웃으며 말했다. "음, 다를 수가 없겠지."

"네?"

"어? 아니다."

분명 무슨 말을 했는데 모른 체했다.

"아까도 얘기했지만, 실력 있는 마법사들은 시그니처 동물 형태로 마법을 쓸 수 있단다. 마력 특성이나 심성과 같은 좀 복잡한 요인이라서, 저마다 특색이 있지. 류범 선생이 송골매인 건 알고 있지?"

"네 선생님. 처음 보고 깜짝 놀랐어요. 엄청 멋있었고요."

"그래."

"저희 엄마도 있으시겠죠?"

"아마도."

"오늘 저녁에 여쭤봐야지. 헤헤."

"자, 다시 한번 해 보렴." 이왕 선생이 호수를 가리키며 말했다.

"물노릇에 햇물[70]이 물숨으로 물까치[71]되네. 둥당에덩 둥당에덩 덩기둥당에 둥당에덩."

신이 마법 막대를 들고 주문을 외웠다. 가까운 곳에서 물이 치솟아 작은 쇠돌고래 형태로 뭉쳤다. 막대로 옆을 가리키자,

그것이 트르르륵 휙휙 소리를 내며 물 표면으로 돌진했다. 이윽고 쿠쿠 소리와 철퍼덕 물보라 소리가 거세게 울려 퍼졌다.

"오예! 성공이에요, 선생님."

신이 펄쩍펄쩍 뛰었다.

"그래. 정말 잘했구나." 이왕 선생이 손뼉을 치며 환호했다. "또 얘기하지만, 넓은 범위를 타격하는 위험한 기술이니까 항상 조심해야 한다. 아직 물이 없는 곳에서는 쓰지 못하니까 자리와 대상을 잘 골라야 하고. 알았지?"

"네, 선생님. 명심할게요."

"시범을 보여줄 테니까 느낌을 잘 기억하렴."

"네."

이왕 선생이 양손을 들어 올리자, 저수지 물이 전부 하늘로 떠올랐다. 들어 올린 물을 작은 물방울들이 주변을 감싸면서 엄청나게 큰 고래 형태를 만들었다. 눈앞에 펼친 장관에 턱이 빠질 지경이었다. 에으으응 고래 소리가 신의 온몸을 울렸. 이상하게도 물색이던 고래가 붉은빛을 띠다가 녹색이랑 파란색으로 바뀌었다. 그러다가 이내 흰색이다가 검은색으로 변했다. 해가 떨어진 듯 어둠이 드리웠다. 경이로운 장면이 두려움을 몰고 왔다. 온몸이 사시나무같이 떨렸다. 팔을 들고 있는 이왕 선생의 얼굴이 위엄 있고 단호했다. 양팔을 벌리며 천천히 내리자, 고래가 물빛을 찾아가며 부드럽게 땅으로 향했다. 사뿐히 내려앉은 물이 저수지 가로 흩어지며 잔잔한 물살을 만들었다. 신은 할 말을 잃었다. 이 놀라움과 두려움을 표현할 방법이 생각나지 않았다.

"잘 봤니? 너에겐 아직 버겁거나 앞으로 못할 수도 있지만, 꼭 한번 보여주고 싶었다. 잘 생각해 보고 연구해 보렴. 너무 무리하진 말고, 알았지?"

"네…."

자신도 모르게 고개를 끄덕였다. "다른 형들도 함께 올 걸 그랬어요. 너무 놀라워요."

"음, 다른 애들은 아직 무리일 거야."

"아… 그러면 다음에 또 보여 주시면 되겠죠?"

"글쎄…."

또 말끝을 흐렸다. 말씀하지 않으시니 알 길이 없다. 깊은 뜻이 있겠다고 짐작했다.

"선생님! 근데 왜 고래 색깔이 변하는 거예요?"

"그건 담긴 마력량에 따라서 투과하는 빛을 차단해서 그렇단다. 지금은 그런 거 생각하지 말고, 최대한 일정한 마력과 크기가 되도록 연습해라. 내일이면 방학이니까 몸에 무리가 가지 않는 선에서, 알겠니?"

"네, 선생님. 감사합니다."

"그래."

머리를 쓰다듬어 주었다. 신은 놀라운 수업으로 어안이 벙벙했는데, 이왕 선생은 참으로 침착해 보였다. 조용하고 진중한 분위기가 풍겼다. 순간 고민이 있으신가, 하는 생각도 들었지만 괜한 생각이겠지 싶었다. 신이 마법 학교로 향하는 이왕 선생의 뒤를 따랐다. 안개가 걷히는지 산길이 조금은 선명해졌다.

24

윤희가 쌍안경 접안렌즈 노브를 돌려 초점을 맞췄다. 원형 렌즈 안으로 작은 공터가 있고, 너머에 풀 한 포기 없이 잿빛을 띤 기암들이 짙푸른 바다와 잔잔하게 맞닿아 있었다. 바다와 기암괴석, 공터 녹지와 주변 나무들이 신사 앞에 세워진 붉은색 도리이와 대비를 이뤄서 묘한 장관을 연출했다. 아름다우면서 동시에 스산했다. 철매 흑마법사인 마루야마가 와가타를 만나러 온다는 첩보가 있었다. 윤희는 지금 Y 현 어느 신사 뒷산에서 정문을 지켜보며 와가타가 오길 기다렸다. 마루야마는 이미 신사로 올라갔다. 그자는 짙은 눈썹, 긴 콧날과 턱, 검게 그은 피부로 예상했던 똑똑한 인상이 아니라 다소 음침한 느낌을 주었다.

와가타를 도청한 지 육 개월 만이다. 그간 마루야마를 쫓는 일은 특별한 성과 없는 긴 기다림이었다. 무슨 이유에선지 와가타와 만남을 한사코 피하는 듯했고, 별다른 움직임도 없어서 감찰반원들 고생이 이만저만이 아니었다. 어찌 보면 오늘 미행은 천우신조다. 도쿄에서 출발한 비행기부터 이곳까지 다섯 시간이 넘게 걸렸다. 담당인 김민준은 H 현으로 보냈다. 지하 갱도를 확인하기로 했던 김상혁 반원이 사라졌기 때문인데, 요청해서 보낸 지원 인력도 그대로 되돌아왔다. (부디 무사하길….) 윤희는 자연스럽게 의문이 들었다. 와가타는 왜 육 개월이나 줄기차게 만남을 요청했는가. 또 무슨 흉악한 간계를 꾸미나 불안했다. 마루야마는 또 왜 만남을 피하다가 갑자기 마음을 바꾸었나. 무슨 대단한 보상이라도 약속 받았는지 의심스럽다.

"이상한데…?"

공터에 신사로 향하는 익숙한 얼굴이 나타났다. 몬츠키하카마를 입고 지팡이를 짚은 흰머리 노인이다. 그자가 계단을 올라가는데 처음 보는 수행원들이 뒤를 따랐다. 뭔가 어색하고 낯설다. 풍채는 지난번 미행 때와 차이가 없는데, 걸음걸이와 몸짓이 묘하게 달랐다. 보폭과 발 회전 각도, 걸을 때 리듬이 처음 보는 느낌이다. 버릇처럼 배를 만져 대는 모습도 보이지 않았다. 특히 사람들을 만날 때 태도가 이상했다. 기이한 외모에도 항상 살가운 면이 있었는데, 너무 무뚝뚝했다.

'가게무샤[72]?'

갑자기 머릿속에 한 단어가 떠올랐다. 미행을 피하고자 대역을 썼다. '젠장!'

윤희는 산 아래 주차장으로 급히 뛰었다. 한쪽 구석에 하얀색 혼다 경차가 서 있었다. 작은 박스형 차로 산속 도로를 달렸다. '그럼, 마루야마는?' 신사로 간 그자가 불현듯 생각났다.

'보고 올 걸 그랬나? 아니다. 와가타가 오지 않는다면 이미 떠났다.'

한 시간가량을 지나 해매 신사 근처에 다다를 즈음, 검은색 세단이 밖으로 나왔다. 미행하면서 셀 수 없이 봤던 그 차. 그 차가 시내로 향했다.

"토마레(멈춰라)."

검은색 정장 차림의 카미야가 막아섰다. 윤희는 호텔 커피숍의 직원 사물함에서 꺼낸 서버 복장을 하고 그자들 테이블로 다가갔다. 비색과 흰색이 섞인 상의에 검은색 바지, 비색 앞치마를 두르고, 스테인리스 물 포트를 하얀 타월로 받쳐 들었다. 저 작은 얼굴에 큰 눈과 짙은 눈썹이 어쩐지 부자연스럽다고 생각했다. 카미야가 빤히 쳐다보고 있는데도 아무런 감정도 읽어낼 수 없었다.

"카미야!"

와가타가 손을 들었다. 그자의 고블릿 물잔이 비어 있었다.

"하이." 카미야가 비켜섰다.

윤희는 테이블로 다가가 타월 쥔 손을 허리에 받치고, 다른 손으로 포트를 들어 와가타의 잔에 따랐다. 잔 위에 포트를 가까이 대고 물을 따르며 천천히 들어 올렸다. 타월로 포트 밑을 받치고 반대쪽으로 향했다. 타월 쥔 왼손을 허리로 가져가며, 함께 쥐고 있던 소형 도청기를 마루야마 의자 등받이에 붙였다. 물잔에 포트를 가져 물을 따랐다. 인사를 하고 물러나는데, 마루야마가 묘한 웃음을 지으며 윤희 허벅지를 보고 있었다. 순간 참기 힘든 욕지기를 느꼈지만 이를 악물고 빠져나왔다. 주방 앞 서빙용 테이블 위에 포트와 타월을 올려 두고, 곧바로 도청을 위해서 화장실로 향했다.

맨 안쪽 칸으로 들어가 좌변기 뚜껑을 덮고 앉는데, 이자들에게 얼굴을 스스로 노출했다는 뉘우침과 두려움이 엄습했다. 미행이 당초 예상과는 달리 통제할 수 없는 방향으로 가고 있었다. 하지만 마음을 다잡았다. 걱정만으로 문제가 해결되진 않을 터. 이어폰을 귀에 꽂고 수신장치 볼륨을 조절하자 치지직 하는 잡음이 들렸다.

"마루야마 교수, 왜 이렇게 연락하기가 어렵죠?" 와가타가 특유의 쇳소리를 내며 말했다.

"네 뭐, 이것저것 바빴습니다." 굵은 목소리로 답했다.

"이것저것이요?"

"하이, 학교 일도 그렇고, 논문도 쓰고, 수업도 있고, 방송 출연도 하고, 이것저것…. 선생님처럼 대단한 선조가 없어서 말입니다. 그러니까 저는 혼자서 챙겨야 할 게 많습니다."

"제가요?"

"누군가 그러더군요. '거인 어깨 위에 올라선 난쟁이'가 더 멀리 본다고…."

"난쟁이로군요."

낮은 쇳소리 섞인 한숨이 들리는 듯했다.

"지금은 모르겠지만서도, 메이지 이후로 선생님 가문이 우리 일본을 좌지우지했던 건 사실이니까 말입니다."

감정을 고스란히 드러내는 말투다. "그런데, 신사는 왜 다녀오게 하신 겁니까?"

"여독을 풀라는 마음에서죠."

"건강 상태가 이 정도로 여독이 쌓일 몸은 아닙니다."

"그렇군요. 어떻게 생각은 좀 해 봤나요?"

"무슨 생각 말씀입니까?"

"한국의…."

와가타 말이 강렬하게 주의를 끌었다.

"아, 그거 말씀입니까?"

일부러 뜸을 들여 대화를 늦추고 있다. "왜 직접 하지 그러십니까?"

"내가 움직일 수 있는 상황이 아니에요." 와가타가 느릿느릿 정확한 발음으로 말했다.

"이해합니다. 장거리 여행이 무서운 나이시군요. 맞습니까? 하하…. 아, 기분 나쁘셨다면 죄송합니다."

"아니요. 괜찮아요. 그것도 중요한 이유 중 하나지요."

"아, 정말 그러시군요. 안타깝습니다. 하루라도 빨리 훌륭한 제자들을 더 배출하지 그러십니까? 옆에 계신 카미야 씨 같은 분 말입니다."

"크흠…."

와가타가 헛기침했다. 가래를 삼키는 듯 목을 긁는 소리를 냈다.

"센세, 정말 건강이 괜찮으신 겁니까?"

"괜찮아요. 물론 카미야는 신뢰할 수 있는 제자죠. 마루야마 교수, 필요하다면 우리 사람들을 보내 줄 수 있어요."

"저도 사람은 많습니다."

"무슨 도움을 드려야 받아들이시겠어요?"

"아시잖습니까? 제가 뭐 특별히 아쉬운 게 있는 건 아닙니다."

잠시 정적이 흘렀다. 뭔가 협상이 결렬되는 느낌인데, 마루야마가 시종일관 비아냥거리고 있었다.

"카미야, 그걸…."

"하잇, 센세." 카미야가 말했다.

잠시 후 퉁 하고 소리가 울렸다.

"호오, 깜짝 놀랐습니다. 이건 뭡니까?"

"찾아와 준 선물입니다. 열어 드리세요."

"네."

카미야의 대답과 함께 삑삑 소리가 들렸다.

"왓, 이건 가락국[73]의 오리 토기 아닙니까? 진짜로? 이승과 저승을 잇는 상징을…. 어디서 찾으셨습니까?"

"역시 알아보는군요. 한국 전쟁 당시에 조금 챙겼지요. 그것도 보여 드리세요."

"네."

"아야, 이것은 깃털 부채. 한국 무구가 아닙니까? 부채 바람이 게가레를 쫓는다던데, 이 귀한 걸…. 오야? 아직도 주력이 있습니다. 대단합니다, 진짜로."

"그렇죠. 역시…."

탁.

갑자기 화장실 옆자리에서 변기 뚜껑 소리가 크게 들렸다.

도청하면서 끼고 있던 이어폰을 뚫고 들어와서 윤희는 깜짝 놀랐다. 하지만, 대화를 놓치지 않도록 더 집중했다.

"민속학 교수여도 한국에서 출토한 유물을 소유하기는 어렵죠. 물론, 우리 거는 많이 갖고 있겠지만 말이죠."

"에에, 맞습니다. 한국인에게는 '돼지에 진주'인데도 구하기가 정말로 어렵습니다." 마루야마가 말했다.

한국인은 우습게 알면서도, 한국 유물에는 열광하는 이 모순되는 행태가 윤희는 역겨웠다.

"어떤가요? 내가 제법 많이 갖고 있고, 원하는 만큼 드릴 수 있어요."

"정말입니까?"

반색하는 느낌이지만, 이후 한동안 아무 소리도 들리지 않았다. "선물은 감사합니다만, 안타깝게도 어렵겠습니다. 의뢰가 좀 잡혀서 말입니다."

"의뢰라면 어떤 건가요?"

"마아, 강연도 있고, 불제 의식도 있고 다양합니다."

"바쁘군요. 그럼 초혼술[74]에는 흥미가 있나요? 있다면 주구와 술법을 제공하지요. 동물 혼령보다 훨씬 강력합니다. 어떤 사체라도 혼을 불러내 부릴 수 있는 강령술이니, 부탁하는 의뢰나 앞으로 활동에 큰 도움이 될 것이에요."

"헤에, 물론 흥미가 있습니다." 또 뜸을 들였다. "하지만, 능력이 아무리 강력하면 뭐 합니까? '명소에 볼 것 없다'는 속담과 똑같습니다. 쓸 곳이 있어야지요. 으흠."

기침 소리가 거슬려 윤희는 한쪽 이어폰을 잠시 뺐다.

"뭔가 더 필요한 게 있나요? 괜찮아요. 얘기해 보세요."

와가타의 쉿소리가 점점 거칠어지고 있다. 말을 많이 할수록 목이 마르는 모양이다.

"그러십니까? 그럼 염치없지만 말씀드리겠습니다."

천천히 더 뜸을 들였다. 그 음흉한 모습 속에 끝을 모르는 탐욕도 들어 있는 느낌이다.

"뭐라 말씀드려야 할지 모르겠습니다만. 오해하지 마십시오."

"괜찮으니 얘기하세요."

"궁사께서야 선조들이 확보한 고객들이 많으시겠지만, 저는 아닙니다. 정·재계는 물론이고 방위성에도 폭넓은 인맥이 있으시지요? 참으로 부럽습니다."

"난쟁이에게는 버거운 명성이지요."

"에? 그 발언은 사과드립니다. 불편하셨다면 용서해 주십시오."

"학계에 종사하시니 문화 예술계를 양보하면 어떤가요?"

"헤에, 정말이십니까?"

"우리 현을 제외하고 그 분야 의뢰는 일절 받지 않도록 하지요. 그럼 되나요?"

"네, 선생님. 여부가 있겠습니까?"

마루야마 목소리가 갑자기 커졌다. "하하하…. 정말로 감사드립니다. 그럼, 제가 어떻게 도와드리면 되겠습니까?"

"한국." 와가타가 말했다. "신영 마법사회 본부를 접수해 주세요."

윤희는 귀를 의심했다. 잘못 들었는지 하는 의문이 들었다.

"어디요? 한국의…?" 마루야마가 되물었다.

"신영 본부를."

"어째 섭니까? 전 단순한 저주 조복 의뢰인 줄 알았습니다만."

"방해되니까요." 와가타가 간결하게 말했다.

윤희는 방해라니 말도 안 된다고 생각했다. 신영은 정보 수집 말고는 일본 활동이 없었다.

"헤에, 정말입니까? 뭔가 다른 이유도 있겠지요?"

"해묵은 악연도 있고, 싹 정리해서 우리 사람들로 채울 거예요. 더 강한 일본을 위한 포석이지요."

"헤에, 내쫓는 정도입니까? 아니면 몰살입니까?"

"다시 일어서지 못할 정도로. 어려운가요?"

"이야, 아닙니다. 개돼지는 뭉쳐도 개돼지 아니겠습니까. 저도 미개한 한국인이 싫습니다. 피해 의식에 빠져서 정당한 전쟁을 부정하고, 먹고살 만하다고 우리 일본을 우습게 여깁니다. 우리의 팔백만 신도 무시하기 일쑤죠. 유일신? 흥!"

"좋아요. 시간이 얼마 정도 걸릴까요?"

"조사, 계획, 준비 각 한 달씩, 총 삼 개월은 걸릴 것 같습니다. 정확한 것은 알아봐야겠지만 말입니다."

"특별히 세 사람에 대한 조복 의뢰도 추가한다면요?"

"그럼, 사 개월로 해 주십시오."

와가타의 대답이 잠시 들리지 않았다. 신영을 두고 시장판에서 물건을 흥정하듯 주고받고 있었다. 윤희는 점점 더 가슴에서 치밀어오는 분노를 참아낼 수 없었다.

"그럼, 식사하러 이동할까요? 이쪽이에요."

"하잇, 센세."

무언가 끌리는 소리가 크게 들렸고, 시끄러운 잡음이 이어졌다.

"카미야."

"하잇."

"길 잃은 네코짱[75]을…. 다시는 보고 싶지 않으니까요."

테이블에서 멀어졌는지 소리가 잘 들리지 않았다. '갑자기 고양이는 왜 찾는 거지?' 미심쩍지만 미처 생각할 겨를이 없다. 미행과 도청을 하면서 느꼈던 거북함도 사라졌다. 갑자기 황당무계한 소리를 들으니 오히려 당혹스럽고 경악스럽다. 윤희는 개돼지라 부르는 일 따윈 더 이상 놀랍지도 않았다. 극우세력뿐만 아니라 기성세대들까지 혐한 의식이 뿌리 깊게 박혀 있었다. 문제는 신영에 대한 마루야마의 공격이다. 그것도 서너 달 안으로.

와가타가 유물과 술법, 활동 분야까지 양보할 만큼 집요했다. 해묵은 악연을 끊으려는 집요함도 그렇지만, 접수한 후에 자기 사람들로 채운다니 단순한 공격이 아니어서 더 놀랍다. 스스로 지원하고 길러낸 흑마법사들로 신영 본부를 채우고 실제로 지배하려고 했다. 신영을 통해 한국 사회에 저주를 퍼트리기 위해서. 그러고는 이내 생명을 위협하는 암 덩어리가 되리라. 있을 수 없는 일이었다.

'그런데 마루야마가 그 정도로 대단한 술사였나?' 그렇게 못마땅해하면서도 선물 몇 가지에 재빠르게 태세를 바꾸는 가벼운 자라고 느꼈다. 그런데도 신영 본부를 어린아이 손목 비틀 듯 생각하니, 어이가 없으면서도 또한 두려웠다. 학계뿐 아니라 문화 예술계 인사들의 주술 의뢰를 감당할 정도로 큰 조직과 인력을 보유하고 있기 때문이다. 아무튼 빨리 알려야 했다. 윤희는 이어폰과 수신장치를 바지 주머니에 넣고 화장실 칸막이 문을 나섰다.

"오래간만이야. 네코짱?"

이때, 소름 끼치는 남자 목소리가 들렸다. 카미야가 여자 화장실 출입구에 서서 싸늘한 표정으로 손을 들었다. '네코짱? 나를 지칭한 소리였다고?'

황급히 허리춤에 꽂아둔 총을 꺼냈다. 소음기가 달린 총구를 겨누려는 찰나, 하얀 키리가미 무더기가 우수수 달려들었다. 세면대와 칸막이 사이로 구르며 낙법을 쳤다. 몸을 덮치던 종잇조각들이 불살라졌다. 다시 총구를 겨누는데, 서 있던 자는 이미 사라졌다. 윤희는 허리가 뜨끔했다. 종이 탄내가 목표를 놓친 허망함을 부추겼다. 갑자기 왼쪽 옆구리가 뜨거워서 옷을 풀어 헤쳤는데, 어깨에 멘 하네스 권총 주머니에 있던 벽사부와 수호부가 모두 불살라졌다. 주머니 밖으로 시커먼 재가 새어 나와 바닥에 떨어졌다.

'이런…' 가슴이 덜컥 내려앉고 얼굴이 화끈거렸다. 모든 키리가미를 막아냈나 하는 걱정이 치솟았다. 하나라도 남았다면 정말 큰 일이었다. 옷매무새를 여미는데, 갑자기 구역질이 치솟고 온몸에 힘이 빠져서 무기력해졌다. 배가 뜨겁고 온몸의 피가 그곳으로 몰려드는 것 같았다. 머리에 피가 부족해서 멍해지고 의식을 붙들고 있기가 점점 더 버겁게 느껴졌다. 마치 허공에 메인 줄을 한 손으로 잡고 버티는 듯 아슬아슬했다.

'그자를 없애야 한다. 그래야 산다.' 극심한 두통과 배가 터질 듯 차오르는 불쾌함이 몰려들었다. 비틀비틀 화장실 밖으로 나갔다. 넓은 커피숍 안 테이블에 손님들이 앉아 있지만 그자는 없었다.

"히익!" 가까운 테이블에 당황한 얼굴들이 탄성을 질렀.

식은땀을 흘리며 정신이 혼미한 서버는 본 적도 없으리라. 천장 조명들이 형체를 알아볼 수도 없이 밝은 빛을 토해내고 있었다. '도쿄로, 빨리!' 머릿속에 비상시를 대비해서 이진이 건네준 특별한 부적 — 일반 부적처럼 노란 종이에 붉은 글씨가 아니라, 황색 한지에 하얀 글씨로 마력을 부여한 질병부인지, 재액소멸부인지 모를 — 이 떠올랐다. 엘리베이터를 타고 지하 주차장으로 향했다. 서버 옷을 그대로 입고 나오는데도 누구도 제지하지 않았다.

"아나타(여보), 며칠만 아즈미랑 S 현에 좀 다녀오세요." 윤희가 남편 유시로 씨에게 말했다.

딸과 함께 시댁에 다녀오기를 청했다. 남편 직장도, 딸 학교도 문제가 되지 않을 만큼 가까운 거리여서 다행이었다. 도쿄 맨션에 와서, 이진의 부적을 태워서 그 재를 물에 타서 마셨다. 마법사가 아닌 윤희가 택할 수 있는 최후 방책이다. 키리가

미에 담긴 식신 저주를 정화할 수도, 다른 매개체로 저주를 옮길 수도 없기 때문이다. 세면대에 토해낸 피가 아직 묻어 있어서 수도꼭지를 틀어 물로 씻어냈다.

"아니 왜?" 남편이 되물었다.

"제가 몸이 좀 안 좋아요. 당신이나 아이에게 보여주고 싶지 않아서 그래요. 이해해 줄 거죠?"

욕실 거울에 비친 모습이 너무나 초췌해서 깜짝 놀랐다. 고작 몇 시간이 지났을 뿐인데, 수년간 마약에 중독된 모습이었다. 윤희는 이런 얼굴을 가족에게 보일 수는 없다고, 호텔이나 다른 곳으로 가면 좋을 텐데 하고 생각했지만 그럴 엄두가 나지 않았다. Y현에서 이곳까지 오는 데만 해도 엄청난 의지가 필요했었다. 신칸센과 택시 안에서는 그토록 혐오하는 백귀, 그 자체였을 터.

"그럴수록 함께 해야지. 무슨 소리야? 도와줄 사람도 없이 혼자서 어떻게 하려고 그래?"

"괜찮아요. 며칠 쉬면 좋아질 거예요."

"하… 알았어요. 아즈미는 학교 마치는 시간에 데리러 갈게."

"그래요. 고마워요."

"별소리를 다 하네. 그럼 쉬어."

"잠깐만요!" 전화를 끊으려는 남편을 서둘러 불렀다.

"어 왜?"

"당신, 내가… 많이 사랑하는 거… 알죠?" 천천히 감정을 담아 말했다.

신이 오다 371

"아이고, 됐어요. 부끄럽게…."

전화를 끊고 보니 얼굴에 어느새 눈물이 흘러내렸다. 윤희는 거울에 비친 얼굴이 싫다. 서둘러 물을 틀어 눈물을 닦아 냈다. 이제 별수 없다고, 이진을 믿는 수밖에 없다고 읊조렸다. Y현 일도 알렸고, 그저 그자들의 도발을 빈틈없이 막아주기만을 바랐다. 와가타와 마루야마 회동은 일본 마법사회에도 전했다. 그들에게 무언가 도움이 되기를 또한 바랐다.

'하나레.[76]'

기다림의 순간이다. 1층으로 내려와 거실 소파에 앉아서 눈을 감았다. 화궁의 화살을 쏜 반동으로 뒤따르는 유미가에리[77]처럼 잠이 쏟아졌다. 아득한 시간이 흘러갔다.

턱.

현관문에서 안전고리가 걸리는 소리가 들렸다. 깜짝 놀라 잠에서 깨며 탁자를 걷어찼다. '이런.' 탁자에 둔 유리잔이 떨어져서 깨졌다. 띵동…. 초인종이 몇 번을 울렸는지 도무지 알 수 없었다. '뭐지? 올 사람이 없는데…?'

당황스러워 몸을 일으키는데 몸이 천근만근이다. 머리가 쪼개지듯 아팠다.

"마마!" 이때, 아즈미의 맑은 음성이 들려왔다. "괜찮아요? 마마?"

손바닥으로 탕탕탕 문을 두드리며 다급히 물었다.

"아즈미?"

반가움에 벌떡 일어나 현관으로 향했다. "아즈미, 왜 왔어? 아빠가 연락 안 했어?"

고리를 풀고 문을 여는데, 보조 키가 이미 열려 있었다.

"수업은 마치고 온 거니?"

둥근 손잡이를 잡고 문을 조금 열자, 아즈미가 걱정스러운 얼굴로 서 있었다.

"괜찮아?"

한껏 찌푸린 이마에 금방이라도 울어 버릴 얼굴이다. "아빠가 전화해서 깜짝 놀랐어. 바로 오고 싶었는데, 마침 마마 친구분이 찾아오셔서 데려다 주셨어."

"응? 친구?"

"응." 아즈미가 문 너머를 올려다보며 말했다.

"마마가 친구가 어딨…."

문을 좀 더 열어보니, 검은 양복을 입은 사내가 별안간 나타나서 순간 멈칫하며 말문이 막혔다.

"안녕하세요. 유시로 씨?" 카미야가 오른손으로 아즈미의 란도셀 가방끈을 짚으며 말했다.

"흠…."

윤희 입에서 자신도 모르게 옅은 신음이 새어 나왔다. 아이 손을 잡고 안으로 끌어당기려다가 이자를 자극할까 봐 참았다. "뭡니까? 무슨 일이죠?"

"미처 대화를 끝맺지 못했는데, 도중에 가 버리셔서죠."

광대와 입꼬리가 쓱 들려 올라가며 소름 끼치는 웃음을 띠었다.

"뭐야? 엄청나게 걱정했는데…. 괜찮아 보이잖아요?"

아이가 밝은 표정으로 위안이 되는 웃음을 보였.

신이 오다

"어?"

이상한 생각에 손을 들어 얼굴을 만졌다. 손바닥으로 온기가 느껴졌다. 부적이 효과가 있었는지 잠든 사이에 차도가 있었다. 아이가 거울에 비친 아까 모습을 보지 않아서 다행이라고 생각했다가 금세 떨쳐 냈다. 그자 손이 움직여서 아즈미에게 좀 더 가까이 다가섰다.

"마마 옷 좀 어떻게 해. 왜 이렇게 땀을 흘렸어?"

"응? 옷?"

내려다보니 서버 옷을 아직 입고 있다. 언제 단추를 뜯어냈는지 상의가 풀어 헤쳐졌고, 땀에 젖은 스포츠 브라와 가죽 하네스가 드러나 있었다. 하네스에 총이 없다. 침대 옆 서랍에 넣어 두었다.

'젠장!'

윤희는 멍청한 습관이 원망스럽다. 아이 팔을 잡으려 조심스럽게 손을 뻗었다.

"그럼 나, S현에 안 가도 되겠지?" 아즈미가 아무렇지 않게 웃으며 빤히 올려다보고 말했다. "가래도 안 갈 거야. 흥!"

그래도 보낼까 봐 잡으려는 손을 막으며, 아즈미가 안으로 들어섰다.

탁.

아즈미 어깨를 잡으려는 카미야 팔을 손목 스냅으로 쳐냈다. 팔은 떼어냈지만, 그자 몸이 앞으로 조금 기울었다. 한 걸음 앞으로 다가서며 앞을 가로막았다. 아즈미가 2층 자기 방으로 향하며 계단을 뛰어오르는 쿵쿵 소리가 들렸는데, 그 소리가 조마조마한 가슴을 더욱 세게 울렸다.

"이자가 감히 여기가 어딘 줄 알고…." 윤희가 낮고 단호한 목소리로 말했다.

"이봐! 지난번 요행히 살아 나갔으면 또 찾아오지 말았어야지. 엉?" 팔을 만지며 뒤로 물러서면서 말했다. 소름 끼치는 웃음은 여전했다.

"뭐야?"

"흐흐. 교습소까지 들어와 설쳤던데 말야. 도둑들이 바르는 얼굴 진흙도 말끔히 지우고, 그게 나였소 하는데 모를 줄 알았어? 하…."

낭패다. 얼굴을 노출해선 안 됐다. 무모하게 접근해서 해매 잠입까지 들켜버렸다. 윤희는 마음이 급해서 주도면밀하지 못했던 자신이 그저 한스럽다.

"본국에는 잘 알렸지? 오늘도 그래서 살려 둔 거니까 말이야. 잘했겠지, 그치?"

"이 자식이 뭐라는 거야?"

"마루야마, 잘 부탁해."

"마루야마?"

"그래. 이이제이 들어봤지? 너희들만큼 그자도 거슬려서 말이야. 학교에 조용히 처박혀 있지. 온갖 곳에 헛소문을 퍼트리고 다니니 원. 선생님과 훌륭하신 가문을 좀 무시했어야지. 죽고 싶다는데 어쩌겠어."

"그래서?"

"그래서는 뭐. 누가 이기든 상관없으니까 박 터지게 싸워

줘. 흐흐….”

"착각하지 마. 마루야마 정도는 신영에 생채기 하나 내지 못해!"

"그럴까?"

"당연하지. 내가 너희도 그 자식도 가만두지 않을 거니까."

"하….” 카미야가 양팔을 벌리며 어이없다는 얼굴로 한숨을 내쉬었다. "지금 상황 파악이 안 되지? 당신이 오늘 무사할 것 같아?" 양복 상의 주머니에 손을 넣으며 말했다.

"어."

왼발을 조금 뒤로 빼며 섰다. "그럴 것 같은데?"

"뭐 내가 조금만 늦었으면 그랬겠지. 그런데 말이야. 당신 몸에 내 식신이 아직 들어 있단 말이야."

카미야가 주머니에서 손을 빼더니, 검지와 중지를 붙여 윤희 얼굴로 쭉 뻗었다.

"흑!"

순간 배에서 얼굴로 열기가 솟구쳤다. 정신이 아득해지며 구역질이 몰려들었다. 뒷골이 저리고 뻣뻣하게 굳어 갔다. '문을 닫아야 한다.'

정신을 집중해서 앞에 둔 오른발 무릎을 일직선으로 곧게 들고 곁차기[78]로 그자의 턱을 가격했다. 그자가 헉 소리를 내며 외마디 신음과 함께 몸이 뒤로 젖혀졌다. 이때를 놓치지 않고, 왼발 무릎을 들어 올려 앞으로 곧게 뻗으며 앞축 곧은발질[79]로 아랫배를 있는 힘껏 가격했다. 그자가 몸이 앞으로 구부러지며 서너 걸음 뒷걸음질 쳤다. 밖으로 나가 현관문을 닫

앉다. 복도 벽 앞에 그자가 몸을 웅크리고 있었다.

"**쿠루와세**(흐트러뜨려)!" 갑자기 카미야가 검인을 입에 대고 외쳤다.

"으헉!" 윤희가 단말마 비명을 질렀다.

식신이 온몸 속을 헤집고 다녀서 이루 말할 수 없는 고통이 쏟아졌다. 통증에 두 무릎을 땅에 박으며 고개를 숙이자, 입으로 무언가 치밀어 올랐다. 어찌할 방도 없이 그것이 쏟아져 내렸다. 피다. 눈앞에 붉은빛이 드리우고 귀가 먹먹해졌다.

"**데루**(나와라)!" 그자가 이마 앞에 손을 가져다 대며 또 소리쳤다.

손가락 사이에 하얀 종이 쪼가리가 끼워져 있다. 사람 모양으로 오린 그 키리가미 종이다. 윤희는 머리가 찢어지는 고통에 몸부림쳤다. 곧 그 종잇조각이 살아 움직여서 그자 어깨로 올라탔다. 온몸에 신경이 끊긴 듯 아무런 고통도 느껴지지 않았다. 그대로 앞으로 고꾸라졌다.

'저놈을 잡아야 해!' 손을 뻗어 일어나려 해보지만, 애처롭게 떨리고 있었다. 이때, 멀리서 소리가 들렸다. 누군가 분명 윤희를 불렀다. '제발…'

카미야가 달아났다.

"윤희 씨! 유시로 씨! …"

꿈처럼 반가운 목소리다.

"괜찮습니까? 히가시데입니다."

그가 상체를 안아 세웠다. 윤희는 마지막 숨을 깊게 들이마시며 말했다.

"아즈미오…."

25

 텅 빈 감찰원 해외 협력반 사무실에 핸드폰이 요란하게 울렸는데, 화장실에 다녀오던 이진은 신이 습격받은 일이 떠올라서 덜컥 겁이 났다. 심장이 쿵쾅거려도 애써 참으며 확인해 보니 국제전화, 모르는 번호다. '보이스 피싱?' 짜증스럽게 "나중에 보기" 버튼을 눌렀다. 급히 간부 회의 자료를 챙겨서 사무실을 나왔는데도 불안이 잦아들지 않자, 이진은 본관으로 이동하다가 전화를 걸었다. 방학 동안 조재영 이장 집에서 지내는 신이 잘 지내는지 걱정돼서다.
 "으응…, 여부세요?" 신이 부정확한 발음으로 옹알거렸다.
 "잤니?" 이진이 물었다.
 "엄마? 잠깐요."
 기지개를 켜면서 으아 소리를 냈다.
 "이제 점심인데, 아직도?"
 "아침부터 조정은이가 꼬마들 택견 훈련하는 데 같이 가자고 괴롭혀서요. 그러고는 아저씨 따라서 마을 일도 거들고요.

방학인데 더 힘들어요, 엄마."

"저런, 어디 아픈 데는 없고?"

"그럼요. 너무 건강해져서 탈인걸요. 팔 힘도 엄청 세졌어요. 보시면 깜짝 놀라실걸요?"

"진짜? 다행이구나. 공부도 열심히 하는 거지? 마법 공부만 너무 하지 말고, 학과 공부도 열심히 해야 해. 알지?"

"숙제가 산더미인걸요. 오후엔 학교 가야 해요."

"그래. 밥도 잘 챙겨 먹고."

"걱정하지 마세요."

"그래. 아줌마 계시면 바꿔 줄래?"

"네-에."

핸드폰을 들고 마루를 쿵쿵 걷는 소리가 들렸다. 이진은 집에 데리고 있고 싶은 마음이 굴뚝 같지만 그럴 수 없어서 안타깝다. 행방이 묘연한 네즈미야도 문제지만, 윤희의 보고로 마법사회가 지금 초비상인 상황이었다.

"아줌마, 엄마요."

"어머, 진짜?" 수화기 너머로 멀찍이 들렸다. "여보세요?"

"언니, 잘 지내셨어요?"

이진은 살가운 목소리에 덩달아 톤이 높아졌다. 오랜만의 통화라 더 반갑다. "애를 맡겨 두고 연락도 자주 못 드려서 죄송해요."

"아이고, 그런 소리 말아요. 그런 말하면 섭섭해. 남도 아니고…."

"애가 반찬 투정도 심하고 좀 까탈스러워요."

"이잉? 무슨…. 가리는 거 없이 뭐든 잘 먹어줘서 내가 고마운 걸. 요즘 부쩍 덩치가 커져서 이제 청년 같다니까?"

"진짜요? 일 좀 챙겨 놓고, 조만간 찾아갈게요."

잠시 아들이 크는 모습을 공유하지 못하는 아쉬움과 서운함이 들었다. 동시에 잘 지내고 있음에 안도했다.

"아이고, 바쁜데 무리하지 말고요. 신이 걱정도 말고, 알았죠?"

"네, 감사해요. 요즘 무릎은 좀 어떠세요?"

건강에 대한 염려로 시작해서 조재영 이장의 근황과 내흥리 대소사에 관해서 얘기하다 보니 이진은 정은 엄마, 김성연에 대한 신뢰가 두터워짐을 느꼈다. 아무리 이장 임무라지만 내 집안일처럼 마을을 챙기는 조재영을 이해하기도 쉽지 않은데, 김성연은 오히려 적극적으로 나서서 남편을 지원했으니. 여느 시골 마을처럼 노년층 비율도 높아서, 소일거리를 함께 하며 노인들 건강 챙기기도 빼놓지 않았다. 한없이 다정다감하면서도 동시에 억척스러운 면모를 가졌기 때문일까. 마을 안주인 역할을 훌륭하게 해내는 모습에서 일종의 존경심이 피어났고, 거기에 아들을 맡긴 고마움까지 더해졌다.

"또 연락드릴게요. 들어가세요, 언니."

"그래요…."

이진은 다정한 목소리에 어수선한 마음이 위로받는 느낌이 었는데, 통화를 마치고 보니 뙤약볕에 서 있어서 새삼 당황했다. 서둘러 본관으로 향했다. 돌계단을 오르려는데, 문득 앞쪽에서 섬뜩한 기운이 느껴져서 몸이 움츠러들고 급히 멈춰 섰다. 강민 위원이 딱 벌어진 어깨를 과시하며, 뻣뻣한 자세로 노려보고 있었다. 어금니를 악물었는데 입가에 조소까지 띠었다.

"뭐죠?"

당황했음을 숨기려 눈을 똑바로 마주 봤다.

"흥! 내, 이 치욕을 꼭 갚아 주지."

가늘게 실눈을 뜨고는 이내 턱을 치켜들었다. 이진이 있는 계단 아래로 성큼 내려서며 왼팔을 휘저었다. "비켜!"

"왜 이래요?"

이진은 몸에 닿지 않도록 서둘러 피했다. 그가 큰 보폭으로 두루마기를 휘저으며 걸어갔다.

'어?'

트레이드 마크처럼 풍기던 사향이 사라졌다. 이진은 아무 냄새도 나지 않아서 의아했다. 강민이 갑자기 마당 한가운데에 멈춰 서더니 두루마기를 벗어 바닥에 패대기를 쳤다. 입고 있던 군청색 정장 차림으로 남쪽 출입문 쪽으로 걷는 걸 보니 아마도 마법사회 밖으로 나가는 듯했다. 그의 태도로 보아 징계 결과가 통보됐으리라. 조만간 그럴 것이라 예상했지만 적반하장은 당혹스럽다. 스스로를 돌아볼 일이지, 고발한 사람에게 화를 내는 게 맞는지 참 치졸하다고 생각했다. 그런데도 착잡해짐은 어쩔 수 없었다. 싫고 좋고를 떠나 오랫동안 상사였으니, 떠올리기 싫었지만 일말의 연민이 파고들었다.

"후…." 깊은 한숨을 내쉬었다.

"이상과 같이 징계 위원회 결과를 알려 드립니다. 궁금하신 사항이 있으십니까?" 김원 집행위원이 발표했다.

총감독실 회의 테이블에 간부들이 앉아 있다. 김원 집행위원이 총감독 오른쪽에, 이진과 이범 재무위원이 반대편에 앉아 있다. 김준 군감이 의사위원 대리로서 처음 참석했다. 김원 위원 옆이다. 간부회의 참석자 모두 아무 말이 없었다.

강민 위원은 파면은 면했지만, 군감으로 직급이 강등됐다. 김건 도감 휘하의 한 지부로 좌천해서 지시를 받게 되었다. 감시라 해도 좋겠다. 징계 위원회는 감찰 업무를 방해한 배임 혐의는 받아들였지만, 이진이 제출한 사진에도 네즈미야와 내통 혐의는 증거 불충분으로 무혐의 결정을 내렸다. 고 윤결 대행에 대한 포섭 장면을 직접 목격한 당사자로서 인정하기 힘들었으니, 당연히 파면감이라고 이진은 분개했다.

"징계 위원회 결정 사항이니까 마음에 들지 않더라도 이해해 주기를 바랍니다." 총감독이 이진을 보며 말했다.

강민 위원에 대한 연민이 싹 달아났다.

"잠시 인사 사항을 먼저 말씀드리겠어요. 외부 위협이 드러난 상황에서 언제까지고 감찰원과 의사원 중책을 비워둘 수 없습니다. 그래서 두 분 직무 대리를 위원으로 승진 발령을 냈습니다. 김원 위원이 사무를 처리 중이니 곧 임명장을 받을 겁니다. 부담을 드리게 됐지만, 수고해 주시리라 믿어요. 잘 부탁합니다."

"네? 총감독님, 저는 다시 생각해 주십시오." 이진이 말했다. "저보다 훌륭한 분들이 많이 계십니다. 지방 도감들도 계시고, 그래도 연배가 있는 사람이 낫지 않겠습니까?"

이진이 감찰위원 직책을 사양했다. 총감독 말대로 부담스러운 자리다. 마법사회 회원 감찰과 해외 협력 업무도 있지만, 무엇보다 현재 위기 상황을 타개할 전략을 수립하고 실행해야 했다. 뛰어난 마법 실력만으로 부족하고, 적을 상대한 풍부한 경험, 회원과 직원들을 통솔할 수 있는 카리스마가 있는 사람이 적임자라고 생각했다. 자신은 마음의 준비가 안 됐다고 느꼈다. 이진은 어떤 일에서건 한 발짝이라도 발을 떼어 놓은 상태가 좋았다. 사명에 매이기보다 자신을 지킬 수 있는 약간의 거리가 필요했다. 무엇보다 가정을 지키고 싶었다. 위협받는 아들마저 남에게 맡겨 놓은 상황인데, 마법사회가 가정보다 우선해야 하는가. 자신은 그저 보호 마법에 능숙한 일개 마법사일 뿐이다. 이진은 계속 그렇게 속으로 되뇌었다.

"나는 이진 도감만 한 적임자가 없다고 생각해요." 총감독이 편안한 웃음을 띠며 말했다.

이진은 그 눈빛을 마주하면 최면처럼 늘 교정에서 대화하던 그날로 돌아갔다. 잘할 수 있다는 무언의 위안과 격려가 어깨를 두드렸다.

"잘 부탁합니다. 언제든지 어려운 부분이 있으면 말씀하세요. 김준 위원도 수고해 주기를 바랍니다."

"하지만…." 이진이 말끝을 흐렸다.

"네, 성심을 다하겠습니다."

이때, 김준 군감이 일어나 인사했다. 옆에서 열심히 하겠다고 나서자 계속 사양하기도 곤란했다. 오십 대 중반인 김준 군감은 체구가 작고 유약해 보였지만, 바르고 꾸밈없는 분위기를 풍겼다. '이제는 위원이라 불러야겠지.' 이진이 보기에 총감독도 흡족한 듯했다.

"그럼, 마루야마 건을 얘기해 봅시다. 이진 위원?"

"네? 네…."

일본 흑마법사들 회동에 대한 윤희의 보고를 발표했다. 서너 달 후의 습격 예고다. 모두 충격에 빠져 마음을 놓지 못하고 바짝 긴장했는데, 심약한 김원 위원뿐 아니라 이범 위원도 어쩔 줄 몰라 쩔쩔맸다. 총감독만이 조용히 감정을 드러내지 않았으니, 밖으로 드러나지 않아 의중을 파악하기가 더욱 어렵다.

"… 마루야마가 직접 준비 기간을 삼사 개월로 예고한 상황입니다. 이상입니다."

"신수들이 지키고 있고 주변에 결계와 방어막을 철통같이 두르고 있는데, 그자들이 쳐들어올 수 있겠습니까?" 김원 위원이 두려움을 숨기며 호기롭게 외쳤다.

"오! 맞습니다. 올 테면 오라죠 뭐. 아하하…." 이범 위원이 말했다.

"얼핏 보면 일리가 있지만, 문제는 우리가 저들의 전력을 전혀 파악하지 못한다는 겁니다." 이진이 들뜬 분위기를 경계하며 말했다. "몇 명을 동원할 수 있는지, 술사와 전투원 구성 비율은 어떤지, 그자들 주력 마법은 무엇인지 모르는 것투성이입니다."

"아니! 그런 걸 미리 파악하는 게 감찰원 임무 아닙니까? 특히 해외 협력반 말입니다." 이범 위원이 나무라듯 말했다. 어린 사람이 자신과 같은 직급과 직책인 게 못마땅하다는 듯이.

"뭐라고요?"

이진이 순간 화가 나서 벌떡 일어섰다. 재무위원이니 누구보다 해외 협력반 사정을 잘 알면서 모르쇠라고 느꼈다. "지원도 충분치 않은 상황에서 습격 정보를 어렵게 알아냈어요. 이 얼마나 대단한 성과입니까? 깎아내리지 마십시오."

"깎아내려요? 누가 누굴요?"

그도 벌떡 일어섰다.

"으흠!" 총감독이 큰기침 소리로 주의를 주었다. "진정들 하세요. 우리끼리 싸우자는 자리가 아닙니다. 이진 위원, 계속하세요."

"네, 죄송합니다. 총감독님."

이범 위원이 꾸뻑 인사를 하며 앉았다. 그러면서 이진의 눈치를 살폈는데, 그의 눈길을 무시했다. 이진은 발표를 계속했다.

"가장 우려되는 건 그들의 전략입니다. 어떤 식으로 쳐들어올지 말입니다. 아시다시피, 신영 마법사회 주위에는 유동 인구가 많습니다. 그자들이 시민들을 공격할 공산이 큽니다. 우리가 마법사회만 가만히 지키게 두지 않는단 소리죠. 저라면 그렇게 할 겁니다, 반드시. 아닙니까?"

"지당하신 말씀입니다. 단순히 공성전이 아니라, 시가전이 될 가능성이 큽니다." 김준 위원이다.

이진은 여기도 이성적인 사람이 남아 있다고 새삼 반가웠다. 핸드폰이 또 울어 댔다. 집요한 보이스피싱이 발표를 방해해서 핸드폰 전원을 껐다.

"진짜 그렇겠네요. 어쩌죠, 총감독님?"

"음! 동의합니다." 이범 위원이 헛기침하고 말했다.

"그러면서도 마법사회 방어도 소홀히 할 수 없습니다. 가능한 한 많은 인력을 동원할 필요가 있습니다. 일반 시민도 보호하고, 본부도 지켜내야 합니다."

"생각해 본 계책이 있으십니까?" 김준 위원이다.

"작전 경험이 많은 감찰원과 전투 요원들이 시민들을 보호하고, 의사원과 다른 부서원들이 본부를 지키는 방법은 어떻습니까?" 이진이 말했다.

"오, 괜찮은데요?" 김원 위원이 표정이 밝아지며 말했다.

"좋습니다. 저희 의사원에도 실력자들이 많으니 본부 방어에 큰 힘이 될 겁니다."

"동의합니다." 가만히 있던 이범 위원이다.

모두 총감독을 바라봤다.

"이진 위원, 고맙습니다. 큰 틀에서 적절한 대응 방안입니다." 총감독이 말했다.

오가는 대화 속에서 깊은 생각에 잠겨 있다가 운을 떼었다.

"아무래도 감찰원 쪽에 사람이 부족해 보입니다. 내가 도총감들을 다녀 보겠습니다. 가능한 한 많은 인원을 확보해야겠어요."

"네, 훌륭하신 생각입니다." 이범 위원이 말했다.

"이진 위원?" 총감독이 불렀다.

"네?"

"유가족 마을을 좀 다녀오세요. 은퇴하신 분 중에서 도와주실 분들이 있는지 확인해 보세요."

"네, 잘 알겠습니다."

"세부 사항도 담당 팀장들과 의논해서 알려 주기를 바랍니다."

"네, 그렇게 하겠습니다.

"그리고…." 총감독이 말했다. "집행원과 재무원은 행정 요원이 대부분임을 잘 알고 있습니다. 전투 경험은 부족하겠지만, 방어를 완벽히 할 수 있도록 잘 협조해 주기를 바랍니다."

"네, 총감독님."

"여부가 있겠습니까, 총감독님." 이범 위원이다.

"그럼, 회의를 마칩니다. 수고하셨습니다." 총감독과 눈을 맞춘 후 김원 위원이 말했다.

간부진들이 총감독에게 인사를 하고 물러났다. 이진도 서류를 챙겨 인사했다.

"이 위원!"

총감독실을 나가려던 참이다.

"네, 총감독님."

"거 보게. 자네만 한 적임자가 없다지 않았어?"

"그래도…."

"당분간만이라도 애써 주게. 정 힘들겠으면 얘기하고…."

웃음을 보였다. 이진이 고개를 숙였다. 믿어주고 있음을 느낄 수 있었다. 고마우면서도 마음을 정하지 못해 죄송스럽다.

"그리고, 일본 쪽에서 이번에 고생이 많았구먼. 내가 특별히 고마워한다고 전해주게."

"네, 칭찬해 주셔서 많이 기뻐할 거예요. 고맙습니다."

다시 인사하고 나가려다가 불쑥 걱정이 들었다. "박별 도감과 오헌 도감도 만나시려고요?"

"그래야지. 부딪혀 봐야 그들의 의중이 보일 테니 말일세."

"네, 조심해서 다녀오세요."

재무원 너머 복도각으로 향하면서 이진은 생각했다, 잘 준비해야 한다고. 팀장들과 미팅을 위해 사무실로 향하면서 비장한 각오를 다졌다.

"와! 축하드려요."

"진급 축하합니다."

사무실을 들어서는데 환호와 박수 소리가 터져 나왔다. 이진의 부하 직원들이다. 좋은 일은 힘들 때일수록 활력소가 되는지 한껏 밝아진 분위기다. 언제 준비했는지 붉은 안개꽃 다발을 이진에게 건네주었다.

"에고, 뭐 이런 걸 준비했어요? 고마워요." 감사의 말을 전했다.

이진은 계속 직책을 맡을지도 결정하지 못했지만 내색하지 않았다. 속내를 밝혀서 이들을 불안하게 할 정도로 급한 일은 아니라고, 마루야마를 잘 막아낸다면 그때 가서 자연스럽게 해결하리라 생각했다. 축하받는 사람이 으레 표현하는 호들갑을 연기했다. 누구 하나 빼놓지 않고 악수하는 여유도 잊지 않았다.

"오랜만인데요, 간만에 회식 어떠세요?"

부재중인 김현 군감을 대신해서 중국 업무를 보는 박빈 반장이다. 수수한 인상의 삼십 대 여성인데, 항상 웃는 얼굴이 매력이다.

"음… 그럴까? 뭐 먹고 싶은데? 말만 해요."

"와아!"

이진은 당장 전쟁할 상황도 아니고, 사기 진작도 필요하다고 생각했다. 더없이 기분 좋은 함성이다.

"박빈 반장, 예약은 다른 사람한테 맡기고 팀장 회의 같이 들어가자고?" 이진이 말했다.

"지금요?"

"음, 십 분 뒤?"

"네, 알겠습니다…."

박빈이 금방 뾰로통해졌다. 역시나 감정 표현이 솔직했다. 이진은 들떠서 웅성거리는 직원들을 뒤로했다. 책상 한쪽에 서류 파일과 꽃다발을 내려놓는데, 모니터 앞에 둔 액자가 쓰러져 있었다. 급히 나간다고 건드렸던 모양인데, 다시 원래 자리에 세워 놓았다. 윤희가 환하게 웃었다. 이진은 화면 보호 암호를 입력하고, 버릇처럼 메일 앱을 실행했다. 수십 개 메일을 살피다가 순간 눈앞이 아득해졌다. 삑 하고 잡음이 들려왔다. 있으면 안 될 제목이 있었다.

'우리의 마지막 암호.'

마우스를 쥔 이진의 손이 부들부들 떨렸다. 왼손을 들어 오른팔을 잡고 힘겹게 커서를 옮겼다.

'말도 안 돼!'

메일 확인을 미루고 핸드폰을 찾았다. 아무리 두드려도 검은 화면엔 울상을 한 이진의 모습만 비쳤다. 반응이 없어 전원 버튼을 힘껏 눌렀다. 켜는 시간이 허망한 하루처럼 하염없이 길게 느껴졌다. 애써 얼굴이 화면에 반사되지 않도록 피했다. 자신의 슬픈 얼굴이 단순한 착오를 현실로 만들어 버릴까 봐. 재시작 암호를 입력하는 이진의 손이 덜덜 떨렸다. 급히 통화 앱을 누르는데, 마침 전화가 왔다. 또 그 보이스피싱이었다. '설마…?'

"헬로우? 이진 씨 핸드폰입니까?"

부자연스러운 영어로 분명하게 이름을 불렀다.

"네, 누구십니까?" 영어로 대답했다.

"스미마셍(미안합니다). 일본 마법사회 히가시데입니다."

일본말이다.

'일본 마법사회에서 왜?' 당혹스러움에 더 긴장했다. "무, 무슨 일이시죠?"

"아즈미 짱에게 번호를 받았습니다." 계속 일본어로 말하고 있다. "슬픈 소식을 전하게 됐습니다…."

"…."

다른 언어로 말했지만, 문제가 되지 않았다. 언어의 벽보다 믿고 싶지 않은 마음이 더 방해했다. 계속 삐 소리가 들렸다.

"***********"(tlsrhk dkwmal)

이진은 혹시나 하는 마음에 메일을 클릭하고, 암호 창에 제목이 뜻하는 비밀번호를 입력했다. 화면에 메시지가 떴고 한참을 말없이 읽어 내려갔다.

신이 오다

"아아 아악!" 이진이 양손을 귀에 대고 외마디 비명을 질렀다.

사무실의 들뜬 분위기가 일순 적막에 휩싸였다. 부하직원들이 달려오는 소리가 들렸다. 이름을 부르는 듯. 그 소리가 점점 멀어지더니 어느 순간 더 이상 들리지 않았다.

*

사랑하는 진아,

안녕? 많이 놀랐지? 그래도 미리 약속해 두길 잘했다는 생각이 들지 않니? 마지막 인사는 제대로 할 수 있으니까. 이자들이 드디어 만난대. 그래서 내일 Y 현에 가 보려고 해. 별 탈 없이 돌아온다면, 이 메일은 너에게 가지 않을 거야. 만일 받더라도 너무 많이 슬퍼하지 않았으면 좋겠어. 알았지? \(^.^)/

꼭 전하고 싶은 말이 있어. 네가 늘 궁금해했지. 위험한데도 왜 계속 이 일을 하느냐고, 유시로 씨와 아즈미를 위해서 그만해도 되지 않냐고. 그럴 때면 편해지고 싶다는 생각이 들기도 했어. 우리 가족만 생각하면서 행복해지고 싶다고. 하지만 아직은 그럴 수 없어. 내가 애국심이 투철해서도 아니고, 죄송스럽게도 평생 할머니를 그리워하신 아버지 때문도 아니야. 음… 목숨을 구해준 너에게 도움이 되고 싶다는 생각은 쪼끔 했어. 그래도 그게 전부는 아니야, 미안. 가장 큰 이유는 아즈미를 위해서야. 아즈미에게 자랑스러운 엄마가 되고 싶어서.

일본은 앞으로 수십 년이 지나도 자신들의 과오를 마음으로 받아들이지 않을 거야. 개개인은 그렇지 않을지 몰라도, 일본의 정치 지형과 정치를 대하는 시민들 습성이 그래. 집단 속 조화(和)가 중요한 풍토 속에서 시민들 개인 의견은 쉽게 무시되지. 한국이 군사 정권을 지나 민주화되기까지 사십 년이 넘게 걸렸으니, 일본은 더 걸릴 거야. 흑마법사 놈들도 가만히 있진 않겠지.

아즈미가 앞으로 살아갈 수십 년 동안 부끄럽지 않고 당당하게 살았으면 좋겠어. 엄마 나라에 대해 조금의 부채 의식도 느끼지 않고 말이야. 왜냐하면 내가 온 힘을 다해서 지켜냈으니까. 누구도 알아주지 않는다고 해도 괜찮아. 너랑 신이가 있고, 오빠랑 올케랑 정은이가 있고, 나를 아는 친구, 동료들이 있으니까. 아, 총감독 할아버지도.

애들 데리고 꼭 한번 가족 여행을 가 보고 싶었는데, 아쉽게 됐네. 진아, 부탁이야. 괜찮다면 우리 아즈미 사는 모습을 좀 지켜봐 줘. 씩씩하게, 뜨겁게 사랑하며 살라고 말해 주렴. 염치없다고 화내지 않을 거지? 너도 아프지 말고 잘 지내. 나중에 또 보자. 사랑해.

— 윤희가

*

택시가 마법사회 지부와 인접한 도시를 벗어나 왕복 삼 차선 고속도로를 달리고 있다. 마법 학교가 있는 내홍리 마을로 향하던 이진은 말없이 차창 밖을 내다봤다. 어느덧 노랗게 익어가는 논과 단풍 든 산들을 보며 서글퍼졌다. 윤희의 죽음을 특별할 것 없이 받아들이는 사람들처럼 시간도 속절없이 흐르고 있다고 느껴서다. 아침 뉴스에서 대사관 직원 피살 사건을 보도했다. 자택에서 당한 흔한 강도 사건이나 묻지 마 범죄 피해쯤으로 여기고 있었다. 그것이 일반인이 이해하고 받아들이는 수준이겠지만, 이진은 세상의 무정함이 야속했다. 아니다. 명예롭지만 비밀스럽기에, 모르고 지나가는 게 차라리 다행일지도 모르겠다고 생각했다. 서슴지 않고 순간 이동으로 왔다. 꺼리던 감정 따위 생각지도 않았다. 어느새 국도를 달려 파란 지붕 마을 회관에 다다랐다. 기사가 열어준 트렁크에서 여행용 가방을 내렸다. 이진이 일본으로 간다.

"일본에 지금 요원이 셋뿐인 겁니까?" 이진이 말했다.
내홍리로 출발하기 전, 국내 감찰반 회의실에서 다섯 팀장과 마주 앉았다. 신철 규찰 팀장, 오웅 첩보 팀장, 임혁 방첩 팀장, 한찬 공작 팀장, 그리고 해외 협력반 박빈 반장이다.
"네, 그렇습니다." 오웅 팀장이 말했다.
"이 나쁜 자식들!"
이진이 의자 팔걸이를 내리쳤다. 윤희 요청으로 급파했던 첩보팀 요원 중 하나인 김상혁이 계속 행방불명이다. 다른 첩보팀 요원인 김민준이 샅샅이 뒤졌지만, 소재를 파악하지 못했다. 해매 놈들에게 요원을 둘이나 희생당했다.
"김민준 요원은 거기 오래 머물렀으니 귀국하고, 해외 협력반 두 명이 해매와 마루야마를 나눠서 감시하라 하세요. 직접 가야겠어요. 일본 마법사회와 협력할 수 있는 부분도 타진해야 하니까."

"네, 그러시는 게 좋겠습니다." 오웅 팀장이다.

"상황에 따라서는 추가 인원이 필요할 수 있으니 적당한 사람을 파악해 주세요. 방어도 중요하지만 눈 감고 전쟁할 수는 없는 노릇이니까요."

"네! 알겠습니다."

"박빈 반장도 파악해 보세요. 첩보팀 지원이 어렵다면 해외협력반에서 감당해야 합니다. 아시죠?"

"네, 위원님." 박빈 반장이 말했다.

"자리를 비워서 미안하지만, 그쪽 상황을 파악하는 것도 역시 중요합니다. 다녀올 동안 잘 부탁드립니다. 회의를 마칠게요."

"네, 수고하셨습니다."

"잘 다녀오십시오."

이진은 착잡한 심정으로 캐리어를 끌고 조재영 이장 집으로 향했다. 익숙한 한옥이 보였는데, 파란 대문 위에 하얀 조등이 걸려 있었다. 결혼 후 출가했기에 장례를 치를 수는 없더라도 상중임을 알릴 터. 무거운 마음으로 대문을 들어섰다.

"정은아!" 아무 기척이 없다.

"언니?"

"신아?"

안방 문이 열리고 정은이 뛰쳐나왔다. 맨발로 마당을 달려

안겨 왔다. 아이가 목 놓아 슬피 울자, 이진도 눈물 버튼이 자동으로 켜졌다. 서러워서, 억울해서, 불쌍해서 함께 울었다. 가슴으로 아이의 슬픔이 모래밭에 떨어진 빗물처럼 스며들었다. 뒤따라온 김성연과 신도 함께 부둥켜안았다. 얼마나 울었던가? 정은과 김성연은 이미 진이 다 빠져 보였다. 마루 위에 윤희 오빠가 서 있었다. 그도 얼굴이 새카맣다.

"싫어, 나도 아줌마랑 갈 거야." 정은이 말했다.

방으로 들어와 장례식 참석을 위한 일본 방문계획을 얘기하는데, 조재영이 가족들이 가는 것을 말렸다. 신은 옆에서 이진의 손을 꼭 잡고 지켜보고 있었다. '엄마, 괜찮아?' 하는 듯이.

"고모가 흑마법사들한테 당한 거 몰라서 그래? 아직 위험할지도 모르는데, 거기가 어딘 줄 알고?" 조재영 이장이 말했다.

아이에게 사건에 대해서 일러준 것 같았다. 어린 나이에 가족을, 그것도 사악한 자들에게 잃는 고통을 겪어서 이진은 너무 안타깝다. 제 고모를 각별히 좋아했던 것을 알아서 더 그렇다.

"장례식에 어떻게 안 가요, 가족인데? 싫어요. 보내주세요."
"안 된다니까? 위험해!"

아이의 거듭한 요구에도 조재영 이장은 확고했다.

"아즈미는 그러면 더 위험하겠네. 거기 살잖아요. 네? 아빠…."

"걘 거기 사는 일본인이고. 곧 한국에 쳐들어온다는데, 여기 유가족 마을을 목표로 널 노릴 수도 있단 말이야, 그놈들이." 조재영이 말했다.

그가 마루야마의 습격에 대해서 알고 있었다. 은퇴한 마법사와 전투 요원 협조를 부탁하려던 이진은 적잖이 놀랐다. 마법사회와 긴밀히 협력하면서 나름 정보력도 갖고 있었다. 하긴 첩보 요원이었으니 당연했다. 그리고 공격 목표와 친밀도가 높은 대상은 인질로서 가치가 있기에 걱정할 만하다고 생각했다.

"제 몸은 제가 지켜요."

"아직 중학생이면서 놈들을 어떻게 당해? 엄마는 어쩔 건데? 네가 엄마까지 보호할 거야?"

"그래서 아줌마랑 같이 가잖아요."

"안 된다고! 아줌마는 출장 가시는 거야. 장례식만 참석하러 가시는 게 아니란 말야."

이진은 자신과 윤희와의 사이를 알고 있으니 장례식 후 그냥 오지 않을 걸 짐작하고도 남겠다고 생각했다. 죽음에 대해 파헤칠 작정인 걸 간파했다. 일본 마법사회 같은 세부 내용까지 알고 있다면 무섭기까지 할 정도다. 그래도 경험을 살려 마을 안전을 지키는 건 비난할 수 없으니, 오히려 바람직하다고도 할 수 있었다.

"그럼, 아빠는요?"

"아빠는 마을을 지켜야지."

단호했다.

"이장님, 아니 윤희 오빠! 너무 걱정하지 마세요."

조재영이 뜻밖의 부름에 놀라 머쓱해했다. 서로 가정을 갖고서는 오빠, 하고 잘 부르지 않았기 때문이다. 친구 오빠이니 무리가 아닌데도 이진은 조심스러웠다. 설득을 위해서, 믿음을 주기 위해서 그렇게 불렀다.

"제가 장례식 끝까지 함께 있다가, 공항까지 책임지고 에스코트할게요. 허락해 주세요."

"아니, 위원님께 너무 부담드리는 것 같아서. 출장길인데…."

"어찌 됐든 저도 장례식에 참석해야 하니까요. 괜찮아요." 이진이 말했다. "그리고, 그냥 편하게 불러주세요. 위원님이라 부르시면 제가 민망해요."

"당신 생각은 어때?" 조재영이 김성연에게 물었다.

"저도 꼭 가고 싶어요. 여보."

지친 기색이 역력한데도 반색했지만, 금방이라도 또 눈물을 흘릴 것 같다. "당신도 알잖아요? 하나뿐인 올케라며 저한테 얼마나 잘했는지. 그리고 아즈미를 꼭 봐야죠. 한국에 어떤 어려움도 함께하는 가족이 있다는 걸 알려 줘야죠."

"엄마, 나는?" 신이 혹시나 하는 얼굴로 물었다.

"넌 이장님을 도와드리렴."

그곳에 데려갈 수 없다. 이진은 신이 같이 있으면 그곳에서 일을 할 수 없다고 느꼈다. 신이 실망해서 고개를 떨구더니, 다시 고개를 들어 정은을 살폈다. 고개를 숙인 조재영 이장도 아무 말이 없었다. 더 이상 막을 도리가 없다는 것을 안 눈치다. 그 자신은 왜 가고 싶지 않겠는가, 하나뿐인 동생 장례식을. 이진은 참으로 안타깝고 애잔했다. 그리고 자랑스럽다. 자신과 가족보다 임무와 책임을, 타인과 고향, 고국을 더 생각하는 이들이. 이진은 새삼 느꼈다, 두 남매가 참으로 많이 닮았다고.

*

 미군 기지에 있는 푸드코트 아이스크림 매대 앞에서 네즈미야가 지갑에 거스름돈을 넣고 있다. 신용카드를 쓸 수 없으니 백 달러 지폐로 계산했다. 네즈미야는 카드로 결제하지 않으면 눈을 흘겨대는 이놈의 나라가 참 어이가 없었다. 서로 편하게 하자고 쓰는데, 현금으로 자기를 불편하게 했다고 화내는 건가 싶었다. 편리함을 가장한 보이지 않는 합의가 폭력으로 다가왔는데, 솔직히 익숙한 전문 분야임에도 당하니까 기분이 나빴다. 거리낌 없이 현금을 쓰자니 본국으로 돌아간 느낌이다.
 "여기요." 흰색 조리복을 입은 점원이 말했다.
 한국인이다. 미군기지라 그런가? 일본인인 자신보다 더 어색하다고 생각했다. 저들 나라인데도 주인이 아니라 단지 고용인이기 때문일까. 네즈미야는 우습다. 저 점원도, 이 나라도. 점원에게 빼앗듯 아이스크림을 받아서 숙소로 향했다. 부지 내부 도로를 따라 걷는데, 구획 별로 쭉 뻗어서 상쾌한 느낌이다. 사는 데 필요한 모든 곳이 걸어서 오 분 거리 안에 다 있으니, 숙소 방이 작은 것 빼고는 모든 게 만족스럽다. 분양되는 아파트 단지라면 한 채 사고 싶은 정도였다. 경찰도, 마법사 놈들도 찾아오지 못하니, 집을 나올 때처럼 홀가분함이 다시 찾아왔다. 네즈미야는 더없이 자유롭고 중독될 것처럼 편안했다.

숙소 방 안에 들어와 침대 옆 1인용 소파에 앉았다. 아이스크림 컵을 땄는데, 앞에 켜 둔 텔레비전에서 뉴스가 흘러나왔다. 달디단 아이스크림을 먹으며 모텔 사건 보도를 보고 있자니 묘한 쾌감이 찾아왔다. 이때, 원목 책상에 올려 둔 핸드폰이 울렸다. 본국에서 온 전화다.

"모시모시, 네즈미야입니다." 전화를 받았다.

네즈미야는 달콤한 시간을 방해 받아서 약간 짜증이 났다.

"안녕하세요? 네즈미야 씨, 마루야마입니다. 잘 지내셨습니까?" 속사포처럼 말을 쏟아냈다.

"마루야마 교수, 무슨 일입니까?" 퉁명스럽게 물었다.

"별일은 아니고, 그냥 안부 전화 드렸습니다. 요즘 어떠십니까?"

"잘 지냅니다. 그럼, 끊겠습니다."

"아라, 여보세요? 죄송합니다. 농담이었습니다. 아하하…." 멋쩍어하는 웃음소리다. "다름이 아니라, 와가타 선생님께 제가 의뢰를 받았다는 거 알고 계십니까?"

"네? 말씀, 하셨습니다."

거짓말이다. 듣지 못했다.

"에, 워낙 막중한 임무를 맡겨 주셔서 몸 둘 바를 모르겠습니다."

자꾸 웃어 대는데, 네즈미야는 태연한 척 무슨 말을 해야 할지 모르겠다.

"음! 저주 조복 의뢰 하나가 좀 난해해서 말입니다. 도움을 좀 주실 수 없을까 해서 연락드렸습니다."

"어떻게 도와드리면 되겠습니까?" 익히 알고 있던 일처럼 호기롭게 얘기했다.

"마아, 저주 대상자 물건을 좀 구해 주십시오. 그런 김에 주술도 책임져 주시면 고맙겠습니다. 사례는 톡톡히 하겠습니다. 그놈이 누구냐면…."

통화를 마친 네즈미야는 고민에 빠졌다. 자기 임무와 대상이 겹쳤다. 와가타 선생이 자신을 믿지 못하는지 걱정했다. 비록 한번 실패했지만, 이후 연락에서 책망하거나 의심하는 눈치는 없었다. 단지 만약을 위해서겠지. 이곳도 준비해 주지 않았던가. 네즈미야는 죽도록 괴롭혀도 자기를 포기할 분은 아니라고 생각했다. 그런 믿음이 있었다. '주술에 필요한 물품이라…. 그걸 어떻게 얻어야 하나?'

서둘러 핸드폰을 찾았다.

"여보세요. 왜 전화했습니까?" 강민이 대뜸 말했다. "내가 당신 때문에 무슨 꼴을 당했는데, 나한테 연락할 수 있냐 말입니다."

"하, 무슨 꼴을 당했다고 나한테 선질입니까?"

갑자기 역정이 났다. 마루야마 일을 상의하려다가 난데없는 생트집을 맞닥뜨렸다.

"신영 본부에서 쫓겨나서 좌천됐단 말입니다. 직급도 강등됐습니다, 당신 때문에! 당신과 접선하고 붙잡히지 않게 도왔다는 혐의로 말이에요."

신이 오다

"그게 왜 나 때문이야? 협박했다고?"

억하심정에 답답함이 몰려왔다. "뭐 처음엔 그랬다 치는데, 신연을 바꿔 보겠다고 나선 게 누군데 그래. 촌감독이 되고 싶어서 윤결이 처리하는 데 협조한 건, 응? 애새끼 잡는 걸 도와준 사람은 또 누구냔 말이야? 아, 단신 계집이 그랬나?"

"아무 보상도 없이 피해만 보는 건 결국 나잖습니까?"

"보상이가 없어? 그럼, 단신이 쓰는 돈은 뭔데? 박별이나 오헌이하고 작당한 거, 내가 모를 줄 알아? 선샌님께 말씀드려야 해?"

이자들이 네즈미야 쪽에서 맡아야 할 일반인들 주술 의뢰를 가로채서, 본국으로 보낼 자금을 빼돌렸다. 돈이면 조상도 팔아먹는 게 한국인들이니 고분고분하도록 딴 주머니를 잠시 모른 척해줬을 뿐이다. 겁을 좀 줄 필요가 있었다.

"빼-빼돌리다니요? 전 모르는 일입니다. 음!" 오리발이다.

"나도 듣는 귀가 있으니 모른 척하지 말라고, 어?"

"누가 모른 척했다고 그래요? 참 나…."

목소리 톤이 낮아졌다. 짐짓 놀란 모양이다.

"그리고, 단신만 피해 본다고 했어? 아, 잠시 다른 데로 쫓겨났다고? 나도 집에 못 들어가고 있어. 여기가 어딘 줄이나 알고 지껄이는 소리야?"

"허엄, 음!" 강민이 헛기침을 하며 얼버무렸다.

"솔직해야지. 단신이나 나나 선샌님께 인정받으려고 이 고생 하는 거 아니야? 내 말이 틀려?"

"아, 알겠습니다. 인생을 걸었는데도 결과가 이 모양이니까 하는 소리 아닙니까. 성과가 있어야죠, 성과가. 답답해서 해본 말이니까 봐주십시오."

"서로 고생하는데 트집이나 잡고 말이야."

"네, 네! 죄송하게 됐습니다. 됐죠?"

눈앞의 이익만 좇는 속물들은 매를 안 들 수가 없다. 기둥뿌리까지 갉아먹는 흰개미들이다. 오냐오냐하면 주인도 무는 미친개다. "그리고, 이 짓도 오래 안 갈 테니까 걱정 붙들어 매시고…."

"네? 그게 무슨 말씀입니까?" 강민이 반색하며 솔깃한 듯 화답했다.

"선샌님께서 힘을 쓰셨습니다."

"어떤…?"

"조금만 참으세요. 마루야마가 곧 한국으로 옵니다. 신연 본부를 쓸어버릴 겁니다."

"네? 진짜입니까? 언젭니까 그게?"

"준비하고 있다니, 몇 달 내로 오겠지요."

네즈미야는 득달같이 달려드는 강민이 가관이었다. 순간 구역질이 치미는 걸 억지로 참았다. "그래서 말인데, 그전에 해결해야 할 게 있습니다. 저주 주술에 필요한 산대 물건이가 필요합니다. 구할 수 있겠습니까?"

"신영을 갈아엎을 수 있다면 뭐든 하겠습니다. 상대가 어떤 자입니까? 구할 수 없으면 만들어서라도 오겠습니다."

"그 애새끼입니다."

"네? 우하하…." 흥분해서 웃어댔다. "거 잘 됐습니다. 내 그

연놈들만 생각하면 이가 갈립니다. 좋은 기회가 되겠어요. 으흐흐….”

"진정하세요. 그래서 말인데, 단신 아들도 마법 학교 학생이라고 했습니까?"

네즈미야는 속물에게 먹이를 던져주고 끊었다. '알아서 잘 짖어주겠지.'

냉장고에서 다시 아이스크림을 꺼내고 소파로 가는데 벽시계가 눈에 들어왔다. 시간이 됐다. 급한 마음에 책상 위에 아이스크림 컵을 내려놓았다. 불을 끄고 창가로 가서 커튼을 모두 쳤다. 동쪽으로 무릎을 꿇고 앉아서 전화를 걸었다. 어두운 방 안을 핸드폰 불빛이 어슴푸레 비추고 있다.

26

"아즈미, 사람들 앞에서는 큰 소리로 울어선 안 돼."
"왜요?" 검은색 상복을 입은 앳된 모습의 아즈미가 부은 눈을 크게 뜨고 물었다.
"그렇게 하는 게 예의니까." 윤희의 남편 유시로 씨가 말했다.
 고개를 돌려 이진과 아즈미의 외가 식구들에게도 무언가 말을 하려다 멈췄다. 그도 역시 초췌한 얼굴인데, 조문객을 맞기 전 아즈미에게 주의를 줬다. 아니, 한국에서 온 일행에게 한 당부일 터. 이진이 성연, 정은과 함께 장례식장에 도착하니 이미 입관이 끝나 있었다. 입관을 마친 아즈미를 안고 넷이 펑펑 큰 소리로 울었기 때문이었다. 아즈미 친지들이 불편해할 것을 미처 깨닫지 못했다. 어찌 됐든 상주의 요청을 따르면서도 거북함을 떨칠 수 없다. 그들이 이진 일행이 당혹스럽듯, 이진도 그들이 못마땅했다.
 장례식장에서 준비한 초밥과 음료, 과일과 샌드위치를 차려

두고 함께 음식을 먹었다. 유시로 씨의 인사말로 시작해서, 가족과 지인들이 서로 슬픔을 위로하는 시간이다. 사원에 가족묘지가 있을 정도였으니, 집안이 명문가라고 이진은 짐작했다. 유시로 씨 부모는 몇 안 되는 윤희 친지를 인자한 얼굴로 반겼고, 답례품도 빠짐없이 챙기는 성의를 보였다. 조문객 대부분은 유시로 씨의 지인이고, 윤희 측은 대사관 직원들과 일본 마법사회 히가시데 씨가 전부다. 아즈미를 키우며 직장과 작전 지역만 오갔을 테니 당연했다. 이진은 문득 궁금했다. 생활 패턴보다는 가슴을 터놓는 사귐이 어려웠던, 임무에 충실하고 꾸밈없는 성격의 윤희를 이해하고 받아 주는 일본인이 과연 있었을지가.

아니, 억지다. 이진은 잘 알고 있다. 매일 쫓기듯 살게 만든 빠듯한 업무는 언제, 어디서 왔는지, 그것이 어떤 내용이며 무슨 목적이었는지를. 왜 사람을 사귀고 정을 나누는 평범한 삶을 누리지 못했으며, 윤희의 희생에 기대어 그토록 무리한 요구를 건넨 사람이 누구였는지 말이다. 다름 아닌 자신이었다, 상관으로서 부탁하고, 요구 사항을 건네고, 명령을 내린 사람은. 이진은 윤희의 죽음에 자신도 일말의 책임이 있으리란 생각에 얼굴이 화끈거렸다. 너무도 미안하고, 안타까운 마음에 저도 모르게 몸을 세게 두드렸다. 애통한 가슴을, 이제야 찾아온 허벅지를….

하얀 나무 관에 윤희가 누워 있다. 또 하얀 수의와 새 이불을 덮고 있다. 눈을 지그시 감고 평온해 보였다. 그토록 그리워하던 이의 처연한 모습이라니 눈물이 멈추지 않았다. 슬픔을 삭이며 노랗고 하얀 국화, 알록달록한 꽃들을 관 안에 넣었다. 꽃잎들이 수북이 쌓이고 얼굴을 가리려는 순간, 김성연이 까무러쳤다.

"엄마!" 정은이 끌어안았다.

"언니!" 이진이 달려들며 외쳤다.

김성연을 둘러 업고 로비로 빠져나왔다. 벽 쪽에 놓인 넓은 의자에 누이고, 블라우스 단추를 몇 개 끌렀다. 이때, 떠난 줄 알았던 히가시데가 차가운 생수병을 들이밀었다. 빼앗듯이 받아 들고는 손에 물을 따라서 김성연의 얼굴에 문질렀다. 물을 조금씩 입안에 넣어 주었다. 편안히 숨을 쉬자 그제야 안심했다.

"고맙습니다." 히가시데에게 말했다.

왜 아직 떠나지 않는지 모르겠다. 그가 아무 말없이 일행 옆을 지키고 서 있다. 윤희와의 관계가 궁금했지만, 아무 말도 묻지 않았다. 이진은 소식을 전해 준 감사도 미처 하지 못했음이 떠올랐다.

다음 날 아침, 화장터로 이동했다. 노란 대리석 벽에 마름모꼴 조명이 화장로 앞을 비추고 있다. 이진은 무심히 화장로 벽에 붙은 숫자를 뚫어지게 올려다봤다. 엘리베이터 크기의 그곳 앞에서 예를 갖춰 인사하고, 유시로 씨 가족들과도 위로를 주고받았다. 화장이 진행되는 동안, 또 한 번 회식을 했다. 두 번의 밥을 통해 서로의 마음을 어루만진다. 너무 슬픔에 가라앉지 않도록 말이다. 길게 붙여 둔 테이블에 둘러앉았다. 입맛이 없는 김성연과 정은이 억지로라도 먹도록 거들었다. 그때다. 테이블 가운데서 이진의 억장을 무너뜨리는 혼잣말이 들렸다.

"에잇, 이 무슨 망신…." 유시로 씨의 어머니다.

한국인 며느리, 그것도 험한 꼴을 당해 죽은 아들 여자가 끔찍이도 미웠나 보다. 이진은 두 귀를 의심했다. '잘못 들었겠지.' 그간 온화한 웃음은 무엇이었단 말인가. 화가 치밀어 얼굴을 쏘아보니, 아무 일 없던 듯이 딴청을 피웠다. 이진은 젓가락을 쥔 손이 덜덜 떨려서 조용히 내려놓았다. 참아야 한다. 참아야 했다.

"언니와 정은이를 부탁해요." 이진이 히가시데에게 말했다.

유골을 보면 한 번 더 까무러칠까 싶어서 화장로에 혼자 갔다. 유시로 씨가 흰 광목천으로 감싼 납골함을 가슴에 안고 나갔다. 다시 집으로 향했다. 며칠 후 사원에 있는 가족 묘지에 안치하리라. 그의 친지들이 뒤를 따랐고, 이진 일행이 맨 뒤를 이었다. 함께 뒤섞이던 순간이 그 한마디에 무너졌다.

우훙!

수리부엉이 울음소리가 구슬프게 퍼졌다. 윤희의 맨션 1층과 현관에 온통 하얀 가루가 뿌려져 반짝였다. 방 한가운데 패브릭 소파 앞 탁자 위에 커피색 머그잔이 하얀 빛을 토해 냈다. 수리부엉이 가루와 반응했는데, 머그잔 안에 든 자신의 기운을 보니 더욱 안타깝다. 만일을 위해 건네준 재액소멸부 마력 잔재가 윤희의 긴박했던 상황을 짐작케 했기 때문이다. 열린 현관 앞 바닥에 회색 연기가 피어오르고 있었다. 지름 30센티미터 정도 원통 형태를 유지하며, 거세게 치솟고는 바람에 날려 어딘가로 흩어졌다.

"카미야라 했습니까? 그자가?" 이진이 물었다.

"네, 그자였습니다." 히가시데가 대답했다. "뭐가, 보이십니까?"

전투 실력은 모르겠지만, 마력 감지는 못한다는 사실을 덤덤히 받아들였다. 분명 주술 흔적인데, 이렇게까지 어두운 회색은 처음이었다. 회색 연기 앞으로 핏자국이 있다. 청소를 모두 마친 곳에서 핏자국을 찾아내는 자신만큼 생뚱맞다고 느꼈다. 가장 안전해야 할 곳에서 참혹한 순간을 맞이했음을 굳이 알려 준다. 당사자가 바로 윤희란 사실도 머리로만 받아들이려고 이진은 안간힘을 썼다.

친가 식구들도 모두 돌아갔고, 유시로 씨와 아즈미는 각자 방으로 들어갔다. 김성연과 정은은 시간을 보니 한국으로 가는 비행기 안일 터. 히가시데 차로 공항까지 함께 데려다 주었다. 일본어를 모르는 두 사람에게는 차마 얘기할 수 없었다. 사돈의 반응과 쓸데없이 오가던 푸념을 말이다. 가족을 잃는 건 그런 것들이 무의미해지는 슬픔이라고 이진은 넋두리하듯 읊조렸다. 공항에서 돌아오는 길에 히가시데에게 윤희와 만나고, 했던 약속에 관해 들었다. 그를 감동하게 한 강인함과 열정, 신의에 대해서. 그리고 좀 더 일찍 오지 못한 그날의 아쉬움까지. '아, 원통하고 원통하다.'

"그곳이 어딥니까? 해매 신사." 이진이 물었다.

"네?"

히가시데가 놀란 눈으로 쳐다봤다.

신이 오다

"갑시다, 거기."

이곳에서 더 알 게 없다. 범인도, 수법도, 피해 상황도 보았다. 이제 그들을 보러 갈 차례다.

*

퉁 따닥 퉁 따닥 퉁 따닥 ….

채애앵 채애앵 채앵 챙 ….

한밤중 시커먼 산 아래 다 쓰러져 가는 흉가에서 장구와 바라 소리가 울려 퍼졌다. 마루 한쪽 끝에 네즈미야가 쭈그려 앉아 있다. 옆에 문풍지가 다 떨어져 나간 창호 문이 아슬아슬하게 달렸고, 붉은 철릭이 문 안쪽에 걸렸다. 방 안에 하얀 무복과 붉은 가사를 걸친 무당이 악기 소리에 맞춰 춤을 추었다. 하얗게 분칠하고 짙은 눈 화장을 했는데, 붉은 입가에 오싹한 웃음을 띠고 있었다. 최담 도감 밑에 심어 둔 믿을 만한 한국인 무당인데, 저주 주술로 많은 돈을 벌어다 주는 마름이었다. 역시 해매에서 배웠다. 흰 적삼 차림의 남자 두 명이 그 무당을 보며 악기를 연주하고 있었다. 벽 쪽 굿상에는 불 붙인 촛대 몇 개와 시루떡이 차려져 있다. 그 앞으로 작은 상에 활과 화살, 흰옷을 입힌 짚 인형이 세워져 있는데, 활시위가 먹을 먹여 시커멓다. 무당이 춤을 추다가 중얼거리기를 여러 번 반복했다.

"너는 잘못되리라, 그 자손은 끊길지어다."

무당이 인형 머리를 바닥에 문지르며 주문을 외웠다. 그러고는 인형을 향해 화살을 쏘기 시작했다. 활시위가 당겼다 풀리는 소리, 인형에 툭툭 박히는 소리, 주문 소리를 쉴 새 없이 반복했다. 무당 목소리가 점점 더 음산해졌다.

"후아, 하…!" 네즈미야가 하품했다.

지루하고 초조한 시간이 흘렀다. 산 아래로 바람이 불며 나뭇잎 쓸리는 소리가 들려왔다. 악기 소리를 뚫고 그 소리가 어떻게 들리는지 모르겠다. 네즈미야가 쥐들을 불렀다. 마루 아래로 수십 마리 회색 쥐가 모여들고, 앞다투어 말을 걸며 찍찍 소리를 냈다. 방 안에서는 역시 굿이 계속되고 있었다. 인형을 향해 저주 살을 날리는 중인데, 마루야마의 부탁이다. 인형 옷 속에는 살을 받는 상대 성명과 물건 — 작은 종잇조각과 검은 머리카락 몇 가닥 — 이 끼워져 있었다.

무료한 네즈미야는 한편으로는 불안을 떨칠 수 없다. 의뢰대로 주살을 날리고 있지만, 그 애새끼에게는 별로 소용이 없을 듯한 예감 때문이다. 버스 안에서 느낀 무력함에 다시 사로잡히는 기분이 들었다. 그 자식 머리를 감쌌던 녹색 불빛이 얼굴로 옮겨붙는 기분이 들어서 손으로 비벼 댔다.

"그럴 리 없다. 그럴 리 없어." 주문을 읊듯 중얼거렸다.

쉬-익. 을씨년스러운 기운이 방 안으로 쑥 들어갔다. 몇 분 후 빠른 속도로 다시 밖으로 빨려 나와서, 가을밤 흐린 하늘로 사라졌다. 쥐들도 놀라 흩어졌다.

"살이 갔다." 네즈미야가 무심코 말했다.

네즈미야는 조마조마한 가슴이 참을 수 없어서 마당에 내려와 서성였다. 마당 한가득 이름 모를 잡풀, 돌부리와 썩은 나

신이 오다

무들 탓에 크게 움직일 수도 없었다. 거의 제자리를 맴돌며 긴장을 달랬는데, 모기들이 자꾸 달려들었다.

"히이익!"

"크헉!"

"헙!"

이때, 방 안 세 사람이 소리를 질렀다. 체기가 있는지 웩웩대는 소리와 푸악, 물 쏟아지는 소리가 들렸다. 악기연주 소리도, 무당이 내던 활 소리와 주문도 더 이상 들리지 않았다.

"칙쇼!" 네즈미야가 고함을 치며 내달렸다.

앙상한 방문에 걸린 붉은 철릭이 달려들었다. 문턱을 짚고 들여다보니, 방바닥에 온통 붉은 가사가 덮여 있었다. 이들의 하얀 옷은 어디로 사라졌는가. 왜 이들은 힘없이 가사에 얼굴을 묻고 쓰러져 있는가. 밖으로 나와 마룻바닥에 주저앉아 고개를 숙였다. 스스스 나뭇잎 소리가 네즈미야의 토악질 소리에 뚝뚝 끊겼다.

27

"어루 달램수[80]야 어허루 달램수야 어허루 쨈빛[81]이로구나."

제법 쌀쌀한 밤늦은 새벽, 해매 신사 정문에 있는 대리석 도리이 앞에서 이진이 주문을 외웠다. 도리이 결계가 제 기능을 못 하게 이진의 마력이 이미 펼쳐진 결계를 따라 하얗게 덮였다. 대리석 기둥 사이로 손을 대니 미끄러지듯 빨려 들어갔다. 자신이 만든 결계처럼 거부반응이 없었다. 안으로 들어가려는데, 가사기[82] 위에 앉은 하얀 수리부엉이 한 마리가 보였다. 이진 옆에는 히가시데와 새로 배치한 해외 협력반 반원, 성연이 서 있었다. 성연은 O현에서 해매 지부를 감시하다가, 윤희의 죽음 뒤로 이곳을 감시 중이다. 숙소에 있는 그녀를 잠시 불러냈다. 근무지 이동으로 여러 가지 힘든 일이 많을 텐데도, 특유의 생기발랄한 웃음으로 이진의 긴장을 풀어주었다.

"두 분은 여기 계시는 게 좋겠어요." 이진이 말했다.

"네."

"네, 알겠습니다. 조심하십시오." 히가시데가 말했다.

히가시데는 큰 덩치에 어울리지 않게 심하게 두리번거렸다. 어려 보이는 얼굴로 이마를 한껏 찡그렸는데, 다크서클이 광대까지 내려왔다. 이진은 아들 가진 엄마가 느낄 수 있는 독특한 분위기를 감지했다. 위험한 장난으로 스스로를 위험에 빠뜨릴 성싶은, 물가에 내놓은 개구쟁이처럼 걱정을 사서 하게 만드는 성품이다. 한편으로는 열두 시간이 넘는 장거리를 묵묵히 운전해 줄 정도로 듬직한 부분도 있었으니, 신이 더 크면 저런 느낌일지 떠올렸다.

일본 마법사회. 그의 얘기로는 십수 년 전에 해매 흑마법사에 맞서기 위해서 다시 뭉쳤다. 와가타 가문 사주를 받은 정부의 탄압으로 뿔뿔이 흩어졌던 마법사 후손들을 그자들이 수소문해서 찾아냈다. 자신들 편에 서길 종용했고, 말을 듣지 않으면 가족의 안위까지 위협했다. 그자들의 괴롭힘에 마법사 수십 명이 죽거나 자결했고, 많은 가족이 실종됐다. 십 대에서 삼십 대까지 젊은 여성들이 대부분이다. 음양사와 무도가 중심으로 마법사회를 세움도 어쩌면 당연했다. 서로 도와야 했으니. 이진이 기억하기에, 우익 세력들이 재일 한국인을 위협하며 시위를 벌였던 시기와 일치했다. 혐한 사건 또한 무관하지 않으리라. 그자들 주특기인 저주와 혐오는 악한 정서와 비열한 수단이 같았다. 적극성과 공격성에 차이가 있을 뿐.

잡생각을 떨치고 대리석 길을 따라 앞으로 나갔다. 군데군데 놓인 석등이 불을 밝혔다. 윤희가 보내줬던 항공사진으로 대강 지리는 이미 파악했다. 길 왼쪽에 비교적 새로 지은 큰 교습소가, 맞은편에 나무 도리이가 보였다. 도리이 너머 석등 불빛이 신사 안을 어슴푸레 밝혔다. 도리이와 신사 처마에 볏짚으로 만든 금줄이 쳐졌다. 부지 중앙에 다다르자, 사무소와 사원 건물이 보였다. 이때, 사무소에서 손전등과 창을 들고 남자 두 명이 걸어 나왔다. 옆구리에 매듭을 묶는 어두운 색 작업복을 입고 있다. 이진은 놀란 기색 없이 그들에게 태연히 다가갔다.

"이와나이데(말도 말게). 어찌나 풀어달라고 발악하는지 한참 고생했다고…."

"아하하…. 그래서?"

"그래서는 이 사람아, 따끔하게 손을 봤지. 별수 있나?"

남자들이 희희낙락하며 걸어왔다.

"어허루 모탕이로구나."

이진이 주문을 외우고 그들에게 마력 덩어리를 던졌다.

"으흑!"

"나니(뭐야)? 헉!"

외마디 신음을 외치며 쓰러졌다. 기절한 그들을 사무소 바깥벽에 기댔다. 언제 찾아낼지 모르니 서둘러야 했다. 대리석 길 끝에 또 하나 낡은 나무 도리이가 서 있다. 이곳이 와가타 가문 신사가 틀림없었다. 허물어 버리고 싶은, 적어도 불이라도 내고 싶은 충동을 억누르느라 이진의 온몸에 힘이 들어갔다. 애써 눈길을 거두고, 훈련장과 신사 사잇길로 빠르게 나아갔다. 신기하게도 꽤 넓은 부지인데도 으레 들릴 법한 개와 고양이 짖는 소리조차 없었다.

신사를 벗어나자 바로 넓은 운동장이 나왔다. 어두운 불빛

속에서도 잔디밭임을 금방 알 수가 있었는데, 이곳이 오늘 목적지다. 멀찍이 와가타가 머문다는 2층 목조주택이 보였다. 2층에 달린 조명 탓에 하얗게 바랜 외관이 드러났는데, 집 안에 희미한 빛 하나가 있다. 몸을 한껏 숙이고 잰걸음으로 환풍구 — 항공사진에서 봤던 — 로 향했다. 웃자란 잔디에 쓸려 바지와 운동화가 어느새 축축하게 젖었다. 운동장 좌측 끝에 기다란 덮개가 걸쳐 있었다. 핸드폰 카메라 조명이 새 나가지 않게 아래를 비췄는데, 깊이를 알 수 없는 시커먼 암흑 속에서 후끈한 열기가 뿜어져 나왔다. 이진은 어떻게 들어갈지 몰라서 두리번거리다가 주택 울타리와 운동장 경계 부분이 움푹 꺼진 게 보였다. 그곳에 녹색 페인트로 칠한 두꺼운 철문이 비스듬히 눕혀 있었다. 가운데서 양쪽 끝으로 여닫는 구조다.

끼익! 한쪽 문을 힘껏 들어 올렸다. 이진에게 묵직한 무게가 실려 왔다. 열린 문을 옆에 있는 시멘트 블록 위에 조심스럽게 괴었다. 숨을 크게 들이쉬어 볼을 한껏 부풀렸다가 입술 가운데로 천천히 내쉬었다. 지하 계단에서 차가운 기운이 엄습했는데, 환풍구 더운 바람과 대조를 이뤄 더욱 싸늘하게 느껴졌다. 이진은 핸드폰 불빛에 의지해 더듬더듬 내려갔다. 반대 방향으로 계단이 이어졌고, 두 번째 계단 끝에 시커먼 철문이 양쪽으로 활짝 열려 있었다. 그 앞에 또다시 계단이다.

틱, 틱….

철문 안쪽 벽에 있는 두꺼비집을 들어 올리자, 필라멘트가 가열되며 불 켜지는 소리가 났다. 높이 3미터 정도 아치형 천장에 형광등이 매달렸고, 오른쪽으로 누운 T자형 복도가 나타났다. T자 머리인 통로 오른쪽이 시멘트벽에 막혔다. 분명 위에서 본 공기 통로가 있는 곳이다. 형광등 옆으로 알루미늄 주름관이 길게 뻗어 있었다. 휭, 하고 모터 회전음 같은 소리가 들려왔다.

"윽!"

이진이 다급히 코를 막았다. 통로 중앙에서 좌측으로 운동장 반 정도 크기의 원형 홀이 있는데, 그곳에서 심한 악취가 풍겨 왔다. 환풍구는 왜 달려 있는지 의문이 들 정도다. 비웃기라도 하듯 홀 중앙 천장에서 대형 환풍기 날개가 틱틱 소리를 내며 부질없이 돌고 있었다.

"하나, 둘, 셋, 넷…" 이진이 숫자를 셌다.

중앙 홀을 모두 열여섯 개 방이 둘러싸고 있다. 하나같이 조명도, 환풍구도 없이 침대와 변기만 덩그러니 놓여 있었다. 그 방들이 악취의 주범인데, 점점 심해져서 숨쉬기도 어려웠다. 후각은 금방 적응한다던데 웃기는 소리라고 생각했다. 방마다 쇠창살 문이 달려 있다. 이진이 도저히 참을 수 없어 홀을 나가려는데, 통로 가까운 쪽 침대 밑에 하얀 덩어리가 보였다. 스프링만 앙상하게 드러난 침대 밑에 하얀 인형이 떨어져 있었다. 침대보로 짠 봉제 인형. 감옥과 어울리지 않는 생동함이 느껴졌다. 자세히 비춰보니 주변에 플라스틱 젖꼭지, 빵 부스러기와 활꼴 빗 같은 잡동사니가 널려 있었다.

'설마, 아니겠지….'

믿을 수 없는 생각이 파고들어 세차게 고개를 흔들었다. 옆방도, 그 옆방도 들어갔다. 온통 아이와 여성들 흔적이다. '도

대체 어디로 사라진 거지?'

이진은 문득 환풍구로부터 뿜어져 나오던 열기의 정체가 궁금해졌다. 이곳엔 냄새나는 감옥뿐인데, 불길한 생각을 떨칠 수 없었다. 한 층 더 내려가기 위해서 문으로 향했다.

텅, 텅….

이때, 누군가 계단을 내려오는 발소리와 웅성거림이 들렸다.

"이봐, 같이 가자고. 밑에 좀 잘 좀 비춰 줘." 한 사내 목소리가 먹먹하게 울렸다.

"아, 시끄러워. 잠자코 따라오기나 해."

급히 두꺼비집으로 뛰어가서 레버를 내렸다. 턱, 하고 소리가 울리고 불이 꺼졌다. 통로에는 마땅히 숨을 곳이 없어서 한 층 아래 계단으로 뛰었다. 소리가 커지면 더 아래로 내려갔다. 지하 2층으로 향하는 계단참에서 한껏 몸을 낮추었다.

"어? 방금 무슨 소리 안 났어?" 퉁명스럽던 그 목소리다.

"뭔 소리? 둘밖에 없는데…. 무섭게 왜 그러나?"

"아니야. 분명 소리가 났어. 위에 문도 한쪽 열려 있고, 아무래도 이상해."

"그만해. 얼른 한 바퀴 돌고 나가자고, 어?"

"가만히 있어 봐. 1층 확인하고 내려갈 테니까, 자네는 2층에 먼저 가 봐."

"아, 싫어. 같이 가세나."

"거, 사람 참."

출입문으로 작업복 차림의 사내들이 들어갔다. 긴 창을 하나씩 들었고, 앞사람이 손전등을 비추고 있었다. 곧바로 형광등이 켜졌다.

이진은 고민했다. 그들이 1층을 둘러보는 사이 밖으로 나갈지, 한층 더 내려가 볼지를 말이다. 윤희의 죽음에 한 점 의문도 없게 하기 위해서 이곳에 왔다. 더군다나 아이와 여자들이 사라졌다. 이들을 때려눕혀서라도 확인해야 했다. 마음을 다 잡고 밑으로 천천히 걸어 내려갔다.

지하 2층 철문도 역시 열려 있었다. 위에서 쇠창살을 두드리는지 이따금 터덩터덩 쇠 두드리는 소리가 들렸다. 자신들의 두려움을 숨기려는지, 실제로 무언가 쫓아내기 위한 수작인지 모를 일이다. 쓸데없이 시끄러운 소리가 이진은 거슬렸다. 안으로 들어서자, 문 옆 벽에 횃불이 하나 타고 있다. 위층과 같은 조명 설비는 따로 없고, 군데군데 나무 홰가 벽에 걸려 있었다.

위층에 벽으로 막힌 환풍구 자리에 소각로 세 기가 있다. 이것들이 열기를 뿜어낸 게 분명했다. 벽돌로 지은 구식 소각로인데, 전면 중앙에 쇠 지렛대 한 쌍과 관 하나가 들어갈 정도 쇠문, 용도를 알 수 없는 작은 문들이 밑에 달려 있다. 소각로 위로 연통과 환풍구 사이를 주름관이 길고 허술하게 이어졌다. 철문 쪽 소각로에서 뭔가를 태웠다. 열기와 타는 소리 정체가 궁금해서 다가갔는데, 그자들이 계단을 내려오는 소리가 들려서 안쪽 소각로 사이로 급히 몸을 숨겼다.

"좀 천천히 가게." 징징거리던 그자다. 한껏 목소리를 낮춰서 말했다.

"하, 얼른 와!" 퉁명스럽게 대답했다. 그도 조용히 말했다.

"아아, 여기는 좀 무섭다고…."

"그러니까, 빨리 하고 나가야지. 얼른 내려오기나 해!"

"다 확인했지? 유류품이 더 나오면 큰일 난다고. 침대 밑은 왜 확인을 안 한 거야?"

"내가 아나? 그네들도 급하게 옮기라는데, 별수 있었겠어?"

위층 침대 밑에 있던 인형들을 말할 터. 하나는 창과 손전등을 들고 있고, 다른 하나가 가슴 앞으로 한가득 짐을 안고 있었다. 창을 들고 있던 자가 소각로 문을 열었다. 불꽃이 활활 타올랐다. 이자들이 남겨진 물건을 태워서 흔적을 지우고 있었다.

"자네가 넣게. 난 못 하겠네." 물건들을 바닥에 던져 놓으며 말했다.

"아니, 왜?"

"몰라서 묻나, 여기다가 뭘 태우는지? 꿈자리가 뒤숭숭하다고!"

"에잇, 이런 한심한 작자를 봤나. 비키게." 창과 손전등을 넘기며 말했다.

일행을 뒤로 밀치고, 바닥에 놓인 물건들을 집어 소각로에 던져 넣었다.

"미안하구먼. 근데 도대체 무슨 일이래…. 멀쩡히 잘 가둬 두던 계집들은 왜 옮긴 거고?"

"쉿, 조용히 해! 누가 들으면 어쩌려고?"

"누가 듣는다고 그래? 호들갑 좀 그만 떨게, 이 사람아. 무서워 죽겠다고."

무섭다면서 할 말은 빼먹는 법이 없었다.

"난들 알겠나? 시키는 대로 하는 거지. 얼른 가세."

그자들이 소각로를 닫고 밖으로 나갔다. 끼익 소리와 함께 철컹 하고 문이 닫히더니 열쇠 꾸러미 소리가 들렸다. 문을 잠근 듯했다. 위층으로 올라가는 소리가 났다. 이진은 잠입을 들키지 않아서 다행이라 할지, 적들의 지하 건물에 갇혀서 곤란한지 모를 복잡한 감정에 사로잡혔다. 캄캄한 지하실을 문 옆 횃불 하나가 근근이 비췄다. 이진이 다가가 그것을 뽑아 들었다. '저자들은 뭘 두려워하는 거지?'

감옥 아래 공간도 확인할 요량으로 그곳으로 향했다. 통로 중앙 좌측에 아래로 내려가는 긴 계단이 이어졌다. 이상해서 횃불을 돌려보니, 불 꺼진 홰가 벽에 듬성듬성 걸려 있다. 그런데, 벽 재질이 시멘트나 벽돌이 아니다. 흡사 숲속 동굴 벽처럼 암석이다. 울퉁불퉁한 암벽이 탄탄하게 위세를 떨치고 있었다. 동굴 안쪽에서 휑한 느낌과 함께 음습한 기운이, 이상한 냄새가 뿜어져 나왔다.

"어허루 꺼풀막이로구나."

이진이 주문을 외워 방어막을 몸에 둘렀다. 음산하고 불안해서 혹시 모를 상황에 대비하기 위해서다. 한참 계단을 따라 무작정 내려갔다. 위층과 비슷한 크기일 텐데, 횃불 하나로는 보일 리가 없다. 계단 끝에 드디어 너른 홀 모서리가 보였다. 그 바깥을 높은 돌계단이 에워싸고 있는데, 계단 위 암벽에도 꺼진 홰가 걸려 있었다. 오른쪽 계단 위로 턱 턱턱 올라가 몇 개에 불을 붙였다. 그제야 좀 더 밝아졌는데, 마치 중앙 홀을 구경하는 관람석 같았다. 벽을 따라 돌며 닥치는 대로 불을 댕겼다. 정신없이 돌다 보니, 불현듯 홀 중앙에 어슴푸레 검은 물체가 보였다. 이진은 계단을 뛰어 내려갔다.

"헙!"

빠르게 접근하는데, 화학 세정제 냄새와 비린내가 뒤섞여 코를 찔렀다. 위층 감옥 냄새는 비할 바가 아니었다. 검은 물체로부터 붉은 액체가 고인 수로가 바닥으로 뻗어 나와서 홀을 가로질렀다. 역한 냄새와 당혹스러움에 정신이 혼미해졌다. 그것은 싱글 침대 크기 돌단이었다. 이진의 배꼽 정도 높이인데, 크기가 불규칙한 돌과 바위를 정방형으로 쌓아 올렸다. 단면들이 어찌나 평평하고 예리한지 정말로 쌓았는지 의문이 들었다. 돌단을 확인하며 돌아보는데, 희미하게 비치는 정면이 — 그러니까 출입구 왼쪽 암벽이 — 벽면 전체가 시커멓게 돌출해 있었다.

이진은 저도 모르게 횃불을 높이 쳐들었다. 불빛으로 살짝 옅어진 그림자는 족히 10여 미터 높이는 돼 보였다. 4, 5층 정도 건물 크기, 운동장 지하에 있다고 상상할 수 없는 무언가가 현실 감각을 비틀었다. 어떻게든 정신을 차리고 싶은 반발심에, 계단으로 훌쩍 뛰어 올라갔다. 그림자 옆으로 눈에 보이는 홰에 모조리 불을 댕겼다. 환한 벽면에 커다란 돌상이 드디어 모습을 드러냈다. 암벽을 양각으로 조각했을 리는 없는데, 이곳으로 어떻게 운반했을지는 생각하고 싶지 않았다. 이진은 자기 키만 한, 네 개 발을 보고 순간 오금이 저렸다. 아름드리나무 굵기 다리, 질펀한 엉덩이와 말 그대로 집채만 한 몸통에 압도됐다. 가장 놀라운 건 그, 털이다. 어떻게 저렇게 딱딱한 돌을 깎아서, 가늘고 긴, 굴곡지고 뻣뻣한 질감을 표현했는지 이진은 믿을 수 없었다. 북슬북슬한 모양이 너무 사실적이어서 몸서리가 쳐졌다.

가장 궁금했던 머리는 밑에서 정확히 보이지 않았다. 앞면을 보기 위해서, 홀 중앙으로 돌상을 보며 뒤로 걸었다. 순간 형체가 눈에 확 들어왔다. 그것은 바로, 개 형상이다. 몸은 하나인데, 얼굴은 서로 다른 셋이다. 이것을 한 마리라 해야 할지, 세 마리로 이해할지 이진은 혼란스럽다. 사나운 개. 얼굴 크기도, 주둥이와 귀 모양도 모두 제각각이다. 무생물인 돌이지만, 듣도 보도 못한 존재의 생김새만으로도 겁이 나서 미칠 지경이었다. 누군가 종아리와 허리를 잡아당겼는지 몸이 휘청거렸다. 침도 삼키기 어려워서 목과 가슴을 더듬었다. 숨을 쉴 수 없어서 더 이상 냄새 따윈 아무렇지 않다는 생각에 전율했다. 눈 여섯 개가 모두 이진을 노려본다.

돌상과 돌단. 이진은 어느 오컬트 관련 책자에서 본 적 있는 악마 의식이 생각났다. 그것이 아니라면, 이런 기이한 조합은 상상할 수도 없었다. 어느 악마의 모습일까, 악마에게 도대체 무엇을 빌고 무엇을 바쳤을까 경악했다. 이 사악한 자들의 욕망이 또 얼마나 안타까운 희생을 초래할까 두렵다. 벗어나고 싶은 강한 충동에 휩싸였다. 횃불들은 알아서 꺼질 테지. 한시도 더 머물고 싶지 않아 몸을 돌렸다. 출입구로 서너 걸음을 뗐는데, 갑자기 돌상 쪽에서 서너 개 암석이 툭툭 굴러 떨어졌다. 이진은 순간 멈춰 섰다. 그러더니 이내 쩍쩍 갈라지는 소리, 투두두 빡 팍, 하고 천둥하는 소리가 휑한 공간에 엄습했다. 온몸이 후들후들 떨려오고 식은땀이 났다. 스름스름 돌아보니, 산사태처럼 돌들이 쏟아져 내렸다.

"어억." 이진이 소리쳤다.

저 흉측한 동물이 움직였다. 어느새 시뻘게진 안광으로 이진을 노려봤다. 쩍쩍, 후드득, 찢어질 듯한 소리에 한쪽 귀를 화들짝 감쌌다. 재빨리 몸을 돌려 허겁지겁 뛰었다. 채 서너 걸음도 못 갔는데, 이번엔 먹먹해진 귀를 뚫고 날카로운 울음소리가 울려 퍼졌다.

'뭐지?' 이진이 급히 돌아봤다.

아무것도 없던 돌단 위에 작은 돌 하나가 올려져 있었다. 돌에 실금들이 무성했다. 무심코 다가가다가 갑자기 불길한 생각이 뇌리를 스쳤다.

'설마….'

정체를 확인하고는, 이진은 이루 말할 수 없는 충격에 빠져들었다. 어이없게도 횃불을 놓쳐 버렸다. 한껏 벌린 입을 두 손으로 막고 멈춰 섰다. 주체할 수 없이 눈물이 흘러내렸다.

"어 어어, 어떡해…." 이진이 엉엉 울면서 말했다.

돌단 위에 검은 머리 하나가 덩그러니 놓였는데, 이진은 제대로 쳐다볼 수조차 없었다. 어린아이의 그것이다. 뽀얀 피부는 간데없고, 눈을 질끈 감은 시커먼 얼굴이다. 이때, 두 눈이 번쩍 뜨였다. 어느새 까맣던 얼굴이 입을 찢어지라 벌린 채 새하얗게 일그러졌다.

"어 흑." 이진에게서 단말마 탄성이 터져 나왔다.

애…, 애헹으흑 흑, 애-애앵 애-애앵 애앵……. 어느새 온 홀에 아이 울음소리만 떠나갈 듯 휘몰아쳤다. 두 귀를 막고 뒷걸음질 쳤다.

"아가, 어디니? 아가? 어디에 있어?"

서럽게 울며 두리번거렸다. "끄악!"

표피가 다 떨어져 나간 돌상이 벌떡 일어섰다. 다리는 그대로 개 뒷다리인데, 상체와 팔은 어느새 벌거벗은 사람의 모습으로 바뀌어 있었다. 등 뒤에 커다란 검은 날개 두 개가 움직였다. 가장 큰 가운데 머리에 흉측한 뿔이 붙어 있고, 좀 더 작은 머리 두 개가 어깨인지 목인지에 붙어 있다. 그 입들에 삼켜진 사람들이 절망 속에서 몸부림치고 있었다. 이윽고 주둥이 밖으로 팔과 다리, 피와 비명이 흘러내렸다. 악마의 두 팔도 겁에 질려 도망치는 그들을 낚아채서는 끝없이 큰 머리 입으로 가져갔다.

후아앙.

날개를 한껏 펼친 악마가 괴성을 질러 댔다.

"으-으악!"

이진이 비명을 지르며 출입구로 뛰었다. 홀을 지나 계단을 서너 칸씩 뛰어 올랐다. 갑자기 몹시도 어두워졌다. 횃불을 버려두고 왔음이 뼈에 사무치게 개탄스럽다. 더듬더듬 벽을 짚고 올라가는데, 문득 아무 소리도 들리지 않았다.

"악! 안 돼! 안 돼 안 돼 안 돼… 뭐 하는 거야? 안 돼 안 돼!"

입으로는 온 힘을 다해 부정했지만, 몸은 이미 정해져 있기라도 한 듯 저절로 움직였다. 하룻강아지 범 무서운 줄 모르듯이, 아니 압도되듯이 끌려가고 있었다. "이런 제길, 제명에 못 죽을 거야."

이진은 어스름 빛을 향해 위태하게 나아갔다. 계단 끝에서 천천히 왼쪽을 바라봤다. 돌상이 머리 셋 달린 원래 모습으로 돌아가 있었다.

"휴… 뭐, 뭐-뭐야?"

홀 중앙으로 고개를 획 돌렸다. 돌단 위에 역시 아무것도 없었다. 안도한 이진은 바닥에 떨어진 횃불로 부리나케 뛰었다. 그것을 집어 들었다.

쩍! 쩍! 이때, 다시 돌 쪼개지는 소리. 마치 자기 머리뼈도 갈라지는 느낌이라 획 하고 고개를 돌렸다. 돌상 뒤에서 금방이라도 덮칠 듯 검은 연기를 뿜어냈고, 밑에서 시커멓고 끈끈한 타르가 분출하는 용암처럼 왈칵 쏟아져 내렸다. 이진은 뒤도 돌아보지 않고 계단으로, 지하 2층으로 뛰었다. 일말의 비명도 지를 새도 없이.

*

아침저녁으로 일교차가 크다. 아직 9월이라 난방도 안 하는 어정쩡한 계절에, 홑이불을 덮고 자던 신이 잠에서 깼다. 한참을 모로 누워 벽을 바라보다가 2층 침대에서 내려왔다. 다른 아이들은 쌕쌕거리며 잠들어 있다. 책상 등을 켰다. 빛이 새 나가지 않게 갓을 내렸고, 책상 아래 둔 큰 가방을 조용히 꺼냈다. 긴팔 옷은 너무 두껍다. 잠시 손을 멈칫했고, 반팔을 하나 더 꺼내 입었다. 적당한 두께감이 신은 만족스럽다. 충전 중인 핸드폰 화면을 두드렸다. "04:13" 신에겐 역시 어정쩡한 시간이다. 뒤스럭거리다가 잠이 깨 버려서 전화기를 집어 들었다.

 카톡 메시지가 쌓여 있었다. 마지 친구들 단톡방인데, 서로 안부를 묻고 함께 놀러 갔던 아쿠아리움 사진들을 공유했다. 울긋불긋 작은 열대 물고기들과 산호, 큰 백상아리에 놀라서 양손으로 입을 가린 정소연, 속이 훤히 비치는 해파리와 기념품 열쇠고리…. 아이들 사진만 꾹 눌러 내려받았다. 신은 못내 아쉽다. 같이 가기로 했기 때문인데, 단체 사진 속 얼굴들이 몰라보게 달라졌다. 모두 훌쩍 커 보였다. 정소연 옆에 선 주신 형이 빵긋 웃으며 브이 자를 짓는다. '쳇.' 자신도 모르게 콧바람을 내쉬면서 입가에 웃음을 머금었다.

 신은 문득 핑크색 가방을 메고 앉아서 마을을 내려다보던 정은이 생각났다. 살랑이던 머리칼과 자신을 돌아보며 짓던 환한 웃음이…. 대화방 목록에서 스크롤을 내려 정은을 찾았다. 한동안 메시지도 뜸해서 첫 화면에 들어오지 않았다. 개학하고는 먼발치에서 수련에 몰두한 모습만 지켜봤을 뿐 마주치지도 못했다. 정은은 일본에서 돌아온 후 며칠을 자기 방에 틀어박혀서 나오지 않았다. 이따금 마루에서 봐도 퉁퉁 부은 얼굴을 푹 숙인 채 아무 말없이 지나쳤다. 다른 가족들도 마찬가지다. 웃음이 끊이지 않던 화목한 분위기가 사라졌으니, 떠나올 때까지 함께 모여 밥도 먹지 못했다. 모두 그렇게 각자 힘들어했다. (엄마는 괜찮으실까? 제발⋯.)

"자?", "뭐 해?", "괜찮아?"

안타까운 마음에 시간도 까먹고, 메시지를 썼다 지우기를 반복했다. 마땅한 말이 떠오르지 않아서 머리카락을 움켜쥐었다.

"흑흑⋯." 이때, 흐느끼는 소리가 들렸다.

신은 잘못 들었겠지, 싶었다. 다시 자판을 쳤는데, 진짜 울음소리인가 하며 현관문을 쳐다보다가 무심코 전송 버튼을 눌러버렸다.

"뭐 해? 괜찮으면 바보나 가."

으갸갹. 어이가 없어서 바동거렸다. 머리를 쥐어박고, 얼른 "보내기 취소"를 눌렀다. 의자 소리가 크게 났는지, 애들이 뒤척였다. 순간 정체를 알 수 없는 소리에 욱하는 마음이 생겨서 현관 쪽으로 가까이 갔다. 울음소리가 맞다. 방 안을 한번 살펴보고 슬쩍 문을 열었다.

'아!'

재빨리 책상으로 돌아가서 마법 막대를 챙겼다. 빼꼼 열어 둔 문틈으로 빠져나가서 천천히 닫았다. 2층 중앙 로비에서 그 소리가 들렸다. 슬리퍼를 방 앞에 벗어 놓고, 맨발로 벽에 한껏 붙어서 천천히 다가갔다.

"흑흑⋯." 휑한 로비를 울음소리가 채웠다.

"⋯."

"왜요?" 누군가가 얘기 중이다.

더 가까이 갔다. 강준이다. 강준이 한쪽 구석에 쪼그려 앉아 통화 중이다.

"흑흑…. 머리카락을 또 보내라고요? 엄마, 제발요."

"…."

"저도 알아요. 안다고요."

"아니! …."

갑자기 강준 엄마가 목소리가 들렸다. 무슨 말인지는 알 수 없어도 분명 소리를 질렀다.

"싫어요. 못해요."

"…."

"아무리 그 애가 싫어도 죽일 순 없어요. 싫어요!"

"…이 놈의 자식…."

깜짝 놀랐다. 분명 욕을 했다.

"류범 선생님이 그랬어요. 저주할 때 쓴다고, 그래서 필요하다고. 으흑흑…. 저한테 왜 그런 무서운 일을 시켜요. 안 돼요. 안 해요!"

"…."

"제발요, 엄마. 아빠한텐 말씀하지 마세요. 엄마! 엄마!"

강준이 통화를 마쳤는지 무릎에 고개를 묻고 큰 소리로 엉엉 울었다. 신은 불쌍한 생각이 들어서 다가가려다가 멈췄다. 창피하고 민망하겠다고, 누구에게라도 들킨다면 죽고 싶을지도 모르겠다고 짐작했다. 슬금슬금 뒷걸음질 쳤다. 방문 앞에 놓아둔 슬리퍼를 주워 들고 천천히 방문을 열었다. 여전히 울음소리가 들렸다. 신은 안쓰럽다. 참으로 서글프게 운다.

신이 오다 **429**

*

"으-으악!" 이진이 괴성을 지르며 몸을 일으켰다.

숨을 헐떡이며 서둘러 주위를 둘러보는 데, 채 다섯 평도 되지 않는 작은 방에 혼자 덩그러니 있었다. 호텔 방임을 확인하고도 놀란 가슴은 좀체 진정되지 않았다. 침대 옆 책상 위에 치우지 않은 빈 도시락과 과자 봉지 여러 개가 널브러져 있다. 도쿄로 돌아온 후, 각성 상태처럼 도저히 잠을 이룰 수 없었다. 온몸이 위험 신호를 읽어낸 탓일까. 겨울잠을 위해서 동굴 속에 틀어박힌 곰처럼 하루 내내 호텔 밖을 나서지 못했다. 두통이 심해져서 수면제를 먹고 억지로 잠든 지 열두 시간 만에 이진은 깨어났다. 무슨 꿈이었는지는 떠올리기도 싫다.

침대 밑으로 발을 내려 체중을 실으며 일어섰다. 현기증이 몰려와 비틀댔다. 맞은편 벽 선반 밑에 있는 작은 냉장고에서 생수병을 꺼내 벌컥벌컥 물을 들이켰다. 그래도 정신이 차려지지 않았다. 소파에 있는 에너지 바를 까서 입에 넣고 우걱우걱 씹었다. 이진은 그제야 조금 괜찮아진 기분이다. 침대 머리맡에 있는 작은 커튼을 젖히니 창문으로 환한 빛이 쏟아져 들어왔다. 옆 건물의 다닥다닥 붙은 창문이 너무 답답해 보였다. 커튼을 다시 치고, 리모컨으로 선반 위에 놓인 텔레비전 전원을 켜서 자연스레 뉴스 채널을 틀었다.

"오늘 오후 시부야 한 호텔에서 사망자가 연이어 발견됐습니다."

아나운서가 아무런 감정 없이 사건 소식을 전달하고 있다.

이진은 타국에 있어선지 뉴스가 특별히 관심이 가지 않았다. 소리를 키워 두고, 무심히 리모컨을 침대 위로 던졌다. 마치 배경음악처럼 아나운서 목소리가 일정했다. 옷도 침대 위로 벗어 던지고 샤워 부스로 향했다.

"좀 편히 쉬셨어요?" 히가시데가 물었다.

그가 큰 눈을 껌뻑이며 걱정스러운 얼굴로 쳐다봤다. 호텔을 나선 이진은 정문에서 히가시데의 차를 타고 이동 중이다. 히가시데는 운전대를 잡고도 앞에 집중하지 못하고 자꾸 보조석으로 눈길을 줬다.

"네? 네. 무슨 일 있어요? 왜 그렇게 빤히 봐요?"

"하… 몰라서 물으세요?" 그가 황당해하며 입을 벌렸. "해매에서 나오신 뒤로 얼이 나간 사람처럼 구셨어요. 아무 말도 안 하시고. 도쿄에 와서 호텔도 제가 잡아 드렸잖아요. 기억 안 나세요?"

"아, 네…. 고맙습니다. 잘 쉬었어요."

이진은 정확히 기억나지 않는다. 장면 장면이 띄엄띄엄 떠올라서 어쩐지 그랬던 느낌이 들 뿐. 하루하고도 하룻낮이 필름이 끊긴 듯 아득했다. 샤워를 마치고 나와 보니, 책상 위 핸드폰이 책상 위에서 떨고 있었다. 히가시데다. 평소 알고 지내는 경찰 간부 부탁으로 사건 현장을 살펴보는데 동행을 요청했다. 함께 갈 정도로 특이한 사건인가 싶었는데, 아침에 무심코 흘려들은 사건이 떠올랐다.

"근데 무슨 사건이에요?" 이진이 물었다.

"호텔에서 사망자가 나왔는데요. 아무래도 주술사인 모양입니다."

"주술사요?"

"네. 아래, 위층에 따로 투숙했고, CCTV로는 왕래도 없었는데 한날한시에 사망했습니다. 이상하죠?"

"그렇네요. 뉴스에서는 사망자가 여러 명처럼 얘기하던데, 맞나요?"

"네! 들으셨어요? 둘입니다." 그가 손가락 두 개를 펴 보였다. "아무래도 저희가 아직 인원이 많지 않아서요. 도움을 부탁드려 죄송합니다."

"아니요, 괜찮아요. 마법사회끼리 서로 도울 방안을 찾는 일도 여기 온 이유 중 하나이니까요."

"네, 고맙습니다."

'수행원처럼 도와주시는데 제가 더 고맙죠.' 이진이 속으로 대답했다.

왕복 사 차선 길이 곧게 뻗어 있다. 시부야로 들어서자, 운전석 히가시데 얼굴 너머 'ㅇ' 공원이 나왔다. 이진은 근대 일본의 시작인 신궁 이름을 떠올렸다. 이진은 생각했다. 타임머신이 있다면, 아니 시간 마법을 펼칠 수 있다면— 두 나라의 뒤엉킨 실타래를 처음으로 되돌리고 싶다고, 이제는 풀어 볼 엄두가 나지 않는다고. 하지만 그냥 실이 아니다. 실이라면 끊어내면 그만이지만, 사람이고 그 흔적이다. 인간은 극복할 수 없는 시간의 역사다. 최대한 엉킨 타래는 풀고, 새로 앞날을 이어야겠지. 쉽게 끊으려 하겠지. 그래도 끊어낼 수 없는 실과 타래는 있는 법. 이진은 다짐했다. 굳게 맞서는 단호함과 오랜

설득으로 풀리라. 그런 지난한 수고가 헛되지 않은, 그것이 더불어 사는 삶이리라. 그래야 이웃이라 할 수 있지 않겠나. 결연한 표정의 이진이 말없이 정면을 바라봤다.

해매 신사로 향했을 때, 이진은 카미야든 와가타든 누구라도 복수하리라 생각했다. 숨이 끊어질 때까지 마력을 퍼부으리라. 하지만, 소름 끼치도록 무서운 광경에 그런 마음도, 의지도 꺾였다. 상상일 뿐인지, 정말 있던 일은 맞는지 의심도 했다. 하지만, 또렷이 기억했다. 그 돌상과 제단, 시커먼 타르와 연기, 그리고 을씨년스러운 울음소리. 얼마나 강한 힘인가, 또 얼마나 큰 피해가 생기려나 이진은 헤아릴 수 없었다. 실체를 알 수 없으니, 대책을 생각하긴커녕 두려움조차 뚜렷하지 않았다.

부글거리는 가슴속 깊숙이 이진은 물었다. 그자들이 바라는 바는 무엇인가. 악마에게 영혼을 판 대가는 무엇인가. 초라한 목숨을 이어가는 조건으로 수억 명을 희생할 생각인가. 이 세상을 정복하고 싶은 헛된 욕심인가. 모를 일이다. 돌상이 그저 저들의 욕심을 표현한 조형물이라면, 제단이 그냥 쌓아놓은 돌무더기라면 얼마나 좋을까 하며 이진은 잠시 희망을 품었다. 그러나 제단에 묻은 피처럼, 어딘가로 붙잡혀 간 사람들처럼 엄연한 사실이었다. 게다가 그자들은 사악한 주술사들이다. 흑마법사다. 눈앞에 펼쳐진 도시 풍경이 안쓰러워서 이진은 두 눈을 질끈 감았다. 보조석 시트에 몸을 붙이듯이 밀어 댔다.

"어허루 듣보기야 어허루 이르집기로구나."

신이 오다

이진이 주문을 외웠다. 호텔 27층 한 객실 안으로 우훙, 하는 소리가 울려 퍼졌다. 하얀 시트로 감싼 더블 침대 위로, 비색 벽지로, 몬드리안 스타일 바닥 러그 위로, 탁자를 치우고 펼쳐 놓은 호마단 위로 마력 가루가 반짝였다. 단 위에 불을 피우는 삼각로와 향로가 올려져 있고, 삼각로 안에 시커먼 재들이 담겨 있다. 제물을 태운 흔적이다. 삼각형 아랫변 옆에 시신 모양을 따라 하얀색 선이 그어져 있었다. 선 주변이 온통 핏자국이다. 호마단 위로 삼각기둥 형태로 회색 안개가 뿜어져 나왔다. 흑마법 마력 잔재인데, 아무리 둘러봐도 다른 마력을 쓴 흔적은 찾을 수 없었다. 저주 주술이 실패해서, 술자 본인이 공격받았겠다고 짐작했다.

"없어요. 사망자가 수행한 술법밖에 안 보입니다."

이진이 히가시데를 보고 고개를 저었다.

"진짜요?" 히가시데가 말했다. "그럼, 왜 죽은 겁니까?"

"저주 조복이 실패했네요. 날린 저주 살이 되돌아온 거죠."

"그렇다고 동시에 죽어요?"

"저주할 대상이 같거나, 의뢰자가 같거나. 둘 중 하나 아닐까요?"

"허…." 히가시데가 탄성을 질렀다.

출입문 밖에 서 있는 경찰들이 떠올랐는지 그들에게로 갔다. 상황을 설명하겠지 싶다.

아래층 사망자도 비슷했다. 다른 점이라면 호마단이 사각형이다. 주물이 무엇이 다르든, 정통한 술자들이 자기가 날린 저주 주술에 동시에 당했다. 대상자가 더 뛰어났단 말인가, 적을 제대로 특정하지 못했나 하며 이진은 추측했다. 하지만, 현장 조사만으로는 알 수가 없었다. 방을 나와서 아래 펼쳐진 빌딩 숲을 쳐다봤다. 온통 회색빛이다. 코뚜레를 품속에 집어넣었다.

"이제 어디로 가세요?" 히가시데가 경찰에게 인사하고 쫓아왔다. "바쁘지 않으시면, 저랑 같이 가실 수 있으세요? 보스가 뵙고 싶어 하십니다."

"네?" 이진이 말했다.

한참을 히가시데와 눈을 맞추다가 고개를 끄덕였다. 그의 굳은 표정이 환해졌다.

두루미를 닮은 하얀 성을 따라 긴 성곽이 이어졌다. 홍람색 홑처마 밑에 두터운 나무문이 굳게 닫혀 있다. 히가시데와 함께 다가가자 문이 끼익 소리를 내며 열렸고, 성곽을 따라 잠시 걷다가 계단을 오르기 시작했다. 제일 꼭대기 층으로 향했다. 평상시에 낮은 층은 향토 박물관으로 쓰고 있다. 다양한 고미술품과 민속자료들이 전시 중인데, 계단과 복도에서 마주친 사람들 낯빛이 어둡다. 이방인이 온다는 소문을 들었을 터.

"한국인 주제에…."

"여자 주제에…."

차가운 목소리가 들렸다. 전쟁 자료를 보관한 3층 계단을 지날 때다. 청소하고 있던 사람들이 수군거렸는데, 눈길이 역시 차갑다. 이진은 특별히 내색하지 않았다.

"죄송합니다." 히가시데가 겸연쩍은 듯 말했다.

"아니에요."

꼭대기 층에 올라오니, 단풍에 물든 주변과 멀리 마을 풍경이 보였다. 이곳 성처럼 건물들 벽이 하얗다. 맑은 하늘과 어울리는 색다른 경치를 보고 있자니 잠시 넋을 잃었다. 난간을 붙잡고 한참을 서 있었다.

"이진 씨!" 히가시데가 불렀다.

"네?"

돌아보니, 어느새 남색 사무에를 입은 노인 한 명이 다가와 있었다. 급히 난간에서 떨어졌다.

"안녕하세요. 하시모토입니다." 그가 악수를 청했다.

"이진이에요. 반갑습니다." 손을 맞잡았다.

이진과 비슷한 키에 땅딸막했다. 환하게 웃는데, 포근한 인상이다. 머리처럼 눈썹도 하얗고, 둥그런 얼굴에 세월의 흔적으로 주름이 깊다.

"일본은 처음인가요?"

"네, 처음이에요."

"저런…, 첫 방문인데 귀찮게 해드렸습니다."

주술사 건을 말하겠지 싶었다. "아니에요."

"늦었지만 위원으로 진급하신 것 축하합니다."

노인이 손을 다리에 붙이고, 정식으로 허리를 숙였다.

"네, 고맙습니다."

정중함에 놀라 똑같이 인사했다.

"이 위원님, 지켜보신 일본은 어떻습니까?"

"네?" 예리한 질문에 순간 당황했다. "출장 업무만 보느라, 제대로 못 봤어요. 다음에는 여유롭게 오겠습니다. 아하하…."

그가 여전히 환하게 웃는 얼굴로 바라보는데, 이진은 눈을 돌리기가 어렵다. 묘하게 압박당하는 느낌이다.

"총감독께서 복귀하셨단 얘기는 들었습니다. 구십 대에도 놀라운 풍채를 갖고 계신다고 하더군요. 어떠신가요, 잘 지내시지요?"

"네?" 신영에 대한 정보도 잘 알아서 더 긴장됐다. "네, 잘 지내십니다."

"돌아가시면 제가 꼭 뵙고 싶어 한다고 전해 주십시오."

"네, 그렇게 할게요." 이진이 대답했다.

총감독에 대해서 이런저런 질문이 오갔다. 그리고, 신영 마법사회와 마법사들에 대해서도. 질문하고, 대답하고, 침묵하고, 인사하고. 그런 평범한 시간인데도, 처음 어색함이 자연스럽게 풀렸다. 카리스마 넘치는 총감독과는 다른, 포용력 있는 지도자다. 한참을 그렇게 편안한 시간을 보냈다.

"이 위원님."

"네."

"송구스럽지만, 해매로 가셨던 얘기를 해 주실 수 있습니까?"

"네?"

히가시데와 눈이 마주쳤다. 그가 안내했으니, 알고 있는 게 당연했다. "네. 내부 구조는 알고 계시죠?"

하시모도 회장이 말없이 끄덕였다. 어느새 히가시데도 옆으로 다가왔다. 이진은 잔디밭 밑에서 본 믿을 수 없는 광경을 설명했다. 빈 감옥에 대해서. 그리고, 소각로와 그 아래 있는 돌상과 제단에 대해서. 빈 감옥을 얘기할 때만 해도 조금은 기대하던 사람들이, 그 밑에 있던 소각로, 돌상과 제단에 대해 듣고서는 경악했다. 하시모토 회장이 눈물을 흘리며 감정에 못 이겨 비틀거렸다. 히가시데가 급히 부축했는데 그도 역시 울고 있었다. 짐작한 대로 사라진 사람들이 실종 가족이었으니, 안타까운 마음에 이진도 눈물을 참을 수 없었다.

"이진 씨, 보스를 좀 부탁드립니다." 히가시데가 말했다.

하시모토 회장이 바닥에 털썩 주저앉자 히가시데가 도와줄 사람을 부르러 갔다. 가슴을 쥐어짜듯 움켜쥔 손을 이진이 포근히 감싸서 풀었다. 가쁜 숨을 몰아쉰다.

"이 위원님."

"네, 하시모토 회장님."

"신영과 우리 세만이 꼭 협력해야 합니다. 흉악한 저들을 꼭 물리쳐야 해요."

"네, 저희도 그렇게 생각합니다."

이진이 하시모토 회장의 손을 꼭 쥐었다. "마루야마가 조만간 신영 본부를 치러 와요. 당장은 도울 여력이 없지만, 꼭 다시 오겠습니다."

"마루야마 그자가⋯. 그러고도 남을 위인이지요. 내 짐작했습니다. 저희도 마냥 손 놓고 있을 순 없습니다. 가족을 찾아야지요."

"네. 긴밀히 연락하시죠."

곧 사람들이 와서 하시모토 회장을 일으켰다. 정중히 인사를 하고는 부축을 받으며 돌아섰다. 어느새 지도자에서 가족을 잃은 가엾은 노인으로 변했다. 펑퍼짐한 어깨도 한없이 움츠러들었다. 이진은 안쓰럽다는 생각에 고개를 돌렸다. 그때, 윤희 보고가 떠올랐다.

"하시모토 회장님! 잠시만요."

그에게로 뛰었다. 일행이 돌아섰다.

"숨진 저희 요원이 보고했던 내용이 생각났어요. 이곳 H 현 주변 산에 해매 놈들 지하 갱도가 있다고 했습니다. 갱도를 통해 지하 시설을 공사 중이었는데, 내부를 확인하려던 저희 요원도 한 명 실종됐어요. 혹시, 사라진 가족들을 그곳으로 옮기지 않았을까요? 도움이 됐으면 좋겠습니다."

"이 위원님!"

하시모토 회장이 소매로 눈물을 닦고는 손을 맞잡았다. "큰 도움이 될 겁니다. 그렇고 말고요."

"고맙습니다." 부축하던 사람들도 인사했다.

"고맙습니다." 히가시데다.

서로 거듭 인사를 주고받았다. 이진은 너무도 안타깝고, 가슴이 미어졌다. 히가시데와 함께 계단을 내려왔다. 그도 아무 말이 없었다. 1층 현관이 가까울 때다.

"이진 위원님!" 히가시데가 말했다. "정말 고맙습니다."

그가 또 머리를 숙였다. 오늘 서로 몇 번째 인사인지 알 수 없다.

"아니에요. 윤희도, 아즈미도, 그리고 저도 많이 도와주셨어요. 제가 오히려 고맙습니다."

신이 오다 439

현관을 나가 계단을 내려섰는데, 사람들 수십 명이 몰려들었다. 고맙다고, 꼭 다시 오라고. 밖으로 향하던 이진이 뒤로 돌아 정중히 인사했다. 울먹이던 그들이 손을 흔들었다.

하네다 공항 터미널 안에서 이진이 아즈미와 인사하고 있다. 그 옆에 히가시데가 서 있다.

"아즈미, 한국말도 열심히 공부해야 한다. 알았지?"

"네, 이모."

똘망똘망한 귀여운 얼굴이 온통 눈물범벅이다. "이모" 하고 부르는 말에 이진은 울컥했다. 최대한 덤덤한 모습을 보이려고 노력했다. 아이가 슬퍼지지 않도록.

"그래. 씩씩하게 지내고. 곧 또 보자?"

"네…."

사슴 같은 눈망울에서 또르르 방울이 흘러내렸다. 눈물을 수건으로 닦아 주었다. 등을 토닥이며 꼭 안았다.

"히가시데 씨, 아즈미를 잘 부탁합니다."

"하잇!" 히가시데가 짧게 대답했다.

이진은 그가 더없이 믿음직했다. 탑승구로 향하며 표를 챙겼다. 아즈미가 손을 흔든다. 히가시데가 아즈미 뒤에 서 있다. 사진을 찍듯 머릿속에 그 장면을 담았다. 돌아서며, 참았던 울음을 풀어 놓았다.

28

"얘들아, 너무 뒤처지면 안 돼!" 유진 선생이 뒤를 돌아보며 외쳤다.

"네! 선생님." 숨을 헐떡이며 신이 대답했다.

신은 지금 지리산 성삼재에서 노고단 대피소를 향해 오르고 있다. 현장 지원 모의 훈련 수업에 참여 중인데, 가까운 도총감에서 차를 타고 성삼재까지 왔다. 동물 변환 마법을 수련하는 곤 반 신입생들에게 보급품을 전달하고, 지리산 종주로 팀워크를 다지기 위해서다. 당초 지난달에 하기로 한 행사인데, 여러 사정으로 미뤄져서 10월에야 시행했다.

보급품은 물과 비상식량, 의약품, 계절에 맞는 의복과 침낭 등이다. 변환 마법 수행자는 야생 생활 경험이 꼭 필요했는데, 수월한 변신과 동물일 때의 생존 능력을 높이기 위함이다. 특히 신입생은 의무적으로 수개월 동안 집중 수련 기간을 갖는데, 이를 통해 2학년이 되면 어느 정도 변신에 익숙해지고 수업 진행에도 어려움이 없다고 했다. 이들은 동물일 때는 무리와 함께 지내기도 하고, 서식지를 옮기면 멀리 휴전선 부근까지도 이동했다. 문제는 변신이 풀린 다음인데, 혼자 살아내야 했다. 한겨울 변신이 풀린 채 벌거숭이로 홀로 남겨지는 건 가혹한 일이다. 그것도 첩첩산중에. 신은 적성 마법이 물 원소 마법이어서 다행이라고 안심했다. 올해 입학한 곤 반 신입생 세 명 중 둘이 지리산에 있었고, 이들의 변신은 반달가슴곰이다. 행방을 알 수 없는 나머지 한 명은 우리나라에서는 귀한 늑대라고 했다.

"신아, 얼른 와!" 장현이 불렀다.

연두색 등산복 상의와 빨간 배낭을 멨는데, 랜턴을 켜고 있어도 짙은 안개 때문에 얼굴이 뿌옇다.

"어, 먼저 가. 금방 뒤쫓아 갈게. 야, 강준! 빨리 와! 혼자 떨어지면 어떡해." 크게 소리 질렀다.

조용했다.

"아휴…." 신이 한숨을 내쉬었다.

신은 지금 힘들어서 죽을 지경이다. 해발 1,000미터가 넘는 산은 처음이라 어젯밤 잠을 설친 데다가, 강준이 자꾸 뒤처져서 마음 쓰이게 했기 때문이다. 산행에는 익숙해진 줄 알았는데, 마법 학교가 있는 산은 이곳에 비하면 작은 언덕이었다. 턱도 없다고 푸념했다. 팀원은 각 반에서 한 명씩, 그리고 무예 반까지 포함해서 다섯 명이다. 인솔 교사인 유진 선생까지 넣으면 모두 여섯인데, 신, 장현, 강준과 정은이다. 마지막 한 명은 오늘 만날 수도, 아닐 수도 있었다. 신이 팀장이다. 배낭에 보급품을 적게 넣는 대신 낙오자가 없도록 대열을 정비하는 역할을 맡았다. 그래서, 강준이 짜증스러웠다. 이른 새벽에 마법 학교를 나서고부터, 지부에서 이곳까지 계속 뜸을 들였다. 일부러 그러는지 계속 늑장을 부렸다. 신은 일행을 먼저 보내고, 성삼재 방향으로 뒤돌아서 천천히 내려갔다. 10여 미터 아래에 강준이 뭘 보는지 산 밑을 향해 멍하니 혼자 서 있었다.

"야, 뭐 해? 얼른 와!" 근처로 다가가며 말했다.

"먼저 가." 강준이 눈길을 여전히 산밑을 향한 채 퉁명스럽게 말했다.

"너가 뒤처져 있는데, 어떻게 먼저 가니?"

"아, 알았어, 알았다고. 누가 보면 아주 엄청난 감투라도 쓴 줄 알겠어, 아주."

뒤돌아선 강준이 신경질을 부렸다. 신 옆으로 스치듯 올라가며 밀쳤다.

"아, 진짜…."

신은 따지려다가 참았다. 며칠 전 이왕 선생과 나눈 얘기가 생각나서다.

"넌 어떻게 하고 싶어?"

"네?" 이왕 선생의 질문에 놀라서 되물었다.

오후 여섯 시 반경, 밖은 이미 어두컴컴했다. 저녁을 먹은 후 신은 사무실에서 이왕 선생과 마주 앉았다. 오늘 새벽, 강준과 그 애 엄마 통화를 엿듣고 고민이 돼서다. 머리카락이며 저주며, 강준이 한 말을 모두 이왕 선생에게 전했다.

"도와주고 싶어요, 선생님."

정말이었다. 신은 그 애 울음소리가 너무 서럽게 들려서 불쌍했다.

"그 저주가 널 노렸을지도 모르는데?"

"네? 설마요."

신은 자꾸 헛웃음이 나는 걸 참느라 혼났다.

"최근 이마에 불이 들어온 적 없었니?"

"네? 그걸 어떻게 아세요?"

지난 달인가, 신은 밤에 자다 깨서 화장실에 갔다가 뒤로 넘어갈 뻔했다. 온통 녹색 불빛에 휩싸인 자신이 거울 속에 있었다. 룸메이트들이 잠들어서 다행이었지, 화장실에서 나오지도 못했다. 불이 꺼지기를 변기에 앉아 한참 동안 기다려야 했다.

"병원에서 널 치료하면서 일종의 보호 마법을 걸어 두었지. 강준이 말한 그런 저주에 당하지 않게."

"진짜요?"

이왕 선생이 말없이 고개를 끄덕였다.

"음… 절 노렸다고 해도요. 전 보호받고 있잖아요. 선생님, 강준이 너무 불쌍해요. 어떻게 엄마가 그런 일을 시킬 수 있죠?"

"그렇구나. 명백히 살인 미수 공범들이지, 아동 학대범이고. 그것도 자기 자식을…. 금수만도 못한 이들 같으니…."

"그럼 어떻게 해요, 선생님? 도와주세요."

"교장 선생님과 상의해야겠구나, 저대로 그냥 둘 수 없고. 얼른 부모와 분리해야지. 몸도, 마음도."

"저는요? 전 뭘 할까요?"

"아무것도." 이왕 선생이 고개를 저었다. "섣부른 동정은 그 애를 더 힘들게 할 수 있단다. 잘 이겨 낼 수 있도록 지켜봐 주는 게 지금으로선 최선이겠지. 알겠니?"

"네…."

노고단 대피소가 보였다. 가쁜 숨을 몰아쉬며 걷는데, 다리에 감각이 없다. 그러면서도 발이 떼어지는 게 신기했다. 뿌연 안개 속, 대피소 돌계단 위에서 파란 상의를 입은 정은이 손을 흔들고 있었다. 강준은 또 뒤로 처졌다.

"힘들지?" 정은이 말했다.

캠핑용 손잡이 컵을 내밀었다. 따듯한 커피다.

"어, 죽을 것 같아. 고마워."

커피를 받고는 계단에 털썩 주저앉았다. "넌 역시 멀쩡하구나?"

"당연하지."

환한 웃음에 짙은 안개도 녹아내린다고 신은 생각했다. 모의 수업 팀원을 발표한 이후였을까. 정은도 애써 힘을 내고 있었다. 예전만큼은 아니어도, 자주 웃고 자주 수다를 떨었다.

"위로 와서 쉬거라."

유진 선생이 큰 입을 벌리고 넉살 좋게 웃고 있었다. "이제부턴 능선을 타면 되니, 좀 수월할 거다."

"진짜요?"

신에겐 듣던 중 반가운 소리다. 대피소 계단을 오르려는데 강준이 헐떡거리면서 터벅터벅 걸어왔.

정오가 좀 지난 시각, 일행은 삼도봉에서 화개재로 내려가는 나무 덱 길을 걷고 있다. 삼도봉은 행정구획상 세 도가 경계를 이루는 봉우리인데, 암석으로 된 정상 위에 삼각뿔 모양의 표지석이 있다. 신은 일행과 그 옆에서 기념사진을 찍었다. 안개 때문에 주변 경치를 제대로 구경할 수는 없었다. 핸드폰 사진 속에 땀은 좀 흘렸어도 멀쩡해 보이는 두 사람과, 곧 죽을 사람처럼 탈진한 세 얼굴이 있었다. 두 사람은 물론 유진 선생과 정은이다. 정상에서 만난, 이진보다 나이가 한참 많아 보이는 등산객조차 거뜬해 보였다. 이것이 어른인가 신은 생각했다가, 정은과 두 살 차이가 실감이 나서 화들짝 놀랐다. (무슨! 매일 운동하면 나도 날아다녀.)

강준은 어느새 앞서 내려가고 있다. 뒤에 처질 때는 언제고, 내리막이다 싶으면 귀신같이 먼저 가고 있었다. 그는 연회색 체육복을 세트로 입고 있었는데, 안개가 조금 걷혀선지, 가까워져선지 그제야 신의 눈에 들어왔다. 신은 열심히 참아 주고 있다. 유독 자기에게만 짜증을 내는 통에 인내심이 조금 필요했다. 밥 먹은 뒷정리를 할 때도, 장현과 잠시 얘기 중일 때도 투덜거렸다. 그래도 정은은 무서웠는지, 함께 있을 때는 가까이 오지도 못했다. 마치 엄마와 사이가 나쁜 게 신의 탓처럼 굴었다. 아니, 이왕 선생 얘기대로 지켜보는 중이다. 그래서 조금은 그 마음의 소리가 신에겐 들렸다. '나를 좀 봐줘. 내 잘못이 아니야.' 하고 울부짖고 있었다. 그날 새벽처럼.

약 이십 분 정도를 내려와 오늘 첫 번째 목적지, 화개재에 다다랐다. 나무 울타리가 둘러쳐진 작은 분지였는데, 왼쪽 울타리 옆에 작은 임시 처소가 있다. 그곳을 지나 숲 안쪽 깊은 곳에 보급품을 놓아둘 예정이다. 동물 변신 후 어느 도 방향으로 내려갔더라도 금방 돌아올 수 있게 이곳을 선택한다고 했다. 삼도봉과 가깝고, 은폐와 엄폐가 가능했기 때문이다.

"자, 여기에 짐들을 넣어라. 선생님이 두고 올게." 유진 선생이 작은 검은색 가방을 열며 말했다.

"네, 선생님."

"네."

아이들이 메고 있던 가방을 내려서 각자 맡아 둔 짐을 꺼냈다. 신이 그것들을 하나씩 가방에 담았다. 유진 선생이 가방을 들고 울타리를 넘어서 안개 낀 숲으로 향했다.

"선생님! 저도 갈게요."

신이 유진 선생 뒤를 쫓았다. 시야도 안 좋은데 혼자 가는 게 마음에 걸렸다. 유진 선생이 들어간 곳으로 막 접어들 때다.

"어어, 저리 가! 으으…" 강준이 소리쳤다. 그리고 순식간에 주문이 이어졌다.

"여여어루 불더미야. 어럴럴럴 불망울야."

퍼벙 펑펑.

소리에 놀라 신은 뒤를 돌아봤다. 강준이 뒤로 주저앉았는데, 언제 꺼냈는지 북채를 손에 쥐고 있었다. 뱀사골 방향으로 불을 쏜 뒤다. (미친! 산에서 불을 쐈다.)

"어어…" 강준이 뭐에 놀랐는지 횡설수설했다.

"야! 무슨 짓이야?" 신이 소리치며 그쪽으로 뛰었다.

이때, 처소 뒤편 분지 아래쪽에서 시커먼 반달가슴곰 한 마리가 흐-윽 흐윽 소리를 지르며 튀어나왔다. 그것이 곧장 강준에게 달려들었다.

"어루 에두르기[83]야 어허루 에두르기야 어허루 꺼풀막이로구나."

장현이 주문을 외우며 글씨를 썼다. 얼굴 앞에 있던 하얀 글씨가 강준 앞으로 쓱 이동해서 얇은 막으로 바뀌었다.

퉁 퉁.

금방이라도 곰이 방어막을 찢어발길 기세다. 이때, 옆에 있던 정은이 튀어 올라 곰 주둥이를 걷어찼다.

빡!

예상치 못한 일격에 곰이 당황해서 가쁜 숨을 내쉬며 물러섰다. 그제야 분시 밑을 봤는데, 그새 불길이 번지고 있었다. 낙엽 때문에 순식간에 옮겨붙었다. 신은 순간 망설였다. 곰에게 쏠지, 불을 꺼야 할지 말이다. '에라 모르겠다. 사람이 먼저야.'라며 배낭에 꽂아둔 마법 막대를 빼 들었다.

"둥당─"

곰을 겨냥해서 주문을 외울 때다.

"신아, 불!" 등 뒤에서 유진 선생이 외쳤다. 그러고는 또 소리쳤다. "서율! 너도 멈춰!"

신기하게도 곰이 알아들었는지 유진 선생을 노려보며 멈춰섰다. 마치 제 이름이라도 들은 듯했다. 신은 유진 선생 말대로 불부터 끄기로 정했다.

"둥당에덩 둥당에덩 덩기둥당에 둥당에덩."

막대를 휘두르며 외쳤다. 머리 위로 물이 뭉치면서 쇠돌고래 한 마리가 불쑥 나타났다. 곧바로 휙 휙 소리를 내며 불붙은 곳으로 돌진했다. 푸악 소리를 내며 연기가 피어올랐다. 작은 나뭇가지 꺾이는 소리도 들렸는데, 한 번 더 주문을 외워서 다시 쐈다. 불이 넓게 퍼진 건 아니어서 그나마 다행이었다. 금세 불길이 잡히는 모양새다.

"휴우…." 신이 큰 숨을 내쉬었다.

"신아, 가서 확인해 보렴. 완전히 꺼지지 않으면 큰일이니깐."

"네! 선생님."

분지를 가로질러 뛰는데, 곰이 천천히 신이 있던 곳으로 걸어왔다. 아니다. 유진 선생을 향해서다. 유진 선생도 거리낌 없이 곰에게 다가섰다.

"누가 저를 지켜준다고 자꾸 그러세요! 네?"

"야, 강준! 저 자식이…."

목소리가 머릿속에서 메아리처럼 퍼졌다. 신은 침낭 안에 누워서 자꾸만 강준의 외침을 떠올렸다. 벽소령 대피소 1호실 1층 바닥에서 잠을 청하고 있었다. 밖에서 다 같이 저녁밥을 먹은 후, 유진 선생이 강준을 화장실 뒤편으로 조용히 불렀다. 정리를 하면서 자연스럽게 듣게 됐는데, 낮에 불 마법을 쓴 일을 꾸짖었지 싶다. 그런데, 조용히 듣던 강준이 갑자기 빽 소리를 지르고는 자리를 피했다. 그때부터 2층 구석에 틀어박혔는데, 그 애에게 지금은 아무 소리도 들리지 않았다. 신은 추측했다. 지켜줄 사람이 함께 있는데, 왜 그랬냐고 물었을까. 어이없게도 그 곰이 보급품을 전달할 상대였으니. 곰은 유진 선생과 한참을 마주 보고 있다가 사라졌다. 가만 보면 유진 선생이 무엇이든 쫓아내는 마법이라도 부리는지 모르겠다고 생각했다. 동물 변환 마법사끼리만 통하는 교감? 텔레파시겠지. 그 애 이름이 서율이겠지 싶었다. 그러고 보니, 부족한 팀원 한 명 이름도 그랬다. (하….) 강준보다 제멋대로 구는 야생 친구라니, 신은 생각만 해도 아찔했다.

유진 선생에겐 미안하지만, 신은 강준이 발끈했던 게 조금은 이해가 갔다. 아니, 이해하려고 노력했다. 엄마 아빠가 남을 저주한다고 했을 때 괴롭지는 않았을까. 범죄로 이끄는 가족이 야속하지는 않았을까. 저도 모르게 이용당했을 때 배신당한 기분이지 않았을까. 사랑하는 가족이 두려워졌을까. 그랬다면 세상에 혼자 남겨졌다고 생각할 수도, 아무도 자기를 지켜주지 않는다고 느꼈을 수도 있겠다고 짐작했다. 평소라면 피곤해서 이미 잠들어야 정상인데, 머릿속이 복잡해서 정신이 점점 더 말똥말똥해졌다.

"하…."

한숨을 쉬며 몸을 일으켰다. 어둠은 벌써 눈에 익었다. 방문을 조심스럽게 열고 밖으로 나갔다. 건물 출입문 밖에 전광판 글씨 조명이 벌건빛을 쏘고 있었다. 그 빛이 닿는 나무 벤치에 누군가 앉아 있는데, 파란 옷을 입었다. 정은이다. 신은 가까이 다가가 옆 테이블 의자에 살포시 앉았다. 정은이 고개도 돌리지 않고, 재빨리 눈물을 훔쳤다. 저 캄캄한 어둠 속 어디를 볼까. 신은 아무 말도 건넬 수 없다. 자신도 조용히 어딘가를 따라서 바라볼 뿐이다.

"나 결심했어." 정은이 말했다.

"응? 뭐를?"

"졸업하면 일본으로 가기로."

정은이 고개를 숙여 벤치를 쳐다봤다. 나뭇결을 따라 검지 손가락을 세워서 문질렀다.

"일본?" 신이 물었다.

정은을 쳐다보니 수척한 얼굴이 벌겋게 변했다.

"응."

"왜?"

"아즈미를 지켜주고 싶어. 고모 대신…."

신은 아무 말도 할 수 없었다. 일본으로 간다는 소리에 바로 예상했다.

"미안해. 못 하겠다."

"응?"

"경호원."

정은이 고개를 떨어뜨렸다. 어깨가 들썩였다.

"응." 신이 대답했다.

신은 그것밖에 할 수가 없었다. 머리가 지끈거렸다. 오늘 너무 많은 일이 있었고, 너무 많이 생각했다. 자꾸 가슴이 먹먹해졌다.

"스읏!"

신이 통증을 참으며 입으로 숨을 들이쉬었다. 발이 아파서 제대로 걸을 수가 없었다. 허벅지도, 발목도 아팠다. 아니, 온몸이 부들부들 떨렸다. 아니나 다를까 등산화를 벗고 보니 엄지발가락 안쪽에 물집이 잡혔고 주변도 쓸려서 벌겋다. 괜히 건드렸다고 뉘우쳤다.

"괜찮아?" 정은이 걱정스러운 얼굴로 배낭을 내려놓으며 말했다. "잠시만…."

바깥 주머니에서 밴드를 꺼내 여러 겹으로 덧대어 상처를 감싸주었다. 더 쓸리지 않도록.

"고마워."

정은을 보니 자신만큼 고통스러워하지 않아서 다행이었다.

"너도 힘들 텐데 앉아서 좀 쉬어."

"어? 난 괜찮아. 물이나 한잔 마셔야겠다."

정은이 생수통에 담아 온 법계사 약수를 벌컥벌컥 들이켰다. 한껏 환한 웃음을 띤다. 수건을 꺼내 땀도 훔쳤는데, 햇볕이 반사한 건지 얼굴이 반짝거렸다.

일행은 지금 하산 길 '로터리 대피소'에 있다. 벽소령에서 '장터목 대피소'를 거쳐, 천왕봉 정상을 찍고 중산리 방향으로 내려간다. 장현이 옆 벤치에 철퍼덕 퍼져 있고, 그 옆에 유진 선생과 서율이 아무 말없이 서 있었다. 서율은 일행이 가져온 녹색 체육복과 하얀색 운동화를 신고 있다. 185센티미터의 큰 키에 근육질 몸, 몇 달 동안 깎지 않은 머리를 뒤로 질끈 묶었다. 신은 누가 봐도 동급생은 아니겠다 어림잡았다. 서율은 계속 쫓아왔는지 모르지만, 정상에서 하산할 무렵 자연스럽게 합류했다. 그도 마법 학교로 돌아가는 중이다. 제일 끝 벤치 멀찍이 강준이 퉁명스럽게 앉아 있었다.

이른 새벽, 랜턴 불빛에 의지해 나설 때만 해도 왜 그런지 모르게 우울했다. 그래서 조약돌 바스락거리는 운치 있는 길도, 새벽달도, 이름 모를 풀꽃도, 희미하게 밝아오는 갓밝이도, 어슴푸레 펼친 봉우리 물결을 보고도 아무런 생각이 없었다. 볼 때마다 살갑게 다가오는 정은의 친절함도 거슬렸다. 그랬는데…, 어느새 온통 붉게 물든 구름을 보고는 눈물이 주르륵 흘렀다. 산봉우리에 걸려서, 떠오르는 햇볕을 온몸으로 받아내고 있었다. 태양은 어디 있는지 보이지도 않았다. 그때부터였을까. 풍경도, 일행의 얼굴도 조금씩 신의 눈에 들어오기 시작했다. 폴라로이드 사진처럼 특별함까지 덧붙여서. 초등학교 내내 부반장 한번 해본 적 없던 신은 그런 감정이 낯설다.

다채롭게 변하는 장현 얼굴이 특히 그랬다. 꿈속에서 헤매는 듯한 이른 새벽 멍한 표정, 힘든 일정에 대한 불만 섞인 눈과 검은 낯빛, 자포자기 심정으로 푹 숙인 고개와 앙다문 입술, 어느 순간 있는 그대로 고통을 받아들이려는 의연한 눈매, 다시 어두운 얼굴, 푹 떨어뜨린 고개와 원망의 눈빛, 무아지경의 걸음걸이, 기념 촬영할 때 억지로 짓는 웃음, 거센 바람에 나부끼는 머리카락, 땅바닥에 털썩 주저앉은 망연자실한 모습, 돌과 나무 계단을 내려오며 내내 찌푸린 얼굴과 후들거리던 다리까지. 그 모든 모습에서 신은 자신을 봤다.

"한국인의 기상 여기서 발원되다." 유진 선생이 소리 내 읽었다.

천왕봉 정상에서 기념 촬영을 마치고 정상석을 보고 있을 때다. 그러고는 유래에 대해서 일장 연설을 했다. 처음에 어디 산악인들이 세웠다는 작은 정상석에 새긴 조선시대 선비 글귀부터, 원래는 다른 글자였는데 누군가 도려냈다는 얘기, 그로부터 몇 년 뒤 한국인이란 글자를 다시 새겨 넣었다는 관심도 없는 얘기까지 말이다.

"돌도 수난을 당하는 어수선한 세상이니, 쯧쯧…." 유진 선생이 연신 혀를 찼다.

이렇게 답답한 소리 할 때를 빼고는 신은 유진 선생이 놀랍다고 생각했다. 어떻게 알고 있는지 주변 봉우리 이름과 어느 도시가 나오는지를 귀신같이 맞췄고, 특별히 이정표를 안 보는데도 길 안내에 막힘이 없었다. 워낙 많이 다녀서라기보다 그의 동물적 감각이 뛰어나 보였다. 마치 지리산 전체를 한눈에 꿰고 있다는 듯했다.

"흐흥." 유진 선생이 특유의 웃음소리를 냈다.

묘하게 친밀하게 다가오는 소리라고 신은 느꼈다. 갑자기 뿜어져 나온 관심 때문이었을까. 아니나 다를까, 강준과도 한바탕했다. 바싹 붙어서 오라는 말에 어디를 긁혔을까.

"나한테 신경 꺼! 날 내버려둬!" 그 애가 버럭 소리를 질렀다. 분을 못 이겨서 씩씩댔다. "이게 다 너 때문이야. 너만 없으면 아무 일도 생기지 않았을 거야. 이 나쁜 놈!"

갑작스러운 적개심에 놀라서 순간 아무 생각도 들지 않았다. 지켜보겠다는 생각도 미처 할 수 없었다.

"뭐가 다 나 때문이야?" 신이 맞받아쳤다. "그렇게 애들 우습게 보고 괴롭혀 대더니, 이제 와서 피해자 행세야? 왜 뭐든 다 네 마음대로야, 어? 왜 투정 부려?"

평소에 그렇게 생각했는지도 모를 말들을 쏟아냈다.

"흥! 누가 피해자인 척했다고 그래? 쥐뿔도 모르면서…. 조용히 닥치고 있어! 모두 다 네 물 마법 때문이니까!"

"그게 무슨 소리야?"

"특별히 대단치도 않으면서 눈엣가시처럼 굴어서잖아. 어쩌다 선생 잘 만나서 같잖은 재주를 부리는 주제에…."

"뭐, 같잖은 재주?" 신이 소리쳤다.

어느새 장현과 정은이 달려들어 둘을 떨어뜨렸다. 그런데도 서로 멈추지 못했다.

"너가 진짜 잘나서 팀장을 맡은 줄 알아? 우리 아빠를 한직으로 밀어낸 너희 엄마도? 다 교장 선생이랑 친해서잖아, 아니야? 교장이랑 너희 엄마가 짜고 우리 아빠를 모함했잖아. 우리 아빠가 얼마나 대단한 마법사인 줄도 모르면서? 어? 넌 뭐가 그렇게 항상 쉽냐?"

"뭐? 쉬워?" 신이 정은을 뿌리치며 말했다. "참 나, 너 도대체 무슨 말이야? 어디서 주워들은 헛소리를 하는 거야? 너희 아빠가 다른 데로 옮긴 게 어째서 나나 우리 엄마 탓이야. 너도 알잖아? 너네 부모님이 무슨 일을 저질렀는지."

"무, 무슨 일을 했다고 그래?"

"내가 모를 줄 알아? 내…."

아차 싶은 순간이다. 머리카락에 관해 얘기할 뻔했다. 그러고 나면 돌이킬 수 없다는 생각에 신은 급히 말을 돌렸다. "부모님이 같은 직장인 게 싸울 일이야? 높은 자리인가가 중요해? 그분들은 그분들이고, 우린 우리잖아. 안 그래? 억지 좀 그만 부려!"

말문이 막힌 강준 얼굴이 붉으락푸르락했다.

"마법도 그래. 무슨 마법인 게 중요해? 난 네가 불 마법인 게 하나도 마음 쓰이지 않아. 알겠어?"

"이 자식이… 끝까지 잘난 척이야!"

"뭐야?"

당연하게도 다시 엉겨 붙었다. 유진 선생이 달려와 말릴 때까지, 서로 옷과 머리를 잡고 뒤엉켰다.

"중산리 1.3km" 칼바위 이정표를 좀 지나오니, 출렁다리를 건널 즈음엔 날이 지고 있었다. 순식간에 어두워져 랜턴을 밝히며 내려왔다. 중산리 탐방지원센터에서 차가 기다리고 있었다. 도총감으로 다시 돌아와서, 신영 마법사회로 순간 이동했다. 그리고, 다시 마법 학교로 왔다. 강준은 신영 마법사회에서 학교로 오지 않았다. 그렇게 팀장으로서 첫 임무가 엉망으로 끝났다.

29

 미군 기지 숙소에서 네즈미야가 방 안을 서성인다. 머리가 복잡해서 아침도 걸렀다. 온통 와가타 선생 말이 자꾸 들렸다. 어제, 선생이 나지막이 말했었다.
 '내가 언제까지 참아 줘야 하겠어요?'
 네즈미야는 그 어떤 고문과 협박보다 무섭게 들렸다. 손바닥에 자꾸 땀이 차서 연신 바지에 문질렀다. 한숨을 푹푹 내쉬었는데 불쑥 음악 소리가 거슬렸다. 리모컨으로 텔레비전을 꺼 버리고, 침대 쪽 벽으로 냅다 던졌다. 퍽 소리를 내며 파편이 튀었는데, 건전지 뚜껑이 앞으로 툭 하고 떨어졌다. 그것이 쓸모없고 볼품없는 자신처럼 더없이 하찮아 보였다.
 "제길! 제기랄…." 네즈미야가 욕했다.
 입으로 내뱉으면서도 누구에게 하는 욕인지 알 수가 없다. 그냥 이 상황이 네즈미야에게는 너무 짜증스럽다. 선생 요구에 부응하지 못하는 자신도, 어떤 주술도 통하지 않는 그 애새끼도…. 이때, 핸드폰이 요란스레 울렸다.

"모시모시!" 네즈미야도 짜증을 실어 큰 소리로 받았다.

"고라(여봐), 당신들 일 처리를 어떻게 하는 겁니까?" 마루야마가 대뜸 소리쳤다. "확실하지도 않은 정보를 주면서 의뢰하고 말이야. 괜히 우리 사람만 죽었잖소? 바보 같으니라고…."

"뭐요? 말이면 단 줄 알아?" 네즈미야도 지지 않고 소리쳤다. "그쪽이 떠넘기는 바람에 우리 사람도 죽었어. 당신이 교수면 다요?"

"그쪽듭니까? 도대체 뭡니까, 이게? 제대로 좀 확인하란 말입니다."

"그걸 확인해서 진행하라고 의뢰한 거 아니오?"

"허 참! 두고 봅시다."

"흥, 누가 겁낼 줄…." 네즈미야가 대꾸하는데 전화가 끊겼다. "이 자식이, 사람을 무시해도 분수가 있지."

교수랍시고 젠체하는 게 아니꼽다. 네즈미야는 전화기를 집어 던지려다가, 순간 건전지 뚜껑이 떠올랐다. '제기랄!' 전화기를 붙들고 부들부들 떨었다. 전화 버튼을 빡빡 눌러서 머리에 가져 댔다.

"여보세요?" 상대방이 말했다.

마쓰우라 군감이다.

"이봐! 신혼 마법 학교로 사람들을 집결시키시오!"

"네?"

"내가 직접 처리해야 되겠으니까!"

"선생님, 진정하시죠." 난감해하는 목소리가 들렸다. "그래도 계획을 좀 세우고, 천천히 진행하시죠."

"뭐요? 잔말 말고 시키는 대로 해. 어디서 말대답질이야?"

"선생님, 하다못해 작전이라도…."

"뭔 얼어 죽을 놈의 작전? 학교 선샌들 빼고 제대로 싸울 사람이나 있겠소, 거기에?"

"마을 사람들도 있고…."

"닥치시오! 단신들은 내가 학교로 올라갈 시간만 벌어주면 됩니다. 나머진 내가 다 알아서 한다고. 알겠소?"

"네! 알겠습니다. 몇이나 데려갈까요?"

"최대한! 즉시!"

"하잇!"

네즈미야는 전화를 끊고, 다짜고짜 짐을 챙겼다. 1인용 소파 위에 던져 둔 옷을 입었다. 방을 한 번 훑어보고, 마지막으로 침대로 다가갔다. 베개 밑으로 손을 뻗어 물건을 빼냈다. 칼집이다. 칼집에서 예리한 단도를 반쯤 꺼내 본다. '흥! 네까짓 게 이것도 안 통할까?'

칼을 밀어 넣고는 허리춤에 꽂고 가방을 챙겨 나섰다. 쾅! 하고 문이 닫혔다.

"하나, 둘, 셋, 넷…." 네즈미야가 가구 수를 헤아리고 있다.

큰길 옆 주유소에서 차를 세워두고 산밑 마을을 보며 작전을 구상했다. 큰길에서 나뭇가지처럼 작은 길이 두 갈래로 뻗어 있고, 두 작은 길 주위로 집들이 뿔뿔이 흩어져 있다. 모두 서른 가구 정도에 마을 양쪽으로 이웃 마을이 하나씩 있으니,

총 세 개 마을이다. '속전속결.' 네즈미야는 마음속으로 곱씹었다. 마을을 빠르게 진압하고, 산으로 올라가야 했다. 마을 회관 근처를 정리하고 이웃 마을 지원을 차단하는 b팀, 두 갈래로 나뉘어 불 켜진 집을 진압하는 c, d팀, 자신과 함께 빠르게 산으로 향하는 a팀. 모두 네 팀으로 나눌 계획이다. 각 팀 주요 전력도 생각했다. b팀은 멀리서도 공격할 수 있는 불 마법사, c, d팀은 큰 소란 없이 제압하는 무도가와 주술사를, a팀은 상황에 따라 적절히 대응할 수 있도록 전문별로 최고 실력자를 뽑기로 계획했다.

"19:30"

곧 부하들이 오리라. 공격할 때쯤 주민들은 대개 저녁을 먹고 쉬거나, 일찍 잠들겠지. 학생들도 기숙사에 있을 시간이겠다. 선생들이라고 해봐야 열 명도 안 될 터. 뒤따라오는 팀과 합류해서 제압해버리면 그만이라고 확신했다. 기숙사 안에만 들어가면 나머지는 식은 죽 먹기라고. 한 명씩 족쳐서라도 그놈을 찾기만 하면 되니까 말이다. 네즈미야는 허리춤에 꽂아둔 칼집을 슥 하고 더듬었다.

"흐흐…." 네즈미야 입에서 옅은 웃음이 새어 나왔다.

마을에 듬성듬성 불이 켜져 있다. 코딱지만 한 작은 집들을 보고 있자니 네즈미야는 가소롭다는 생각마저 들었다. 저런 것도 집이라고 들어앉아 살 생각을 한다니 어이가 없었다. 작디작은 마을에 무슨 주워 먹을 게 있다고 기어들어 왔는지 신기했다. 제법 큰 논이 있긴 했다. 눈을 돌려 논을 살피다가, 큰길 건너편 멀리 불을 밝힌 두 마을이 보였다. 빨리 끝낼 테니,

저쪽은 마음 쓸 필요도 없다고 중얼거렸다. 이때, 주유소 안으로 승용차 한 대와 봉고차들이 뒤따라 들어왔다. 출구 쪽에 세워둔 네즈미야 차 옆으로 주차하더니 그들이 차에서 우르르 내렸다.

"선생님, 죄송합니다. 늦었습니다."

마쓰우라다. 부하들이 뒤를 따랐다.

"안녕하십니까?"

"처음 뵙겠습니다."

"뵙게 돼서 영광입니다." 고개를 깊이 숙여 인사했다.

기습을 위해서 대부분 검은색 옷을 입었고, 각목과 쇠 파이프를 든 자들도 있었다. 지난 작전 때 함께 했던 얼굴도 보였다. 그들을 제외하고는 처음 보는 자들이다. 네즈미야는 알만한 자를 찾아봤지만 별로 없었다. 하긴, 한국에 오래 있었으니 이들이 해매에 있었더라도 봤을 리 만무했다. 그래도 어쨌거나 위풍당당한 모습이 흡족해서 절로 웃음이 지어졌다. 네즈미야는 더없이 만족스럽다.

"모두 서른여섯입니다."

"끝인가?"

"아닙니다. 이들은 모두 박별과 오헌 도감 관할에서 차출했고, 다른 도총감에서도 합류할 예정입니다. 후발대는 한두 시간 더 걸립니다. 어떻게… 기다리시겠습니까?"

"아니." 네즈미야가 말했다.

기숙사로 향할 때쯤 후발대가 마을에 남은 자들을 정리하면 되겠다고 생각했다. 마쓰우라를 불러서 공격을 위한 인원과 전력 배치에 대해서 말했다. 마쓰우라가 얘기를 듣고는 부하들에게 향했다. 설명한 대로 네 팀으로 빠르게 나뉘어졌다. 개인 정비 시간을 위해 십 분 정도를 주었다.

"마쓰우라!" 네즈미야가 손짓했다.

"집합!" 마쓰우라가 외쳤다.

네즈미야 주변으로 부하들이 몰려들었다.

"여러분! 오늘 아주 중요한 임무입니다. 우리 해매를 가로막는 걸림돌을 제거할 것입니다. 불씨를 미연에 없애는 겁니다. 알겠습니까? 와가타 센세께 누가 되지 않도록 만전을 기해 주시오."

"하잇!"

"위치로!" 마쓰우라가 소리쳤다.

잰걸음으로 마을 쪽 작은 길로 몰려갔다. b팀 무리가 마을회관으로 뛰었고, c, d팀도 빠르게 흩어졌다. a팀은 네즈미야를 잠시 기다렸다가 c팀이 간 왼쪽 길을 통해 산밑으로 향했다. 곧, 마을회관에서 유리창이 깨지고 고함이 들렸다. 네즈미야가 뒤따라 걸으며 입맛을 다셨다.

*

"이번 체육행사에는 고등부까지 다 함께 참가한다. 그러니까 1반은 동부, 2반은 서부다. 알겠니?" 담임 선생이 말했다.

"네! 선생님." 아이들이 대답했다.

일반 학과 수업 중에 신은 잠시 딴생각 중이다. '끝까지 잘난

척이야.' 싸우고 헤어진 강준의 말이 자꾸 생각났다. 가뜩이나 힘든 애한테 괜한 소리를 했다고 생각했다. 미안한 생각에 마음이 무겁다.

"후…." 한숨을 내쉬었다.

창가 자리라 좋은 건지 나쁜 건지 모르겠다. 자꾸 밖으로 눈길이 갔다. 지리산처럼 학교 주변도 단풍이 무르익었다. 추수도 벌써 끝나고, 논에는 볏짚들이 펼쳐져 있었다. '곧 잎이 떨어지겠지?' 하고 강준이 그전에 돌아왔으면 좋겠다고 생각했다.

"야! 김신!" 담임 선생이 이름을 불렀다. "넌 어느 팀이라고?"

"네?"

수업 내용을 듣지 않았으니, 당연히 몰랐다. 신은 우물쭈물하며 대답을 못 했다.

"으하하…!" 아이들이 비웃었다.

"동부." 앞자리 친구가 입을 가리고 조용히 얘기해준다.

"선생님, 동부요."

그 애에게 손으로 OK 신호를 하며 대답했다.

"그래. 출전할 수도 있으니까 명심해라. 알겠어?"

"네? 뭘요?"

"뭐긴, 인마. 고싸움[84]이지." 담임 선생이 당연한 걸 묻냐는 의심스러운 표정으로 말했다. "오늘 방과 후에는 연습한다고 하니까, 반장이 학급회의 후에 선수를 정해서 알려주도록. 그럼, 이상!"

신이 오다

"고맙습니다!"

담임 선생이 나가자마자 앞에 친구를 잡아당겼다.

"야! 고싸움이 뭔데?"

"푸하하…." 배꼽을 잡고 웃었다. "야, 수업 내내 설명해 주신 걸 물어보면 어떡하냐? 좀 들어라, 어?"

창피해서 책상 위로 고개를 묻었다. (으으….) 한참을 그 애에게 설명을 들었다. 배처럼 생긴 '고'라는 것을 부딪쳐서 승부를 겨루는 그 경기를, 고 머리가 바닥에 닿으면 지는 싸움을, 이긴 마을에 그해 풍년이 든다는 얘기를 넋 놓고 들었다.

교내 식당에서 신은 장현, 정은과 함께 점심을 먹고 있다. 길게 늘어놓은 흰 테이블 위에 각자 식판을 앞에 두었다. 셋은 모두 수련복을 입었다. 장현은 통조림 과일을, 신은 돼지고기 완자와 베이컨 떡말이를 푸짐하게 담았다. 정은은 저렇게 먹고 어떻게 운동을 할지 걱정할 정도로 양이 적었다. 장현의 볼이 빵빵했다. 신은 이들과 고싸움에 관해서 얘기 중이다.

"근데, 왜 마법 반이랑 무예 반으로 나눠서 경기하지 않는 거야?" 신이 물었다.

장현이 뭔가 대답하고 싶어 하는 기세지만, 입에 담은 음식을 씹느라 웅얼거렸다. 당연하게 눈을 흘겼는데, 정은이 그 모습을 보고 피식 웃었다.

"워낙 오래전부터 해 와서 그런 생각은 못 했어." 정은이 말했다. "안 그래도 협동을 엄청 중요하게 생각하는데, 선생님들이 반대하실 것 같은데?"

"그렇겠지? 그래도 재밌을 것 같아. 두 반이 하는 게 완전히 다를 거잖아."

"음! 나도 반대." 장현이 목을 가다듬고, 드디어 말했다. "야, 불안해서 줄패장[85]이 마법 반이 드는 고 위에 올라가려고 하겠어? 마법 실력이 다들 제각각이라 출렁출렁 엄청 흔들릴 텐데?"

장현이 양팔을 들고 덩실덩실 위아래로 움직였다.

"그렇겠네, 진짜." 정은이 말했다.

"그래? 음…."

"야, 안 흔들려도 그렇지." 장현이 손사래를 치며 말했다. "들기만 해도 벅찬데, 어떻게 앞으로 밀어서 부딪히겠어? 난 못해. 부유 마법으로 들면서 미는 거, 어려워."

"그래도 보고 싶다."

"꿈 깨." 장현이 단호하게 말했다.

정은이 환하게 웃고, 신은 잠시 멍하게 있다가 다시 밥을 먹기 시작했다. 이때, 뒤에서 수군대는 소리가 들렸다.

"어머, 쟤는 왜 후배들하고 같이 밥 먹어? 사귀니?"

"그러게. 작전 팀도 자원했다고 하더라."

"진짜? 웬일이래…."

"야, 듣겠어. 그만 해!"

신과 장현이 앉은 쪽 바로 뒤, 두세 테이블 옆에 앉은 학생들이다. 정은을 살펴보니 마음 쓰지 않는 눈치다. 평소 워낙 혼자 다녀서 친한 친구가 없겠다고 생각한 적은 있었지만, 대놓고 약 올리는 경우는 처음 봤다. 한마디 하려고 의자를 뺄 때다.

신이 오다

"신아, 하지 마. 밥 먹어." 정은이 단호하게 말했다.

"선배가 예쁘고, 운동도 잘한다고 시샘하나 봐요." 장현이 앞으로 숙여 정은에게 말했다.

장현 딴에는 위로하려던 말 같았다. 돌아보니, 지극히 평범한 여자 선배들이다. 꾹 참고, 의자를 다시 끌어서 앉았다.

"어머, 들었나 봐."

"들으면 뭐, 어쩌려고?"

"아하하…."

자기들끼리 낄낄거렸다. 신은 화가 났다. 막상 앞에서는 아무 말도 못 하면서, 왜 그렇게 뒤에서 수군거리는지 모르겠다. 수없이 당해 본 일이었기에, 남 일 같지 않았다. 정은이 끝까지 참아서 신도 참았다. 대신, 밥맛이 뚝 떨어졌다. 대강 먹고 자리에서 일어섰다. 의자를 밀어 넣고 식판을 들어 반납하는 곳으로 향했다. 이때, 또 비웃는 소리가 들렸다. 약이 오른 신은 마침내 소매에서 막대를 꺼내 들었다.

"둥당덩."

주문을 외웠다. 퍽. 쏴. 투두둑 소리가 들렸다.

"꺅!"

"엄마!"

"앗, 차가워!" 여자 선배들이 소리쳤다.

그쪽 테이블 가운데에 페트병 크기만 한 물방울을 떨어뜨렸다. 의자 넘어지는 소리, 수저 떨어지는 소리, 식판 끄는 소리와 선배들 외침 소리가 들렸다.

"어머! 쟤들 물 쏟았나 봐." 옆자리에서 소곤댔다.

신은 모르는 척, 식판을 올려두고 수저를 바구니에 넣었다. 물을 먹고 식당을 나오는데, 누군가 뒤에서 머리를 콕 쥐어박았다.

"앗!" 뒤를 돌아봤다.

정은이다. 입술을 깨물고, 왜 그랬냐고 핀잔을 주는 눈치다. 그래도 화난 얼굴은 아니어서 웃음이 났다. 큭큭….

푸른 잔디 운동장 양쪽에 고가 하나씩 놓여 있다. 장현과 신은 부리나케 다가갔는데, 볏짚으로 만든 아름드리 줄 몸통과 동그란 고 머리가 고개를 치켜들고 있었다. 몸통에 예닐곱 사람들이 들 수 있도록 두 뼘 굵기 매끈한 통나무 다섯 개가 묶여 있다. 전체 길이가 십 미터가 넘을 듯했다. 몸통에서 뻗은 긴 새끼줄까지 치면 그 두 배보다 훨씬 컸으니, 전교생이 다 참가해도 되겠다고 과장했다.

"오오…!" 신은 탄성이 저절로 나왔다.

장현과 함께 주위를 빙글빙글 돌면서 고를 만졌다. 발로 몸통을 밟고 툭툭 찼다. 단단함이 전해져서는 머리까지 울리는 느낌이었다. 모두에게 신기했던지 우르르 몰려들었다.

"자, 주목!" 하얀 야구모자를 눌러쓴 체육 선생이 어느새 다가와 말했다. "너희들이 무슨 팀이지?"

"동부요." 몇몇이 대답했다. 여전히 소란스럽다.

"어디?"

"동부요!" 큰 소리로 대답했다.

단번에 분위기를 휘어잡는 게 신은 신기했다. 어설픈 팀장인 자신은 엄두가 나지 않았다. 어느새 장현은 자기네 팀으로 갔다.

"자, 몸통에 연결한 통나무 다섯 개가 보이니? 그게 가랫장이다. 그게 뭐?"

"가랫장요!"

"그래."

"앞에 둘은 마법 반이, 뒤에 가랫장 세 개는 무예 반이 든다. 알겠니?"

"네, 선생님."

"인원은 마법 반 열 명, 무예 반은 스물다섯 명이다. 그럼, 총원이 몇이지?"

"서른다섯이요."

"삼십오요.

"그래. 줄패장과 부장은 너희가 뽑는다. 실시!"

자연스럽게 인원이 많은 무예 반을 중심으로 몰려들었다. 신과 마법 반은 당연하게도 갈팡질팡 쭈뼛거렸다. 그때 무심코 서성이는 서율이 보였는데, 키가 커서 긴 머리가 아니었다면 고등부 선배로 착각했을 거라 짐작했다. 햇볕에 그을린 검은 피부가 매끈했다.

"율아!"

"어. 김신." 딱딱하면서도 울림이 있는 목소리다.

"너도 뽑혔어?"

"…"

"근데, 넌 어디에 서냐?"

"모르겠어."

"음…. 선생님께 여쭤보자."

서율과 함께 고를 살펴보는 체육 선생에게 갔다.

"선생님, 얘는 어디에 설까요? 마법 반인데, 동물 변환 마법이요."

"어, 그래? 그래서 크구나. 나보다도 큰데?" 체육 선생이 키를 견주었다. "음… 마법 반과 무예 반 사이, 두 번째 가운데 서면 든든하겠구나."

"오! 감사합니다." 꾸뻑 인사했다. "가자. 율아."

서율과 함께 줄패장을 뽑는 무리에게 돌아갔다. 그리고 서율의 자리를 말했더니, 선배들이 서율의 어깨를 만져보고 등을 두드리기도 했다. 체육 선생 말대로 듬직하다는 듯이.

"수고했다. 모두 이 앞으로 둘러앉는다. 실시!"

체육 선생 앞으로 옹기종기 모였다. 모두 바닥에 털썩 주저앉았다.

"줄패장과 부장이 누구누구냐?"

선배 두 명이 일어섰다.

"어, 인준이랑 성호구나. 잘 부탁한다. 꼭 이겨야 해. 알지?"

"네, 선생님." 선배들이 대답했다.

"오늘은 줄패장과 부장을 중심으로 고를 드는 연습만 한다. 무슨 연습?"

"드는 연습요."

"그래. 익숙하기 전에는 위험하니까 고 위에 타면 안 돼. 알았지? 그리고 내일부터 둘은 철릭을 입고."

"네, 선생님." 두 선배가 대답했다.

"자, 연습 시작!"

"와!" 다 같이 소리를 질렀다.

고로 몰려들었다. 자리를 정하느라 한동안 웅성거렸다. 체육 선생은 말없이 지켜보고 있다. 신은 고로 다가가 서율 옆에 섰다. 줄패장과 부장이 자리를 잡아주느라 바삐 뛰어다녔다.

"무예 반이 지화자 하고 들면, 마법 반은 거기에 맞춘다. 알았지?"

팔이 긴, 줄패장 김인준 선배다. 가슴이 두꺼운 부장 최성호 선배는 무예 반을 지켜보고 있었다. 대답과 함께 마법 반 인원들이 한 손은 가랫장을, 다른 손엔 마법 막대로 글씨를 썼다.

"… **남실바람** …." 다들 주문을 외웠다.

"지화자 허허!"

"지화자 허허!" 다투듯 서부 쪽에서도 소리를 질렀다.

영차 소리에 맞춰 신도 마력을 실어 보냈다. 바람 마법은 언제부터인지 주문이 필요 없었다. 고가 천천히 땅에서 올라가다가 고머리가 이내 땅에 툭하고 처박혔다.

"읔!" 옆에 선 서율이 소리를 냈다.

서율에게 너무 큰 무게가 쏠리는 듯했다.

"괜찮아?" 신이 물었다.

서율은 아무렇지 않은 듯 고개만 끄덕였다.

"… 지화자 허허 …, … 지화자 허허 …."

"… **남실바람** …, … **남실바람** …."

어깨높이로 들어 올린 고가 운동장을 가로지른다. 제대로 들어서 수평을 이루기까지 한 시간이 넘게 걸렸으니 계속 마력을 써서 그런지, 신도 정신이 없었다. 뒤에 있는 무예 반도, 옆에 선 서율도 땀이 비 오듯 했다. 그래도 오늘 운동장을 한 번 가로로 왕복했다. 고를 학교 가까운 잔디 바닥에 사뿐히 내려놓았다.

"와아!" 모두 두 팔을 들고 소리를 질렀다.

그때, 신은 강당에서 나와서 학교 정문으로 급히 뛰어가는 정은이 보였다. 얼굴에 긴장한 빛이 역력했다. 다짜고짜 정은을 쫓아 뛰었다. 뒤에서 부르는 소리, 누군가 쫓아오는 느낌도 무시했다.

"무슨 일이야?" 정은에게 물었다.

쫓아온다고 했지만 역시 따라잡지는 못했다. 신은 가쁜 숨을 몰아쉬며 마을회관 안으로 따라 들어갔다. 좀 전에 들어간 정은이 문 앞에 서서 두리번거렸다.

"뭐야? 연습 중 아니었어?" 정은이 놀라서 물었다. "율이도?"

"어, 어느새 따라잡혔어." 신이 말했다.

이때, 1층 방문이 열리고 조재영 이장이 나왔다. 열린 문으로 사람들이 방을 가득 메우고 있었다.

'엄마?'

이진이 주위 사람들과 얘기 중이고, 류범 선생도 함께 있었다. 신이 보기에, 두 사람 모두 엄청나게 긴장한 듯한 표정이었다. 단호하고 진지한 얼굴이 무슨 일이 있는 게 분명했다. 신도 덩달아 몸이 뻣뻣하게 굳어 오는 느낌이다.

"아빠." 정은이 말했다.

"그래, 신이도 왔구나? 잘 왔다."

조재영 이장이 정은을 감쌌고, 신과 정은 뒤로 정문을 가릴 듯 서율이 서 있다.

"네, 아저씨. 무슨 일이에요?" 신이 물었다.

"적들이 쳐들어온다는구나."

"네? 적이요?" 놀라서 되물었다.

조재영 이장이 수심이 깊은 얼굴로 신의 팔을 어루만졌다.

마을 회관을 나온 신과 정은이 마을 어귀로 뛰었다. 정은네 집 방향에 사는 마을 주민들을 대피시키기 위해서다. 회관 뒷길 쪽은 김성연과 부녀회에서 맡았다. 학교 강당으로 모셔가도록 조재영 이장이 부탁했는데, 싹싹하고 날랜 정은이 이 집 저 집을 다니며 설득하기에 제격이었다. 함께 생필품을 전달하며 친분이 있던 신이 따라 나섰고, 서율은 남아서 힘쓰는 일을 돕기로 했다. 한낮에 마을 여기저기 사람들이 분주히 움직였다.

"춘자 할머니 집으로 가세요. 아셨죠?" 정은이 말했다.

마을 어귀에 사는 할머니들이 등을 여러 번 토닥이고는 산 쪽으로 걸어갔다. 혼자 움직일 수 있는 노인들을 먼저 산밑 첫 번째 집으로 보냈다. 아직 일곱 집이나 남았는데, 마음이 급해선지 신은 엄청나게 늦어지는 기분이 들었다. 귀중품을 챙기느라 늑장을 부리면 보채고, 몸이 불편한 사람들은 부축해서 이 집에서 저 집으로 함께 움직였다. 그들과 산으로 산으로 향했다. 텃밭 하나를 마당 삼아 붙어 사는 두 집에 왔다.

"내는 안 간다!" 누군가 억지스럽게 외쳤다.

갈색 장식장이 있는 작은 방에서 머리칼이 노란 할머니가 꼼짝하지 않고 앉아 있었다.

"이봐, 왜놈이 쳐들어온다잖어. 얼른 가자고." 옆집 할머니가 말했다.

"내가 왜 왜놈을 피해 내재기나? 이놈들을 내 가만두지 않을 거이니."

"아이고, 저 사람을 어째?" 함께 이동하던 다른 할머니가 안타까워했다.

"이제 나이를 생각해야제." 옆집 할머니다.

"뭐이라는 거나? 내 상구 끈떡읎따."

"할머니, 자꾸 그러시면 제가 아빠한테 혼나요. 얼른요."

신과 정은, 같이 간 할머니들이 모두 달려들어서 일으켜 세우는데 꿈쩍도 하지 않았다.

"어떡하지? 몇 집 더 남았는데?" 신이 말했다.

"할머니, 이따 또 올게요. 어디 가지 마시고 꼭 집에 계세요. 네?"

장식장으로 돌아앉아 아무 말이 없었다. 어쩔 수 없이 그 집을 나왔다. 두 집을 더 들른 후 산밑으로 향했다. 신과 정은은 길가에 나와 있던 춘자 할머니 무리와 합류했다.

"옆집 미자는?" 춘자 할머니다.

"안 온대요." 그 옆집 할머니다.

"성질머리하고는. 내버려둬. 그 여우 할망구는 아직 팔팔하니깐."

"네? 여우요?" 정은이 놀라 물었다.

"몰랐나? 그이 동물마법 쓴다. 제 한 몸 건사는 할 거구먼."

정은과 눈이 마주쳤다. 그래서 그렇게 힘이 셌던가 보다 하고 고개를 끄덕거렸다.

"그래도 모셔다 드리고 다시 가 보자." 정은이 말했다.

"응."

신은 할머니들과 산으로 접어들었다. 가파른 길을 조심조심 오르는데, 옆 마을에서 내흥리로 사람들이 몰려오고 있었다. 벌써 해 질 무렵이다.

30

"마을에 집도 많고 학교까지 거리도 있어서 놈들이 빠르게 훑고 갈 가능성이 큽니다. 무엇보다 목표는 학교니까요." 신영 마법사회 감찰원 한찬 공작 팀장이 말했다.

그가 작전 내용을 설명했다. "최대한 놈들을 마을 집으로 유인해서 학교로 바로 가는 인원을 줄이려고 합니다. 빈집에서 에워싸서 덮치는 식으로요."

"그놈들이 몇 명씩 나눠질 줄 알고요?" 남영리 이장이다.

"지점 별로 최대한 많은 인원을 둘 겁니다. 걱정하지 마세요." 이진이 말했다.

유가족 마을의 다섯 이장, 이진과 함께 온 감찰원과 집행원 직원들과 마법 학교 류범 선생이 마을회관 1층 경로당에 모였다. 습격에 대한 방어책을 의논 중이었다. 주변 마을 협조로 인원은 어느 정도 확보할 수 있었지만, 이들이 대부분 노년의 은퇴자여서 이진은 마음을 놓을 수 없었다.

"여기 지도를 봐 주십시오." 한찬 팀장이다. "여기, 여기….

마을회관을 포함해서 모두 여덟 곳입니다. 마을에선 몇 분씩 참전하십니까?"

"모두 스무 명입니다." 내홍리 조재영 이장이다.

"저흰 열 명입니다. 마을을 완전히 비울 수도 없으니깐요." 외홍리 이장이다.

"열다섯입니다." 남영리 이장이다.

"저희도 열 명씩입니다." 건넛마을 신서리 이장이다.

"네, 맞습니다." 신동리 이장이 말했다.

"신서리, 신동리 두 분 이장님께서는 길 건너편에 대기하시다가 첫 번째 전투가 끝나면 합류해 주십시오. 쓰러진 놈들을 가능한 한 빨리 포박하고, 방어 진지를 구축하는 겁니다. 놈들 후발대가 올 수도 있으니까요." 한찬 팀장이 말했다.

"네, 알겠습니다."

"그럼, 마을을 지키는 분들이 모두 마흔다섯이네요. 지점당 대여섯이면 불안하지 않을까요?" 류범 선생이다.

"왜 겁나세요?" 이진이 물었다.

모두의 긴장을 풀어 주려고 이진은 장난삼아 류범 선생을 도발했다.

"오 라라, 같은 보호 마법사끼리 왜 이러십니까?"

"지난번에 고생이 많으셨다고 들어서요. 후후…."

이진이 웃으며 류범 선생을 지그시 바라봤다.

"아, 잠깐 쉬느라 그랬던 겁니다. 덤프트럭을 혼자 막아냈다고요."

"아…. 힘드셨구나. 근데 뭐 그 정도는 기본 아닌가요?"

"네? 신이 어머니, 아니 위원님 말씀이 지나치시네요."
"어떻게, 오늘 실력 검증 좀 하실래요?"
"하! 좋습니다. 어떻게요?"
"여기 마을회관, 저랑 둘이 맡으시죠. 어떠세요?"
"네?"
류범 선생이 순간 당황하는 눈치다. 눈이 동그래졌다.
"그렇죠? 어렵죠? 공격 수단이 없으실 테니, 이해해요."
"무… 무슨 소리세요? 할 수 있습니다, 공격. 이래 봬도 흑마법 방어술 선생입니다, 제가. 오 라라."
"네, 그렇게 하시죠."

이진은 기다렸다는 듯 말을 끊었다. "지점당 예닐곱 명이죠, 그럼? 신영 직원들은 다 보호 마법사니까 한 명씩 배치하고, 산밑처럼 고립되기 쉬운 곳에 한 명이라도 인원을 더 두세요. 아시겠죠?"

"네, 위원님." 한찬 팀장이 말했다. "이장님들께서는 회의 후에 주민들이 바로 모일 수 있도록 도와주십시오. 전투 방식이나 속성 마법을 확인해서 배치하겠습니다. 보호 마법사 한 명에 전투원과 원소 마법사 두셋씩이 기본 팀입니다. 협조 부탁드립니다."

"네, 그렇게 하겠습니다."
"네 알겠습니다." 이장들이 대답했다.
"저-저기, 그래도…."

류범 선생이 당황해서 두리번거렸다. 이진은 진지한 와중에도 피식 웃음이 났다. 어쩔 줄 몰라 하는 모습이 학생을 가르

신이 오다 477

치는 선생이지만 격의 없이 솔직해 보였다.

"모두 도와주셔서 고맙습니다. 꼭 보답하겠습니다." 조재영 이장이다.

"무슨 소리야? 남 일도 아니고, 모두 한 마을인데…."

"그러게요. 별소리를 다 하시네."

"그래요. 형님."

"힘내게. 재영이." 이장들이 앞다투어 조재영 이장을 위로했다.

이진은 화기애애하게 손을 맞잡은 이장들을 바라보며 걱정할 필요 없겠지, 하고 읊조렸다. 모두 산전수전 다 겪은 백전노장들이니까. 아까부터 류범 선생이 호기심 어린 눈으로 이곳저곳을 기웃거렸다. 이진은 특이한 남자라고, 좀 전에는 그렇게 당황하더니 전투를 앞두고 위기감이 전혀 안 느껴지는지 의아했다.

마을회관 안에서 이진이 2층으로 올라가는 계단에 걸터앉았다. 불을 환하게 밝혔고, 책상과 의자, 캐비닛을 넘어뜨려서 바리케이드 삼아 정문 앞에 쌓았다. 해는 이미 져서 밖은 어둡다. 류범 선생은 2층에서 놈들이 오는지 살폈다. 이진은 김현 군감을 떠올렸다. 이번 놈들 기습도 그가 정보를 줬다. 놈들과 이곳으로 오는 중일 터.

"자꾸 멋대로 하지 말고, 오는 대로 이쪽으로 넘어와요. 아셨죠?" 전화기에 대고 이진이 꾸짖듯 말했다.

"위원님, 그래도 마루야마가 올 때까진 남아서 정보를 캐고 싶습니다."

"시끄러워요. 진짜 죽고 싶어서 그래요? 번번이 실패해서 눈에 불을 켜고 있을 텐데…."

"제 걱정은 안 하셔도 됩니다. 제 몸은 제가…."

"작전에 방해됩니다. 그물을 쳐 놨는데, 놈들하고 같이 붙잡힐래요?"

"네? 그래도…."

"그동안 고생한 걸로 충분합니다. 덕분에 신이도 무사하고요. 아셨죠?"

대답이 없었다.

"김현 군감! 복귀하세요. 명령입니다."

"네…, 잘 알겠습니다."

"억지로라도 붙들어야겠어."

마을회관 정문으로 밖을 무심히 내다보며, 김현 군감이 마지못해 수긍하던 게 생각났다. 아무리 본인이 원했어도 더 이상 부담을 지울 순 없다고, 자기 사람을 더는 잃을 수 없다고, 그런 위험을 감내하지 않겠다고 이진은 다짐했다.

"위원님! 손님 받으세요. 두 명 부족한 세 테이블입니다." 이때, 위층에서 류범 선생이 소리쳤다.

"네! 고생하세요." 이진이 위를 올려다보며 말했다.

"고생일까요? 하하…."

이진도 웃으며 일어섰다. 코뚜레를 꺼냈다.

"어허루 꺼풀막이로구나."

이진의 몸을 하얀 방어막이 둘러쌌다.

"와…!"

놈들이 들이닥쳤다.

텅텅 쨍 그러러.

열린 문을 놈들이 괜스레 깼다. 텅텅 챙챙…. 야구 방망이와 쇠 파이프로 바리케이드를 세게 내리쳤다. 시끄러운 소리로 위협해서 기선을 제압하려는지 모르겠지만, 소용없는 짓을 하고 있다고 여겼다. 책상을 밀쳐대다가 돌격대 넷이 넘어 들어왔다. 차마 입에 담지 못할 욕설을 내뱉으며 무기들을 휘둘렀다. 그자들이 계단 아래로 비켜선 이진에게 달려들었다. 방어막에 대고 책상처럼 또 소용없이 무기를 휘둘렀다. 돌격대 중반은 2층으로 뛰어 올라갔고, 뒤늦게 밀쳐진 책상 사이로 마법사들이 들어왔다. 그들도 나뉘어서 올라갔다. 이진은 무기를 든 둘, 마법사 셋과 마주했다. 2층에서도 텅텅 소리가 울려 퍼졌다.

"뭐야 이년? 혼자야?" 마법사 중 한 명이 어이없다는 듯이 말했다. "장난하나? 죽여!"

이진을 둘러싼 방어막을 계속 두드렸다. 무기를 휘두르는 자들 뒤로 마법사 하나가 저주 주술 인계를 맺었고, 다른 둘 가슴 앞에 붉은 글씨가 떠다녔다. 불 마법을 쓸 작정이다. 귀를 찢을 듯한 소음보다 이진은 이들 복장이 더 거슬렸다. 신영의 감색 두루마기를 입었다.

"어허루 모탕이로구나."

마력 덩어리를 저주 주술사에게 날렸다.

"우악!"

퍽 소리와 함께 깨진 유리문을 통해 밖으로 날아갔다.

"뭐 해? 쏴!"

마법사들이 막대를 휘둘러서 허겁지겁 불을 쐈다. 퉁퉁 소리를 내며 방어막에서 튕겨 나갔다. 불덩이가 바닥에 떨어져서 책상과 의자 사이로 튄 불씨에서 연기가 피어올랐다. 방어막을 방패 삼아 무기 든 자들을 바리케이드로 세게 밀쳤다. 퍽 소리와 함께 발이 꼬였는지 어어 소리를 내며 엎어졌다.

우당탕. 가구들이 나뒹굴었다. 더 가까운 마법사에게 마력 덩어리를 또 던졌다. 헉 하며 고꾸라졌다. 남은 한 명이 당황해서 뒷걸음질 치며 불을 쏘아 댔다.

"새끼들아! 빨리 일어나!"

바리케이드 위로 나뒹굴던 자들이 무기를 다시 집어 들고 달려들었다. 텅텅 소리가 부질없다. 이진은 마력 덩어리를 홀로 남은 마법사에게 던졌다. 가슴팍을 때리니 벽으로 날아가 세게 부딪혔다.

"으헉!"

바닥에 툭 떨어졌다. 의식을 잃은 듯 움직이지 않는다. 무기 든 자들을 다시 밀쳐내고 그들에게도 모탕을 쐈다.

"야, 이 씨바…."

욕하는 얼굴과 가슴에 마력을 연거푸 쏘았다.

퍽퍽.

"으악!"

기절한 듯 조용해졌다. 앓는 소리를 내며 엎어져 있는 마법사에게도 두어 번 더 날렸다. 이진은 불씨가 지펴진 책상을 발로 차서 껐다. 1층이 조용해졌다. 밖으로 날아간 주술사를 마을 주민들이 어느새 밧줄로 묶고 있었다. 이진은 벽 쪽에 쓰러져 있는 마법사에게 다가가 두루마기를 벗겨냈다. 이때, 소리를 지르며 2층으로 올라간 무리 중 하나가 계단에서 굴러떨어졌다.

"에뚜흐디으."

놈이 급히 일어서는데 계단에서 주문 소리가 들렸다. 푸악 소리가 나며 하얀 전기 빛이 내려와서 몸통을 후려쳤다. 그자가 앞으로 고꾸라졌다. 2층도 모두 정리가 된 듯했다. 류범 선생이 두루마기를 털면서 으스대며 내려왔.

"오 라라, 아직인가요?"

"제가 더 빨랐어요." 이진이 말했다.

"저도 끝났는데, 이놈이 굴러떨어져서 그래요. 에이…."

늦어진 아쉬움에 기절한 그자를 툭툭 건드렸다.

"뭐, 실력만큼은 확실하네요. 인정합니다. 그땐 쉬고 계셨던 걸로!"

"오 라라, 인정이 아니라 사실이라니까요, 참 나…." 류범 선생이 하소연했다.

이진은 가뜩이나 큰 류범 선생 코가 더 커진 듯싶었다. 주민들이 안으로 들어와서 놈들을 포박했다. 휘둥그레진 얼굴로 이진과 류범 선생을 번갈아 힐끔거렸다. 신기하다는 듯이, 놀랍다는 듯이. 주민들과 함께 남겨진 불씨를 확인했다. 이때, 한찬 팀장이 뛰어 들어왔다.

"위원님! 놈들이 불을 냈습니다. 매복이 실패한 곳에서 크게 싸움이 벌어졌습니다. 얼른 나와 보시죠."

"뭐요?" 이진이 소리쳤다.

서둘러 마을회관 밖으로 나왔다. 앞선 팀장이 가리킨 곳, 마법 학교로 향하는 길 가운데쯤에서 집과 나무들이 불타고 있었다. 밤하늘과 대조를 이뤄 주변을 샅샅이 밝혔다.

"한 팀장, 따라와요, 어서!" 이진이 말했다. "류범 선생님은 반대쪽으로 가 주세요. 계획대로 거기서 뵙겠습니다. 아셨죠?"

"네, 조심하세요."

이진이 불난 집으로 뛰어 가는데, 숨어 있던 주민들 서너 명이 불을 끄러 물동이를 들고 나왔다.

"아줌마! 안 돼요. 위험하니까 다시 들어가세요." 이진이 그들을 말렸다.

"아니, 불은 꺼야지."

"그려. 아이고 저걸 워째…."

"큰일 나요. 숨어 계세요. 얼른요! 한 팀장이 이분들 책임지고 돌려보내세요."

"네, 알겠습니다."

설득할 시간이 없다. 50미터 정도 앞, 두 무리가 맞붙고 있었다. 마법사와 전투원들이 나름의 방식으로 혈투를 벌였다. 마법사들은 방어막을 사이에 두고 불덩이를 쐈고, 전투원들은 무기를 주고받거나 서로 뒤엉켜 굴렀다. 이 집 저 집에서 육탄전이 벌어졌다. 길가에서 마당에서. 방어막에서 튕긴 불덩이들이 집과 나무를 태우고 불길이 더 거세졌다. 좀 더 가까이

다가가니, 길 초입에 매복했던 감찰원 직원 셋이 보였다. 이진 쪽 세 팀과 적들 열 명 정도가 교전 중이었다. 인원은 마을 주민 쪽이 더 많았지만, 적들보다 화력이 부족했다. 대부분 노인이고, 반은 전투원이었다. 직원 셋이 친 방어막으로 힘겹게 막아냈지만, 자신과 주민들을 함께 지키기는 버거워 보였다. 방어막 뒤로 주민 열 명 정도가 모여 있었다. 이따금 불을 쏴서 응전했는데, 이진은 그들이 아슬아슬해 보였다.

"어이! 송장들, 얼른 포기하시지." 적들이 비아냥댔다.

"저런, 쳐죽일 놈들이…."

"너희는 부모도 없느냐? 이런 천벌 받을 놈들아!" 노인들이 대거리하고 있었다.

이진은 전속력으로 질주했다. 바로 앞에 적들이 모여 불을 쏘고 있었다.

"어루 에두르기야 어허루 에두르기야 어허루 바자[86]로구나."

주문을 외웠다. 하얀 마력 울타리가 직원들의 방어막을 감싸며 높게 쳐졌다. 적진으로 모탕 서너 발을 던졌다. 헉헉 소리가 들리고 놈들이 쓰러졌다. 적들 주의를 끌고 무사히 같은 편과 합류했다.

"아이고, 위원님. 고맙습니다."

마을 주민들이 얼싸안듯 달려들었다.

"아뇨. 당연히 도와드리러 와야죠. 고생했어요."

직원들 어깨를 토닥였다.

"아-아닙니다. 도와주셔서 감사합니다."

방어막을 거두고 인사했다.

"어떤가요, 적들은?"

"대부분 주술사인데, 불 마법사가 섞여서 상대하기 까다롭습니다."

"그래요? 수고했어요. 잠깐 숨 좀 돌려요."

"아닙니다. 괜찮습니다."

울타리 뒤에서 경계 태세를 놓지 않는다. 믿음직한 직원들 덕분에 이진도 전의가 더욱 타올랐다. 전황을 살펴보니, 바로 옆 세 집 마당에서 전투원들이 엉켜서 싸우고 있었다. 적 한 명에 노인 두셋씩 붙어서 상대했다. 이진은 울타리 뒤에서 불을 쏘는 노병들에게 다가갔다.

"어르신들! 전투원들한테 가 주시겠어요? 제압이 어려우면 그냥 모시고 나오세요."

"알았네."

"여보게, 같이 가세."

모두 다섯 명이 지원하러 갔다. 그들이 돌아올 때까지 버텨야 했다. 적진에서 계속 불덩이가 넘어왔는데, 이진의 방어막은 아직 건재했다. 불이 날아오는 적진 한가운데 익숙한 얼굴이 이진을 노려보고 있었다. 버스에서 신을 공격했던 얼굴 긴 놈, 그자가 벌겋게 달아올라 소리를 질렀다.

"이 버러지 같은 한국인 놈들아. 어서 쏴!"

"선생님, 꿈쩍도 안 합니다."

"부서질 때까지 계속 쏴! 아니면 내 직접 죽여줄까?"

"아… 아닙니다."

"개돼지만도 못한 놈들아. 쏴라, 쏴!"

네즈미야가 상스러운 말을 내뱉으며 쪼그려 앉은 부하들 등을 걷어찼다.

*

신은 할머니들을 강당에 모셔다 드리고, 일주문에서 마을을 걱정스럽게 지켜보고 있다. 주변에 피운 화톳불로 사람들이 몰려들었다. 정은, 서율과 장현뿐 아니라 학생들 대부분이 내려와서 발 디딜 틈도 없었다. 마을 어귀에 주민들이 진을 쳤고, 이곳저곳 불을 끄러 바삐 돌아다녔다. 군데군데 집과 비닐하우스에 난 불은 잦아들었는데, 나무와 풀숲은 여전히 불탔다. 마을 회관에서 울리는 경보 소리에 집마다 조명을 환히 밝혔다. 일주문을 향해 신의 편이 양쪽에서 올라왔고, 적들은 오른쪽 큰길 중턱에 모여 전열을 가다듬고 있었다. 마을에서 올라오는 산어귀에 적들이 쏜 불덩이가 주변 나무들을 태웠고, 시커먼 연기가 마을 쪽으로 피어올랐다.

"자자, 너희들은 위험하니까, 강당으로 모두 이동해라. 얼른!" 정찬 선생이 말했다.

학생들이 한 마디씩 안타까움과 두려움을 표시하며 위로 향했다. 마을과 주민들을 걱정했는지 다들 발걸음이 무겁다. 올라가는 속도가 더뎌서 여전히 일주문이 붐볐다.

"선생님, 저는 남아서 불을 끄고 싶어요." 신이 말했다.

"뭐?"

학생들을 재촉하다가 정찬 선생이 휙 돌아봤다. 이마 주름이 쪼글쪼글해졌다. "김신? 안 돼. 올라가!"

"불 꺼야 하잖아요. 선생님, 허락해 주세요."

"뭐야? 조용히 올라가. 얼른!"

연신 팔을 휘저었다. 신은 어쩔 수 없이 뒤돌아섰다. 지리산 팀원들이 안타까워하며 신을 위로했다. 이때, 학생들과 뒤섞여 마을을 바라보다가 박훈 선생이 다가왔다. 다른 학생들은 학교로 몰려가며, 불안한지 자꾸 뒤돌아봤다.

"정찬 선생, 저 아이는 내가 보호할 테니 남게 해 주시오." 박훈 선생이 말했다.

어느새 신 옆에 섰다.

"네? 위험합니다. 어쩌시려고요?"

"불이 크게 번져도 위험하지 않겠소? 날 믿고 맡겨 주시오."

컴컴하고 진지한 얼굴로 설득했다. 술을 먹지 않은 박훈 선생은 진짜 신선 같다고 신은 생각했다. 흰머리가 멋져 보이기까지 했다.

"전 말씀드렸습니다. 알아서 하세요. 흥!"

정찬 선생이 퉁명스럽게 말하고 일주문에 올라섰다.

"선생님, 저희도 도울게요." 장현이 말했다.

"네! 저희 같은 팀이에요. 허락해 주세요, 선생님." 정은이다.

"네." 서율도 묵직한 목소리로 거들었다.

아이들이 신과 박훈 선생을 둘러쌌다.

"그래. 너희는 신이 옆에 꼭 붙어 있거라. 알았지?"

박훈 선생이 일주문으로 올라서며 말했다. "올라와라."

왼쪽 작은 길로 류범 선생이 마을 주민들과 함께 다다랐다. 모두 스무 명 정도인데, 예닐곱의 부상자들을 부축하고 있었다. 김향기 선생과 건 반 고등부 학생들이 그들을 돕기 위해서 뛰어 내려갔다. 거의 동시에, 오른쪽에서도 엇비슷한 인원들이 몰려왔다. 피를 흘리며 상처 입은 서너 명을 부축했고, 기절한 세 명을 등에 업었다. 마을 사람들 뒤로 검댕이 묻은 시커먼 얼굴로 이진이 나타났다. 불구덩이를 막아낸 탓인지 옷이 땀에 흠뻑 젖었다.

"엄마!"

신이 이진의 품에 달려들어 와락 안겼다. "괜찮은 거야? 안 다쳤죠?"

"어 그래. 괜찮아. 올라가자. 놈들이 올 거야."

신은 이진과 함께 일주문에 올라섰다. 김향기 선생과 건 반 학생들이 부상자들을 부축해서 학교로 올라갔다. 업혀 있던 세 명도 들것에 실려 있었다.

"위원님, 고생하셨습니다. 괜찮으시죠?" 정찬 선생이 환하게 웃으며 말했다.

"네, 선생님 괜찮습니다. 감사합니다. 놈들이 곧 들이닥칠 거예요. 힘 좀 써 주세요."

"네! 여부가 있겠습니까? 여기 물 좀 드시죠."

정찬 선생이 생수병을 따서 이진에게 건넸다.

"고맙습니다. 잘 먹을게요."

신은 정찬 선생이 저렇게 친절한 사람인가 의아했다. 그런데도 그는 왼쪽에서 올라온 류범 선생은 한사코 못 본 척이다.

"류 선생도 고생했네. 땀 좀 닦고 좀 쉬게나." 박훈 선생이 말했다.

"네, 고맙습니다."

류범 선생이 생수를 받아 들고 계단에 걸터앉아 물을 마셨다. 이진과 류범 선생이 눈을 마주치며 웃었다. 서로 수고를 알고 있다는 듯이 고개를 한 번씩 까딱였다. 그러고는 생수를 다시 들이켰다. 마을과 산 여기저기에서 연기가 치솟아 컴컴한 하늘로 사라졌다. 속절없이 무너지는 일상과 사람들, 낯설고 끔찍한 마을 모습이 신은 안쓰럽다. 더 다치지 않기를, 더 큰 피해가 없기를 빌었다.

"김신?" 박훈 선생이 불렀다.

"네?"

"이리 와라. 잠깐 얘기 좀 하자꾸나."

신이 박훈 선생을 따라나섰다.

팡팡 파 방 팡팡.

적들이 커다란 불을 여러 발 쐈다. 길 중턱에 모여 있더니 흩어져서는 일주문으로 총공세를 펼쳤다. 산 아래에서 이곳까지 큰 포물선을 그리며 불덩이들이 날아왔다. 횡횡 요란한 소리에도, 순간 꿈꾸고 있나 착각이 들 정도다. 하지만, 주위 마법사들의 움직임은 일사불란했다. 보호 마법사들이 일주문 상공에 튼튼한 방어막을 쳤고, 나머지는 놈들의 침입에 대비하고 있었다. 선두에 전투원들이 섰고, 그 뒤로 불, 바람 마법사들이 도열했다. 사람들을 독려하며 바쁘게 움직이는 이진을 보고, 신은 새삼 뭉클해졌다. 이런저런 감정에 빠져서 우왕

좌왕할 때 큰 고함이 들렸다.

"김신! 준비해!" 박훈 선생이다.

"네! 선생님."

박훈 선생이 먼저 일주문 아래로 향하고, 신이 뒤를 따랐다. 방어막 아래로 내려온 두 사람이 마법 막대를 꺼내 들었다.

"어얼싸 꽁무니바람[87] 분다. 에헤라 큰셴바람[88]이로구나."

박훈 선생이 주문을 외우며 하늘로 막대를 치켜들었다. 휭 하고 큰 굉음과 함께 거센 바람이 뿜어져 나갔다. 선생도 그 반발력으로 휘청였는데, 서율과 정은이 달려들어서 붙잡았다. 날아간 바람이 불덩이들 떨어지는 속도를 늦추더니, 이내 모여져서는 더 큰불로 커졌다.

"지금이야!" 박훈 선생이 외쳤다.

그의 주변까지 나뭇가지와 잎들이 바람에 흩날렸다. 박훈 선생, 정은과 서율 두 친구의 두루마기와 머리칼이 세차게 펄럭였다.

"물노릇에 햇물이 물숨으로 물까치되네. 둥당에덩 둥당에덩 덩기둥당에 둥당에덩."

신이 주문을 외쳤다. 머리 위로 쇠돌고래 한 마리가 트르륵 휙 휙 소리를 지르며 치솟았다. 뭉친 불덩이를 덮치자, 핑핑 요란한 소리와 하얀 연기가 피어올랐다.

푸….

"둥당에덩 둥당에덩 덩기둥당에 둥당에덩."

다시 한번 쇠돌고래를 쐈다. 역시 큰 마찰 소리가 들렸고, 불덩이가 요란하게 흔들렸다. 투구 두…. 마치 천둥이 치는 느낌이었다. 이윽고 펑 소리를 내며 작게 쪼개졌다. 마치 불꽃놀이처럼 울긋불긋한 불꽃이 하늘을 수놓았다. 바닥으로 툭툭 떨어진 불꽃 대부분이 꺼졌고, 살아남은 나머지는 나뭇잎으로 천천히 옮겨붙었다.

"우와!" 박훈 선생과 아이들이 외쳤다.

그래도 원했던 대로다. 적들이 쏜 불덩이가 그대로 방어막에서 튕겨 나갔다면, 더 큰 불로 번졌을 테니. 어찌 됐든 도망치지 않고 우격다짐으로라도 피해를 줄였으니, 박훈 선생의 계책이 나름 성공했다고 기뻐했다. 뒤쪽 일주문에서도 탄성 소리가 들려왔다. 하지만, 이내 불덩이들이 또 날아왔다. 훨씬 가까워졌다. 박훈 선생과 신이 다시 큰센바람과 쇠돌고래를 쐈다. 또 한 번 펑 하고 불꽃놀이가 벌어졌는데, 저 밑에서 놈들이 달려들고 있었다.

"신아, 조심!" 장현이 외쳤다.

옆에 서 있던 장현이 방어막을 펴자, 불덩이 하나가 곧장 날아왔다. 퍽 소리와 함께 밀쳐지는 장현을 붙잡았다.

"얘들아. 뒤로 피해!" 박훈 선생이 외쳤다.

이때, 신의 편 전투원들이 소리를 지르며 뛰어 내려왔다. 그들과 교차해서 일주문에 다다르니 이진과 마법사들이 서 있었다.

"신아. 고생했어."

이진이 등을 토닥였다. "이제 어른들이 맡을 테니, 위로 올라가. 어서!"

진지해진 표정의 이진을 보고 덩달아 긴장이 됐다. 아이들과 함께 산 위로 향했다. 뒤를 돌아보니 일주문 바로 앞에서 끔찍한 전투가 벌어졌다. 수십 명의 어른들이 서로 눈에 불을 켜고 싸우고 있었다. 몽둥이를 휘둘렀고, 마법을 써서 사람들을 날렸다. 어디선가 갑자기 나타난 황색 여우 한 마리가 적을 휘감듯 달려들었다. 처음 마주하는 참혹함에 다리가 후들거렸다. 그저 산 위를 오르는 수밖에. 신은 장현과 서로 부축해서 산을 올랐다. 거인이 그려진 금강문 계단에 고등부 선배들이 모여서 아래를 지켜보고 있었다. 이들도 싸울 준비를 마쳤다. 필요하다면 당장이라도 뛰어 내려갈 기세다.

"수고했어. 얘들아."

계단 자리를 양보해 줬다.

"고마워요. 형들."

"고맙습니다."

신은 철퍼덕 주저앉았다. 50미터 아래 나무숲에서 연기가 피어올랐고, 거칠게 싸우고 있었다. 이진이 마법사들을 보호하며 마력 덩어리를 던졌다. 신은 이진과 선생들이 다칠까 봐 불안했다. 주민들이 혹시 잘못될까 봐 걱정했다. 안타까움에 발만 동동 구르고 있었다. 이때, 갑자기 등 뒤에서 쩍쩍하고 나무 갈라지는 소리가 들렸다. 계단에 몰려 있다가 그 소리에 놀라 너 나 할 것 없이 밑으로 뛰어내렸다. 모두 멀찍이 떨어져서 금강문을 살폈다. 안에서 뚝뚝 나무 부러지는 소리가 점점 커지더니 쿵 쿵 소리가 울려 퍼졌다.

"어어…. 저거 뭐야?"

"억!"

십수 명 아이들이 동시에 소리를 질렀다. 누구는 선 채로 입을 다물지 못했다. 털퍼덕 주저앉아 어어 소리만 연발했다. 신과 친구들도 겁에 질려 땅바닥에 납작 엎드렸다. 손도 까딱거릴 수 없었다. 금강역사 상이 살아서 움직였다. 분명히 문 안쪽에 놓여 있었는데 어느새 그림 앞 계단에 서 있었다. 상반신을 그대로 드러내고, 파랗고 붉은 옷을 각각 허리에 둘렀다. 머리에 환한 빛을 두르고, 손에 짧은 금색 무기를 하나씩 들었다. 무서운 얼굴로 한참 동안 아래를 노려보는데, 쏘아대는 안광이 흡사 호랑이 같다고 생각했다. 신은 자신과 친구들을 볼까 봐 포복하듯 옆으로 기었다.

퉁! 퉁!

순간 거인들이 하늘로 뛰어 올랐다.

"우악!" 다 같이 소리를 질렀다.

모두의 눈이 약속이나 한 듯 날아가는 거인들을 쫓았다.

쿵. 쿵.

50미터 아래까지 한걸음에 뛰어내렸다. 신은 얼른 일어나 계단 위로 올랐다. 밑을 보던 신은 또다시 주저앉았다. 일주문에서 거인들이 적들을 찢었다. 잘못 쓴 반성문을 찢어 버리듯, 미련 없이.

31

"정말 수고들 했네." 총감독이 말했다.

총감독은 사무실 책상에서 이진 위원, 김현 군감과 마주 앉았다. 이번 네즈미야 기습에 관한 작전 수행 결과를 보고 받았다. 자신을 대신해서 작전을 주도한 이진과 김현에게 고마움을 표했다. 특히 김현은 잠입 수사를 통해서 네즈미야의 침입뿐 아니라 신에 대한 납치 계획도 미리 알려주어서 공이 컸다.

"사명감 하난 진짜 대단해요." 이진이 들뜬 얼굴로 말했다. "더 알아낼 게 있다고 자꾸 고집을 부려서, 이번엔 아예 복귀 명령을 내렸다니까요. 마을 어귀에서 주민들과 함께 적 후발대를 막아냈고요."

"아닙니다. 당연히 해야 할 일인데, 칭찬해 주셔서 몸 둘 바를 모르겠습니다."

"거긴 얼마나 있었나?" 총감독이 물었다.

"모두 넉 달입니다."

"적들과 꽤 긴 기간을 함께하느라 고생이 많았네. 그래, 그들 본거지는 어떻든가. 큰 어려움은 없었고?"

김현의 조사대로 해매 출신 마법사들이 본거지로 삼고 있는 박별 도감 휘하의 어느 군감을 말했다.

"평소엔 괜찮습니다. 그런데 해매나 일본에 관한 일이면 사람들이 돌변해요. 너무 맹목적이어서 전혀 우리 사람이 아니고 해매인이라 해야 할까요. 이쪽저쪽 구분 못 하는 어린애 같기도 하고요. 당혹스러워서 더 무섭습니다." 김현 군감이 말했다.

총감독은 익히 알고 있는 느낌이었다. 변절한 마법사 중에는 배신한다는 뚜렷한 자각을 가진 자도 많았으니, 마법사건 아니건 매한가지다. 이들은 조국이 해준 게 뭐냐고 따졌고, 일본이 아니었다면 어리석은 나라가 발전했겠냐고 되물었다. 도와주는 일본에 충성하는 게 왜 나쁘냐며. 마법사들은 조국이 신영으로, 일본이 해매로 바뀌었을 뿐이다. 이런 뻔뻔한 자의식을 마주하면, 보통은 말문이 막히게 마련이다. 총감독은 차라리 어쩔 수 없었다고, 반성하고 뉘우치는 자들이 백번 낫겠다고 생각했다.

이런 막막한 자들이 친일파란 이름으로 우리 사회의 기득권층으로 성장했으니, 대부분 배울 만큼 배웠고 돈푼깨나 있었다. 청산하지 못한 일제의 잔재, 우리 사회의 가장 어둡고 어지러운 부분이라고 총감독은 느꼈다. 이들은 일반 국민에 비해 높은 영향력으로 끊임없이 해악을 끼쳤다. 자신과 선조의 반역 행위를 포장하는 논리를 만들고 아무렇지 않게 퍼트렸다. 가진 자와 없는 자, 진보와 보수, 영남과 호남, 남과 여, 소수와 다수…. 우리 사회의 약한 고리를 물어뜯어서 분열을 조장했다. 그중 어느 한쪽, 아니면 그 틈새에서 자신들의 왕국을 만들었다. 그곳에서 끊임없이 충성을 다하고 대가를 챙겼다. 변절한 마법사도 그랬다. 해매에서 배운 주술로 일반 국민을 저주하고 그 대가를 상납했다. 의뢰자들을 협박해서 목숨을 위협하고 재산을 빼앗았고, 신영 마법사회 회원이라는 가면을 쓰고 나름 잔뼈도 굵다. 마법사회의 암적인 존재, 조직을 곪게 만드는 염증이라고 총감독은 받아들였다. 무엇보다도 이들은 모든 배후에 일본 제국주의 추종자와 흑마법사가 있음을 교묘히 숨겼으니, 더없이 가증스러웠다.

총감독은 다짐했다. 자신은 이들을 친일파라 거창하게 부르지 않겠다고. 일제가 뿌리내려서 우리 산과 들의 생태계를 한때 휘저은, 이제는 생명력이 다해서 사라져 가는 나무라 하겠다고. 그는 바랐다. 친일파들도 그 나무처럼 자연스럽게 사라지리라. 일본 제국주의 추종자들과 흑마법사들이 다시 뿌리내리지 못하게 하리라. 일렁이는 가슴으로 깊이 외쳤다. 우리 국민들의, 우리 마법사들의 의식 수준이 그만큼 자라났다고. 그래서 자신은 그들을 아까시라 하겠다고 단언했다.

"… 아주 돈에 환장해요. 보수는 그렇게나 많은데, 어디에 갖다 쓰는지…."

사색에 잠긴 동안 김현이 계속 얘기하고 있었다. 총감독은 다시 봐도 아주 잘생긴 청년이라고 생각했다. 갸름한 턱선과 아담한 입, 큰 눈망울과 긴 코…. 어디선가 본 듯한 느낌이었다.

붙잡힌 네즈미야는 감찰원 지하에 가뒀고 심문을 앞두고 있었다. 함께 붙잡은 자들은 경찰에 넘겼다. 특수 폭행, 폭행 치상과 폭행 치사, 재물 손괴와 주거침입…. 다양한 혐의로 처벌하겠지. 네즈미야를 포함해서 모두 서른 명이다. 후발대는 마을 어귀에서 짧은 교전 후에 얼마 안 가서 도주했다. 일주문 결계로 죽은 자들과 마을에서 발견된 주검 넷을 합하면, 적 일곱을 사살했다. 모두 박별 도감의 부하들인데, 재신임 투표 때 새로 가입한 자들이었다. 총감독은 해매 흑마법사에게 충성했다고 해도 우리 국민인 게 뼈 아팠다. 게다가 자신의 거취 문제 때 들어온 자들이어서 더 자책했다.

신영 측 피해도 컸다. 마을 주민 세 명이 숨졌고, 십여 명이 다쳤다. 가옥 세 채와 비닐하우스 한 동이 모두 불에 탔고, 마을 회관 집기 등 재물 피해도 있었다. 산불은 다행히 초기에 꺼서 큰 피해 없이 막아냈다. 적들이 주로 저주 주술과 불 마법을 쓰는 상황에서 나름 잘 막아냈다고 위안을 삼았지만, 그럴수록 안타까운 희생에 마음이 더 무거웠다.

"그동안 타지에서 고생 많았으니, 며칠 쉬는 게 어떻소?" 총감독이 물었다.

"아닙니다, 총감독님. 언제 마루야마가 쳐들어올지 모르고요."

"그나저나 네즈미야는 어떻게 하시겠어요?" 이진이 물었다.

"내 직접 심문할 테니, 마음 쓰지 말게. 도움이 필요하면 부탁함세."

"그러시겠어요?"

"위원님, 진급도 하셨는데 한 턱…."
"뭐요? 하하하…."
 김현 군감과 이진 위원이 가벼운 대화를 주고받는데, 총감독은 줄곧 네즈미야를 생각했다. 이들 목소리가 점점 줄어들었다.

 네즈미야가 철제 책상을 앞에 두고 망연자실한 표정으로 앉아 있다. 고개를 숙였고 초점 없는 눈이 책상 위를 향했다. 양손에 따로 수갑을 채워서 책상 위에 고정했다. 총감독은 네즈미야의 맞은편에 앉아서 이자의 손가락을 보고 있었다. 양손 검지와 중지를 부러뜨려 저주 주술 인계를 맺지 못하게 만들었다. 뽑아 버릴지 고민했는데, 자백을 끌어내는 패로 쓰니까 참았다. 꽤 고통스러울 텐데도 작은 움직임조차 없었다.
 서른둘. 네즈미야가 죽인 우리 국민 수다. 강민 군감 친형 가족, 윤결 대행과 경비원, 박연 반원, 모텔 투숙객과 내홍리 주민까지. 신영에서 파악한 열다섯 건보다 두 배가 넘었다. 이자가 경찰 용의선상에 있던 살인사건 열 건에다가 미제 사건까지 모두 기억하고 있었다. 마치 경찰 조서를 미리 읽어 본 듯이 미주알고주알 사건 현장과 주검을 묘사했다. 피해자가 많을수록 자신에게 불리하리란 생각도 없었다. 사건들이 과거 한때를 자랑스럽게 추억하는 이정표라도 되는 양, 주저리주저리 털어놓는 모습이 총감독은 참기 힘들었다. 그러던 자가 내홍리 사건을 얘기할 즈음부터 저 모양이다. 가관이었다.
 "뭣 때문에 그렇게 풀이 죽었는가?" 침묵을 깨고 총감독이 물었다.

대답하지 않는다.

"일주문인가? 사찰을 기증받은 나도 그게 작동하는 줄 처음 알았으니…. 당한 입장에선 꿈에 나올지 무섭겠지, 안 그런가?"

네즈미야의 눈이 순간 번뜩였다.

"오호, 여우를 보고 놀랐나?" 총감독은 못 본 척 이것저것 던졌다.

"…."

"아니면 저주 주술이 아무 소용 없어선가?"

"…."

"도망간 후발대 때문에?"

고개를 흔들었다. 듣기 싫다는 듯이.

"그것도 아니면, 자랑해 마지않는 병법이 막혀서 그런가?"

턱.

수갑 줄을 세게 잡아당겼다. 이글거리는 눈을 쏘아붙인다.

"그럼, 뭣 때문인가? 얘기해 보게."

"인완신…." 드디어 네즈미야가 입을 뗐다.

"어? 무어라 했나?"

"인왕신." 한 글자씩 또박또박 말했다. "그게 왜 여기 있지? 그게 왜 우릴 공격하는 거지? 그건 우리가 모시는 신들과 같은 존잰데. 우리 소원을 이뤄주는 신이라고!"

"허 참! 금강역사 말인가? 예끼, 이 쳐죽일 놈아. 부처님을 너희만 믿느냐? 그 보살님이 네놈들만 지켜야 한다는 법이 있느냐? 살심을 품고 사찰 부지로 뛰어든 악귀 같은 놈이 억지를 부려도 분수가 있지."

"아니야! 아니라고. 그럴 리 없어!"

고개를 세차게 흔들고 턱턱 수갑을 당겨 책상을 짧게 내려쳤다. "으음! …."

손가락에 통증이 몰려왔는지 이를 악물고 부들부들 떨었다.

"애당초 저주 조복이 신들에게 빌어서 소원을 이뤄 주는 게야? 그저 네놈들의 사악한 마음이 작동한 짓일 테지. 대체 어느 신이 그런 사악한 소원을 들어주겠는가?"

"아니야…." 네즈미야가 나지막이 중얼거렸다.

"어떤가. 내 고통 없이 죽여주지. 어차피 와가타가 가만두겠는가? 아니면 결심이 설 때까지 여기서 조용히 지낼 수 있게 해 주지. 어떤가?"

네즈미야가 미간을 한껏 찌푸리고 쳐다봤다. 그러다가 씩 웃었다.

"내가 여기서 죽는다고? 흐흐…." 고개를 젖히고 음흉하게 웃었다. "그래. 들어나 보지. 무슨 수작을 부리는지 말이야. 흐흐흐."

"뭐 묻는 말에 대답 좀 해 주면 될세. 내 개인적인 궁금증이 생겨서 말이네."

네즈미야가 고개를 숙였다. 웃음은 그쳤지만, 입가가 치켜 올라갔다.

"그러면 내 묻지. 도대체 네놈들이 우리를 못살게 구는 이유가 무엔가?"

"하, 질문 참!"

어이없다는 듯 콧바람을 짧게 내뿜었다.

"내 짐작하는 바가 있지만 대답해 보게. 허심탄회하게 말을 이어가야 하지 않겠나?"

네즈미야가 표정에서 무엇을 확인하려는지 눈을 크게 뜨고 쳐다봤다. 총감독은 그 눈길을 피하지 않았다. 무슨 말이든 좋다고.

"약하니까." 별것 아니란 듯 툭 내뱉었다.

총감독은 아무 말없이 계속하라며 손바닥을 짧게 들어 보였다.

"사자가 하이에나 새끼를 죽이는 데 무슨 이유가 있겠어. 어? 그게 커서 먹이를 가로챌까 봐서잖아. 표범이 멧돼지 새끼를 물고 그 어미를 유인해서 죽이는 건? 교활해서? 아니지. 새끼로는 성에 차지 않아서지. 거기에 무슨 거찬한 이유가 있어야 해? 그저 약자의 숙명이라고. 받아들여. 그럼 편하잖아. 지진은 무너지는 집을 걱전해 주지 않아."

"흠." 총감독이 고개를 끄덕였다. "그건 나는 짐승입니다 하고 스스로 인정하는 꼴 아닌가? 와가타한테 들은 얘기 말고, 한국에서 이십 년 넘게 살아온 입장에서 얘기를 해보게. 이쯤 되면 반 한국인이잖은가."

"바카야로(바보)! 누가 한국인이야?"

"왜? 고향 음식보다 겉절이랑 국밥을 더 좋아하면 한국인이지."

"닥쳐! 누가 그래? 아…. 여편네를 구워삶았나 본데. 내 솔직히 얘기하지. 네놈들 개돼지들을 훈육하는 데 이유는 무슨…, 어?"

흥분해선지 씩씩대며 숨을 내쉬었다.

"하긴 네놈이 무슨 생각이란 걸 하겠나. 생각은 와가타가 하겠지. 뭐 특별히 기대는 안 했지만 아쉽구먼. 아쉬워."

총감독이 펼쳐둔 조사 자료를 덮었다. "내 생각을 말해 줄까? 너희는 두려운 거야. 우리가 더 뛰어날까 봐, 더 잘살까 봐, 더 큰 영향력을 미칠까 봐, 더 큰 세력을 가질까 봐, 더 행복할까 봐. 아니야? 너희의 그 초라해진 체면을 감추기 위해서 노심초사하는 거지. 암!"

"허, 노만든 늙은이가 드디어 미쳤구만. 개소리를 지껄이는 거 보니."

"알아 달라는 말 아니니까 괜찮네. 그런데 다음 질문은 틀려. 잘 생각하고 답하시게."

"흥!"

고개를 돌려 하얀 벽을 응시했다.

"아이는 왜 그렇게 못 죽여서 안달인가? 네놈이 직접 나선 적만 두 번이야. 뭐 소용없었겠지만, 살도 날렸을 테지. 아닌가? 이유가 도대체 뭐야?"

"개돼지 새끼니까. 뭐 특별히 이유가 있겠어?"

당황한 듯 얼굴이 붉어졌다.

"아니지. 잘 생각해 보게."

"흥."

"그 손가락 뽑을까 하는데…." 조용히 꾸짖듯 말했다. "평생 저주는 꿈도 못 꾸게 말이야."

"웃기지 마!"

네즈미야가 손과 몸을 뒤로 슬슬 뺐다. 턱턱. 수갑이 책상에 고정된 고리를 쳐 댔다. 총감독이 일어서서 그자의 부러진 손을 움켜쥐었다.

"우악…! 그만 해!" 네즈미야가 외쳤다.

"잘 생각하라 했잖은가." 손에 힘을 더 준다.

"으악! 악…."

고통에 몸부림치며 발로 책상 밑을 턱턱 걷어찼다. 총감독은 혼자서는 참는 듯해도, 조금만 건드리면 금세 바닥을 드러내는 인내심이 가소롭게 느껴졌다. 이자를 죽여 숨진 제자와 직원의 원한을 풀 수만 있다면 좋으련만. 총감독은 흑홍색 두루마기를 입은 까만 안경테 소년이 자신을 내려다보는 것 같았다.

"그만 해! 제발. 얘기할게. 얘기한다고!"

총감독이 손을 놓았다.

"아아…."

네즈미야가 신음을 내며 수갑 찬 양손을 내려다봤다. 눈물범벅이다.

"잘 생각했어. 내 보상을 하지."

총감독이 책상에 달린 버튼을 누르고 스피커에 대고 말했다. "어, 날세. 그것 좀 갖다 주게."

잠시 후 직원이 쟁반에 물건을 들고 와서 놓고 나갔다. 책상 위에 작은 아이스크림 컵이 하나 있다. 네즈미야의 눈이 순간 반짝였다.

"자네가 그렇게 좋아한다고 들었네. 녹차 아이스크림. 신제품이지. 솔직히 흑마법사에 살인을 밥 먹듯 하는 자가 아이스크림이 웬 말인가. 허허. 자, 더 녹기 전에 얘기해 보게."

네즈미야가 어깻죽지로 눈물을 훔쳤다. 책상에 닿을 듯 숙여보지만 제대로 닦을 수 없었다. 그런 상태로 아이스크림을 한동안 응시했다.

네즈미야가 아이스크림을 먹는다. 엄지와 약지로 스푼을 쥐려다 화들짝거리며 떨어뜨렸다. 쥐는 법을 바꿔 보지만 소용없었다. 그냥 머리를 박고 핥았다. 갑자기 얼굴이 붉게 물들고 눈빛이 초롱초롱해졌다. 실실 웃더니 가쁜 숨을 몰아쉬었다. 입을 벌리고 나른한 표정을 지었다. 놀라운 모습이다. 총감독은 흔한 아이스크림 하나에 세상 전부를 얻은 듯 구는 이자가 안쓰럽기까지 했다. 말없이 자료를 다시 폈다. 이때, 출입문이 슬쩍 열렸다.

"억!" 총감독이 자신도 모르게 신음을 토해 냈다.

왼쪽 옆구리를 뜨거운 무언가가 밀고 들어왔다. 놀라서 올려다보니 성마른 얼굴이 두 눈을 부릅떴다. 강민이 칼을 틀어쥐고 있었다. '이자가 왜? 어떻게?' 총감독은 순간 멍해졌다. 정신을 차리고 왼손으로 강민의 목을 움켜쥐었다.

"죽어!" 강민이 외쳤다.

목을 비틀어 총감독의 손을 떨쳐 냈다. 이윽고, 복부로 쉴 새 없이 통증이 몰려들었다. 갑작스러운 공격 탓인지 총감독은 온몸에서 힘이 속절없이 빠졌다. 털썩 주저앉았다. 의자가 내동댕이쳐졌다. 눈앞이 아득해졌고 숨이 가빴다.

"다 당신 때문이야. 날 이렇게 내몬 당신 탓이야. 어?"

강민이 다가서며 칼을 아래로 바꿔 쥐었다. 쉼 없이 내려찍었다. 사방으로 끈적임이 번졌다.

"헉, 으헉… 왜…."

총감독은 믿을 수 없었다. 야심이 컸지만, 뛰어난 실력과 자신감으로 늘 반짝이던 제자다. 잘못을 반성하고 다시 털고 일어서길 바랐는데, 총감독은 그저 안쓰럽다. 상처 입은 자존감이 이리도 날카로운 칼로 돌아오는가. 정녕 사악한 꼬임에 빠져 돌아오지 못할 길을 가는가. 기어이 께름칙한 과거에 잡아먹히고 마는가. 안타까움에 참담한 상황을 받아들일 수 없었다.

"지금 이따위 걸 먹을 땝니까?"

강민이 책상 위 아이스크림 컵을 내팽개쳤다.

"앙? 내 거! 내…."

네즈미야가 울부짖었다. 고통도 잊었는지 손바닥으로 책상을 탕탕 내려쳤다. 머리를 세차게 흔들며 책상을 걷어찼다.

"이런 제길. 정신 차려!"

짝. 강민이 소리치며 네즈미야의 뺨을 갈겼다. 네즈미야의 고함도 사라져서 순식간에 정적이 감돌았다. 총감독은 문밖을 의식해 보지만 아무 소리도 들리지 않았다. '제발 ….'

"이런 건 나가서 배 터지게 처먹고!"

강민이 바닥에 떨어진 컵을 냅다 걷어찼다.

"으아…."

네즈미야가 이를 갈며 부르르 떨었다.

"아, 안 돼. 멈… 추게." 총감독이 손을 들어 나지막이 강민에게 말했다.

강민이 무시하고 수갑을 풀었다.

"끌러!" 네즈미야가 강민에게 말했다. "음으…."

네즈미야가 강민이 건넨 넥타이로 오른손 검지와 중지를 감싸 묶었다. 고통에 몸부림치면서도 멈추지 않았다. 오히려 고통의 크기만큼 환희에 젖어 괴기스러운 웃음을 띠었다. 고개를 이리저리 까닥거리며 한쪽 눈을 쉴 새 없이 깜빡였다. 그러더니 강민의 칼을 빼앗아 총감독에게 다가왔다.

"내가 여기서 죽는다고? 내가?"

네즈미야의 눈이 희번덕거렸다. "내가 한국인이라고? 엉? 웃기지 마! 난 고귀한 존재야. 난 와가타 선샌님 제자라고. 엉? 네까짓 게 알긴 해? 너희 한국인 마법사 놈들 씨를 말려주마. 크크…."

가슴과 배, 허벅지에서 퍽퍽 소리가 울려 퍼졌다. 아무 소리도 낼 수가 없었다. 흥분한 이자의 시뻘건 얼굴이 눈앞에 스쳤다.

"익? 음… 크크…." 네즈미야가 갑자기 알 수 없는 소리를 냈다. "내 아이스크림을…. 응? 으하하…."

정신없이 웃어 댔다. 갑자기 뚝 그치더니 벌떡 일어섰다.

"린표토샤카이진레츠…."

넥타이를 묶은 손을 들어 휘저으며 외쳤다.

"으-으악!"

총감독이 소리쳤다. 시커먼 연기가 총감독의 온몸을 휘감았다. 축 처졌던 몸이 딱딱하게 굳어 왔다. 머리로 사악한 기운이 치밀어 올랐다. 도저히 참을 수 없었다. '안 돼! 아직은 아냐. 안 돼, 지금은. 살아야…' 이들이 문으로 향했다.

"이보게, 민이…." 마지막 힘을 쥐어짜 불렀다. "기, 기어코 가, 가려는가? 안 될세."

"흥! 내가 가는 게 아니라, 당신이 민 거야. 알아?"

강민이 되돌아와 말했다.

"어럴럴럴 불잉걸[89]야."

막대를 꺼내 외쳤다. 그에게서 불덩어리가 뿜어져 나왔다.

"으악! 으아…!" 총감독이 단말마의 비명을 질렀다.

불길이 거세지며 의식까지 타들어 갔다.

쾅!

문이 열리고 이진이 들어왔다. 놀라 소리를 지르는데 총감독에겐 들리지 않았다. 하지만, 안쓰러운 눈망울이 모든 걸 말해주고 있었으니.

'아…, 아이야. 미안하구나. 아이야….' 의식이 어둠 속에서 헤맸다. '오 나의 조국, 우리나라여! 안녕히….' 이때, 총감독에게 수만의 목소리가 목놓아 부르는 엄숙하고 장엄한 노래[90]가 들려왔다.

…

우리우리 배달나라에
우리우리 조상들이라
그네 가슴 끓던 피가 우리 핏줄에
좔좔좔 곁치며 돈다

*

 서른 명 정도의 상두꾼이 상여를 메고 산 아래로 향했다. 신영 마법사회와 신흥 마법 학교를 거쳐 유가족 마을로 내려간다. 이들의 하얀 고의적삼이 파란 천막과 울긋불긋한 상여를 돋보이게 했다. 강렬한 색깔 대비로 슬픔이 더욱 또렷해졌는데, 구슬픈 상엿소리가 가슴을 후벼팠다. 새하얀 한복을 입고, 이진이 상두꾼 뒤를 따르고 있다.
 딸랑딸랑 딸랑딸랑.
 방울 소리가 초겨울 날씨만큼 처연했다.
 "북망산천이 머다더니 내 집 앞이 북망일세." 선두에서 앞소리꾼이 외쳤다.
 "어어 호 어어어 호오 에야 영차 에어호." 상두꾼이 떼로 받았다.
 딸랑딸랑 딸랑딸랑.
 상두꾼 다리만 보고 터덜터덜 걸었다.
 강민. 그자가 이 사단을 벌였다. 김건 도감을 살해하고 근무지 무단이탈도 모자라서, 본부 감찰원까지 침입했다. 아무런 제지 없이 총감독에게 위해를 가하고 네즈미야를 탈옥시켜서 도망쳤다. 신영 동료들의 기대와 믿음은 헌신짝처럼 내던졌다. 흑마법사에 빌붙어서 혼자 살겠다고 바둥대는 꼴이 이진은 기가 찼다. 못된 꿍꿍이에 번번이 당하고 마니, 울화통이 터졌다. 가슴이 미어졌다. 황망했다.

딸랑딸랑 딸랑딸랑.

"이제 가면 언제 오나 오실 날이나 일러 주오."

"너허너허 너화너 너이가지 넘자 너화너."

이진의 뒤로 하얗고 빨간 만장을 들고 마법사회 직원들이 뒤를 따랐다. 하얀 고의적삼에 감색 두루마기를 걸쳤다. 만장이 바람에 나부끼며 상여 위 파란 천막과 함께 펄럭였다. 누구의 울음인가. 너 나 할 것 없이 한목소리다. 스승이자 직장 상사이며, 가족이었다. 아니 이들의 여린 마음을 떠받친 굳건한 기둥이었다. 이별이 슬픔만큼 구성진 눈물이 흘렀다. 선두에 영정 사진을 받쳐 든 신은 상여에 가려 보이지 않았다. 이진은 체념했다. 그저 쓸쓸한 방울 소리에 맞춰 터벅터벅 걸을 수밖에.

딸랑딸랑 딸랑딸랑.

"너화 넘자."

"너화 넘자."

가파른 길을 내려간다.

32

이진이 신영 마법사회 감찰원 사무실에서 보고를 받고 있다. 부하 직원의 연락을 받고 임혁 방첩팀장이 찾아왔다.

"위원님! 헉헉…. 놈이 왔습니다!" 서둘러 왔는지 가쁜 숨을 몰아쉬었다.

"어디죠?"

"후…. P 시입니다. 이동 방향을 보면 박별 도감에게 가고 있습니다."

"드디어 놈들이 모이는 군요." 이진이 말했다. "인원은요?"

"그게…. 혼자입니다."

"혼자요?" 이진이 놀라 자리에서 벌떡 일어났다.

마루야마가 왔다. 공항을 나와서 택시로 이동하고 있다. 와가타와 만난 지 넉 달 만이다. 약속한 기간이긴 했지만, 총감독이 없으니 딱 적당한 때로 여겼겠지. 신영에서 탈출한 네즈미야와 강민도 그곳에 있었다. 추적 요원들에 따르면, 둘은 도와주는 누구라도 몸을 맡겼던지 전국 방방곡곡을 헤매더니 두 주 만에 박별 도감 측에 모습을 드러냈다. 그때 이후, 지부와 모든 연락이 끊겼다. 전화, 내부 전산망뿐 아니라 순간 이동마저 차단했다. 단순히 숨겨주는 데 그치지 않고, 힘껏 보호하고 정보가 새 나가지 않도록 막고 있었다. 그들의 행동으로 보건대, 마루야마까지 합류했으니 곧 공격해 올 게 분명했다.

"그래도 혼자 올 리가 없을 텐데…." 이진이 읊조렸다.

본부 공격 의뢰를 받은 자가 혼자 왔다. 아무리 경찰이 유가족 마을에서 붙잡은 지부 마법사들을 풀어줬다고 해도, 국내 세력만으로는 쉽사리 공격해 오지 못할 터. 신규 회원들을 모두 투입해도 본부 인원과 엇비슷한 수준이다. 더군다나 마법 실력도 본부가 더 뛰어난 걸 그들도 잘 알고 있었다. 그런데도, 이리 대담하게 굴었으니 지원군이 있을 게 뻔했다. 적들이 이미 입국해 있거나 곧 뒤따라온다는 뜻이었다.

"임 팀장."

"네!"

"한 달, 아니 넉 달 내로 일본에서 입국한 사람들을 전부 조사해 주세요." 이진이 말했다.

"알겠습니다."

"이들이 곧 움직일 테니, 지부 감시도 잊지 말고요. 알았죠?"

"물론입니다."

임 팀장이 결의에 찬 표정으로 고개를 끄덕였다.

해매와 철매 흑마법사, 국내 추종 세력과 지부 마법사들까지. 적들, 적인지 아닌지 모호한 자들과 겉으로만 우리 편인이들이 모였다. 악어들이 모였다.

책상 위 핸드폰이 떨고 있다. 오후 열한 시. 이진은 사무실 책상 위에 엎드려 자고 있었다. 좀 전까지 감찰반원들의 보고가 이어졌고, 그때마다 작전 회의를 거듭했다. 자연스레 퇴근도 미루고, 잠시 짬을 내어 쉬었다. 이진은 몸을 일으켜서 핸드폰을 확인했다. 박별 도감이다. 짧은 눈썹에 코만 삐쭉 나온 기다란 얼굴이 떠올랐다. '이자가 왜?' 기분이 상했다. 액정 화면을 오른쪽으로 밀었다.

"여보세요? 이진 위원?"

"네. 무슨 일이죠?" 이진이 퉁명스럽게 받았다.

"마지막 기회를 드리고 싶어서 연락했습니다."

가증스러운 얼굴로 웃고 있는 듯했다.

"마지막 기회요?"

"그렇습니다. 총감독도 안 계신데, 혼자 너무 애쓰지 마십시오."

목소리 톤이 마치 연기하듯이 높낮이가 극적이다. 이자가 약 올리는 게 분명했다. 이진은 기가 찼다.

"본부, 저에게 넘기십시오. 내가 이 위원 자리는 보장하겠습니다."

"흥! 내가 자리에 목매는 사람처럼 보였나요?"

"당장 전쟁 준비를 멈추고 항복하십시오. 내가 총감독에 앉으면 아끼는 팀원도 몇 명 보호해 주겠습니다."

"왜, 그들이 총감독 자리를 약속하던가요? 제가 아닌데요, 자리에 목매는 사람? 어차피 해매 놈들 꼭두각시놀음이나 할 텐데요. 쫓아내지 않으면, 언제까지고 그놈들에게 휘둘릴 게 뻔한 데도요?"

"그들은 강합니다. 강력한 적이 노리는 상황에서 신영에 앞날이 있습니까? 지금이 아니라도 언제든 점령당할 게 뻔합니다. 전쟁이 나면 일반 국민들까지 피해를 볼 수밖에 없습니다. 그러니, 맞서 봐야 무슨 이득이 있습니까? 어차피 질 거라면 미리 협력해서 내 자리를 보장받는 게 당연합니다. 그게 나와 주변 사람들, 나가서 국민들에게도 좋다고 생각하지 않습니까?"

"아니요! 그렇게 생각하지 않는데요. 이건 뭐 완전 매국노 심보잖아요?"

"매국노? 하, 이 고얀 것을 봤나. 그동안 정을 봐서 좋게 좋게 봐 주려 했더니, 분수를…."

"닥쳐!" 이진이 소리쳤다. "정? 웃기지 마! 신영 마법사의 긍지는 눈곱만큼도 없으면서 총감독? 하, 놀부 같은 늙은이가 욕심만 그득해서…."

"이런 쳐죽일 년이…. 내 반드시 죽여주지. 목 씻고 기다려!"

"흥! 누가 겁낼 줄 알고?"

통화를 끝낸 이진이 씩씩거렸다. 멀리 떨어진 부하직원들이 고양된 목소리에 놀라 쳐다봤다. 이진과 눈을 마주치자, 눈길을 거두고 바삐 움직였다.

쿵! 이진이 책상을 내리쳤다. '올 테면 오라지. 매국노들 같으니….'

*

 마법 수련을 마치고, 신은 감 반 건물에서 나와 성재학교로 향했다. 저녁 시간도 되기 전에 벌써 해가 졌는데, 시커먼 하늘에서 진눈깨비가 내렸다. 반가운 첫눈이 땅에 닿자마자 녹아내렸다. 가로등에 비칠 때는 눈인가 싶었는데 비였던 모양이라고 아쉬워했다. 신은 교장 선생의 죽음이 더없이 안타깝다. 왜 마음처럼 오래 함께 할 수 없는 걸까. 왜 아무 예고 없이 들이닥치고, 왜 아무 준비 없이 당하고 마는지. 남은 추억은 왜 이렇게 반짝이고, 왜 이다지도 쓸쓸한 것일지 묻고 또 물었다. 사잇길 위로 교장 선생이 지내던 한옥이 보였다. 불 꺼진 그곳에도 비가 내렸다. 우산도 없어서 빨리 가야 했는데, 신은 다시 뒤로 돌았다. 어느새 이왕 선생 사무실 앞에 있었다. 이 방만 어둡다.

 '선생님은 알고 계실까?'

 첫 이별이자 첫 만남이다. 소중한 사람을 잃는 첫 시련이고, 죽음과의 첫 대면이었다. 신은 모르겠다. 하루 종일 머리를 떠나지 않는 그리움이 괜찮은지. 가슴을 답답하게 만드는 슬픔도 괜찮은지. 그러면서 밥을 먹고, 공부를 하고, 수련도 하고. 친구들과 웃고 떠드는 자신은 정말로 괜찮은지 걱정했다. 누군가에게 묻고 싶다. 털어놓고 싶다. 와락 달려들어 울고 싶다. 그리고 나면 말해 줬으면 좋겠다 싶었다. '괜찮아, 그래도 돼. 잘못이 아니야, 원래 그런 거야.' 하고 누군가 말해 주기를 바랐다.

창호 문을 살짝 당겨 문을 열었다. 휑한 방 안으로 가로등에 비친 그림자가 신보다 먼저 들어갔다. 스위치를 켜 보았다. 방 안에 아무도 없다. 아무것도 없었다. 덩그러니 놓인 책상과 가죽 의자가 전부다. 신은 사라진 그림자를 대신해 들어왔다. 빈 방인데도 따듯했다. 책상은 먼지 하나 없이 깨끗했다. 누군가 매일 닦고 있는 듯 반짝였다. 신은 의자를 빼서 자리에 앉아보고 싶었다. 그곳에 앉아 하염없이 기다리고 싶었다. 그럼, 얘기를 들어주러 오겠지. 그럼 볼 수 있겠지. 그럼 물어볼 수 있겠지. 왜 그런 거냐고, 왜 이런 거냐고. 열린 문으로 밖에 내리는 비를 쳐다봤다. 처마 밑으로 물이 투두둑 떨어지고, 바닥 돌에 튀겼다. 계속 보고 있다. 그러면 제대로 된 첫눈으로 바뀔지도 모른다고. 신은 그런 기분이 들었다.

누군가 우산을 쓰고 오고 있었다.

"도둑이냐?" 우산이 말했다. "주인도 없는 방에서 뭐 해?"

퉁명스러운 목소리다. 우산을 거두니 큰 코와 짙은 눈썹이 말했다. 강준이다. 강준이 돌아왔다. 우산을 접고 처마 밑으로 뛰어들었다. 신은 유령인가 싶다. 꿈인가 싶다. 드디어 헛것이 보이는구나 싶었다.

"뭐 하냐니깐?"

신은 궁금했다. 먼저 다가와서 말건 적이 있었나. 대답을 기다려주던 때는. 왜 저러고 서 있지. 마지막으로 싸운 일을 잊었나. 두 달이나 사라졌던 사실은. 이제 괜찮은 걸까. 부모하곤 화해했나. 나쁘고 끔찍한 일은 잘 해결했나. 왜 저리 쌀쌀맞은데도 전과 같지 않지. 왜 걱정해 주는 느낌인지 모르겠다.

"어? 어…. 그냥 선생님 기다려." 신이 눈을 비볐다. "언제 온 거야? 아주 온 거야? 괜찮은 거야?"

"당연하지. 인마! 이거나 받아."

강준이 까만 몽둥이 같은 것을 던졌다. 바로 앞으로 떨어지는데, 허리 아래에서 받느라 앞으로 주춤거렸다. 발을 따라 온몸으로 퍼지는 충격이, 손을 타고 오르는 몽둥이의 감촉이 신을 깨웠다. 꿈이 아니야. 진짜로 돌아왔다. 신은 검은색 접이우산을 들고 있었다.

"나 간다."

강준이 뒤돌아서 우산을 폈다. 망설임 없이 걸어갔다.

"야! 같이 가." 신이 말했다.

불을 끄고, 문을 닫고, 우산을 폈다. 강준을 향해 쫓아갔다. 어느새 우산 밑으로 함박눈이 날렸다. 스륵 스륵 스르륵.

학과 수업이 없는 토요일 오전. 신은 평소보다 여유를 부리다가 열두 시가 넘어서야 장현과 함께 점심을 먹으러 기숙사를 나왔다. 성재학교 식당으로 내려갔는데, 막 밥을 먹고 고등부 선배들이 우르르 몰려나왔다. 외부 활동에도 무예 반과 마법 반이 함께 다니는 경우는 좀처럼 드문데, 긴 행렬이 이상하다고 생각했다. 게다가 백여 명이 넘는 고등부 전원이 모인 듯, 인솔 교사를 따라 일사불란하게 움직이고 있었다. 마법 학교 사잇길로 열을 맞춰 이동했다. 마법 반은 수련복에 흑홍색 두루마기를, 무예 반도 같은 색 패딩을 입고 있었다. 복장까지 맞춘 걸 보니, 무슨 일인가 더욱 궁금했다.

"어딜 저렇게 가는 거지?" 신이 물었다.

"글쎄…."

식당에 다다를 즈음, 감 반 3학년 임명 일행이 나왔다.

"명이 형! 고등부 선배들, 어디 가는 거예요?"

"너 몰라? 잠깐 와 봐."

임명이 호들갑을 떨며 문 옆으로 잡아 끌었다. 신과 장현은 서로를 마주 보고 궁금함을 표현했지만, 알 길이 없었다.

"큰일 났어. 흑마법사들이 마법사회 본부로 쳐들어온대."

"네?"

"흑마법사요?" 장현이 물었다.

"어, 그래."

"지난번 마을에 쳐들어왔던 그놈들요?" 신이 물었다.

"그렇다니까. 그리고 일본에서도 흑마법사가 한 명 왔다는데, 엄청 위험한 놈이래."

"고등부 선배들이 그렇게 위험한 놈들하고 싸우러 가요? 왜요?" 장현이다.

"아니. 고등부 선배들은 안 싸우고, 시민들이 말려들지 않도록 보호하기 위해서 가나 봐."

"네…." 장현이 가슴을 쓸어내리며 안도했다.

교장 선생을 죽인 놈들이 또 쳐들어왔다. 신은 마법사회에 있는 이진을 걱정했다. 더군다나 부하들을 이끌고 직접 전쟁을 한다고 생각하니 불안했다. 안절부절못하고 있을 때, 학생들 사이로 중등부 선배 몇 명이 식당에서 나왔다. 임명이 한껏 목소리를 낮추고, 더 가까이 끌어당겼다.

"게다가 마법사회 지부에 있는 우리 마법사들까지 거기에 가세했다나 봐. 말이 되니? 참 나!"

"예? 우리나라 마법사들이요?"

"어. 미친 거 아냐, 그치?"

"언제 쳐들어온대요?" 신이 물었다.

"지금 지부에서 올라오고 있대. 오후쯤이면 쳐들어온다고, 미리 올라가서 준비하려나 봐."

"우리는요?" 장현이다.

"야, 척하면 몰라? '중등부는 너무 어려서 안 돼!'지."

"그런 게 어딨어요? 우리도 싸울 수 있어요." 신이 말했다.

지난 전투에서도 활약했고, 충분히 싸울 수 있다. 그렇지 않더라도 고등부 선배처럼 시민들을 도울 수 있었다.

"그럼, 뭐 해. 위험하다고 학교 밖으로는 한 발짝도 못 나가게 하는데."

"네? 그런 얘기 못 들었는데요."

"식당에 선생님들이 돌아다니셔."

식당 문을 가리켰다. "기숙사로도 이미 연락이 갔을 테고. 야! 너희들, 괜한 생각 말고 기숙사에서 보자. 알았지? 간다."

임명이 기숙사로 향했다. 신은 생각했다. 밥을 먹을 때가 아니었다. 어찌 됐든 신영으로 가서 도와야 했다. 이진에게 전화라도 해야겠다고 마음먹은 순간, 장현과 눈이 마주쳤다.

"왜?" 장현이 물었다.

눈을 크게 뜨고 혹시나 하는 느낌이다.

"야, 우리도 가자."

"어? 어…딜?"

"신영."

"진짜? 우리 둘이?" 장현이 걱정스러운 눈으로 되물었다.

"아니. 우리 팀이."

강준도 왔고, 둘은 불안하지만 다섯은 할 수 있다고 신은 생각했다.

"휴… 그치?" 그제야 안심한 듯이 물었다. "근데 애들이 어디 있는 줄 알고, 기숙사로 다시 갔다가는 못 나올 것 같은데?"

"너는 식당에 들어가 보고, 기숙사 창문으로 뭐라도 던져 봐. 난 정은이 집에 가서 불러 올게."

신은 마을로 향했다.

"알았어. 근데 밥은?"

"안 먹어!"

신이 뒤를 돌아보며 손을 흔들었다. 장현이 식당 앞에서 어쩔 줄 모르고 서 있었다.

"두 시. 건 반 앞에서!"

장현이 양손으로 동그라미를 그리고 식당으로 들어갔다. 신이 마을로 뛰어가는데 건 반 건물 뒤로 무지갯빛이 하늘로 치솟았다. 사라졌다가 다시 번쩍였다. 선배들이 가고 있었다. 서둘러야 했다.

33

 더없이 청명한 초겨울 하늘에 시커먼 연기가 쑥쑥 치솟더니 어느새 하늘을 뒤덮었다. 하늘이 파란색을 되찾지 못하게 거센소리들이 연기를 쳐올리려 공중을 치받고 있었다. 끝없이 이어지는 폭발음과 충돌음, 시민들의 비명과 울부짖음, 안타까움을 압도하는 괴이한 음성과 포효가 정신을 흔들어 댔다. 이진은 세종대로 사거리 옆에서 망연자실한 듯 귀를 가리고 주저앉았다. 하지만, 이윽고 눈에 들어온 참상. 여기저기 놓인 시신들과 핏자국, 자동차 사고와 화재 현장들, 그리고 빌딩에 옮겨붙은 불과 뛰어내리는 사람들…. 이진은 무릎과 손을 땅에 대고 엎어져 눈에 보이는 참상을 거부했다. 그 땅을 이진의 눈물이 하염없이 적셨다. 흡! 피 냄새. 코끝에서부터 머리를 꿰뚫은 역한 신호가 구역질을 부르고 온몸을 부들부들 떨게 했다. 눈물을 적신 땅 위로 토사물이 욱욱 쏟아졌다. 이진은 정신을 차릴 수 없었다. 무엇보다 이진을 괴롭힌 것은 울림이다. 마물이 쿵쿵대며 땅을 울려대는 진동. 마치 흉측한 그것이 자기 심장 고동을 따라 뛰는 듯한 끔찍한 착각을 불러일으켰다. 눈을 감아도, 귀를 막아도, 소리를 질러도 꺾이지 않고 쫓아왔다. 피에 물든 빨간 그림자처럼. 이진은 엉엉 소리 내 통곡했다. 어찌해야 좋을지 모르겠다. 이 애달픔을, 이 슬픔을, 이 억울함을….

눈물이 앞을 가려서 아무것도 보이지 않았다. 닦아낼 엄두도 못 내는 찰나, 이진의 앞에 뭉개지듯 보이는 물체가 있다. 자세히 보니, 아들의 것과 크기가 비슷한 운동화 한 짝. 피에 젖어 널브러진 그것이 이진을 깨웠다. 눈물을 훔치고 광장을 둘러보았다. 여기저기 널린 시체와 불더미가 다시 보였고, 도망친 시민들의 유류품이 그제야 눈에 들었다. 액정이 깨져서 버려진 듯 놓인 휴대전화, 짝을 잃은 운동화와 구두, 피 묻은 모자와 겉옷들, 휠체어와 유모차…. 처참히 우그러져 패대기쳐진 유모차를 보자 이진은 끓어오르는 분노를 느꼈다. 엉엉 우는 울음을 그치고 으으, 하는 신음으로 바뀌었다. 이를 악물어 저절로 내는 분노의 표현이었다. 더 이상 참화는 이진을 무너뜨릴 수 없었다.

애초 충분히 대책을 세웠다고 생각했다. 그러나 전쟁은 전혀 다른 양상으로 펼쳐졌다. 생각지 못한 끔찍한 방식으로, 피할 새도 없이 닥쳐왔다. 광화문 광장에서 행사와 집회 중인 시민들을 보호하며, 마법사회 본관도 지킬 수 있으리라 기대했다. 본부 방어는 집행원과 의사원 직원들이, 시민 보호는 감찰원 직원과 유가족 마을 주민들이 맡았다. 시민들 대피는 마법 학교와 성재학교 고등부 학생들이 돕도록 했다. 하지만 적들의 잔혹함은 예상을 아득히 웃돌았다. 인원 부족으로 충분히 펼치지 못한 방어 전력을 비웃기라도 하듯 마구잡이로 공격해 댔다. 광화문 앞 사직로 도로에서, 광화문 광장에서, 세종대로에서, 그리고 신영 본부에서 적들이 한꺼번에 들이닥쳤다. 본부 쪽에서 시커먼 연기가 치솟았다. 펑펑 불덩이가 터지는 소리가 귀를 때렸다.

광화문 광장에 모래 폭풍이 불어왔다. 세종대왕 동상 근처에 있던 청소년들이 모래 폭풍에 놀라 뛰어다녔고, 얽혀서 넘어져서 뜻하지 않게 사람들을 밟았다. 이들의 일그러진 얼굴에, 치솟는 신음에, 목 놓은 울음에 절망이 있었다. 이진은 억장이 무너졌다. 그저 좋아하는 어느 게임 페스티벌에 참여했을 뿐인데, 수천의 아이들이 망연자실 헤매고 있었다. 이들을 돕기 위해서 감찰 반원들과 성재학교 무예 반 학생들이 뛰어들었다. 지하철과 건물 대피소 방향으로 안내하고, 엉켜 구르는 사람들을 일으켜 세웠다. 이때, 모래 폭풍 속에서 강령술로 소환한 해골들이 튀어나왔다. 일본 무사 복장도, 일제 강점기 일본군 복장도 있었다. 일본도와 총검을 질질 끌며 달려들었다. 수를 헤아릴 수조차 없는데, 아이들은 이것들을 보지 못했다. 대피소로 안내하던 감찰 반원과 무예 반 학생들이 반격했다. 모래 폭풍은 그칠 줄을 몰랐고, 그 속에서 끝없이 해골들이 튀어나왔다.

광화문 앞 사직로 양방향에서 진입하던 자동차들이 공격을 받았다. 시민들이 불을 피해 뛰어다녔고, 미처 피하지 못한 사람들이 도로 위에 엎어졌다. 이들의 비명과 미처 떼지 못한 자동차 경적이 요란하게 울려 퍼졌다. 불타 버린 차들에서 검은 연기가 치솟고 순식간에 아수라장이다. 사직공원 방향도, 안국역 방향도, 횡단보도 앞에 신호 대기하거나 안내선을 따라 좌회전하던 차들도. 신철 규찰 팀장이 보고한 바에 따르면, 오니 가면을 쓴 무리가 닥치는 대로 불덩이를 쐈다고 한다. 이들을 막기 위해서 내홍리 주민들이 맞대응했으니, 차들은 점점 몰려들어 길게 정체했고 양측에서 주고받는 마법 탄으로 인해 불길이 점점 거세졌다.

김현 군감은 해골들이 처음 나타난 곳이 세종대로 인근 청계천 상류라 했다. 분수대에서 나온 해골들이 시민들을 막무가내로 베고 찔렀다. 세종로 사거리에서 시작된 모래 폭풍을 타고 광화문 광장 전체로 해골들이 퍼져 나갔다. 김현 군감 지휘로 대기하고 있던 감찰원 정예들이 막아섰다. 마법 반 학생들도 시민 대피를 위해서 방어막을 폈다. 가장 많은 시민이 밀집할 장소로 예상했기에, 최대한 많은 인원을 배치했었다. 길 건너 'ㅎ' 빌딩 앞에서 수천 명의 사람들이 팔레스타인 연대 집회에 참여했기 때문이다. 전쟁을 반대하며 평화를 부르짖던 외국인들이, 이들을 돕기 위해 모인 시민들이 흑마법사 침공에 휘말렸다. 끊임없이 해골들이 튀어나오고 있다는데, 이진은 멀어서 볼 수 없었다. 그래서 더욱 마음이 쓰였지만, 부하직원들과 학생들을 믿는 수밖에 어쩔 도리가 없었다.

이진은 세종문화회관 앞에서 이순신 동상 쪽으로 뛰었다. 광화문역 지하 출입구에 다다를 즈음, 계단으로 시민들이 피신하고 있었다. 악악 하며 소리는 질렀지만, 무사한 모습이 너무 기뻤다. 이때, 출입구 왼쪽 위 광장 울타리가 부서지며 해골들이 바닥으로 쏟아졌다. 충격으로 처음에는 산산이 부서지더니, 차차 쌓여서 아무렇지 않게 일어서고 떨어지는 해골에 다시 깔렸다. 하지만 이내 뼈 무더기가 울타리까지 쌓였고 해골들이 역으로 밀어닥쳤다.

"어루 에두르기야 어허루 에두르기야 어허루 목담[91]이로구나."

이진이 주문을 외웠다. 지하철역 출입구에서 계단까지 사선으로 마력 담을 쌓았다.

"고맙습니다." 남자 시민이다.

"악! 저게 뭐예요?" 교복 입은 학생이 놀라 소리쳤다.

"일단 피하세요. 빨리요!"

이진이 마력 담 앞에서 지하철역으로 시민들을 안내했다. 시민들은 담도, 해골도 볼 수 없었지만, 거센 모래바람과 그것에 찢겨 나가는 사람들을 보고 위험하다는 것을 곧바로 알아챘다. 계단을 통해 광장으로 다시 올라섰다. 이순신 장군 동상 뒤에서 한 무속인이 굿을 하고 있었다. 어디서 났는지 금줄도 쳤는데, 이들 주변으로 수백 명이 몰려들었다. 무릎을 꿇고 빌며 납작 엎드렸다. 살풀이 굿을 하는지 알 수 없었지만, 다행히 해골들은 접근하지 못했다. 동상 옆으로 지나치는데, 무속인을 살피던 이진은 소스라치게 놀랐다. 친숙한 쪽진 흰머리와 하얀 한복이다.

'엄마?'

모친이 무구를 들고 장구와 바라 소리에 맞춰서 무무를 추고 있었다. 이진은 굿판 옆으로 다가가 큰 소리로 불렀다.

"엄마! 거기서 뭐 해요?"

"뭐 하긴. 이것들을 막아야지."

"아니, 서울 왜 왔냐고요?"

"아는 당골래가 큰 굿판이 있다고 해서 왔는데, 아니 시민들한테 살을 날리려고 하잖아. 그래서 빠져나왔는데, 해골이 지천이잖니. 어떡해. 사람들이 죽어 나가는데 보고만 있어?"

"언제까지 그러고 있으려고? 그만하고 피해요!"

"상관 말고 네 갈 길 가. 알아서 할 거니깐."

모친이 다시 굿 속으로 빠져드는데, 무구를 흔들며 몰입해 있는 모습에 이진은 답답함에 할 말을 잃었다.

"어허루 목담이로구나."

주문을 읊어 금줄 밖으로 마력 담을 쌓았다. "금줄 뚫리면 지하철역으로 피해요. 알았죠?"

모친도 악기를 치는 사람도 대답이 없었다.

동상을 지나쳐서 뛰었다. 더 많은 시민을 구해야 했다. 광장에서 사람들이 지하철역으로, 주변 빌딩 안으로 몸을 피하고 있었다. 많은 이들이 칼에 베여 쓰러졌지만, 이들을 돕는 용감한 시민들이 있었다. 이진은 계속해서 주문을 읊었다. 시민들을 공격하는 해골들을 막고 그것들을 부쉈다. 여러 사람의 노력으로 해골 숫자도 눈에 띄게 줄었다.

이진은 가슴을 쓸어내리며 해골들이 출현했다던 세종대로 사거리로 향했다. 하지만 이내 다리가 후들거렸다. 'ㄷ' 빌딩

옆길 한가운데에 사다리차가 높이 서 있었다. 그곳에서 커다란 불덩이를 쐈다. 광장 옆 도로와 교차로에 있는 차들로, 광장에서 피신하던 사람들에게로. 옆 빌딩의 낮은 층으로 화염방사기를 쏘아 댔다. 눈에 띄는 모든 것이 불타고 여기저기 사람들이 쓰러졌다. 다시 모래바람이 일면서 해골들이 또 나타나자, 이진은 어쩔 수 없는 두려움에 휩싸였다. 이가 덜덜 떨렸지만, 입을 악 다물고 걸음을 뗐다.

"아이고머니나! 맙소사…." 이진이 놀라 입을 틀어막으며 말했다.

그것은 사다리차가 아니다. 그만큼 커다란 두꺼비가 화염을 내뿜었다. 깔보듯 내려보는 무심한 눈알이, 모든 걸 집어삼키려 길게 찢어진 주둥이가 잔혹하게도 도시를 짓밟았다. 얼룩덜룩하고 울퉁불퉁한 마물의 등껍질 위에 사람이 하나 올라타 있었다. 짙은 눈썹과 까만 얼굴, 마루야마다. 그자가 다리뼈 같은 막대기를 휘젓고 있었는데, 거기에서 시커먼 연기가 하염없이 뿜어져 나왔다. 곧 두꺼비가 밟고 있는 도로에도 타르가 콸콸 솟구쳤다. 이진은 순간 해매 신사에서 본 추악한 모습이 떠올랐다. 머리 셋 달린 사나운 개가, 수백 명을 씹어대던 반 인간 형상의 잔혹함이 겹쳐 보였다. 이진은 엉겁결에 뒷걸음질 쳤으니, 피할 엄두조차 나지 않았다. 길 건너편을 노려보는 마루야마의 눈길을 허망하게 쫓을 뿐. 그곳에 마법사회 직원들과 마법 반 학생들이 방어막을 치고 힘겹게 맞서고 있었다. 물로 된 큰 쇠돌고래가 튀어 올랐다. 트르륵 획 획….하지만 이내 두꺼비가 쏟아낸 불길로 인해 사라졌다. 셀 수 없이 공격이 이어졌지만, 번번이 수증기로 날아갔다. 이진은 털썩 주저앉았다.

34

"훌륭합니다. 훌륭해." 네즈미야가 한껏 고조된 목소리로 말했다.

"당연히 해야 할 일인데요. 호호…." 나란히 서 있던 여자가 아양을 떨며 큰 소리로 웃었다.

"스읍."

강민이 짧게 숨을 들이마셔 여자에게 주의를 주었다. 여자가 놀라 뒷걸음질치고는 강민 뒤로 다소곳이 숨었다.

"괜찮습니다. 괜찮아요. 그나저나 부인분 씨명이?"

"솔입니다, 선생님. 주솔." 여자가 모기만 한 소리로 말했다.

고개를 푹 숙이고 있지만, 여자 입가에도 웃음이 서려 있었다.

"뭐 대단치 않습니다." 강민이 여자를 꾸짖듯 눈을 흘기고는 말했다.

"아니에요. 아주 큰 공을 세웠어요. 훌륭합니다. 하하하…."

여자가 결계와 방어막을 부쉈다. 네즈미야는 칭찬할 만하다고, 보호 수단 없는 이곳은 이제 그냥 단층짜리 건물 더미일 뿐이라고 여겼다. 신영 마법사회의 동쪽 출입문 앞에서 불타는 행각을 바라봤다. 나무문과 창호 문이 불이 붙은 채 떨어졌고, 처마에서도 연기가 뿜어져 나왔다. 출입문 앞에 청룡 돌상은 두 동강이 나 있었다. 부러진 청룡 머리를 오른발을 들어 짓이기자, 네즈미야는 한없이 상쾌한 기분을 느꼈고 참을 수 없는 웃음이 터져 나왔다. 곧 무너져 내릴 성싶은 처마 밑을 지나쳤다.

"공격!"

"우와!"

대기하던 부하들이 소리를 지르며 뛰어갔다. 해매 출신 마법사들이다. 함께 마법 학교를 공격했던 두 도총감뿐 아니라, 각 지방에서 불러 모았다. 출입문 네 곳에서 동시에 쳐들어가기로 했다. 서른 명 정도가 네즈미야 앞쪽 건물 안으로 뛰어들었다. 앞질러 간 자들이 불덩이를 쏘고 보이는 족족 저주 주술을 걸었다. 의사원 건물이라는 곳이 불타올랐다. 숨어 있던 이곳 마법사들이 복도 각을 뚫고 나와 마당 위를 굴렀다. 시커메진 얼굴에 고통이 서렸는데, 네즈미야는 자신도 모르게 자꾸 웃음이 났다. 건물이 마른 장작처럼 탁탁 잘도 타올라서 기분이 좋다 못해 점점 소름이 돋을 지경이었다.

"건물은 웬만하면 불태우지 마시죠. 부탁합니다." 강민이 언짢은 듯 말했다.

"왜요. 다시 지으면 되잖소? 더 화려하게 말입니다."

"전 이대로도 좋습니다."

"그래요? 그럼, 부하들에게 전하세요."

"고맙습니다." 강민이 말했다.

뒤따르던 여자에게 고갯짓했다. 여자가 꾸뻑 인사를 하고는 부하들을 쫓아 뛰었다.

'흐흐…. 과연 뜻대로 할지 모르겠소.'

네즈미야는 호전적인 부하들이 여자의 말을 들을지 궁금했다. 불태워도 좋고, 아니어도 상관없다. 눈엣가시 같은 총감독도 없고, 그저 돌상을 밟듯 짓이기면 그만이라고 생각했다.

"하하하…. 이 건만 잘 끝내면 난 본국으로 돌아가고, 단신은 여기 촌감독이 되고. 서로에게 이보다 좋을 수 없군요. 안 그렇소?"

"박별이나 오헌 도감들은 어쩌고요?" 강민이 물었다.

"크크…. 얼굴 팔릴까 봐 가면이나 쓰는 자들을 말이오? 이 내가 그딴 자들에게 이곳을 넘길 것 같습니까? 걱정 마세요. 하하하…."

시종일관 무표정한 얼굴을 하는 강민의 어깨를 두드렸다. 친형 죽음을 알고도 충성을 다하다니 이 자도 참 대단한 자라고, 참으로 권력이란 좋다고 네즈미야는 감탄했다.

"어떻소? 와가타 선샌님께서는 참으로 위대한 분이지 않소?"

"네?"

"저길 보시오."

네즈미야가 하늘을 가리켰다. 광장 쪽 곳곳에서 연기가 뿜어져 나와 하늘을 뒤덮었다. 광장 일대가 해가 진 듯 온통 꺼

많다. 삽시간 만에 도시가 쑥대밭이 됐다. 참으로 아름다운 풍경이었다.

"선샌님의 위대한 능력 중 편린 하나를 얻었을 뿐인데, 저리도 큰일을 쉽게 해내다니 말입니다."

"강령술 말씀입니까?"

"그래요. 몇십 명도 안 되는 제자들과 한국인 깡패들을 데리고 뭘 하려나 싶었거든요. 솔직히…. 하하하. 훌륭해요. 훌륭해!"

짝짝짝…. 네즈미야는 자신도 모르게 손뼉을 쳤다. 너무나도 손쉽게 이겼다. 어린아이 손목 비틀 듯하는 산뜻한 가벼움과 그런 연약함을 짓밟는 잔혹한 쾌감이 동시에 찾아왔다. 불이 잦아드는 의사원을 끼고 본관으로 향했다. 총감독이 근무했다는 곳이다. 마당 여기저기 형편없는 나무 방벽들이 놓였고, 중앙 누각 터 마법진이 부서져 있었다.

"그래도 예전 근무지는 말끔하군요. 맘에 드시오?" 좌측에 있는 감찰원 건물을 가리키며 말했다.

"네. 고맙습니다." 강민이 고개를 숙였다.

본관 앞에도 시답잖은 나무 방벽이 두 열로 늘어서 있었다. 어느새 다른 출입구를 통해 들어온 부하들도 합류해서 네즈미야 뒤를 에워쌌다. 그들이 다 정리했고, 이제 본관 하나 남았다. 마당 이곳저곳에 시체투성이다. 이때, 광장 쪽에서 엄청난 폭발음이 펑펑하고 들렸다.

"허허, 좀 살살하지. 마루야마 저 사람도 참 잔인하군요." 네즈미야가 말했다.

강민이 본관을 앞두고 긴장한 얼굴로 고개를 끄덕였다. 이때, 광장에서 뿌에엑 휘-익 하는 짜증스러운 고주파 소리가 들렸다. 그러고는 다시 폭발음이 이어졌다.

쿠쿠 쿵.

네즈미야는 광장 쪽을 바라봤다. 갑자기 폭발 소리가 달라졌고, 고주파 소리가 신경을 거슬렸다. 불길한 소리다.

35

 너무 서둘렀던 탓일까. 늦게 다다랐기에, 광장 여기저기 쓰러져 있는 주검들을 보고는 주체할 수 없는 슬픔과 분노가— 무엇보다 미안함과 조급함이 찾아들었다. 신영 본부까지 순간이동을 할 수 없어서, 신은 가까운 도총감을 통해 오느라 시간을 지체했다. 팀장이란 자각도 없이 신은 순간 이성을 잃었다. 앞뒤 상황을 살필 여유도, 함께 온 팀원과의 연계도 생각할 수 없었다. 그저 칼 든 해골들을 향해, 거대한 마물을 향해 마법을 마구 쐈다. 하지만 닿지 않았다. 그 막막함과 무력함에 빠져, 악을 정화한다는 이왕 선생의 말도 믿을 수 없었다. 신은 지금 고등부 선배들이 쳐 놓은 방어막 뒤에서 양 무릎과 손바닥을 땅에 대고 가쁜 숨을 몰아쉬었다. 마력이 소진된 탓일까, 땀이 비 오듯 했다. 왜 이렇게 무기력한지 신은 너무 안타깝다.
 "으아…." 깊은 탄성이 입에서 쏟아져 나왔다.
 펑펑. 마물이 쏟아내는 불덩이가 주위를 불사르고 있다. 이

대로 무너질 순 없다는 끈기로 신은 안간힘을 쏟아내며 일어섰다. 주문을 외우려 마력을 끌어모았는데, 순간 눈앞이 캄캄해졌다. 신이 현기증으로 비틀거리자, 정은이 붙들어 세웠다.

"그만해, 신아. 제발!"

"아니, 계속 해야 해."

뿌리치려고 했지만, 팔을 들 힘도 없었다. 신과는 달리, 팀원들은 고군분투했다. 강준이 불 마법을 쏘고, 장현은 고등부 선배들과 함께 방어막을 쳤다. 서율과 정은은 방어막 주변으로 몰려드는 해골들을 부서뜨렸다. 모두 사력을 다하고 있었다. 신은 자신도 좀 더 힘을 내야 한다고 다짐했다. 그러나 기진맥진한 몸을 가눌 수 없어서 정은에게 자꾸 기댔으니, 이윽고 등에 고개를 묻고 서럽게 울었다.

"신아, 가자."

정은이 부축했다. "사람들이 다 대피했어. 우리도 몸을 숨겨서 힘을 보충해야 해."

신은 말없이 정은의 어깨에 손을 둘렀다. 장현이 와서 거들었다. 6번 출입구가 멀어지며, 시민들을 따라 대피소로 이동하는 고등부 선배들이 보였다.

푸악 쿵.

사거리에 있던 마물이 껑충 뛰어올라 광장에 내려앉았다. 본부로 향하고 있었다. 신과 팀원들은 사거리 반대 방향으로 뛰었다. 서율이 앞장서서 해골들을 정리했고, 강준이 불을 쏴서 지원했다. 사거리를 어느 정도 벗어나 교회 앞 계단에 걸터앉았다. 교회 건물이 굴곡진 곡선으로 조형미를 뽐내고 있었다. 광장에서 한 블록 떨어져서 그런지 불에 탄 흔적은 없었다. 정은이 생수병을 꺼내 신의 머리에 부었다. 손으로 흐르는 물을 받아 얼굴을 닦고, 병을 받아 목을 축였다. 정은과 눈을 맞추고는 벌컥벌컥 비웠다. 신은 정신이 좀 드는 느낌이다.

"괜찮아?" 정은이 물었다.

"어. 고마워."

정말 괜찮은지 정은이 안쓰럽다는 눈빛으로 내려다봤다. 신은 말없이 웃어 보였다.

"본관으로 갈 텐데, 쫓아가자."

신이 위태롭게 흔들거리며 일어섰다.

"조금만 더 쉬자. 응?"

"괜찮아. 가자."

오던 길을 다시 돌아 호텔 사잇길로 접어들었다. 세종문화회관 뒷길이다. 서율이 선두에, 그 뒤로 장현과 강준이, 마지막으로 신과 정은이 뒤를 따라 인도를 걸었다. 광화문 1번 출입구가 보였다. 우측으로 지하 출입구를 고등부 선배 서너 명이 지키고 있었다. 그들과 인사하고 지나치려는데 누군가 신을 불렀다.

"신아! 김신!"

박현만이다. 어느새 굵어진 목소리다.

"야! 너 혼자 여기서 뭐 해? 빨리 피해!"

"신아, 어쩌면 좋아. 어? 흑흑…."

더 커진 덩치가 왜 그런지 자꾸 울기만 한다고 신은 의아했다. 정은 옆에서 떨어져서 계단 앞에 서 있는 박현만에게 다가

갔다. 무슨 일이 있는 게 틀림없다.

"왜 그래?"

"애들이랑 페스티벌 왔는데, 광장 옆 공원에서 놓쳐 버렸어. 사람들에 떠밀려서…. 모래바람에 시민들이 찢겨 나가는데 너무 무서워서, 그만 손을 놓쳤어. 애들 어떡해?"

"애들 누구? 다 같이 왔어?"

"신형이랑 정소연."

"신형이랑 정소연? 종혁이는?"

"안 왔어. 돌아가신 외할머니가 꿈에 나왔다고 엄마한테 붙들렸어."

"애들 놓친 데가 어딘데?" 신이 다급히 물었다.

"어. 공원 동상 앞에서."

"가까워. 내가 가 볼게."

서율이다. 어느새 옆에 다가와 있었다.

"나도 같이 가. 신이는 여기서 좀 쉬어." 강준이 말했다.

"같이 가야지. 너희들은 얼굴도 모르잖아."

"먼저 가서 살펴볼게. 넌 천천히 와."

서율이 말을 끝내자마자 내달렸다. 강준이 뒤를 따랐다.

"내가 가볼 테니까. 넌 빨리 대피소로 피해. 얼른!" 신이 박현만을 떠밀며 말했다.

덩치 큰 친구를 밀지는 못하고, 되려 자신이 퉁겨졌다. 신은 그만큼 힘에 부쳤다. 정은, 장현과 함께 공원으로 뛰었다. 세종문화회관 주차장 어귀에서 우회전하자, 왼쪽으로 공원이 보였다. 여기저기 사람들이 피를 흘리며 쓰러져 있었다. 신은 가슴이 덜컥 내려앉았다. 계속 두리번거리며 찾았는데, 불행 중 다행으로 남녀가 함께 있는 모습은 없었다. 신의 애타는 두 눈에 공원 끝 도로 옆에서 손 흔드는 강준이 보였다.

"신아! 저쪽이야."

장현이 가리켰다.

그리로 뛰었다. 사직로 큰길 한가운데 차들이 뒤엉켜 불타고 있었다. 여전히 불덩이가 날아다녔고, 치솟는 연기는 멈출 줄 몰랐다. 신은 저기에서 분투 중인 신흥리 주민들을 돕고 싶은데, 그럴 만한 여력이 없어서 한스럽다. 정부서울청사 사잇길로 방향을 틀었다. 바로 앞 도로 난간을 따라서 방어막이 높게 세워졌는데, 지하차도 들목에 해골들이 2차로를 꽉 메웠다. 차도 밑으로 대피한 사람들을 공격하러 내려가고 있었다. 신은 정소연과 주신형의 얼굴이 떠올랐다. 동그랗고 하얀, 그리고 단정하고 훤칠한 그들이.

"둥당에덩 둥당에덩 덩기둥당에 둥당에덩."

신이 주문을 외웠다. 모든 힘을 쏟아 쇠돌고래를 던졌다.

트르륵 휙 휙.

쾅.

들목을 막고 있는 해골들이 조각조각 부서져 내렸다. 서율과 강준이 뛰어들었다. 장현과 정은도 그리로 뛰었는데, 신은 그 자리에 주저앉았다. 숨이 너무 가빴다. 있는 힘 없는 힘을 쥐어짜서 일어섰다. 정은이 달려와 부축해서 그곳으로 향했다. 출입구에 강준이 서 있었는데, 고개를 저었다. 지하차도에 수백 명이 피신했고, 선배들이 출입구 앞을 지키고 있었다. 선배들도 쭈뼛거렸다.

"소연아! 신형아!"

"정소연! 주신형!" 신이 친구들을 애타게 찾았다.

"학생, 아-아니 선생님! 우리 애도 좀 찾아 줄 수 있어요? 아직 초등학생인데…."

"도, 도와주세요. 네?"

"여기요. 제 말도 좀…."

사람들이 앞다투어 도움을 청했고, 그렇지 않은 사람들은 안타까움에 웅성거렸다. 여기저기 다쳐서 상처를 움켜쥐고 힘겹게 고통을 삼키고 있었다. 친구들은 없었다. 신은 출입구 밖으로 터벅터벅 걸었다. 사람들을 더 돕고 싶지만, 신은 더 이상 힘이 없었다. 마지막 마력을 쏟아 친구들을 구하고 싶었는데, 이들의 모습은 보이지 않았다.

'제발, 무사해 줘!'

광장에서 쿵쿵 땅이 울렸다. 지진이라도 난 듯 진동이 퍼져 왔다. 부축을 받으며 광장으로 나갔는데, 마물이 이순신 장군 동상 근처에서 불을 뿜어 댔다. 공원 옆 인도에서 신은 철퍽 주저앉았다. 기력이 없어서 눈물조차 흐르지 않았다. 대신 깊은 한숨이 새어 나왔다. 고개를 깊숙이 숙였다.

신은 주차장 어귀 건물 벽에 기대어 앉았다. 쭉 펼친 다리를 누군가 작은 손으로 주물렀는데 마치 꿈을 꾸는 기분이었다. 차가운 감촉이 볼과 이마, 목과 머리에서 느껴졌다. 시원한 물을 한 모금 입안으로 넘겨줬다. 꿈에서 깨야지, 그만 일어나야지 하고 다짐했다. 하지만, 입으로는 미처 내뱉지 못할 만큼 기력이 없었다. 이때, 커다랗고 따뜻한 손이 어깨를 짚었다. 그 포근함에 기운이 솟으며 신은 정신이 들었다. 눈을 번쩍 떴다.

"선생님!" 신이 벌떡 일어나며 외쳤다.

이왕 선생이 인자한 얼굴로 마주 보고 있었다. 신은 품속으로 와락 안겼다. 하염없이 눈물이 흘렀다. 힘이 없다는 절망에, 선생이 주는 위안에 어깨가 들썩였다. 신의 머리를 토닥여 주는데, 가슴 속에서 애타는 울음이 터져 나왔다.

"선생님! 도와주세요. 친구들이…, 저 괴물을요." 급한 마음에 두서없는 말이 나왔다.

이왕 선생이 안쓰러운 얼굴로 고개를 저었다.

"신아, 네게 힘이 있단다. 네가 할 수 있어."

믿지 못할 얘기다. 악을 정화한다는 말처럼 허황한 말로 들렸다. 신이 고개를 세차게 흔들었다.

"아니에요. 전 있는 힘을 다 쏟아 냈어요. 선생님, 전 아무 힘도 없어요."

그래도 선생은 고개를 가로저었다.

"아니. 네가 가진 원래 힘을 다 쓴 거야. 내가 너에게 맡긴 힘은 아직 그대로란다."

'맡긴 힘? 무슨 말씀을 하시는 거지?'

의미를 확인하려고 선생의 눈을 똑바로 바라봤다. 하지만 알 길이 없었다.

"무, 무슨 힘이요? 전 진짜 아무 힘도 없어요, 선생님. 믿을 수 없는 말씀은 인제 그만 해 주세요. 전 친구들을 찾아야 해요. 내흥리 주민도, 시민들도 도와야 해요. 선생님! 제발요. 네? 흑흑….”

"나의 주인이신 그분의 권능, 대가 없이 주시는 은혜, 세상을 밝히는 축복. 그게 너에게 있어. 너를 치료할 때 내가 맡겨 두었다. 믿을 수 있겠니, 신아? 네 이름처럼?”

'권능? 은혜? 축복?'

혼란스럽다. 어지럽다. 답답했다.

"선생님, 무슨 말씀….”

순간, 머릿속을 가득 채우는 기억이 떠올라 신은 입을 다물었다. 선생이 건네준 까만 가죽 책, 책머리와 배, 그리고 밑을 붉게 칠한 그 책, 빨갛고 노란 가름끈이— 그 속에 담긴 얘기가 떠올랐다. 한 사람을, 한 가족을, 한 민족을 구원하는 역사가, 인류를 위해서 아들마저 내주는 사랑이— 주체할 수 없는 따뜻함이 밀려왔다. 감동의 물결이 신의 온 마음을 채우고 솟구쳤다.

"네! 선생님.”

신은 이왕 선생을 쳐다봤다. 그의 눈에 비친 자기에게서 확신에 찬 믿음이 보였다. 선생이 태양처럼 환해진 웃음으로 신의 양 어깻죽지를 움켜쥐었다. 북받치는 감동을 더없이 찬란한 눈빛으로 서로에게 전했다. 그가 머리에 손을 얹고 알 수 없는 말을 읊조리자, 머리에서부터 발끝까지 전율이 일면서 수많은 심상이 떠올랐다. 머나먼 우주, 무수한 은하수와 별들, 태양과 달과 지구, 우리나라에서 서울, 그리고 이곳 광화문으로 쑥 빨려 내려왔다. 신은 가슴이 너무 뜨거워서 억누를 수 없는 그 기쁨을 입 밖으로 쏟아냈다. 자신의 믿음을 고백하듯 입으로 시인했다[92]. 그 순간 몸이 번쩍 들리더니 온몸에서 찬란한 빛이 뿜어져 나왔다. 정신을 차려보니 이왕 선생의 손을 꼭 붙잡고 서 있었다.

푸악 쿵.

땅이 흔들려 이곳 상황을 말해 주었다. 마물이 다가와 사람들과 건물을 공격하고 있었다. 광장 세종대왕상 근처에 해골들이 다시 몰려들었다. 이왕 선생이 신의 등을 슬쩍 밀었다. 신은 광장으로 나섰다.

"신아?"

"괜찮아?"

친구들의 걱정스러운 목소리가 들렸다. 신은 웃음을 지으며 말없이 고개를 끄덕였다.

"둥당에덩 둥당에덩 덩기둥당에 둥당에덩."

신이 주문을 외웠다. 커다란 범고래 한 마리가 불쑥 머리 위로 솟구쳤다. 신은 계속해서 마력을 실었다. 선생이 했던 그때처럼. 투명하던 고래가 붉은빛으로, 녹색으로, 파란색에서 하얀색으로 변했다. 마법 막대를 휙 하고 저었다.

뿌에엑 휘-익.

범고래가 소리를 지르며, 해골들에 날아간다.

쿠쿠 쿵.

광장에 블록이 뜯겨 나가며 먼지가 일었다. 해골들이 전부 산산이 부서졌다. 필라멘트 끊긴 전구처럼 힘을 잃었고, 줄이 뜯어진 진주 목걸이처럼 무너져 내렸다. 결국에는 형체마저 사라졌다. 얼음이 녹아 물이 되고, 그 물이 다시 수증기가 되듯이.

36

 광장 상황이 궁금하지만 크게 걱정할 일은 없을 테지. 이곳을 정리하는 게 우선이다. 네즈미야는 돌 기단 위에 올려진 목조 건물 뒤편을 보면서 불에 참 잘 타겠다고 생각했다. 하지만, 금화와 유물이 있으니 직접 쳐들어가는 수고를 마다할 이유는 없었다.

 "돌격!" 네즈미야가 외쳤다.

 "우와!" 부하들이 함성을 질렀다.

 네즈미야와 함께 동쪽 문으로 들어온 부하들이 그곳으로 뛰었다. 나머지는 마당에서 경계를 서며 대기했다. 값나가는 물건이 있다는 걸 어떻게 알고서는 모두 기대에 찬 눈빛으로 돌변했다. 이따금 입맛을 다셨다. 부하들이 건물 중앙 계단과 들마루로 뛰어 올랐다. 초라한 창호 문이 열리려는 찰나, 파박 하는 큰 소리와 함께 문이 떨어져 나갔다.

 "우악!"

 "억."

부하들이 무엇에 맞았는지 나가떨어졌다. 돌 기단과 마루에서 떨어진 충격으로 정신을 못 차렸다.

"뭐야?" 네즈미야가 소리쳤다.

펑펑. 건물 안에서 마법사 십여 명이 문 떨어진 창에서 불덩이를 쏘았다.

"으-으악!"

쓰러진 부하들이 그것을 맞고 삽시간에 불타올라 나뒹굴었다.

"얼른 끌어내. 어서!" 부하들을 채근했다.

다른 팀이 뛰어갔다. 이들의 저주 주술로 마법사들이 픽픽 쓰러지며 건물 밖 마당으로 떨어졌다. 부하들이 더러 옷을 벗어서 동료에게 붙은 불을 껐다. 하지만, 이내 다시 불덩이가 날아왔다.

"으악!"

"살려줘!" 부하들이 데굴데굴 굴렀다.

2선도 타격을 받아 전열이 무너졌다. 네즈미야는 태우지 않으려고 불 공격을 마다하다가는 피해만 더 커지겠다고 느꼈다. 이대로는 언제까지 해야 할지 끝이 보이지 않았다.

"그냥 쏴버려!" 네즈미야가 소리쳤다.

부하들도 불덩이를 쏘며 대응했다. 적들이 건물 문과 처마에 불이 붙자, 물동이를 들고 불을 껐다.

"저놈들에게 주술을 걸어. 빨리!"

네즈미야가 대기하던 부하들을 집어던졌다. "촌 곤격해서 빨리 끝내란 말이야. 이 덜떨어진 놈들아!"

"하잇!" 부하들이 소리쳤다.

그때다.

"와-아!"

천둥 같은 함성이 울려 퍼졌다. 그리고 건물 처마 뒤편에서 마법사들이 나타나 본관 지붕을 가득 메웠다. 어디서 나타났는지 감찰원 지붕 위에서도 소리쳤다. 이들이 일제히 불덩이를 쐈다. 부하들이 정면과 측면에서 공격을 당해서 우왕좌왕했다.

"곤격! 쏴라, 이놈들아!"

적들보다 아래여서 불리했지만, 인원이 더 많았다. 충분히 승산이 있다고 네즈미야는 봤다. 양측에서 셀 수 없이 많은 불덩이가 오갔다. 지붕에서 적들이 굴러떨어졌고, 옷에 불붙은 부하들도 바닥을 굴렀다.

"린표토샤카이진레츠…."

네즈미야는 지붕 위 적들에게 저주술을 계속 날렸다. 하지만, 이내 공격 횟수보다 오히려 더 많은 부하가 쓰러진다고 느꼈다. 곧 전멸하리라는 두려움이 닥쳐왔다.

"제길…. 후퇴!" 네즈미야가 고민 끝에 소리쳤다.

혼비백산해서 마법과 주술을 날리던 부하들이 달아났다. 하지만 하찮게 여겼던 나무 방벽들에 가로막혀 걸려 넘어졌으니, 서로 밀치고 당기는 통에 불타는 방벽에 매달려 신음하는 사도 있었다. 치욕스럽다.

"빨리! 빨리!"

네즈미야가 부하들을 채근했다.

"우으 헉헉. 우우왕!"

이때, 오금을 저리게 만드는 엄청난 포효소리가 들렸다. 뒤를 돌아보니, 본관 지붕 가운데에서 커다란 덩치가 새하얗고 긴 옷을 걸치고 소리를 질렀다. 총감독이다. 귀신이다. 아니, 죽은 자가 살아 돌아왔다. 갑자기 심장이 쿵쾅거렸고 등골이 오싹했다. 분명한 공포의 감정이었다.

"아니, 저자가 어떻게? 왜 살아 있는 거야? 왜!" 네즈미야가 옆에서 넋을 잃고 서 있는 강민에게 소리쳤다. "저딴 놈 하나 똑바로 처리 못 해! 이 아무짝에도 쓸모없는 놈 같으니라고, 에잇!"

네즈미야가 강민의 뺨을 후려쳤다. 강민은 망연자실 땅을 짚고 일어서지 못했다. 네즈미야는 지긋지긋했다. 이 하찮은 한국인 때문에 일을 그르쳤다. 저자가 살아왔으니 와가타 선생에게 뭐라고 보고해야 하나 걱정이 앞섰다. 몸서리가 쳐졌다. 어떻게 마주하고, 어떤 고문을 받을지 아득해졌다. 분명 살아남지 못할 터. 화가 치밀어 견딜 수 없었다. 수세에 몰려 퇴각하는 이 상황도 모두 이자가 무능한 탓이라고 여겼다.

"칙쇼!" 네즈미야가 욕을 내뱉었다.

이자를 죽여 버려야겠다. 살려둘 수 없었다.

"아비라운켄소…."

마음이 급한 네즈미야는 검인을 맺으며 범용 주문을 외웠다.

"뭐, 뭐 하는 거야? 네즈미야!"

강민이 당황해서 엎어진 채로 발을 구르며 도망쳤다. 네즈미야가 검인을 맺은 손을 강민에게 향했다. 이윽고 윽윽 신음을 내며 땅바닥을 바둥거렸다.

"안 돼! 살려줘!" 여자가 네즈미야에게 달려들었다.

부하들이 여자를 넘어뜨리고 불을 쐈다. 여자가 고통에 몸부림쳤다. 강민은 이내 시커메진 얼굴로 뻣뻣하게 굳었다. 네즈미야는 더 지체하고 있을 수 없었다.

"퇴각! 빨리 움직여. 빨리!"

부하들을 떠밀었다. 백 명이 훌쩍 넘던 인원이 절반 넘게 줄었다. 마당에 쓰러져 있거나 불타고 있었다. 시야가 좁아지고 오직 살아야 한다는 절박함만 가득 찼다. 미친 듯이 진입했던 동쪽 문으로 뛰었다.

"이놈드-을!"

총감독, 저자가 소리쳤다. "내 돌려보낼 줄 아느냐? 이 버러지 같은 놈들아!"

네즈미야는 그 서늘한 위협에 심장이 오싹하고 오금이 저렸다. 하지만, 뒤를 돌아볼 엄두가 나지 않았다. 옆 뒤에서 일제히 공격해 왔지만, 반격할 겨를도 없었다. 오직 빨리 벗어나야 한다는 바람뿐이다. 기겁하며 달아나던 부하들이 갑자기 멈춰 섰다.

"뭐야! 죽고 싶어? 빨리 가란 말이야!"

부하들이 벌벌 떨었다. 철퍽 주저앉아 오줌을 싸는 놈들도 있었다. 순간 네즈미야도 얼어붙었다. 비가 온 적도 없는데, 공중에 무지개가 떠 있다. 그 위에 한국 도깨비 예닐곱이 시퍼런 불덩이를 손에 들고 흉측한 눈을 부라렸다.

신이 오다   547

"타스케테!"

뒤도 돌아보지 않고 혼자 뛰었다. 네즈미야는 쉴 새 없이 생각했다. 부하들은 중요하지 않다고. 잠깐만 멈칫해도 죽는다고. 뒤에서 비명이 울려 퍼졌다. 놈들이 비웃듯 환호성을 질렀다. 네즈미야는 주문처럼 중얼거렸다. 그래도 뛰어야 산다. 뒤돌아봐선 안 된다. 그러면 공포로 몸이 얼어붙어 버린다. 시뻘건 눈을 치켜뜨고 도깨비들이 뛰어올 게 분명하다. 살아야 한다. 인도다. 조금만 가면 된다. 조금만 더…. 네즈미야가 참을 수 없는 호기심에 뒤를 돌아봤다. 다행히 도깨비가 쫓아오지 않았다. 드디어 살길이 보였다. 버스 정류장이다. 살 수 있다. 살 수 있어. 계속 뛰어야 한다. 네즈미야는 숨이 턱까지 차올라 깔딱거렸다. 그래도 기뻤다. 살 수 있음에….

깍 깍.

갑자기 까마귀 소리가 들렸다. 머리 위로 날아와 빙글빙글 맴돌았다. 네즈미야는 손사래를 칠 생각도 들지 않았다. 하지만, 까마귀는 쉴 새 없이 울어 댔다. 정신없이 뛰는데 어깨가 뭐에 찔린 듯 극심한 통증이 몰려왔다.

"으헉!"

네즈미야가 멈춰 섰다. 까마귀가 시뻘건 눈으로 어깨 위에서 뚫어지게 쳐다보고 있었다. 순간 온몸에 참을 수 없는 통증이 몰려왔다. 팔다리에서부터 감촉이 없어져서 굳어 왔다.

"억…, 안 돼! 센세!"

가슴이 조여 왔다. 숨을 쉴 수가 없었다. '헉헉! 살아야 하는데….'

37

 마물이 도망간다. 광장에서 신영 마법사회 쪽으로 올라오다가 별안간 방향을 틀었다. 처음 나타난 쪽으로 펄떡펄떡 뛰었다.
 푸악 쿵.
 신은 팀원들과 마물을 쫓았다. 해골들이 사라진 광장 여기저기서 신영 마법사와 주술사들이 싸웠다. 불덩이와 주력이 오갔고, 더러는 맨몸으로 뒹굴었다. 길 건너 'ㄱ' 빌딩 앞에서 경찰이 폭력배로 보이는 남자들을 제압하고 있었다. 마물이 사거리 교차로에서 청계천 방향으로 뛰었다. 신은 순간 불안했다. 마물이 아무 공격 없이 도망치기 때문이다. 광장에서는 사람, 차, 건물을 가리지 않고 마구 불을 뿜었다. 그런데, 마치 새로운 공격 대상을 찾는 듯이— 아니, 미리 정해 둔 목표라도 있는 듯 죽기 살기로 펄쩍 댔다. 팀원들과 전속력으로 뛰어도 마물을 따라잡을 수는 없었다. 그저 끝까지 쫓아갔다. 광장을 벗어나 건물 옆 보도 위를 달렸다. 광화문 7번 출입구를 지나치다가 신은 급히 멈춰 섰다. 지하에서 이진이 올라왔다.

"엄마!"

이진에게 가서 와락 안겼다.

"신아! 괜찮아? 어디 갔었어?"

이진이 등을 토닥였다. 어느새 엄마보다 훌쩍 높아진 머리를 숙여 어깨에 깊이 파묻었다. 시큼하고 후끈한 온기가 느껴졌다. 품을 벗어나 몸 여기저기를 살폈다. 피곤한 얼굴과 온몸이 땀에 젖었지만, 다친 곳은 없어 보였다. 참 다행이라고 생각했다. 가슴 깊은 곳에서 뭉클함이 차올랐다. 이진이 왜 그러냐는 얼굴로 바라보기에 다시 안겼다. 다시 등을 토닥여 주었다. 괜찮아, 너도 무사해서 다행이야 라는 듯. 포옹을 풀고 어느덧 흘러내린 눈물을 닦았다.

"엄마, 친구들이…."

"응? 누구?"

"소연이랑 신형이를 찾고 있어요. 혹시…."

이진에게 친구들에 관해 묻다가 신은 화들짝 놀랐다. 이들이 이진 뒤에서 툭 하고 나타났다. 계단을 올라왔다. 정소연이 다리를 좀 다쳤는지, 주신형이 부축했다.

"야! 신형아! 소연아!"

"신아!" 주신형과 정소연이 불렀다.

"너희 뭐야? 괜찮아? 얼마나 찾은 줄 알아?"

"괜찮아. 아줌마가 보호해 주셨어."

"엄마가? 어, 어떻게…?"

신이 깜짝 놀라 돌아봤다. 이진이 환하게 웃고 있었다. "다행이다. 정말 다행이야. 흑흑…"

또 눈물이 났다. 정소연과 주신형이 다가와서 부둥켜안았다. 엉엉 소리를 내며 함께 울었다. 오랜만에 만난 반가움과 무사하다는 안도감이 뒤섞여 신은 펄쩍펄쩍 뛰었다.

"안녕하세요?"

"어? 안녕. 신이 마법 학교 친구들이구나?"

신은 정신없이 울다가 인사 소리에 머쓱해져서는 감정을 추슬렀다. "현만이 만났는데, 너희들이 없어졌다고 해서 한참 찾았어."

"진짜? 현만이는?" 정소연이 물었다.

"그래. 걘 괜찮은 거지?"

"그럼. 1번 출입구 쪽에 잘 숨어 있을 거야."

"휴…. 다행이다. 정말 다행이야." 정소연이 눈물을 훔치며 말했다.

팀원들이 이진에게 한 명씩 자신을 소개했다. 언제 사라졌는지 서율의 모습은 보이지 않았다. 어딘가로 또 뛰어들었겠다고 짐작했다. 어려움에 부닥친 사람들을 돕지 않고는 못 배기는 그 성격이 순간 자랑스러워서 피식 웃음이 났다. 정소연을 주신형과 함께 부축해서 출입구 앞 가로수 난간에 앉혔다. 부둥켜안고 울던 건 까맣게 잊고 서로를 보며 활짝 웃었다. 하지만, 쿵쿵 소리가 바로 옆에서 들리는 듯 선명했기에 신은 마물이 간 방향을 급히 쏘아봤다.

"신아!"

이왕 선생이 어느새 가까이 다가왔다. 환한 얼굴의 일행과는 반대로 선생은 사뭇 긴장한 모습이다.

"네?"

"아, 안녕하세요?" 마지 친구들과 팀원들이 이왕 선생에게 인사했다.

선생은 아이들을 향해 짧게 고개를 숙이고는 이진에게 다가갔다. 몇 마디 양해를 구하는 듯하더니 다시 신에게 왔다.

"신아, 선생님과 같이 좀 가자."

"네? 어디요?"

"마물이 있는 곳에."

깊은 갈색 눈이 고요하고 따듯하게 바라본다. 신은 이루 말할 수 없는 신뢰와 존경을 되새겼다. 당연히 어디든 갈 테다.

"네, 선생님."

이왕 선생과 바로 앞 지하철 출입구로 향했다. 계단을 내려서며 손을 맞잡았다. 순간 진저리가 나고 몸이 깃털처럼 가벼워지더니, 눈앞에 섬광이 번쩍였다. 신은 눈을 감았다. 계단 한 칸처럼 사뿐히 내려서며 순간 이동했다. 신은 놀라웠다. 마법진도, 마력을 주입하는 마법사도 없었기 때문이다. 어안이 벙벙한데 또 한 번 깜짝 놀랐다. 건물 지붕 위다. 아니, 첨탑 위다. 첨탑 끝에 십자가가 보였다.

"여, 여기가 어디예요?" 신이 물었다.

"이리로 온다는구나. 그 흑마법사."

"네? 진짜요? 왜요?"

쿵쿵.

이왕 선생이 대답 없이 소리 나는 곳을 응시했다. 꾹 다문 입술이 결연한 의지를 말해주고 있었다.

"신아, 이게 마지막 수업이 되겠구나."

"네?"

"선생님은 돌아간단다."

"어디로요?"

"나를 부르시는 곳으로. 그분 곁으로."

"네? 안 돼요, 선생님. 저는요?"

금방 얼굴이 일그러지는 게 느껴졌다. 가슴이 또 불타올랐다. 오늘 몇 번째인지도 신은 모르겠다. 아니다. 그저 갑자기 닥쳐온 서글픈 이별에 사로잡혔다.

"넌 있어야지. 너무 슬퍼하지 마. 또 만날 수 있단다."

이왕 선생이 말없이 안아주었다. 등을 토닥였다. 그리고 양팔을 잡고 서서 눈높이를 맞췄다.

"신아."

눈앞에 한없이 따듯한 얼굴이 있다. 놀랍도록 고귀한 사람이 서 있다.

"네?"

"뒤를 부탁한다고는 하지 않으마. 그저 네 길을 펼치거라. 다만, 도중에 만나는 사람들을 맘껏 아껴주렴. 알았지? 그럼 된다. 그럼 돼."

"네, 선생님. 흑흑…."

쿵쿵.

큰길을 따라 마물이 펄떡 댔다. 회관 앞에서 한달음에 성큼 뛰어왔다. 그것이 흉측한 입을 벌렸다. 입속에서 불이 치솟았다. 머리 위에서 한 남자가 소리 지르듯 큰 소리로 중얼거렸다. 이때, 이왕 선생이 양팔을 치켜올렸다. 그러자, 마물 주위에서 물줄기가 용솟음치며 그것을 감쌌다. 벗어나려고 버둥댔지만, 물살이 자석처럼 끌어당겨서 꼼짝하지 못했다. 큰 물방울이 마물과 사람을 한꺼번에 집어삼켰다. 마물은 어느새 눈 녹듯 사라졌다. 사람은 숨을 쉬지 못하는 듯, 위로 위로 헤엄치듯 발버둥 쳤다. 이내 힘이 빠져서 축 처졌다. 이왕 선생이 팔을 거두었다. 물살이 흩어지며, 남자가 바닥에 나뒹굴었다.

선생이 다가와 어깨동무했다. 어깻죽지를 꼭 움켜쥐었다. 신은 고개를 숙였다. 눈물이 바닥으로, 신발 위로 뚝뚝 떨어졌다.

*

백성들이여,

나는 을유(乙酉)에 독살당한 왕세자다.

나는 을해(乙亥)에 죽은 서른 번째 교우다.

나는 병인(丙寅)에 해미에서 천 번째로 생매장당한 아무개 딸이다.

나는 갑오(甲午)에 일본군에게 죽은 구천 번째 농군이다.

나는 계해(癸亥)에 도쿄에서 희생된 육천 번째 대한인이다.

나는 갑신(甲申)에 지시마에서 학살당한 오천 번째 징용자다.

배달들이여,

나는 경인(庚寅)에 쌀 배급을 받았다고 죽은 사천 번째 보도연맹 원이다.

나는 경인(庚寅)에 미군에게 죽은 백삼십 여섯 번째 노근리 양민이다.

나는 갑오(甲午)에 제주에서 죽은 만 오천 번째 민간인이다.

나는 경신(庚申)에 광주에서 죽은 삼백 번째 민주시민이다.

백성들이여,

배달들이여,

함께 죽고 죽으며 애달픔을 삭히었다.

그 한을 담아 새싹을 틔우니

그대들이여,

메숲져 어우르라.

38

 열흘이 지났다. 시민 수백 명이 다치거나 목숨을 잃었다. 이들의 찬란했던 하루가 사악한 무리에게 짓밟혔다. 정부는 원인 모를 참상을 갑작스럽게 불어닥친 모래 폭풍과 폭력배 소행으로 밝혔다. 능력이 없으니 무슨 일이 벌어졌는지 몰랐고, 의지도 없어서 더 자세히 알려고 들지 않았다. 마법사회에 협조를 구하거나 그렇다고 스스로 조사하지도 않았다. 사망자 이름은 온데간데없고, 희생자 집단으로 통칭하며 서둘러 봉합했다. 마치 자신들과는 무관한 일처럼. 광화문 이곳저곳에 국화꽃 다발만 여기저기 외롭게 놓여 있었다.
 이진은 감찰원 사무실에서 일본 마법사회 히가시데와 통화하고 있다. 사건 이후 희생자 추모와 흑마법사 처리 문제로 눈코 뜰 새 없이 바빴다. 안 그래도 하얀 피부가 더 창백해졌다고 직원들이 걱정할 정도다. 희생한 마법사와 시민을 위한 합동 위령제를 마쳤고, 분향소도 본관 마당에 마련했다. 강민 군감, 주솔 반장을 포함한 변절한 마법사 사망자도 따로 치렀다.

반대가 있었지만, 그동안 근무한 수고를 인정했다. 생포한 변절 마법사들은 감찰원 지하에 구금했고, 의사원 재판을 기다리고 있다. 마루야마와 그자의 제자들 같은 일본인 흑마법사의 처리에 특히 골치가 아팠다.

"그래요? 가족들을 찾았다니 천만다행이에요." 이진이 말했다.

"다 위원님 덕분입니다. 보스도 엄청 기뻐하시면서, 꼭 다시 와 주십사 청하라며 여러 번 말씀하셨습니다."

"아이, 제가 뭘요. 초청해 주시면 감사하죠. 그나저나 흑마법사들 고맙습니다. 어떻게 처리해야 하나 싶었거든요."

"아닙니다. 저희가 힘이 없어서 신영과 한국 국민에게 폐를 끼쳤습니다. 미리 막아야 했는데 말이죠."

"더 이상 그쪽만의 문제가 아니니까요. 우리 쪽에도 동조하는 자들이 많으니 계속 협력해야죠."

이진은 감찰원 유치장에 들어앉은 자들을 생각했다. 우리 국민이라기엔 창피한 자들이다.

"지당하신 말씀입니다."

"저희도 경계하겠지만, 해매 쪽 움직임이 있으면 공유해 주세요. 부탁드립니다."

"그럼요. 여부가 있겠습니까."

"그만 끊어야겠습니다. 새 총감독 대행께서 찾으시네요. 상황 봐서 일본에 다시 가겠습니다. 아즈미도 봐야 하니까."

"네, 기다리겠습니다. 안녕히 계십시오."

히가시데 목소리가 미세하게 떨렸다. 이진은 실종 가족을 찾은 기쁨과 자국 흑마법사로 인한 미안함, 자신에 대한 신뢰와 고마움 등 복잡한 심경이리라 짐작했다.

"네! 끊겠습니다." 이진이 말했다.

박빈 반장이 옆에서 기다리고 있었다. 초조한지 안절부절못했다.

"왜 그래?" 이진이 물었다.

"빨리 모셔 오라십니다."

"아니 왜?"

"그게, 이범 위원이 찾아왔나 봐요."

"아 하하…. 알겠어요."

본관으로 향했다. 복도 각을 지나는데, 의사원 지붕에서 공사가 한창이다. 전소되지 않아서 참으로 다행이라고 생각했다. 저기엔 값을 매길 수 없는 중요한 자료들이 많기 때문이다. 박물관 혹은 도서관이며, 신영의 역사가 보존되어 있었다. 건물 공사에 걸리는 시간만큼 재판을 연기했으니, 괘씸한 흑마법사들의 수감 기간도 늘어났다. 이진은 그나마 분풀이가 됐다. 본관도 재정비가 한창이다. 새 창호 문도 달리고, 여기저기 불탄 자국을 지우고 있었다. 보강이 필요한 곳을 수리 중이라 뚝딱뚝딱 소리가 소란스럽다. 예상보다 큰 피해를 보지 않아서 금방 마무리가 된다고 했다. 위로 활짝 들어 올려진 문을 통해 응접실과 집행원을 지나 총감독 사무실 앞에 왔다. 벌써 큰 소리가 들렸다.

"왜 안 됩니까? 왜?" 총감독 대행이 문밖에서도 크게 들릴 정도로 소리쳤다.

"그게 건물 수리도 해야 하고, 집기들도 새로 들여야 합니다. 예산이 부족합니다. 말씀하신 건 좀 더 나중에 하시는 게…." 이범 재무위원이다. 난처한 듯 낮은 목소리로 기어들었다.

"뭐요? 그래서 당장 근무를 못 하는 부서가 있습니까, 어디에? 다 할 수 있잖아요!"

"…."

"사람이 먼저예요. 사람이. 유가족들 심리 치료와 위로금도 제때 받을 수 있게 하고, 이주를 원하면 유가족 마을과 상의해서 조치해 드려야죠. 언제까지 돈타령만 하고 있을 겁니까? 예산 확보 방안을 고심하는 게 이 위원 임무 아닙니까, 부족하면?"

"네. 맞습니다. 죄-죄송합니다."

"더 고민해 오세요."

"네. 잘 알겠습니다, 대행님."

"언제까지입니까?" 말고삐를 틀어쥐듯 다그쳤다.

"금주 중에는…."

"으흠! 그럼 수고해 주세요."

문이 열리고, 한껏 흐린 얼굴로 이범 위원이 나왔다. 이진을 보더니, 꾸뻑 인사하고 지나갔다. 이진이 총감독 사무실로 들어갔다.

"아, 왜 이렇게 늦게 왔어요? 빨리 좀 오시라니까…." 총감독 대행이 밖에서 들을까 봐 작아진 목소리로 말했다. 전 집행위원, 김원이다.

"아하하… 이범 위원이 꼼짝 못 하게 호통 잘 치시던데요. 제가 무서워 떨 지경이에요." 이진이 웃었다.

예전부터 총감독 대행은 이범 위원과 앙숙이다. 집행원은 돈을 써야 하는데 그 돈을 틀어쥔 게 재무원이었으니, 일마다 이범 위원 눈치를 본 건 당연했다. 게다가 정직한 데다 어리숙해서 계산에 밝고 재물을 잘 다루는 이범 위원은 어쩌면 천적이었다. 그런데, 김원 위원이 총감독 대행에 올랐다. 은퇴한 총감독이 그를 지명했다. 그의 성실하고 착한 마음씨 하나로 충분하다고.

"거, 놀리지 마세요. 나는 심장 떨려서 죽는 줄 알았다고요."

"차차 적응하시겠죠. 잘하실 거예요."

"참, 총감독께서는 언제 떠나십니까?"

"아직 회복이 덜 되셔서 신흥에 좀 더 계신다고 하십니다. 중국 가시면서 들르겠다고 하셨어요." 이진이 말했다.

"네? 제가 찾아뵈야 하는데, 정말 죄송하네요."

"진짜요?"

"거 자꾸 놀리지 마세요. 이게 다 이 위원 때문이니까."

"무슨 말씀이세요?"

"이 위원이 총감독 안 맡으신다고 고집을 부리셨잖아요. 그 덕에 제가 무슨 고생입니까, 이게? 안 맞는 옷 입을 때처럼 갑갑해서… 참."

"더 잘하실 분이 맡는 게 당연하죠. 하하하…." 이진이 대행의 기분을 맞춰 주며 말했다.

은퇴한 총감독에 대한 얘기를 계속했다. 그분이 어떻게 살아났는지, 왜 중국으로 가는지에 대해서. 강민 위원 습격 당시, 동물 변환 마법사가 가진 신체 강화 마법과 불 마법 적성까지 함께 갖지 않았다면 운명했겠다고 이진은 생각했다. 그리고, 총감독 요청으로 가져다준 마법 도구도 네즈미야의 저주술을 막았다. 조선시대 만들어진 참사검, 사인검이다. 총감독은 그런 테러를 예상했던지, 등 뒤에 감추고 다녔다고 했다. 1미터 정도 크기니, 큰 체격으로 충분히 숨기고도 남았다. 이진도 몰랐을 정도니까. 부상이 심했지만, 잘 치료 중이다. 마법학교에서 요양하고 중국으로 갈 계획이다. 죽기 전에 태어난 곳, 이진의 할아버지들과 만났던 곳, 임시정부 유적지와 훈련받은 티베트 어느 산맥을 돌아보고 싶어 했다.

이진은 총감독을 다시 만난 신의 얼굴이 또 생각났다. 태어나서 그렇게 격렬한 반응은 아들이지만 처음 봤다. 기쁨의 눈물과 환호성, 반복해서 총감독 얼굴을 확인하고 또 어루만졌다. 품에 안겨 떨어질 줄 몰랐다. 위장이었지만, 처음 마주하는 죽음에 마음고생이 이만저만이 아니었던 모양이다. 적들을 속이기 위해서 어쩔 수 없었지만 숨겨서 더욱 미안했다. 그런 사정을 알아주고, 감정도 잘 추스를 만큼 성장한 모습이 대견해서 오히려 이진이 울먹였다.

웅, 웅. 바지 뒷주머니에 넣어둔 핸드폰이 울렸다.

"전화가 와서 이만 가 보겠습니다."

"그래요. 모시러 가기 전에 자주 들르세요, 불안하니까. 아셨죠?"

"네! 대행님, 그럼."

인사를 하고 총감독 사무실을 나왔다. 화면을 보니 김현 군감이다. 아니 진급했으니, 김현 도감이다. 진급 심사 중에 그의 조부가 변절했었다는 사실이 드러났지만, 은퇴한 총감독이 흔쾌히 진급을 허락했다. 사람만 보자고. 충분히 믿을 만하다고, 믿어 보자고 했다. 그는 억류된 박별 도감 도총감을 관리하기 위해서 내려 보냈다. 신입회원 조사로 한동안 잠입해 있었으니, 그보다 더 적임자는 없었다. 전화를 받았다.

"아니, 왜 이렇게 전화를 안 받으십니까?" 대뜸 소리부터 질렀다.

*

"밀어라!" 줄패장이 소리쳤다.

"와!" 고멜꾼이 외쳤다.

신은 방학식이 끝난 후 성재학교 운동장에서 고싸움을 하고 있다. 흑마법사 침입으로 두 달이나 연기했다가 이제 방학이 됐기 때문이다. 연습했던 게 아깝고, 방학으로 잠시 떨어져 지내는 아쉬움을 달래는 이벤트다. 어제 내린 비로 잔디가 촉촉이 젖었는데도 학생들은 아랑곳하지 않았다. 농악대와 꼬리 부분을 들어주는 사람들도 없었지만, 양 팀은 사뭇 진지했다. 1반 동부와 2반 서부의 큰 고 두 개가 서로 부딪혀서 높게 치솟았다. 줄패장과 부장들이 상대의 고를 내리려고 안간힘을 썼고, 밑에서는 마법과 힘을 쓰느라 애쓰다가 뒤엉켰다. 승부가 나지 않아 몇 번을 반복했는지 모르겠다. 시합하지 않는 학생들도 어느새 주위를 에워쌌다. 자기가 속한 팀 이름을 목 놓아 외쳤다.

"밀어라!" 줄패장 김인준이 소리쳤다.

"우와!" 신과 동부 고멜꾼들이 소리쳤다.

마법 반은 부유 마법 주문으로 계속 남실바람을 찾고, 무예 반은 힘을 실으며 지화자를 외쳤다. 퍽 소리가 나고 고가 부딪혔다. 높게 쭈욱 솟은 고가 서로 비틀어졌다. 동부 고가 밑으로 깔리더니 속절없이 허물어졌다. 툭 하고 바닥에 깔렸다. 서부 고가 헹가래 치듯 의기양양하게 번쩍번쩍 들렸다.

"이겼다! 이겼다!" 서부 고멜꾼과 주위를 둘러싼 학생들이 외쳤다.

동부 선수들은 서로 아쉬움을 달랬다. 양 팀 줄패장과 부장들이 내려둔 고를 사이에 두고 악수와 포옹을 했다.

"와!" 학생들이 소리쳤다.

이기고 졌지만, 승부는 상관없이 모두가 즐겁다. 다친 사람도 없었다. 구경꾼들도 하나둘씩 사라졌다. 고를 옮겨야 하기에 선수들만 남았는데, 신이 고를 유심히 보고 있었다. (한번 타보고 싶다.)

"줄패장 선배!" 서율이 우렁찬 목소리로 불렀다.

"어, 율아. 왜?" 김인준이다.

"신이 타보고 싶대요."

"뭐? 내가 언제?" 서율에게 작은 소리로, 그렇지만 따지듯 물었다.

신은 깜짝 놀랐다. 바람이 입 밖으로 새어 나왔나 싶었다. 귀신이 곡할 노릇이었다.

"그런 냄새가 났어. 미안."

서율이 머리를 긁적였다.

"오 그래? 다른 사람도 아니고, 신이는 태워 줘야지." 김인준이 환하게 웃으며 말했다. "얘들아! 신이 타보고 싶단다. 김신이 줄패장이다!"

"와!" 동부 선수들이다.

"그래. 신아! 어서 타봐."

"김신! 김신!"

흑마법사와 치른 세 번의 전투 이후 계속 이런 상태다. 신의 활약이 어느새 무용담이 되어 학내에 두루 퍼졌다. 산불을 끄고, 쇠돌고래와 범고래로 악당과 해골을 물리치고, 버스와 광화문에서 무고한 사람들을 구한 이야기. 다소 과장했지만, 학생 모두에게 자랑거리다. 도움을 받아 목숨을 구한 사람들이 퍼뜨리기에 발 벗고 나섰다. 쑥스러운 신은 어디 쥐구멍에라도 숨고 싶었다. 제대로 하자고 서부 선수들도 고를 일으켰다. 신이 고 머리에 올라탔다. 번쩍 들린 고가 서로 다가섰다.

"야! 너?"

서부 팀 고 머리에 강준이 올라타 있었다. 마주 보고, 서로를 가리키며 환하게 웃었다. 아래에 있는 동부 선수들을 돌아봤다. 신은 그들이 너무 반짝거려 눈이 부실 지경이다.

"밀어라!" 신이 외쳤다.

"와!" 고멜꾼들이 외쳤다.

경기를 마친 고가 강당으로 향했다. 위에 탄 줄패장과 부장, 고멜꾼들이 우렁차게 노래를 불렀다.

배를 무어라, 배를 무어라.
사아 어뒤허 어뒤 허
….

에필로그

 상사와 만남 후 나는 착잡한 마음을 한동안 진정할 수 없었습니다. 전임자에 대한 존경심과 함께 두려움도 찾아왔습니다. 그이보다는 더 잘할 수 없으리라는 부담감이었죠. 사랑은 그 무엇보다 존귀하고 강력한 힘이기에, 수백 년에 걸쳐 그가 보여 준 관심과 열정, 기다림과 인내, 고통과 절망을 이기는 의연한 희망, 그리고 앞날을 위한 결단과 자기희생은 정말로 우러러보지 않을 수 없었습니다. 그런 사랑을 품은 그가 부러웠습니다. 그리고 부끄러웠습니다. 그분께서 창조한 모든 것을 사랑해야 하지만, 나는 아직 그런 숭고한 희생을 실천하지 못했기 때문입니다. 아주 긴 대화를 나눴음에도 내 속에 자리 잡은 여러 의문은 금방 사그라지지 않았습니다. 그날의 긴 대화를 곱씹어 생각하고 이해하는 데 오랜 시간이 걸렸습니다. 벌써 일 년 전이네요. 난 전임자처럼 두 곳을 함께 지켜보기로 했습니다. 물론 힘들겠지요. 공교롭게도 두 곳이 모두 전쟁 중입니다. 물론 이곳은 휴전 중입니다만.

먼저, 이 나라는 그가 사랑할 만했다는 생각이 가장 먼저 들었습니다. 오랜 세월 강대국들에 둘러싸였어도 자기 영토를 굳건하게 지켜온 저력과 긍지가 참 대단하다고 느꼈고, 침략과 착취로 인한 상처와 슬픔을 남이 아닌 자기로 향하는 올곧은 인내심과 아량을, 국민들 간의 끈끈한 유대감을 봤습니다. 이들은 그것을 '한'과 '정'이라 부르더군요. 나는 무엇보다 선량하고 친절한 사람들이 좋습니다. 이들이 앞으로도 잘하리라는 기대가 생겼습니다. 단지, 이들은 일종의 결핍에 대한 두려움이 있습니다. 항상 자신이 가진 물질과 지위, 사람과 신용을 잃을까 노심초사하고, 살아남기 위해서 지나치게 권위에 의존하는 성향 말입니다. 그런데도 잘해 나가리란 믿음은 변함없습니다. 전임자 덕에 살짝 더 애착이 생겼으니까요.

한 가지 걱정스러운 것은 옆 나라에 있는 악마와 국민들을 분열시키는 세력입니다. 작년 전투 이후 은둔하고 있다지만, 악마는 아직 떠나지 않았습니다. 계약금만 돌려받고 물러나지 않기 때문입니다. 참을성은 없어서 조만간 움직일 테지요. 그에 동조하는 세력이 문제입니다. 이들은 국민들의 찬란한 일상도, 소중한 목숨도 모두 하찮게 여기니까요. 끝없는 충동질로 국민을 분열시키고, 자신들 잇속만 챙기니까요. 일일이 인간사에 관여할 수 없기에, 나는 매 순간 염려하고 불안합니다.

누군가 그러더군요. 아이에게 필요한 것은 태양과 놀이,

본보기와 사랑이라고[93]. 나는 그 얘기를 듣자마자 전임자가 떠올랐습니다. 그이는 상사가 얘기한 그 소년에게 더없이 좋은 본보기였으니까요. 그의 뛰어난 실력도, 고귀한 인품도, 무엇보다 한없는 사랑이요. 나는 그이처럼 마법 학교에 다니며, 아이들을 가르치진 않습니다. 되도록 본래 임무에 따라 충실히 지켜보기로 했습니다. 다만, 그 소년은 상사가 벌인 일도 있어서 계속 관여하게 될 테지만요.

소년은 전임자가 맡긴 강한 힘을 허투루 사용하지 않습니다. 특히, 자신을 위해서는요. 그는 상사와 함께 악인을 쫓습니다. 그냥 악인이 아니고, 악마의 사주를 받은 자들이죠. 그들을 붙잡아서 정화합니다. 음… 작년 전투를 예로 들자면 마루야마 같은 자들 말입니다. 악마와 계약하고 힘을 빌린 자들입니다. 그 악마와 관련된 일은 나도, 상사도 소년과 함께합니다. 인간들의 세상을 위한 그분의 배려이지요. 크고 놀라운 은혜입니다.

양심을 그르쳐서 지은 죄가 타인을 향합니까? 남을 착취하고 생명을 위협하고 있습니까? 거짓과 교활함으로 다른 이의 긍지를 꺾습니까? '이 정도야, 나 하나쯤이야, 내가 누군데?' 하고 있습니까? 그럼에도 자신의 죄악이 부끄럽지 않습니까? 정녕 그 악을 받아들이겠습니까? 그렇다면, 곧 나와 신을 만날 수 있습니다. 악인의 길은 어둠 같아서 걸려 넘어져도 무엇 때문인지 깨닫지 못하고[94], 까닭 없는 저주는 참새가 떠돌고 제비가 날아다님 같이 이루어지지 않는다[95]고 했습니다. 부디 멈추십시오. 돋는 햇살 같아서 크게 빛나는 의인의 길[96]로 오십시오.

주

1 「유다서」 1 : 6.

2 「베드로후서」 2 : 4.

3 존 밀턴/이창배 옮김, 『실낙원』, 2편, 동서문화사 2판.

4 직급에 따라 겉깃과 섶의 비단 색에 차이가 있다. 반원은 노란색, 반장은 금색, 군감은 갈조색, 도감은 어두운 갈조색을 지정함.

5 십 대 신조어로 별 뜻 없이 웃거나 비웃을 때 쓰는 말.

6 십 대 신조어로 깔수록 미운 사람의 줄임말.

7 십 대 신조어로 길을 막는 행위의 줄임말.

8 인터넷 신조어로 무개념 초등학생을 낮춰 부르는 말.

9 인터넷 신조어로 열받는다는 뜻. 영어단어 king(왕)과 열받다의 합성어.

10 인터넷 신조어로 중요한 건 꺾이지 않는 마음의 줄임말.

11 다양한 이유로 자동차 엔진에서 연소하지 않고 남은 연료가 배기 라인으로 넘어가서 연소하면서 나는 소리.

12 우리말로 '요악(妖惡)한 기운'을 뜻하며, 저주로 해악을 끼치는 흑마법사와 그들의 본거지를 가리켜 씀.

13 우리말로 '연기에 섞여 나오는 검은 가루, 또는 그 가루가 엉겨 붙은 그을음'을 뜻하며, 학계를 잠식한 흑마법사를 가리켜 씀.

14 신흥무관학교 교가 2절을 말함.

15 신흥무관학교 교가 3절을 말함.

16 일제 강점기 순사(초급 경찰)가 허리에 차던 칼을 뜻함.

17 일본 신사의 입구에 세우는 기둥 문을 뜻함. 신의 영역과 일반 세계의 경계를 이루는 관문이나 결계 성격임.

18 일본 승려가 작업 때 입는 의복을 뜻함.

19 일본의 승복으로 검은색 장삼을 기본으로 그 위에 가사를 덧입음.

20 일본 전통 의상. 헤이안(平安) 시대에 사냥할 때 입었으며, 에도(江戸) 때는 무늬가 있는 천으로 만들어 예를 차릴 때 입었음.

21 흑마법은 사람을 해칠 목적으로 쓰는 저주 주술과 조복(調伏) 주술을 뜻함. 저주 주술은 인형처럼 닮은 것에 행한 것은 대상에게도 동일한 효과가 나타난다(유감 주술)거나, 치아, 모발, 손톱 같은 인체의 일부나 소지품 등 예전에 하나였던 것은 떨어져서도 대상에 영향을 미친다(감염 주술)는 개념에 바탕을 둠. 조복 주술은 주문, 기도와 제사 따위로 신 또는 신령에게 의뢰하여 증오하는 적을 괴롭힘.

22 일본 신화의 신을 말하며, 신앙이나 외경의 대상이 되는 모든 것을 지칭하기도 함.

23 일본 특유의 혼효종료로 슈겐도라고도 함. 산속에서 엄격한 수행을 통해 깨달음을 얻고자 하는 산악신앙과 불교가 결합한 형식임.

24 일본 신사의 우두머리를 뜻함.

25 일본어로 소매통이 좁은 평상복 또는 예복에 받쳐 입던 소매통이 좁은 옷을 뜻함.

26 일본 옷의 겉에 입는 주름 잡힌 하의를 뜻함.

27 일본어로 기모노에서 방한으로 입는 겉옷을 뜻함.

28 일본어로 헤이안 시대 음양사들이 자유롭게 조종했던 귀신을 뜻하며, 주물처럼 이용하여 저주 주술을 걸 수도 있음.

29 일본어로 외국과 비교하여 일본적이라 생각하는 정신이나 지혜, 사상을 가리키는 용어 또는 관념임.

30 일본어로 종잇조각, 종이 오리기을 뜻함. 여기에선 종이로 만든 식신을 의미함.

31 '띠고 부치고 띠고 부치는 썰'의 앞 글자를 따서 만든 조어로 식

품 완구 스티커를 뜻함.

32 포켓몬 캐릭터로 꼬마와 거북이의 합성어인 거북이 몬스터를 뜻함.

33 포켓몬 캐릭터로 시간을 여행하는 힘이 있음.

34 '짱구는 못말려'의 주인공 짱구네 가족이 키우는 반려견.

35 포켓몬 캐릭터로 치커리와 스페인어 세뇨리타의 합성어.

36 포켓몬 캐릭터로 풍선과 토끼를 섞은 생김새를 갖고 있음.

37 포켓몬 캐릭터로 불꽃 타입의 도마뱀 형태 몬스터.

38 포켓몬 캐릭터로 드래곤 타입의 몬스터인 망나뇽의 최초 형태.

39 포켓몬 캐릭터로 물 속성의 드래곤 몬스터로 해마를 닮음.

40 대한 신민회 취지서(국사편찬위원회, 1991) 중

41 우리말로 '듣기도 하고 보기도 하며 알아보거나 살피다'를 뜻함.

42 우리말로 '보기만 하고 간섭하지 아니하는 모양'을 뜻함.

43 조선 숙종 때 북애자가 썼다는 『규원사화』의 조판기 부분을 말함.

44 조선 명종 때 『청학집』을 쓴 조여적을 말함.

45 바람을 뜻하는 소성괘 손(巽)을 뜻함.

46 우리말로 '물 아래쪽에서 불어오는 바람'으로 바람 방향을 일컬음.

47 우리말로 '솔솔 부는 봄바람'을 뜻함. 기상청 예보용 바람으로 0.3~1.3 m/s의 바람 세기를 일컬음.

48 우리말로 '물을 다루는 일'을 뜻함.

49 우리말로 '끼니 때 이외에 마시는 물, 죽이나 풀 따위에 섞이지 않고 그 위에 따로 떠도는 물, 뜨거운 물에 타는 맹물'을 뜻함.

50 우리말로 '떨어지거나 내뿜는 물의 힘'을 뜻함.

51 우리말로 '논이나 그릇에 물을 넣을 때, 딴 데로 흘러 나가는 물'을 뜻함.

52 일본어로 '엄마'를 뜻함.

53 일본어로 작중 음양도를 주축으로 세운 '일본 마법사회'를 약칭으로 표현함.

54 택견 기술로 팔을 안쪽에서 바깥쪽으로 뿌리치듯이 상대방의 눈앞에 바람을 일으키는 몸짓을 뜻함.

55 택견 기술로 '촛대뼈차기'의 준말이며, 정강이 앞쪽 뼈를 차는 몸짓을 뜻함.

56 택견 기술로 손등을 채찍이나 곤봉처럼 사용해서 정면을 후리는 몸짓을 뜻함.

57 택견 기술로 손아귀로 상대의 목을 밀어 넘어뜨리는 몸짓을 뜻함. 죄인에게 목에 씌우던 형구인 칼을 씌우는 형태임.

58 우리말로 '여러 겹으로 된 껍질이나 껍데기의 겉을 싸고 있는 얇은 막'을 뜻함.

59 우리말로 '밤에 산꼭대기에서 평지로 부는 바람'을 뜻함.

60 우리말로 '깃발이 가볍게 나부끼며 해면에 흰 물결이 생기는 정도의 연풍'을 뜻함. 기상청 예보용 바람으로 3.4~5.4 m/s'로 바람 세기를 일컬음.

61 우리말로 '불이 타고 있는 큰 덩어리'를 뜻함.

62 우리말로 '작고 둥근 모양의 불똥'을 뜻함.

63 일본어로 '사람에 붙어 여러가지 해코지를 한다고 믿어졌던 개 요괴'를 뜻함.

64 우리말로 '여러 겹으로 된 물건을 켜켜이 뜯어내다.'를 뜻함.

65 '불을 피우며 불 속에 물건을 던져 넣어 공양하고 기원하는 일'인 호마를 수행하는 단을 뜻함.

66 우리말로 '높이가 낮고 넓적하게 생긴 독'을 뜻함.

67 인터넷 신조어로 '어떤 한 가지 일에 능통하다. 대단하다'를 뜻함.

68 우리말로 '서로 대등한 것으로 영겨지는 사람이나 사물, 서로 대등한 정도나 분량'을 뜻함.

69 우리말로 '나무를 패거나 곡식 또는 궤짝을 쌓을 때, 밑에 괴거나 받치는 나무'를 뜻함.

70 우리말로 '장마 뒤에 한동안 괴다가 없어지는 샘물'을 뜻함.

71 '물돼짓과에 속한 포유류'를 뜻함. 유의어로 쇠돌고래, 상괭이, 물아치가 있음.

72 일본어로 '적을 속이기 위해 대장 등의 용모를 흉내 내어 똑같은 복장을 시킨 무사, 배후 조종자'를 뜻함.

73 고대 부족 국가 시대, 낙동강 하류에 일어난 나라들을 통틀어 이르던 말로 가야의 별칭임.

74 '영적 존재에 명령해 불러내는 술수'를 뜻함.

75 일본어로 '고양이를 친근하게 부르는 말'을 뜻함.

76 일본어로 '풀리다, (화살, 총알이) 떠나다, 발사되다'를 뜻함. 일본 궁도에서 화살이 날아가서 과녁에 맞을 때까지의 순간을 말함.

77 일본어로 '화살을 발사했을 때 활이 휘는 것, 화살을 쏜 반동으로 활시위가 팔꿈치의 바깥쪽으로 도는 것'을 뜻함.

78 택견 기술로 '무릎을 바깥으로 가게 발을 들어 상대의 시야 밖 사각에서 기습적으로 턱을 가격하는 기술'을 뜻함.

79 택견 기술로 '발 앞축이나 뒤꿈치로 신체 중심선을 향해 직선으로 뻗어 차는 기술'을 뜻함.

80 우리말로 '달래서 꾀는 것, 회유책'을 뜻함.

81 우리말로 '엷은 빛깔 위에 칠하는 짙은 빛깔, 두 빛깔을 조화시키려고 더 칠하는 빛깔'을 뜻함.

82 일본말로 '도리이 기둥 꼭대기를 서로 연결하는 첫 번째 가로대'를 뜻함. 두 번째 가로대는 누키라 부름.

83 우리말로 '에워서 둘러막다. 말을 바로 하지 않고 둘러서 하여 짐작하게 하다.'를 뜻함.

84 정월 대보름 전후에 둥그런 모양의 '고'를 만들어 서로 맞부딪쳐 싸워 승부를 가리는 성인 남자 놀이를 뜻함.

85 고싸움에서 고 위에 올라타고 경기를 지휘하는 우두머리를 뜻함.

86 우리말로 '대, 갈대, 수수깡 따위로 발처럼 엮은 울타리'를 뜻함.

87 우리말로 '뒤쪽에서 불어오는 바람'을 뜻함.

88 우리말로 기상청 예보용으로 20.8~24.4 m/s' 정도의 바람 세기를 일컬음.

89 우리말로 '활짝 피어 이글이글한 숯불'을 뜻함.

90 신흥무관학교 교가 1절(후렴)을 뜻함.

91 우리말로 '버력(흐드레 돌)으로 쌓은 담'을 뜻함.

92 「로마서」 10 : 10.

93 표도르 도스토옙스키/김희숙 옮김, 『카라마조프가의 형제들』, 2권, 문학동네.

94 「잠언」 4 : 19.

95 「잠언」 26 : 2.

96 「잠언」 4 : 18.

소설의 마법학교 각 반, 마법사회 조직 구성과 창립 취지,
무예 반 역할과 고등부 선택 과목은
신민회, 신흥무관학교와 의열단의
해당 사항을 참고했습니다.
선열들의 조국을 위한 헌신과
소설의 뿌리와 줄기로 삼은 영광을 칭송합니다.
찬란한 다음 세대가, 도도히 흐르는 역사가,
새롭고 무궁한 앞날이 옵니다.

김민

물방울

- 김민

작은 기대가 모여
전설이 된다.
작은 도움이 모여
평화가 온다.
작지만 큰 마음이 모여
세상을 바꾼다.
작은 물방울이 모여
바다가 된다.

Special thanks to
(가나다 순)

김나율, 김동필KICT학사20기, 김영복, 김주훈, 나기만,
딱삐, 박범준, 박준호, 별하늘, 신종토끼, 신형섭, 안기홍,
오혜철건설연, 우르르꺄꺄, 유윰, 이주연, 이충대, 정승권,
조윤상, 주봉철현수, 최준석, 푸쾅쾅, 혜설,
blau, jonic, nig****

신이 오다

초판 1쇄 발행 / 2025년 3월 17일

지은이 / 김민
펴낸이 / 김영민
책임편집 / 정윤아
펴낸곳 / 책 짓는 크론쇼
등록 / 2024년 12월 3일, 제 235호
주소 / 경기도 고양시 일산동구 정발산동
전화 / 010-5484-2852
전자우편 / cronshaw.books@gmail.com
인스타그램 / cronshawbooks

ⓒ 책 짓는 크론쇼 2025
ISBN 979-11-990-8510-7 03810

* 이 책 내용의 전부 또는 일부를 재사용하려면
  반드시 저작권자의 동의를 받아야 합니다.
* 책값은 뒤표지에 표시되어 있습니다.